BASTEI
LÜBBE

LYNN FLEWELLING IM
TASCHENBUCH-PROGRAMM:

DIE SCHATTENGILDE

20 327 Das Licht in den Schatten
20 353 Der Gott der Dunkelheit

Lynn Flewelling

DIE SCHATTENGILDE

Der Gott der Dunkelheit

Roman

Ins Deutsche übertragen
von Michael Krug

BASTEI
LÜBBE

BASTEI LÜBBE TASCHENBUCH
Band 20 353

Erste Auflage: Februar 1999

Deutsche Lizenzausgabe 1999 by
Bastei-Verlag Gustav H. Lübbe GmbH & Co.,
Bergisch Gladbach
Originaltitel: Stalking Darkness
Lektorat: Uwe Voehl / Stefan Bauer
Titelbild: Gary Ruddell / Agentur Luserke
Umschlaggestaltung: QuadroGrafik, Bensberg
Satz: Fotosatz Steckstor, Rösrath
Druck und Verarbeitung:
Brodard & Taupin, La Flèche, Frankreich
Printed in France
ISBN 3-404-20353-4

Für meine Söhne Matthew und Timothy,
die über dieselben doofen Dinge lachen wie ich.
Ihr seid die Besten, Jungs.

Mein besonderer Dank gilt Doug Flewelling, Darby Crouss, Laurie Hallman, Julie Friez, Scott Burgess, Anne Groell und den Leuten von Bantam sowie meiner Agentin Lucienne Diver, für ihre Unterstützung, Anmerkungen und wunderbar unverblümte Kritik.

Prolog

Stampfend segelte das schlanke Schiff aus Keston durch schäumende Wogen in südwestlicher Richtung gen Skala. Nachts brannten keine Laternen; die Besatzung, allesamt erfahrene Schmuggler, steuerten mit himmelwärts auf die Sterne gerichteten Augen. Tagsüber waren sie ständig auf der Hut, wenngleich die Wahrscheinlichkeit, auf ein anderes Schiff zu stoßen, äußerst gering war. Nur ein plenimaranischer Kapitän würde so spät im Jahr noch eine Hochseereise wagen, und diesen Winter würden sie so hoch im Norden gewiß niemanden antreffen. Nicht, wenn sich so wie jetzt ein Krieg zusammenbraute.

Eis verkrustete das Tauwerk. Mit blutigen Händen zerrten die Matrosen an den Fallen, kratzten gefrorenes Wasser aus den Trinkfässern, kauerten sich in den dienstfreien Stunden zusammen und tuschelten über die beiden feinen Herren, die sie als Fahrgäste beförderten, und über die finsteren Gesellen, die mit ihnen an Bord gekommen waren.

Am zweiten Tag auf See torkelte der Kapitän betrunken an Deck. Tote könnten mit Gold nichts anfangen, brüllte er lallend über den tosenden Wind hinweg; schlechtes Wetter wäre im Anzug, und sie würden umkehren. Lächelnd führte ihn der dunkelhaarige Adelige unter Deck, und der Vorschlag kam nie wieder zur Sprache. Irgendwann in jener Nacht ging der Kapitän über Bord. So zumindest erzählte man es sich; Tatsache war, daß man ihn am nächsten Morgen nirgends fand und der Kurs unverändert blieb.

Der erste Maat übernahm die Führung des Schiffes und band sich ans Steuerrad, während sie weiterpreschten. Da sie vom Kurs abgetrieben worden waren, verfehlten sie die Möweninsel und segelten ohne Pause, völlig erschöpft, durch peitschenden Schneeregen weiter. Am vierten Tag wurden zwei weitere Männer über Bord gespült, als die Wellen das Schiff beinahe zum Kentern brachten. Dabei knickte ein Mast; gleich einem gebrochenen Flügel schleppte der Kahn das Segel neben sich her. Wie durch ein Wunder hielt sich das Schiff über Wasser, während die verbleibende Besatzung sich abmühte, die verworrenen Seile zu kappen.

Als die Männer in jener Nacht in den gefrorenen Wanten hingen, tuschelten sie wieder untereinander, wenngleich höchst verstohlen. Ihre fein gekleideten Fahrgäste hatten Unglück an Bord gebracht; niemand wollte ihre Aufmerksamkeit auf sich lenken. Indes stampfte das Schiff weiter, als führten hilfreiche Dämonen den Kiel.

Zwei Tage vor Cirna hob der Sturm sich hinfort. Eine fahle Sonne brach durch die Wolkenfetzen und geleitete das gebeutelte Schiff westwärts, doch das Pech blieb dem Kahn treu. Unter der Besatzung breitete sich plötzlich ein Fieber aus. Einer nach dem anderen erkrankte; die Kehlen schwollen den Männern zu, und in den warmen Bereichen ihrer Lenden und Achselhöhlen wucherten schwarze Entzündungen. Die von der Krankheit verschonten Matrosen beobachteten entsetzt, wie die Waffenknechte der beiden feinen Herren die aufgedunsenen Leichen lachend über Bord warfen. Von den Fahrgästen erkrankte niemand, dafür spürte selbst das letzte Besatzungsmitglied eine verzehrende Erschöpfung, als sie endlich die hoch aufragenden Klippen der Landenge von Skala sichteten. Sie erreichten die Hafenmündung von Cirna bei Dunkelheit und ließen sich von den flackernden Leuchtfeuern zu beiden Seiten der Kanaleinfahrt leiten. Der schlaff am Steuerrad hängende, sterbende Maat beobachtete, wie die Männer der Fahrgäste die Segel einholten, den Anker warfen und die Beiboote über die Seite zu Wasser ließen.

Einer der beiden feinen Herren, der dunkelhaarige mit der langen Narbe unter dem Auge, tauchte plötzlich am Ellbogen des Maates auf. Er lächelte, lächelte immerzu, doch das Lächeln schien niemals bis in die Augen vorzudringen. Halb benommen taumelte der Maat rücklings, aus Angst, von diesen seelenlosen Augen verschlungen zu werden.

»Ihr habt euch wacker geschlagen«, sprach der Dunkelhaarige und streckte die Hand aus, um dem Maat einen schweren Geldbeutel in die Tasche zu stecken. »Ans Ufer setzen wir allein über.«

»Einige von uns leben noch, Herr!« krächzte der Maat und starrte sehnsüchtig auf die Leuchtfeuer und die einladenden Lichter der Stadt, die so nah jenseits des Wassers schimmerten. »Wir müssen an Land, um einen Heiler zu holen!«

»Einen Heiler, sagst du?« Bekümmert zog der dunkelhaarige Herr eine Augenbraue hoch. »Tja, mein Gefährte hier ist so etwas wie ein Heiler. Du hättest nur zu fragen brauchen.«

Der Maat sah an dem Herrn vorbei und erblickte den anderen, schmächtigen Mann mit dem rattenähnlichen Antlitz, der gerade mit Kreide etwas auf das Deck malte. Als er sich aufrichtete, erkannte der Maat, daß es sich um das Warnzeichen für die Pest handelte.

»Sag, Vargûl Ashnazai, könntest du wohl etwas für diesen armen Kerl hier tun?« fragte der Dunkelhaarige.

Den Maat schauderte, als der andere auf ihn zuschritt. Während der gesamten Reise hatte er kein Wort aus dem Mund dieses Mannes vernommen. Als er nun sprach, erklang ein unverständliches Kauderwelsch, das in die Kehle des Maates zu fließen und sich dort gleich Steinen festzusetzen schien. Röchelnd brach er auf dem Deck zusammen. Der Mann namens Ashnazai legte ihm eine kalte Hand auf die Wange, und die Welt des Maates versank in einem Strudel schwarzen Lichtes.

Mardus wich der Galle aus, die aus dem Mund des toten Seemanns troff. »Was ist mit den anderen?«

Der Schwarzkünstler, auch Geister- oder Totenbeschwörer genannt, lächelte. Seine Finger prickelten noch angenehm vom Tod des Maats. »Sie sterben gerade, Herr.«

»Sehr gut. Sind die Männer bereit?«

»Ja, Herr.«

Zufrieden ließ Mardus einen letzten Blick über das verwüstete Schiff schweifen, dann stieg er hinab in das wartende Beiboot.

Im Schutze von Ashnazais Magie gelangten sie ungehindert an den Kai und an der Zollwache vorbei. Danach gingen sie eine steile, eisige Straße hinauf zur Schenke zum Halbmond, wo bereits Zimmer für sie bereitstanden.

Mardus und Ashnazai setzten sich in Mardus' Zimmer gerade zu einem warmen Abendmahl, als es leise an der Tür klopfte.

Hauptmann Tildus trat ein, begleitet von einem grauhaarigen Mann namens Urvay, seit drei Jahren Mardus' wichtigster Spion in Rhíminee. Urvay war unbezahlbar, einerseits wegen seiner Fähigkeiten, andererseits wegen seiner Verschwiegenheit.

Heute abend präsentierte er sich als vornehmer Händler verkleidet in feinen Samtgewändern und reichlich mit Silber behangen.

Würdevoll begrüßte Urvay seinen Meister. »Ich bin froh, Euch gesund und munter anzutreffen, Herr. Um diese Jahreszeit sind Seereisen recht gefährlich.«

Mardus entließ Tildus, dann bedeutete er dem Spion, auf einem Stuhl Platz zu nehmen. »Was hast du zu berichten, mein Freund?«

»Schlechte und gute Neuigkeiten, Herr. Lady Kassarie ist tot.«

»Diese Getreue Leras?« fragte Ashnazai.

»Ja. Vor etwa einer Woche haben die Spione der Königin ihren Bergfried angegriffen. Sie starb im Kampf. Kanzler Barien beging daraufhin Selbstmord, und Gerüchten zufolge soll auch die Prinzessin irgendwie in die Sache verwickelt gewesen sein, obwohl die Königin keine Schritte gegen sie eingeleitet hat. Der Rest der Splittergruppe ist umgekommen oder geflohen.«

»Bedauerlich. Sie hätten uns vielleicht noch nützlich sein können. Aber wie steht es mit unserem Vorhaben?«

»Das sind die guten Nachrichten, Herr. Ich habe neue Verbündete bei einigen einflußreichen Adeligen.«

»Bei welchen?«

»Zunächst bei General Zymanis – es heißt, ihm werde demnächst die Verantwortung über die Befestigungsanlagen der Unterstadt übertragen. Und einer meiner Männer ist seit kurzem mit Lady Koras zweitgeborener Tochter verlobt und leitet den Sitz der Familie. Besonders erwähnenswert aber erscheint mir, Herr ...« Urvay hielt inne und beugte sich ein wenig vor. »Ich bin gerade dabei, eine Verbindung im Orëska-Haus aufzubauen.«

Mardus zog eine Augenbraue hoch. »Ausgezeichnet! Aber wie? Seit Jahren versuchen wir vergeblich, dort einen Spion einzuschleusen.«

»Kein Spion, Herr, sondern ein Abtrünniger. Sein Name lautet Pelion í Eirsin. Er ist Schauspieler und genießt im Augenblick höchstes Ansehen.«

»Und was hat er mit den Orëska zu tun?« wollte Vargûl Ashnazai wissen.

»Er hat dort eine Geliebte«, erklärte Urvay rasch, »eine junge Zauberin, die angeblich auch die Mätresse zweier älterer Magier ist. Sie heißt Ylinestra und ist in der Stadt als ein wenig verrucht verschrien; eine hitzige kleine Wildkatze mit einer Vorliebe für gutaussehende junge und mächtige alte Männer. Offenbar gehört dieser Pelion zu ihrer Sammlung. Durch ihn kommen wir vielleicht an sie, womöglich auch an andere heran. Zwar ist sie kein Mitglied der Orëska, aber sie lebt bei ihnen und hat dort eigene Gemächer.«

»Ich glaube kaum, daß wir uns einer billigen Schlampe bedienen müssen, um in das Orëska-Haus zu gelangen«, meinte der Totenbeschwörer höhnisch.

»Vielleicht nicht«, unterbrach ihn Urvay, »aber diese Schlampe zählt den Magier Nysander zu ihren Liebhabern.«

»Nysander í Azusthra?« Anerkennend nickte Mardus. »Urvay, du hast dich selbst übertroffen. Aber was hast du diesem Schauspieler erzählt?«

»Für ihn bin ich Meister Gorodin, ein großer Bewunderer seiner Kunst und zudem sehr verständnisvoll, was die Bedeutung eines Schirmherrn für einen jungen, aufstrebenden Schauspieler und für einen gewissen Dramendichter angeht, der bereit ist, ihm Rollen auf den Leib zu schreiben. Als Gegenleistung vertraut mir mein neuer Freund Pelion selbst das leiseste Gerücht an, das er in der Stadt aufschnappt. Er ist mit der Abmachung rundum zufrieden und klug genug, nicht viele Fragen zu stellen. Solange das Gold fließt, gehört er uns.«

»Gut gemacht, Urvay. Zeig dich ihm gegenüber großzügig. Wir müssen noch vor dem Frühjahr in den Kreis der Orëska eindringen. Hast du verstanden? Es *muß* uns gelingen.«

»Ich habe verstanden, Herr. Soll ich für Euch Vorkehrungen in Rhíminee treffen?«

»Nein. Es gibt keine Vorkehrungen zu treffen. Ich melde mich bei dir, sobald ich dich brauche. Bis dahin behältst du Pelion und seine Hexerin im Auge.«

Urvay erhob und verbeugte sich. »Das werde ich, Herr. Gehabt Euch wohl.«

Nachdem er gegangen war, wandte sich Mardus wieder seinem unterbrochenen Mahl zu. Vargûl Ashnazai hingegen stellte fest, daß ihm der Appetit abhanden gekommen war.

Die Orëska, dachte er verbittert, während er das Elfenbeinfläschchen betastete, das er an einer Kette um den Hals trug. Dorthin waren *sie* gegangen, die Diebe, die ihm das Auge unter der Nase weggestohlen hatten.

In jener Nacht in Wolde hätte Mardus ihn beinahe getötet. Schlimmer noch, er hatte gedroht, den Totenbeschwörer von der Suche auszuschließen. Hätte Mardus die Scheiben von vornherein *ihm* anvertraut, wäre all das natürlich nie geschehen, doch es lohnte sich nicht, diese Ansicht kundzutun. Nicht, wenn ihm daran lag, nicht schon beim zweiten Wort zu sterben.

Seither hatte sich das Verhältnis zu Mardus stetig verschlechtert. Sogar mit Hilfe des Auges selbst war es ihm unmöglich gewesen, genug Macht auszuüben, um die Flüchtigen aufzuhalten. Der Aurënfaie hatte sich als entnervend gefeit gegen seine Magie erwiesen, und als ihn der *Dra'gorgos* in der Schenke endlich überwältigte, schlug ihnen der Junge, dieser verflixte *Junge* ein Schnippchen, indem er seinen Freund fortschaffte, ehe Mardus und seine Männer dort eintrafen.

Mit dem Fläschchen in den Fingern rief sich Vargûl Ashnazai die kostbaren, blutgetränkten Holzsplitter darin ins Gedächtnis, die er aus dem Fußboden der mycenischen Schenke geschabt hatte, in der sein *Dra'gorgos* die beiden gestellt hatte.

Der Talisman, den er aus ihrem Blut geschaffen hatte, erwies sich als mächtiges Geleit, so mächtig, daß er sie bei Keston beinahe erwischt hätte. Doch dann entkamen sie über das Meer, und eine andere Macht senkte sich über sie und ließ die seine abprallen. Vargûl hatte den Widerhall dieser Magie auf der Stelle erkannt. Orëska-Magie.

Deshalb waren Mardus und seine Männer ihren Spuren auf durch und durch gewöhnliche Weise gefolgt, während er, ein Totenbeschwörer höchsten Ranges, sie gleich einem nutzlosen Gepäckstück begleitete.

Mardus zeigte sich zuversichtlich. Sie wußten bereits, wohin die Diebe geflohen waren, und auch das verdankten sie Mardus' kaltblütigen Mitteln, anstatt Vargûls Magie. Einer der Süßwassermatrosen, die sie nach der Zerstörung der *Pfeil* – zumindest dafür zeichnete Vargûl verantwortlich – gefangengenommen hatten, brüllte mit dem letzten Atemzug heraus, was sie wissen mußten.

Es trieb ihn fast zum Wahnsinn, nun tatenlos hier herumzusitzen, kaum zwei Tagesritte von der Hochburg seiner Feinde entfernt.

So nah! dachte er und schloß die Faust um das Fläschchen.

Mardus beobachtete ihn dabei und erriet die Gedanken des Totenbeschwörers. »Warum spähst du nicht wieder einmal nach ihnen?«

Unbehaglich rutschte Vargûl Ashnazai auf dem Stuhl

hin und her. »Seit Wochen kommt immer dasselbe dabei heraus.«

Mardus schaute ihn an, fast so wie irgend jemand einen anderen anschauen mochte, der gerade etwas gelinde Überraschendes von sich gab. Aber Mardus war nicht irgend jemand. Als ihre Blicke sich trafen, spürte der Totenbeschwörer Furcht in sich aufflammen. Es war nicht Wahnsinn, den er in den Augen seines Gegenübers erblickte – weit gefehlt; es war etwas Schlimmeres, eine unnachgiebige Entschlossenheit, verfinstert vom Schatten ihres Gottes. Mardus besaß zwar keine Magie, doch er besaß Macht. Er war gebenedeit, auserkoren.

Ashnazai fühlte, wie ihm unter diesem gnadenlosen Blick das Blut in den Adern gerann. Er umklammerte das Fläschchen noch fester, legte die andere Hand über die Augen und rief sich das Bild der Diebe ins Gedächtnis.

Flüchtig spürte er das beruhigende Pulsieren seiner eigenen beträchtlichen Macht. Die innere Schwärze flutete aus ihm in das Fläschchen und darüber hinaus, wobei sie sich des Blutes bediente, um dessen Quelle aufzuspüren. Doch seit die Diebe Rhíminee erreicht hatten, umhüllte sie ein Schleier. Jemand hatte einen Schutzzauber über sie ausgebreitet, dessen Widerstand gegen Vargûls Magie sich als heftig und undurchdringlich erwiesen hatte. Auch diesmal war es nicht anders. Sobald der Totenbeschwörer alle Sinne gebündelt auf ihren Aufenthaltsort lenkte, blendete ihn die gleißende Vision eines Feuers und riesiger, ledriger Schwingen. Die Botschaft war unmißverständlich: *Diese Leute stehen unter dem Schutz der Orëska. Du kannst ihnen nichts anhaben.*

Ashnazai rang nach Luft, ließ das Fläschchen los und vergrub das Gesicht in den Händen.

»Wieder dasselbe?«

Ashnazai brauchte nicht aufzublicken, um zu wissen, daß dieser Bastard lächelte.

»Dann ist Urvays Schauspieler wahrlich ein Segen. Wenn diese beiden nach wie vor unter dem Schutz der Magier von Orëska stehen, gibt es dann einen besseren Ort, um nach ihnen zu suchen?«

»Ich hoffe, Ihr habt Recht, Herr. Wenn ich sie finde, zerquetsche ich ihre pochenden Herzen mit bloßen Händen.«

»Rache ist eine gefährliche Empfindung.«

Als Vargûl Ashnazai aufschaute, sah er eine vertraute Verständnislosigkeit über das Antlitz seines Gefährten huschen – die Erhabenheit des Gottes.

»Du solltest ihnen dankbar dafür sein, daß sie uns zum Ziel unserer Suche führen«, sprach Mardus mit sanfter Stimme weiter, während er in die Tiefen seines Bechers starrte. »Dieser Schauspieler und seine Hexe sind unsere Schlüssel zum Ziel. Jetzt ist Geduld das Zauberwort. Hab Geduld. Unser Augenblick wird kommen.«

1
Eine lausige Nacht dafür

Mit Schneeregen beladene Winde peitschten von der winterlichen See herein und tobten gleich einem riesigen, übermütigen Kind durch die dunklen Straßen von Rhíminee. Lose Schindeln und Ziegel wurden von Dächern gerissen und zerschellten scheppernd in Gassen und Gärten. Kahle Bäume neigten sich im Sturm; ihre schlagenden Äste klapperten wie Knochen durch die Nacht. Im Hafen unterhalb der Zitadelle wurden Kähne aus den Anlegeplätzen geschleudert und kenterten an den Molen. Sowohl in der Ober- als auch in der Unterstadt zogen sogar die Freudenhausbesitzer frühzeitig die Fensterläden zu.

Zwei in Umhänge gehüllte Gestalten glitten aus den Schatten eines Hinterhofs in der Blaufischstraße hervor und eilten nach Osten in die Korngarbenstraße.

»Ich kann nicht glauben, daß wir bei diesem Wetter unterwegs sind, um ein verfluchtes Liebespfand abzuliefern«, meckerte Alec und schüttelte sich das nasse, helle Haar aus den Augen.

»Die Katze von Rhíminee hat einen Ruf zu verlieren«, entgegnete Seregil, der zitternd neben dem Jungen herlief. Der schlanke Aurënfaie beneidete Alec um dessen Unempfindlichkeit eines Nordländers gegen Kälte. »Lord Phyrien hat dafür bezahlt, daß dieses Ding heute nacht auf dem Kissen des Mädchens landet. Ich wollte ohnehin einen Blick in die Depeschenkassette ihres Vaters werfen. Es heißt, er spekuliere auf das Amt des Kanzlers.«

Seregil grinste verstohlen. Seit Jahren half der geheimnisvolle Dieb, den alle Welt nur als die Katze von Rhíminee kannte, den Spitzen der Gesellschaft der Stadt bei ihren endlosen Intrigen; um ihn zu rufen, bedurfte es lediglich einigen Goldes und einer unauffälligen Botschaft in die richtigen Hände. Niemand hatte je erahnt, daß dieser gesichtslose Spion praktisch einer von ihnen war und aus seinen Taten ebensolchen Nutzen zog wie sie.

Der Wind zerrte von allen Seiten an den beiden, während sie weiter auf das Obere Viertel zueilten. Als sie die Brunnenkolonnade am Ende der Goldhelmstraße erreichten, huschte Seregil kurz hinein.

»Bist du sicher, daß du es schaffst? Wie geht's deinem Rücken?« fragte er, während er sich hinabbeugte, um aus dem Springbrunnen in der Mitte des Säulenganges zu trinken.

Weniger als zwei Wochen waren verstrichen, seit Alec Prinzessin Klia aus der in Flammen stehenden Kammer unter dem Bergfried der Verräterin Kassarie gerettet hatte. Zwar hatte die Heilmagie der übelriechenden Salben des Drysiers Valerius durchaus Wirkung gezeigt, doch als sie sich heute nacht ankleideten, war Seregil aufgefallen, daß die Haut an den Schultern des Jungen an manchen Stellen immer noch ziemlich dünn schien. Natürlich würde Alec das niemals zugeben und dadurch das Wagnis eingehen, daß Seregil ihn zurückschickte.

»Ich bin in Ordnung«, beharrte Alec wie erwartet. »Ich höre deine Zähne klappern, nicht meine.« Er beutelte den triefnassen Umhang aus und warf sich ein langes Ende über die Schulter. »Komm weiter. Wenn wir in Bewegung bleiben, wird uns wärmer.«

Von plötzlicher Sehnsucht gepackt, schaute Seregil zum Eingang der Lichterstraße auf der gegenüberliegenden Seite des Säulenganges. »Dort drüben würde uns noch um einiges wärmer!«

Monate waren verstrichen, seit er zum letzten Mal eines der noblen Freudenhäuser besucht hatte. Der Gedanke an so viele warme, wohlriechende Betten und so viele warme, wohlriechende Körper ließ die Kälte um so schlimmer erscheinen.

Alec, der unsichtbar in den Schatten stand, gab zwar keine Antwort, doch Seregil hörte, wie er unbehaglich von einem Bein aufs andere trat. Der Junge war so einsam aufgewachsen, daß er sich in gewissen Dingen als ungewöhnlich rückständig erwies, sogar für einen Dalnaner. Seregil war eine solche Zurückhaltung unbegreiflich, aber aus Achtung vor ihrer Freundschaft verkniff er es sich, den Jungen damit aufzuziehen.

Die eleganten Prachtstraßen des Oberen Viertels präsentierten sich menschenleer, die großen Häuser und Villen lagen dunkel hinter hohen Gartenmauern. Vom Sturm ausgeblasene, reich verzierte Straßenlaternen schwangen quietschend auf ihren Haken hin und her.

Das Haus in der Dreijungfernstraße war eine große, verwinkelte, von einer hohen Mauer umgebene Villa. Während Seregil die Dragge hinaufwarf und das Seil sicherte, hielt Alec nach Patrouillen der Blaumäntel Ausschau. Das Tosen des Sturms übertönte die Geräusche, die sie beim Erklimmen und Überklettern der Mauer verursachten. Nachdem Seregil das Seil in einer Gebüschreihe versteckt hatte, schlich er durch die Gärten voraus.

Nach kurzer Suche fand Alec in einer Wand an der Rückseite des Hauses ein kleines, hoch gelegenes Fenster mit geschlossenen Läden. Er stieg auf eine Regentonne, zwängte den Fensterladen mit einem Messer auf und spähte hinein.

»Sieht nach einem Lagerraum aus«, flüsterte er.

»Na dann los. Ich bin unmittelbar hinter dir.«

Alec kletterte mit den Füßen voraus hinein und verschwand geräuschlos im Inneren des Gemäuers.

Als Seregil ihm folgte, stieg ihm der erdige Geruch von Kartoffeln und Äpfeln in die Nase. Er quetschte sich durch die Öffnung und landete auf etwas, das sich wie Zwiebelsäcke anfühlte. Dann streckte er die Hand aus, fand in der Dunkelheit Alecs Schulter, und gemeinsam ertasteten sie sich den Weg zur Tür. Seregil hob den Riegel an und lugte hinaus in die geräumige Küche.

Die glühenden Kohlen im Herd spendeten genug Licht, um zwei Bedienstete zu bemerken, die auf Pritschen schliefen. Lautes Schnarchen drang aus einer schattigen Ecke ganz in der Nähe. Rechterhand befand sich ein offener Bogen. Seregil klopfte Alec auf den Arm und schlich auf Zehenspitzen darauf zu.

Der Bogen führte zu einem Bedienstetengang. Nachdem sie eine schmale Treppe erklommen hatten, stahlen sie sich auf der Suche nach Lord Decians Arbeitsräumen durch mehrere Korridore. Als sie nicht fündig wurden, begaben sie sich ins nächste Stockwerk und gingen das Wagnis ein, abgeschirmte Lichtsteine hervorzuholen.

Im fahlen Schimmer der Steine sahen sie, daß die Adeligen des Hauses die Schuhe vor den Schlafzimmertüren abstellten, auf daß ein Bediensteter sie einsammelte und putzte. Seregil stupste Alec und bedeutete ihm mit einem Zeichen, daß ihnen das Glück hold war. Der Herr des Hauses hatte nur eine Tochter; es sollte keine Schwierigkeit darstellen, daß Schuhwerk einer fünfzehnjährigen Maid zu erkennen.

Vor einer Tür am fernen Ende des Ganges stand ein Paar zierlicher Stiefel. Ein Paar breiter Schuhe daneben verriet den beiden, daß die junge Frau nicht allein schlief.

Seregil unterdrückte ein Grinsen. Alec stand mehr bevor, als er erwartet hatte, in mehrerlei Hinsicht.

Behutsam probierte Alec den Riegel und fand die Tür unversperrt vor. Heute nacht war die Überbringung seine Aufgabe, eine weitere Prüfung für den Gesellen der Katze. Zwar schien ein Auftrag dieser Art kaum so bedeutend wie jener, den sie kürzlich für Nysander ausgeführt hatten, dennoch erforderte er ein hohes Maß an Raffinesse, und der Junge brannte darauf, seine Fähigkeiten unter Beweis zu stellen.

Alec schob den Lichtstein zurück in die Werkzeugrolle, holte tief Luft und hob den Riegel an.

Auf einem Schränkchen neben dem Bett brannte eine Nachtlampe. Der Bettvorhang war offen. Alec erblickte ein junges Mädchen mit üppigen Zöpfen, das mit dem Gesicht zum Licht auf der türnahen Seite des Bettes schlief. Daneben wälzte sich unruhig eine größere

Gestalt unter der dicken Steppdecke, wahrscheinlich die Mutter oder die Amme der jungen Frau.

Er schlich zum Bettrand und holte das Pfand heraus, eine winzige, durch den goldenen Ring eines Mannes geschobene Schriftrolle. Wäre es nach ihm gegangen, er hätte sie einfach auf das Nachtkästchen gelegt und die Angelegenheit als erledigt betrachtet, doch Lord Phyriens Anweisungen waren unmißverständlich. Der Ring mußte auf das Kissen seiner Liebsten.

Alec beugte sich über das Mädchen und legte das Pfand auftragsgemäß ab. Zu spät hörte er, wie Seregil jäh die Luft einsog. Sogleich rollte der schwere Ring das gewölbte Kissen hinab und traf das Mädchen an der Wange, unmittelbar neben dem Mund.

Erschrocken riß die junge Frau die braunen Augen weit auf. Zu Alecs Glück erblickte sie den Ring, bevor sie aufkreischen konnte. Die Furcht in ihren Zügen verwandelte sich in stumme Freude, da sie seine vermummte Gestalt für die ihres Geliebten hielt.

»O Phyrien, wie kühn du bist!« hauchte sie und schielte rasch zu der schlafenden Frau neben ihr. Dann ergriff sie Alecs Hand und zog sie sanft, aber entschlossen unter die Decke.

Alec lief unter der tiefen Kapuze hochrot an. Wie die meisten Skalaner schlief das Mädchen nackt. Dennoch wagte er keinen Widerstand zu leisten. Jeder solche Versuch hätte nicht nur ihr Mißtrauen erregt, sondern vermutlich zudem das Bett so sehr zum Wackeln gebracht, daß auch die zweite Schläferin erwacht wäre.

»Du bist so kalt!« wisperte sie leise kichernd und führte seine Hand immer tiefer. »Küß mich, mein tapferer Geliebter. Ich will dich wärmen.«

Mit der freien Hand hielt Alec die Kapuze fest und drückte hastig die Lippen auf die ihren, dann deutete er warnend auf die andere Frau. Das Mädchen machte einen neckischen Schmollmund, ließ ihn los und schob das Liebespfand unter das Kissen.

Mit bis in die Ohren pochendem Herzen löschte Alec die Kerze und eilte zurück hinaus in den Flur.

»Seregil, ich ...« setzte er im Flüsterton an, doch sein Gefährte schnitt ihm die Entschuldigung ab, indem er ihn am Arm packte und den Weg zurückdrängte, den sie gekommen waren.

Verdammt, verdammt, verdammt! schalt sich Alec. *Eine einfache, kleine Pfandüberbringung, und ich vermassle alles.*

Darauf gefaßt, jeden Augenblick einen Schrei zu vernehmen, liefen sie eilends hinab zur Küche und schlüpften durch das Fenster in der Vorratskammer hinaus. Auch draußen hüllte sich Seregil beharrlich in Schweigen. Nachdem sie über die Mauer geklettert waren, preschte er im Laufschritt los. In der tristen Überzeugung, bei seinem Freund und Lehrmeister in Ungnade gefallen zu sein, folgte ihm Alec.

Drei Straßen von der Villa entfernt hielt Seregil plötzlich inne, zerrte den Jungen in eine Seitengasse, beugte sich vornüber und stützte die Hände auf die Knie, als wollte er zu Atem kommen.

Da Alec fest mit einer harschen Schimpfkanonade rechnete, dauerte es einen Augenblick, bis er erkannte, daß Seregil lachte.

»Bei Bilairys Eingeweiden, Alec!« stieß er hervor. »Ich hätte hundert Silbermark gegeben, um dein Gesicht zu sehen, als dieser Ring davonrollte. Und als sie dann versuchte, dich ins Bett zu ziehen ...«

Seregil lehnte sich an die Gassenwand und schüttete sich aus vor Lachen.

»Aber ich war so dumm«, brummte Alec. »Ich hätte wissen müssen, daß er nicht liegenbleiben würde.«

Grinsend rieb sich Seregil die Augen. »Vielleicht, aber so etwas kommt vor. Ich weiß gar nicht mehr, wie oft mir derlei Fehltritte passiert sind. Wichtig ist nur, wie man sich wieder herauswindet, und das hast du wirklich prima gemacht. ›Leben und lernen‹, sage ich immer.«

Erleichtert schritt Alec neben ihm her, als sie nach Hause gingen. Doch bevor sie auch nur einen Häuserblock hinter sich gebracht hatten, prustete Seregil abermals los. Schwer stützte er sich auf Alecs Schulter und hauchte mit melodischer Fistelstimme: »Küß mich, mein tapferer Geliebter. Ich will dich wärmen!« Dann wandte er sich taumelnd ab und lachte schallend in den Wind.

Vielleicht, dachte Alec entnervt, war die Sache doch noch nicht gänzlich erledigt.

Zurück in der Herberge zum jungen Hahn stibitzten sie einen späten Happen aus Thryis' Vorratskammer und erklommen die verborgene Treppe ins zweite Stockwerk. Flüchtig glommen Schutzglyphen auf, als Seregil die entsprechenden Losungsworte flüsterte. Nachdem sie das Ende der Treppe erreicht hatten, durchquerten sie den frostigen Dachspeicher und gingen auf die Tür zu ihren Zimmern zu.

Die unordentliche Wohnstube war noch warm vom abendlichen Kaminfeuer. Alec warf den triefnassen Umhang über die Meerjungfrauenstatue neben der Tür und schälte sich aus den durchnäßten Kleidern, während er auf sein Bett zuschritt, das in der Ecke neben dem Kamin stand.

Seregil beobachtete ihn mit einem matten Lächeln auf den Lippen. Die ausgeprägte und in seinen Augen widernatürliche Scham des Jungen hatte in den Monaten ihrer Bekanntschaft ein wenig nachgelassen; trotzdem drehte Alec sich um, als er aus der Lederhose schlüpfte und ein langes Hemd überstreifte. Mit seinen sechzehn Jahren ähnelte Alecs Körperbau stark dem seines Freundes: schlank, drahtig und hellhäutig. Als der Junge sich wieder umwandte, gab Seregil rasch vor, eifrig einen Poststapel zu sortieren, der sich auf dem Tisch angehäuft hatte.

»Morgen haben wir nichts Besonderes vor, oder?« fragte Alec und biß in eine der Fleischpiroggen, die sie aus der Vorratskammer geschnappt hatten.

»Nichts Dringendes«, erwiderte Seregil und gähnte ausgiebig, während er auf die Tür zu seinem Schlafzimmer zuging. »Und ich gedenke, keinesfalls vor Mittag aufzustehen. Gute Nacht.«

Mit Hilfe eines Lichtsteins steuerte er an den Bücherstapeln, den Kisten und dem übrigen Kram vorbei auf das breite, mit Samtvorhängen versehene Bett zu, das den hinteren Teil der winzigen Kammer beherrschte. Er legte die nassen Kleider ab und schlüpfte wohlig seufzend zwischen die makellos reinen Laken. Ruetha tauchte aus einer mit Gerümpel verstellten Ecke auf, sprang kehlig schnurrend ins Bett und verlangte Einlaß unter die Decke.

Insgesamt betrachtet, war es ein arbeitsreiches Jahr gewesen, dachte er, während er abwesend die Katze streichelte. Vor allem die letzten paar Monate. Allein die heutige Erkenntnis, wie lange sein letzter Besuch in der Lichterstraße bereits zurücklag, unterstrich, wie zerrüttet sein Leben im allgemeinen verlief.

Na ja. Der Winter steht vor der Tür. Zwar wird uns die Arbeit wohl nie ausgehen, aber uns wird auch reichlich Zeit bleiben, die Annehmlichkeiten der Stadt auszukosten. Alles in allem würde ich sagen, wir haben uns ein wenig Erholung verdient.

Während Seregil sich die ruhigen, verschneiten Monate ausmalte, die vor ihnen lagen, glitt er sanft hinüber in den Schlaf -

– und erwachte kurz darauf aus einem Alptraum über einen Sturz in die Dunkelheit, und Alecs entsetzter Schrei hallte in seinen Ohren, während sie fielen, tiefer und tiefer, vorbei an den Mauern von Kassaries Bergfried und hinein in die kluftige Schlucht davor.

Als Seregil japsend die Augen aufschlug, stellte er gleichermaßen erleichtert und verärgert fest, daß er splitternackt in einem der Lehrstühle in Nysanders Wohnstube saß. Die Frage, wie er hierhergekommen war, erübrigte sich; die überwältigende Übelkeit, die einen Ortswechselzauber stets begleitete, krampfte seinen Magen zusammen. Er wischte sich das lange, dunkle Haar aus dem Gesicht und blickte zerknirscht, mit finsterer Miene zu dem Magier empor.

»Verzeih, daß ich dich so jäh hergeholt habe, mein lieber Junge«, sagte Nysander und reichte ihm einen Hausmantel und eine dampfende Tasse Tee.

»Ich nehme an, es gibt einen guten Grund dafür«, brummte Seregil in der Gewißheit, daß dem so sein mußte, wenn Nysander bereits so kurz nach dem Unfall bei der Gestaltwandlung schon wieder Magie an ihm anwandte.

»Selbstverständlich. Ich wollte dich schon eher holen, aber ihr beide wart gerade damit beschäftigt, bei jemandem einzubrechen.« Nachdem Nysander sich ebenfalls eine Tasse Tee eingeschenkt hatte, ließ er sich in seinen Lieblingsstuhl auf der gegenüberliegenden Seite des Kamins sinken. »Ich habe nur kurz zugesehen. Wart ihr erfolgreich?«

»Mehr oder weniger.« Nysander schien es nicht eilig zu haben, sich zu erklären, doch er hatte offensichtlich an etwas gearbeitet. Sein kurzgeschorener, grauer Bart war in Mundnähe mit Tinte bekleckst, und er trug einen der abgewetzten, alten Hausmäntel, die er vorzugsweise dann anlegte, wenn er die Nacht durchwerkte. Umgeben von der überwältigenden Bücher- und Kuriositätensammlung, die den Raum beherrschte, mochte man ihn beinahe für einen heruntergekommenen Gelehrten halten, der sich zufällig hierher verirrt hatte.

»Mir ist aufgefallen, daß Alec besser aussieht«, meinte Nysander.

»Er erholt sich allmählich. Aber seine Haare bereiten mir Sorgen. Bis zum Sakorfest muß er wieder herzeigbar sein.«

»Sei froh, daß er keine schlimmeren Verletzungen davongetragen hat. Aus dem zu schließen, was Klia und Micum mir erzählt haben, kann man von Glück reden, daß er überhaupt noch lebt. Ah, und bevor ich es vergesse, ich habe für euch beide etwas von Klia und der Königin.« Der Magier überreichte Seregil zwei Samtbeutel. »Eine öffentliche Belobigung ist natürlich ausgeschlossen, aber sie wollten euch trotzdem ihren Dank auszudrücken. Der grüne Beutel ist für dich.«

Seregil hatte derlei Belohnungen schon des öfteren erhalten.

In der Erwartung, ein weiteres Schmuckstück oder

Juwel vorzufinden, öffnete er den kleinen Beutel. Was er darin erblickte, verschlug ihm die Sprache.

Es war ein Ring, ein höchst vertrauter Ring. Der große, glatte Rubin in der massiven Fassung aus Aurënfaie-Silber schimmerte wie Wein, als er ihn dichter ans Feuer hielt. »Bei Illiors Licht, Nysander, das ist einer der Ringe, die ich Corruth í Glamiens Leichnam abgenommen habe«, stieß Seregil hervor, als er endlich die Stimme wiederfand.

Nysander beugte sich vor und faltete die Hände. »Er war dein und Idrilains Blutsverwandter, Seregil. Sie fand, der Ring wäre eine angemessene Belohnung dafür, daß du das Rätsel um sein Verschwinden gelöst hast. Sie hofft, daß du ihn eines Tages in allen Ehren bei deinem Volk tragen kannst.«

»Bestell ihr meinen Dank.« Ehrfürchtig schob Seregil den Ring zurück in den Beutel. »Aber deshalb hast du mich doch nicht aus dem Bett gezaubert, oder?«

Kichernd lehnte sich Nysander zurück. »Nein. Ich hätte da eine Aufgabe, die dich vielleicht interessiert. Aber bevor ich sie dir erkläre, muß ich einige Bedingungen stellen. Entweder stimmst du ihnen zu, oder ich schicke dich sofort zurück und lösche deine gesamte Erinnerung an dieses Treffen.«

Seregil blinzelte überrascht. »Na, das muß aber eine Aufgabe sein. Warum hast du Alec nicht hergeholt?«

»Darauf komme ich gleich zu sprechen. Ich kann dir erst antworten, wenn du den Bedingungen zugestimmt hast.«

»Na schön. In Ordnung. Wie lauten sie?«

»Erstens: Du darfst ohne meine Erlaubnis keine Fragen stellen.«

»Warum nicht?«

»Und zwar von jetzt an.«

»Oh, schon gut. Was noch?«

»Zweitens: Du mußt völliges Stillschweigen über die Aufgabe bewahren. Niemand darf von dieser Angelegenheit erfahren, ganz besonders nicht Alec oder Micum. Gibst du deinen Eid darauf?«

Eine Weile musterte Seregil den Zauberer schweigend; in letzter Zeit wurde es zunehmend schwierig, vor Alec etwas geheimzuhalten. Und dennoch: wie sollte er sich dem Bann einer derart geheimnisvollen Aufgabe entziehen?

»Na schön. Du hast mein Wort darauf.«

»Deinen Eid«, beharrte Nysander mit ernster Miene.

Kopfschüttelnd streckte Seregil den linken Arm mit der Handfläche nach oben vor sich aus. »*Asurit betuth dös Aura Elustri kamar sösui Seregil í Korit Solun Meringil Bôkthersa*. Zudem schwöre ich bei meiner Ehre als Beobachter. Reicht das?«

»Du weißt, ich würde dir solche Bedingungen nie und nimmer ohne triftigen Grund auferlegen«, schalt der Zauberer Seregils spitze Bemerkung.

»Trotzdem habe ich das Gefühl, daß es in letzter Zeit immer häufiger vorkommt«, gab Seregil mürrisch zurück. »Darf ich *jetzt* Fragen stellen?«

»Ich werde beantworten, so viel ich kann.«

»Warum ist es so wichtig, daß Alec und Micum nichts davon erfahren?«

»Weil ich, wenn du auch nur ein Sterbenswörtchen dessen weitergibst, was ich dir gleich offenbare, euch alle töten muß.«

Obwohl Nysander die Worte ruhig aussprach, trafen sie Seregil wie ein Hieb in die Magengrube; er kannte den Zauberer schon zu lange, um den Ernst seiner Aussage zu verkennen. Einen Augenblick hatte Seregil das Gefühl, in das Antlitz eines Fremden zu starren. Dann fügte sich plötzlich alles so nahtlos zusammen wie ein Riegel, der in ein Schloß fällt. Ruckartig beugte er sich vor und verschüttete vor Aufregung heißen Tee über seine Knie.

»Es hat damit zu tun, nicht wahr?« rief er und klopfte sich auf die Brust. Dort, verborgen unter Nysanders Abdeckzauber, prangte der eingebrannte Abdruck der Holzmünze, die Seregil in Wolde von Lord Mardus gestohlen hatte – jener seltsamen, trügerisch schlichten Scheibe, die ihn beinahe das Leben gekostet hatte. »In der Nacht, als ich dir sagte, daß ich Illiors Orakel eine Zeichnung davon zeigen wollte, bist du aschfahl geworden. Damals dachte ich, du würdest gleich zusammenbrechen.«

»Vielleicht verstehst du meine Aufregung jetzt«, erwiderte Nysander grimmig.

Sie hatten seither nie wieder über diese Unterhaltung gesprochen, doch nun kehrte die bedrohliche Spannung, die Seregil dabei gespürt hatte, mit voller Wucht zurück. »Bei Bilairys *Eingeweiden*! Du hättest mich schon damals getötet!«

Nysanders Kehle entrang sich ein tiefer Seufzer. »Ich hätte es mir nie verziehen, das kannst du mir glauben, aber ich wäre auch wütend auf dich gewesen, wenn du mich dazu gezwungen hättest. Weißt du noch, was ich damals zu dir gesagt habe?«

»Ich sollte beten, daß ich nie herausfinden möge, was diese Scheibe in Wirklichkeit darstellt?«

»Genau. Und willst du die anstehende Aufgabe übernehmen, mußt du das auch weiterhin als meine Antwort hinnehmen.«

Bedrückt sank Seregil auf den Stuhl zurück. »Dieselbe alte Leier, wie? Und was, wenn ich nein zu alldem sage? Wenn ich, sofern du mir nicht die ganze Geschichte erzählst, nichts damit zu tun haben will?«

Nysander zuckte mit den Schultern. »Wie ich schon sagte, dann lösche ich diese Unterhaltung aus deinem Gedächtnis und schicke dich nach Hause. Gewiß gibt es noch andere, dir mir helfen können.«

»Zum Beispiel Thero, was?« entfuhr es Seregil schnippisch, bevor er sich eines Besseren besinnen konnte.

»Oh, um . . .«

»Kennt *er* das große Geheimnis?« Die alte Eifersucht ergriff Besitz von Seregil. Das letzte, was er hören wollte, war, daß der junge Zauberlehrling mehr über die Angelegenheit wußte als er.

»Er weiß weniger als du«, erwiderte Nysander verärgert. »Übernimmst du die Aufgabe jetzt oder nicht?«

Seregil ließ ein verbittertes Knurren vernehmen.

»Na schön. Worum geht's?«

Nysander zog einen Pergamentbogen aus dem Ärmel und reichte ihn Seregil. »Sag mir zunächst, wofür du das hier hältst.«

»Sieht aus wie die Seite eines Buches.« Das Pergament war von Wetter oder Alter vergilbt. Seregil rieb eine Ecke zwischen den Fingern und roch daran, erst dann betrachtete er die Schrift darauf. »Es ist alt, mindestens vier oder fünf Jahrhunderte. In der ersten Zeit wurde ausgesprochen achtlos damit umgegangen, erst später wurde es sorgsam verwahrt. Und das Pergament ist eher aus der Haut eines Menschen oder eines Aurënfaie als aus der eines Kindes gemacht.« Abermals setzte er ab und überprüfte die Nahtlöcher am linken Rand. »Die Löcher sind noch ganz, was beweist, daß es behutsam aus einem Buch entfernt und nicht einfach herausgerissen wurde. Aber Feuchtigkeit hat es bereits ein wenig beschädigt. Die Farbe läßt mich vermuten, es wurde danach in Gift getränkt, das jedoch offensichtlich unschädlich gemacht wurde; andernfalls könnten wir es nicht berühren.«

»Stimmt genau.«

Vollends in die vor ihm liegende Aufgabe vertieft, spielte Seregil abwesend mit einer Haarsträhne.

»Mal sehen. Die Schrift ist Alt-Asuit und auch in dieser Sprache verfaßt, die ihren Ursprung bei den Hügelvölkern nördlich von Plenimar hat. Daraus können wir folgern, daß der Verfasser entweder aus dieser Gegend stammte oder ein Sprachgelehrter war.«

»So wie du, mein lieber Junge. Ich nehme an, du kannst den Text entschlüsseln, oder?«

»Hmmm – ja. Liest sich wie die Phantastereien eines verrückten Propheten. Trotzdem ziemlich poetisch. ›Beobachte mit mir, mein Lieb, wie Dämonen den Wein der Süße berauben.‹ Dann steht da etwas über Pferde – und ›Die güldne Flamme vermählt sich mit Dunkelheit. Der Wundersame kommt, um die Knochen des Hauses zu liebkosen ...‹ Nein, das war falsch. Es heißt ›die Knochen der Welt‹.«

Er ging an den Tisch und zog eine Lampe herbei. »Ja. Erst dachte ich, es wären nur ein paar Fehler bei den Akzentzeichen, aber ich habe mich geirrt. Das ist ein Kode.«

Nysander reichte ihm eine Wachstafel und einen Griffel. »Willst du es versuchen?«

Als Seregil das Dokument abermals durchlas, entdeckte er sechzehn Wörter mit falsch gesetzten Akzenten. Dann erstellte er eine Liste, die nur die Buchstaben mit falschem Akzent umfaßte und kam auf neunundzwanzig.

Stirnrunzelnd klopfte er sich mit dem Griffel auf das Kinn.

»Ein verflucht schwieriges Rätsel.«

»Schwieriger, als du dir vorstellen kannst. Mein Meister Arkoniel und ich haben mehr als ein Jahr gebraucht, um den Schlüssel zu entdecken. Allerdings haben wir zu der Zeit auch an anderen Dingen gearbeitet.«

Seregil stöhnte auf und schleuderte den Griffel beiseite. »Willst du damit sagen, daß ihr diese Nuß bereits geknackt habt?«

»Aber ja. Weißt du, das ist nicht die eigentliche Aufgabe. Doch ich wußte, daß du dich lieber am Original versuchen würdest, um deine eigenen Schlüsse zu ziehen.«

»Und wie sieht der Schlüssel aus?«

Nysander trat zu Seregil an den Tisch, drehte die Wachstafel um und begann mit raschen Schwüngen zu schreiben. »Die Buchstaben mit den Akzenten ergeben nur blanken Unsinn, eine Erkenntnis, zu der wir erst nach entmutigend langer Zeit gelangt sind. Der Schlüssel setzt sich aus Silbenbildung und Fall zusammen. Wie du weißt, ist Alt-Asuit eine beugende Sprache mit fünf Fällen. Jedoch werden nur drei Fälle – der Nominativ, der Dativ und der Genetiv – für den Kode verwendet. Sieh dir zum Beispiel die Worte an, aus denen die Wendung ›der Welt‹ besteht.«

Nachdenklich nickte Seregil und murmelte: »Ja, über diesen falsch gesetzten Akzent bin ich gestolpert. Er sollte über dem zweiten Selbstlaut der letzten und nicht der ersten Silbe sein.«

»Richtig. Da ›Welt‹ im Genetiv steht und der falsche Akzent sich in der vorvorletzten Silbe befindet, verwendet man den letzten Buchstaben des Wortes. Wenn er im selben Fall, aber in der zweiten oder vorletzten Silbe auftaucht, dann verwendet man den ersten.«

Seregil schaute auf und grinste. »Ich wußte gar nicht, daß du ein so begnadeter Grammatiker bist.«

Nysander gestattete sich ein belustigtes Augenzwinkern. »Im Laufe der Jahrhunderte lernt man schon ein, zwei Dinge. Es ist fürwahr ein höchst ausgeklügeltes System und ziemlich sicher vor einer versehentlichen Entschlüsselung. Im Nominativ bedeutet ein falscher Akzent über der vorvorletzten Silbe, daß man den letzten Buchstaben jenes Wortes nehmen muß, das unmittelbar auf das mit dem falschen Akzent folgt, und so weiter. Im Dativ haben nur die Akzente über den vorletzten Silben eine Bedeutung. Als Ergebnis des Ganzen bleiben nur fünfzehn Buchstaben übrig. Fügt man sie also richtig aneinander – behalt jetzt die Schrift im Auge –, fügt man sie richtig aneinander, spricht man sie *›argucth chthon hrig‹* aus.«

»Klingt, als wolltest du gleich ausspucken ...« setzte Seregil an, doch der Satz blieb ihm im Halse stecken, als die Schriftzüge der Seite plötzlich durcheinanderwirbelten. Binnen weniger Augenblicke waren sie gänzlich verschwunden. Statt dessen sah er ein kreisförmiges Symbol, das einem achtzackigen Stern ähnelte und sich über den Großteil der Seite erstreckte.

»Ein magisches Palimpsest!« keuchte Seregil.

»Richtig. Aber sieh es dir genauer an.«

Seregil hielt das Pergament dichter an die Lampe und stieß einen leisen Pfiff aus; das gesamte Symbol bestand aus makellosen, kalligraphischen Schriftzügen. »Das hat unser verrückter Prophet wohl mit einer Kolibrifeder geschrieben.«

»Kannst du es entziffern?«

»Ich weiß nicht. Es ist so klein gefuzelt. Die Schriftzeichen sind konisch, was die Hofschreiber zu Zeiten der frühen Priesterkönige verwendeten, aber die Sprache ist eine andere, als wollte der Verfasser den Klang einer Sprache mit dem Alphabet einer anderen nachzeichnen. Ja, genau das hat er versucht, dieser gerissene, alte Halunke. Und wenn man mündlich an den Text herangeht ...«

Leise vor sich hin murmelnd, mühte sich Seregil durch die verworrenen Schriftzüge. Eine halbe Stunde später schaute er mit triumphierendem Lächeln auf. »Reines Dravnisch. Nysander, das muß Dravnisch sein.«

»Dravnisch?«

»Die Dravnier sind ein Stammesvolk, das verstreut in den Gletschertälern der Ashek-Berge nördlich von Aurënen lebt. Ich bin nicht mehr dort oben gewesen, seit ich ein Knabe war, aber ich habe die Sprache gelernt. Sie sind berühmt für ihre Sagen und Legenden, diese Dravnier. Zwar besitzen sie keine eigene Schrift, aber das hier gibt den Klang der Sprache wieder. Dieser Bursche hat sich ganz sicher eingehend mit exotischen Sprachen befaßt. Hat man dieses Durcheinander erst entwirrt, bleiben nur wenige Worte, die sich immer wieder aneinanderreihen und dieses Symbol formen. Übrigens sind sie mit Blut geschrieben, wahrscheinlich mit seinem eigenen, wenn er schon verrückt genug war, so etwas wie das hier zu entwerfen.«

»Schon möglich«, unterbrach ihn Nysander. »Aber kannst du feststellen, was es bedeutet?«

Seregil blickte zu ihm auf, dann stieß er einen triumphierenden Ruf aus. »Aha! Darum geht es also. *Du* kannst es nicht lesen!«

Nysander täuschte Betroffenheit vor. »Ich möchte dich an den Eid erinnern, den du geschworen ...«

Mit einem selbstgefälligen Grinsen im Gesicht hob Seregil die Hand. »Ich weiß, ich weiß. Aber nach all den Bedingungen und Geheimnissen werde ich mich wohl ein bißchen daran weiden dürfen. Da steht lediglich ›Stein in Eis in Stein in Eis. Kristallhörner unter Steinhörnern‹. Oder umgekehrt. Es gibt keine Möglichkeit festzustellen, wo man beginnen sollte. Aber warum der Verfasser sich solche Mühe gegeben hat, um etwas derart Undurchsichtiges zu verbergen, übersteigt meinen Verstand.«

»Aber ganz und gar nicht!« Nysander klopfte Seregil auf die Schulter, dann begann er, aufgeregt hin und her zu laufen. »Das Palimpsest beginnt in Alt-Asuit, einer veralteten Sprache aus Plenimar, die noch aus der Zeit vor den Priesterkönigen stammt. Die scheinbar bedeutungslose, verborgene Wendung ›*argucth chthon hrig*‹ ist der Schlüssel zu diesem ebenfalls verborgenen Text. Dieser wiederum setzt sich aus dem Alphabet zusammen, das am Hof der Priesterkönige verwendet wurde, die zu jener Zeit auf der Insel Kouros herrschten, doch die Worte an sich gehören zur Sprache eines unbedeutenden Stammes, der in den Bergen im Süden lebt, jenseits des Osiat-Meeres nahe Aurënen. Ich hatte Gründe, das alles anzunehmen, aber du, mein lieber Junge, hast den endgültigen Beweis geliefert. Was für ein erstaunliches Dokument!«

Indes stellte Seregil eigene Überlegungen an. »Die dravnischen Stämme leben in den höchsten Tälern der Ashek-Berge und errichten ihre Dörfer entlang den Rändern der Gletscher. ›Stein in Eis in Stein in Eis.‹ Und das mit den Steinhörnern erinnert mich an eine Geschichte, die uns die Händler aus den Bergen oft erzählten. Dabei ging es um einen Ort dort droben, wo Dämonen über den Schnee wirbeln und das Blut der Lebenden trinken. Dieser Ort hieß das Tal der Hörner.«

Nysander blieb vor Seregil stehen und grinste von Ohr zu Ohr. »Dein Verstand gleicht dem Nest einer Elster, mein lieber Junge! Man weiß nie, was für ein ungeahntes Juwel als nächstes herauspurzelt.«

»Wenn es dieses Tal der Hörner tatsächlich gibt, dann ist das hier« – Seregil tippte auf das fleckige Pergament – »nicht bloß ein verschlungenes Rätsel. Es ist eine Karte.«

»Und vermutlich nicht die einzige. Jüngsten Meldungen aus Plenimar zufolge wurden mehrere Erkundungsstreitkräfte nach Westen in Richtung der Meerenge von

Bal entsandt. Wir konnten uns nicht vorstellen, was sie vorhatten, aber in dieser Richtung befindet sich auch die Halbinsel Ashek.«

»Um diese Jahreszeit?« Seregil schüttelte den Kopf. Um die Meerenge von Bal zu durchqueren, mußte man das Südufer des Osiat-Meeres anlaufen, ein Gebiet, in dem es selbst bei bestem Wetter von tückischen Untiefen und furchterregenden Küstenstreifen wimmelte. Im Winter käme dies einem mehr als gefährlichen Unterfangen gleich. »Was auch immer dieser ›Stein in Eis‹ sein mag, die Plenimaraner wollen es also unbedingt haben. Und ich nehme an, du willst nicht, daß sie es bekommen, richtig?«

»Ich hoffe, du wirst mir helfen, das zu verhindern.«

»Na ja, es wäre schon gut zu wissen, wonach ich eigentlich suche. Selbstverständlich nur, wenn du dafür nicht allzu viele hochheilige Geheimnisse preisgeben mußt.«

»Gerüchten zufolge handelt es sich um eine Art Krone oder Reif«, erklärte Nysander. »Wichtiger aber ist, daß es über ähnliche Kräfte verfügt wie die Holzmünze, und die hast du ja bereits am eigenen Leib gespürt.«

Bei der Erinnerung verzog Seregil das Gesicht. »Dann werde ich das Ding diesmal bestimmt nicht anlegen. Aber sind uns die Plenimaraner nicht schon zuvorgekommen, wenn deine Informationen stimmen?«

»Vermutlich noch nicht. Der Umstand, daß sie mehrere Truppen entsandt haben, läßt darauf schließen, daß sie nicht genau wissen, wo der Gegenstand zu finden ist. Wir hingegen haben das höchstwahrscheinlich gerade festgestellt. Außerdem bin ich in der Lage, dich wesentlich schneller in die Ashek-Berge zu befördern.«

Seregil wurde bleich. »O nein! Du kannst doch nicht – ein Ortswechselzauber von hier in die Ashek-Berge? Nysander, ich werde mich stundenlang übergeben!«

»Es tut mir leid, aber diese Angelegenheit ist zu bedeutend, um es auf andere Weise zu versuchen. Was uns zurück zu Alec bringt. Wird er Schwierigkeiten machen, weil du ihn zurückläßt?«

Seregil fuhr sich mit der Hand durchs Haar. »Mir wird schon was einfallen. Wann breche ich auf?«

»Um die Mittagszeit, sofern du bis dahin bereit sein kannst.«

»Ich glaube schon. Was brauche ich denn alles, abgesehen von offensichtlichen Dingen?«

»Was hältst du davon, als Aurënfaie-Magier aufzutreten?«

Seregil warf Nysander einen süßsauren Blick zu. »Klingt recht gut, solange wir uns dabei nicht auf meine Fähigkeiten als Zauberer verlassen müssen.«

»Du meine Güte, nein«, entgegnete Nysander lachend. »Ich gebe dir ein paar Dinge mit, die deiner Rolle Glaubwürdigkeit verleihen, und andere, die du für die eigentliche Aufgabe benötigst.« Er setzte ab und ergriff die Schultern des jüngeren Mannes. »Ich wußte, du würdest mich nicht im Stich lassen, Seregil.«

Scherzhaft zog Seregil eine Augenbraue hoch. »Ich wette, jetzt bist du froh, daß du mich nicht getötet hast, oder? Wie spät ist es?«

»Ich glaube, die Sonne geht bald auf. Bedauerlicherweise muß ich dich auf dieselbe Weise zurückschicken, wie ich dich geholt habe.«

»Zweimal in einer Nacht? Dann stell wenigstens sicher, daß du mich in Reichweite eines Eimers absetzt.«

2

Im Jungen Hahn

Alec erwachte durch das Geräusch von Schneeregen, der über das Dach peitschte. Irgendwann in der Nacht war Ruetha zu ihm unter die Decke gekrochen. Er kraulte das dichte, weiße Fell unter ihrem Kinn, woraufhin die Katze ein lautes Schnurren anstimmte.

Als er sich aufsetzte, sah er Seregils abgewetzten, alten

Rucksack reisefertig vor der Schlafkammertür stehen. Darüber hing Seregils Schwertgurt; der erst kürzlich ausgebesserte Korb schimmerte im milchigen Morgenlicht.

Alec betrachtete das ordentliche Bündel mit wachsendem Mißtrauen; offenbar war Seregil bereits seit geraumer Zeit auf den Beinen und traf Vorbereitungen für eine Reise. Und er hatte sich nicht die Mühe gemacht, ihn zu wecken.

»Seregil?« Als Alec den Kopf durch die Zimmertür seines Freundes steckte, stellte er fest, daß in der kleinen Kammer anstatt der gewöhnlichen Unordnung nunmehr ein völliges Chaos ausgebrochen war.

»Guten Morgen!« rief Seregil fröhlich von irgendwo hinter einer umgekippten Truhe.

»Was ist denn hier los? Warst du die ganze Nacht wach?«

»Nicht die ganze Nacht.« Seregil kämpfte sich mit einer Ladung Kleider aus dickem Schaffell durch das Gerümpel und ließ die Felle neben dem Rucksack zu Boden plumpsen. »Das hier habe ich gefunden«, sagte er und reichte Alec einen staubigen Sack, der ein halbes Dutzend komplizierter Schlösser enthielt. Einige waren immer noch an gesplitterten Holztrümmern befestigt.

»Ich dachte, du würdest dich vielleicht gern daran versuchen, nachdem du die auf der Werkbank bereits gemeistert hast. Aber sei vorsichtig. Einige davon beißen.«

Wortlos stellte Alec den Sack ab und lehnte sich an den Türrahmen. Seregil war für eine Reise gekleidet und hatte ihn immer noch nicht aufgefordert, mit dem Packen zu beginnen.

»Was ist los?« fragte er, während er beobachtete, wie Seregil ein Paar langer Schneeschuhe aus einem Schrank hervorkramte. »Wohin gehst du, daß du bei diesem Wetter mit Schnee rechnen mußt?«

»Warte einen Augenblick, ja?« erwiderte Seregil, der gerade die Gurte aus ungegerbtem Leder überprüfte. »Ich muß noch ein paar Dinge suchen, dann erkläre ich dir, soviel ich kann.«

Seufzend trat Alec an das Fenster über der Werkbank. Die Scheiben erzitterten, als ein weiterer Windstoß auf die Herberge niederfuhr. Draußen sah er Thryis' Sohn Diomis über den Hinterhof eilen. Der Schleier herabprasselnden Eisregens erwies sich als so dicht, daß nur die Gebäude in unmittelbarer Nähe erkennbar waren. Hinter sich hörte er Seregil unablässig weiterkramen.

Alec unterdrückte seine wachsende Ungeduld, zog eine Hose an und begann im Kamin ein Feuer zu entfachen.

Die Kohlen waren über Nacht erloschen. Er streute Zunder und Anmachholz auf die Asche und ergriff einen Feuerstein aus dem Gefäß neben dem Kamin. Mit ausdruckslosem Blick starrte er in die aufkeimenden Flammen und versuchte, seiner durcheinanderwirbelnden Gedanken Herr zu werden.

»Weißt du, von hinten sieht dein Kopf wie ein gerupftes Stachelschwein aus«, meinte Seregil, als er endlich aus seinem Zimmer kam. Er fuhr Alec durch das zerzauste Haar und ließ sich in seinen Lieblingsstuhl neben dem Kamin sinken.

Alec zeigte sich keineswegs belustigt. »Du ziehst allein los, richtig?«

»Nur ein paar Tage.«

In Seregils Stimme schwang eine Zurückhaltung mit, die Alec ganz und gar nicht gefiel. »Du meinst, um einen Auftrag auszuführen?«

»Das darf ich dir leider nicht sagen.«

Alec musterte die Züge seines Freundes. Bei eingehenderer Betrachtung stellte er fest, daß Seregil ziemlich blaß wirkte.

»Hat das etwas mit meinem Patzer letzte Nacht zu tun? Du hast doch gesagt ...«

»Nein, natürlich nicht. Es geht um etwas, worüber ich mit niemandem sprechen darf.«

»Warum nicht?« wollte der Junge wissen, zu dessen Enttäuschung sich nunmehr hartnäckige Neugier gesellte.

Entschuldigend breitete Seregil die Arme aus. »Glaub

mir, es hat nichts mit dir zu tun. Und spar dir die Mühe, weiterzubohren.«

»Es geht um etwas, das du für Nysander erledigen mußt, nicht wahr?«

Ungerührt musterte Seregil seinen jungen Freund. »Du mußt versprechen, mir nicht zu folgen, wenn ich losreite.«

Alec spielte mit dem Gedanken, weitere Einwände vorzubringen, dann jedoch nickte er mürrisch. »Wann bist du zurück?«

»Ich hoffe in ein paar Tagen. Inzwischen mußt du dich um diese Dokumentensache von Baron Orante kümmern, und um alles weitere, was hereinkommt und nach einer Aufgabe für einen Mann aussieht. Außerdem stehen die Vorbereitungen für die Nacht der Trauer an, falls ich nicht rechtzeitig zurück bin.«

»Nicht rechtzeitig zurück?« brauste Alec auf. »Bis dahin ist es nur noch eine Woche, und du veranstaltest in der Nacht doch ein Fest in der Radstraße.«

»*Wir* veranstalten ein Fest«, verbesserte ihn Seregil. »Mach dir keine Sorgen. Runcer trifft alle nötigen Vorkehrungen, und bis dahin sind Micum und seine Familie auch schon hier. Du brauchst nur den Gastgeber zu spielen. Erinnerst du dich noch an Lady Kylith, die Frau, mit der du in unserer ersten Nacht hier getanzt hast?«

»Neben der wir bei den Feierlichkeiten zur Nacht der Trauer sitzen?«

»Genau. Sie wird ein Auge auf deine gesellschaftlichen Umgangsformen haben.«

»Trotzdem werden sich die Leute nach dir erkundigen.«

»Du verbreitest einfach, daß sich Lord Seregil nach wie vor andernorts von den Schrecken seiner Gefangenschaft erholt. Wenn dich jemand fragt, sagst du schlicht, ich hätte mich verspätet. Nun mach doch ein fröhlicheres Gesicht, Alec. Die Aussichten sind gut, daß ich ohnehin leicht früh genug zurückkomme.«

»Dieser geheime Auftrag – ist er gefährlich?«

Seregil zuckte mit den Schultern. »Haben wir schon

mal etwas gemacht, das ungefährlich war? Genaueres erfahre ich selbst erst, wenn ich schon mittendrin stecke.«

»Wann brichst du auf?«

»Sobald ich etwas gegessen habe. Und jetzt zieh dich an, dann frühstücken wir unten.«

Als sie durch die Vorratskammer die Küche betraten, stieg Alec der Duft von frisch gebackenem Brot in die Nase.

Der täglich zur Frühstückszeit herrschende Tumult war vorüber. Ein Küchenjunge wischte die zerkratzten Arbeitsflächen sauber, während Cilla in einem Topf den kleinen Luthas badete. Die alte Thryis saß am Ofen und schälte Rüben. Zum Schutz gegen die Feuchtigkeit hatte sie sich ein Umhängetuch über die Schultern gelegt.

»Da seid ihr ja endlich«, begrüßte die alte Frau die beiden, wenngleich sie Seregil ohnehin selten vor Mittag zu Gesicht bekam. »Auf dem Kamineinsatz steht Tee, und unter dem Tuch da liegen frische Brötchen. Cilla hat sie erst heute morgen gebacken.«

»Und wie geht's diesem kleinen Kerl heute?« Seregil lächelte und streckte dem Säugling einen Finger entgegen. Sogleich ergriff ihn Luthas und steckte ihn in den Mund.

»Oh, er ist ganz schön lebhaft«, antwortete Cilla, die ziemlich blaß um die Nase wirkte. »Er bekommt gerade einen Zahn, und das hält uns alle die ganze Nacht wach.«

Alec schüttelte den Kopf. Im einen Augenblick sprach Seregil über geheimnisvolle Reisen, im nächsten spielte er für einen Säugling den Onkel, als hätte er überhaupt keine anderen Sorgen.

Nicht, daß er die Zuneigung für Luthas vortäuschte; die war echt. Er hatte Alec erzählt, daß Cilla ihm einst die Ehre angeboten hätte, ihr Kind zu zeugen, nachdem sie beschlossen hatte, sich der Wehrpflicht zu entziehen. Seregil hatte höflich abgelehnt. Seregil interessierte sich bestenfalls am Rande für Frauen, doch Alec vermutete als wahren Grund für Seregils Weigerung, daß er andernfalls die Freundschaft ihrer Großmutter verloren hätte. Thryis hatte in ihrer Jugend als Feldwebel bei den Bogenschützen der Königin gedient und beklagte ständig, daß weder ihr Sohn noch ihre Enkelin die Soldatenlaufbahn eingeschlagen hatten, bevor sie sich häuslich niederließen. Cilla hatte niemals preisgegeben, wer der Vater des Kindes war, aber es mußte sich um einen dunkelhaarigen Mann handeln. Sie selbst war blond, während sich sowohl die Augen als auch die Haare ihres Sohnes braun wie ein Nerzfell präsentierten.

Alec ging zum Kamin, beugte sich neben Thryis hinab und ergriff den Teekessel, der über dem Feuer warmgestellt war.

»Du wirkst heute so niedergeschlagen«, bemerkte Thryis treffend. »Er zieht wohl ohne dich los, wie?«

»Hat er dir davon erzählt?«

Die alte Frau ließ ein verächtliches Schnauben vernehmen. »Das war gar nicht nötig«, erwiderte sie, schnitt mit geübten Fingern eine Rübe in vier Teile und warf die Stücke in eine Schüssel neben ihr. »Er steht da drüben in seinen alten Wanderstiefeln, putzmunter wie ein Sperling. Und du hockst mit einem langen Gesicht hier und bist immer noch in Hemdsärmeln? Man muß kein Hellseher sein, um sich darauf einen Reim zu machen.«

Alec zuckte mit den Schultern. Thryis leitete die Herberge zum Jungen Hahn schon, seit Seregil sie vor zwanzig Jahren heimlich gekauft hatte. Sie, ihre Familie und Rhiri, der stumme Stallknecht, gehörten zu den wenigen Auserwählten, die über Seregils Doppelleben Bescheid wußten.

»Ärgere dich nicht deswegen«, flüsterte sie. »Meister Seregil hält Riesenstücke auf dich, das weiß ich genau. Über niemanden spricht er so löblich wie über dich, höchstens noch über Micum Cavish, und die zwei sind seit etlichen Jahren Freunde. Außerdem bietet sich uns beiden dadurch wieder einmal die Gelegenheit, ein wenig Bogen zu schießen, ja? Ich habe immer noch ein, zwei Kniffe auf Lager, die ich dir erst zeigen muß, und dein schöner, schwarzer Bogen sollte auf keinen Fall Staub ansetzen.«

»Da hast du wohl recht.« Alec drückte ihr einen flüchtigen Schmatz auf die Wange, dann ging er zum Frühstückstisch und nahm Seregil gegenüber Platz.

Während Alec die Züge seines Freundes musterte, der beim Essen mit Cilla scherzte, beschlich ihn das sichere Gefühl, leichte Fältchen der Anspannung rings um die Augen seines Freundes zu erkennen.

Worin auch immer diese geheime Aufgabe bestehen mochte, es handelte sich um etwas Bedeutsameres, als Seregil zugab.

Dennoch hatte es keinen Sinn, weitere Fragen zu stellen. Nachdem sie wieder nach oben in ihre Zimmer zurückgekehrt waren, suchte Seregil den Rest der kargen Ausrüstung zusammen und setzte einen verbeulten Hut auf.

»Also, paß gut auf dich auf«, sagte er, »ganz besonders bei dieser Sache für den Baron. Ich habe keine Lust, dich im Roten Turm wiederzufinden, wenn ich zurückkomme.«

»Das wirst du nicht. Soll ich dir helfen, das ganze Zeug hinunterzuschaffen?«

»Nicht nötig.« Seregil schulterte den Rucksack und reichte Alec die Hände. »Licht in den Schatten, Alec.«

Dann ließ er kurz ein schelmisches Grinsen aufblitzen und stapfte davon.

Alec lauschte den Schritten, die rasch verhallten. »Auch dir Licht in den Schatten.«

Auf dem Weg nach draußen hielt Seregil in der Küche inne. Er zog einen Stuhl neben Thryis, setzte sich und reichte ihr ein flaches, versiegeltes Päckchen.

»Ich vertraue dir das hier an. Ich muß ein paar Tage weg. Falls ich nicht zurückkehre, sollte das hier reichen, um Alec und den Rest von euch zu versorgen.«

Mit gerunzelter Stirn betastete Thryis das Wachssiegel.

»Das ist ein letzter Wille, oder? Kein Wunder, daß Alec so bedrückt wirkte.«

»Er weiß nichts davon, und ich möchte, daß es so bleibt.«

»Du hast noch nie einen letzten Willen dagelassen.«

»Nur für den Fall, daß mir ein Mißgeschick oder sonst etwas widerfährt.« Er schwang den Rucksack wieder auf die Schultern und schritt auf die Tür zu.

»Oder sonst etwas!« Die alte Frau verzog die Lippen zu einer argwöhnischen Linie. »Paß auf, daß kein ›sonst etwas‹ aufspringt und dir in den Hintern beißt, während du nicht auf der Hut bist.«

»Werd' mir Mühe geben.«

Draußen hatte sich der Schneeregen in gewöhnlichen Regen verwandelt. Seregil zog die Kapuze des mehrfach geflickten Umhangs über den Hut und rannte über das glitschige Kopfsteinpflaster zum Stall, wo Rhiri seine neue Stute bereits gesattelt und vorbereitet hatte. Seregil warf dem Burschen eine halbe Goldmark zu, schwang sich in den Sattel und brach im Galopp zum Orëska-Haus auf.

3

Steinhörner

Es war bereits späterer Nachmittag, als Nysander die Vorbereitungen für den Ortswechselzauber abschloß.

»Bist du bereit, Seregil?« fragte er endlich und schaute von dem aufwendigen Muster auf, das er mit Kreide auf den Boden der Zauberkammer gemalt hatte.

»Einigermaßen, aber besser wird es ohnehin nicht«, erwiderte Seregil, der in den dicken Schaffellen bereits schwitzte. Er trug den Rucksack, die Schneeschuhe und den Stock in die Mitte des Symbols und stapelte dort alles auf den Boden.

»Die hier sollten deiner Rolle als Zauberer Glaubwürdigkeit verleihen.« Nysander hielt ein halbes Dutzend kurzer Weidenruten hoch, allesamt mit Symbolen bemalt. »Wenn du sie brichst, läßt jede Rute ein anderes Geschenk für deine Gastgeber erscheinen. Aber die lange mit dem roten Band mußt du unbedingt getrennt von den anderen aufbewahren. Sie enthält den Ortswechselzauber, der dich zurückbringen wird.«

Seregil verstaute die rote Rute behutsam in einer Gürteltasche, dann steckte er die anderen in den weißen Aurënfaie-Kittel, den er unter dem schweren Umhang trug.

»Aber die allerwichtigsten Dinge sind die hier«, fuhr der Magier fort und trat an einen in der Nähe stehenden Tisch. Darauf befand sich eine zwei mal zwei Fuß große Holzschatulle mit einem ledernen Schultergurt und einem robusten Verschluß. Sie war mit Blattsilber verziert, in das magische Zeichen graviert waren, und enthielt zwei in Schaffell gewickelte Flaschen.

Seregil runzelte die Stirn. »Was, wenn diese Krone – oder wonach auch immer ich tatsächlich suche – zu groß ist, um da reinzupassen?«

»Dann tu, was du kannst und komm sofort zu mir zurück.«

Seregil hob die Flaschen heraus. Beide waren schwer, und auf den Wachssiegeln, die beide Korken bedeckten, prangten weitere Symbole.

»Und die hier?«

»Schütte den Inhalt rings um die Krone aus und male die Zeichen der Vier in den Kreis. Das sollte alle Schutzmagie abschwächen, mit der sie gesichert ist.«

Ein gräßliches Gefühl der Unsicherheit regte sich in Seregils Magengrube. »Sollte?«

Nysander wickelte die Flaschen wieder sorgfältig in die Schaffelle, legte sie zurück und verschloß die Schatulle. »Die Magie der Scheibe hast du ohne jede Hilfe überlebt. Das sollte reichen.«

»Ah, verstehe.« Seregil bedachte seinen Freund mit einem zweifelnden Blick. »Du glaubst also, daß mich derselbe innere Makel, der verhinderte, daß aus mir ein Zauberer wurde, auch vor Magie schützt?«

»Scheint so. Ich wünschte nur, ich könnte dir das Elend eines Ortswechselzaubers ersparen. Wenn man die Entfernung diesmal bedenkt ...«

»Bringen wir es einfach hinter uns«, unterbrach ihn Seregil und belud sich, so gut er konnte, mit der Ausrüstung. »Die Ashek-Berge liegen zwar so weit im Westen, daß ich noch ein paar Stunden Tageslicht haben sollte, aber ich will mein Glück nicht auf die Probe stellen.«

»Na schön. Ich habe eine Fernsichtung vorgenommen, somit sollte es mir gelingen, dich höchstens ein paar Meilen von einem Dorf entfernt hinauszulassen. Es ist sicherer, dich auf dem Gletscher selbst abzusetzen, als das Wagnis einzugehen, die scharfkantigen Felsnasen am Rand zu treffen.«

»*Das* ist nun wirklich sehr tröstlich. Vielen Dank.«

Nysander schenkte Seregils süßsaurer Bemerkung keine Beachtung, legte die Fingerspitzen vor dem Gesicht aneinander und begann mit dem Zauber. Nach einer Weile entstand in dem Käfig, den seine Finger bildeten, ein schwarzer Fleck. Indem der Magier die Hände langsam ausbreitete, vergrößerte er ihn immer mehr, bis er gleich einem dunklen Spiegel zwischen ihnen schwebte. Mit flauem Magen starrte Seregil kurz hinein, dann umfaßte er die Schneeschuhe fester, holte entschlossen Luft, machte die Augen zu und schritt hinein.

Das wirbelnde Schwindelgefühl, daß ihn überfiel, war schlimmer, als er befürchtet hatte. Für die meisten Menschen war ein Ortswechselzauber so, als gingen sie von einem Zimmer in ein anderes, für Seregil hingegen so, als würde er in einen gräßlichen, schwarzen Strudel gezogen.

Diesmal schien der Wirbel kein Ende zu nehmen, der ihn in undurchdringlicher Dunkelheit hin und her schleuderte. Dann stürzte er urplötzlich in eisklare Helligkeit und versank bis zu den Hüften in einer Schneewächte.

Darin gefangen, beugte er sich vor und erbrach sein karges Frühstück. Nachdem die Krämpfe nachgelassen hatten, kämpfte er sich mühsam frei und kroch von dem dampfenden Brei weg. Er ließ sich auf den Rücken plumpsen, bedeckte mit einem Arm die Augen und lag ganz ruhig, während sich die Welt auf übelkeiterregende Weise um ihn drehte. Der Wind strich über ihn hinweg und hauchte ihm winzige Eiskristalle auf die Lippen. Nach einer Weile rollte er sich auf den Bauch, würgte abermals und wischte sich danach den Mund mit einer Handvoll Schnee sauber.

Wenigstens zielt Nysander gut, dachte er, als er sich umsah.

Der Gletscher befand sich in einem steilen Tal. An seinem ein paar Meilen entfernten Beginn ragten zwei Gipfel höher als der Rest auf und bildeten einen schmalen Paß. Diesen Gipfeln verdankte das Tal den Namen, an den Seregil sich erinnert hatte. Die weiße Umgebung widerspiegelte das schräg einfallende Sonnenlicht so gleißend und grell, daß seine Augen zu tränen anfingen. Eiswellen, die der Wind aus dem festgefrorenen Schnee gescheuert hatte, ragten glitzernd aus dem frischen Pulverschnee auf und warfen Schatten so blau wie der Himmel über Seregil.

Seine dicke Außenbekleidung hielt zwar die schlimmste Kälte ab, Nase und Wangen jedoch ertaubten bereits. Bei jedem Hauch gefror sein Atem und setzte sich als funkelnder Rauhreif auf der Pelzborte des Umhangs ab. Er packte die Schneeschuhe aus, überprüfte sie auf Beschädigungen und befestigte sie rasch an den Stiefeln. Die wulstigen Handschuhe behinderten ihn dabei, doch selbst sie kurz auszuziehen, wäre einer regelrechten Einladung an Frostbeulen gleichgekommen.

Mit nunmehr sichereren Schritten stapfte er über den Schnee auf eine nahegelegene Anhöhe zu, um sich zu orientieren. Jeder, der seine Spuren zurückverfolgte, würde feststellen, daß er mehr oder weniger vom Himmel gefallen war, doch das ließ sich nicht vermeiden; aber schließlich trat er ohnehin als Zauberer auf.

Von der Anhöhe aus erblickte er dünne Rauchsäulen, die aus einem wenige Meilen entfernt auf dem Westhang gelegenem Dorf aufstiegen. Weiter unten im Tal konnte er noch ein zweites Dorf erkennen. Da sich aber das erste näher an den »Steinhörnern« befand, ging er in Richtung Westen.

Ihm war immer noch übel, und die dünne, schneidende Luft brannte in den Lungen und ließ kleine, schwarze Pünktchen vor seinen Augen tanzen. Mit gleichmäßigen Schritten marschierte er weiter, bis er auf einen Pfad stieß, der auf das Dorf zuführte. Seregil war noch etwa eine halbe Meile davon entfernt, als ein Rudel Kinder und Hunde auftauchte und ihm entgegenrannte.

Seregil blieb stehen, stützte sich auf den Schneestock und grinste erleichtert. Bei den wenigen Menschen, die der Dravnier Gastfreundschaft erfahren hatten, galt sie als sagenhaft. Bewohner eines Nachbardorfes wurden wie Familienmitglieder behandelt, was sie oft auch waren. Jeder, der von jenseits der Gipfel kam, die den Lebensraum der Dravnier begrenzten, wurde als waschechtes Wunder angesehen. Wahrscheinlich schlachtete man ihm zu Ehren im Dorf bereits Ziegen.

»Darf ich euer Dorf besuchen?« fragte er auf Dravnisch, als sich die Kinder aufgeregt um ihn scharten.

Lachend nahmen sie ihm das Gepäck ab und führten ihn weiter. Hunde kläfften, Ziegen und Schafe blökten in ihren Pferchen. Die Dorfbewohner jubelten ihm wie einem heimgekehrten Helden zu.

Die kleine Ansiedlung bestand aus einem Häufchen schlichter Türme, zweigeschoßigen Bauwerken aus Stein mit konischen Filzdächern. Die Eingangstüren befanden sich im Obergeschoß und waren über Rampen erreichbar, wenn der Schnee nicht ohnehin bis an die Türschwelle reichte. In der Mitte des Dorfes ragte ein Turm auf, der breiter war als die übrigen. Eine beachtliche Menschenmenge hatte sich bereits versammelt und hoffte, einen Blick auf den Neuankömmling zu erhaschen.

Die Dravnier verkörperten ein Volk kleinwüchsiger,

gedrungener Menschen mit mandelförmigen Augen und sprödem, dunklem Haar, das sie mit reichlich Öl nach hinten gestrichen trugen. Ein paar von ihnen aber wiesen helleres Haar oder feiner geschnittene Züge auf, was verriet, daß gemischtes Blut in ihren Adern floß – wahrscheinlich Aurënfaie-Blut, da sonst so gut wie niemand den Weg in diese abgeschiedenen Weiler fand.

Der Dorfhäuptling war ein solches Halbblut. Als er breit grinsend vortrat, stellte Seregil fest, daß die Augen des Mannes das gleiche klare Grau aufwiesen wie seine eigenen.

»Sei uns willkommen, Hellhäutiger«, begrüßte er Seregil in einer Mischung aus gebrochenem Aurënfaieisch und Dravnisch. »Ich bin Retak, Sohn von Wigris und Akra, Anführer dieses Dorfes.«

»Ich bin Meringil, Sohn von Solun und Nycanthi«, antwortete Seregil auf Dravnisch.

Grinsend fiel Retak in seine Muttersprache zurück. »Seit meines Großvaters Lebzeiten haben wir niemanden deines Stammes mehr gesehen. Deine Anwesenheit ist eine Ehre für unser Dorf. Dürfen wir dich einladen, im Rathaus mit uns zu feiern?«

»Es ist mir eine Ehre«, erwiderte Seregil und verbeugte sich, so tief es die dicke Kleidung gestattete.

Abgesehen von einem großen Rauchloch in der Mitte verfügte das obere Stockwerk des Rathauses, das als Gemeinschaftslagerraum diente, über einen durchgehenden Fußboden. Grobe Steinstufen führten in das untere Zimmer hinab. Dort leckten in einer Feuergrube bereits riesige Flammen an getrockneten Dungschnitzeln. Ringsum lagen dicke Teppiche und Nackenrollen. An einem Kochfeuer am gegenüberliegenden Ende werkten bereits eifrig Frauen, um das Festmahl vorzubereiten.

Nachdem sich Seregil mit Retak und den übrigen bedeutenden Männern des Dorfes am Hauptfeuer niedergelassen hatte, schloß er kurz die Augen, als sein Magen sich langsam und unangenehm zusammenkrampfte. Der Geruch geschlachteter Tiere, der sich mit den noch durchdringenderen Ausdünstungen ungewaschener Körper und fettigen Haares vermengte, erwies sich nach der klaren Bergluft als schier übermächtig. Jedes verfügbare Plätzchen schien von einem neugierigen Dorfbewohner besetzt. Rings um Seregil plapperten Leute aufgeregt durcheinander und beugten sich an ihren Nachbarn vorbei, um jemand anders etwas zuzurufen. Auch von oben herab wurde lauthals nach Einzelheiten gefragt. Kinder umringten das Rauchloch über ihnen und schnatterten wie Schwalben. Die Frauen hantierten geräuschvoll und fröhlich vor sich hin, schwangen Fleischerbeile und klapperten mit Bratspießen und Schüsseln.

Seregil spürte, wie sich alle Augen auf ihn richteten, als er die schweren Außengewänder ablegte. Da er als Reisender aus seiner Heimat Aurënen auftrat, trug Seregil die landesübliche Tracht. Der lange, weiße Kittel und die enganliegende Hose waren bequem und bis auf schmale Webmuster an Saum und Kragen schmucklos. Um das Bild zu vervollständigen, holte er ein grob gestricktes Kopftuch aus dem Kittel hervor und band sich den faltigen Stoff mit geübtem Schwung um den Kopf, so daß die langen Enden auf seinen Rücken hinabhingen. An Seregils Gürtel prangte ein kleiner, verzierter Dolch, den er ebenso wie das Schwert als Geste des Vertrauens ablegte.

Ein erwartungsvolles Raunzen ging durch den Raum, als er sich endlich zurücklehnte und von Seune, des Häuptlings Gemahlin, eine Schüssel *llaki* entgegennahm. Er trank gerade so viel von der gegorenen Milch, wie es die Gebote guter Manieren verlangten. Es war seine Pflicht als Gast, die ihm erwiesene Gastfreundschaft durch Neuigkeiten zu vergüten. Bedächtig erzählte er von Ereignissen, die er als wissenswert für die Dorfbewohner erachtete. Die meisten davon lagen dreißig Jahre zurück. Dazu mischte er ein paar Gerüchtebrocken, die er im Laufe seiner Zeit im Exil aufgeschnappt hatte. Doch für die Dravnier war alles neu und fand großen Anklang.

Nachdem er geendet hatte, begann das traditionelle

Geschichtenerzählen. Obwohl die Dravnier als große Geschichtenliebhaber galten, besaßen sie keine eigene Schrift. Jede Familie hütete ihren eigenen Geschichtenschatz, den nur ein Mitglied der jeweiligen Sippe wiederzugeben vermochte. Andere Geschichten wiederum waren Allgemeingut und wurden von denjenigen verlangt, die sie am besten erzählen konnten. Dabei warfen fortwährend die Kinder ein paar ihnen vertraute Zeilen ein, und die Frauen steuerten die entsprechenden Lieder bei.

Seregil gab ein paar eigene Geschichten zum Besten und wurde bald als *biruk* bejubelt, »einer der viele Geschichten kennt« – was bei den Dravniern als höchstes Lob galt. Als nach einer Weile ein riesiges Tablett voll geröstetem Ziegenfleisch aufgetischt wurde, fühlte sich Seregil bereits wohl unter ihnen.

Gebratene Hachsen, Lendenstücke und Rippchen bildeten auf der Gemeinschaftsplatte einen breiten Ring um gesottene Innereien, Bries und gekochte Ziegenköpfe. Zunächst würden der Gast und der Dorfrat sich ihren Teil nehmen, danach würde das Tablett unter den übrigen Gästen die Runde machen und schließlich den Kindern und Hunden überlassen. Seregil wurde von Seune und ihren ältesten Töchtern bedient.

Die beiden Mädchen knieten zu seiner Rechten und hielten dunkle Schwarzbrotkanten, die ihre Mutter mit ausgewählten Fleischstücken belud. Höflich nickend, nahm Seregil ein Brotstück entgegen, ergriff einen Fleischbrocken und biß hinein, was für seine Gastgeber als Zeichen galt, mit dem Essen zu beginnen.

Das zähe, schmackhafte Fleisch beseitigte den letzten Rest von Seregils Übelkeit, und nachdem das Mahl beendet war, bereitete er sich mit feierlichem Gehabe darauf vor, Retak und seinem Dorf Geschenke zu überreichen.

Seregil bedeutete den Anwesenden, vor ihm einen Platz zu räumen. Dann zupfte er ungesehen eine von Nysanders bemalten Ruten aus dem Ärmel und brach sie zwischen den Fingern, während er mit der anderen

Hand geheimnisvoll herumfuchtelte. Sogleich erschienen vor den Augen seiner begeisterten Zuseherschaft mehrere Scheffel Früchte aus dem Nichts.

Die Körbe machten die Runde und wurden nach oben weitergereicht, während die Leute fröhlich ihr Glück bejubelten.

Lächelnd zog Seregil eine weitere Rute, die eine Schatulle voller Silbermünzen herbeizauberte. Zwar hatten die Dravnier keine Verwendung für Geld, doch das Glitzern des Metalls und die kunstvollen Prägungen gefielen ihnen. Die weiteren Ruten ließen Ballen glänzender Seide und Leinen, Bronzenadeln, Seilrollen und Heilkräuterbündel erscheinen.

»Du bist ein sehr großzügiger Hellhäutiger und ein mächtiger Zauberer, Meringil, Sohn von Solun und Nycanthi, und zudem ein wahrer *biruk*«, verkündete Retak und klopfte Seregil auf die Schulter. »Von diesem Tage an sollst du als Mitglied meiner Sippe gelten. Was dürfen wir dir als Gegenleistung anbieten?«

»Ich bin es, den eure unvergleichliche Gastfreundschaft in höchstem Maße ehrt. Meine Geschenke sind lediglich mein Dank dafür«, erwiderte Seregil wortgewandt. »Dennoch gäbe es da etwas, wobei ihr mir vielleicht helfen könnt.«

Retak bedeutete den anderen, aufmerksam zuzuhören. »Was führt dich aus so großer Ferne in unser Dorf?«

»Ich bin auf der Suche nach einem magischen Ort, der in gewissen Legenden erwähnt wird. Kennt ihr einen solchen Ort?«

Seregils Frage zeigte sogleich Wirkung. Die Älteren tauschten zögernde Blicke. Eine Frau ließ scheppernd einen Bratspieß fallen. Die Kinder über ihren Köpfen verstummten in ihrem Jubel über die neuen Schätze und beugten sich noch weiter über das Loch, um zu lauschen.

Retak gab den Versammelten mit seinem Stock ein Zeichen, woraufhin ein greiser, kleiner Mann in einem mit Schafszähnen geschmückten Mantel vortrat. Im Schein des Feuers wirkte er wie eine alte Schildkröte, in deren ledrigem Antlitz die beiden Äuglein sich langsam öffneten und schlossen. Behäbig kniete er sich vor Seregil nieder, hob mit zittriger Hand eine Knochenrassel über den Kopf und schüttelte sie in weitem Bogen, bevor er zu sprechen begann.

»Ich bin Timan, Sohn von Rogher und Borune«, erklärte er schließlich. »Und ich sage dir, es gibt einen solchen Ort in diesem Tal. Seit der Zorn des Geistes begann, ist es meiner Sippe Pflicht, diesen Ort zu hüten. Er befindet sich tief im Fels unter dem Eis und dient einem Geist als Hort. Niemand weiß, wie er dort hingelangte. Manchmal ist das Tor da, manchmal nicht, je nach Gesinnung des Geistes.«

»Und dieser Geist wurde zornig?« fragte Seregil.

Timan nickte, während er die Rassel leise im Rhythmus der Worte schüttelte. Sein Bericht glich eher einem Sprechgesang denn einer Geschichte, so als hätte er ihn schon viele Male und stets mit denselben Worten vorgetragen.

»Der Geist hat eine Traumkammer für die Menschen errichtet. Manche hatten Visionen, andere nicht. Manche hörten die Stimme des Geistes, andere nicht. Alles hing vom Gutdünken des Geistes ab. Wenn der Geist zu sprechen beschloß, galten diejenigen, die ihn hörten, als Gesegnete, die ihrer Sippe großes Glück bescheren würden. Doch vor vielen Generationen erzürnte der Geist. So mancher kam vom Wahnsinn befallen aus der Kammer und beging entsetzliche Greueltaten. Andere kehrten überhaupt nicht zurück, und man fand nie wieder eine Spur von ihnen. Ein Mann meiner Sippe wurde als erster verrückt, deshalb ist es seit jener Zeit die Bürde meiner Familie, den Hort des Geistes zu hüten.«

Er verstummte, doch der runzlige Mund bewegte sich weiter, als versagte ihm nur die Stimme.

»Weshalb suchst du diesen Ort?« wollte Retak wissen.

Eine Weile starrte Seregil ins Feuer und brachte in Gedanken das neu erlangte Wissen rasch in brauchbare Form. »Ich habe Gerüchte über diesen Ort gehört und war neugierig, ob sie der Wahrheit entsprächen. Ihr wißt, daß die Aurënfaie ein Volk mächtiger Magier sind.

Meine Fähigkeiten habe ich euch bereits gezeigt. Wenn ihr mich zu dieser heiligen Stätte führt, will ich versuchen, mit eurem Geist zu reden und herauszufinden, weshalb er so zornig ist. Vielleicht vermag ich sogar zu bewirken, daß wieder Friede zwischen euch einkehrt.«

Billigendes Gemurmel erhob sich in der überfüllten Kammer.

Der alte Timan legte Seregil seine Rassel zu Füßen. »Das wäre wahrlich eine Heldentat. Viele Male habe ich versucht, den Geist zu besänftigen, doch entweder sprach er überhaupt nicht mit mir, oder er vertrieb mich, indem er greuliche Geräusche in meinem Kopf erklingen ließ. Vermagst du so etwas tatsächlich zu vollbringen?«

»Ich will es versuchen«, antwortete Seregil. »Bringt mich morgen bei Tagesanbruch zum Hort des Geistes und ich werde mit ihm reden.«

Das Gemurmel verwandelte sich in frohlockenden Jubel.

»Unser Gast schläft heute nacht unter meinem Dach«, verkündete Retak stolz, wodurch er das Fest beendete. »Für deinesgleichen sind die Nächte in den Bergen rauh, Meringil, aber ich habe zahlreiche gesunde Töchter, die dich wärmen werden.«

Die Kinder über ihnen quiekten vor Freude, als die älteren Mädchen sich vorbeugten, um einen besseren Blick auf Seregil zu erhaschen.

Der blinzelte überrascht. »Was?«

»Für eine junge Frau verheißt es höchstes Ansehen, einen runden Bauch von einem Gast zu bekommen«, erklärte Retak vergnügt. »Frisches Blut bedeutet neue Kraft für das gesamte Dorf. Auch mein Großvater war ein helläugiger Aurënfaie, wie unschwer zu sehen ist. Aber er war kein mächtiger Zauberer, so wie du! Morgen wird dir Ekrids Sippe Gastfreundschaft gewähren, danach Igrids und . . .«

»Ah, natürlich.« Seregil schaute sich um und erblickte Mütter, die sich an den Fingern ausrechneten, an welcher Stelle der Hierarchie sie standen. Offenbar gab es ein paar dravnische Bräuche, die Seregil vergessen hatte.

Meine Güte, Nysander, stöhnte er innerlich, während er die Mondgesichter der schnatternden Jungfern betrachtete, hinter deren bescheidenem Lächeln er unverkennbare Gier glimmen sah. *Ich hoffe inbrünstig, das ist das richtige Dorf.*

Alec hangelte sich von dem Fenster der Villa herab, dann wirbelte er erschrocken herum, als zu seiner Rechten ein bedrohliches Knurren ertönte. Als er zuvor in den Hof des Barons geklettert war, hatte er keine Anzeichen eines Hundes entdeckt, dennoch befand sich nun einer neben ihm, so sicher wie die Kuh im Stall.

Was er in der Dunkelheit erkennen konnte, war riesig, und das anschwellende Knurren verriet ihm, daß die Bestie sich ihm mit angelegten Ohren und gebleckten Fängen näherte.

Für einen Fluchtversuch befand sich die Hofmauer zu weit entfernt. Alec durchforstete sein Gedächtnis nach dem Zauberspruch der Diebe, den Seregil ihm beigebracht hatte und hob die linke Faust mit abgespreiztem Zeigefinger und kleinem Finger. Dann drehte er die Hand flugs herum, so daß der kleine Finger zu Boden wies und flüsterte heiser: »Friede, Freund Hund.«

Sogleich verstummte das Knurren. Eine kalte Schnauze schnupperte flüchtig an seiner Handfläche, dann hörte er den Hund davontrotten.

Alec hatte nie daran gedacht zu fragen, wie lange der Zauber eigentlich anhielt. Um sein Glück nicht unnötig auf die Probe zu stellen, rannte er auf die Mauer zu. An der Oberseite waren Glas- und Tonscherben in den Mörtel eingebettet; in seiner Eile griff er achtlos hinauf, blieb mit der linken Hand an einer der vorstehenden Spitzen hängen und riß sich die Handfläche unmittelbar oberhalb des Gelenks auf. Schmerz flammte in der Hand auf, ein warmes Rinnsal troff in seinen Ärmel. Zischend stieß er einen leisen Fluch aus, glitt an der anderen Seite hinab und machte sich auf nach Hause.

Sein Weg führte an der Radstraße vorbei; die aufgeschlitzte Hand an die Brust gepreßt, hielt er an der Ecke einen Augenblick inne. Es würde nur eine kurze Weile dauern, rasch hineinzuhuschen, zudem wußte er ja, wo Seregil Verbandszeug und Salbe aufbewahrte ...

Der pochende Schmerz in seiner Hand gab den Ausschlag.

Nachdem er das Haus durch die Vordertür betreten hatte, holte er einen Lichtstein hervor und pfiff leise durch die Zähne, um sich den Hunden anzukündigen. Sogleich tauchte eine große, weiße Gestalt auf. Marag trottete aus dem Eßzimmer und wedelte grüßend mit dem Schwanz, während er Alecs Hand beschnupperte. Sein Gefährte hielt vermutlich auf dem Hinterhof Wache. In Begleitung des Hundes ging Alec durch die Eingangshalle in die Küche.

Die Dinge, die er brauchte, befanden sich in dem Regal neben der Tür.

Er trug das Verbandszeug und den Topf mit der Salbe zum Tisch, legte den Lichtstein daneben und begutachtete die klaffende Wunde. Sie erwies sich als gezackt und entzündet, aber zumindest schienen keine wichtigen Venen oder Sehnen verletzt zu sein.

»Das muß wohl meine Unglückshand sein«, murmelte er und rieb mit dem Daumen über die helle, kreisförmige Narbe, die von der verfluchten Scheibe zurückgeblieben war, die sie Mardus gestohlen hatten. Beide waren sie davon gebrandmarkt – Seregil an der Brust, wo sie gehangen hatte, Alec an der Handfläche, mit der er sie während jenes merkwürdigen Kampfes in der Herberge ergriffen hatte.

Er verband die Wunde, so gut es ihm einhändig möglich war, dann lehnte er sich zurück und kraulte Marads seidigen Kopf. Der Gedanke an sein Schlafgemach im Obergeschoß war verlockend. Ihm war kalt, er war müde, und plötzlich schien die Blaufischstraße sehr weit entfernt. Aber es galt stets den äußeren Schein zu wahren; Sir Alec und Lord Seregil wurden erst in ein paar Tagen zurückerwartet, und es ging nicht an, schon jetzt unangebrachte Zeichen seiner Anwesenheit zu hinterlassen. Seufzend zuckte er mit den Schultern, beseitigte jedweden Beweis seines Besuches und machte sich wieder auf den Weg durch die dunklen, kalten Straßen.

Kaum einen Häuserblock von der Radstraße entfernt, spürte er plötzlich, daß er verfolgt wurde. Es war ohnehin schwierig, sich auf den eisigen Straßen unbemerkt fortzubewegen, doch wer auch immer ihn beschattete, stellte sich besonders ungeschickt an. Wenn Alec langsamer wurde, kamen seine Verfolger näher. Wurde er schneller, taten sie es ihm gleich. Es war zu dunkel, um etwas zu erkennen, doch er vernahm eindeutig mehr als ein Paar Füße. Die Stiefelsohlen eines Verfolgers waren mit Metallstiften versehen; in der Stille der nächtlichen Straßen hörte Alec, wie sie über das Kopfsteinpflaster kratzten.

Zum Haus zurückzukehren, kam natürlich keinesfalls in Frage. Selbst wenn es ihm gelänge, sich irgendwie an seinen Verfolgern vorbei zurückzumogeln, durfte er das Wagnis nicht eingehen, sie dorthin zu führen.

Vor ihm, wo die Rad- die Goldhelmstraße kreuzte, brannte eine Straßenlaterne. Böge er nach rechts, käme er zum Astellusplatz und zur Korngarbenstraße. Dort bestand zwar die Möglichkeit, auf eine Wachpatrouille zu stoßen, doch sicher konnte er sich dessen nicht sein. Böge er nach links, würde er letztlich in die Silbermondstraße und zum Palast gelangen.

An der Ecke marschierte er absichtlich durch den Lichtkegel und wandte sich jäh nach rechts. Sobald er wieder aus dem Lichtkegel trat, machte er rasch kehrt und schlug die Richtung zur Silbermondstraße ein. Doch seine Verfolger durchschauten die Finte und hetzten mit auf den Pflastersteinen klappernden Stiefeln hinter ihm her.

Nun konnte er nur noch rennen. Alec gab sich keine Mühe mehr, unauffällig zu bleiben; statt dessen preschte er mit flatterndem Umhang mitten auf der breiten Prachtstraße dahin. Zu beiden Seiten bildeten hohe Gartenmauern ein durchgehendes Hindernis und beraubten ihn jeder Hoffnung, flugs in einer Seitengasse untertauchen zu können. Das Poltern seiner Füße und jener, die immer näher kamen, hallte wie das Geklapper von Würfeln in einem Becher durch die Nacht.

Alec löste die Bänder seines Umhangs und ließ ihn hinter sich fallen. Einen Augenblick später drangen ein erstickter Fluch und das Geräusch eines schwer stürzenden Mannes an sein Ohr. Als er an einer weiteren Laterne vorbeisauste, schaute er über die Schulter zurück und erblickte kaum zwanzig Schritte hinter sich zwei mit Schwertern bewaffnete Männer.

Er rannte in die Silbermondstraße und sah rechterhand die Mauer aufragen, die den Palast umgab. Wie er gehofft hatte, glomm vor einem der Nebentore ein Wachfeuer. Mit brennenden Lungen stürzte er darauf zu.

Eine Gruppe Soldaten der Leibwache der Königin hockte rings um das Kohlenfeuer. Als sie Alec herannahen hörten, traten vier von ihnen mit gezückten Schwertern vor.

»Hilfe!« keuchte Alec und betete, sie mögen ihn nicht angreifen, als er mitten in sie hineinlief. »Straßenräuber – verfolgen mich – da hinten!«

Zwei Männer packten ihn an den Armen; halb hielten sie ihn fest, halb stützen sie ihn, als er wackelig zum Stehen kam.

»Ruhig, Kumpel, ganz ruhig«, sagte einer.

»Ich sehe niemanden«, brummte ein anderer und spähte mit zusammengekniffenen Augen in die Richtung, aus der Alec gekommen war.

Als Alec zurückschaute, sah auch er kein Zeichen seiner geheimnisvollen Verfolger mehr.

Mißtrauisch ließ die erste Wache den Blick über seinen feinen Mantel und das Schwert wandern. »Straßenräuber, wie? Um diese Stunde wohl eher ein wutentbrannter Vater oder Ehemann. Wohl 'n wenig Unruhe gestiftet, was?«

»Nein, wirklich nicht«, schnaufte Alec. »Ich war gerade auf dem Heimweg von der – von der Lichterstraße.« Die anderen Soldaten grinsten wissend.

»Genau die richtige Gegend, um auf die eine oder

andere Weise sein Geld loszuwerden, nich'?« meinte der Wachtmeister kichernd. »Tja, für gewöhnlich sind um diese Zeit keine Nachtschattengewächse mehr unterwegs, aber vielleicht lungern sie irgendwo herum und wollen dir auflauern. Wohnst du in der Nähe?«

»Nein, am anderen Ende der Stadt.«

»Dann bist du herzlich eingeladen, dich zu uns ums Feuer zu gesellen, bis es hell wird.«

Dankbar nahm Alec einen ihm angebotenen Umhang an und trank einen Schluck aus einem Wasserbeutel, dann setzte er sich mit dem Rücken zur Mauer hin und ließ sich von dem Kohlenfeuer Gesicht und Brust wärmen. Alles in allem, dachte er, als er allmählich in den Schlaf hinüberglitt, gab es schlechtere Möglichkeiten, einen arbeitsreichen Abend ausklingen zu lassen.

4

Kristallhörner

Retaks Töchter verabschiedeten sich aufs herzlichste von Seregil, als er und ihr Vater früh am nächsten Morgen aufbrachen, um Timan am Rathaus zu treffen. Zu Seregils Bestürzung hatte sich dort bereits eine Menschenmenge versammelt, und so mancher hatte Schneeschuhe und Stock dabei.

Timan stellte ihm einen jungen Mann vor. »Ich bin inzwischen zu alt, um den Weg anzutreten, aber mein Enkel Turik kennt den Ort. Er kann dich führen. Die anderen tragen deine Sachen und deine Gaben für den Geist.«

Innerlich stöhnte Seregil auf. Das letzte, was er brauchen konnte, war eine Zuhörerschaft, doch er war seinem Ziel zu nahe, um das Wagnis einzugehen, die Dorfbewohner zu verstimmen. Unter lautem Jubel und Gesang machten sie sich auf zum Oberlauf des Tales.

Die dravnische Jugend marschierte unbeschwert vor

sich hin, tratschte unterwegs und riß Witze. Seregil mühte sich verbissen hinterdrein; die dünne Luft und die wenig erholsame Nacht machten ihm zu schaffen. Einer von Retaks Söhnen gesellte sich grinsend zu ihm.

»Die Gastfreundschaft letzte Nacht hat dir wohl gefallen, wie? Meine Schwestern schienen heute morgen sehr glücklich.«

»O ja«, keuchte Seregil. »Sie haben mich ausgezeichnet gewärmt, danke.«

Kurz nach Mittag erreichten sie den Fuß des Passes. Turik ließ den Troß innehalten, während ein älterer Mann namens Shradin vorging, um den Schnee auszukundschaften.

Turik deutete zum Paß empor. »Der Hort des Geistes befindet sich da oben, aber von hier an ist der Weg gefährlich – wegen Spalten unter dem Schnee und Lawinen. Shradin kann den Schnee besser lesen als jeder andere im Dorf.«

Der Rest der Gruppe hockte sich auf die Schneeschuhe und beobachtete, wie der Führer den Paß erkundete.

»Nun? Was meinst du?« erkundigte Seregil sich, als Shradin zurückkam.

Der Dravnier zuckte mit den Schultern. »Heute ist es nur ein bißchen gefährlich. Trotzdem wäre es besser, wenn von hier an nur ein paar Leute weitermarschieren. Turik kennt den Weg, ich kenne den Schnee. Der Rest sollte lieber wieder nach Hause gehen.«

Nach einer Weile unmutigen Gebrummels kehrten die anderen zum Dorf zurück.

Shradin übernahm die Spitze, als sie vorsichtig begannen, den Paß zu erklimmen, Seregil und Turik folgten ihm im Gänsemarsch. Mit schweigender Bewunderung beobachtete Seregil, wie der Mann den Schnee vor sich mit dem Stab erkundete und sie sicher an tiefen Spalten vorbeiführte, die dicht unterhalb der trügerisch ebenmäßigen Oberfläche verborgen lagen. Doch so froh Seregil darüber war, immer wieder schaute er beunruhigt hinauf zu den Tonnen Schnee und Eis, die bedrohlich an den Berghängen über ihnen prangten.

Als sie sich dem höchsten Punkt des Passes näherten, übernahm Turik die Führung.

»Wir sind fast da«, verkündete er letztlich und blieb stehen, so daß Seregil zu Atem kommen konnte.

Sie quälten sich eine letzte, steile Eisfläche empor, dann hielt Turik abermals inne und blickte suchend die Bereiche ab, wo die Gletscherzunge und der Fels aufeinandertrafen. Nachdem seine Augen mehrmals die Gipfel hinaufgewandert waren und er heftig mit dem Stock umhergetastet hatte, hob der junge Dravnier die Hand und winkte den anderen.

Die Öffnung zu dem Tunnel war mit Eiszapfen verhangen und halb unter Schnee begraben, so daß sie an einen mürrischen Mund mit scharfen Zähnen erinnerte. Mit Händen und Schneeschuhen gruben sie drauflos. Bald lag die Öffnung frei, und sie spähten in den steilen, schwarzen Tunnel, der sich durch das Eis hinabzog.

Seregil spürte ein merkwürdiges Kribbeln in den Händen und am Rücken, als er sich über den Schlund beugte; eine mächtige Magie lauerte dort unten.

»Der erste Teil des Weges ist rutschig«, warnte Turik und zog einen Beutel Asche aus dem Rucksack. »Wir müssen das hier ausstreuen, sonst ist es nahezu unmöglich, später wieder hinauszuklettern.«

»Von hier an muß ich allein gehen«, erklärte ihm Seregil. »Wohl ist meine Magie stark, dennoch darf ich mich nicht ablenken lassen, indem ich mir um euch beide Sorgen mache. Wartet hier auf mich. Sollte ich noch nicht zurück sein, wenn die Sonne den Gipfel dort berührt, dann könnt ihr nach mir suchen, aber nicht vorher. Falls euer Geist mich tötet, gebt ihr meinen ganzen Kram Retak und sagt ihm, daß er ihn nach seinem Gutdünken verteilen soll.«

Bei der letzten Äußerung weiteten sich Turiks Augen zwar, doch weder er noch Shradin erhoben Einwände.

Seregil nahm den hinderlichen Hut ab und band sich das lange Haar mit einem Lederriemen zurück. Dann holte er den kleinen Leuchtstab aus dem Werkzeugbeutel, klemmte sich den Griff zwischen die Zähne und schlang sich einen Aschesack sowie die klobige Schatulle über die Schulter.

»Möge Auras Glück mit dir sein«, sagte Shradin ernst, wobei er die Aurënfaie-Bezeichnung für Illior verwendete.

Hoffen wir's, dachte Seregil beunruhigt, als er mit dem Abstieg begann.

An manchen Stellen erwies sich der Tunnel als eng und glatt wie Glas. Ununterbrochen Asche vor sich ausstreuend, kroch Seregil hinab und zog die Schatulle hinter sich her. Als das Eis endlich einem flacheren Steintunnel wich, war er von Kopf bis Fuß verschmiert.

Die Magie, die den Ort erfüllte, wurde stärker, je tiefer er in die Höhle vordrang. Das unheimliche Kribbeln, das er zuerst bemerkt hatte, fühlte sich zunehmend unangenehm an. In seinen Ohren dröhnte ein tiefes Summen, und er spürte, wie hinter seinen Augen Schmerzen zu pulsieren begannen.

»*Aura Elustri málrei*«, flüsterte er. Er sprach diese Beschwörung Illiors laut aus, um zu sehen, ob sie etwas bewirkte. Die Stille verschlang die Worte ohne Echo, und das Kribbeln in seinen Gliedern hielt unvermindert an.

Der Tunnel endete in einer natürlich gewachsenen Kammer, die kaum größer als der Durchgang selbst war. An der gegenüberliegenden Wand erblickte Seregil die Scherben einer zerbrochenen Schüssel.

Der unaufhörliche Lärm, der ihm in den Ohren hallte, gestaltete es schwierig, sich zu konzentrieren, als er den Ort einer gründlichen Durchsuchung unterzog. Es war kein gleichbleibender Ton, sondern ein ständig an und abschwellender. Mitunter vermeinte Seregil, hinter dem übrigen Getöse leise Stimmen zu vernehmen, doch er tat dies als Einbildung ab.

Nachdem er endlich zufrieden festgestellt hatte, daß es keine weiteren verborgene Tunnel gab, vergrub er die eiskalten Hände in den Manteltaschen, hockte sich nieder und ging die wenigen Hinweise durch, die er besaß.

»Kristallhörner unter Steinhörnern. Stein in Eis in Stein in Eis«, hatte in dem Palimpsest gestanden.

Mit gerunzelter Stirn sah sich Seregil um. *Nun ja, ich befinde mich eindeutig unter Steinhörnern. Und um hierherzugelangen, mußte ich zunächst durch Eis, dann durch Stein.*

Somit blieb noch Stein in Eis zu durchschreiten, aber wo? Wenngleich sich das Palimpsest verschlungener Systeme bediente, hatte es die erforderlichen Wegbeschreibungen doch ziemlich klar angegeben. Wenn es einen geheimen Weg gab, der über diesen Punkt hinausführte, dann legte der Verstand nahe, daß sich die letzten Hinweise darauf in demselben Dokument verbargen.

Während er sich die pochenden Schläfen rieb und kurz die Augen schloß, entsann er sich der Einzelheiten der zahlreichen Inschriften des Palimpsests. Hatten er und Nysander in den wirren Prophezeiungen vielleicht etwas übersehen? Oder vielleicht war Nysanders Überzeugung falsch, daß nur eine Seite des Dokumentes ein Palimpsest enthielt.

Dies empfand Seregil als höchst beunruhigenden Gedanken.

Ein kalter Luftstoß ließ ihn aus seiner Grübelei hochschrecken.

Als er die Augen aufschlug, stellte er fest, daß er im Schnee vor dem Tunneleingang lag und Turik und Shradin offensichtlich besorgt über ihm kauerten. Über Shradins Schulter sah er, daß die Sonne bereits weit unterhalb des vereinbarten Gipfels stand.

»Was ist passiert?« keuchte Seregil und setzte sich auf.

»Wir haben gewartet, so lange wir konnten«, entschuldigte sich Turik. »Die Zeit, zu der du wiederkehren solltest, kam und verstrich. Wir sind dir nachgegangen und haben dich träumend vorgefunden.«

»Ein Sturm ist im Anzug«, fügte Shradin hinzu und schaute mit gerunzelter Stirn zu den Wolken empor. »Um diese Jahreszeit brauen sie sich rasch zusammen. Wir müssen ins Dorf zurück, solange es noch hell genug für einen sicheren Abstieg ist. Hier oben gibt es weder einen Unterschlupf noch irgend etwas, um ein Feuer zu machen.«

Erschrocken blickte sich Seregil plötzlich um. »Mein Schwert! Und die Schatulle – wo sind sie?«

»Hier, neben dir. Wir haben beides mit heraufgebracht«, beruhigte ihn Turik. »Aber sag, hast du mit dem Geist gesprochen? Kennst du den Grund für seinen Zorn?«

Nach wie vor verdrossen darüber, dem Zauber dieses Ortes so widerstandslos erlegen zu sein, nickte Seregil bedächtig, um Zeit zu schinden, bis er die Gedanken gesammelt hatte.

»Es ist nicht euer Geist, der zürnt, sondern ein anderer, böser Geist«, erklärte er ihnen. »Der böse hält den anderen gefangen. Es ist ein sehr mächtiger Geist. Ich muß mich ausruhen und vorbereiten, um ihn zu verbannen.«

Shradin blickte abermals zum Himmel empor. »Ich glaube, dafür wirst du reichlich Zeit haben.«

Die beiden dravnischen Führer ergriffen ihre Rucksäcke und Stöcke und führten Seregil zurück ins Dorf, wo ihn eine weitere Nacht erschöpfender Gastfreundschaft erwartete.

Wie Shradin vorhergesagt hatte, pfiff während der Nacht ein wüster Schneesturm durch die Zähne des Berges. Die Menschen kämpften sich durch den heulenden Wind, um ihr Vieh die Rampen hinauf in die Türme zu treiben, verschlossen die Türen und lehnten sich zurück, um zu warten, bis das Schneegestöber vorüber war.

Zwei Tage lang tobte der Sturm ohne Unterlaß. Einem Haus riß er das Filzdach fort, wodurch die Bewohner gezwungen waren, in einem Nachbarturm Zuflucht zu suchen. In einem anderen Turm gebar eine Frau Zwillinge. Ansonsten verstrich die Zeit bei Essen, Geschichtenerzählen und Hausarbeit. Die Dravnier zeigten sich gelassen angesichts derartiger Bedingungen; was hatte es für einen Sinn, sich über etwas zu beklagen, das sich jeden Winter wiederholte? Die Schneestürme hatten sogar etwas Gutes. Sie häuften Schnee rings um die Häuser auf, so daß es drinnen nicht zog.

Insbesondere eine Familie betrachtete den Sturm als Glücksfall, denn er zwang den Aurënfaie, zwei Nächte als Gast bei ihnen zu weilen.

Seregil war weniger erfreut über die Lage. Ekrid hatte neun Kinder, sechs davon Töchter. Ein Mädchen war zu jung, eines hatte gerade seine Tage, trotzdem blieben noch vier, mit denen er sich herumschlagen mußte, und der wetteifernde Glanz in ihren Augen, wenn sie ihn in Empfang nahmen, gefiel ihm ganz und gar nicht.

Erschwerend kam hinzu, daß im Untergeschoß Ekrids Ziegen- und Schafherde untergebracht war, deren Geblöke und Gestank wenig zur Verbesserung der Umstände beitrug. Zwei Tage lang hatte Seregil ständig zu entscheiden, ob er es vorzog, sich des Liebesdrängens der Mädchen zu erwehren oder zu versuchen, ein paar Schritte zu tun, ohne in Scheiße zu treten. In beiderlei Hinsicht mußte er sich mit mäßigem Erfolg bescheiden, worunter seine Konzentration auf das eigentliche Problem gehörig litt.

Während Seregil in der zweiten Nacht, umschlungen von zwei von Ekrids Töchtern, ausgestreckt auf dem Bett lag, starrte er zu den Dachsparren hinauf und beschloß, daß sein Appetit auf Frauen für einige Zeit gestillt sei. Als er sich rastlos zwischen ihren nach Moschus riechenden Leibern hin und her wand, bemerkte er eine leichte Bewegung in der anderen Ecke der Kammer, wo Ekrids Söhne schliefen. Einer von ihnen *hatte* ihn vorigen Abend mit sehnsüchtigem Blick betrachtet ... Er ließ sich die Möglichkeit einen Augenblick durch den Kopf gehen, dann jedoch kam er mürrisch zu dem Schluß, daß in dieser Richtung auch keine Aussicht auf Befriedigung zu erwarten war. Der junge Mann roch genauso streng nach Ziegentalg und alten Fellen wie seine Schwestern, zudem fehlte ihm ein Schneidezahn.

Er legte sich zurück und gab sich der Sehnsucht nach seinem eigenen, sauberen Bett und einem frisch gebadeten Gefährten hin, der es mit ihm teilte. Zu seiner Überraschung verwandelte sich die gesichtslose Gestalt alsbald in Alec.

Vater, Bruder, Freund und Geliebter, hatte Illiors Orakel in jener Nacht in Rhíminee gesagt.

Er nahm an, daß er Alec in gewisser Weise Vater und Bruder gewesen war, seit er ihn nach ihrer Flucht aus Asengais Verlies mehr oder weniger bei sich aufgenommen hatte. Freudlos lächelte Seregil in die Dunkelheit; es war das Mindeste gewesen, das er tun konnte, wenn man bedachte, daß Alec einer von Dutzenden Unschuldigen gewesen war, die Asengais Männer im Zuge ihrer Jagd auf Seregil gefangengenommen und gefoltert hatten. In den Monaten seither waren sie zweifellos Freunde geworden, wahrscheinlich sogar mehr als Freunde.

Aber Geliebte?

Diese Möglichkeit hatte Seregil stets beharrlich aus seinen Gedanken verbannt und sich immer wieder eingeredet, daß Alec zu jung, zu sehr dalnisch geprägt und ein zu wertvoller Gefährte sei, um das Wagnis einzugehen, ihn wegen etwas so Belanglosem wie körperlicher Liebe zu verlieren.

Und dennoch – während er erschöpft zwischen Ekrids Töchtern lag, spürte er schuldbewußt, wie Erregung seine Lenden durchflutete, als er an Alecs schlanken Körper, seine dunkelblauen Augen, sein verführerisches Lächeln und sein krauses, seidiges Haar dachte.

Warst du in deinem Leben nicht schon oft genug hoffnungslos in jemanden vernarrt? schalt er sich. Er rollte sich auf den Bauch, lenkte die Gedanken auf das Palimpsest und ging neuerlich die geheimnisvollen Wendungen durch.

Kristallhörner unter Steinhörnern. Stein in Eis in Stein in Eis.

Sosehr er sich auch bemühte, er schien den Worten einfach keine weitere Bedeutung abringen zu können. Langsam wiederholte er den Text in seiner ursprünglichen, dravnischen Form, dann übersetzte er ihn ins Konische, Skalanische und Aurënfaieische, nur um ganz sicher zu gehen.

Nichts.

Noch mal von vorn, dachte er. *Du übersiehst etwas. Denk nach!*

Danach folgte die Wegbeschreibung zur Kammer. Davor kam das prophetische Kauderwelsch; zuerst die tanzenden Tiere, dann die Knochen und die seltsamen Laute des Schlüssels, der das Geheimnis enträtselte ...

»Bei Illiors Augen!«

Eines der Mädchen regte sich im Schlaf und streichelte ihm mit der Hand über den Rücken. Seregil zwang sich, trotz seines aufgeregt pochenden Herzens stillzuliegen.

Die Wendung! Die Wendung selbst!

Diese fremdartigen, in der Kehle kratzenden Laute. Wenn sie der Schlüssel zu dem Palimpsest waren, weshalb dann nicht auch zur Magie der Kammer?

Doch vorausgesetzt, er hatte recht, ergaben sich daraus weitere Fragen. Wenn die Laute lediglich ein magisches Losungswort darstellten, konnte er sie vermutlich anwenden, ohne sich oder sonst jemanden in Gefahr zu bringen. Wenn sie jedoch einen tiefschürfenderen Zauber bewirkten, was dann? Natürlich konnte er auf der Stelle mit dem zu Nysander zurückkehren, was er bereits wußte. Aber womöglich bahnten die Plenimaraner sich just in diesem Augenblick einen Pfad zum Tal herauf, und Nysander würde bestimmt noch zu erschöpft von dem ersten Ortswechselzauber sein, um Seregil oder jemand anders sofort wieder herzuschicken. Es sei denn, er bediente sich der Hilfe eines zuverlässigen Zauberers, um einen möglichen Fehlschlag auszuschließen – Magyanas vielleicht, oder Theros.

Zur Hölle damit! Ich bin nicht so weit gekommen, um nun jemand anders das Rätsel lösen zu lassen. Beim ersten Tageslicht breche ich morgen noch einmal zu dem Paß auf, Lawinen hin, Lawinen her.

Als er zufrieden in den Schlaf hinüberglitt, bekam er gerade noch mit, daß der Wind endlich abflaute.

Kurz vor dem Morgengrauen klopfte jemand an Ekrids Tür und weckte das gesamte Haus auf.

»Kommt zum Rathaus!« brüllte draußen eine Stimme. »Etwas Entsetzliches ist geschehen. Kommt schnell!«

Seregil kämpfte sich aus einem Gewirr von Armen und Beinen frei, schlüpfte in seine Kleider und rannte mit den anderen zum Rathaus.

Das fahle, frühmorgendliche Licht ließ den Schnee blau, die Türme schwarz erscheinen. Als sich Seregil mit den Schneeschuhen durch den kristallenen Pulverschnee mühte, erkannte er das Dorf beinahe nicht wieder. Der Sturm hatte die Türme bis zu den Türschwellen vergraben, so daß der verbleibende Teil wie eine gewöhnliche, schneebestäubte Hütte wirkte.

Er drängte sich durch die vor dem Rathaus versammelte Menschenmenge und hastete hinunter in den Versammlungsraum.

Das Hauptfeuer war entfacht worden, und daneben kauerte eine Frau, die er noch nie gesehen hatte. Umringt von einem Kreis schweigender Gesichter mit weit aufgerissenen Augen preßte sie ein winziges Bündel an die Brust und schluchzte heiser. Retaks Frau kniete sich neben sie und schlug behutsam die Decke zurück. In dem Bündel lag ein toter Säugling. Mit von Frostbeulen überzogenen Händen drückte die Fremde das Kleinkind verzweifelt an sich.

»Was ist passiert?« fragte Seregil und drängte sich neben Retak.

Traurig schüttelte er den Kopf. »Ich weiß es nicht. Sie kam erst vor kurzem ins Dorf gewankt, und seither konnte ihr niemand einen zusammenhängenden Satz entlocken.«

»Das ist Vara, die Base meines Mannes aus Torguds Dorf!« rief eine Frau und bahnte sich einen Weg durch die Menge. »Vara, Vara! Was ist denn passiert?«

Die Frau schaute auf, dann stürzte sie in die Arme ihrer Verwandten.

»Fremde!« kreischte sie. »Sie kamen während des Sturms. Sie haben unsere Gastfreundschaft ausgeschlagen und den Häuptling samt seiner Familie getötet. Und auch andere, viele andere, meinen Mann, meine Kinder – meine Kinder!«

Sie warf den Kopf zurück und stieß einen qualvollen

Schrei aus. Die Umstehenden hielten den Atem an, begannen zu tuscheln und schauten zu Retak.

»Aber warum?« erkundigte dieser sich sanft und beugte sich über sie. »Wer sind diese Fremden? Was wollten sie?«

Vara bedeckte die Augen und krümmte sich zusammen. Seregil kniete sich nieder und legte ihr eine Hand auf die bebende Schulter.

»Haben sie nach dem Hort des Geistes gesucht?«

Stumm nickte die Frau.

»Aber sie haben die Einladung zum Festessen ausgeschlagen«, fuhr er mit einfühlsamer Stimme fort und spürte, wie sich ein kalter Knoten in seiner Magengrube bildete. »Sie haben das Dorf beleidigt, also wolltet ihr nichts mit ihnen zu tun haben.«

»Ja«, flüsterte Vara.

»Und als das Töten begann, habt ihr es ihnen da verraten?«

Tränen quollen aus Varas Augen und rannen ihr die Wangen hinab. »Partis hat es ihnen gesagt, nachdem sie seine Frau getötet hatten«, schluchzte sie leise. »Er hat ihnen von Timan und seiner Sippe erzählt, weil er dachte, dann würde das Morden aufhören. Aber es hat nicht aufgehört. Einige von denen haben gelacht, während sie uns töteten. Ich konnte ihre Zähne durch die Bärte schimmern sehen. Sie haben gelacht und gelacht und ...«

Die Arme immer noch krampfhaft um ihr totes Kind geschlossen, brach sie bewußtlos zusammen.

Ein paar Frauen trugen sie zu einer Pritsche an der Wand.

»Wer sollte so etwas tun?« fragte Retak bestürzt.

»Plenimaranische Marinesoldaten«, knurrte Seregil, woraufhin sich alle Augen auf ihn hefteten. »Diese Männer sind Feinde, sowohl meine als auch eure. Sie suchen das Böse, das im Hort eures Geistes haust. Wenn sie es finden, werden sie ihm huldigen und ihm Menschenopfer darbringen.«

»Was können wir nur tun?« stieß eine Frau hervor.

»Sie werden hierherkommen!« rief ein Mann zornig. »Partis hat sie uns ja geradezu auf den Hals gehetzt.«

»Besitzt ihr Waffen?« erkundigte sich Seregil über den anschwellenden Tumult hinweg.

»Nur Wolfsspeere und Häutmesser. Wie sollen wir damit gegen solche Männer kämpfen?«

»Du bist doch ein Zauberer!« meinte Ekrid. »Kannst du sie nicht mit deiner Magie vernichten?«

Umringt von einem Kreis erwartungsvoller Gesichter, sog Seregil scharf die Luft ein. »Ihr alle habt gesehen, welcher Natur meine Magie ist. Ich kenne keine Zaubersprüche, um Menschen zu töten.«

Er wartete eine Weile, während sich Enttäuschung unter der Menge ausbreitete, dann fügte er hinzu: »Aber vielleicht habe ich etwas genauso Wirksames.«

»Und das wäre?« fragte Ekrid zweifelnd.

Seregil lächelte matt.

»Einen Plan.«

Als die ersten Strahlen der Sonne über den Gipfeln im Osten zum Vorschein kamen, ließ Retak die Gruppe am Fuße des Passes innehalten. Shradin ging voran, um die Gefahr abzuwägen. Die anderen – jeder Mann, jede Frau und jedes Kind aus Retaks Dorf – warteten schweigend auf ein Zeichen zum Weitergehen. Mütter flüsterten ihren Kindern zum wiederholten Male ins Ohr, weshalb sie still sein mußten. Den Säuglingen hatte man *llaki* gegeben, damit sie einschliefen.

Seregil erklomm einen Felsvorsprung und hielt die Hand schützend über die Augen, als er zurück über das Schneefeld blickte. Zwar beherrschten nach wie vor blaue Schatten das Tal, dennoch konnte er eine dunkle Kolonne Männer erkennen, die sich dem Dorf näherte. Es würde nicht lange dauern, bis sie herausfanden, daß ihre Opfer geflohen waren. Ebenso schnell würden sie feststellen wohin.

»Da sind sie«, flüsterte er Retak zu. »Wir müssen rasch weiter!«

Sie wagten kaum zu atmen, als sie weiter den Paß hinaufwanderten.

Es war ein furchterregender Weg. Die Dorfbewohner bewegten sich so flink sie konnten, manche unter der Last von Brennmaterial und Proviant, andere trugen Kinder auf dem Rücken oder gebrechliche Verwandte auf Bahren. Nur das gedämpfte Knirschen von Schneeschuhen und das Knarren von Rucksacktragriemen durchbrachen die Stille. Der alte Timan schleppte sich schmerzerfüllt am Ende des Trosses voran, gestützt von Turik und dessen Brüdern.

Vara war die Gnade des Todes vergönnt gewesen; nun lag sie gemeinsam mit ihrem Kind in den Schneewächten hinter den Ziegenpferchen begraben. Doch ihr Tod war nicht umsonst gewesen; sie hatte Retaks Dorf Zeit verschafft, sich vorzubereiten.

Glitzernde Schneeschleier stoben über den Paß und rieselten die Hänge hinab. Sie endeten allesamt als harmlos winzige Bälle, die bergab rollten und Mäuschenspuren hinterließen. Von den Felsen über ihnen ertönte ein unheilverkündendes Knacken und Ächzen, doch da Shradin ihnen keine Warnzeichen gab, scheuchte Retak seine Leute stumm weiter.

Seregil, der in ihrer Mitte marschierte, fühlte sich zutiefst bewegt von der Mischung aus Angst, Vertrauen und Entschlossenheit, die diese Menschen antrieb. Sie hatten ihn willkommen geheißen und ihm, einem Fremden, das Beste all dessen dargeboten, was sie besaßen. Als Retak ihn zum Mitglied seiner Sippe ernannte hatte, meinte er dies durchaus wörtlich. In den Augen der Dravnier galt er so lange als Blutsverwandter der Gemeinde, wie er es sein wollte.

Den plenimaranischen Marinesoldaten, vor denen sie flohen, war derselbe Empfang angeboten worden.

Als sie sich der Höhle näherten, schaute Seregil zurück und sah, daß der Feind das Dorf erreicht hatte und sich nunmehr dem Paß zuwandte.

Ihr Schweinehunde! dachte er erbittert. *Ihr würdet diese Menschen für was auch immer am Ende dieses Tunnels liegt hinschlachten wie Schafe, genauso, wie ihr Varas Dorf hingemetzelt habt. Aber ihr wart schlampig, meine Freunde, und das war ein entscheidender Fehler!*

Weiter vorn unterhielt sich Retak kurz mit Shradin, dann bedeutete er dem Troß stehenzubleiben. Seregil ging weiter und gesellte sich zu ihm.

»Wissen diese Männer, wie man den Schnee liest?« flüsterte Shradin.

»Hoffentlich nicht. Retak, sag den anderen, sie sollen noch ein wenig höher heraufkommen und dann auf dein Zeichen warten. Sind die jungen Männer auf ihren Plätzen?«

»Sie sind bereit. Aber was ist, wenn dein Plan fehlschlägt?«

»Dann brauchen wir einen anderen Plan.« Damit begab sich auch Seregil, der wesentlich mehr Zuversicht zur Schau stellte, als er empfand, auf seinen Platz.

Gespannt beobachteten die Dorfbewohner den Vormarsch der Plenimaraner. Mittlerweile stand die Sonne höher am Himmel und widerspiegelte sich unten im Tal gleißend auf Speerspitzen und Helmen. Was zunächst wie eine lange, dunkle, sich windende Schlange im Schnee wirkte, verwandelte sich bald in einzelne Männer, die auf sie zuschritten.

Wohinter auch immer die Plenimaraner herzusein glauben, sie gehen kein Wagnis ein, dachte Seregil, nachdem er über hundert Mann gezählt hatte. Kurz schaute er den Hang hinauf, versuchte, den Eingang zur Geisterkammer zu entdecken und fragte sich abermals, was all das wert sein mochte.

Die Plenimaraner waren schon so nah, daß Seregil bereits die Rangabzeichen auf ihren Brustplatten erkennen konnte, bevor Shradin endlich zu Retak hinaufwinkte.

Der Häuptling hob den Stock mit beiden Händen über den Kopf und stimmte einen Schrei an, der das Blut in den Adern gerinnen ließ. Die übrigen Dorfbewohner fielen mit ein und gellten und kreischten aus Leibeskräften. Im selben Augenblick traten Seregil, Shradin und die jungen Männer aus dem Dorf Gesteins- und Eisbrocken los, auf daß sie den steilen Hang hinabkullerten.

Zunächst geschah gar nichts.

Dann ertönte das erste Donnergrollen von der Westwand her, als sich tonnenweise Schnee und Eis lösten und auf den plenimaranischen Trupp hinabstürzten.

Seregil konnte die fahlen Kreise emporgerichteter Gesichter erkennen, als die Soldaten zu spät begriffen, in welche Falle sie sich hatten locken lassen. Die ordentliche Reihe verschwamm und zerbrach. Männer fielen in den Schnee und ruderten in dem Versuch mit den Armen, irgendwie der erbarmungslosen Flutwelle zu entkommen, die auf sie zuhielt.

Binnen Sekunden rollte die Lawine über sie hinweg; gleich Laub in einem Fluß wurden die Männer mitgerissen und verschwanden außer Sicht. Von den Dravniern erhob sich lautes Jubelgeschrei, das eine weitere, ohrenbetäubende Lawine von der Ostwand löste.

Mit einem Getöse, dem etwas Endgültiges anhaftete und das minutenlang zwischen den kahlen, im Sonnenschein funkelnden Gipfeln hin und her hallte, tosten die Schneemassen durch das Tal und rollten über die erste Schicht hinweg.

Ausgelassen klopfte Shradin Seregil auf den Rücken. »Ich hab' doch gesagt, daß sich der Schnee genauso lösen würde!« brüllte er. »Niemand kann so etwas überleben!«

Seregil warf einen letzten, forschenden Blick auf die gewaltigen Schneemassen unter sich, dann winkte er Turik herbei. »Es ist an der Zeit, daß ich meine Aufgabe vollende. Dieser böse Geist muß aus eurem Tal verbannt werden, damit nie wieder jemand kommt, um ihn zu suchen.«

Verblüffenderweise lag der Tunneleingang immer noch frei, obschon sich rings um die Stelle hohe Schneewächten auftürmten.

Während die Frauen hinter Seregil Siegeslieder anstimmten, bahnte er sich den Weg durch den rutschigen, schmalen Tunnel hinab. Der Lärm in seinem Kopf und das Kribbeln auf der Haut fühlten sich genauso schlimm wie letztes Mal an, doch diesmal schenkte er beidem keine Beachtung, da er wußte, was er zu tun hatte.

»Da bin ich wieder«, flüsterte er, als er die Kammer erreichte. Er verschwendete keinen Gedanken darauf, was geschehen mochte, sollte er sich hinsichtlich der Natur des Zaubers geirrt haben; statt dessen umklammerte er die Schatulle und sagte laut: »*Argucth chthon hrig.*«

Eine schaurige Stille senkte sich über die Kammer. Dann vernahm er ein leises Knacken, das ihn an glühende Kohlen erinnerte, die in einem Ofen abkühlen. Winzige Blitze zuckten gleich einem Miniaturgewitter über die Felswand am gegenüberliegenden Ende der Kammer.

Seregil trat einen Schritt zurück, dann hechtete er auf den Tunnelausgang zu, als der Fels explodierte.

Scharfkantige Splitter sausten surrend wie Pfeile durch den Tunnel und gruben sich hinten in Seregils dicken Mantel und die Hose. Andere prallten rings um ihn ab und zischten gleich einem kurzen, todbringenden Sturm durch die winzige Kammer.

Binnen eines Lidschlags war alles vorüber. Einen Augenblick verharrte Seregil noch mit den Armen über dem Kopf, dann hielt er vorsichtig den Lichtstein hoch und spähte zurück.

In die gegenüberliegende Wand war eine Öffnung gesprengt worden, hinter der ein dunkler Hohlraum zum Vorschein trat.

Seregil zog das Schwert, ging näher und schielte in die zweite Kammer hinein. Sie wies annähernd die Größe seiner Wohnstube im Jungen Hahn auf. An der hinteren Wand fing sich der Schein des Lichtsteins in einer glänzenden Eisplatte und reflektierte ihn über ein Gewirr verdorrter, auf dem Boden verstreuter Leichen.

Die ständige Kälte unter dem Gletschereis hatte den Körpern im Laufe unzähliger Jahre die Feuchtigkeit entzogen und sie dunkel und verschrumpelt zurückgelassen, mit zu Grimassen verzogenen Lippen, rosinengleich vertrockneten Augen und zu Klauen gekrümmten Händen.

Seregil sank auf die Knie; unter dem Mantel rann ihm kalter Schweiß die Brust hinab. Sogar in diesem Zustand war deutlich erkennbar, daß die Brustkörbe gespalten und die Rippen weit auseinandergezogen worden waren. Erst vor ein paar Monaten war sein Freund und Kollege, Micum Cavish, fast tausend Meilen entfernt in den Sümpfen unterhalb des Schwarzwassersees auf einen ähnlichen Anblick gestoßen. Dort jedoch waren einige der Leichen erst vor kurzem getötet worden. Diese Leichen lagen bereits seit Jahrzehnten, vielleicht seit Jahrhunderten hier. All das und Nysanders verschwommene Drohungen und Geheimniskrämerei ließen echte Angst in Seregil aufflammen.

Das summende Geheul in seinen Ohren war hier viel schlimmer. Während Seregil am Eingang zu der zweiten Kammer kniete, stellte er sich plötzlich vor, wie die letzten Augenblicke der Opfer ausgesehen haben mußten.

Sie warten darauf, in die Todeskammer gezerrt zu werden.

Sie lauschen den Schreien.

Dampf steigt von aufgerissenen Leibern auf …

Fast vermeinte er, die Stimmen jener Gequälten leise über die Jahre zurückhallen zu hören.

Unbehaglich schüttelte er derlei Vorstellungen ab und kroch hinein, um die geheimnisvolle Eisplatte in Augenschein zu nehmen.

Der grob gehauene Eisblock erwies sich als halb so lang wie Seregil groß war und als fast vier Fuß dick. An dieser Stelle schien die Aura des Ortes noch schlimmer; ein gräßliches Kribbeln überzog seine Haut, als wuselten Ameisen unter seinen Kleidern. Sein Kopf pochte. Das Summen in den Ohren schwoll an wie ein Chor von Stimmen, die eine Oktave jenseits der Schmerzgrenze heulten.

Doch als noch beunruhigender empfand Seregil das

plötzliche Aufflammen von Schmerzen rings um die Narbe auf seiner Brust. Sie brannte wie eine frische Wunde und trieb eine spitze Lanze der Pein tief in sein Herz.

Seregil machte sich rasch an die Arbeit. Er nahm die beiden Flaschen aus der Schatulle, wickelte sie aus und schüttete den dunklen Inhalt der ersten Flasche so auf den Eisblock, das oben ein Kreis entstand. Mit dem Dolch ritzte er in den Kreis die Symbole der Vier; eine liegende Acht für Dalna; Illiors schlichte Sichel; ein kunstvolles Wellenzeichen für Astellus; das Flammendreieck für Sakor. Als er fertig war, bildeten die vier Symbole die Ecken eines Rechtecks.

Widernatürliche Flammen züngelten auf, als sich die Flüssigkeit durch das Eis fraß, und wie zur Antwort leuchtete in der Mitte des Blockes ein Schimmer auf, der den Umriß eines kreisförmigen Gegenstandes erkennen ließ, der darin eingebettet lag.

Eine neuerlicher Schmerzensschwall raubte Seregil fast den Atem. Er faßte unter den Mantel und ertastete darunter etwas Nasses. Mit blutigen Fingern zog er Mantel- und Hemdkragen auseinander und stellte fest, daß die Haut rings um die Ränder der Narbe aufgebrochen war.

Mittlerweile waren überall um ihn herum Stimmen – tuschelnde, seufzende, klagende Stimmen. Seine Hände zitterten, als er rasch den Inhalt der zweiten Flasche auf das Eis schüttete. Weitere Flammen züngelten auf und flackerten in der schwachen, gespenstischen Brise, die sich um ihn erhob. Unsichtbare Finger strichen über sein Gesicht, zerrten an seinen Kleidern, fuhren ihm durchs Haar.

Eine erste, durchsichtige Kristallspitze trat aus dem schmelzenden Eis hervor, rasch gefolgt von sieben weiteren, die einen schrägen Ring ergaben.

Der gleichermaßen qualvolle und frohlockende Gesang schwoll an, bis er die enge Kammer vollständig ausfüllte. Seregil preßte beide Hände auf die Ohren, während er sich wartend zusammenkauerte.

Die magische Flüssigkeit verbrannte und verdunstete, bis acht klingenähnliche Kristallspitzen freilagen, die eine Art Reif bildeten.

Seregil beugte sich darüber, um den Reif herauszuziehen. Dabei fiel ein Blutstropfen von seiner Brust auf das Eis innerhalb des Reifs. Auf merkwürdige Weise gebannt hielt er inne und beobachtete, wie ein weiterer Tropfen hinabfiel, und wieder ein weiterer. Ein Steinsplitter hatte seinen Handrücken aufgerissen, und auch aus dieser Wunde troff Blut. Ein ganzes Rinnsal träufelte zwischen Seregils Fingern hinab auf die Spitze, die er umfaßte, und färbte sie rubinrot, als es daran hinabglitt und in die kleine Lache kullerte, die sich in der Mitte der Krone ansammelte.

Der Gesang klang nun deutlicher und wirkte mit einem Schlag lieblich, beruhigend und irgendwie vertraut. Seregils Kehle verkrampfte sich, als er in die unmöglichen Noten miteinzustimmen versuchte, während unaufhörlich Blut von seiner Brust tropfte.

Noch nicht, summten die Stimmen. Unsichtbare Hände streichelten ihn und hielten ihn, während er sich über die Krone beugte. *Sieh zu! Sieh zu, wie die Schönheit erblüht.*

Das angesammelte Blut sank in das Eis. Sogleich kroch langsam ein rötlicher Schimmer in jede der Kristallspitzen.

O ja! dachte er. *Wie wunderschön!*

Die Spitzen erwiesen sich als scharf. Sie gruben sich in Seregils Handflächen, als er sie umfaßte. Immer mehr Blut rann hinab, und der Kristall leuchtete in einem zunehmend dunklen Rot.

Doch nun mischte sich aus der Ferne eine andere Stimme in den Gesang, rauh und mißtönend.

Nichts, summten die Stimmen. *Es ist nichts. Hier gibt es nur unsere Musik. Komm zu uns, o Holder, stimm ein in unser Lied, das einzige Lied. Für den Wundersamen, den Verzehrer des Todes …*

Seregil empfand diesen häßlichen, neuen Ton als störend.

Doch als er den Kopf neigte und dieser rauhen Stimme

angestrengt lauschte, stellte er fest, daß auch sie vertraut wirkte.

Es war ihm schon fast gelungen, sie ganz auszusperren, als er sie urplötzlich erkannte – es war der Klang seiner eigenen, heiseren Schreie.

Die wunderschönen Trugbilder zerbarsten, als stechende Schmerzensblitze auf der Suche nach seinem Herzen seine Arme emporschossen.

»*Aura!*« rief er aus und wand die Krone mit letzter Kraft frei. »*Aura Elustri málrei!*«

Mit von alptraumhaften Qualen umwölktem Blick wankte er zu der silberbeschlagenen Schatulle, warf die Krone hinein und verschloß den Riegel.

Gleich einem Hammerschlag setzte jählings Stille ein. Seregil brach zwischen den Leichen zusammen und preßte die blutigen Hände auf die Brust. »*Marös Aura Elustri chyptir*«, murmelte er dankbar, als er in einen Dämmerzustand abdriftete. »*Chyptir marös!*«

Der Wundersame, hatten die Stimmen gesagt. *Der Verzehrer des Todes.*

Allmählich wurde ihm bewußt, daß sich ein weiteres Wesen in der Kammer befand, ein Wesen, das ein starkes Gefühl des Friedens, vermischt mit Traurigkeit in ihm auslöste.

Dies, erkannte er, mußte der wahre Geist sein; der Geist, der diesen Ort geschaffen und bewohnt hatte, bis die Krone hier versteckt worden war. Süßsauer lächelnd, rief er sich die Geschichte der verfeindeten Geister ins Gedächtnis, die er für Turik und Shradin ersonnen hatte, als er zum ersten Mal aus der Höhle kam.

Anscheinend hatte er unbewußt die Wahrheit gesprochen.

»Friede sei mit dir, Geist dieses Ortes«, krächzte er auf Dravnisch. »Dein Heiligtum wird gebührend gereinigt werden.«

Eine kurze Weile umschwirrte ihn das Wesen, linderte seinen Schmerz und seine Erschöpfung, dann war es verschwunden.

Seregil schulterte die Schatulle und kroch schwerfällig

den Tunnel zurück. Turik und Timan hielten an der Öffnung Wache, als er ins Sonnenlicht hinaustaumelte.

Wortlos ergriff der greise Mann Seregils Arm; Tränen der Dankbarkeit glitzerten in den wäßrigen Augen.

»Er lebt! Der Aurënfaie lebt! Bringt Verbandszeug!« rief Turik den anderen zu und betrachtete besorgt Seregils Hände.

Der Ruf wanderte von Mund zu Mund, und schon bald hatte sich das gesamte Dorf um sie geschart.

»Entsetzliche Geräusche sind aus der Erde gehallt, dann war plötzlich alles still«, erklärte Retak dem völlig erschöpften Seregil. »Timan sagte, du hättest den bösen Geist vertrieben, doch er wußte nicht, ob du die Tortur überlebt hattest. Erzähl uns von deinem Kampf mit dem bösen Geist!«

Innerlich stöhnte Seregil auf. *Bei Bilairy, die wollen schon wieder eine Geschichte!*

Er rappelte sich auf die Füße und hielt die Schatulle hoch. »Ich habe den bösen Geist gefangengenommen, der so viel Unheil über euch gebracht hat. Er ist hier drin eingesperrt.«

Mit großen Augen starrten die Dravnier auf die zerschundene Holzschatulle. Sogar die Kinder wagten nicht, sich ihr zu nähern. Obwohl er sich schmutzig und ausgelaugt fühlte, gab sich Seregil alle Mühe, einen siegreichen Zauberer darzustellen, während er Wahrheit und Erfindung bestmöglich mischte.

»Zu Lebzeiten von Timans Vorfahr kam dieses böse Wesen in euer Tal, besetzte den Hort des Geistes, nahm den wahren Geist gefangen und fiel über jene her, die sich in die Kammer wagten. Ich fand sein geheimes Versteck und habe mich ihm dort zum Kampf gestellt. Es war ein mächtiger Geist, und wie ihr sehen könnt, hat er sich heftig zur Wehr gesetzt.«

Die Augen der Dorfbewohner wurden immer größer, als sie sich dichter um ihn drängten, um zu sehen, was für Wunden ein Geist einem Menschen beizubringen vermochte.

»Aber mit Hilfe meiner Magie und der Macht der heiligen Aura sowie des wahren Geistes dieses Ortes habe ich ihn bezwungen und gefangengenommen. Euer Geist kam zu mir, linderte meine Wunden und bat mich, dafür Sorge zu tragen, daß sein Hort gereinigt werde, auf daß euer Volk wieder in Frieden zu ihm gehen kann. Im Augenblick liegen dort unten Leichen, Opfer des bösen Geistes. Ihr müßt euch nicht vor ihnen fürchten. Schafft sie weg und verbrennt sie, wie es sich gehört, damit ihre Seelen Ruhe finden. Dies ist kein Ort des Bösen mehr.«

Unter den Dravniern brach ungestümer Jubel aus, als er absetzte, um der aus dem Stegreif erdachten Geschichte gedanklich zu folgen. Als wieder Ruhe einkehrte, war er bereit, sie weiterzuspinnen.

»Sollte jemals jemand kommen und nach dem bösen Geist suchen, dann führt ihn an diesen Ort und berichtet ihm, wie Meringil, Sohn von Solun und Nycanthi, Magier aus Aurënen, den bösen Geist gefangen und für immer von hier weggebracht hat. Erinnert euch an diesen Tag und erzählt euren Kindern davon, damit auch sie sich an ihn erinnern. Laßt niemanden von euch je vergessen, daß von hier das Böse vertrieben wurde. Und jetzt muß ich gehen.«

Die Dorfbewohner wogten auf ihn zu und flehten ihn an zu bleiben. Noch unbeglückte Jungfern begannen, vor Enttäuschung zu weinen, und eine von Ekrids Töchtern warf sich ihm schluchzend in die Arme. Sanft löste Seregil sich aus ihrer Umklammerung, sammelte seine Sachen ein und fingerte die letzte von Nysanders bemalten Ruten aus der Tasche an seinem Gürtel. Hinter dem Rücken brach er sie entzwei; furchtsam wichen die Dravnier zurück, als sich hinter ihm der schwarze Wirbel auftat. Seregil winkte ihnen zum Abschied ein letztes Mal zu und zwang sich zu einem Lächeln, als er rücklings ins Leere trat.

Thero war gerade auf dem Weg nach oben, als ihn ein gedämpftes Poltern innehalten ließ. Es bestand kein Zweifel daran, woher das Geräusch stammte; sämtliche

Türen entlang des gewundenen Korridors – die Schlafgemachtüren, die Gästezimmertüren – standen offen, abgesehen von einer.

Die Wohnstubentür, die mit Schutzmagie und ähnlichen Vorkehrungen versehen war, wurde stets verschlossen gehalten, es sei denn, Nysander hielt sich darin auf. Dennoch vernahm Thero darin ein leises Stöhnen, als er das Ohr an die Tür drückte.

»Nysander!« rief er, doch sein Meister hastete bereits die Turmtreppe herab, daß seine Gewänder nur so um die Lederschürze wallten.

»Da drin ist jemand », erklärte Thero, dessen hageres Antlitz vor Aufregung gerötet war.

Nysander öffnete die Tür und schnippte mit den Fingern in Richtung der nächstbesten Lampe. Sogleich züngelte eine Flamme am Docht auf, und im Schein des Lichts erblickten die beiden Seregil, der ausgestreckt mitten in der Kammer auf dem Boden lag; sein Rücken wölbte sich merkwürdig über dem Rucksack, den er trug; der Trageriemen der zerschundenen Holzschatulle baumelte um ein Bein. Die Augen hatte er geschlossen, das Gesicht präsentierte sich unter Ruß- und Blutflecken aschfahl.

»Hol Wasser, eine Schüssel und Leinen. Beeil dich!« befahl Nysander, während er auf Seregil zuhastete und an seinem Mantel zu zerren begann.

Thero lief davon, um die gewünschten Dinge zu holen. Als er wenige Augenblicke später zurückkehrte, untersuchte Nysander gerade eine böse Wunde an Seregils Brust. »Wie schlimm ist es?« fragte er den Magier.

»Nicht so schlimm, wie es aussieht«, antwortete Nysander und bedeckte die Verletzung mit einem Tuch. »Hilf mir mal, ihm die dreckigen Sachen auszuziehen.«

»Was ist ihm denn diesmal widerfahren?« wollte Thero wissen, als er dem bewußtlosen Mann behutsam die Stiefel auszog. »Er stinkt genauso durchdringend wie damals, als er zurückkam, nachdem . . .«

»Fast genauso, ja. Bring mir alles, was für eine kleinere Wundreinigung von Nöten ist. Und Thero?«

In Erwartung einer Erklärung hielt sein Lehrling, der bereits die Tür erreicht hatte, inne.

»Wir werden kein Wort mehr über diesen Vorfall verlieren.«

»Wie Ihr wünscht«, erwiderte Thero leise.

Da Nysander die Aufmerksamkeit Seregil zuwandte, entging ihm sowohl die Zornesröte, die Thero unter dem lichten Bart in die gelblichen Wangen schoß, als auch das angespannte Vortreten der Kiefermuskeln.

Später, als Seregil unter Theros wachsamen Augen schlief, trat Nysander seinen nächtlichen Gang in die untersten Gewölbe des Orëska-Hauses an. Er war nicht der einzige, der hier spät nachts durch die Gänge wandelte. Viele der älteren Zauberer zogen es vor, ihren Forschungen zu frönen, wenn ihnen die Schüler und Lehrlinge nicht im Wege herumstanden. Während er durch die langen Korridore und Treppen hinabstieg, nickte er den Leuten zu, die er traf und blieb gelegentlich für ein kurzes Schwätzchen stehen. Er hatte nie ein Geheimnis aus seinen nächtlichen Spaziergängen gemacht. Ob über die Jahre hinweg wohl jemandem aufgefallen war, daß er selten zweimal denselben Weg einschlug? Daß es trotzdem stets eine Stelle, einen bestimmten Abschnitt einer kahlen, jungfräulichen Wand gab, an der er jedesmal vorbeikam?

Und wie viele jener anderen Zauberer, fragte sich Nysander, während er weiterging, wachten so wie er über ein dunkles Geheimnis?

Nachdem er das unterste Geschoß erreicht hatte, begab er sich noch vorsichtiger als gewöhnlich durch das Labyrinth der Gänge zu jenem Ort, wenngleich seine sorgsam gewobenen Beschwörungen die Schatulle, die er bei sich trug, jedermanns Wahrnehmung entzogen.

Er vergewisserte sich, daß niemand ihn beobachtete, dann neigte er das Haupt, entfesselte eine Woge der Macht und sprach leise den Durchgangszauber. Ein Gefühl gleich einem Gebirgswind sauste auf ihn nieder und erfüllte ihn mit Grabeskälte. Die schmutzige Schatulle an die Brust gedrückt, trat er durch das dicke Mauerwerk in die winzige Kammer, die sich dahinter verbarg.

5
Ankünfte

Alec kniff die Augen zusammen, als Sonnenlicht von dem blankpolierten Festgong unter seinem Arm zurückprallte. Er verlagerte den Griff und kämpfte sich den Rest der Leiter hinauf, die an die Vorderseite der Villa gelehnt stand.

»Also wirklich, Sir Alec, das ist doch nicht nötig. Um derlei Kleinigkeiten kümmern sich immer die Bediensteten!« rief Runcer aufgeregt vom Gehsteig herauf, sichtlich entrüstet darüber, daß sein Meister öffentlich eine derart niedere Arbeit verrichtete, doch machtlos, etwas dagegen zu unternehmen.

»Ich hab' eben gerne was zu tun«, gab Alec ungerührt zurück.

Widerwillig war er am Vortag wieder in seine offizielle Rolle in der Radstraße geschlüpft. Das Sakorfest begann heute nacht, und ob Seregil nun hier war oder nicht, Sir Alec hatte zu erscheinen. Offenbar war Runcer fest entschlossen, Alec in Seregils Abwesenheit als Herrn des Hauses zu betrachten, was Alec ganz und gar nicht behagte. Es widerstrebte ihm, verhätschelt zu werden, doch jeder Bedienstete des Hauses schien es schon als persönliche Beleidigung zu empfinden, wenn er sich selbst Wasser zum Waschen holte oder ein Pferd sattelte.

Alec hielt sich an dem in die Mauer eingelassenen Holzbalken fest und schlang die ledernen Hängeriemen des Gongs darüber. Sie hielten, und der Gong schaukelte sanft in der morgendlichen Brise hin und her, ein rechteckiger Schlachtschild, auf dem das aufwendig gestaltete Sonnensymbol Sakors prangte.

Runcer reichte ihm ein schwarzes Tuch herauf, mit dem Alec den Schild sorgfältig verhüllte.

Überall in der Stadt wurden ähnliche Gongs aufgehängt. Die Nacht der Trauer, die längste Nacht des Jahres, begann mit Feierlichkeiten vor dem Sakortempel. Dort würde der symbolische Tod des alten Gottes in Szene gesetzt werden, danach würden sämtliche Feuer der Stadt gelöscht, bis auf einen einzigen Feuertopf, den die Königin und ihre Familie im Tempel hüteten. Am nächsten Morgen würden beim ersten Zeichen der Dämmerung die Gongs enthüllt und geschlagen, um den auferstandenen Gott willkommen zu heißen, während Läufer das Neujahrsfeuer an jeden Herd tragen würden. Diese Zeremonie würde in ähnlichen Formen in ganz Skala abgehalten werden.

Alec war gerade auf halbem Wege die Leiter hinab, als ein Reiter klappenden Hufes um eine Ecke bog und sich die Straße herunter näherte. Als er Seregils glänzende Aurënfaie-Stute erkannte, sprang der Junge den Rest hinunter und rannte seinem Freund entgegen.

Seregil bremste Cynril auf Schrittgeschwindigkeit und musterte Alec mit gerunzelter Stirn, während er weiter auf ihn zuritt. »In Hemdsärmeln auf der Straße wie ein gewöhnlicher Arbeiter? Was werden die Nachbarn dazu sagen?«

»Ich habe ihn darauf aufmerksam gemacht, Herr«, meinte Runcer verbindlich, als Seregil nah genug war.

»Ich schätze, sie werden sagen, ich neige eher zu ehrlicher Arbeit als mein Beschützer, dieser Geck«, erwiderte Alec lachend. Er war zu erleichtert darüber, daß Seregil wohlbehalten nach Hause kam, um sich darüber den Kopf zu zerbrechen, was andere denken mochten.

Wo auch immer Seregil gewesen sein mochte, er hatte sich sorgfältig für die Rolle des heimkehrenden Lords gekleidet. Die schlammbespritzten Stiefel und Handschuhe waren aus feinstem, haselnußbraunem Leder, der Reitmantel wies einen dunklen Pelzsaum auf. Darunter trug er ein samtenes Oberkleid, und an der juwelenbesetzten Kokarde seiner Mütze wackelten in verwegenem Winkel lange Fasanenfedern in der Brise.

»Na ja, wir müssen ihm seine ungeschliffene Art verzeihen«, meinte Seregil und schlang Alec einen Arm um die Schultern, als sie ins Haus gingen. »Diese Söhne nordländischer Junker sind schlecht erzogen – zuviel ehrliche Arbeit in ihrer Jugend. Wie ist der Stand der Dinge hier?«

»Komm und sieh selbst.«

Der große Saal wimmelte immer noch von Bediensteten. Zur Vorbereitung auf die nächtlichen Reigen wurden die Teppiche eingerollt; Duftgirlanden aus geflochtenen Getreidehalmen sowie immergrüne Gewächse schmückten die Wände. Seit Tagesanbruch strömten verführerische Düfte aus der Küche. Nach der Zeremonie würde ein zwar kaltes, aber fürstliches Festmahl aufgetragen werden.

»Was ist mit den Leuchtstöcken?« fragte Seregil, als er sich setzte, um die Stiefel auszuziehen.

»Die sind gestern aus dem Orëska-Haus gekommen, Herr«, teilte Runcer ihm mit, der sich in unmittelbarer Nähe bereit hielt. »Nysander í Azusthra und Lady Magyana ä Rhioni haben bestätigt, daß sie dieses Jahr wieder zur Abendunterhaltung beitragen werden.«

»Gut. Weiß man schon etwas von den Cavishes?«

»Sie werden heute nachmittag erwartet, Herr. Ich habe die Gästezimmer im Obergeschoß persönlich vorbereitet.«

»Nysander hat die Cavishes eingeladen, bei ihm zu sitzen«, erklärte Alec, als sie die Treppe zu Seregils Zimmer erklommen. Wehmütig fügte er hinzu: »Ich wünschte, wir könnten auch bei ihm sitzen.«

»Ich weiß, aber bei Kyliths Gruppe erfahren wir vermutlich wesentlich mehr. Außerdem brauchst du Übung in adeligen Manieren.«

Seregils Schlafgemach wies zum Garten an der Rückseite der Villa hinaus. Anders als die übrigen Räume des Hauses war es in aurënfaieischem Stil eingerichtet und wies weiße Wände anstatt Fresken auf. Auch die Möbel waren aus hellem Holz und von schlichter Machart. Im Gegensatz dazu pulsierten die Kissen, Teppiche und Vorhänge rings um das Bett förmlich vor Farben und Mustern.

Die Fensterläden standen offen, im Marmorkamin knisterte ein heimeliges Feuer.

»Weißt du, Runcer hat recht«, fuhr er fort, warf den Umhang über eine Kleidertruhe und trat ans Feuer. »Es ist nicht gut, wenn du in Hemdsärmeln draußen gesehen wirst. Wenn man eine Rolle spielt ...«

Alec seufzte. »Dann spielt man sie mit Leib und Seele, ich weiß, aber ...«

»Keine Entschuldigungen. Das gehört nun mal zu den Spielregeln.« Belehrend erhob Seregil einen behandschuhten Zeigefinger. »Du weißt ebensogut wie ich, daß es im Jungen Hahn keine und auch hier nur selten eine Rolle spielt, aber bei der Ausführung eines Auftrags könnte sich so etwas als tödlich erweisen! Wenn du Sir Alec spielst, mußt du Sir Alec *sein*. Du mußt die Rolle entweder aus tiefster Seele leben oder dich wie ein Marionettenspieler im Auge behalten und jede Bewegung bewußt lenken. Du hast doch oft genug gesehen, wie ich das mache.«

Mißmutig starrte Alec in den verschneiten Garten hinaus. »Ja, aber ich bezweifle, ob ich jemals so gut darin werde wie du.«

Seregil ließ ein ungeduldiges Schnauben vernehmen. »Pferdemist. Dasselbe hast du über das Schwertkämpfen behauptet, und nun schau, wie du dich gemausert hast. Außerdem bist du als Schauspieler ein Naturtalent, sofern die Rolle nicht gerade deinem halsstarrigen Stolz eines dalnischen Freibauern widerstrebt. Entspann dich! Laß dich vom Augenblick treiben.«

Unvermittelt ergriff Seregil den Arm des Jungen und wirbelte ihn in einem überschwenglichen Tanz durch das Zimmer. Alec hatte ihn nicht einmal herankommen gehört. Doch er faßte sich rasch und übernahm die Führung.

»Aber Sir Alec *ist* ein halsstarriger dalnischer Freibauer«, widersprach er und lachte, während er die Schritte eines ländlichen Tanzes stapfte, den Beka und Elsbet ihm beigebracht hatten.

»Falsch!« Boshaft grinsend, zog Seregil den Jungen in eine feierliche Pavane. »Sir Alec ist ein halsstarriger Angehöriger des niederen dalnischen *Adels*. Außerdem sollte Lord Seregils Gebaren allmählich ein wenig auf ihn abfärben.«

Mit gespieltem Entsetzen lehnte Alec sich zurück. »Der Schöpfer sei gnädig, alles, nur das nicht!« Immer noch hielt er Seregils behandschuhte Hand. Mit dem Daumen spürte er eine Wölbung unter dem dünnen Leder. Stirnrunzelnd betastete er sie. »Was ist das? Ein Verband?«

»Alles in Ordnung, nur ein paar Kratzer.« Seregil streifte die Handschuhe ab und zeigte ihm die dünnen Leinenstreifen um beide Handflächen. »Und was ist mit dir?« Er drehte Alecs linke Handfläche nach oben und betrachtete den Schorf, der sich dort gebildet hatte.

»Ich habe mich geschnitten, als ich in der Nacht damals über eine Mauer geklettert bin«, erklärte Alec und nahm Seregils offensichtliches Ausweichmanöver widerspruchslos hin, da er wußte, daß jegliches Weiterbohren vergeblich wäre. »Danach hat mich auf dem Heimweg jemand verfolgt, aber ich kam gut aus der Sache raus.«

»Irgendeine Ahnung, wer es gewesen sein könnte?«

»Wahrscheinlich Straßenräuber. Ich hab' sie nicht richtig gesehen.«

»Für wie viele steht denn dieses ›sie‹?«

»Drei, glaube ich. Aber ich war zu sehr damit beschäftigt, davonzurennen, um sie zu zählen.«

»Laß hören.«

Alec sank auf einen Stuhl am Feuer und begann mit einem mehrmals geübten und etwas ausgeschmückten Bericht seiner Flucht durch die Silbermondstraße.

»Es war ein schlauer Zug, kurzerhand Schutz bei der Palastwache zu suchen«, meinte Seregil dazu, nachdem

Alec geendet hatte. »Und da wir gerade vom Palast reden, ich habe etwas für dich – ich glaube ein kleines Dankeschön von der Königin und Klia.«

Er holte einen kleinen Beutel aus dem Mantel hervor und warf ihn Alec zu. Als der Junge ihn öffnete, fand er darin eine schwere, silberne Umhangbrosche in Form eines Kranzes blätterbesetzter Zweige um einen dunkelblauen Stein.

»Silberblätter.« Alec lächelte dünn, während er das Schmuckstück betrachtete. »Als ich Klia droben in Cirna zum ersten Mal traf, nannte ich mich Aren Silberblatt.«

»Das ist ein schöner Stein«, bemerkte Seregil, der über die Schulter einen Blick auf das Juwel warf. »Dafür könntest du ein gutes Pferd bekommen, sollte es je nötig sein. Laß nur nicht durchsickern, woher er stammt oder wofür du ihn bekommen hast. Schließlich haben wir ein geheimes Doppelleben zu wahren.«

Illia Cavish stürmte kurz nach Mittag wie ein kleiner, glücklicher Wirbelwind in den Saal. »Onkel Seregil! Alec! Wir sind da!«

Von der Musikantengalerie aus beobachtete Seregil, wie sie überschwenglich auf Alec zustürzte, der gerade aus dem Eßzimmer kam.

»Heuer kann ich aufbleiben und bei der Feier dabeisein, weil ich jetzt sechs bin«, verkündete sie und fiel Alec aufgeregt um den Hals. »Und ich habe neue Schuhe und ein richtiges Kleid mit einem langen Rock und zwei Unterröcken und ... Wo ist Onkel Seregil?«

»Schon unterwegs!« rief der Gesuchte. Er eilte die steile, schmale Treppe von der Galerie hinunter, schritt durch den Saal auf sie zu und verlangte, ebenfalls umarmt zu werden. »Bist du den ganzen Weg von Watermead allein geritten, kleines Fräulein?«

Illia zog ein langes Gesicht. »Mutter ist immer noch übel wegen des Babys, deshalb mußte sie mit Arna und Eulis in einem Karren fahren. Vater und Elsbet und ich, wir mußten ganz langsam reiten. Aber als wir in eure

Straße gekommen sind, hat er mich vorausgaloppieren lassen. Ich bin der Vorsoldat!«

»Ich glaube, du meinst die Vorhut«, verbesserte Alec das kleine Mädchen lächelnd.

»Hab' ich doch gesagt, Dummerchen. Dürfen Elsbet und ich im Zimmer neben dir schlafen, Onkel? In dem mit dem drachenförmigen Bett und den an die Wand gemalten Frauen?«

»Selbstverständlich dürft ihr, solange *du* nicht wieder herausspringst und die Gäste erschreckst, nachdem du ins Bett geschickt worden bist, so wie letztes Jahr.«

»Ach, dafür bin ich jetzt schon viel zu alt«, versicherte ihm Illia und schleifte ihn und Alec an der Hand zur Tür. »Kommt mit jetzt. Inzwischen müssen Vater und Mutter auch schon da sein.«

In der Radstraße herrschte reger Verkehr, dennoch erspähte Seregil auf Anhieb Micums kupferfarbenen Schopf, der durch die Menge auf ihn zuhüpfte. Dicht hinter ihm folgten seine zweitgeborene Tochter und ein geschlossener Karren, den zwei Dienstmädchen lenkten. Die alte Arna erblickte ihn und winkte.

»Wie ich sehe, hat Illia euch gefunden«, meinte Micum grinsend, als er und seine Familie vor dem Haus abstiegen.

Seregil umarmte zunächst seinen alten Freund, dann die dunkelhaarige, schüchterne Elsbet in ihrem blauen Reitgewand. »Ihr kommt gerade rechtzeitig. Alec hat schon die ganze Arbeit erledigt.«

»Hätte ich reiten können, wären wir früher hier gewesen«, beklagte sich Kari und quälte sich in dem Karren aus einem Nest aus Kissen und Mänteln hervor. Lange Wochen der Morgenübelkeit hatten ihre Züge ausgemergelt, doch die Reise hatte das verwegene Glitzern zurück in ihre dunklen Augen gezaubert.

Micum half ihr herunter, danach umarmte sie Alec und Seregil herzlich.

Seregil begutachtete ihren zunehmend runden Bauch. »Das Schwangersein steht dir wie immer hervorragend zu Gesicht.«

»Sag ihr das bloß nicht vor dem Frühstück«, warnte Micum seinen Freund.

Die alte Arna machte ein Zeichen der Segnung in Richtung ihrer Herrin. »›Je übler der Mutter, desto kräftiger der Sohn.‹«

Kari verdrehte hinter dem Rücken der alten Frau die Augen. »Seit einem Monat hören wir das mindestens dreimal am Tag. Auch wenn es wieder ein Mädchen wird, es wird wohl mit einem Schwert in der Hand geboren.«

»Eine weitere Beka«, meinte Alec grinsend.

»Und was ist mit dir?« fragte Seregil, an Elsbet gewandt. »Zuletzt habe ich gehört, daß du an der Tempelschule bleiben möchtest.«

»Stimmt. Danke, daß du mich empfohlen hast. Die Tempelschule ist genau das, was ich schon immer machen wollte.«

»Zuerst Bekas Offizierspatent für die Reiterei der Königin, und nun Elsbet eine Studentin.« Kari legte Elsbet einen Arm um die Hüfte und warf Seregil einen finsteren Blick zu. »Na, herzlichen Dank. Ich kann schon von Glück reden, wenn eine meiner Töchter heiratet, bevor sie alt und grau ist.«

»Studentinnen heiraten doch, Mama«, wies Elsbet ihre Mutter zurecht.

»Ich werd' heiraten!« mischte Illia sich ins Gespräch. Immer noch umklammerte sie Alecs Hand. »Ich werd' dich heiraten, Alec, nicht wahr?«

Galant verbeugte sich der Junge vor ihr. »Sofern du mich noch willst, wenn du erwachsen und eine Schönheit wie deine Mutter und deine Schwester bist.«

Elsbet errötete bei der Bemerkung sichtlich. »Wie geht es dir, Alec? Vater hat uns erzählt, daß du verletzt wurdest, als du Klia gerettet hast.«

»Bis auf das hier ist alles ziemlich gut verheilt«, erwiderte er und fuhr sich bedauernd mit der Hand über das zottige Haar. »Klia hat noch schlimmer ausgesehen als ich.«

»Es war sehr – tapfer von dir. Einfach so ins Feuer zu

laufen, meine ich«, stammelte sie. Dann errötete sie noch mehr und lief hastig hinter Arna her ins Haus.

Mit verständnislosem Blick drehte sich Alec zu Kari um. »Alles in Ordnung mit ihr?«

Ein geheimnisvolles Lächeln spielte um die Lippen der schwangeren Frau, als sie sich bei Alec einhängte. »Oh, sie ist nur gerade fünfzehn geworden, und du bist ein Held, das ist alles. Und jetzt komm mit, tapferer Sir Alec. Mal sehen, was wir wegen deiner Haare tun können. Wir wollen doch nicht, daß du heute nacht vor den feinen Damen aus Lord Seregils Bekanntenkreis wie ein Kesselflickerjunge aussiehst.«

6
Die Nacht der Trauer

Lady Kyliths mit Wandteppichen geschmückte Loge bot einen hervorragenden Ausblick auf die Säulenhalle des Sakortempels. Seregil und Alec erreichten den Tempelvorhof eine Stunde vor Sonnenuntergang und fanden ihre Gastgeberin sowie sechs andere Gäste bereits bei Leckereien und Wein plaudernd vor.

Es war ein frostiger Abend, und jedermanns Atem bildete beim Reden kleine Wölkchen vor dem Mund. Alle hatten sich eingedenk des Anlasses in schwarze, dicke Mäntel oder Umhänge gehüllt, doch an den Handgelenken und Hälsen fing sich das Licht in Gold und Juwelen.

»Ah, jetzt ist unsere kleine Gruppe vollständig!« Lächelnd erhob sich Kylith, um Seregil zu küssen.

Er erwiderte den Kuß mit echter Zuneigung. Vor einigen Jahren waren sie eine Zeitlang ein Liebespaar gewesen, und seither immer noch Freunde. Ihm wurde bewußt, daß Kylith mittlerweile auf die fünfzig zugehen mußte, doch das Alter hatte sowohl ihre sagenumwobene Schönheit als auch ihren Verstand nur veredelt.

Beides kam voll und ganz zur Geltung, als sie sich

Alec zuwandte, der sich nach wie vor schüchtern im Hintergrund hielt. »Und wir beide begegnen einander endlich unter wesentlich erfreulicheren Umständen, Sir Alec. Ich hoffe doch, heute nacht will niemand Lord Seregil verhaften?«

Alec vollführte eine makellose Verneigung. »Ich glaube, er hat alle Verhaftungen auf morgen verschoben, Lady Kylith.«

Gut gemacht, Sir Alec, dachte Seregil bei sich und lächelte. Aus dem Augenwinkel sah er, daß einige der anderen Gäste verstohlene Blicke tauschten. Fast ganz Rhíminee wußte, daß er erst vor wenigen Wochen in Ketten aus seiner Villa abgeführt worden war. Kylith hatte dem Vorfall geschickt jedwede Spannung genommen, indem sie ihn offen zur Sprache brachte.

»Seregil, du sitzt dort drüben bei Admiral Nyreidian«, bestimmte sie und wies ihm einen Sitz neben einem beleibten Adeligen mit schwarzem Bart zu. »Er beaufsichtigt das Ausstatten der Freibeuterflotte der Königin, und ich weiß genau, daß du alles darüber erfahren willst. Sir Alec, Ihr sitzt hier zwischen uns, damit wir unsere Bekanntschaft erneuern können. Aber zuvor muß ich Euch gebührlich vorstellen – Admiral Nyreidian í Gorthos, Lady Tytiana ë Reva und Lady Breena ë Ursil vom Hof der Königin, Sir Arius í Rafael und meine ganz besonders liebe Freundin Lady Yriel ë Nikiria.«

Kurz setzte sie ab, dann legte sie die Hand auf die einer uniformierten Frau zu ihrer Rechten. »Und dies ist Hauptfrau Julena ë Isai von der Infanterie der Weißen Falken, der neuesten Bereicherung unseres kleinen Salons.«

Seregil musterte die Hauptfrau mit leisem Interesse; Gerüchten zufolge handelte es sich um Kyliths jüngste Liebschaft.

»Meine Freunde, ihr alle kennt Lord Seregil í Korit«, fuhr sie fort. »Und dieser bezaubernde junge Mann ist Lord Seregils Schützling, Sir Alec í Gareth von Ivywell. Ich glaube, sein verschiedener Vater war ein Ritter von Mycena.«

Alecs Scheinherkunft wurde der erhoffte Mangel an Interesse zuteil. Seregil überließ es dem Jungen, auf charmante Weise mit Kyliths Liebäugeln fertig zu werden, und wandte die Aufmerksamkeit den übrigen Gästen zu, die ihm wißbringender erschienen.

»Ich nehme an, ein Krieg wäre eine Erleichterung für Phoria«, sagte Lady Tytiana gerade. Als Hauptverantwortliche für die Garderobe der Königin galt sie als unschätzbare und im allgemeinen zuverlässige Gerüchtequelle. »Ihr müßt wissen, diese gräßliche Sache im Zusammenhang mit dem Selbstmord des Kanzlers lastet ihr immer noch schwer auf dem Gemüt – Oh, Lord Seregil, vergebt mir. Ich wollte keineswegs taktlos sein.«

»Aber das seid Ihr ganz und gar nicht, meine Teuerste.« Seregil strich eine Falte aus seinem schwarzen Mantel. »Meine Name *wurde* reingewaschen, also ist meine Ehre nicht mehr oder weniger befleckt als sonst auch.«

Gelächter ging durch den kleinen Kreis. Über die Jahre hinweg hatte er sich sorgsam einen Ruf als bezaubernd zerstreuter Verbannter aufgebaut. Während ihm seine entfernte Verwandtschaft mit der Königsfamilie Zugang zu den eleganteren Salons verschaffte, wurde gemeinhin angenommen, daß ihn seine ausländische Geburt und sein stümperhaftes Auftreten vor den verschlungenen Intrigen der Stadt bewahrte. Folglich nahm ihn zwar niemand so recht ernst, dafür erzählte man ihm eine Menge.

»Wie ich schon sagte«, fuhr Tytiana fort, »es würde mich nicht wundern, wenn sie froh wäre, in den Krieg zu ziehen. Es gibt kaum etwas Besseres als ein paar Siege, um die Beliebtheit beim Volk zu verbessern. Und ganz unter uns, Phoria könnte ein wenig Zuspruch der Bevölkerung durchaus brauchen, auch ohne diesen anderen Makel. Eine Thronfolgerin ohne Nachkommenschaft ist immer irgendwie – peinlich.«

»Dafür ist sie ein hervorragender Reitereioffizier«, hielt Hauptfrau Julena dem entgegen.

Admiral Nyreidian lehnte sich zurück und legte die Hände auf den beachtlichen Wanst. »Schon richtig, aber dadurch gerät sie ins Hintertreffen, es sei denn, die Plenimaraner wären dumm genug zu versuchen, Mycena zu überrennen. Plenimar ist eine Seemacht, schon immer gewesen. Ich habe die Königin darauf hingewiesen, und sie ist mit mir einer Meinung. Noch während wir hier sprechen, werden im unteren Teil der Stadt Verteidigungsanlagen errichtet.«

»Erst gestern habe ich gehört, wie Königin Idrilain zweihundert Wagenladungen guten, roten Lehm aus Piorus bestellt hat, um die Hänge unterhalb der Zitadelle zu löschen«, mischte sich Lady Breena ins Gespräch. »Seit den Tagen ihrer Urgroßmutter wurde so etwas nicht mehr getan.«

»Gewiß wären sie nicht so kühn, Rhíminee direkt anzugreifen, oder?« meinte Seregil über den Wein hinweg.

Nyreidian warf ihm einen eher herablassenden Blick zu. »Das haben sie schon einmal gemacht.«

»Also bereitet Ihr Euch darauf vor, sie mit den eigenen Waffen zu schlagen. Das muß ein gewaltiges Unterfangen sein.«

»Ich glaube, ich habe schon jeden Seemann, Fischer und Piraten in der Stadt gesehen, der je zwischen hier und der Meerenge von Bal gesegelt ist«, erwiderte der Admiral. »Der Hafen wimmelt nur so von ihnen. Und auch von Investoren. Die Freibeuterei ist ein einträgliches Geschäft. Zieht Ihr auch in Betracht, ein Schiff auszustatten, Lord Seregil?«

»Klingt nach einer interessanten Mischung aus Vaterlandsliebe und Ertrag. Vielleicht sollte ich es mir überlegen.«

»Ich muß Euch warnen: Schiffe sind bereits Mangelware. Sämtliche Schiffsbauer in Skala sind vollauf damit ausgelastet, alte Schiffe instand zu setzen und neue zu bauen. Aber die wahre Schwierigkeit besteht darin, einen brauchbaren Kapitän zu finden.«

»Und dabei liegt noch gar keine offizielle Kriegserklärung vor. Wie kann die Königin Freibeuter aussenden, ohne die Plenimaraner dadurch herauszufordern? Ist sie etwa darauf aus, den Kriegsausbruch zu beschleunigen?«

Nyreidian versteifte sich merklich. »Ich bin sicher, die Königin handelt ausschließlich zum Wohle Skalas.«

»Aber selbstverständlich«, murmelte Seregil. »Der Umstand, daß sie Euch mit diesem Unterfangen betraut hat, ist ein hinlänglicher Beweis für die Bedeutsamkeit solcher Maßnahmen.«

Alec entfuhr ein Seufzer der Erleichterung, als Kylith die Aufmerksamkeit den anderen Gästen zuwandte. Sein Vorrat erfundener Geschichten war klein, und das Führen oberflächlicher Gespräche zählte nicht unbedingt zu seinen Stärken. Zum Glück schien sich sonst niemand besonders für ihn zu interessieren. Seregil unterhielt sich immer noch mit dem fetten Admiral, also stützte er die Ellbogen auf das Geländer und beobachtete das Schauspiel, das sich vor ihm anbahnte.

Die Reihe der Zuschauerlogen, in der sie saßen, befand sich an der Südseite des Platzes, unmittelbar vor dem Hain des Dalnatempels. Auf der gegenüberliegenden Seite des Platzes verdeckte eine weitere Logenreihe teilweise die Springbrunnenhöfe und kunstvoll gearbeiteten, bunten Bögen des Astellustempel. Der Illiortempel lag hinter der Rückwand der östlichen Logenreihe verborgen.

Mit Seilen abgegrenzte Pfade zwischen den vier Tempeln viertelten den weitläufigen Platz. Schwarz gewandete Besucher der Feierlichkeiten drängten sich bereits in den offenen Bereichen und auf den Höfen sowie in den Säulenhallen der anderen Tempel. Über ihnen zogen Möwen und Schwärme brauner Tauben aus dem Dalnawäldchen ihre Kreise.

Vor ihm zeichnete sich der schwarze Sakortempel ehrfurchtgebietend und deutlich vor einem atemberaubenden Sonnenuntergang ab. Breite Lichtbalken gleißten zwischen den Säulen der Vorhalle hindurch und hoben die Umrisse der dazwischenhängenden Gongs hervor.

In der Säulenhalle befand sich ein Altar aus blankpoliertem, schwarzem Stein. Darauf loderte ein großes

Feuer und warf seinen Schein auf den riesigen, goldenen Schild, der unmittelbar dahinter von oben herabhing. Dies, so hatte Seregil ihm zuvor erklärt, nannte man den Schirm Sakors. Es handelte sich um einen zwanzig Fuß hohen Schild, dessen Sonnenradprägung mit Hunderten von glattpolierten Rubinen besetzt war, so daß er im flackernden Licht des Feuers vor Leben zu pulsieren schien.

Eine gewaltige Ehrengarde hatte sich auf der breiten Treppe vor dem Tempel in Reih und Glied aufgestellt; irgendwo in diesen gesichterlosen Rängen stand auch Beka Cavish mit ihrem Regiment Habacht. Ein klein wenig beneidete er sie. Das Leben eines Soldaten erschien ihm einfach; keine Heuchelei, keine Maskerade – nur Ehre, Pflichtgefühl und der Mut, den Kameraden im Kampf zur Seite zu stehen.

»Wird das Sakorfest auch in Mycena mit derart großem Aufwand begangen?« erkundigte sich Lady Kylith, wodurch sie Alec aus seiner Grübelei riß.

»Nein, Lady Kylith«, antwortete er so laut, daß auch Seregil ihn hörte. »Sogar der Erntedank am Ende des Rhythin ist kein Vergleich dazu.«

»Gewiß hat Euch Lord Seregil den Brauch vom Löschen der Flammen erklärt, nicht wahr?«

»Ja. Ich könnte mir vorstellen, daß es eine unbehagliche Nacht wird.«

»Der Wachdienst der Soldaten ist äußerst ermüdend.« Kylith warf einen bedauernden Blick in Julenas Richtung, woraus Alec schloß, daß die Hauptfrau bald wieder zum Dienst antreten mußte. »Aber für den Rest von uns ist es eine fröhliche Zeit. Feiern im Mondschein, Versteck- und Haschmich-Spiele. Auch für Liebende ist es eine gute Nacht. Es heißt, die Hälfte der in Rhíminee geborenen Menschen wurden in dieser besonderen Nacht gezeugt.«

Ihr Duft stieg ihm in die Nase, als sie sich dichter herüberlehnte.

»Und wer wird Euch heute nacht in der Dunkelheit warmhalten, hm?«

Plötzliches Fanfarengeschmetter aus dem Tempel ersparte ihm eine Antwort.

Stille senkte sich über die Menge, als ein langer Troß von Priestern aus dem Inneren des Tempels hervorkam. Während sie einen Sprechgesang vor sich hin summten und auf Schilfflöten, Sistren, tiefklingenden Hörnern und Trommeln spielten, bildeten sie beiderseits des Schirms zwei Ränge. Die schwirrende Musik klang uralt und traurig.

»Das Lied des Verscheidens, gesungen in der ursprünglichen, konischen Form«, flüsterte Seregil. »Ein Großteil der Zeremonie ist gut und gern tausend Jahre alt.«

Nachdem der Sprechgesang geendet hatte, wurde auf einer Bahre eine in kunstvoll verzierte Roben gewandete Gestalt herbeigetragen, deren Antlitz eine Maske in Form einer goldenen Sonne verhüllte. Auf den Knien der Gestalt lag ein Breitschwert.

»Das ist der älteste der Sakorpriester, verkleidet als der sterbende Gott«, fuhr Seregil fort. »Bei sich hat er das große Schwert Gërilains.«

»War das wirklich ihr Schwert?« flüsterte Alec. Gërilain war die erste von Skalas Erbköniginnen gewesen, die aufgrund Illiors Prophezeiung vor sechs Jahrhunderten eingesetzt worden waren.

»Ja. Es wird der Königin jedes Jahr aufs neue verliehen.«

Nachdem der alte Sakor vor dem Altar abgesetzt worden war, trat eine Priesterin vor und wandte sich in derselben altertümlichen Sprache an ihn.

»Jetzt fleht sie Sakor an, das Volk nicht zu verlassen«, erklärte Seregil. »Dieser Teil zieht sich länger hin, aber er läuft darauf hinaus, daß Sakor die Königin zur Hüterin des Volkes ernennt und ihr den heiligen Feuertopf und das Schwert übergibt.«

Wie von Seregil angekündigt, nahm Sakors Erwiderung einige Zeit in Anspruch. Der untere Teil der Sonnenmaske war so beschaffen, daß er die recht dünne und brüchige Stimme des Priesters verstärkte. Nachdem das

Zwiegespräch beendet war, ertönten Hörner, und der große Umzug begann.

Priestergruppen traten aus den anderen Tempeln hervor, und jede trug auf einer Bahre eine Gestalt, die ihre Schutzgottheit verkörperte.

Zuerst kamen die Dalnaner, für die Valerius den Gott Dalna spielte. Mit einem aus Elfenbein und Gold gefertigten Zeremonienstab in der Hand, einem Kranz aus Lorbeer und Efeu auf dem Haupt und in grüne, üppig mit Gold verzierte Gewänder gehüllt, wirkte der reizbare Drysier ungewohnt prunkvoll.

Irgend jemand war es gelungen, seine wilde Mähne zu zähmen, so daß sie unter dem Kranz einigermaßen ordentlich aussah, der Bart aber knisterte angriffslustig wie immer, als er den finsteren Blick über die Menge wandern ließ.

»Ich bin zwar kein Dalnaner, aber ich glaube kaum, daß Valerius als Schöpfer eine ausgesprochen vertrauenerweckende Figur abgibt«, murmelte Seregil, wodurch er einigen der anderen Gäste, einschließlich Alec, ein zustimmendes Kichern entlockte.

Astellus würde Sakor als Führer auf der Reise zur Insel der Morgenröte dienen. Diese Rolle spielte eine mollige, blonde Priesterin in einem schlichten, blau-weißen Kittel und mit einem breitkrempigen Hut sowie Wanderstab und Tasche. Grau gefiederte Möwen, das lebende Sinnbild des Wanderers, stoben vom Springbrunnenhof des Tempels auf und kreisten über ihr, während sie weitergetragen wurde.

Auch Illior wurde von einer Frau dargestellt. Stocksteif saß sie in ihrem wallenden, weißen Kleid und mit der funkelnden, goldenen Maske auf der Trage und hob die rechte Hand, um das kunstvolle, kreisrunde Emblem zu zeigen, das ihre Handfläche bedeckte.

Die drei Gruppen trafen sich in der Mitte des Platzes und warteten auf den letzten Troß. Abermals erklangen Hörner. Eine Schwadron der Reiterei näherte sich in festlichem Purpur und Schwarz vom Eingang des Tempelhofs her, gefolgt von der königlichen Familie.

»Ist sie das? Ist das die Königin?« flüsterte Alec und reckte den Hals, um besser sehen zu können.

»Das ist sie.«

Grauhaarig und ernst saß Idrilain auf ihrem Roß wie die Kriegerin, die sie war. Den goldenen Brustpanzer zierten ein erhobenes Schwert und Illiors Sichel; an ihrer Seite hing eine leere Scheide.

Neben der Königin ritt ihr Gemahl Evenir, ihr zweiter und wesentlich jüngerer Gatte. Hinter dem königlichen Paar kamen ihre Söhne und Töchter. Unter ihnen ritt auch Klia in der prunkvollen Galauniform der Reiterei der Königin.

Während Alec sie in der Ferne beobachtete, wanderte seine Hand unwillkürlich zu der Silberbrosche, die den Zierumhang um seine Schultern hielt. Bisher hatte er Klia lediglich als gewöhnliche, fröhliche, schlammbespritzte Soldatin betrachtet, die ihn wie einen Kameraden behandelte und niemals Wert auf Förmlichkeiten legte. Als er sie nun musterte – vor dem Hintergrund ihrer wahren Herkunft und des Gepränges der Zeremonie – hatte er das Gefühl, eine Fremde zu sehen.

Gemessenen Schrittes bewegte sich der Zug auf die Tempeltreppe zu, wo Idrilain abstieg, die Stufen erklomm und sich gegenüber des alten Sakors und der übrigen Priester aufstellte. Ihr Gemahl und ihre Kinder warteten hinter ihr. Von da an wurde das Ritual in der neuen Sprache Skalas abgehalten.

Klar und deutlich erklang Idrilains Stimme, als sie die Arme ausbreitete und zu einem Sprechgesang ansetzte, der Sakor als Hüter der Flamme und des Schwertes des Friedens pries.

»Laß die Dunkelheit nicht über uns kommen!« rief sie zum Abschluß.

Die Menschenmenge griff den Ruf auf und wiederholte ihn lauthals, bis Valerius vortrat und den Zeremonienstab mit beiden Händen über den Kopf hob. Nachdem das Volk wieder verstummt war, sang er das Lied Dalnas. Weithin vernehmbar hallte seine tiefe, volltönende Stimme unter freiem Himmel durch die Nacht.

Alec kannte das Lied gut. Als die Menschenmenge die Schlußstrophe wiederholte, ›Der Schöpfer ließ uns all' entstehen, und nichts entgleitet des Schöpfers Hand‹, stimmte er begeistert mit ein und schenkte den Blicken von Kyliths übrigen Gästen keine Beachtung, die er dadurch auf sich zog.

Astellus und Illior halfen dem alten Sakor auf die Beine, und die versammelten Priester begannen leise mit der Totenklage.

»Wer soll nunmehr Wache halten?« sangen die Sakorpriester. »Wer die Flamme hüten?«

Die maskierte Illior antwortete, indem sie die Offenbarung von Afras Orakel wiedergab: »Solange eine Tochter aus Thelátimos' Geschlecht Skala regiert und verteidigt, wird Skala nie unterdrückt werden.«

Die Königin trat vor, und der alte Sakor mahnte sie, während der langen Nacht und des folgenden Jahres über ihr Volk zu wachen. Mit einer feierlichen Verbeugung verpflichtete sie sich und ihre Nachkommen zum treuen Dienst an Skala, woraufhin ihr Gërilains Schwert und ein großer Feuertopf überreicht wurden. Als sie sich umdrehte und beides emporhob, brach die Menge in zustimmenden Jubel aus.

Das letzte Tageslicht verblaßte gerade am westlichen Himmel, als zwei Priester einen schwarzen Bullen herbeiführten. Idrilain gab Phoria den Feuertopf und hob das Schwert mit der rechten Hand über den Kopf. Die linke legte sie sanft auf die Stirn des Tieres und sprach die rituelle Begrüßung.

Der Bulle schnaubte und schüttelte den Kopf. Dabei verfing er sich mit der Spitze eines Hornes am Saum ihres Umhangs.

Beunruhigtes Gemurmel durchlief das Menschenmeer wie eine Brise, die über ein Kornfeld streicht; ein unwilliges Opfer war ein schlechtes Omen.

Doch das Tier leistete keinen weiteren Widerstand, als die Priester seinen Kopf zurückzogen und Idrilain ihm die Kehle aufschlitzte. Dunkles, in der kalten Luft dampfendes Blut schoß aus der Wunde, und der Stier brach kampflos zusammen. Idrilain streckte die Klinge dem alten Sakor entgegen, der einen Finger in das Blut tauchte und damit seine Stirn und die der Königin salbte.

»Sprich zu deinem Volk, o Sakor!« rief sie. »Du, der du scheidest aus dem Reich der Lebenden und mit frischer Kraft zurückkehrest. Wie lautet deine Prophezeiung?«

»Mal sehen, was sie sich dieses Jahr ausgedacht haben«, murmelte jemand.

»Soll das heißen, das ist gar nicht echt?« flüsterte Alec betroffen zu Seregil.

Seregil ließ ansatzweise das ihm eigene, schiefe Lächeln aufblitzen. »Ja und nein. Monatelang werden Weissagungen aus allen bedeutenden Tempeln in ganz Skala gesammelt. In ihrer Form unterscheiden sie sich jedes Jahr, aber im allgemeinen erweisen sie sich als recht nützlich für gegenwärtige Politik.«

Sakor, der vor dem Schirm stand, drehte sich dem Volk zu und hob die Hände.

Doch bevor er das Wort ergreifen konnte, stieß ein plötzlicher Wind auf den Platz nieder, bauschte Roben, ließ Umhänge aufwallen und Staub und Blätter gleich winzigen Wirbelstürmen aufsteigen. Banner wurden von Logen gerissen. Gongs schwangen an ihren langen Ketten und schlugen bedrohlich gegen die Säulen des Tempels.

Aufgeschreckt stoben Möwen und Tauben in einem Gewirr von Flügeln von ihren Schlafplätzen in die Lüfte empor, wo Dutzende Raben sie erwarteten. Die schwarzen Vögel tauchten ebenso plötzlich und unerklärlich aus der Düsternis auf wie der Wind, der sie trug, und stürzten sich rasend auf ihre gefiederten Opfer, hackten mit dicken Schnäbeln auf sie ein und bohrten ihre klauenbesetzten Zehen in sie.

Die Zuschauer beobachteten hilflos, wie schwarze Schwingen auf weiße oder braune niederstießen; nach oben gewandte Gesichter wurden mit Blut und klebrigen Gefiederklumpen bespritzt. Dann ertönten erschrockene Schreie, als ringsum zerfetzte Vogelleiber zu Boden fielen.

Im Tempel hatte Idrilain das Schwert in Anschlag gebracht und wehrte ganze Rabenschwärme ab, die sich auf den geopferten Bullen stürzen wollten. Phoria und ihre Brüder und Schwestern eilten ihrer Mutter zu Hilfe, die Aasfresser zu vertreiben. Neben ihnen schlug Valerius wie wild mit dem Stab um sich. Sogar auf die große Entfernung erkannten Seregil und Alec den knisternden, weißen Schimmer, der gefährlich um den Elfenbeinknauf funkelte. Die Illior-Priesterin, deren Züge nach wie vor hinter der Maske verborgen lagen, hob abermals die Hand; ein gleißender, bunter Blitz schoß daraus hervor, in dessen Flugbahn nur träge zu Boden schwebende Federbüschel zurückblieben. Die dem Tempel am nächsten befindlichen Soldaten rannten die Stufen hinauf, um der Königin beizustehen; andere versuchten, eine gewisse Ordnung aufrechtzuerhalten, während Tausende Menschen jammerten und brüllten und zu fliehen versuchten. Mittlerweile kreiste eine dichte Rabenwolke über dem Platz, aus der die schwarzen Vögel unablässig und angriffslustig wie Falken herabstießen. Andere ließen sich in Schwärmen auf Geländern oder Giebeldreiecken nieder. Ein großes Tier flatterte herab, hockte sich auf den Rand von Kyliths Loge und schien Alec mit schwarzen, starrenden Augen nachdenklich zu betrachten.

Seregil hob die Hand zu einem Beschwörungszeichen, und Alec sah, daß seine Lippen sich bewegten, wenngleich der Junge die Worte in dem Tumult rings um sie unmöglich verstehen konnte. Der Rabe stieß ein heiseres Krächzen aus und flog davon.

Dann, ebenso plötzlich wie sie aufgetaucht war, zog sich die verhängnisvolle, schwarze Horde zurück, verfolgt von den überlebenden Möwen. Die Tauben hatten ihren Angreifern nichts entgegenzusetzen gehabt; Dutzende flaumiger, brauner Leiber lagen ringsum verstreut.

Als der Lärm der Vögel allmählich verstummte, drang ein neues, unheilverkündendes Geräusch aus dem Tempel.

Sakors Schirm, von keiner Hand berührt, dröhnte mit tiefem, erderschütterndem Getöse. Die Flammen des Altarfeuers davor verwandelten sich von Gelb zu einem dunklen Blutrot.

Viermal erklang der Schirm, dann noch viermal.

»Höre mich an, mein Volk!« brüllte Idrilain. »Sakor spricht zu uns, indem er uns mit Hilfe des Schirmes ruft. Lauscht der Prophezeiung!«

Die Menge verharrte reglos, als dem alten Sakor neuerlich auf die Beine geholfen wurde; er wankte sichtlich, als er eine zittrige Hand hob.

»Höre Sakors Wort, o Volk von Skala!« rief er mit seiner greisen Fistelstimme. »Verstärkt eure Mauern und schärft eure Schwerter. Hütet die Ernte und baut mächtige Schiffe. Schau nach Westen, o Volk von Skala. Von dorther kommen deine Feinde ...« Er setzte ab, das Zittern schien schlimmer zu werden. »Von dorther ...«

Einen Augenblick lehnte er sich erschöpft gegen Valerius, dann richtete er sich wieder auf und trat ohne Hilfe einen Schritt vor. Mit überraschend klarer Stimme rief er aus: »Bereite dich vor im Licht und in den Schatten. Von dorther kommt der Verzehrer des Todes!«

»Der was?« Abermals schaute Alec zu Seregil, doch nun war dessen Antlitz aschfahl und todernst; mit einer behandschuhten Hand umklammerte er krampfhaft das Geländer, auf dem zuvor der Rabe gehockt hatte.

»Seregil, was ist denn los?«

Jählings ruckte sein Freund hoch, als wäre er soeben aus einem bösen Traum erwacht, und bedeutete ihm durch ein verstohlenes, aber eindringliches Zeichen, er möge schweigen.

»Wir haben deine Botschaft vernommen, o Sakor!« sprach die Königin in die nach wie vor herrschende Stille hinein. »Wir werden bereit sein!«

Jubelbezeugungen wurden wieder laut, als der alte Sakor die Tempeltreppe hinabgetragen wurde, um den langen Marsch zum Hafen in der Unterstadt anzutreten. Dort würde er vorgeben, in Astellus' Begleitung zur Insel der Morgenröte in See zu stechen, um wiedergeboren zu werden und tags darauf als wesentlich jüngerer Priester zurückzukehren.

Das Feuer auf dem Altar flackerte und erstarb. Sogleich ertönten vom Tempeldach an die hundert tiefklingende Hörner, die verkündeten, daß nun jedes Feuer der Stadt zu löschen war.

Die verbleibenden Priester schlossen sich dem Marsch an, während die Königin vor dem Altar ihren Platz einnahm, um die heilige Wache anzutreten.

»Was für eine bemerkenswerte Vorstellung!« meinte Lady Yriel und lachte gezwungen. »Ich finde, dieses Jahr haben sie es fast ein wenig übertrieben, oder?«

»Höchst beeindruckend«, pflichtete Kylith ihr gelassen bei, als an der Tür der Loge Bedienstete mit Lichtsteinen an langen Stöcken erschienen, um den aufbrechenden Gästen den Weg zu erhellen. »Aber ich vermute, Lord Seregil hat anläßlich der von ihm veranstalteten Zusammenkunft etwas ebenso Eindrucksvolles geplant. Wollt Ihr beide in meiner Kutsche mitfahren?«

Seregil erhob und beugte sich über ihre Hand. »Danke, aber ich glaube, wir warten ein Weilchen, bis sich die Menge aufgelöst hat, und reiten dann zurück.«

»Spielchen in der Dunkelheit, wie?« Sie hauchte zunächst ihm, dann Alec einen Kuß auf die Wange. »Wir sehen uns in der Radstraße.«

Nachdem die anderen gegangen waren, verharrte Seregil, die Ellbogen auf das Geländer gestützt, eine Zeitlang reglos.

»Was ist dieser ›Verzehrer des Todes‹?« fragte Alec unbehaglich. »Es klang wie eine Drohung oder eine Warnung.«

»Ich bin sicher, genau das war es auch«, murmelte Seregil, während er hinunter auf den Platz starrte. Mittlerweile war die Sonne ganz untergegangen, und nur der Mond und die Sterne tauchten die Stadt in fahles Licht und zauberten scharfe Kontraste silbrigen Lichtes und tiefschwarzer Schatten in die Umgebung. Leuchtstöcke tanzten hie und da in den Händen jener, die wohlhabend genug waren, sich welche zu leisten; leises Gelächter und

Rufe wie ›Preiset die Flamme!‹ drangen zu ihnen herauf, als die Menschen einander in der Dunkelheit anrempelten.

Etwas in den Zügen seines Freundes verstärkte Alecs Unbehagen noch. »Hast du eine Ahnung, was der Priester damit gemeint hat?« fragte er.

Seregil zog die Kapuze über den Kopf, um sich gegen die nächtliche Kälte zu schützen und erhob sich zum Gehen. Alec konnte sein Gesicht nicht sehen, als er antwortete: »Kann ich nicht sagen.«

7

Ein aufschlußreicher Abend

Durch das Haus in der Radstraße hallte längst fröhliche Musik, als sie zurückkehrten. Alec gab seinen dunklen Umhang an der Tür einem Bediensteten und folgte Seregil in den Saal.

Einige Gäste labten sich bereits an Wein und Speisen. Jedem war bei seinem Eintreffen ein mit bunten Bändern verzierter Leuchtstock gereicht worden. Nun schimmerten ringsum fahle Lichter, die umherwanderten, während die Leute tanzten oder durch den Raum schritten.

Eine Woge des Beifalls schlug ihnen entgegen, als Runcer an seinem Posten neben der Tür ernst ihre Ankunft verkündete.

»Ich heiße euch in dieser dunklen, kalten Nacht in meinem Heim willkommen!« rief Seregil aus. »Denjenigen unter euch, die meinen Gefährten noch nicht kennen, möchte ich Sir Alec í Gareth von Ivywell vorstellen.«

Anmutig verbeugte sich Alec und durchsuchte den Saal rasch nach vertrauten Gesichtern. Kyliths Gruppe war anwesend, doch er erblickte weder Nysander noch die Cavishes. Dafür erspähte er in einer abgeschiedenen Ecke ein Knäuel von Offizieren in den grünweißen Uniformen der Reiterei der Königin. Klias Freundin und

Offizierskollegin, Hauptfrau Myrhini, grüßte ihn mit ihrem Leuchtstock. Alec winkte zurück und fragte sich, ob Beka wohl bei ihnen war.

Gerade wollte er hinübermarschieren, um es herauszufinden, als Seregil ihn mit der Hand am Arm packte und auf eine Gruppe Adeliger zusteuerte.

»Es ist an der Zeit, die wohlwollenden Gastgeber zu spielen.«

Gemeinsam brachten sie eine Runde durch den Saal hinter sich, wobei sie nahtlos von einer Unterhaltung zur nächsten wechselten. Die meisten Gespräche drehten sich um die Omen der Zeremonie.

»Meiner Ansicht nach haben sie die Sache dieses Jahr ziemlich übertrieben«, meinte naserümpfend ein junger Adeliger, der ihnen als Lord Melwhit vorgestellt wurde. »Wer zweifelt denn noch, daß uns ein Krieg bevorsteht? Die Vorbereitungen laufen doch schon seit dem Sommer.«

Eine ernst wirkende, blonde Frau drehte sich von einer Unterhaltung mit Admiral Nyreidian weg und grüßte Seregil auf Aurënfaieisch.

»*Ysanti maril Elustri,* Melessandra ä Marana«, erwiderte Seregil herzlich. »Erlaubt, daß ich Euch Sir Alec vorstelle. Lady Melessandra und ihr Onkel, Lord Torsin, sind die skalanischen Gesandten in Aurënen.«

»*Ysanti bĕk kir*, Lady Melessandra«, sagte Alec und verbeugte sich.

»*Ysanti maril Elustri,* Sir Alec«, gab sie zurück. »Wie ich sehe, unterweist Euch Lord Seregil in seiner Muttersprache. Heutzutage gibt es so wenige Menschen, die sie noch gut sprechen.«

»Und noch weniger, die sie so gut wie Ihr sprechen, Teuerste«, fügte Seregil hinzu.

»Es ist eine schöne Sprache, wenn man sie beherrscht«, brummte Nyreidian. »Ich würde keinesfalls wagen, sie vor Euch zu sprechen, Lord Seregil. Ständig bekomme ich zu Ohren, wie entsetzlich meine Aussprache ist.«

»Das ist sie auch!« bestätigte Melessandra lachend. »Verzeiht, daß wir Euch unterbrochen haben, Lord Seregil, aber wir haben gerade darüber gerätselt, ob die Omen vor dem Tempel heute nacht echt waren. Wärt Ihr bereit, diesbezüglich die Ansicht eines Aurënfaie mit uns zu teilen?«

Aufmerksam beobachtete Alec, wie Seregil eine nachdenkliche Pose einnahm.

»Na ja, die Echtheit der Omen in Frage zu stellen, käme einer Anzweiflung des Omens selbst gleich, meint Ihr nicht?«

Sie warf dem Admiral einen scharfen Blick zu. »So manch einer hätte in dieser Hinsicht keine Hemmungen.«

Taktvoll wechselte Seregil das Thema. »Wie ich hörte, hat Euer Onkel die sterblichen Überreste von Corruth í Glamien zurück nach Virésse begleitet?«

»Ja, und gestattet, daß ich Euch meine Anteilnahme zum Verlust Eures Blutsverwandten ausspreche«, sagte Melessandra. »Inmitten Eurer eigenen Schwierigkeiten muß es ein um so gräßlicherer Schlag gewesen sein.«

»Danke. Die Berichte der Mittelsmänner der Königin, die ihn fanden, waren, gelinde ausgedrückt, äußerst unerquicklich. Dennoch könnte sein Tod vielleicht wenigstens noch etwas Gutes bewirken. Habt Ihr gehört, wie der Rat von Aurënen sich verhielt, nachdem er davon erfuhr?«

Melessandra verdrehte die Augen. »Es gab einen wilden Aufruhr. Wie Ihr wißt, behauptet die alte Garde nach wie vor, Skala sei für die Handlungen der Getreuen Leras verantwortlich. Doch einige der jüngeren Mitglieder machen sich zunehmend für ein Ende der Ausgrenzung stark. Adzriel ä Illia zählt zu den Hauptbefürwortern der Versöhnung.«

»Illia?« fragte Alec, der die Ohren spitzte, als er den vertrauten Namen hörte.

»Gewiß«, meinte Seregil und warf ihm einen ruhigen Blick zu, der ihn unauffällig warnte, keine Fragen zu stellen. »Wer sonst? Es sei denn, du verwechselst sie schon wieder mit Adzriel ä Olien.«

»Oh – ja. So muß es wohl sein«, brachte Alec hervor,

während er sich fragte, in welches Fettnäpfen er nun wieder getreten war.

»In Mycena sind Familiennamen so viel einfacher«, fuhr Seregil unbeschwert fort. »Der arme Alec tut sich immer noch schwer mit unseren elendslangen Vatersnamen und Muttersnamen und Geschlechtern.«

Melessandra zeigte sich mitfühlend. »Es muß in der Tat überwältigend sein, wenn man da nicht hineingeboren wird. Aber da ist Lord Geron, und ich muß sofort mit ihm reden. *Erísmai.*«

Sie warf Alec einen letzten, recht verdutzten Blick zu, dann schlenderte sie mit Nyreidian und den anderen davon.

»Ich hab' was Falsches gesagt, stimmt's?« flüsterte Alec hastig, bevor sie ein weiterer Gast in Beschlag nehmen konnte.

»Mein Fehler«, entgegnete Seregil und lächelte dünn. »Wäre ich letzte Woche hier gewesen, hätte ich dich besser vorbereitet. Illia war der Name meiner Mutter. Meine älteste Schwester, Adzriel ä Illia wurde vor kurzem Mitglied des Iia'sidra.«

»*Schwester?*«

Noch nie in all der Zeit, die Alec ihn schon kannte, hatte Seregil von seiner Familie oder seiner Vergangenheit in Aurënen erzählt. Deshalb hatte Alec angenommen, sein Freund wäre ebenso verwaist wie er selbst.

»Und *älteste?* Wie viele Schwestern hast du denn?«

»Vier. Ich war der einzige Knabe, und zudem der jüngste der Geschwister«, antwortete Seregil kurz angebunden.

»Kleiner Bruder Seregil?« Alec mußte ein Grinsen unterdrücken, als sich die gesamte Vorstellung, die er von seinem Freund hatte, leicht verschob. Doch dann spürte er, daß Seregil die alte Mauer um sich wiederhochzog, und wechselte umsichtig das Thema. »Klingt, als wollten die Skalaner Aurënen wieder als Verbündeten, so wie im Großen Krieg.«

»So ist es, aber dem steht das böse Blut im Wege, das es wegen Corruth gab. Unsere kürzliche Entdeckung dürfte die Dinge eher schlechter als besser machen, zumindest vorerst.«

»Aber Corruths Verschwinden liegt doch schon fast dreihundert Jahre zurück.«

»Vergiß nicht, von wem wir hier reden, Alec. Viele der mächtigsten Mitglieder des Iia'sidra waren seine Freunde und Zeitgenossen. Sie haben weder vergessen, wie er von den Skalanern behandelt wurde, nachdem er ihre Königin geheiratet hatte, noch wie er nach ihrem Tod auf geheimnisvolle Weise verschwand. Hätte Lera nicht wenigstens soviel Verstand besessen, ihre Halbschwester Corruthesthera am Leben zu lassen, wäre damals wohl ein Krieg zwischen den beiden Reichen ausgebrochen. Was ein neuerliches Bündnis angeht, so fürchte ich, das wird letztlich von den Plenimaranern abhängen. Sollten sie sich mit Zengat einlassen ...«

»Oh, Lord Seregil! Da seid Ihr ja!«

Eine schnatternde Gruppe junger Adeliger scharte sich geräuschvoll um sie, allesamt mit einem erwartungsvollen Grinsen im Gesicht.

»Wir dachten schon, Ihr kämt gar nicht mehr nach Hause«, rügte eine junge Frau Seregil und hängte sich bei ihm ein. »Ist Euch eigentlich bewußt, daß Ihr dieses Jahr meine Herbstfeier versäumt habt?«

Theatralisch preßte Seregil die Hände aufs Herz. »Als ich in jener Nacht auf einem stampfenden Deck unter einem blutroten Vollmond stand, galten meine Gedanken ausschließlich Euch. Könnt Ihr mir verzeihen?«

»Es war ein Halbmond, daran kann ich mich noch genau erinnern. Aber ich will Euch noch einmal vergeben, allerdings unter der Bedingung, daß Ihr mir Euren neuen Freund vorstellt«, entgegnete sie mit klimpernden Wimpern, während sie unverwandt zu Alec schaute, der an den Rand des Kreises gedrängt worden war.

Alec lächelte sich tapfer durch eine wahre Flut schier endlos langer Namen. Dabei fiel ihm auf, daß seine höfliche Begrüßung nicht immer mit demselben Anstand erwidert wurde. Einige der jungen Leute zeigten sich sogar entschieden kühl.

Als Seregil zu einem hübschen, von einem Gefolge Bewunderer umringten Geck mit kastanienbraunem Haar kam, zögerte er. »Verzeiht, aber hatten wir schon das vergnügen?«

Elegant verneigte der Mann sich. »Pelion í Eirsin Heileus Quirion von Rhíminee, verehrter Herr.«

»Doch nicht der gefeierte Schauspieler, der jüngst den ›Ertis‹ am Tirarie gab?« japste Seregil.

Die Brust des Mannes schwoll sichtlich an. »Derselbe, Herr. Ich hoffe, Ihr vergebt mir mein ungeladenes Erscheinen, aber meine Gefährten haben darauf bestanden.«

»Im Gegenteil, ich bin hocherfreut! Seid so gut, mich wissen zu lassen, wann Ihr nächstens auf der Bühne zu bewundern seid. Nach allem, was man hört, seid Ihr der nächste Kroseus.«

»Ich hatte Glück«, schränkte Pelion bescheiden ein.

»Und einen begeisterten Förderer«, fügte ein Mann neben ihm hinzu. »Wußtet Ihr, daß ihm seine augenblickliche Rolle auf den Leib geschrieben wurde?«

»Wir waren sicher, daß Ihr Euch nicht an Pelions Kommen stören würdet«, vertraute ein junger Mann mit gelblichem Antlitz Seregil selbstgefällig an. »Seht, der arme Pelion ist verliebt, und seine Angebetete taucht heute nacht vielleicht hier auf. Die ganze Sache ist überaus tragisch und unmöglich. Aber wir haben eine weitere Überraschung für Euch. Donaeus hat soeben ein höchst anspruchsvolles, scharfsinniges Epos in dreiundzwanzig Akten abgeschlossen. Es ist ein außergewöhnliches Kunstwerk!«

Seregil wandte sich zu dem Poeten um, einem leicht gereizt wirkenden Hünen in abgetragenen Samtkleidern. »Dreiundzwanzig Akte? Was für ein gewaltiges Unterfangen.«

»Es ist herrlich«, schwärmte ein Mädchen. »Die Geschichte handelt von Arshelols und Boresthias Tod, aber sie ist in wahrhaft bemerkenswertem Stil geschrieben. Natürlich braucht Donaeus einen Gönner. Ihr müßt es Euch unbedingt anhören.«

»Donaeus, lies ihm sofort daraus vor!« rief der Gelbgesichtige. »Niemand weiß den neuen Versstil so zu schätzen wie Lord Seregil. Ich bin sicher, Sir Alec kann ihn eine Weile entbehren.«

Der Seitenhieb blieb Alec nicht verborgen. Ein paar der jungen Adeligen unterdrückten ein Kichern, dennoch bewahrte er Haltung.

»Du meine Güte, geht ruhig.« Er lächelte und blickte seinem scheinbaren Gegner unverwandt in die Augen. »Die Bedeutung der Dichtkunst hat sich mir stets entzogen. Bodenständige Balladen und Schwertkämpfe sind eher nach meinem Geschmack.«

»Nun denn, gehen wir hinauf in die Bibliothek«, schlug Seregil vor und blinzelte Alec belustigt zu, während er die Gruppe die Treppe hinaufscheuchte.

Als Alec sich umdrehte, stieß er beinahe mit Myrhini und Beka Cavish zusammen, die mit ihren uniformierten Kameraden herübergekommen waren.

»Überhebliche kleine Scheißer, was?« murmelte Beka und starrte dem Gefolge des Dichters mit finsterem Blick nach. »Ab und an krache ich selbst mit solchen Flegeln zusammen.«

»Was können sie nur gegen mich haben?« platzte Alec heraus, der nicht wußte, ob er sich erheitert oder beleidigt fühlen sollte.

»Nichts, außer daß du so geschmacklos warst, nördlich des Kanals von Cirna geboren zu werden.«

»Ein paar von denen sind immer dabei«, meinte Myrhini schulterzuckend und erlöste einen vorbeigehenden Diener geschickt von einem Tablett mit Weinbechern. »Für gewöhnlich reicht es, ein paar Zähne einzuschlagen, um ihnen das Maul zu stopfen. Aber in deinem Fall sind sie wahrscheinlich nur furchtbar neidisch. Von dem Haufen möchten mehr als nur ein paar in deinen Stiefeln stecken.«

Sie setzte ab, um ihn zu mustern. »Du siehst besser aus als an dem Tag, an dem ich dich zuletzt gesehen habe. Klia ist bei der Wache. Ich soll dir Grüße von ihr bestellen. Mein Dienst beginnt in ein paar Stunden, aber ich habe mich verpflichtet gefühlt, mir hier ein Bild von der neuen Rekrutin zu machen, zumal sie ja meinem Kommando untersteht. Reiterin Beka hat mir erzählt, ihr hättet ein, zwei Male die Klinge gekreuzt ... Aber da kommt noch jemand, den wir kennen!«

»Valerius von Colath, Drysier Ersten Ranges und Hohepriester des Dalna-Tempels in Rhíminee«, verkündete Runcer.

Valerius betrat den Saal. Er trug immer noch die Festrobe und den Kranz. Nur den Elfenbeinstock hatte er gegen seinen alten, hölzernen getauscht.

»Dalnas Segen für dieses Haus und alle darin«, sprach er und klopfte mit dem Stock auf den Boden.

Alec eilte auf ihn zu, um ihn zu begrüßen. »Willkommen. Seregil ist gerade hinaufgegangen, um einem Dichter zuzuhören, aber er sollte bald zurück sein.«

Der Drysier ließ ein derbes Schnauben vernehmen. »Diesem Narren Donaeus, der seine Knittelverse in dreiundzwanzig albernen Fürzen vom Stapel läßt? Er sucht wohl immer noch nach einem Gönner. Letzte Woche hat er bei Lady Arbellas Festessen Teile aus diesem Müll vorgetragen. Wodurch er mir gehörig den Appetit verdorben hat. Wenn er Seregil mit dem ganzen Unwerk quält, bekommen wir unseren Gastgeber wahrscheinlich erst gegen Sonnenaufgang wieder zu Gesicht.

»Vielleicht sollte Alec ihn retten«, schlug Beka vor.

»Nein, laß ihn. Geschieht ihm schon recht, wenn er diese pingeligen Possenreißer auch noch ermutigt. Was für Bübereien habt ihr beide denn in letzter Zeit so getrieben? Wie ich höre, erlernst du die Kunst des Schwertkampfes, Alec?« Der Drysier senkte die Stimme zu einem vertraulichen Murmeln. »Wirst du auch brauchen, wenn man bedenkt, in welchen Kreisen du jetzt verkehrst.«

»Und dann du!« rief er aus und bedachte Beka mit einem finsteren Blick. »Läufst los und schließt dich der Armee an, anstatt zu heiraten, wie es sich für ein anständiges dalnisches Mädel gehört. Dieser junge Bursche hier ist doch etwa gleich alt wie du, oder?«

»Hör bloß auf«, schalt Myrhini den Drysier und lachte, während Beka unbehaglich von einem Fuß auf den anderen trat. »Sie ist die beste Reiterin, die ich dieses Jahr hatte, und ich will sie keinesfalls an Heim und Herd verlieren.«

»Valerius!« rief Seregil, der die Treppe hinunterkam. Offenbar war er dem Poeten und seiner Anhängerschaft aus eigener Kraft entwischt. »Hast du den alten Sakor ordnungsgemäß zu Wasser gelassen?«

Valerius kicherte. »Heute nacht geht's im Hafen ziemlich stürmisch zu. Schon bevor sie abgelegt hatten, war das Gesicht des armen, alten Morantiel grün wie eine unreife Zitrone, aber ich schätze, er wird es überleben.«

»Ich finde, er hat während der Prophezeiung ein wenig unsicher gewirkt«, bemerkte Seregil beiläufig und winkte einen Diener mit Wein herbei.

»Nach all den Jahren der Heuchelei hat es ihn wohl recht unerwartet getroffen, als tatsächlich etwas Mystisches geschah.«

»Also glaubst du, es war echt?«

Valerius zog die knisternden Augenbrauen hoch. »Du weißt ebensogut wie ich, daß es echt war. Ich habe zwar keine Ahnung, was das mit dem ›Verzehrer des Todes‹ zu bedeuten hatte, aber die Sache mit den Raben hat mir ganz und gar nicht gefallen.«

An der Tür trat Runcer neuerlich vor und verkündete: »Nysander í Azusthra Hypirius Meksandor Illandi, Hoher Thaumaturge der Dritten Orëska, mit Lady Magyana ä Rhioni Methistabel Tinuva Ylani, Hohe Thaumaturgin der Dritten Orëska. Und Sir Micum Cavish von Watermead, mit Gemahlin Kari und den Töchtern Elsbet und Illia.«

Zu Ehren des Anlasses hatten Nysander und Magyana, die für gewöhnlich zu den unauffälligsten Zauberern der Orëska zählten, die prunkvollen Festroben angelegt, die ihrem Stand gebührten. Die Cavishes hinter ihnen hatten sich ebenso fein herausgeputzt wie jeder Lord im Saal. Illia hielt die Hand ihrer Mutter umklammert und zappelte vor Aufregung in ihrem neuen Kleid. Elsbet, die burgunderfarbene Samtgewänder trug, wirkte selbstsicher und ernst.

»Hast du Thero nicht eingeladen?« hänselte Alec Seregil im Flüsterton.

»Ich lade Thero *immer* ein! Aber paß auf. Jetzt kommt die Überraschung.«

Auf sein Zeichen hin ließen die Musiker die Instrumente verstummen. Die anderen Gäste traten zurück, als Nysander Magyana in die Mitte des Saales geleitete. Flüchtig nickte er ihrem Gastgeber zu, dann vollführte er mit der Hand eine kurze, beiläufige Geste, woraufhin die bemalten Wände zum Leben erwachten.

Der hohe Raum war vom Boden bis zur Decke mit Fresken überzogen, die eine Waldlichtung darstellten. Die Äste lebensgroßer, von Kletterpflanzen überwucherter Eichen erstreckten sich über das gesamte Dachgewölbe. Zwischen den grauen Stämmen bot sich der Anblick eines entfernten Gebirges und Meeres. Sogar die Steingalerie am hinteren Ende des Saales, auf der die Musiker wieder leise zu spielen begonnen hatten, war so gemeißelt und vergittert, daß sie einer Blätterlaube ähnelte. Auf Nysanders Befehl hin ergoß sich das goldene Licht einer unsichtbaren Sonne über die Landschaft. Eine sanfte Brise strich durch den Raum und trug den Duft von Blumen und warmer Erde sowie einen Hauch des fernen, gemalten Meeres herein. Die ebenfalls gemalten Bäume raschelten im Wind und sprenkelten den Boden mit Schatten. Gezeichnete Vögel stoben von ihren Rastplätzen auf, flatterten durch die Zweige und erfüllten die Luft mit Gezwitscher.

Das Schauspiel rief verzücktes Gemurmel hervor, doch die beiden Magier waren noch längst nicht fertig. Magyana holte einen Kristallstab aus dem Ärmel und beschrieb mit der Spitze einen Kreis, so daß eine vollkommene Kugel schillernden Lichtes von der Größe eines Granatapfels entstand.

»Kommt, verehrter Lord Seregil.« Sie lächelte und winkte Seregil zu sich. »Als Gastgeber gebührt Euch die Ehre.«

»Eine Ehre, die ich hiermit an Sir Alec abtrete, in dieser seiner ersten Nacht der Trauer bei uns.«

Unter tosendem Beifall befolgte Alec Magyanas getuschelte Anweisungen und streckte einen Finger aus, als wollte er die Seifenblase eines Kindes zerplatzen lassen.

Als er die Kugel berührte, explodierte sie in einem Sprühregen schillernder Farben. Augenblicke später ertönte von der Galerie her Hufgedonner, und eine Herde schneeweißer Hirsche und Rehe brach aus dem gemalten Wald hervor und galoppierte einmal durch den Saal, bevor sie neben dem Bogen zum Eßzimmer verharrte, um zu grasen. Schlangen mit regenbogenfarbenen Schwingen stoben aus einer gemalten Höhle und begannen, mit wunderschönen Stimmen zu trällern. Geflügelte Kobolde und Weidenzweigfeen spähten scheu hinter Baumstrünken hervor.

Die Gäste lachten, klatschten begeistert in die Hände und wirbelten herum, um das Schauspiel in sich aufzunehmen. Illia riß sich von Kari los, rannte zu Beka und sprang ihrer Schwester in die Arme.

»Das ist Magie, Beka! Echte Zauberermagie! Und du hast deine Uniform an. Du bist eine Reitereisoldatin!«

Beka erwiderte die Umarmung und grinste. »Genau das bin ich.«

»Wir brauchen passende Musik!« meldete sich Seregil zu Wort. »Fiedler, spielt uns ›Des Schafhirten Idylle‹!«

Hastig machten sich die Musiker bereit, während im Saal Paare für den lebhaften Tanz zusammentraten.

»Da bist du ja!« rief Kari aus und kam herüber, um ihre älteste Tochter zu umarmen.

»Sie hat schon befürchtet, wir würden dich erst morgen sehen«, erklärte Micum. »Sie war den ganzen Nachmittag gereizt deswegen.«

»Gar nicht wahr«, fuhr seine Frau ihn an. »Dreh dich rum, Mädel. Laß dich anschauen.«

»Thero hatte anscheinend andere Pläne«, meinte Seregil mit einem verschlagenen Blick zu Nysander.

»Ah, hallo, Valerius«, sagte Nysander, der mit Magyana herüberkam. »Du hast dich heute abend im

Tempel wacker geschlagen. Haben die Raben etwas Verständliches von sich gegeben?«

»Darüber haben wir uns gerade unterhalten«, erwiderte der Drysier. »So wichtig die Sakorer ihre ›Orakel‹ auch nehmen, für die Vögel und die Sache mit dem Schirm waren sie nicht verantwortlich, so weit ich das beurteilen kann.«

»Es war zweifellos eine Art Magie«, sinnierte Magyana. »Vielleicht ein Omen Sakors, dennoch verheißt es nichts Gutes.«

»Die Angelegenheit ist gewiß wert, sich damit zu befassen«, pflichtete Nysander ihr bei, »aber im Augenblick kann ich der Musik einfach nicht widerstehen. Glaubst du, wir sind noch rüstig genug für ein, zwei Tänzchen, meine Liebe?«

»Ich glaube vielmehr, daß man deine Füße fesseln muß, damit sie stillhalten, wenn man dich einst begräbt«, gab Magyana augenzwinkernd zurück.

Mit der ihm eigenen, rauhen Art der Zuneigung in den Augen beobachtete Valerius, wie das Paar davontanzte. »Einfach lächerlich, dieser Eheverzicht der Orëska, dem sie frönt. Die beiden hätten schon vor Jahrhunderten heiraten sollen.« Dann schien etwas anderes seine Aufmerksamkeit zu erregen, und ein schurkisches Grinsen breitete sich unter dem schwarzen Bart aus. »Also, *das* ist nun wirklich jemand, den ich heute nacht nicht zu sehen erwartet hätte. Und schaut nur, mit wem er hier ist!«

»Ylinestra ä Maranial Wisthra Ylinena Erind, Zauberin von Erind«, kündigte Runcer an. »Und Thero í Procepios Bynardin Chylnir Rhíminee, Zauberer Zweiten Ranges der Dritten Orëska.«

»Schau an, schau an!« murmelte Seregil.

Thero wirkte ungewöhnlich heiter, als er mit Ylinestra an der Hand am Saaleingang stand. Das Seidenkleid der Zauberin glitzerte vor juwelenbesetzten Perlschnüren, und das fast schon übertrieben modische Oberteil ließ unter der schweren Halskette aus Perlen und Gagat, die sie über den bloßen Brüsten trug, halbmondförmig die Ansätze ihrer Nippel erkennen. Das ebenholzschwarze

Haar wurde von einem ähnlichen Juwelennetz zurückgehalten, wodurch der anmutige, weiße Hals um so besser zur Geltung kam.

Seregil stupste Alec behutsam an und scheuchte ihn vorwärts. »Komm mit, Sir Alec. Begrüßen wir unsere erlauchten Gäste.«

»Willkommen in meinem Haus, Lady Ylinestra«, sagte er und trat vor, um ihr die Hand zu küssen.

»Danke, Lord Seregil«, erwiderte sie und nickte kühl. »Und das ist gewiß Euer neuer Gefährte, über den ich schon soviel gehört habe.«

»Alec von Ivywell«, bestätigte Alec und fragte sich, von plötzlichem Unbehagen erfüllt, ob sie sich noch an ihr erstes kurzes und stürmisches Aufeinandertreffen im Orëska-Haus erinnerte. Wenn dem so war, ließ sie es in keiner Weise erkennen. Sie streckte ihm die Hand entgegen und zog ihn mit einem atemberaubenden Lächeln in ihren Bann. »Ah, ein Mycener. Wie erfreulich.«

Sie erwartete zweifellos, daß er ihre Hand küßte, und so beugte er sich pflichtbewußt darüber. Ein schwacher Duft stieg ihm in die Nase, zart und doch eigenartig fesselnd. Ihre Hand, so warm, so sanft, verharrte in der seinen, und als er den Kopf hob, wanderte sein Blick über ihre Brüste zu ihren allerliebsten, violetten Augen empor, und zwar so bewußt genießerisch, wie er es sich nie im Leben zugetraut hätte. Immer noch hielt sie ihn fest, und ihre tiefe Stimme jagte ihm nie gekannte Schauer über den Körper, als sie das Wort ergriff.

»Nysander spricht so löblich von Euch, daß ich hoffe, wir lernen uns noch näher kennen.«

»Es wäre mir eine Ehre, Lady Ylinestra«, erwiderte Alec, der das Gefühl hatte, die eigene Stimme aus weiter Ferne zu vernehmen. Endlich entzog sie ihm die Hand, und die Welt kehrte in ihren Normalzustand zurück.

»Guten Abend«, sagte Thero kurz angebunden und wirkte mit einem Schlag wesentlich weniger erfreut, hier zu sein.

»Verzeiht Theros schlechte Laune«, murmelte Ylinestra und zog Alec abermals in den heimeligen Bann ihrer

Augen. »Er ist nur hier, um mir eine Freude zu bereiten und deshalb leicht reizbar. Komm, Thero, vielleicht vermag ein bißchen Wein deine Stimmung zu heben.«

Als er sie in die Menschenschar führte, stellte sich ihnen der Schauspieler Pelion in den Weg und verbeugte sich elegant. Thero marschierte mit einem kurzen, besitzergreifenden Nicken an ihm vorbei. Pelion wich einen Schritt zurück, dann schaute er Ylinestra mit liebeskranken Augen nach.

»Aha, das ist also die hoffnungslose Liebe des Schauspielers«, bemerkte Seregil und grinste. »Da hat er heute nacht aber einen schwierigen Nebenbuhler. Und wenn Thero noch steifer wird, kippt er wahrscheinlich vornüber und zerbirst in tausend Scherben.«

»Ich finde, sie war dir gegenüber ein wenig kühl«, stellte Alec fest.

»Tja, ich bin nicht so ganz ihr Fall. Du anscheinend schon.«

Alec wurde es warm, als er spürte, wie ihm das Blut in den Kopf schoß. Ihr Duft haftete noch immer an seinen Fingern. »Ich hab' sie doch nur begrüßt.«

Die Musikanten spielten einen Reel, und er drehte sich um, so daß er die Tänzer beobachten konnte. Micum und Kari fegten lachend und grinsend vorbei, dicht gefolgt von Nysander und Magyana. Einer der Dichter hatte sich irgendwie Elsbet geschnappt; vor Vergnügen und Anstrengung gerötet, ließ sie sich über die Tanzfläche wirbeln. An der gegenüberliegenden Seite des Saals unterhielt sich Ylinestra mit dem Schauspieler, während Thero voll kaum verhohlener Ungeduld unmittelbar daneben stand.

»Was tut sie nur mit Thero?« fragte sich Alec laut.

»Seiner Miene nach zu schließen wohl etwas, das er vor Nysander geheimhalten möchte«, meinte Valerius.

»Nysander weiß es«, widersprach Seregil. »Ich glaube, er hatte ohnehin genug von ihr. Trotzdem zeugt es in meinen Augen von schlechten Manieren, daß sie sich gleich als nächstes Thero geschnappt hat.«

»Ich bezweifle, daß die Sache nur von ihr ausging«,

spöttelte Valerius. »Wenn er den Kopf unbedingt ins Maul des Drachen stecken will, dann soll er doch. Sorg nur dafür, daß unser junger Alec einen Sicherheitsabstand zu ihr einhält.«

»Ich hab' sie doch nur *begrüßt*, bei ...« empörte sich Alec, wurde aber von Myrhini und Beka unterbrochen.

»Ich muß los zum Wachdienst«, erklärte Myrhini. »Ich hoffe, ich sehe euch alle morgen bei der Vereidigung.«

Sobald die Hauptfrau gegangen war, drehte sich Beka zu Alec um und grinste wissend. »Ylinestra ist ausgesprochen schön, findest du nicht auch?«

Alec stöhnte. »Was hätte ich denn tun sollen? Sie umhauen?«

»Kurze Zeit dachte ich, du würdest genau das tun.«

»Also, ich glaube kaum, daß ich in dieser Hinsicht eine Herausforderung für sie darstelle, wenn sie offenbar jeden Mann in Rhíminee haben kann«, gab er schlagfertig zurück. »Aber was ist mit dir? Kannst du in Uniform tanzen?«

Beka schaute auf ihren Heroldsrock und ihre Stiefel hinab. »Ich denke, das kriegen wir schon hin.«

Sie fügten sich recht gut in den Reel und tanzten weiter, als das nächste Lied begann. Tatsächlich war Beka wegen ihres Offizierspatents derart guter Dinge, daß Alec den Eindruck hatte, sie vermöchte gar zu fliegen, wenn ihr danach wäre. Bald stellten sie sich aufeinander ein und tanzten nahezu ohne Pause weiter, bis Micum sie unterbrach, um ihnen mitzuteilen, daß sich Kari und die jüngeren Mädchen ins Bett begäben.

»Ich hab' gar nicht gemerkt, wie spät es geworden ist«, meinte Beka und ließ Alecs Hand sichtlich bedauernd los. »Ich gehe noch rauf und unterhalte mich eine Weile mit Mutter, bevor ich zurück in die Kaserne reite. Ich muß morgen wegen der festlichen Vereidigung früh raus.«

Sie gab Alec einen flüchtigen Schmatz auf die Wange, dann fügte sie hinzu: »Du und Seregil, ihr kommt doch, oder? Natürlich werden Hunderte von uns da sein, also werdet ihr mich wahrscheinlich gar nicht sehen.«

»Mit diesen Haaren?« neckte Alec sie und zupfte an ihrem kupferfarbenen Zopf. »Damit wirst du aus der Masse hervorstechen wie eine rote Trinkernase aus dem Gesicht eines Besoffenen!«

»Die Antwort auf diese Bemerkung hebe ich mir auf, bis wir nächstes Mal an deiner Schwertkunst feilen«, warnte ihn Beka schauerlich grinsend. »Bis morgen dann.«

Nachdem Alec nunmehr wieder allein war, suchte er nach Seregil und erblickte ihn auf der gegenüberliegenden Seite des Tanzbodens. Doch bis er sich den Weg durch die Menge gebahnt hatte, war Seregil bereits von einem Adeligen belagert, der sich lang und breit über eine Schiffahrtsunternehmung beklagte, an der er und Seregil beteiligt waren.

Eine Weile hörte Alec höflich zu, doch bald begann seine Aufmerksamkeit zu wandern.

Als er sich umsah, stellte er fest, daß die Zahl der Gäste im Schwinden begriffen war. Vermutlich gingen sie, um »Spielchen in der Dunkelheit« zu frönen, wie Kylith es scherzhaft ausgedrückt hatte. Nysander und Magyana waren noch da und bewegten sich mit anmutigen Schritten durch den Reigen einer Gangliarde. Auch Thero tanzte, aber nicht mit Ylinestra.

»Wo ist sie nur hin?« fragte sich Alec und sah sich abermals um.

In den Garten.

Das sanfte, liebkosende Flüstern schwebte ihm unmittelbar ins Ohr, auf daß nur er es zu hören vermochte.

Komm in den Garten.

Diesmal bestand kein Zweifel; es handelte sich um Ylinestras Stimme.

Abermals ertönte der geheimnisvolle Ruf, und er brachte eine herrlich angenehme Schläfrigkeit über Alec. Ein Pärchen ging mit Leuchtstöcken in den Händen an ihm vorüber; bewundernd starrte er dem Regenbogenkranz hinterher, der jeden der schimmernden Steine umgab.

Tatsächlich wirkte der gesamte Saal freundlicher.

Bastelten Nysander und Magyana etwa an ihrer Schöpfung herum? Alec wich den Tänzern aus und schlüpfte unbemerkt in das Eßzimmer und weiter hinaus in den dunklen Garten.

Hier. Komm zu mir.

Die Stimme geleitete ihn an einen abgelegenen von einer kleinen Laube geschützten Winkel des Gartens.

Er hörte das leise Rascheln von Seide, und Ylinestras fahles Antlitz löste sich aus der Dunkelheit. Ihre Hände suchten die seinen und legten sie über ihre Hüften. Sie fühlte sich schlank und geschmeidig an, und er spreizte die Finger, um das Gefühl ihrer Wärme unter dem kalten Stoff besser zu spüren.

»Lady, ich verstehe nicht«, flüsterte er, während ein winziger, entfernter Teil seiner Selbst sich höchst erschrocken über sein Tun zeigte. Noch nie zuvor in seinem Leben hatte er etwas Vergleichbares empfunden.

»Was gibt es da zu verstehen, schöner Jüngling?«

Wie klein sie doch wirkte, hier in der Dunkelheit. Als sie sprach, berührten ihre Lippen sein Kinn; ihre violetten Augen, wenig unterhalb der seinen, glichen in der Nacht zwei schimmernden Pfützen.

»Aber Nysander – und Thero? Ich dachte ...«

Sie lachte leise auf; das Geräusch begrub Alecs Beklommenheit unter einer weiteren Woge sinnlicher Begierde. »Ich tue, was mir gefällt, Alec, und ich nehme mir, was ich will. Und im Augenblick will ich dich.«

Abermals suchten ihre Hände die seinen und preßten sie an ihren Leib, während sie langsam höherglitten. Alec spürte rauhe Stickereien, dann das geknüpfte Netz der Halskette über ihren Brüsten.

»Du zitterst ja. Macht dir mein kleiner Zauber angst? Mache *ich* dir angst?«

Rasselnd holte Alec Luft. »Ich – ich weiß es nicht.«

Ein Teil von ihm witterte eine Falle, einen Hinterhalt, doch sein gesamter Körper war von einem Verlangen erfüllt, wie er es nie zuvor erfahren hatte.

Neuerlich stieg ihm ihr Duft in die Nase, als sie seine Fingerspitzen unter den Rand der Kette führte, so daß sie auf dem bloßen, weichen Hügel einer Brust zu liegen kamen.

»Du mußt es nur sagen, Alec. Ein Wort von dir, und ich lasse dich frei. Soll ich dich freilassen?«

Eine ihrer Hände wandert zu Alecs Nacken, wo auch Seregils Hand sooft ruht. Dann küßt sie ihn; zärtlich begehrt die Zunge Einlaß und dringt vor in den Mund, während die andere Hand ihn an der Seite streichelt. Dann drückt sie ihn fester an sich und bahnt sich mit den Lippen einen Weg zu seinem Hals.

»So jung, so weich«, murmelt sie. Der Hauch ihres Odems jagt ihm ein heißes Kribbeln durch die Lenden. »So wunderschön. Hast du schon Erfahrung mit einer Frau gesammelt? Nein? Um so besser.« Sie dreht sich leicht, so daß seine Finger plötzlich auf einem halb entblößten Nippel ruhen. »Sag, soll ich dich nun freilassen?«

»Ja! Nein – Ich weiß es nicht ...«, stöhnt Alec leise, dann umarmt er sie. Magie hin, Magie her, eine erstmals erflammte Leidenschaft durchdringt seinen Körper, und er sucht ihre Lippen und erwidert Kuß für Kuß.

»Schließ die Augen, Geliebter«, flüstert sie. »Schließ sie ganz fest, dann zeige ich dir ein weiteres Kunststück.«

Alec gehorcht und fühlt erschrocken, wie er fällt und auf etwas Weichem landet. Als er die Augen wieder aufschlägt, liegen die beiden auf einem riesigen Himmelbett mit zugezogenen Vorhängen. Der verbotene Schein einer Kerze dringt durch mehrere Schichten bunter Seide, hell genug für Alec, um zu erkennen, daß sie im Zuge des Ortwechsels irgendwo die Kleider verloren haben.

»Alles in Ordnung, meine Liebe?« fragte Nysander, als er bemerkte, daß Magyana stirnrunzelnd über seine Schulter spähte, während sie tanzten.

»Ich habe nur Thero beobachtet. Jetzt schaut er wieder mürrisch drein, und dabei schien er das Fest wirklich zu genießen. Hat Seregil ihn wieder aufgezogen?«

»Nicht, soweit ich gesehen habe.«

Thero lungerte verdrießlich in einer Ecke herum und ließ den Blick durch den Saal wandern, ohne der Nymphengruppe, die auf der Wand hinter ihm tanzte, auch nur die geringste Beachtung zu schenken.

»Ich vermute, Ylinestra hat einen besser gelaunten Gefährten gefunden, mit dem sie die Nacht verbringt«, meinte Nysander.

»Mhm. Das würde mich auch wesentlich weniger überraschen, als die beiden überhaupt zusammen zu sehen. Was, um alles in der Welt, will sie bloß von ihm?«

»Er ist ein verhältnismäßig gutaussehender Bursche«, entgegnete Nysander. »Und er *ist* jung.«

»Ja, aber er ist auch dein Gehilfe«, gab Magyana naserümpfend zurück. »Ich weiß zwar, daß es dich nicht stört, trotzdem empfinde ich es als ziemlich taktlos von den beiden.«

Nysander kicherte weise. »Leidenschaft unterwirft sich selten derartigen Feinheiten.«

Dann jedoch erblickte er Seregil, der neben einem Apfelmostfaß stand. Abwesend drehte er einen Krug in den Händen und wirkte sonderbar verstört.

»Komm mit, meine Liebe, du mußt doch durstig sein«, sprach der Magier und führte Magyana in Seregils Richtung.

»Ihr habt nicht zufällig Alec in den letzten paar Minuten gesehen?« erkundigte sich Seregil, als die beiden sich zu ihm gesellten.

Nysander fiel auf, daß Seregil die Handschuhe abgelegt hatte. Ein makellos sauberer Leinenstreifen verband jede Hand. Er fragte sich, welche Erklärung er sich wohl für seine Gäste zurechtgelegt hatte.

»Nein. Ist er denn abgängig?« gab der Zauberer zurück.

»Keine Ahnung. Es ist schon fast eine Stunde her, seit ich ihn zum letzten Mal gesehen habe. Ich bin durchs ganze Hause gelaufen, aber er ist nicht hier. Es paßt einfach nicht zu ihm, sich so mir nichts, dir nichts davonzustehlen. Könntest du es wohl mal versuchen?«

Nysander schloß die Augen und schickte einen Suchblick durch das gesamte Haus und die angrenzende Nachbarschaft, dann schüttelte er den Kopf.

»Hältst du es für möglich, daß ...?« Unauffällig deutete Magyana in Theros Richtung.

Zögernd sandte Nysander einen weiteren magischen Blick in Ylinestras Kammer, nur um kurz nachzusehen, ob sich der Junge dort aufhielt. Wie befürchtet, war er tatsächlich dort, doch die Spannung, die um Alec in der Luft lag, erwies sich als keineswegs sexueller Natur.

»Was ist? Stimmt etwas nicht?« fragte Seregil neben ihm.

Warnend, ohne die Augen zu öffnen, hob Nysander die Hand. »Es geht ihm gut. Aber ich brauche noch eine kleine Weile ...«

Er verstärkte den Zauber und fand Ylinestra über Alec gebeugt, der mit einem glückseligen Lächeln auf den Lippen ausgestreckt zwischen den zerwühlten Laken auf dem Rücken lag und zu schlafen schien. Im Gegensatz dazu glich Ylinestras Antlitz einer starren Maske der Konzentration, während sie ein Nysander unbekanntes Zeichen in die Luft über ihm wob. Als es Gestalt annahm, verflog der friedliche Ausdruck aus Alecs Zügen. Zunächst wirkten sie einfach ausdruckslos, dann legte er die Stirn in Falten, als er unterbewußt das Gesicht abwandte und sich seiner Kehle ein unwilliges Brummen entrang. Die Zauberin beugte sich dichter über ihn und vergrößerte das leuchtende Symbol, dann schlug sie ihm vor Enttäuschung hart auf die Wange.

»Das reicht, Ylinestra!«

Überrascht wirbelte sie herum. Das Symbol verpuffte.

»Nysander? Wie kannst du es wagen, mir in meiner Kammer nachzuspionieren!« zischte sie mit zornig aufgerissenen Augen seiner körperlosen Erscheinung entgegen. »Dazu hast du kein Recht!«

»Mehr Recht als du hast, Magie an einem unwilligen Opfer auszuprobieren«, entgegnete Nysander streng. »Schick ihn sofort zurück, oder ich komme ihn persönlich holen.«

»Nur keine unnötige Aufregung«, säuselte sie und streichelte mit der Hand über Alecs Bauch hinab, wohl wissend, daß Nysander es sehen konnte. »Ich versichere dir, ich habe ihm keinen Schaden zugefügt.«

»Das bleibt abzuwarten.«

Einen Lidschlag später spürte Nysander magische Schwingungen aus dem Obergeschoß herabstrahlen. Seit wann beherrschte sie den Ortwechselzauber?

Dicht gefolgt von Seregil und Magyana, begab er sich hinauf und fand Alec tief und fest schlummernd in seinem Zimmer. Nachdem er sich vergewissert hatte, daß dem Jungen nichts fehlte, breitete er einen Schutzzauber über das Bett, um weiterem Unfug vorzubeugen, und schloß leise die Tür hinter sich.

»Tja, ich glaube, wegen seiner Jungfräulichkeit kann ich ihn nun nicht mehr aufziehen«, meinte Seregil und hörte sich dabei fast wehmütig an. »Er hat sich ja ziemlich schnell von der Stimmung der Nacht anstecken lassen.«

»Ich bezweifle, daß alles von seinem Willen ausgegangen ist«, hielt Magyana dem entgegen und rümpfte voll prüder Abscheu die Nase. »Sollte sich herausstellen, daß er zu irgend etwas gezwungen wurde, will ich es erfahren. Für ein derartiges Verhalten ist bei den Orëska kein Platz.«

»Ganz bestimmt nicht«, pflichtete Nysander ihr bei, wenngleich er mehr an das geheimnisvolle Symbol denken mußte, das sie verwendet hatte. »Wenn es hingegen sein Wunsch war, mit ihr zu gehen, dürfen wir keinen unnötigen Wirbel veranstalten. Er ist alt genug, derlei Dinge selbst zu entscheiden.«

Seregil ließ ein spontanes Lachen vernehmen. »Davon bin ich überzeugt. Aber die ganze Sache dürfte das Verhältnis zwischen ihm und Thero wohl ein wenig abkühlen.«

8
Sakortag

Das Getöse der Festgongs weckte Alec bei Sonnenaufgang. Blinzelnd starrte er benommen, verwirrt zu den Bettvorhängen empor, die ein scharlachrotes und goldenes Granatapfelmuster zierte.

Eingeschlafen war er hinter bunten, von Kerzenlicht erhellten Seidenvorhängen. Ylinestra hatte auf ihn herabgeblickt, mit vor Lust glasigen Augen. Bei der Erinnerung durchzuckte ihn ein sehnsüchtiger Schmerz, gleichzeitig jedoch eine Art Angst, die er vorerst nicht zu erklären vermochte.

Er streckte sich, richtete sich, nunmehr vollständig erwacht, auf und stellte fest, daß Seregil auf einem Lehnstuhl neben dem Bett döste. Er trug noch die Hose und das Hemd von letzter Nacht. Die Haltung, in der er saß – der Kopf auf eine Seite gekippt, die Arme fest vor der Brust verschränkt – wirkte alles andere als gemütlich.

Behutsam stupste Alec ihn am Ellbogen, woraufhin Seregil ruckartig erwachte und sich den schmerzenden Nacken rieb.

»Wie bin ich hierhergekommen?« wollte Alec wissen.

»Ich nehme an, sie hat dich zurückgeschickt.« Die Ansätze eines gefährlichen Grinsens spielten um seine Mundwinkel. »Ylinestra, ja? Und das nach all den Warnungen von Valerius. Hast du es wenigstens genossen?«

»Oh – ja. Ich meine, ich glaube schon ...«

»Du *glaubst*?«

Stöhnend sank Alec auf die Kissen zurück. »Es ist nur so, daß – na ja, ich glaube, sie hat irgend einen Zauber verwendet. Am Anfang wenigstens.«

»Verzaubern muß man dich also dafür.« Kichernd beugte sich Seregil vor und berührte mit dem Finger Alecs Wange. »Und dann noch mit einer Magie, die ihre Spuren hinterläßt. Alles in Ordnung mit dir?«

Alec schob Seregils Hand beiseite und fühlte sich peinlicher berührt denn je zuvor. »Ja, natürlich ist alles in Ordnung mit mir. Es war großartig. Nur irgendwie – seltsam.« Er zögerte. »Träumst du? Danach, meine ich.«

»Danach rede ich für gewöhnlich. Warum, hast du geträumt?«

»Ja. Ich erinnere mich noch, daß ich einschlief, obwohl ich es nicht wollte. Und dann habe ich den Wurfdolch gesehen.«

Fragend zog Seregil die Augenbrauen hoch. »Den was?«

»Den Wurfdolch, den Nysander verwendet hat, als ich den Eid der Wächter geleistet habe. Er war unmittelbar vor meinem Gesicht, so wie damals, und ich habe mich nichts zu sagen getraut, weil ich Angst hatte, er würde mich schneiden. Auch Nysanders Stimme habe ich gehört, aber sie klang, als käme sie aus weiter Ferne. Was er gesagt hat, konnte ich nicht verstehen. Und da war noch etwas anderes.« Er preßte die Augen zu und versuchte angestrengt, sich den schwer faßbaren Bruchteil in Erinnerung zu rufen. »Irgend etwas über einen Pfeil.«

Seregil schüttelte den Kopf. »Die außergewöhnlichste Frau von Rhíminee verführt und vernascht dich, und du bekommst davon Alpträume? Du bist ein seltsames Wesen, Alec, ein höchst seltsames Wesen.« Er grinste. »Ich hoffe nur, du bist nicht zu ausgelaugt. Heute feiern wir das bedeutendste Fest des Jahres. Und wir sollten uns besser herrichten. Die Cavishes sitzen wahrscheinlich schon unten beim Frühstück.«

Nachdem Seregil gegangen war, blieb Alec noch eine Weile im Bett liegen und versuchte, seine Gefühle über den unerwarteten Höhepunkt der vorigen Nacht zu ordnen. Ihm war klar, daß ihn Ylinestra bestenfalls als jungfräuliche Eroberung betrachtete; er bezweifelte, daß er ihr beim nächsten Aufeinandertreffen auch nur einen zweiten Blick wert sein würde.

Zumindest hoffte er das. So lustvoll auch der körperliche Akt – oder eher die körperlichen Akte waren, die ganze Angelegenheit hinterließ in Alec ein erniedrigendes und schmutziges Gefühl. Seregils keinesfalls böse gemeinte Hänselei hatte seine Verwirrung nur noch gesteigert.

Als Alec die Decke zurückschlug und aufstand, roch er den Duft der Zauberin auf seiner Haut. Er hüllte sich in einen Morgenmantel, rief nach dem Zimmermädchen und trug der jungen Frau auf, ein Bad vorzubereiten und dafür Sorge zu tragen, daß die Bettwäsche gewechselt würde. Das Bad half beträchtlich, und er begab sich in etwas besserer Stimmung hinunter zum Frühstück. Kummer bereitete ihm nur noch die Frage, ob Seregil seine Großtat womöglich Micum und Kari geschildert hatte. Aber niemand schien etwas davon zu wissen, als er sich am Eßtisch zu der fröhlichen Gruppe gesellte, wenngleich Seregil fragend die Augenbrauen hochzog, als er Alecs feuchtes Haar bemerkte.

Illia war zu aufgeregt darüber, einen Tag in der Stadt verbringen zu dürfen, um die anderen in aller Ruhe ihren Morgentee schlürfen zu lassen. Sobald das Mahl beendet war, brachen sie alle zum Tempelvorhof auf. Kari und die Mädchen fuhren in einer gemütlichen, offenen Kutsche, während die Männer auf Pferden einherritten.

Im Gegensatz zu der Nüchternheit, mit der die Trauernacht begangen wurde, feierte man den Sakortag wild und ausgelassen. Hörner schmetterten, Bier floß in Strömen, den ganzen Tag über loderten Freudenfeuer.

Als Alec sich umsah, während sie vor sich hinritten, bekam er den Eindruck, daß an praktisch jeder Straßenecke die eine oder andere Vorführung stattfand – Tierbändiger, Possenreißer, Schauspieler auf Bühnenkarren, Feuerschlucker und dergleichen mehr. Krämer mit Bauchläden, Falschspieler, Dirnen und Taschendiebe mischten sich unter die feiernde Menge und versuchten, ihren Geschäften nachzugehen.

»Alles ist so laut und aufregend!« rief Elsbet aus, die neben ihm ritt.

»Daran gewöhnst du dich«, erwiderte Alec.

Das Mädchen grinste. »Oh, darauf freue ich mich schon.«

Das Hauptereignis des Tages stellte die jährliche Vereidigung neuer Truppen um die Mittagszeit dar. Sakor galt als Schutzpatron der Soldaten, deshalb betrachtete man die Eingliederung neuer Truppen in die Armee gleichermaßen als militärischen und religiösen Anlaß.

Die Sitzreihen waren aus dem Tempelvorhof entfernt worden, um Platz zu schaffen für die Ränge frischgebackener Soldaten, die vor dem Sakor-Tempel Aufstellung genommen hatten.

Es war ein wolkenloser, bitterkalter Tag, und sogar Alec war froh über den dicken, pelzbesetzten Umhang, den er über dem samtenen Kittel trug. Seregil tratschte mit anderen Adeligen über Belanglosigkeiten und stellte dem einen oder anderen Alec vor, je nach Lust und Laune.

»Ich habe noch nie so viele neue Rekruten gesehen. Du?« fragte Kari, an Seregil gewandt. Mit einer Hand schützte sie die Augen vor der Sonne, während sie zusammen auf den Stufen der Treppe des Illior-Tempels ausharrten.

Er schüttelte den Kopf. »Nein. Noch nie.«

»Wo ist Beka?« wollte Illia wissen, die rastlos auf den Schultern ihres Vaters zappelte.

»Dort drüben bei den grün gekleideten Soldaten.« Micum deutete auf die Reiterei der Königin. Er mußte recht laut sprechen, um sich Gehör zu verschaffen.

Als Alec Kari betrachtete, hatte er den Eindruck, daß sie ziemlich traurig und nachdenklich wirkte. Als hätte sie seinen Blick gespürt, schaute sie zu ihm herüber und streckte die Hand nach der seinen aus.

Nachdem auch die letzten Ränge einmarschiert waren, ähnelten die dicht gedrängten Reihen der Regimente farbenfrohen Kacheln in einem riesigen Mosaik. Die Reiterei der Königin glich dabei einem grünen und weißen Block unmittelbar vor dem Sakor-Tempel.

»Schau, da ist die Königin«, sagte Micum. »Jetzt geht's los.«

Idrilain, die ungeachtet der langen Wache gleichermaßen andächtig und stolz wirkte, nahm ihren Platz zwischen den Säulen des Sakor-Tempels ein. Sie trug wallende Staatsgewänder und ein Smaragddiadem. Gërilains Schwert hielt sie aufrecht wie ein Zepter an die Schulter gelehnt. Der goldene Schirm funkelte hinter ihr, während sie reglos vor den Truppen stand und ihr Atem in der kalten Luft zu zarten Wölkchen gefror. Das Bild, das sich den Anwesenden bot, war durchaus beabsichtigt; es würde keine Zweifel geben, wem der Eid geschworen wurde. Den Priestern gestand man ihre Geheimniskrämerei in der Dunkelheit zu, doch hier, im prallen Tageslicht, präsentierte sich die Verkörperung der wahren Macht Skalas.

Idrilain stellte das Schwert mit der Spitze nach unten vor sich auf den Boden, umfaßte das Heft mit beiden Händen und begann mit dem Ritual.

»Seid ihr hier, um den Eid zu schwören?« brüllte sie, und ihre Stimme erklang rauh und klar, als schallte sie über ein Schlachtfeld.

»Aye!« ertönte die Antwort aus gut tausend Kehlen und hallte donnernd von den Steingemäuern wider, die den Platz umgaben. Aus dem Augenwinkel sah Alec, daß sowohl Micum als auch Seregil die Hand auf das Heft ihres Schwertes legten, so wie viele andere Männer rings um sie. Wortlos tat er es ihnen gleich.

»Wem schwört ihr?«

»Dem Thron von Skala und der herrschenden Königin!« gaben die frischgebackenen Soldaten zurück.

»Wobei schwört ihr?«

»Bei den Vieren, der Flamme, unserer Ehre und unseren Waffen.«

»So schwört denn, dem Feind keine Gnade zu zeigen!«

»Aye!«

»So schwört denn, keine Gnade mit dem Feind zu kennen!«

»Aye!«

»So schwört denn, Unterworfene zu verschonen!«

»Aye!«

»So schwört denn, nichts zu tun, das die Ehre eurer Kameraden schändet!«

»Aye!«

Idrilain setzte ab und ließ einen Augenblick der Stille verstreichen. Dann brüllte sie mit einer Stimme, die jedem Feldwebel zur Ehre gereicht hätte: »Präsentiert die Waffen!« Begleitet von metallischem Klirren zückten die verschiedenen Regimente die Waffen: Schwerter und Säbel funkelten im Sonnenlicht; kleine Lanzenwälder schossen empor; Bogenschützen klopften mit Pfeilschäften auf Langbögen, so daß ein seltsames Klappern entstand; Artilleriesoldaten hoben Katapultsteine über die Köpfe. Wie auf ein Stichwort hin wurden Standarten entrollt und flatterten farbenfroh über dem Menschenmeer im Wind.

»So seid denn hierdurch miteinander verschworen!« rief Idrilain und hob das Schwert über den Kopf. »Bei den Vieren und der Flamme, bei eurem Land und eurer Königin, bei eurer Ehre und euren Waffen. Krieger von Skala, laßt mich eure Schlachtrufe hören!«

Ein ohrenbetäubendes Getöse stieg von dem Platz auf, als jedes Regiment sein eigenes Kriegsgeheul anstimmte und mit den anderen wetteiferte, um am lautesten gehört zu werden.

»Die Ehre der Königin!«

»Sakors Feuer!«

»Ehre und Stahl!«

»Die Flamme und die See!«

»Gut' Ziel und kraftvoller Schuß!«

»Der Weiße Falke!«

Trommler und Pfeifer traten hinter den Tempelsäulen hervor und stimmten einen Kriegsmarsch an. Gewaltige Hörner, deren Größe jener der Männer entsprach, die sie bliesen, schmetterten auf den Dächern los, als die Ränge sich kehrten und von dem Platz abzumarschieren begannen. »Da möchte man am liebsten gleich mitmachen, was?« meinte Alec grinsend, während sich sein Puls im Takt der Trommeln beschleunigte.

Lachend schlang Seregil einen Arm um Alecs Schultern, zog den Jungen mit sich fort und brüllte über das Getöse: »Das ist der Sinn der Sache.«

Nysander bekam vom Getöse des Gongs am frühen Morgen nichts mit. Er hockte mit überkreuzten Beinen vor einer zerronnen, längst verloschenen Kerze auf dem Boden der Zauberkammer und befand sich im weltvergessenen Dämmerzustand der Meditation. Bilder schwirrten heran und trieben vorüber, doch er stieß auf nichts Brauchbares.

Nachdem er Magyana letzte Nacht bis an die Tür ihres Turmes begleitet hatte, drehte er seine übliche Runde durch die Gewölbe des Orëska-Hauses, danach ertappte er sich dabei, daß er zunächst das Haus und schließlich auch die geschützten Gärten verließ, um mutterseelenallein durch die windgebeutelten Straßen zu stapfen.

Die Hände hinter dem Rücken verschränkt, wanderte er ziellos umher, als versuchte er, dem Zorn zu entfliehen, der langsam in ihm aufgestiegen war, seit er Ylinestra in ihrer Kammer über Alec gebeugt vorgefunden hatte.

Ein Großteil der Wut galt ihm selbst. Ylinestra war für ihn lediglich eine sinnliche Zerstreuung gewesen, die über einen außergewöhnlich regen Verstand verfügte. Und doch hatte er zugelassen, daß ihn seine Fleischeslust blind für das wahre Ausmaß ihrer Begierde machte. Ihr plötzliches Liebäugeln mit Thero hatte seine schlummernde Vernunft wieder geweckt. Was er in jener Nacht gesehen hatte, verstärkte sein Mißtrauen nur noch.

Er stieß ein aufgebrachtes Knurren aus. Die Zeit der Dunkelheit nahte, er wußte es, und sie würde in seine Hüterschaft fallen. War er darauf vorbereitet?

Kaum.

Er hatte einen Gehilfen, dem er keinesfalls blindlings trauen konnte und den er trotzdem nicht zu entlassen wagte.

Eine zwanzig Jahrzehnte jüngere Zauberin hatte ihn vor Leidenschaft blind werden lassen. Und Seregil!

Nysander ballte die Hände zu Fäusten und grub die Nägel in die Handflächen. Seregil, den er wie einen Sohn und Freund liebte, hatte sich durch seine hartnäckige Neugier beinahe selbst zum Tode verurteilt. Genauso würde es sich künftig mit Alec verhalten – soviel stand fest.

Zum ersten Mal seit Jahren fragte er sich, was sein Meister zu alldem wohl gesagt hätte. Er hatte Arkoniels zerfurchtes Antlitz so deutlich vor Augen, als hätte er ihn erst gestern gesehen.

Als Nysander ihn zum ersten Mal traf, hatte er alt gewirkt, doch er hatte sich scheinbar nie verändert. Wie fieberhaft der junge Nysander – jenes Gossenkind, das Arkoniel halbverhungert und verwahrlost aus den Elendsvierteln der Stadt aufgelesen hatte – doch versucht hatte, die Geduld und Weisheit des alten Mannes nachzuahmen.

Doch von Arkoniel hatte er auch die Bürde der Hüterschaft geerbt, jenen dunklen Wissensfaden, der unter keinen Umständen reißen und unter allen Umständen geheimgehalten werden mußte. Die Ereignisse der letzten Monate, die damit begannen, daß Seregil jene verfluchte Scheibe fand, und die in den Omen anläßlich der Zeremonie letzte Nacht gipfelten, bewiesen, daß des Fadens Ende nahte.

Nachdem er in jener Nacht keine Antworten gefunden hatte, war er in seinen Turm zurückgekehrt und hatte sich auf eine lange Meditation vorbereitet. Noch bei Sonnenaufgang saß er reglos und scheinbar entspannt da. Verschwommen nahm er wahr, daß Thero kurz die Kammer betrat und sich achtungsvoll wieder zurückzog.

Als am Sakortag das letzte Licht der Sonne hinter der Turmkuppel verblaßte, schlug Nysander die Augen auf und war genauso schlau wie zu Beginn der Sitzung. Da ihn keine Eingebung ereilt hatte, blieben ihm nur Tatsachen. Seregil war offenbar zufällig über jene Scheibe gestolpert. Danach begab er sich zu Illiors Orakel, das ihm einen Bruchteil einer Prophezeiung offenbarte, über die eigentlich niemand außer Nysander selbst Bescheid wissen durfte. Letzte Nacht waren dieselben Worte – ›Verzehrer des Todes‹ – vom Sakorpriester gesprochen worden, danach war jenes seltsame Omen mit den aasfressenden Vögeln gefolgt.

Nysander erhob sich, streckte die steifen Glieder und machte sich abermals auf zum Tempelvorhof.

Hinter dem Illior-Tempel geriet gerade ein fahler Streifen des Mondes in Sicht, als er sein Ziel erreichte. Nysander deutete dies als gutes Zeichen, betrat den Tempel und legte die rituelle Maske an.

Erst wenige Male hatte er den Rat des Orakels gesucht, und selbst dann überwiegend aus Neugier. Seine Hingabe für Illior war anderer Natur als jene der Priester.

Nun aber eilte er voran, getrieben von einem wachsenden Gefühl der Hoffnung. Mit einem Fingerschnippen zauberte er sich ein Licht herbei, dann bahnte er sich über die gewundene, tückische Treppe den Weg hinab in die unterirdische Kammer des Orakels. Unten angekommen, löschte er das Licht und schritt in pechschwarzer Finsternis den Korridor entlang. Mit jedem Schritt steigerte sich seine Überzeugung, daß ihm jenes arme, wahnsinnige Wesen am Ende des Ganges Antworten zu bieten hatte.

Ein plumper, ungepflegter junger Mann, der auf einer Pritsche kauerte, schaute auf, als er eintrat. Natürlich war dies ein anderes Orakel als jenes, an das Nysander sich erinnerte, doch der Rest war unverändert: die drückende Stille; das düstere, kalte Licht; die reglos zu beiden Seiten der hirnlosen Hülle des Unsterblichen sitzenden Wächter; die gesichtslosen Silbermasken, die aus den Tiefen ihrer Kapuzen hervorfunkelten.

»Sei gegrüßt, Hüter!« rief das Orakel, dessen verschwommener Blick sich in Nysanders verkeilte.

»Du kennst mich?«

»Wer du bist, ist nichts«, antwortete das Orakel, während es langsam von Seite zu Seite wippte. »*Was* du bist, ist alles. Alles. Mach dich bereit, o Hüter. Das Martyrium steht dicht bevor. Hast du bewahrt, was dir anvertraut wurde?«

»Das habe ich.« Plötzlich fühlte sich Nysander unbeschreiblich müde. Wie viele Male war er durch den staubigen Irrgarten unter dem Orëska-Haus gewandelt und hatte dabei unbedarfte Neugier geheuchelt? Wie viele

Jahre hatte es gedauert, sich einen Ruf als verschrobener, wenngleich mächtiger Eigenbrödler zu erarbeiten? Wie viel hatte er geopfert, um den Glauben ganzer Generationen aufrechtzuerhalten?

»Halte dich bereit, o Hüter und sei auf der Hut«, fuhr das Orakel fort. »Deine Zeit kommt aus Dunkelheit und verborgenen Winkeln auf dich zu. Die Schergen des Großen Gegners galoppieren in geheimem Glanz heran. Deine Rolle wird bitter sein wie Galle.«

Stille umschlang sie wieder wie eine schwere Decke. Bedächtig sagte Nysander Worte auf, die seines Wissens seit fast fünf Jahrhunderten nicht mehr laut ausgesprochen worden waren. Es handelte sich um einen Abschnitt aus »Hyradins Traum«, jenem blassen Hoffnungsschimmer, an den er und all seine Vorgänger sich während der langen Jahre ihrer Hüterschaft geklammert hatten.

»›Und so kam der Wundersame, der Verzehrer des Todes, um die Welt bis auf die Knochen zu häuten. Gewandet in menschliche Hülle kam er, mit einem gar gräßlichem Helm großer Dunkelheit auf dem Haupte, und niemand denn die Viere vermochten, ihm Einhalt zu gebieten.

Der erste wird sein der Hüter, ein Lichtschein in der Finsternis. Dann der Schaft und die Vorhut, die da werden versagen und doch nicht versagen, so der Führer, der Ungesehene, voranschreitet. Und zuletzt wird abermals sein der Hüter, dessen Rolle bitter ist, bitter wie Galle.‹«

Das Orakel erwiderte nichts darauf, doch es schaute mit einem Blick zu ihm auf, der bestätigte, daß es keinen anderen Ausweg gab.

Nach einer Weile verbeugte sich Nysander leicht und ging den Weg, den er gekommen war, zurück nach Hause; allein und in Dunkelheit.

9
Ein unerwarteter Verbündeter

Alec hatte gehofft, daß sich ihr Aufenthalt in der Radstraße kurz gestalten würde – vielleicht eine Woche, um dem Anschein Genüge zu tun. Doch aus der einen Woche wurden deren zwei, und diese wiederum dehnten sich auf einen Monat aus. Seregil mußte sich um »Tageslichtgeschäfte« kümmern, wie er seine zahlreichen redlichen Unternehmungen in der Stadt zu nennen pflegte. Sie verbrachten viel Zeit in der Unterstadt, wo er sich in nach Teer und Niedrigwasser stinkenden Lagerhäusern mit Kapitänen traf oder in den Zollgebäuden mit Händlern feilschte. Das bedeutete, daß ihre gemütlichen Zimmer im Jungen Hahn vorerst als tabu galten; sie durften keinesfalls das Wagnis eingehen, daß eine Verbindung zwischen Lord Seregil und der Herberge aufkam.

Die Geschäftemacherei an sich langweilte Alec, aber er begnügte sich damit zu beobachten, wie Seregil die Rolle spielte. Trotz seines gezierten Gebarens wahrte er sich eine Nahbarkeit, die Vertrauen und Achtung erweckte. Zudem haftete ihm der Ruf an, in bestimmten Dingen ausgesprochen großzügig zu sein; nur allzu bereitwillig versorgten ihn die Händler mit jedwedem Gerücht, das augenblicklich im Umlauf war, und es ereignete sich kaum etwas, ob redlich oder unredlich, von dem Seregil nicht binnen kürzester Zeit erfuhr.

Ebenso wichtig waren die abendlichen Salons. Sobald bekannt geworden war, daß der selten greifbare Lord Seregil endlich zu Hause weilte, strömte eine wahre Flut von parfümierten, wachsversiegelten Einladungen herein. Indem sich Alec Nacht für Nacht mit Adeligen jeden Ranges herumschlug, erlernte er Schritt für Schritt die hohe Kunst des Wortgefechts, der es so dringend bedurfte, um sich in den verschlungenen Gewässern der skalanischen Politik zurechtzufinden.

»Ränke!« rief Seregil stets lachend, wenn Alec gar zu oft über den Zwang manierlichen Verhaltens jammerte. »Ränke sind unser Brot, und die Butter drauf, und die einzigen Ränke, an denen sich gut verdienen läßt, sind die der Wohlhabenden. Lächle freundlich, nicke oft und laß die Ohren gespitzt.«

Zunächst sorgte Alecs Anwesenheit für einigen Gesprächsstoff, und bald kursierten wilde Gerüchte über seine Beziehung zu Seregil. Höhergeistige Seelen beschieden sich damit zu glauben, daß er tatsächlich Seregils Mündel oder vielleicht sein unehelicher Sohn war, die Mehrheit der Meinungen jedoch ging in Richtung weniger selbstloser Möglichkeiten. Alec fühlte sich gedemütigt, an Seregil hingegen prallte all das ab.

»Nimm es dir nicht zu Herzen«, riet er Alec. »In diesen Kreisen ist das einzige, was schlimmer ist, als verleumdet zu werden, wenn überhaupt nicht über einen geredet wird. In ein, zwei Monaten haben sie all das dumme Zeug vergessen und glauben, du wärst schon seit Jahren dagewesen.«

Zu diesem Zweck nahmen sie Bedacht darauf, häufig in den besseren Theatern und Spielhäusern zu verkehren. Das Tirarie-Theater in der Lichterstraße war einer von Seregils Lieblingsorten, insbesondere, wenn Pelion í Eirsin auf der Bühne stand.

Alec war auf Anhieb Feuer und Flamme für das Drama. Da er nur mit Balladen und Tavernenerzählungen aufgewachsen war, verblüffte es ihn, Geschichten von einer ganzen Gruppe kostümierter Schauspieler verbildlicht zu sehen. Gleichgültig, ob er den Inhalt einer Geschichte verstand – was des öfteren nicht zutraf –, allein das Gepränge der Aufführung fesselte ihn, bis der letzte Vorhang fiel.

Und während alledem ging Alecs Ausbildung weiter: Türschlösserkunde und Schwertkunst, Etikette und Abstammungslehre, Geschichte und Maskerade, die richtige Kittelwahl und Taschendiebstahl – sowie an die hundert weitere Fähigkeiten, die Seregil für einen angehenden Spion als unverzichtbar erachtete.

Als sie eines grauen Morgens, mehrere Wochen nach dem Fest, bei einem späten Frühstück saßen, reichte Seregil seinem jungen Freund von dem Stapel neuer Post an seinem Ellbogen eine versiegelte Nachricht.

Alec brach das Siegel und las eine hastig gekritzelte Botschaft von Beka Cavish.

> Kann heute nachmittag ein paar Stunden freibekommen. Lust auf einen Ausritt? Wenn ja, dann triff mich zu Mittag an der Cirna-Straße.

»Heute nachmittag brauchst du mich doch nicht, oder?« fragte er hoffnungsvoll und reichte Seregil das Schreiben. »Ich hab' sie seit der Vereidigung nicht mehr gesehen.«

Seregil nickte. »Geh ruhig. Ich komme schon ohne dich zurecht.«

Obwohl Alec lange vor der vereinbarten Zeit am Ernte-Markt eintraf, wartete Beka bereits am Stadttor auf ihn. Die Art, wie sie auf dem Pferd saß, die Zügel lässig in der einen Hand, den Ellbogen in verwegenem Winkel unter dem grünen Umhang vorgestreckt, sprach Bände: Sie schien für das Soldatenleben geboren.

»Spielst du denn nicht mehr den feinen, jungen Pinkel?« rief sie ihm entgegen, während er Windläufer durch die Menge der Marktbesucher lenkte.

»Seregil wird schließlich doch noch einen Edelmann aus mir machen.« Er warf sich in eine hochmütige Pose. »Schon bald bin ich zu gut, um mich mit deinesgleichen abzugeben.«

»Dann brechen wir besser auf, solange es noch geht. Ich brauche einen ordentlichen Ausritt«, erwiderte sie und grinste ihn an. Dann stupste sie Wyvern in einen gemächlichen Trab und steuerte das Roß zum Tor hinaus. Sobald sie die anschließende Außenmauer hinter sich gelassen hatten, trieben sie die Pferde in den Galopp und ritten nordwärts die Klippen entlang. Der gefrorene Pfad klirrte wie Metall unter den Hufen der Gäule; auch die See schien unter dem trüben Winterhimmel metallisch zu schimmern. Im Osten ragten weiß die Gipfel der Berge zwischen den tiefhängenden Wolken auf.

Seite an Seite preschten Beka und Alec mit hinter ihnen flatternden Umhängen etwas über eine Meile die Landstraße entlang, dann bogen sie auf eine dem Meer zugewandte Wiese.

»Das ist aber ein ziemlich schweres Geschirr, das du Wyvern angelegt hast«, meinte Alec, als er den ledernen Brustpanzer und die Roßstirn bemerkte.

»Dadurch soll er sich daran gewöhnen«, erklärte sie. »Bei Feldzügen wird das Leder durch Filzpolster und Bronzeplatten ersetzt.«

»Wie gefällt dir denn das Soldatenleben? Und wie muß ich dich jetzt anreden?«

»Zunächst sind wir alle Reiter, obwohl diejenigen, die ein Patent besitzen, eigentlich von Anfang an als Offiziere gelten. Wenn wir in den Krieg ziehen, breche ich als Leutnant auf. Im Augenblick werden alle neuen Reiter in Ausbildungsdekurien aufgeteilt. Ich bin in der ersten Turma unter Hauptmann Myrhini. Einem Leutnant unterstehen drei Dekurien, aber zumeist übernimmt der Feldwebel das Exerzieren ...«

»Halt mal!« fiel Alec ihr ins Wort und zügelte Windläufer. »Ihr Soldaten sprecht eine eigene Sprache. Was ist eine Turma?«

»Ich komme selbst erst allmählich dahinter«, gestand Beka. »Mal sehen – zehn Reiter bilden eine Dekurie, die von einem Feldwebel befehligt wird. Drei Dekurien ergeben eine Turma unter einem Leutnant; drei Turmae einen Trupp und vier Trupps eine Schwadron; zwei Schwadronen ein Regiment, das samt Offizieren, Pferdeknechten und so weiter etwa achthundert Köpfe zählt. Hauptmann Myrhini untersteht der Erste Trupp der Löwen-Schwadron unter Kommandantin Klia. Kommandant Perris befehligt die Wolf-Schwadron. Und der älteste Sohn der Königin, Prinz Korathan, ist Regimentsführer.«

»Klingt nach einem ziemlich erlauchten Haufen.«

»Die Reiterei der Königin ist ein Eliteregiment; die Offiziere sind allesamt Adelige. Die Soldaten müssen ihre eigenen Pferde mitbringen und ihre Fähigkeiten als Reiter und Bogenschützen unter Beweis stellen, folglich stammen die meisten ebenfalls aus wohlhabenden Familien. Ohne Seregils Hilfe hätte ich nie und nimmer ein Patent erhalten. Aber Elite hin, Elite her, du solltest mal sehen, wie einige der jungen Blaublüter vom Pferd purzeln, wenn sie im Reiten versuchen, das Schwert zu ziehen! Ich kann dir sagen, noch nie wußte ich sosehr wie jetzt zu schätzen, was Vater mir beigebracht hat. Feldwebel Braknil glaubt, Hauptmann Myrhini will mich nach Ende meiner Ausbildung in ihrem Trupp behalten. Ich werde dreißig Reiter unter mir haben. Aber jetzt erzähl mal von dir. Ich nehme an, Seregil hält dich ganz schön auf Trab, oder?«

»O ja.« Alec verdrehte die Augen. »Ich glaube, ich habe die ganze Woche höchstens zehn Stunden Schlaf abbekommen. Wenn wir nicht gerade mit Händlern feilschen oder zu irgendeiner merkwürdigen Veranstaltung gehen, läßt er mich die halbe Nacht königliche Stammbäume lernen. Ich glaube, insgeheim will er einen Schriftgelehrten aus mir machen.«

Eine kleine Pause entstand, die Alec spüren ließ, wie sehr sie sich auf ihren unterschiedlichen Lebenswegen voneinander entfernten. Er brannte darauf, Beka von den nächtlichen Abenteuern zu erzählen, doch Seregil war unerbittlich, wenn es um Geheimhaltung ging; kein Sterbenswörtchen durfte den Kreis der Wächter verlassen. Irgendwann, dachte er, sollte Nysander auch Beka darin aufnehmen.

Als er aufschaute, stellte er fest, daß sie ihn mit einem leichten Lächeln auf den Lippen musterte. Dabei drängte sich ihm der Gedanke auf, daß sie, nachdem sie zwischen Micum und Seregil aufgewachsen war, vermutlich eine recht gute Vorstellung von seinem geheimen Leben hatte.

»Hab' ich dir schon erzählt, daß Seregil mir Aurënfaieisch beibringt?« fragte er in dem Bestreben, einen gemeinsamen Gesprächsstoff zu finden.

»*Nös eyir*?«

Er lachte. »Dir auch?«

»O ja. Elsbet und ich haben ihn ständig dazu genötigt, uns zu unterrichten, wenn er auf Besuch bei uns war. Natürlich kommt Elsbet wesentlich besser damit zurecht, aber ein bißchen was kann ich auch. Ich glaube, man braucht es auch. Unter den Adeligen gilt Aurënfaieisch als *die* Modesprache schlechthin.«

»Seregil meint, die meisten hören sich dabei an, als redeten sie durch einen feuchten Lederlappen. Er ist sehr dahinter, daß meine Aussprache ordentlich ist. *Makir y'torus eyair.* Was hältst du davon?«

»*Korveu tak melilira. Afarya tös hara'beniel?*« erwiderte sie, wirbelte ihr Pferd herum und trat es in den Galopp.

Alec nahm an, daß die Äußerung entweder eine Beleidigung oder eine Herausforderung zu einem weiteren Wettrennen bedeutete, und preschte hinter ihr her.

Vor Seregils Schlafzimmerfenstern hielt gerade die Abenddämmerung Einzug, als Alec mit roten Wangen und im Haar schmelzenden Schnee hereinspazierte. Der würzige Duft eines frischen Meereswindes haftete noch an ihm.

»Bitte sag, daß wir uns heute abend nicht fein herausputzen müssen!« bettelte er und ließ sich zu Seregils Füßen auf die Brücke neben dem Kamin plumpsen.

Seregil legte sein Buch beiseite und streckte sich träge. »Du siehst aus, als hättest du einen vergnüglichen Nachmittag verbracht.«

»Wir sind meilenweit geritten! Ich hätte den Bogen mitnehmen sollen – letzten Endes sind wir in den Hügeln gelandet, und überall rannten Kaninchen herum.«

»Ich habe vielleicht eine andere Jagd für dich.« Seregil zog eine dünne Schriftrolle aus dem Gürtel hervor und schwenkte sie mit zwei Fingern vor Alecs Nase. »Das hier wurde in der Schwarzen Feder für die Katze von

Rhíminee abgegeben. Wie es scheint, sind Lady Isara ein paar heikle Briefe abhanden gekommen, und die will sie wiederhaben. Sie hält Baron Makrins Arbeitszimmer für einen guten Ort, um mit der Suche zu beginnen.«

»Heute nacht?« fragte Alec, der seine Erschöpfung mit einem Schlag vergaß.

»Ich glaube, das wäre am besten. Schließlich handelt es sich um einen ganz gewöhnlichen Einbruch, nichts Außergewöhnliches. Die Zeit bis Mitternacht vergeht rasch. Wir müssen zwar warten, bis sich alle im Haus schlafen gelegt haben, aber ich will keinen Augenblick länger in der Kälte zubringen müssen als notwendig.«

Der Wind zerrte an ihren Umhängen, als Seregil und Alec zur an der Westseite des Adelsviertels gelegenen Villa des Barons unterwegs waren. Sie trugen grobe Arbeiterkittel und alte Reiseumhänge, unter denen sie die Schwerter, nach außen hin unsichtbar, über den Rücken geschlungen hatten.

Sie hatten erst wenige Häuserblöcke hinter sich gebracht, als Seregil plötzlich einen Verfolger wahrnahm. Er berührte Alec leicht am Arm, bog aufs Geratewohl um eine Ecke und erspähte eine flüchtige Bewegung in den Schatten hinter ihnen.

»Genau wie damals, als ich in die Silbermondstraße gehetzt wurde«, flüsterte Alec und schaute unbehaglich zurück.

»Dasselbe dachte ich auch gerade, obwohl es wahrscheinlich nur jemand ist, der noch einen mitternächtlichen Spaziergang unternimmt. Finden wir's einfach heraus.«

Seregil ließ den Baron vorerst Baron sein, wandte sich an der nächsten Ecke nach rechts und marschierte ostwärts auf die Stadtmitte zu.

Ein Mondstrahl kämpfte sich durch die Wolken und spendete gerade so viel Licht, daß Seregil eine große, dunkle Gestalt sehen konnte, die ihnen in sicherer Entfernung folgte.

Vielleicht doch kein Unschuldslamm, dachte er stirnrunzelnd bei sich. Mit gleichbleibend flottem Schritt steuerte er die zunehmend ärmeren Gegenden des südöstlichen Viertels an. Der Mann behielt denselben Abstand bei, doch er folgte ihnen Kreuzung für Kreuzung.

»Hörst du das?« fragte Alec leise.

»Was soll ich hören?«

»Dieses leise, schabende Geräusch, wenn er über eine Stelle mit blanken Kopfsteinen geht. Genau das habe ich letztes Mal auch gehört.«

»Tja, dann sollten wir unserem Verfolger wohl Gelegenheit bieten, sich uns vorzustellen.«

Seregil lenkte die Schritte in einem verrufenen Irrgarten dunkler Wohn- und Lagerhäuser, bis er eine vertraute Seitengasse erspähte. Er gab vor zu stolpern, streckte die Hand aus, packte Alecs Ellbogen und bedeutete ihm zu folgen.

Nachdem sie in die Gasse gehuscht waren, riß er sich rasch den Umhang vom Leib und warf ihn hinter einen Müllhaufen. Dann sprang er hoch und zog sich durch einen zerfallenden Fensterrahmen. Binnen eines Lidschlags war Alec neben ihm. Von diesem Aussichtspunkt aus beobachteten sie, wie ihr Verfolger kurz innehielt, einen Säbel zog und sich zögerlich in die Schatten der Gasse vorwagte. Sein Gesicht konnte Seregil aus diesem Winkel nicht erkennen.

Ein Anfänger zwar, aber ein hartnäckiger, dachte Seregil, während er zusah, wie der Mann die halbe Gasse hinabschritt, bis er feststellte, daß es sich um eine Sackgasse handelte und seine Beute nirgends in Sicht war.

Als der Mann sich umwandte, glitten Seregil und Alec behende zurück hinunter auf die Straße und zogen die Schwerter.

»Was willst du von uns?« wollte Seregil wissen.

Unerschrocken trat ihr Verfolger mit der Waffe im Anschlag einen Schritt vor. »Falls ihr beide euch je Lady Gwethelyn und Junker Ciris von Cador Ford genannt habt, dann müssen wir uns über eine Schuld unterhalten, die's zu begleichen gilt.«

»Kapitän Rhal!« rief Alec aus.

»Genau der, Junge.«

»Ihr seid aber ganz schön weit weg von der *Pfeil*«, meinte Seregil und hoffte, er hörte sich weniger zittrig an, als er sich fühlte.

»Und das ist auch gut so«, gab Rhal scharf zurück, »wenn man bedenkt, daß sie auf dem Grund des Folcwine verrottet.«

»Was hat das mit uns zu tun?«

Rhal trat einen weiteren Schritt vor und schleuderte den Hut beiseite. »Ich bin weit gereist, um *Euch* das zu fragen. Zwei Tage nach Torburn haben wir an einem kleinen Ort namens Greshers Fähre angelegt, um Wasser zu laden. Dort hat uns eine Horde mit Schwertern bewaffneter Männer aufgelauert, und ratet mal, nach wem sie gesucht haben?«

Alec trat unbehaglich von einem Bein aufs andere.

»Ich habe wirklich keine Ahnung«, erwiderte Seregil. »Nach wem haben sie denn gesucht?«

»Nach zwei Männern und einem Jungen, haben sie gesagt, aber sie haben eindeutig Euch gemeint. Hätte ich Euch nicht zufällig ohne Eure Frauenmaskerade gesehen, wäre der Groschen wohl nicht gefallen, aber es ging zweifellos um Euch.«

»Ihr irrt Euch zwar, aber ich nehme an, Ihr habt sie uns trotzdem auf die Fersen gehetzt, oder?«

»Beim Alten Seebären, das habe ich nicht!« gab Rhal erzürnt zurück.« Hätte ich's, wäre mir vielleicht der Verlust eines feinen Schiffes erspart geblieben.«

Im Zuge der Unterhaltung war Seregil so manch beunruhigende Frage in den Sinn gekommen, doch ehe er eine davon stellen konnte, zuckten sie alle drei zusammen, als sich hinter ihnen, am Beginn der Gasse, plötzlich etwas bewegte.

Eine mit Schwertern, Knüppeln und Dolchen bewaffnete Bande Hinterhofbanditen löste sich aus den Schatten. Seregil erkannte mit einem Blick, daß sie zahlreich genug waren, um ihnen gefährlich zu werden.

Zu seiner Überraschung stellte sich Rhal neben ihn

und richtete den Säbel auf die Neuankömmlinge. Alec warf ihm einen fragenden Blick zu, doch dann tat er es dem Kapitän gleich, als sich die Angreifer auf sie stürzten.

Rhal übernahm die Mitte und schlug mit bodenständiger Fertigkeit um sich. Seregil hatte gerade noch Zeit, den Dolch aus dem Stiefel zu fingern, bevor er sich beidhändig eines Schlägers erwehren mußte, der einen Viertelstab vor sich herschwang.

Die Häuser zu beiden Seiten bedingten, daß sie auf engstem Raum kämpfen mußten, und bald wurden die drei Schritt für Schritt zurück in die Sackgasse gedrängt.

»Gefahr von oben!« brüllte Rhal, als ein wahrer Hagel aus Steinen und Dachziegeln auf sie herabprasselte. »Scheucht diese Schweinehunde zurück!«

Ein schwerer Ziegel traf seinen Arm und riß ihm das Schwert aus der Hand. Sogleich wollte einer der Schurken die Gelegenheit nutzen, doch Seregil wirbelte herum und bohrte dem Mann den Dolch in die Rippen. Neben ihm hieb Alec einem anderen quer über das Gesicht. Rhal rollte sich hastig aus der Gefahrenzone und durchwühlte den dreckigen Schnee nach seinem Säbel.

Weitere Steine regneten herab, aber aufgrund der Dunkelheit oder schlechten Zielens landete der Großteil des Hagels auf den Angreifern. In der daraus entstehenden Verwirrung gelang es Seregil und seinen Gefährten, zur Straße durchzubrechen; die Bande klebte ihnen auf den Fersen.

Nunmehr von der Enge der schmalen Gasse befreit, schnellte Seregil zu dem ihm nächsten Verfolger herum und spießte ihn auf, dann wehrte er den Hieb eines Viertelstabes ab. Alec hatte er zwar aus den Augen verloren, aber ein wilder Schrei unmittelbar hinter ihm bestätigte, daß der Junge allein zurechtkam.

Seregil sah sich gerade zwei der Schurken gegenüber, als ganz in der Nähe der schrille Ton einer Trompete der Stadtwache ertönte. Einen Lidschlag später bog im Galopp eine Patrouille mit gezogenen Schwertern in die Straße. Die Hinterhofbanditen machten sich sogleich davon und verschwanden in den Schatten wie ein vom Wind erfaßter Nebel über der See.

»Kommt mit!« zischte Seregil Alec und Rhal zu und preschte in die entgegengesetzte Richtung davon.

»Warum laufen wir denn weg?« fragte Rhal keuchend.

»Damit wir die Nacht nicht damit verbringen müssen, uns Lügen für einen dickschädeligen Blaumantel auszudenken«, herrschte Seregil ihn an.

Dann hastete er in die nächste Seitengasse und erblickte an der Unterkante eines Gebäudes vor ihnen eine durchhängende Spundwand. Auf das Beste hoffend, riß er eine der flachen Türen auf und warf einen Lichtstein hinunter. Zerbröckelnde Stufen führten in einen unbenutzten Keller hinunter.

»Runter da!«

Alec und Rhal sprangen hinein, dicht gefolgt von Seregil, der die Tür hinter sich zuwarf.

Gemeinsam hockten sie angespannt in der modrigen Dunkelheit und lauschten, wie die Patrouille die Gegend flüchtig nach ihnen absuchte und schließlich von dannen zog.

Seregil schaute zu Rhal. »Also, was wolltet Ihr gerade sagen?«

Ein paar Herzschläge lang starrte Rhal ausdruckslos zurück, dann brach er in schallendes Gelächter aus. »Bei allen Matrosen, ich bin hergekommen, um Euch ein Messer in den Leib zu rammen, und jetzt verdanke ich Euch mein Leben. Ihr beide hattet wahrlich keinen Grund, mich zu beschützen, wie Ihr es gerade getan habt.«

»Und Ihr hattet keinen Grund, uns in jener Nacht auf der *Pfeil* zu decken«, erwiderte Seregil, hob den Lichtstein auf und schritt auf die Treppe zu. »Aber das habt Ihr, und nun sind wir quitt. Der Junge und ich haben noch rasch etwas zu erledigen, aber ich möchte unser Gespräch von vorhin gerne fortsetzen. Treffen wir uns doch im Hinterzimmer der *Laube* in der Seidenstraße, in sagen wir einer Stunde, ja?«

Rhal ließ sich die Einladung durch den Kopf gehen, dann nickte er. »Na schön. In einer Stunde.«

Behutsam hob Seregil die Spundwandtür an und kletterte hinaus, dicht gefolgt von Alec.

»Treffen wir uns wirklich mit ihm?« wollte Alec wissen, als sie davoneilten.

»Er hat uns in der Radstraße aufgespürt. Ich finde, wir sollten herausfinden, wie ihm das gelungen ist, meinst du nicht?« gab Seregil mit düsterer Miene zurück und gab sich keine Mühe, seine Besorgnis zu verbergen. »Außerdem interessiert mich brennend, wer ihm aufgelauert hat, um nach uns zu suchen, obwohl ich es mir denken kann.«

Alecs furchtsamer Blick verriet Seregil, daß auch sein junger Freund eine dunkle Ahnung hatte.

Für Alec hatte jener unvorhergesehene Zusammenstoß mit Rhal der Nacht jede Freude geraubt. Er quälte sich in einem Dämmerzustand ungewisser Angst durch die anstehende Aufgabe. Bislang hatte Seregil kein weiteres Wort über die Angelegenheit verloren, doch Alec war überzeugt, daß sein unreifes, tolpatschiges Verhalten an Bord der *Pfeil* Rhal nach all den Monaten zu ihnen geführt hatte. Und wenn es ihm gelungen war, sie aufzuspüren, konnte es Mardus erst recht gelingen.

Zum Glück erwies sich der Einbruch als wenig anspruchsvoll. Da Makrin offenbar ein selbstgefälliger, einfallsloser Bursche war, hatte er die Briefe in einer verschlossenen Schatulle hinter einem losen Brett der Holzvertäfelung seines Arbeitszimmers versteckt. Seregil fand die Stelle, während Alec noch den Inhalt des Schreibtisches durchwühlte. Mit Lady Isaras Briefen sowie einigen anderen interessanten Gegenständen im Gepäck hielten sie kurz in der Radstraße an, um ihre Beute zwischenzulagern, dann ritten sie zur *Laube*.

Dabei handelte es sich um eine unauffällige, ehrbare Wirtschaft, die Seregil des öfteren für Treffen heranzog. Ein gähnender Schankbursche führte sie in ein Hinterzimmer. Rhal war bereits da, jedoch nicht allein; Alec erkannte in den beiden Männern bei ihm auf Anhieb den

Steuermann und den Ersten Maat der vom Pech verfolgten *Pfeil*. Auch sie erkannten ihn und erwiderten seinen Gruß mit einem zurückhaltenden Nicken, wobei sie die Hände dicht an den Waffen behielten.

Rhal schob einen Weinkrug herüber, als Seregil und Alec sich zu ihm an den Tisch gesellten.

Seregil schenkte sich einen Becher ein, dann forderte er den Kapitän ohne lange Vorreden auf: »Erzählt uns mehr über Greshers Fähre.«

Rhal musterte ihn mit wissendem Blick. »Wie ich schon sagte, eine Bande bewaffneter Männer hat uns dort aufgelauert.«

»Ein gefährlich aussehender Haufen«, fügte Skywake, der Steuermann, düster hinzu. »Sie trugen zwar keine Uniformen, aber sie saßen wie Soldaten auf den Pferden.«

Alecs Mut sank noch tiefer, wenngleich Seregils Züge keinerlei Regung verrieten.

»Sie haben nach zwei Männern und einem Jungen gefragt und behauptet, die drei hätten droben in Wolde das Gold des Bürgermeisters gestohlen«, fuhr Rhal fort. »Als ich sagte, ich hätte niemanden befördert, auf den die Beschreibung paßt, haben sie die Waffen gezogen und sind auf meinem Schiff ausgeschwärmt, daß es dreister kaum geht. Dann hat sich ihr Anführer – ein großer Hundesohn mit schwarzem Bart und einem Akzent so zäh wie Linseneintopf – meine Wenigkeit zur Brust genommen und mich vor versammelter Besatzung einen Lügner und noch Schlimmeres geschimpft. Je ausfallender er wurde, desto weniger hat mir das Ganze gefallen. Als er endlich eine Pause zum Luftholen einlegte, wäre ich lieber ertrunken, als ihm die Befriedigung zu gönnen. Also habe ich den Mund gehalten, bis sie schließlich davongeritten sind.

Wir fuhren weiter flußabwärts, und ich dachte, damit wäre die Sache erledigt, aber in derselben Nacht brach im Laderaum ein so heftiges Feuer aus, daß wir nicht einmal hinunterkamen, um es zu löschen. Zwar konnten sich alle an Bord rechtzeitig in Sicherheit bringen, aber mein Schiff liegt ausgebrannt und zerschellt an der Schlammbank unterhalb von Hullout Bend. Für meinen Geschmack ist das kein Zufall mehr, vor allem, wenn man bedenkt, daß wir auf jener Reise Silber und Pergamentballen befördert haben.«

»Keine unbedingt leicht brennbare Ladung.« Gleichmütig musterte Seregil den Kapitän über den Becherrand hinweg. »Und so habt Ihr Euch auf die Suche nach uns gemacht.«

»Ihr wollt mir doch hoffentlich nicht einreden, Ihr wärt nur deshalb verkleidet gereist, um aus mir einen Narren zu machen, oder?« schnaubte Rhal verächtlich.

»Nein.«

Nettles ließ die Faust auf den Tisch niedersausen. »Also waren sie wirklich hinter Euch her?«

»Darüber weiß ich nichts«, beharrte Seregil. »Vielmehr interessiert mich, wie Ihr mich gefunden habt.«

»Das war keine große Sache«, antwortete Skywake und deutete mit dem Daumen auf Alec. »Kurz, bevor Ihr von Bord gegangen seid, hat sich der Junge da bei der Besatzung erkundigt, wie man nach Rhíminee gelangt.«

Idiot! schalt sich Alec stumm, das nun seine schlimmsten Befürchtungen bestätigt waren.

»Mit wem hat er gesprochen?« wollte Seregil wissen, ohne Alec anzublicken.

»Soweit ich mich erinnern kann, waren an dem Tag ein paar von uns an Deck«, antwortete Nettles. »Skywake, du warst da, und der Küchenjunge.«

»Genau. Und Applescaith. Der hat ihm doch vorgeschlagen, den ganzen Weg über Land zurückzulegen, weißt du noch?«

»Aye. Er war auch da. Und Bosfast.«

Alec starrte trübsinnig in den Weinbecher. Sein Mund bildete eine schmale Linie. Wie hatte er nur derart dumm sein können? Ebensogut hätte er ihren Verfolgern eine Karte zeichnen können.

Seregil trank einen weiteren Schluck Wein, während er sich das Gesagte durch den Kopf gehen ließ. »Und so habt Ihr alles hingeschmissen und seid nur mit ein paar ungewissen Vermutungen im Gepäck nach Skala aufgebrochen, um mir ein Messer in den Leib zu rammen?« Unverkennbar belustigt, schüttelte er den Kopf. »Rhíminee ist eine große Stadt. Wie, um alles in der Welt, habt Ihr gehofft, uns zu finden?«

Rhal fuhr sich mit der Hand durch das schüttere Haar und ließ ein abgehacktes Kichern vernehmen. »Also wenn Ihr nicht unverfroren seid, dann weiß ich auch nicht. Na schön, ich sag's Euch offen und ehrlich: Ihr seht einem gebrochenen Mann ins Gesicht. Alles, was ich retten konnte, sind meine Instrumente und das hier.«

Rhal hob die linke Hand, wodurch er einen großen Granatring an seinem kleinen Finger entblößte. Alec erkannte ihn als den Ring, den Seregil als Lady Gwethelyn getragen hatte, doch wie kam er an Rhals Finger? Als er zu Seregil schaute, sah er, daß der Ansatz eines Lächelns um die Mundwinkel seines Freundes spielte.

»Da die *Pfeil* unmöglich wieder auf Vordermann gebracht werden kann und zudem der Winter bevorsteht, sehe ich im Norden keine Zukunft für mich«, fuhr Rhal fort. »In meiner Jugend war ich Hochseekapitän. Als mein Onkel mir sein Schiff vermacht und dadurch die Gelegenheit eröffnet hat, mein eigener Herr zu werden, begann ich, die Folcwine-Straße zu befahren. Und jetzt, da sich im Frühling ein Krieg ankündigt, spiele ich mit dem Gedanken, mich bei der Marine zu verpflichten.

Um ganz ehrlich zu sein, ich habe eigentlich gar nicht damit gerechnet, Euch zu finden. Dann habe ich zufällig Euren Jungen gesehen, etwa zu der Zeit, als Ihr all den Ärger mit dem Gesetz hattet. Seitdem haben wir Euer Scheinzuhause im Auge behalten und auf eine Gelegenheit für ein gemütliches Schwätzchen gehofft. Aber es ist verflucht schwierig, Euch beide aufzuspüren.«

»Ihr habt mich also in jener Nacht verfolgt«, stellte Alec fest.

»So ist es.« Reumütig grinsend, rieb sich Rhal das Knie. »Du bist ein gerissener kleiner Mistkerl, und noch dazu ziemlich flink. Ich habe Euch beide für verweichlichte Gecken gehalten, die uns keinen Ärger bereiten würden. Aber nachdem ich gesehen habe, wie ihr Euch in der Gasse geschlagen habt, bin ich froh, daß diese Straßenräuber nicht ein wenig früher oder später aufgetaucht sind.«

Seregil bedachte den Kapitän mit dem ihm eigenen, schiefen Grinsen. »Vielleicht war es für uns alle Glück, daß wir uns wiedergetroffen haben.«

»Wie kommt Ihr denn darauf?«

»Ihr beide«, damit wandte sich Seregil an Skywake und Nettles, »habt ihr etwa Lust, als gewöhnliche Seeleute anzuheuern, gerade jetzt, wo ein Krieg bevorsteht?«

»Wir gehen dorthin, wo unser Kapitän hingeht«, erwiderte Skywake trotzig, wenngleich unschwer zu erkennen war, daß die Aussicht weder ihn noch den früheren Ersten Maat begeisterte.

Seregil drehte sich wieder zu Rhal um. »Und Ihr, Kapitän – Euch fiele es gewiß noch schwerer zu dienen, nachdem Ihr schon einmal ein eigenes Schiff besessen habt.«

In Alec begann eine Ahnung zu reifen, wohin diese Unterhaltung führen würde.

»Natürlich wäre ich der letzte, der jemandem ausreden würde, gegen die Plenimaraner zu kämpfen«, meinte Seregil gedehnt, »aber ich finde, es gibt lohnendere Wege, diese Aufgabe zu erfüllen. Habt Ihr schon einmal die Freibeuterei in Betracht gezogen?«

»Aber ja doch.« Rhal zuckte mit den Schultern und musterte die Miene seines Gegenübers mit dem verschlagenen Interesse eines gerissenen Geschäftsmannes. »Aber dafür braucht man ein robustes, schnelles Schiff und mehr Gold, als ich vermutlich in meinem ganzen Leben zu Gesicht bekommen werde.«

»Was man dafür braucht«, widersprach Seregil und faßte in die Gürteltasche, »sind die richtigen Investoren. Könnt Ihr damit etwas anfangen?«

Seregil öffnete die Hand und zeigte den Seeleuten einen walnußgroßen Smaragd, der auf seiner Handfläche funkelte. Es handelte sich um einen von zahlreichen ähnlichen Steinen, die Seregil als praktische und tragbare Form von Reichtum stets griffbereit hatte.

»Beim alten Seebären, Käpt'n, habt Ihr so etwas jemals gesehen?!« keuchte Nettles.

Rhal schaute zunächst auf das Juwel, dann zurück zu Seregil. »Warum?«

Seregil legte den Edelstein in die Mitte des Tisches. »Vielleicht, weil ich Männer mit Sinn für Humor zu schätzen weiß.«

»Skywake, Nettles, wartet draußen«, befahl Rhal leise. Nachdem sie gegangen waren, deutete der Kapitän fragend in Alecs Richtung.

Seregil aber schüttelte den Kopf. »Er bleibt hier. Also, was haltet Ihr von meinem Angebot? Ich werde es nicht wiederholen, sobald wir diesen Raum verlassen haben.«

»Sagt mir, wofür das ist«, wiederholte Rhal und ergriff den Stein. »Ihr habt meine Geschichte gehört und mir umgekehrt überhaupt nichts erzählt, und dennoch bietet Ihr mir das hier an. Was wollt Ihr Euch damit wirklich erkaufen?«

Seregil kicherte leise. »Ihr seid ein kluger Mann, wenn es sich nicht gerade um Damenangelegenheiten handelt. Reden wir offen miteinander. Ich habe Geheimnisse, die geheim bleiben sollen, aber es gibt wirkungsvollere Wege als diesen, um sie zu hüten, wenn Ihr versteht, was ich meine. Was ich Euch anbiete, *alles,* was ich Euch anbiete, ist eine für beide Seiten vorteilhafte Geschäftsvereinbarung. Ihr treibt ein Schiff auf, kümmert Euch um eine Besatzung, die Ausstattung, um alles. Ich stelle die Mittel zur Verfügung. Als Gegenleistung bekomme ich zwanzig Prozent der Beute. Außerdem befördert Ihr mich, wohin ich will, wann immer ich es als notwendig erachte, was höchstwahrscheinlich nie der Fall sein wird. Den restlichen Gewinn könnt Ihr nach Eurem Gutdünken aufteilen.«

»Und?«

Nach wie vor mißtrauisch, legte Rhal den Stein zurück auf den Tisch.

»Auskünfte. Jedes beschlagnahmte Dokument, jedes

Gerücht, das Ihr von Gefangenen aufschnappt, jede Begebenheit, die Euch außergewöhnlich erscheint – alles wandert auf geradem Wege zu mir und zu niemandem sonst.«

Rhal nickte zufrieden. »Also seid Ihr doch ein Schnüffler. Für wen?«

»Sagen wir einfach, wir betrachten die Interessen Skalas als die unseren.«

»Ich nehme an, Ihr habt keinen Beweis dafür?«

»Keinen wie auch immer gearteten.«

Eine Weile trommelte Rhal abwägend mit den Fingern auf die Tischplatte. »Die Schiffspapiere lauten ausschließlich auf meinen Namen, und ich befehlige mein Schiff so, wie ich es für richtig halte?«

»Genau.«

Rhal klopfte mit dem Zeigefinger auf den Smaragd. »Das ist zwar ein guter Anfang, aber es langt nicht, um ein Schiff zu kaufen oder vor dem nächsten Sommer eines bauen zu lassen.«

»Zufällig weiß ich von einem Schiff, das derzeit in einer Werft in Macar überholt wird. Dem Hauptreeder kamen im letzten Augenblick Zweifel.« Seregil holte einen weiteren Edelstein hervor, der dem ersten glich. »Das sollte ein ausreichender Beweis meines guten Willens sein. Ich werde veranlassen, daß Euch die weiteren Mittel in Gold ausgezahlt werden.«

»Und was, wenn ich mich heute nacht mit diesen beiden Steinen einfach aus dem Staub mache?«

Seregil zuckte mit den Schultern. »Dann seid Ihr ein vergleichsweise wohlhabender Mann. Sind wir nun im Geschäft oder nicht?«

Rhal, der in keinster Weise zufrieden wirkte, schüttelte den Kopf. »Ihr seid schon ein merkwürdiger Vogel. Ich habe noch eine letzte Bedingung,ohne die gibt es keinen Handel.«

»Und die wäre?«

»Wenn ich Euch vertrauen soll, dann will ich Eure Namen erfahren, und zwar Eure richtigen Namen.«

»Da Ihr mich in der Radstraße aufgespürt habt, ist er

Euch gewiß schon untergekommen: Seregil í Korit Solun Meringil Bôkthersa.«

»Da hat man ganz schön zu kauen dran. Und du, Junge, hast du auch so einen elendslangen Namen?«

Alec zögerte, dann aber spürte er, wie Seregil ihn unter dem Tisch mit dem Fuß stupste. »Auch meinen habt Ihr bestimmt gehört. Alec, Alec von Ivywell.«

»Na schön, jetzt bin ich zufrieden.« Rhal steckte die Juwelen in die Tasche, spuckte in die Hand und streckte sie Seregil entgegen. »Ich sage abgemacht, Seregil Wie-auch-immer.«

Seregil schlug ein. »Abgemacht, Kapitän.«

Während sie zurück in die Radstraße ritten, blieb Alec sehr still. Als sie unter einer Straßenlaterne vorbeikamen, sah Seregil, daß der Junge einem Häufchen Elend glich.

»So tragisch ist es auch wieder nicht«, versicherte ihm Seregil. »Jeder, der nach Lord Seregil sucht, weiß, wo er zu finden ist.«

»Sicher, aber was, wenn er uns nicht in der Radstraße sondern in der Herberge aufgespürt hätte?« schoß Alec erbittert zurück.

»Was das angeht, sind wir auch wesentlich vorsichtiger. Noch nie hat mich jemand dorthin verfolgt.«

»Wahrscheinlich weil du nie so dumm warst, jemandem den verfluchten Weg zu beschreiben!«

»Trotzdem, wenn man die Umstände bedenkt – ich war zu krank, um klar zu denken, du kanntest das Land nicht –, dann wüßte ich nicht, was du sonst hättest tun sollen. Du hättest höchstens mit dem Fragen warten können, bis wir das Schiff verlassen hatten. Aber damals hast du es nicht besser gewußt. Jetzt schon.«

»Das wird mir ein enormer Trost sein, wenn uns wieder mal einer meiner Fehler aus der Vergangenheit einholt«, gab Alec trotzig zurück und schaute wenig beruhigt auf. »Was, wenn als nächstes Mardus auftaucht?«

»Selbst wenn es seine Leute waren, die Rhals Schiff durchsucht haben – und ich muß zugeben, die

Geschichte klang sehr danach –, er hat ihnen überhaupt nichts erzählt.«

»Also glaubst du, daß wir in Sicherheit sind?«

Seregil grinste verkniffen. »Wir sind nie in Sicherheit. Aber ich glaube, wenn Mardus uns wirklich aufgespürt hätte, dann hätten wir inzwischen von ihm gehört. Ich meine, er müßte doch wahrlich verrückt sein, sich längere Zeit in Rhíminee aufzuhalten, so wie die Dinge im Augenblick stehen.«

10
Die Bürde der Wahrheit

Der Sarisin ging in den Dostin über, und der Winter umklammerte die Stadt mit zunehmend ehernem Griff. Aus den Bergen wirbelte Schnee herab, dem von der See her ein eisiger Regen folgte, der den Schnee in breiigen, schmutzigen Matsch verwandelte und die Gehwege mit spiegelglatten, tückischen Eisflächen überzog. Der Rauch Tausender Schornsteine vermengte sich mit dem Nebel und bildete einen grauen Schleier, der mehrere Tage lang ununterbrochen über den Dächern der Häuser hing.

Die Kriegsvorbereitungen gingen weiter, während sich unaufhörlich Gerüchte verbreiteten und kleinere Zwischenfälle ereigneten. In mycenischen Städten wurde skalanischen Händlern das Leben schwergemacht, indem Lagerhäuser geplündert oder in Brand gesteckt wurden. Es lagen Berichte über plenimaranische Preßpatrouillen vor, die sogar in so weit westlich gelegenen Häfen wie Isil umherschlichen. Es hieß, in den plenimaranischen Werften wären über hundert Kiele zu Wasser gelassen worden.

Zwar konnte vor dem Frühling keine große Armee aufgestellt werden, doch die Anwesenheit der bereits in Rhíminee stationierten Truppen machte sich stärker als gewöhnlich bemerkbar, da sie ständig an der Befestigung der Stadt arbeiteten und vor den Mauern exerzierten. Seregil und Alec ritten des öfteren hinaus, um die Reiterei der Königin bei ihren Übungen zu beobachten, aber ihre Freunde hatten selten Zeit, ihnen mehr als ein flüchtiges Hallo zuzurufen. In Macar schritt die Arbeit an Rhals Schiff unter dem gestrengen Auge des Kapitäns rasch voran. Nachdem Rhal erst Vertrauen zu Seregil gefaßt hatte, kümmerte er sich so hingebungsvoll um die Interessen seines Gönners, als wären es seine eigenen, genau wie Seregil es vorhergesehen hatte.

Zwar würden noch gut zwei Monate ins Land ziehen, bis das Schiff vom Stapel laufen konnte, dennoch ließ der Kapitän Skywake und Nettles bereits die Häfen entlang der Küste nach Seeleuten abgrasen. Das einzige, worüber er sich in Schweigen hüllte, war der Name des Schiffes. Als Alec ihn einmal danach fragte, zwinkerte Rhal ihm nur zu und meinte, es brächte Unglück, den Namen eines Schiffes zu verraten, bevor es vom Stapel gelaufen war.

Wenngleich Alec die Bedeutsamkeit der Ereignisse rings um ihn keineswegs entging, fühlte er sich im Verlauf des Winters zunehmend wohl in seiner Haut. Er hatte sich nach und nach in seine Rolle als Sir Alec eingelebt und seine Scheu in adeliger Gesellschaft abgelegt. Trotzdem war er am glücklichsten, wenn er an seinen geheimen Fertigkeiten feilen durfte, indem er mit Seregil als Katze von Rhíminee oder in Wächterbelangen für Nysander unterwegs war.

Außerdem lernte er die Gepflogenheiten des Lebens in der Radstraße zu schätzen. In seinem früheren Dasein, als er noch mit seinem Vater die Nordländer durchstreifte, waren die Winter stets harte Zeiten gewesen, in denen sie von Falle zu Falle durch den Schnee wateten, in groben Behausungen aus Buschwerk Zuflucht suchten und der verschneiten Einsamkeit der Wälder ausgeliefert waren.

Hier brannten rund um die Uhr Feuer, um die allgegenwärtige Feuchtigkeit und Kälte zu vertreiben. Auf allen Böden lagen dicke Teppiche, Wein und Essen brauchte er nur zu bestellen, und er konnte jederzeit in einem eigens dafür vorgesehenen Zimmer am Ende des Ganges ein Bad nehmen – woran er mittlerweile Gefallen gefunden hatte. Später sollten einige seiner liebsten Erinnerungen an jene Zeit die Stunden sein, die er an stürmischen Tagen vor einem heimeligen Feuer verbrachte, während er das Geräusch des Regens genoß, der gegen die Fensterläden prasselte.

Wie immer schien das Leben mit Seregil von einer Art Zauber erfüllt; seine Begeisterung und untrübbar gute Laune dienten Alec, der sich einer schier endlosen Reihe von Lektionen gegenübersah, als Ansporn. Je mehr Alec lernte, desto mehr fühlte er sich wie jemand, den jahrelang ein unerkannter Wissensdurst gequält hatte, der ihm erst jetzt, da er ihn allmählich stillte, bewußt wurde. Im Gegenzug versuchte Alec, Seregil die Kunst des Bogenschießens beizubringen und weigerte sich ungeachtet aller gegenteiligen Beweise hartnäckig, seinen Freund als hoffnungslosen Fall aufzugeben.

Eines stürmischen Nachmittags fand Seregil den Jungen in der Bibliothek vor, wo er gedankenverloren, mit gerunzelter Stirn, den Blick über die Regale schweifen ließ.

»Suchst du etwas Bestimmtes?«

»Geschichtsbücher«, antwortete Alec und griff nach dem Rücken eines dicken Einbandes. »Letzte Nacht bei Lord Kalliens Salon meinte jemand, dieser Krieg könnte ebenso schlimm werden wie der Große Krieg. Ich habe mich gefragt, wie der wohl war. Du hast mir zwar ein bißchen davon erzählt, aber ich dachte, es wäre vielleicht ganz interessant, ein wenig nachzulesen. Hast du Bücher darüber?«

»So gut wie keine, aber in der Orëska-Bibliothek gibt es welche«, erwiderte Seregil, der sich innerlich freute, daß sein Schüler von sich aus eine solche Wißbegierde zeigte. Für gewöhnlich bevorzugte Alec eher körperliche Beschäftigungen. »Wenn du Lust hast, können wir rüberreiten und bei der Gelegenheit gleich Nysander besuchen. Wir haben seit Tagen nichts mehr von ihm gehört.«

Schneeregen prasselte auf sie herab, während sie durch die Straßen des Adelsviertels zum Orëska-Haus galoppierten. Sobald sie in die verzauberten Gärten rings um das Gebäude gelangten, verwandelte sich der Schneeregen in ein warmes, sanftes Nieseln.

Seregil schaute zum Himmel empor und fragte sich, ob den Magiern der ewige Sommer, der den Ort umgab, denn nie langweilig wurde.

Als sie auf dem Weg zu Nysander das zweite Zwischengeschoß durchschritten, stieß Alec Seregil an und deutete auf den Fußweg an der gegenüberliegenden Seite der Vorhalle.

»Schau mal«, murmelte er und grinste verhalten.

Als er Alecs Nicken folgte, erblickte Seregil Thero und Ylinestra, die Arm in Arm dahinschlenderten. Während sie die beiden beobachteten, warf Thero den Kopf zurück und ließ ein herzliches, echtes Lachen vernehmen.

»Thero kann lachen?« flüsterte Seregil verblüfft.

Alec sah zu, wie das Paar den Gang hinunter verschwand. »Meinst du, er ist verliebt in sie?«

»Wahrscheinlich ist er das, der arme Tropf. Oder vielleicht hat sie ihn verzaubert.« Er hatte es als Witz über Thero gemeint, aber als Alec plötzlich hochrot anlief, wünschte er, den Scherz für sich behalten zu haben. Weder sprach der Junge jemals über sein eigenes, offenbar verheerendes Stelldichein mit der Zauberin, noch ließ er irgendwelche Anzeichen von Eifersucht erkennen, wenn er Vermutungen über ihre weiteren Liebschaften anstellte, dennoch zeigte er sich höchst empfindlich, was die Umstände jener damaligen Begegnung betraf.

Magyana öffnete auf ihr Klopfen die Turmtür. In ihrem silbrigen Zopf hatten sich ein paar Weidenblätter verfangen, auf dem Kinn prangte ein Fleck feuchter Erde.

»Hallo, ihr beiden!« rief die Zauberin und ließ sie hinein. »Ich habe gerade im Garten ein paar allerliebste Schwertlilienwurzeln ausgegraben und wollte Nysander ein paar bringen, aber er ist nicht hier. Wethis sagt, er sei schon wieder losgezogen, um Leiteus í Marineus zu besuchen.«

Fragend zog Seregil die Augenbrauen hoch. »Den Astrologen?«

»Ja, in den letzten paar Wochen verbringt er ziemlich viel Zeit bei ihm. Anscheinend gibt es da eine Konjunktion, an der beide interessiert sind. Ich habe in meiner Werkstatt einen Zaubertrank auf dem Feuer, deshalb kann ich nicht bleiben, aber ihr könnt gerne reinkommen und auf ihn warten.«

»Nein, wir haben noch etwas anderes zu erledigen, solange wir hier sind. Vielleicht erwischen wir ihn später.«

»Verstehe.« Sie setzte ab und musterte seine Züge auf höchst beunruhigende Weise. »Ihr habt ihn in letzter Zeit nicht gesehen, oder?«

»Seit gut einer Woche nicht mehr«, erwiderte Alec. »Wir waren ziemlich beschäftigt.«

In den Augen der alten Magierin lag etwas, das sehr an Besorgnis erinnerte, obwohl sie dies zu verbergen suchte. »Stimmt irgend etwas nicht?« fragte Seregil.

Magyana seufzte. »Ich weiß nicht recht. Er wirkt auf einmal so völlig ausgebrannt. So erschöpft habe ich ihn seit Jahrzehnten nicht mehr erlebt. Natürlich spricht er mit mir nicht darüber. Hat er euch vielleicht irgend etwas anvertraut?«

»Nein. Wie Alec schon sagte, wir haben ihn seit dem Fest nur ein paar Male wegen einiger kleiner Aufträge getroffen. Vermutlich hängt das mit der Sache mit Leiteus zusammen. Du weißt doch, wie sehr er sich in etwas hineinsteigert, an dem er arbeitet.«

»Das wird's wohl sein«, meinte sie, hörte sich dabei jedoch wenig überzeugt an. »Schaut trotzdem bei ihm vorbei, wenn Ihr Zeit habt.« Abermals zögerte sie. »Nysander und du, ihr seid doch nicht etwa wütend aufeinander, oder?« Unvermittelt blitzte ein Bild in Seregils Gedanken auf: die Nacht, in der sie gemeinsam das Palimpsest entwirrten und Nysander ihn plötzlich mit den Augen eines Fremden anstarrte und warnte – *wenn du auch nur ein Sterbenswörtchen dessen weitergibst, was ich dir gleich offenbare, muß ich euch alle töten.*

Rasch verdrängte er die Erinnerung, ehe sie in seinen Zügen Ausdruck finden konnte. »Nein, natürlich nicht. Weshalb sollte ich wütend auf ihn sein?«

Nachdem sie Nysanders Gemächer verlassen hatten, folgte Alec Seregil durch den Irrgarten der Treppen und Gänge zurück ins Erdgeschoß.

»Die Orëska-Bibliothek ist über das gesamte Gebäude verstreut«, erklärte Seregil im Gehen. »In Zimmern, Kellergewölben, Schränken und wahrscheinlich auch in vergessenen Truhen. Thalonia ist seit einem Jahrhundert Bibliothekarin, aber ich vermute, selbst sie weiß nicht, wo alles zu finden ist. Einige Bücher sind für jedermann zugänglich, andere werden unter Verschluß gehalten.«

»Wieso? Sind sie so wertvoll?« fragte Alec und dachte an die kunstvoll verzierten Schriftrollen, die Nysander ihm geliehen hatte.

»Alle Bücher sind wertvoll. Manche sind gefährlich.«

»Meinst du Bücher mit Zaubersprüchen?«

Seregil grinste. »Die auch, aber ich dachte eher an Bücher, die bestimmte Gedanken enthalten, die weit gefährlicher als jede Magie sein können.«

Nachdem sie die Vorhalle durchquert hatten, schwang Seregil die schwere Tür zum Museum auf. Seit Alecs erstem Besuch während Seregils Krankheit waren sie nicht mehr hier gewesen. Als sie an dem Schaukasten vorbeigingen, der die Hände des Dyrmagnos Tikárie Megraesh enthielt, blieb Alec stehen. Ungeachtet aller Abscheu konnte er sich nicht verkneifen, einen Blick darauf zu werfen. Da er sich noch gut an den Streich erinnerte, den Seregil ihm dabei letztes Mal gespielt hatte, beließ er ein waches Auge auf seinem Freund.

Die verhutzelten Finger präsentierten sich reglos, aber die Eichenbretter, die den Boden des Schaukastens bildeten, wiesen unterhalb der gräßlichen Fingernägel frische Kratzer auf.

»Sehen ziemlich ruhig aus …« setzte er an, doch just da ballte sich eine der Hände krampfhaft zu einer Faust.

»Bei Bilairy, ich hasse diese Dinger!« Schaudernd wich er zurück. »Warum bewegen sie sich? Sollten die Hände und die restlichen Teile des Dyrmagnos nicht allmählich sterben?«

»Ja.« Mit ratlos gerunzelter Stirn schaute Seregil auf die Hände. »Ja, das sollten sie.«

Alec folgte Seregil durch eine stabile Tür an der Rückseite des Museums und zwei Treppenfluchten hinab zu einer Reihe von Korridoren, die sich unterhalb des Gebäudes erstreckten.

»Hier ist es«, verkündete Seregil und blieb vor einer unscheinbaren Tür in der Mitte des Ganges stehen. »Bleib hier, ich suche einen Aufseher, der uns hineinläßt.«

Alec lehnte sich an die Tür und schaute sich um. Die Wände und Böden bestanden aus dicht und plan aneinanderliegenden Steinplatten. In regelmäßigen Abständen steckten Zierlampen in Wandhalterungen und spendeten genug Licht, um von einem Ende des Korridors zum anderen zu sehen. Er überlegte gerade, wessen Aufgabe es wohl sein mochte, all die Lampen am Brennen zu halten, als Seregil mit einem gebückten, alten Mann im Schlepptau zurückkam.

Geräuschvoll öffnete der Aufseher die Tür mit einem riesigen Eisenschlüssel, danach reichte er Alec einen Lederbeutel. Darin befand sich ein halbes Dutzend großer Lichtsteine.

»Kein offenes Feuer«, warnte der alte Mann, bevor er wieder seines Weges schlurfte. »Laßt den Beutel einfach vor der Tür liegen, wenn ihr fertig seid.«

Der Raum erwies sich als groß und umfaßte zahlreiche, dicht an dicht stehende Regale voller Bücher und Schriftrollen.

Alec hielt einen der Steine hoch, sah sich um und stöhnte. »Wir werden Stunden brauchen, um hier drin etwas zu finden!«

»Das ganze ist sehr logisch geordnet und mit kurzen Inhaltsangaben versehen«, versicherte ihm Seregil und deutete auf kleine Kärtchen, die hie und da an die Regale geheftet waren. Auf jedem standen in verblaßter Schrift ein paar Worte, die auf allgemeine Inhaltsbereiche hinwiesen.

Die Abteilung ›Geschichten über den Großen Krieg‹ beanspruchte mehrere Regale am hinteren Ende des Raumes. Nach den makellosen Staubschichten auf den meisten Büchern zu schließen, bestand in letzter Zeit wenig Interesse an dem Thema.

Mißbilligend schnalzte Seregil mit der Zunge. »Die Leute sollten wirklich öfter darin lesen. Die Vergangenheit bildet stets die Bühne für die Zukunft; jeder Aurënfaie weiß das.«

Bestürzt ließ Alec den Blick über die endlosen Reihen wandern. »Der Schöpfer sei gnädig, Seregil. Das kann ich doch nicht alles lesen!«

»Natürlich nicht«, pflichtete Seregil ihm bei und stieg auf eine kleine Leiter, um den Inhalt eines oberen Faches in Augenschein zu nehmen. »Die Hälfte der Bücher ist nicht in deiner Sprache geschrieben, und die meisten anderen sind unsagbar langweilig. Aber es gibt ein oder zwei durchaus lesenswerte, ich kann mich nur nicht mehr erinnern, wo sie waren. Such du die unteren Fächer durch; halt dich für den Anfang an weniger als zwei Zoll dicke Schmöker und vergewissere dich, ob du sie auch lesen kannst.«

Sofern die Anordnung der Bücher ein bestimmtes Schema aufwies, entging es Alec. Bücher in Skalanisch standen unmittelbar neben solchen, die in Aurënfaieisch und einem halben Dutzend anderer Sprachen verfaßt waren, von denen er noch nie gehört hatte.

Seregil hingegen schien sich fast wie zu Hause zu fühlen. Alec beobachtete, wie sein Freund geschäftig mit der Leiter auf und abwanderte und entweder leise vor sich hinmurmelte oder Freude bekundete, wenn er über alte Lieblingsbücher stolperte.

Alec hatte bereits ein paar zumutbar dünne Bände aus dem Regal genommen, als ihm der kunstvoll verzierte Einband eines dickeren ins Auge sprang. Neugierig, ob er Bilder enthielt, zog er ihn heraus. Unglücklicherweise diente der Band als eine Art Schlußstein, denn beiderseits davon kippten Bücher, und der Großteil des Fachinhalts purzelte zu Boden und landete vor Alecs Füßen.

»Oh, gut gemacht!« meinte Seregil kichernd irgendwo hinter den angrenzenden Regalen.

Mit einem Seufzer des Unmuts legte Alec seine Bücher beiseite und begann, die anderen zurückzuschichten. *So sehr* hatte ihn der Große Krieg nun auch wieder nicht interessiert; seine einfache Frage brachte allmählich wesentlich mehr Aufwand mit sich, als die Antwort wert war. Als er jedoch eine Handvoll Bücher zurückstellte, bemerkte er etwas, das hinter den anderen Bänden hervorlugte. Neugierig zog er es heraus und stellte fest, daß es sich um ein dünnes, schlicht gebundenes Buch mit einem Schnappriegel handelte. Da er vor allem den geringen Umfang des Werkes höchst ermutigend fand, versuchte er, ihn zu öffnen, doch der Riegel gab nicht nach.

»Wie kommst du zurecht?« fragte Seregil, der mit einem Buch unter dem Arm zurückkam.

»Ich habe das hier hinter ein paar anderen Schmökern gefunden. Es muß wohl dahintergerutscht sein.« Eine eingehendere Betrachtung ergab, daß es sich in Wirklichkeit eher um eine Art Schatulle handelte. Sie wies keinerlei Beschriftung auf, die den Inhalt erahnen ließ. »Ich kriege das Ding nicht auf.«

Alec rüttelte noch einmal an dem Riegel, dann reichte er Seregil die Schatulle.

Der ließ den Blick darüber streichen und gab sie zurück.

»Da ist kein Schloß, der Riegel ist nur festgerostet. Das Ding muß seit Jahren verschlossen sein. Aber wahrscheinlich ist es ohnehin nichts Interessantes.«

Dann bedachte er Alec mit einem herausfordernden Grinsen, das Alec schon des öfteren gesehen hatte.

»Was denn, hier?« flüsterte er überrascht.

Seregil lehnte sich an ein Regal und zuckte sorglos mit den Schultern. »So ist es ja doch niemandem nütze, oder?«

Nach einem raschen, schuldbewußten Blick durch den Raum, vergewisserte sich Alec, daß der Wärter nicht zurückgekommen war, zog den Dolch mit dem schwarzen Griff aus dem Stiefel und schob ihn unter das Lederband des Riegels, das die gefährlich scharfe Klinge mühelos durchschnitt. Dann steckte er den Dolch zurück, schlug den Deckel der Schatulle behutsam auf und fand darin ein Bündel loser Pergamentblätter. Sie waren ziemlich fleckig und am unteren Rand angesengt, einige sogar halb verbrannt. Jedes Blatt war beidseitig mit kleiner, schmaler Schrift bedeckt.

»*Aura Elustri!*« Aufgeregt grinsend, ergriff Seregil den ersten Bogen. »Das ist Aurënfaieisch. Und es sieht aus wie eine Art Tagebuch ...« Er las ein paar Zeilen. »Und es handelt eindeutig vom Krieg.«

»Das Pergament ist so vergilbt, daß ich kaum etwas erkennen kann«, meinte Alec und betrachtete ein anderes Blatt. »Ganz abgesehen davon, daß mein Aurënfaieisch alles andere als vollkommen ist.«

»Jeder täte sich schwer, das zu entziffern.« Mit zusammengekniffenen Augen starrte Seregil noch ein paar Lidschläge lang auf den dichten Text, dann schloß er die Schatulle wieder und steckte sie unter den Arm zu dem anderen Buch, das er ausgewählt hatte. Er sah die Bücher durch, die Alec herausgenommen hatte, verwarf alle bis auf zwei und scheuchte den Jungen zurück nach oben; offenbar konnte er es kaum erwarten, sich dem Tagebuch zu widmen.

In der Radstraße zogen sie sich mit einem Vorrat an Wein und Obst in Seregils Zimmer zurück. Nachdem sie Feuerholz nachgelegt und angesichts der frühen Abenddämmerung die Lampen angezündet hatten, begannen sie auf dem Teppich vor dem Kamin, die Pergamentbögen in Augenschein zu nehmen.

Seregil ergriff eine Seite und betrachtete sie eingehend. »Weißt du, was das ist?« fragte er und ließ ein Lächeln inbrünstiger Freude aufblitzen. »Das sind Teile eines Feldtagebuchs, das ein aurënfaieischer Soldat während des Krieges geführt hat. Alec, das ist ein Augenzeugenbericht über Ereignisse, die sechs Jahrhunderte zurückliegen! Warte nur, bis Nysander das sieht! Ich wette, niemand weiß, daß es dieses Tagebuch überhaupt gibt, andernfalls wäre es bestimmt in einem anderen Gewölbe aufbewahrt worden.«

Stellenweise waren die Seiten wüst durcheinandergeraten, und es bedurfte einiger Anstrengung, sie zu sortieren. Die eigentliche Übersetzung des Textes aus dem Aurënfaieischen ins Skalanische stellte keine Schwierigkeit dar; als schwierig erwies sich vielmehr, die verschnörkelte und oft verschmierte Schrift überhaupt zu entziffern und gleichzeitig Ordnung in das Durcheinander der Seiten zu bringen. Letztlich fand Seregil den offenbar frühesten Eintrag und lehnte sich auf ein paar Kissen auf dem Boden zurück, um laut vorzulesen.

Bald ließ sich erahnen, daß der Autor ein junger Bogenschütze eines Regiments begüterter Freiwilliger gewesen war, das ein ortsansässiger Adeliger zusammengestellt hatte. Zwar hatte er peinlich genau Buch geführt, aber die Einträge handelten überwiegend von Kampfhandlungen und gefallenen Kameraden. Aus dem Wortlaut ging klar hervor, daß die Aurënfaie ihre plenimaranischen Gegner gehaßt hatten, die immer wieder als grausam und rücksichtslos beschrieben wurden. In mehreren gnadenvoll knapp gehaltenen Abschnitten wurde geschildert, wie barbarisch sie gefangene Soldaten und Marketender behandelten.

Die erste Eintragsfolge endete mit einem genauen Bericht darüber, wie der Autor zum ersten Mal Königin Gërilain von Skala zu Gesicht bekam. Er bezeichnete sie als »ein schlichtes Mädel in Rüstung«, nichtsdestotrotz lobte er ihre Führungsqualitäten in höchsten Tönen. Anscheinend sprach er nur Aurënfaieisch, dennoch zitierte er mehrere Zeilen einer wortgewaltigen Ansprache vor den versammelten Truppen, die sie vor der Dritten Schlacht bei Wyvern Dug gehalten hatte und die ihm jemand übersetzt hatte. Die skalanischen Soldaten beschrieb er bewundernd als »wild und voller Feuer«.

Alec lag ausgestreckt auf dem Boden, beobachtete das Spiel der Schatten an der Decke und ließ die Worte in seiner Vorstellung Bilder malen. Als Seregil über Gërilain las, die erste Kriegerkönigin, ertappte er sich dabei, an Klia zu denken, obschon er sie für alles andere als schlicht hielt.

Der zweite Teil war in Mycena während der Schlachten im Hochsommer verfaßt worden. Zu dem Zeitpunkt hatte sich dem Regiment eine Truppe aurënfaieischer Zauberer angeschlossen. Dieser Schilderung folgte eine fesselnde Zeile über die »Totenbeschwörer des Feindes«, der Rest der Seite jedoch war zerstört worden.

Leise vor sich hin murmelnd, blätterte Seregil die übrigen Bögen durch. »Ah, hier geht's weiter. Ein Teil davon fehlt, aber es beginnt so: ›... und unsere Zauberer wurden an die Front geschickt, vor die Reiterei. Der skalanische Hauptmann stieß erst vor zwei Tagen mit jenen feindlichen Truppen zusammen und kann nicht über sie sprechen, ohne zu erblassen und zu erzittern. Britiel í Kor übersetzte uns seine Worte und meinte, er spräche über Tote, die sich vom Schlachtfeld erhoben, um gegen die Lebenden zu kämpfen.‹«

»Genau wie in den Legenden«, flüsterte Alec vor sich hin und vergaß einen Augenblick, daß es sich um einen Tatsachenbericht und keine Geschichte eines Barden handelte.

»›Mittlerweile haben wir diese Schilderung zu oft gehört, um den skalanischen Hauptmann leichthin als wahnsinnig abzutun‹«, las Seregil weiter. »›Er behauptet, Plenimar hätte einen entsetzlichen Kriegsgott. Wir haben gehört, wie verwundete Feinde *Vatharna* anriefen. Nun erfahren wir, daß dies ihre Bezeichnung für einen Gott ist, dessen Namen selbst sie nicht aussprechen. Ebensowenig die Skalaner; sie sprechen statt dessen voller Haß vom Verzehrer des . . .‹«

Jäh verstummte Seregil.

»Verzehrer des Todes!« beendete Alec den Satz für ihn und rappelte sich auf die Knie. »So heißt es doch, oder? Genau wie in der Prophezeiung am Sakor-Tempel. Wir müssen Nysander finden. Dieser Verzehrer des Todes muß dieser unheilverheißende Totengott sein, von dem du mir erzählt hast, dieser Seri . . .«

Die Seiten stoben in alle Richtungen, als Seregil vorhechtete und eine Hand auf Alecs Mund preßte.

»Nicht!« zischte er mit kalkweißem Gesicht.

Alec verharrte wie versteinert und starrte erschrocken zu ihm auf.

Zittrig stieß Seregil den Atem aus, ließ die Hand auf Alecs Schulter sinken und umklammerte sie fest. »Tut mir leid. Ich wollte dir keine Angst einjagen.«

»Was ist denn los.«

»Sei eine Minute still; ich muß nachdenken.«

Seregil fühlte sich, als hätte sich unvermittelt ein schwarzer Abgrund vor ihnen aufgetan.

Seriamaius.

– wenn du auch nur ein Sterbenswörtchen dessen weitergibst, was ich dir gleich offenbare, muß ich euch alle töten.

– stimm ein in unser Lied, das einzige Lied. Für den Wundersamen, den Verzehrer des Todes –

Einen Augenblick lang war das einzige, das einen Sinn zu ergeben schien, die Berührung von Alecs Schulter, der warme Hauch der Haare des Jungen, als sie über Seregils Hand strichen.

Erinnerungen schossen aus seinem Gedächtnis empor und drohten, sich auf gefährliche Weise in ein Muster zu fügen, das Seregil nicht sehen wollte.

Das Palimpsest, das von einem »Wundersamen« erzählte und zu einer von Toten umgebenen Krone führte. Micums gräßliche Entdeckung im Fen-Gebirge.

Der zerschlissene Lederbeutel, den Nysander verbrannt hatte. Und die Münze, diese trügerisch schlichte Holzscheibe, die ihn um ein Haar getötet hätte, getötet durch Wahnsinn und Träume – Träume von einer kahlen Ebene und einer Gestalt mit goldener Haut, die ihn umklammert und ein einzelnes blaues Auge von ihm fordert, das aus einer Wunde über Seregils Herz blinzelt. Stimmen singen – sie hallen über die kahle Ebene und durch die Tiefen einer Gebirgshöhle, während Blut auf dem Eis eine Lache bildet. Nysanders Drohung – eine Warnung?

»Seregil, das tut weh.«

Alecs leise, angespannte Stimme holte ihn in die Wirklichkeit zurück; er ertappte sich dabei, die Schulter des Jungen krampfhaft zu drücken. Hastig ließ er los und lehnte sich zurück.

Alecs kalte Finger schlossen sich um die seinen. »Was hast du? Du siehst aus, als wärst du gerade deinem eigenen Geist begegnet.«

Ein Schmerz der Verzweiflung versetzte Seregil einen Stich, als er in jene dunkelblauen Augen hinabblickte.

wenn du auch nur ein Sterbenswörtchen weitergibst

Verflucht sollst du sein, Nysander!

»Ich kann dir nichts sagen, *talí*, weil ich ja doch lügen müßte«, erwiderte er und fühlte sich plötzlich unsagbar niedergeschlagen. »Ich muß nun etwas tun, und du wirst dabei zusehen und kein Wort dazu sagen.«

Seregil ergriff die letzte Seite des Tagebuches, knüllte sie zu einem festen Ball und warf sie ins Feuer.

Alec wippte auf den Fußballen vor und zurück und beobachtete schweigend und bestürzt, wie das Pergament in Flammen aufging. Nachdem es verbrannt war, stocherte Seregil die Asche mit dem Schürhaken zu Staub.

»Aber was ist mit Nysander?« fragte Alec. »Was wirst du ihm sagen?«

»Gar nichts, und du auch nicht.«

»Aber ...«

»Wir hintergehen ihn nicht.« Seregil packte Alec – diesmal sanfter – an den Schultern und zog ihn dicht vor sich. »Meinen Eid darauf. Ich glaube, er weiß bereits, was wir gerade erfahren haben, aber er kann nicht wissen, daß auch du es weißt. Du darfst erst darüber reden, wenn ich dir sage, daß keine Gefahr mehr besteht. Verstanden?«

»Noch mehr Geheimnisse«, meinte Alec, wobei er ernst und unglücklich wirkte.

»Ja, noch mehr Geheimnisse. In diesem Fall brauche ich deinen Schwur. Kannst du ihn ablegen?«

Eine lange Weile starrte Alec an Seregil vorbei ins Feuer, dann schaute er ihm in die Augen und antwortete in stockendem Aurënfaieisch: »*Rei phöril tös tókun meh brithir, vri sh'ruit'ya.*«

Schleuderst du mir auch den Dolch in die Augen, zucken werde ich nicht. Ein feierlicher Eid, den auch Seregil ihm vor einiger Zeit geschworen hatte.

Nun stieß Seregil ein kurzes, erleichtertes Lachen aus. »Danke. Wenn du nichts dagegen hast, lege ich mich jetzt ein bißchen hin. Du könntest ja inzwischen die Bücher durchschmökern, die wir gefunden haben.«

Wortlos erhob sich Alec zum Gehen. An der Tür aber hielt er inne und schaute zurück zu Seregil, der immer noch am Feuer saß.

»Was bedeutet *talí*? Ist das Aurënfaieisch?«

»*Talí*?« Ein Abklatsch des alten Grinsens spielte um einen von Seregils Mundwinkel. »Ja, es ist ein aurënfaieisches Kosewort, ziemlich altmodisch, etwa wie ›Liebster‹. Wo hast du es denn gehört?«

»Ich dachte ...« Alec betrachtete seinen Freund mit fragendem Blick, dann schüttelte er den Kopf. »Keine Ahnung. Wahrscheinlich bei einem der Salons. Schlaf gut, Seregil.«

»Du auch.« Nachdem Alec gegangen war, trat Seregil ans Fenster, lehnte die Stirn gegen die kalte Scheibe und starrte hinab in den dunklen Garten.

Stein in Eis. Geheimnisse in Geheimnissen. Schweigen in noch größerem Schweigen.

In all der Zeit, die er Nysander bereits kannte, hatte er sich ihm noch nie so fremd gefühlt. Oder so allein.

Einige Tage verstrichen, bevor Alec endgültig klar wurde, daß über die Angelegenheit kein Wort mehr verloren werden würde, was ihn, ungeachtet seines Eids, zutiefst beunruhigte. Das Schweigen gegenüber dem Magier schien eine kleine, frostige Kluft in eine bisher durch und durch herzliche und ungetrübte Beziehung zu reißen. Zum ersten Mal seit Monaten ertappte er sich dabei, an Seregils Treue zu zweifeln.

Sosehr er sich auch bemühte, derlei Gedanken aus dem Kopf zu verbannen, sie nagten unaufhörlich an ihm, bis er letztlich damit herausrückte, als sie eines Abends durch das Adelsviertel spazierten.

Er hatte befürchtet, Seregil würde der Frage ausweichen oder ihm zürnen.

Statt dessen schien er diesen Wortwechsel geradezu erwartet zu haben.

»Treue, wie? Das ist eine schwierige Frage für ein vernunftbegabtes Wesen. Wenn du wissen willst, ob ich Nysander immer noch treu ergeben bin, dann lautet die Antwort ja, und zwar solange ich Vertrauen in seine Ehre habe. Dasselbe gilt für jeden meiner Freunde.«

»Aber vertraust du ihm denn auch noch?« hakte Alec nach.

»Das tue ich, obwohl er es mir in letzter Zeit nicht leicht macht. Du bist viel zu schlau, um zu übersehen, daß unausgesprochene Dinge zwischen ihm und mir hängen. Ich gebe mir Mühe, mich in dieser Hinsicht in Geduld zu üben, und dasselbe mußt du auch tun.

Aber vielleicht ist es gar nicht das, worum es hier geht. Verlierst du das Vertrauen in mich?«

»Nein!« rief Alec hastig aus und wußte im selben Augenblick, daß er die Wahrheit sprach. »Ich versuche nur, dich zu verstehen.«

»Tja, wie gesagt, Treue ist ein schwieriges Kapitel. Würdest du beispielsweise meinen, daß du, Nysander und ich Königin Idrilain treu ergeben sind und stets zum Wohle Skalas handeln?«

»So habe ich es immer betrachtet.«

»Aber was, wenn die Königin uns auftragen würde,

Micum zum Wohle Skalas Schaden zuzufügen? Sollte ich dann ihr oder ihm die Treue halten?«

»Micum«, antwortete Alec ohne zu zögern.

»Und was, wenn Micum ohne unser Wissen Verrat an Skala begangen hätte? Was dann?«

»Das ist doch lächerlich!« schnaubte Alec. »So etwas würde er niemals tun.«

»Die Menschen stecken voller Überraschungen, Alec. Und vielleicht hätte er es ja auch aus Treue zu jemand anderem, sagen wir seiner Familie getan. Er hätte seiner Familie die Treue gehalten und dafür die Königin verraten. Wer zählt mehr?«

»Seine Familie«, erwiderte Alec, obwohl er allmählich die ersten Anzeichen von Verwirrung zu verspüren glaubte.

»Sicher. Jeder Mann sollte seine Familie über alles andere stellen. Aber was, wenn sein gerechtfertigter Verrat Hunderte andere Familien das Leben gekostet hätte? Und was, wenn einige der Getöteten ebenfalls Freunde von uns gewesen wären – Myrhini, Cilla, Thero. Na ja, vielleicht nicht unbedingt Thero ...«

»Ich weiß es nicht!« Unbehaglich zuckte Alec mit den Schultern. »Ich kann mir keine Meinung bilden, ohne die Einzelheiten zu kennen. Ich nehme an, ich würde ihm einfach vertrauen, bis ich mehr wüßte. Vielleicht hatte er ja keine andere Wahl.«

Gestreng hob Seregil den Zeigefinger. »Man hat immer eine Wahl. Glaub bloß nicht, das wäre jemals anders. Was man auch tut, es bedarf einer Entscheidung, und man muß die Verantwortung dafür übernehmen. So wird aus Ehre mehr als nur ein leeres Wort.«

»Trotzdem müßte ich erst wissen, weshalb er es getan hat«, beharrte Alec stur.

»Das ist auch gut so. Aber nimm mal an, du kämst dahinter, daß er dein Vertrauen trotz seiner freundlichen Art mißbraucht hätte. Würdest du ihn jagen und töten, wie es das Gesetz verlangt?«

»Wie könnte ich?«

»Es wäre gewiß schwierig. Freundschaftsbande aus

früheren Tagen haben nun mal Gewicht. Aber sagen wir, du wüßtest mit Sicherheit, daß ihn jemand anders schnappen würde – die Offiziere der Königin zum Beispiel – und daß sie ihn auf langsame und grausame Weise töten würden. Wäre es dann nicht deine Pflicht als sein Freund und als Mann von Ehre, dafür zu sorgen, daß ihn ein schneller, gnadenvoller Tod ereilt? So betrachtet, wäre es wohl der stärkste Beweis deiner Freundschaft zu Micum Cavish, ihn zu töten.«

Alec starrte Seregil mit leicht offenem Mund an. »Wie, um alles in der Welt, sind wir darauf gekommen, Micum zu töten?«

Seregil zuckte mit den Schultern. »Du wolltest etwas über Treue wissen. Ich habe dir doch gesagt, das ist keine einfache Sache.«

11

Nysander allein

In letzter Zeit bewegten sich die Hände öfter.

Als Nysander durch die dicke Kristallschicht, die den Deckel des Schaukastens bildete, auf sie hinabstarrte, sorgte der Lichteinfall dafür, daß sein Spiegelbild über den gespreizten Händen schwebte, wodurch der Eindruck entstand, sein Kopf läge in dem Kasten und würde von den verschrumpelten Klauen des toten Geisterbeschwörers umklammert. Das Gesicht, das er sah, war ein ausgesprochen altes, von Erschöpfung gezeichnetes. Während er hinabschaute, ballten sich die Hände langsam zu Fäusten, so fest, daß die Haut über einem Knöchel aufplatzte und der braune Knochen darunter zum Vorschein kam.

Während Nysander mißmutig durch das menschenleere Museum weiterstapfte, erwartete er fast, gleich wieder die Stimme aus seinen Alpträumen zu hören, die ihre höhnische Herausforderung aus den Tiefen der Erde durch den Boden heraufbrüllte. Seit Seregils Rückkehr aus den Ashek-Bergen suchten ihn diese Träume immer öfter heim.

Nysander zauberte einen Lichtkreis herbei, öffnete die Tür am hinteren Ende der Museumshalle und begann den langen Abstieg durch die Gewölbe.

Hier hatte er Magyana in den Tagen ihrer Jugend umworben. Auch nachdem sie starrsinnig darauf beharrte, das Eheverbot einzuhalten, führten sie weiterhin lange und angeregte Unterhaltungen, während sie diese engen Steinkorridore entlangschlenderten. Seregil hatte sie im Laufe seiner unglücklichen Laufbahn als Zauberlehrling häufig begleitet, Tausende Fragen gestellt und seine Nase in alles und jedes hineingesteckt.

Gelegentlich kam Thero mit, wenngleich zunehmend seltener. Ob Ylinestra ihn wohl hier herunter verschleppte, um sich mit ihm zu lieben, überlegte Nysander, so wie sie es früher mit ihm getan hatte? Bei allen Vieren, ihre heiße Leidenschaft hatte sogar die Steine zum Dampfen gebracht!

Gedankenverloren schüttelte er den Kopf, als er sich Ylinestra mit Thero vorstellte; ein SONNENVOGEL mit einer Krähe vereint.

Er hatte der Zauberin nie ganz über den Weg getraut. So begabt Ylinestra gleichermaßen in der Liebe und der Magie sein mochte, hinter ihrem Lächeln lauerte Gier. In dieser Hinsicht ähnelte sie Thero, doch Thero war an das Gesetz der Orëska gebunden; sie hingegen nicht.

Der Umstand, daß sie aus seinem Bett unmittelbar in Theros gesprungen war, beunruhigte Nysander in einer Weise, die nichts mit früheren Gefühlen zu tun hatte, wenngleich er außerstande gewesen war, dies Thero glaubhaft zu machen. Nach zwei peinlichen, unerfreulichen Versuchen hatte Nysander die Angelegenheit fallengelassen.

Andere Magier hätten ihre Lehrlinge aufgrund solcher Vorkommnisse vielleicht entlassen, das wußte er; doch ungeachtet der wachsenden Unstimmigkeiten zwischen ihnen empfand Nysander nach wie vor größte Achtung gegenüber Thero und weigerte sich, den jungen Mann aufzugeben.

Und zum wiederholten Male gestand er sich in der Stille der Kellergewölbe ein, daß diese Achtung mit der Angst einherging, viele seiner Orëska-Kollegen würden Thero mit offenen Armen aufnehmen, sollte er ihn ziehen lassen. So manch einer beschrieb mit harschen Worten, wie Nysander mit dem begabten jungen Zauberer umsprang und vertrat die Meinung, der eigenbrödlerische Greis aus dem Ostturm verschwende Theros Talent nur. Schließlich hatte er bereits einen Lehrling verschlissen. Kein Wunder, daß Thero unzufrieden wirkte.

Aber Nysander kannte seinen Schützling besser als sie alle und glaubte mit jeder Faser seines Körpers, daß der junge Hexer sich letzten Endes selbst zerstören würde, ließe man ihm bereits jetzt seinen Kopf. Oh, selbstverständlich würde er sein Handwerk erlernen, und wahrscheinlich in kaum der Hälfte der Zeit, die andere benötigten. Das stellte einen Teil des Problems dar. Thero war ein so vortrefflicher Schüler, daß die meisten Lehrer ihm freudig all ihre Kenntnisse einflößen und ihn flugs durch die verschiedenen Ebenen zu wahrer Macht hinführen würden.

Doch es bedurfte mehr als bloß eines scharfen Verstandes und vollkommener Fähigkeiten, um einen so mächtigen Zauberer zu verkörpern, wie Thero zweifellos einer werden würde. Ohne Weisheit, Geduld und ein mitfühlendes Herz konnte derselbe scharfe Verstand unaussprechliche Verwüstung anrichten. Deshalb behielt er Thero bei sich, ständig in der Hoffnung, ihn zu verändern, ständig in der Angst, ihn zu verlieren.

Es gab Augenblicke, wie in jener Nacht, als er Thero dabei überraschte, wie er sich um Seregils Verletzungen nach dessen Mißgeschick in den Abwasserkanälen kümmerte, da sah Nysander einen Hoffnungsschimmer – Anzeichen dafür, daß Thero vielleicht doch noch verstehen würde, was Nysander neben dem bloßen Erlernen von Magie von ihm verlangte.

Als er die Tür zum untersten Gewölbe erreichte, schüttelte er die trübsinnigen Gedanken mühsam ab und hastete weiter.

Nur wenige Menschen hatten einen Grund, dieses unterste Gewölbe aufzusuchen, das den Orëska seit ewigen Zeiten als Speicher für Vergessenes, Nutzloses und Gefährliches diente. Nun standen viele der Lagerräume leer oder waren vollgestopft mit schimmligen Kisten. Andere Türen präsentierten sich zugemauert und gesäumt von Beschwörungen in Runenschrift und Warnungen. Während Nysander weiterging und die feuchten Bodenziegel den Widerhall seiner Schritte dämpften, vernahm er den vollen, hohen Klang der Schale, den nur Menschen hörten, denen man beigebracht hatte, auf ihn zu lauschen. Das Geräusch wirkte wesentlich lauter als es einst gewesen war.

Die hölzerne Scheibe hatte wenig verändert; ohne die übrigen sieben, von denen Nysander wußte, daß sie irgendwo auf der Welt existierten, war ihre Macht unvollständig. Mit der Kristallkrone hingegen verhielt es sich anders. Seit er sie hier abgelegt hatte, war der Klang der Schale zunehmend stärker geworden, und damit auch Nysanders Alpträume.

Und die Bewegungen der Hände des Totenbeschwörers im Museum.

Wie Seregil nur mit Hilfe seiner inneren magischen Sperre den Einfluß der Scheibe überlebt hatte, war Nysander nach wie vor ein Rätsel. Ebenso schleierhaft war Nysander, weshalb seine sorgfältig vorbereiteten Zaubersprüche und -formeln Seregil nur so wenig Schutz vor der Wirkung der Krone geboten hatten. Im ersten Fall hätte er eigentlich umkommen, im zweiten Fall rundum geschützt sein müssen, statt dessen hatte er beide Male Verletzungen davongetragen, aber überlebt.

All das, in Verbindung mit den Worten, die Illiors Orakel zu Seregil gesprochen hatte, ließ in Nysander die unangenehme Überzeugung keimen, daß hier wesentlich mehr als bloßer Zufall am Werk sein mußte.

Er hielt inne und stand wie schon sooft vor jenem vertrauten Mauerabschnitt. Rasch vergewisserte er sich ein letztes Mal, daß keine Augen, natürlicher oder übernatürlicher Art, auf ihn gerichtet waren, dann sprach er einen mächtigen Schlüsselzauber und sandte durch die Steinwand und den Beschwörungsschutzschild einen magischen Blick in den kleinen, dahinter verborgenen Raum.

Eingekerkert in Jahrhunderte währende Dunkelheit, stand die Schale auf dem einzigen Regal der winzigen Kammer. Für Uneingeweihte stellte sie lediglich ein grob gearbeitetes Gefäß aus gebranntem Lehm dar, in jeder Hinsicht unscheinbar. Dennoch hatte dieser schlichte Gegenstand Nysanders gesamtes Erwachsenendasein sowie jenes dreier Magier vor ihm beherrscht.

Die Hüter.

Auf einer Seite neben der Schale lag die Kristallkassette, in der sich die Scheibe befand; auf der anderen die niedrige, immer noch mit der Asche dravnischer Kochfeuer verschmierte Holzschatulle mit der Krone darin.

Allein aus Neugier sprach Nysander den Durchgangszauber und betrat die Kammer.

Trotz aller Schutz- und Unterdrückungszauber knisterte rings um ihn unheilverkündend Magie. Er holte einen Lichtstein aus der Tasche, hielt ihn hoch, betrachtete eine Weile mit ernster Miene die Schale und dachte abermals an seine Vorgänger. Keiner von ihnen, nicht einmal Arkoniel, hätte je zu träumen gewagt, dem Inhalt dieser verborgenen und strengst gehüteten Kammer etwas hinzuzufügen. Ihm war es gleich zweimal gelungen, und das gemeinsame Lied der Gegenstände glich einer pulsierenden, lebendigen Kraft.

Seine Hände wanderten zu den Behältnissen beiderseits der Schale. *Wie würde das Lied wohl klingen, wenn ich die beiden Kästchen öffnete und nur diese drei Bruchstücke ohne den Rest vereinigte? Was ließe sich aus einem solchen Versuch erfahren?*

Sein rechter Daumen legte sich auf den Verschluß der Holzschatulle, rieb zögernd daran und …

Nysander zuckte zurück, zeichnete ein Schutzzeichen

in die Luft und verschwand auf dem Weg, den er gekommen war. Draußen im Korridor knipste er den Durchgangszauber aus und sank an der gegenüberliegenden Wand zusammen, während sein Herz bedrohlich heftig in der Brust pochte.

Wenn schon drei Bruchstücke des Ganzen derartige Gedanken in seinen Verstand pflanzten, dann mußte er um so wachsamer sein.

In deinen Verstand gepflanzt, alter Mann? rügte ihn eine nörglerische, innere Stimme. *Oder dort enthüllt? Wie oft hat dich Arkoniel davor gewarnt, daß Versuchung nur der dunkle Spiegel deiner Seele sei?*

Unvermeidlich folgte auf die Erinnerung Bedauern. Arkoniel hatte ihn gut und früh in die Verantwortung der Hüter eingeführt und sich selbst somit gestattet, die Last des Geheimnisses zu teilen, das sie bewahrten. Mit wem teilte er es?

Mit niemandem.

Seregil hätte er vertrauen können, aber ihm fehlte die Magie. Thero besaß die Magie, ihm jedoch fehlte – was?

Demut, beschloß Nysander traurig. Demut, um die Macht angemessen zu fürchten, die in dieser winzigen, mit Silber ausgekleideten Kammer schlummerte. Je augenscheinlicher Theros Fähigkeiten im Lauf der Jahre seiner Lehrzeit zutage traten, desto überzeugter war Nysander, daß Versuchung den jungen Mann dereinst in den Untergang stürzen würde. Versuchung und Stolz.

Mit einem Schlag fühlte sich Nysander wesentlich älter als seine zweihundertneunundachtzig Jahre. Er drückte eine Hand auf die Mauer und verstärkte die Schutzbeschwörungen, veränderte und polsterte sie, um zu verbergen, was verborgen bleiben mußte. Einst hatte er gedacht, er würde diese Aufgabe weitergeben, so wie sein Meister sie an ihn weitergegeben hatte. Im Augenblick empfand er dies als keineswegs gewiß.

12
Bekas Aufbruch

Eines strahlenden Nachmittags gegen Mitte des Dostin saßen Seregil und Alec müßig über einem späten Mittagessen, als Runcer mit einem zerlumpten, jungen Mädchen im Schlepptau den Raum betrat. Erwartungsvoll schaute Seregil auf, da er auf den ersten Blick erkannte, daß es sich um jemanden handelte, der sich sein Leben als Überbringer von Nachrichten verdingte.

»Beka Cavish läßt ausrichten, daß die Reiterei der Königin morgen früh bei Sonnenaufgang aufbricht«, leierte das Mädchen tonlos herunter.

»Danke.« Seregil gab der jungen Frau eine Mark und schob ihr einen Teller mit Süßigkeiten hin. Grinsend ergriff sie eine Handvoll und ließ sie in den Falten ihres abgetragenen Rockes verschwinden.

»Überbring Hauptfrau Myrhini von der Reiterei der Königin folgende Nachricht«, trug Seregil dem Mädchen auf. »Als Beka Cavishs Förderer empfinde ich es als Gebot der Ehre, ihr einen angemessenen Abschied zu bereiten. Die Hauptfrau wird ersucht, daran teilzunehmen und für Ordnung zu sorgen. Sie kann mitbringen, wen auch immer sie will, solange sie Beka und ihren Reitern eine dienstfreie Nacht gewährt. Alles verstanden?«

Voller Stolz wiederholte das Mädchen Wort für Wort.

»Braves Mädel. Los jetzt.« Als Seregil sich wieder Alec zuwandte, stellte er fest, daß sein junger Freund besorgt die Stirn runzelte.

»Du hast doch gesagt, vor dem Frühling würde sich gar nichts tun,« meinte Alec.

»In Sachen Krieg? Wird sich auch nichts tun«, gab Seregil zurück, der selbst etwas überrascht von den Neuigkeiten wirkte. »Die Königin muß wohl Grund zu der Annahme haben, daß die Plenimaraner beabsichtigen, sich zu Beginn des Frühjahrs zu rühren. Deshalb will sie für den Ernstfall Truppen in Grenznähe haben.«

»Jetzt bleibt uns nicht einmal mehr Zeit, um Micum und Kari zu benachrichtigen.«

»Verflucht! Das habe ich ja völlig vergessen.« Seregil trommelte eine Weile mit den Fingern auf die polierte Tischplatte. »Na ja. Wir reiten morgen zu ihm raus und erzählen ihm die Einzelheiten. Vorerst müssen wir eine Feier vorbereiten.«

Bald trudelte durch dieselbe Botin die Antwort ein, daß Hauptfrau Myrhini Leutnant Cavish und ihren Reitern den Abend freigeben würde, vorausgesetzt das Angebot umfaßte genug zu essen und zu trinken. Zu dem Zeitpunkt hatte sich Seregil bereits mit einer für Alec erstaunlichen Hingabe den Vorbereitungen gewidmet.

Binnen weniger Stunden wurden zusätzliche Bedienstete angeworben; eine Gruppe heiserer Musiker mit ihren Fiedeln, Pfeifen und Trommeln wurde auf der Galerie postiert, und der Koch und seine Mannschaft verwandelten einen steten Strom Warenlieferungen vom Markt in ein Festmahl.

Indes wurde aus dem Salon alles Zerbrechliche entfernt. Drei lange Tische auf Böcken wurden aufgestellt, ebenso riesige Fässer voll Bier und Wein auf verstrebten Gestellen am Eingang des Saales.

Beka und ihre Turma bogen bei Sonnenuntergang in die Radstraße. Sie boten einen eindrucksvollen Anblick in ihren makellos weißen Hosen und den grünen Wappenröcken, auf die das Regimentsemblem aufgenäht war.

Tatsächlich wirkten sie sogar etwas einschüchternd, fand Alec, der neben Seregil an der Eingangstür stand, um sie zu begrüßen. Er hatte Beka schon immer ein wenig darum beneidet, Teil einer solchen Elitetruppe zu sein. Die Vorstellung, umgeben von Kameraden in einen offenen Krieg zu ziehen, hatte etwas Romantisches an sich.

»Willkommen!« rief Seregil.

Beka stieg ab und schritt die Stufen zur Tür hinauf, wobei ihre Augen fast so strahlend leuchteten wie der polierte Leutnantharnischkragen um ihren Hals.

»Ihr bereitet uns eine große Ehre, meine Herren«, sprach sie laut vernehmlich und zwinkerte den beiden zu.

Seregil verneigte sich leicht, dann ließ er den Blick über die Menge der Reiter schweifen, die sich hinter ihr versammelte. »Du bringst aber einen recht derb aussehenden Haufen mit. Meinst du, die können sich benehmen?«

»Nie im Leben«, erwiderte Beka schlagfertig.

Seregil grinste. »Na gut, dann kommt alle rein.«

Alecs Ehrfurcht verblaßte ein wenig, als die Männer und Frauen aus Bekas Truppe an ihm vorüber in den bemalten Salon marschierten. Bislang hat er sie nur aus der Entfernung auf dem Übungsplatz gesehen – schneidige Gestalten, die in einem Scheingefecht übereinander herfielen. Nun aber erkannte er, daß die meisten von ihnen kaum älter als er waren. Einige gebärdeten sich wie besitzlose Zweitgeborene oder schienen Sprößlinge von Händlern zu sein; andere – diejenigen, die mit offenen Mündern den prunkvollen Saal bestaunten – stammten aus bescheideneren Familien und hatten ihren Platz einzig durch ihr Können und um den Preis eines Pferdes und ihrer Waffen erworben.

»Ich möchte euch meine Feldwebel vorstellen«, sagte Beka. »Mercalle, Braknil und Portus.«

Alec schüttelte den Dreien die Hände und nahm an, daß die meisten von ihnen sich von ganz unten hochgearbeitet hatten. Feldwebel Mercalle war groß und dunkelhäutig. Außerdem fehlten ihr die beiden letzten Finger der rechten Hand, eine unter Kriegern häufige Verletzung. Neben ihr stand Braknil, ein stämmiger, ernst wirkender Mann mit buschigem, blondem Bart und wettergegerbter Haut. Der dritte, Portus, war jünger als seine Gefährten und verhielt sich wie ein Adeliger. Alec fragte sich, aus welchen Verhältnissen er wohl stammte;

laut Beka galt als höchstwahrscheinlich, daß er über kurz oder lang ein ranghoher Offizier würde.

Auch Seregil schüttelte ihnen die Hände. »Ich will euren Leutnant jetzt nicht bloßstellen, indem ich euch verrate, wie lange ich sie schon kenne, aber ich kann euch sagen, daß sie von einigen der besten Schwertkämpfer ausgebildet wurde, die ich kenne.«

»Das glaube ich sofort, Herr«, erwiderte Braknil. »Deshalb habe ich auch darum ersucht, unter ihr dienen zu dürfen.«

Beka grinste. »Feldwebel Braknil ist zu taktvoll, um damit anzugeben, aber er war einer der Feldwebel, die mit der Ausbildung der Patentträger beauftragt waren, als ich zur Armee stieß. Anfangs habe ich von ihm Befehle entgegengenommen.«

»Ein Titel mag wohl dafür bürgen, daß jemand ein Offizierspatent erhält, aber er bürgt nicht für die Fähigkeiten eines Offiziers«, warf Mercalle recht mürrisch ein. »Insbesondere, wenn sie sich noch in keinem echten Krieg behaupten mußten, der früher oder später immer die Spreu vom Weizen trennt. Ich habe unter den Neuen so manchen Träger eines Harnischkragens gesehen, der den Hochsommer nicht erleben wird.«

»Mercalle sieht immer alles so rosig«, kicherte Portus, und Alec hörte aus den knappen Worten des Mannes die Reste des Akzents der Unterstadt.

»Ihr werdet aber schon ziemlich früh nach Norden geschickt«, meinte er geradeheraus.

»In Plenimar rumort es bereits«, erklärte Beka. »Sowohl Königin Idrilain als auch die Regenten von Mycena wollten Truppen nahe der Westgrenze von Plenimar haben, bevor sich die Straßen nächsten Monat durch das Tauwetter in Schlammpfade verwandeln. Sie machen auch kein großes Geheimnis daraus. Das Sakor-Reitereiregiment und eine Schwadron der Yrkani-Reiterei sind schon unterwegs nach Nanta. Wir ziehen weiter in den Osten.«

»›Als erste rein, als letzte raus‹«, verkündete Portus stolz. »Das ist schon seit Gërilains Tagen unser Motto.«

»Die Reiterei der Königin ist aus einer Scheintruppe hervorgegangen, die König Thelátimos seiner Tochter zur Verfügung stellte, nachdem das Orakel vorhergesagt hatte, daß eine Frau das Land regieren würde«, erklärte Seregil. »Sie hat alle überrascht, indem sie ihre Soldaten erfolgreich in die Schlacht führte.«

Braknil nickte. »Einer meiner Ahnen hat unter Gërilain gekämpft, und seither hat immer zumindest ein Mitglied meiner Familie in der Reiterei gedient.«

Runcer verkündete feierlich an seinem Posten neben der Tür: »Hauptfrau Myrhini und Kommandant Perris, von der Reiterei der Königin.«

Myrhini trat ein, begleitet von einem gutaussehenden, uniformierten Mann, den Alec auf den Exerzierplätzen gesehen hatte. Sofort nahmen Beka und ihre Reiter Haltung an.

Myrhini stellte ihren Gefährten als Kommandant Perris vor, der eine der anderen Schwadronen des Regiments befehligte, dann schaute sie sich mit finsterer Miene um. »Was denn, noch niemand betrunken? Leutnant Beka, rechtfertigt Euch!«

»Ich kümmere mich auf der Stelle darum, Hauptfrau!« gab Beka zurück und errötete ein wenig.

Seregil legte ihr die Hand auf den Arm. »Ich habe mir gedacht, einige Eurer Soldaten könnten vielleicht Hemmungen haben, miteinander zu tanzen, deshalb habe ich mir die Freiheit genommen, ein paar weitere Gäste einzuladen, um die Feier in Schwung zu bringen.«

Auf einen Wink hin stimmten die Musiker einen feierlichen Tusch an, und ein ganzer Schwung prunkvoll gekleideter Männer und Frauen kam aus dem Eßzimmer und schwärmte aus, um sich unter den Soldaten Partner zu suchen.

»Wer sind diese Gäste?« fragte Beka, deren Augen sich überrascht weiteten.

Seregil tauschte einen belustigten Blick mit Alec. »Oh, nur ein paar meiner Freunde aus der Lichterstraße, die der Meinung sind, das beste Regiment der Königin verdiene nur das Beste.«

Myrhini mußte ein Lächeln unterdrücken; Bekas Augen weiteten sich noch mehr, als sie die Bedeutung der farbigen Abzeichen begriff, die jeder der eleganten »Gäste« unauffällig an der Kleidung oder im Haar trug – weiß, grün, rosa oder gelb.

Alec beugte sich zu Beka. »So weit ich weiß, wirst du dich am ehesten an Gelb halten.«

»Soweit ich weiß, Sir Alec, werde ich mich am ehesten an dich halten«, erwiderte Beka und schlang den Arm durch den seinen. »Komm und zeig einer Soldatin, was Spaß bedeutet, ja?«

»Ihr seid ein großzügiger Gastgeber«, bemerkte Kommandant Perris erheitert. »Habt Ihr etwas dagegen, wenn ich mich unters Volk mische? Ich sehe da ein, zwei bekannte Gesichter.«

»Nur zu«, meinte Seregil lächelnd.

Myrhini folgte Seregil an den Tisch und ließ sich einen Becher Wein reichen. »Ein bißchen Ausgelassenheit ist genau, was sie jetzt brauchen«, sagte sie, während sie den wuselnden Haufen mit unverhohlener Zuneigung beobachtete. »Von jetzt an bis zum Frühling gibt es für sie nur noch kalte Lager und lange Ritte.«

»Und danach?« erkundigte sich Seregil.

Myrhini musterte ihn über den Becherrand hinweg, dann seufzte sie. »Und danach wird es noch schlimmer. Aller Wahrscheinlichkeit nach viel schlimmer.«

»Ist dieser Haufen dafür bereit?«

»So bereit, wie grüne Neulinge sein können. Einige von ihnen zählen zu den Besten, darunter auch Beka. Ich hoffe nur, sie bleiben lange genug am Leben, um gestählt zu werden. Und das geschieht nur durch Kampferfahrung.«

Gegen Mitternacht war Alec betrunkener als je zuvor in seinem Leben und kannte sämtliche Reiter und Kurtisanen nicht nur beim Namen, sondern hatte auch mit den meisten getanzt. Gerade hatte er torkelnd einen Reel mit einer blauäugigen, beschwipsten, verliebten Reiterin namens Ariani beendet, als ihn Unteroffizier Kallas und sein Zwillingsbruder Aulos packten und auf einen der Tische hievten.

»Der Leutnant behauptet, du wärst ein Glückskind«, grölte Kallas, zog seinen Wappenrock aus und reichte ihn Alec hinauf. »Deshalb machen wir dich zu unserem Maskottchen, Alec, mein junger Freund.«

Alec streifte die Uniform über und vollführte eine übertriebene Verbeugung vor der versammelten Runde. »Ich bin geehrt!«

»Du bist betrunken!« schrie jemand zurück.

Alec ließ sich den Zuruf durch den Kopf gehen, dann nickte er bedächtig. »Das auch, aber wie uns schon der Schöpfer lehrte, verbirgt sich in den Tiefen des Bechers die Hintertür zur Erleuchtung – na, so ähnlich jedenfalls.« Er ergriff eine halbvolle Weinflasche und schwenkte sie über ihre Köpfe hinweg. »Und je betrunkener ich werde, desto tapferer und bewundernswerter erscheint ihr mir!«

»Ein Prophet des Weins!« rief Kallas aus und breitete in einer Geste gespielter Ehrfurcht die Arme aus. »Gib mir deinen Segen, o bartloser Weiser!«

Gefällig schüttete Alec ein paar Tropfen Wein auf das emporgewandte Antlitz des Mannes. »Langes Leben und ein hohles Bein, mein Sohn.«

Lachend und jubelnd scharte sich der Rest der Reiter um ihn, um seinen Segen in Empfang zu nehmen. Alec fiel auf, daß bereits ziemlich viele Soldaten fehlten, ebenso die meisten Kurtisanen.

Nacheinander bedachte er die Bittsteller großzügig mit Weinspritzern, bis die letzte, Beka, an die Reihe kam. Ihr sommersprossiges Gesicht war gerötet vom Wein und vom Tanzen; ihre wilde, rote Mähne war aus dem Zopf ausgebrochen und wallte in unordentlichen Büscheln rings um den Kopf. Sie war genauso betrunken und glücklich wie die anderen.

Als sie jedoch erwartungsvoll zu ihm heraufgrinste,

spürte Alec, wie eine kurze, ernüchternde Kälte sein Herz umschlang. Seine Freundin, die für ihn fast wie eine Schwester war, zog in den Krieg.

»Komm schon, Maskottchen, du wirst doch wohl noch ein bißchen Glück für mich übrighaben, oder?« fragte sie.

Alec ergriff eine neue Flasche und leerte sie über ihrem Kopf aus. »Langes Leben und Glück in den Schatten und im Licht.«

Beka prustete und lachte, während die Soldaten rings um sie jubelten.

»Gut gemacht, Maskottchen!« rief Kallas. »Ein so feuchter Segen macht sie wahrscheinlich unsterblich!«

»Das hoffe ich«, flüsterte Alec und schaute zu ihr hinab. »Das hoffe ich wirklich.«

13

Watermead

»Meister Micum, da kommen Reiter den Hügel herauf«, brüllte ihm ein Bediensteter über die verschneite Weide hinweg zu.

Micum, der auf der Heuraufe stand, hielt die Hand über die Augen, um sie gegen die Spätnachmittagssonne zu schützen, und ließ den Blick prüfend über die Gegend rings um den gefrorenen Fluß schweifen. Zwei berittene Männer bahnten sich den Weg von der etwa eine Meile hügelabwärts gelegenen Brücke herauf.

Seit er vergangenen Herbst aus den Nordländern zurückgekommen war, begegnete er unangekündigten Besuchern mit Argwohn. Ungeachtet aller gegenteiligen Beteuerungen Nysanders hatte er ein schlechtes Gefühl in bezug auf Mardus und dessen Bande.

Deshalb musterte er die Reiter mit wachsamem Auge. Da sie sich auf dem Hauptpfad hielten und in gemächlichem Trab, ohne gezogene Waffen herannahten, schloß er aus, daß es sich um Feinde oder Boten handelte. Zwar befanden sie sich noch zu weit entfernt, um Gesichter unterscheiden zu können, doch bald erkannte er die Pferde.

Mit gerunzelter Stirn drängte er sich durch die Fohlen, die sich um die Heuraufe scharten und ging auf das Haus zu. In den meisten Fällen verhießen unerwartete Besuche von Seregil, daß Wächterbelange anstanden. Kari war mittlerweile im dritten Monat; die Zeit der Übelkeit war vorüber und der strahlenden Blüte der Hochschwangerschaft gewichen. Dennoch war sie diesmal älter, und Micum mißfiel der Gedanke, sie allein zu lassen.

Entschuldigend trat ihm auf dem Hof ein Knecht gegenüber. »Als Illia gesehen hat, wer es ist, rannte sie mit den Hunden voraus, um die beiden zu begrüßen, Meister Micum. Ist doch nichts dabei, hab' ich mir gedacht.«

»Diesmal vielleicht nicht, Ranil, aber ich will nicht, daß sie sich das angewöhnt«, gab Micum barsch zurück.

Wenige Augenblicke später trabten Seregil und Alec auf den Hof; Illia hockte stolz auf Alecs Sattelknauf. Micum fiel auf, daß beide ein wenig blaß um die Nase, ansonsten aber guter Dinge wirkten.

»Wahrscheinlich muß ich doch Alec heiraten, wenn ich groß bin«, plapperte Illia zu Seregil hinüber. »Ich hoffe, das wird deine Gefühle nicht allzusehr verletzen.«

Gleich einem Troubadour auf einem Wandgemälde schlug Seregil die Hand aufs Herz und stöhnte: »Oh schöne Maid, Tausend Drachen will ich für Euch metzeln und Euch ihre dampfenden, schwarzen Eingeweide vor die zierlichen Füßchen legen, wenn ihr mir nur wieder Eure Gunst gewährt.«

»Eingeweide!« Übermütig kichernd, vergrub Illia das Gesichtchen an Alecs Schulter. »Du würdest mir keine Eingeweide bringen, Alec, oder?«

»Selbstverständlich nicht«, höhnte Alec. »Was für eine abscheuliche Gabe. Ich würde dir ihre Augäpfel bringen, damit du daraus eine Kette machen kannst, und ihre schuppigen, rauhen Zungen, um dir die Zöpfe damit zu binden.«

Illia kreischte vergnügt auf und glitt vom Sattel in die Arme ihres Vaters.

»He, du kleines Küken, wieso läufst du denn so mir nichts, dir nichts allein los?« fragte er sie streng.

»Es sind doch nur Onkel Seregil und Alec. Und ich war nicht allein«, fügte sie verschämt hinzu. Mit stolz geschwellter Brust, das Kopftuch schief auf dem kleinen Haupt, breitete sie die Arme über das Rudel großer, zottiger Hunde aus, das sich um sie drängte, wie ein General vor seinen Truppen. »Dash und all die anderen haben mich begleitet.«

»Du kennst die Regeln, kleines Fräulein«, wies Micum sie zurecht. »Und jetzt lauf rein und erzähl deiner Mutter, wer hier ist.

»Was führt euch zwei hierher?« fragte er und drehte sich zu den beiden um; erleichtert stellte er fest, daß sie eher für einen Besuch denn für eine Reise gekleidet waren. Seregil stapfte durch das Rudel der Hunde und reichte ihm ein verschnürtes Bündel Briefe. »Beka hat uns gebeten, dir die hier zu bringen. Ihr Regiment ist im Morgengrauen aufgebrochen.«

»Was denn, heute? Wir hätten da sein müssen, um uns von ihr zu verabschieden!«

»Dafür war keine Zeit«, erklärte Alec rasch und trat neben Seregil. »Der Befehl ist erst gestern eingetroffen. Aber wir haben ihr einen anständigen Abschied bereitet.« Reumütig grinsend, rieb er sich den Kopf. »Ich glaube, ich bin immer noch ein wenig betrunken.«

Mit verspielter Nachsicht fuhr Seregil dem Jungen durchs Haar. »Runcer braucht bestimmt ein paar Tage, um das Durcheinander zu beseitigen. In Anbetracht dessen und der zu erwartenden Beschwerden von den Nachbarn haben wir es für eine gute Gelegenheit gehalten, die Wogen um Lord Seregil und Sir Alec ein paar Tage zur Ruhe kommen zu lassen. Wir hatten vor, einstweilen hier unsere Zelte aufzuschlagen, wenn's recht ist.«

»Ja, sicher«, erwiderte Micum abwesend und betastete das Bündel Briefe. »Wohin sind sie gezogen?«

»Zur Westgrenze Mycenas«, antwortete Seregil. »Es heißt, Idrilain will sie an Ort und Stelle haben, bevor das Klesin-Tauwetter nächsten Monat die Straßen verschlammt. Die Reiterei der Königin war die erste Truppe, die aufgebrochen ist, aber es wimmelte in der ganzen Stadt von Soldaten, als wir losgeritten sind. Idrilain geht wahrlich kein Wagnis ein.«

Micum schüttelte den Kopf und fragte sich, wie Kari die Neuigkeit aufnehmen würde. »Ranil, kümmer dich um ihre Pferde. Und ihr beide entschuldigt mich bitte eine kurze Weile, ich will mir die hier ansehen.«

Seregil legte ihm eine Hand auf den Arm, als er sich zum Gehen wandte.

Er warf einen verstohlenen Blick auf die Tür, dann fügte er mit leiser Stimme hinzu: »Da ist noch etwas. Rhal hat uns vor etwa einem Monat in Rhíminee aufgespürt.«

Micum versteifte sich. »Der Flußhändler?«

Seregil nickte. »Ein paar fremdländisch klingende Schwertkämpfer haben bei ihm nach uns gesucht, nachdem Alec und ich von Bord gegangen waren. Rhal hat uns gedeckt, und bald danach sank die *Pfeil* unter geheimnisvollen Umständen. Seither waren wir ausgesprochen vorsichtig, und bislang hat es keine Anzeichen von Ärger gegeben, aber mit dem Frühling vor der Tür – man weiß ja nie. Das ist ein weiterer Grund dafür, warum wir zurück in die Herberge ziehen wollen.«

»Was sagt Nysander zu alldem?«

Seregil zuckte mit den Schultern. »Er hält die magischen Augen offen. Bis jetzt ist ihm nichts Beunruhigendes aufgefallen.«

»Sie müssen unsere Spur wohl in Mycena verloren haben«, warf Alec ein, wobei er sich anhörte, als hätten er und Seregil diese Unterhaltung schon mehrmals geführt. »Andernfalls hätten sie sich schon längst an uns herangemacht und uns angegriffen.«

»Sollte man annehmen«, räumte Micum ein. »Trotzdem ist es gut, wenn ihr weiterhin vorsichtig seid. Holt jetzt euer Gepäck. Ich überbringe Kari die Neuigkeiten.«

»Dann lassen wir uns besser Zeit, in Ordnung?« meinte Seregil und warf seinem Freund einen verständnisvollen Blick zu.

Kari nahm die Nachricht von Bekas Abreise ruhiger auf, als Micum erwartet hatte. Nachdem sie Bekas Brief und jene von Elsbet gelesen hatte, nickte sie nur und wickelte sie behutsam wieder in das Umschlagpapier.

Die alte Arna und andere Hausbedienstete gesellten sich am großen Kamin in der Diele zu ihnen, als Seregil Bekas Abmarsch in schillernden Einzelheiten beschrieb.

»Sie haben einfach prächtig ausgesehen, wie sie so bei Fackellicht aus der Stadt ritten«, sagte er. »Klia und die ranghohen Offiziere trabten vorneweg, in voller Uniform, mit Helmen und allem Drum und Dran. Und dann kam unsere Beka an der Spitze ihrer Turma, mit der stählernen Leutnantskrause um den Hals. Die Pferde hatten Brustpanzer und Wangenteile aus Bronze, die beim Laufen wie Glöcklein klingelten.«

»Sie schreibt, daß sie in Hauptfrau Myrhinis Truppe ist«, meinte Kari, die Illias dunklen Wuschelkopf streichelte, während sich das kleine Mädchen an ihr Knie lehnte.

»Myrhini ist eine der besten Hauptfrauen überhaupt«, erklärte Micum und zog sie dicht an sich. »Außerdem wird es an der Grenze noch eine Weile ruhig bleiben. Vor Mitte Lithion können die Plenimaraner unmöglich so weit in den Westen vordringen, wahrscheinlich dauert es sogar noch bis zum Frühsommer. Somit hat sie Zeit, sich zurechtzufinden, bevor der Ärger losgeht.«

»Das hoffe ich«, murmelte Kari. »Wird sie uns weitere Briefe schicken?«

»Sooft wie möglich reiten Kuriere hin und her«, versicherte ihr Seregil.

Micum tauschte unbehagliche Blicke mit den anderen,

aber nach einem Augenblick steckte seine Frau die Briefe einfach ein und erhob sich mit dem üblichen Schwung.

»Na schön. Arna, du und ich, wir kümmern uns um das Abendessen. Micum, sag den Männern, sie sollen die Tische decken. Ihr beide habt euch einen guten Tag ausgesucht, Seregil; heute gibt es Wildpastete und gebackene Äpfel in Schlagsahne.«

Das Mahl erwies sich wie gewohnt als geräuschvolles Gesellschaftsereignis, und zwischen den Bissen forderte man die Gäste auf, Neuigkeiten über die von zu Hause ausgezogenen Töchter zu berichten. Watermead stellte einen Landhaushalt dar, eng verflochten und bodenständig. Die Bediensteten gaben keine Ruhe, bevor ihnen Bekas Regiment zweimal beschrieben worden war und sie ausführliche Einzelheiten über Elsbets Studien an der Tempelschule erfahren hatten.

Später, nachdem eine lauthals aufbegehrende Illia ins Bett gebracht worden war und die Bediensteten in der warmen Diele ihre Pritschen aufgeschlagen hatten, gesellten sich Micum und Kari im Gästezimmer zu Seregil und Alec.

»Erzählt mir von eurem Treffen mit diesem Rhal«, forderte Micum die beiden auf, während er für alle heißen, gewürzten Apfelwein einschenkte.

Seregil, der ausgestreckt auf dem Bett lag, gab eine höchst farbenfrohe Fassung der Geschichte zum Besten, wie sie Rhal in einen Hinterhalt lockten und sich danach gegen die Straßenräuberbande behaupten mußten. Alecs Tapferkeit schilderte er in derart schillernden Einzelheiten, daß der Junge, der unmittelbar neben Kari saß, vor Überraschung errötete.

»Gut gemacht, Alec«, lobte Kari lachend und umarmte ihn.

»Dieser Kapitän Rhal klingt nach einer durchaus wertvollen Bekanntschaft«, meinte Micum. »Das dachte ich mir schon, als du erwähnt hast, er hätte euch in jener Nacht gedeckt.«

»Micum hat mir ein wenig von eurer Reise erzählt, aber ich möchte gerne deine Fassung hören«, warf Kari ein. »Hat dieser Rhal Seregil tatsächlich den Hof gemacht, Alec?«

Alec grinste. »Als er von Kopf bis Fuß aufgedonnert war, hätte ich ihm am liebsten selbst den Hof gemacht. In Wahrheit hatte ich alle Hände voll zu tun, die beiden auf Armeslänge auseinanderzuhalten.«

Ungeachtet zahlreicher Unterbrechungen von Seregil fuhr er mit der Beschreibung von Rhals Annäherungsversuchen fort, wobei Micum auffiel, daß sie beide geschickt vermieden, die Holzscheibe und ihre Auswirkungen auf Seregil zu erwähnen. In diesem Bericht war Rhal schlicht und einfach zu einem ungünstigen Zeitpunkt in Seregils Kabine geplatzt, nämlich als letzterer unbekleidet war. Dadurch klang die ganze Geschichte wesentlich lustiger als die ursprüngliche Fassung, die Micum in Nysanders Turm zu hören bekommen hatte.

»Ach, Seregil!« rief Kari aus und wischte sich mit dem Rockzipfel die Tränen aus den Augen, die sie vor lauter Lachen vergossen hatte. »Ich kenne niemanden, der in solche Fettnäpfchen tritt und sich dann am eigenen Schopf wieder herauszieht!«

»Das wäre auch wesentlich schwieriger gewesen, hätte Alec sich nicht als treuer Verteidiger meiner Tugendhaftigkeit erwiesen.« Gestelzt nickte er Alec zu.

»Es war mir eine Ehre, Mylady«, murmelte Alec, erhob sich und vollführte eine so übertrieben feierliche Verbeugung, daß sie alle abermals in prustendes Gelächter ausbrachen.

»Ich habe heute abend Seregils Gesicht beobachtet«, meinte Kari, als sie und Micum in jener Nacht gemeinsam in der Dunkelheit lagen. »Weißt du, er ist in Alec verliebt. Bei ihrem letzten Besuch hier war er es noch nicht, auch beim Sakor-Fest noch nicht, aber jetzt ist er es.«

»Überrascht dich das?« fragte Micum gähnend und

legte träge die Hand auf ihren runden Bauch, in der Hoffnung, ein Zeichen des darin keimenden Lebens zu ertasten.

»Mich überrascht nur, daß es so lange gedauert hat. Ich bezweifle, daß er es selbst schon weiß. Aber was ist mit Alec?«

»Ich glaube kaum, daß ihm bei seiner Erziehung so etwas je in den Sinn käme.«

Kari stieß einen langen Seufzer aus. »Armer Seregil. In Sachen Liebe hat er wirklich immer Pech. Ich möchte nur einmal erleben, daß er glücklich wird.«

»Also mir scheint fast, diese Gelegenheit hättest du vor zwanzig Jahren gehabt«, neckte Micum seine Gattin und schmiegte sich an ihre nackte Schulter.

»Du meinst, als *du* es warst, den er begehrt hat?« Flugs rollte sie sich auf ihn und drückte ihn, rittlings auf ihm sitzend, aufs Bett. »Und wenn ich nun meinen Anspruch auf Euch aufgegeben hätte, mein Herr?« fragte sie herausfordernd. »Was hättet Ihr dann getan?«

»Weiß ich nicht«, erwiderte er und zog mit einer Hand ihren Kopf herab, so daß ihre Lippen sich berührten, während die andere an die üppigen Hüften wanderte. »Vielleicht wäre es ganz praktisch gewesen, einen Bettgefährten zu haben, der mit dem Schwert umgehen kann.«

»Stimmt. Etwas Scharfes bringe ich nie mit ins Bett.«

»Mmmmmm – das spüre ich«, brummte Micum wohlig. »Vielleicht ist es so am besten, wie alles gekommen ist.«

Karis Bewegungen auf ihm, die Küsse ihrer heißen Lippen, mit denen sie seine Stirn übersäte, fühlten sich wie ein göttlicher Segen an. »Ich glaube schon.«

Seit ihrem letzten Besuch auf Watermead hatte sich Seregil mit Alec kein Bett mehr geteilt. Damals hatte er sich nichts dabei gedacht; so etwas war üblich, vor allem in alten Landhäusern.

Diesmal aber war es anders.

Er wußte nicht genau, wann oder weshalb ihm seine Gefühle entglitten waren. Vielleicht lag es am engen Zusammenleben, den gemeinsam durchlebten Gefahren und der aufrichtigen Hingabe, die Seregil vom ersten Augenblick an zwischen sich und dem Jungen gespürt hatte.

Na bravo, dachte er mürrisch, als sie sich auszogen, um schlafen zu gehen. Er schien unfähig, jemanden zu lieben, der diese Gefühle erwidern konnte.

Gewiß, Alec fühlte sich zu ihm hingezogen, auf die ihm eigene, unschuldige dalnische Weise – daran bestand für Seregil kein Zweifel. Hingegen bezweifelte er stark, daß Alecs Herz bei dem bloßen Gedanken, gemeinsam unter die Decke zu schlüpfen, einen Schlag aussetzte – so wie sein Herz.

Aus Achtung vor Alecs Schamhaftigkeit – zumindest redete Seregil sich das ein – behielt er das Unterhemd an und zog die Tagesdecke über sich.

Die für mehr als eine Person gedachte, alte Liegestatt war breit, und Alec blieb auf seiner Seite, als er hineinkletterte. »Du bist plötzlich so ruhig«, stellte er fest, nicht wissend, welch innerer Sturm in Seregil tobte.

»Ich bin noch müde von dem Weingelage letzte Nacht.« Seregil rang sich ein Gähnen ab. Er nahm an, er könnte ebensogut in der Diele schlafen, aber wie sollte er das später erklären? Es schien besser, hier zu bleiben und zu hoffen, er würde im Schlaf nicht reden.

Alec ließ sich zufrieden seufzend auf die Kissen zurücksinken. »Ich auch. Zumindest können wir uns ein bißchen erholen, solange wir hier draußen sind. Hier ist es so ruhig. Keine Aufträge, keine mitternächtlichen Vorladungen. Keine Sorgen ...« Immer schwerer wurden die Lider des Jungen, immer leiser die Stimme, bis sie schließlich in ein tiefes, gleichmäßiges Atmen überging.

Keine Sorgen.

Seregil setzte sich auf, um die Lampe zu löschen. Doch als er Alecs dichtes, honigfarbenes Haar auf dem Kissen erblickte, hielt er inne. Die Züge des Jungen wirkten friedlich, arglos. Seine Lippen formten ein leichtes

Lächeln, als schwebte er bereits in angenehmen Träumen.

Flüchtig überlegte Seregil, wie es sich wohl anfühlen mochte, diesen goldgelockten Kopf an der Schulter, die Wärme von Alecs Leib an dem seinen zu spüren.

Wäre es nur Lust gewesen, die Seregil quälte – damit wäre er spielend fertiggeworden.

Doch was er in diesem Augenblick für Alec empfand, ging weit darüber hinaus.

Seregil liebte ihn.

Kaum mehr als eine Armeslänge lag zwischen ihnen, doch ebenso gut hätte es die Breite des Osiat-Meeres sein können. Seregil gestattete sich lediglich einen tiefen, stummen Seufzer, dann blies er die Lampe aus, legte sich zurück und betete um Schlaf.

Micum stand am nächsten Morgen früh auf und fand Alec bereits in der Küche vor, wo er Holz stapelte. Der Junge hatte die feine Stadtkluft gegen ein schlichtes Gewand getauscht und erzählte gerade Arna und dem jungen Jalis einen Witz. Micum beobachtete ihn eine Weile von der Tür aus und zeigte sich wie schon sooft verblüfft darüber, wie mühelos Alec sich in den Haushalt einzufinden schien.

Oder, was das anbelangt, in alles andere, fügte er im Geiste hinzu und dachte an die zahlreichen Rollen und Gestalten, die er bereits verkörpert hatte, seit er bei Seregil war. Sie waren wie Wasser, diese beiden; ständig änderten sie ihre Form.

»Heute ist ein guter Tag zum Jagen«, verkündete er. »Dieses Jahr wimmelt es auf dem Hügel nur so von Rotwild. Ist Euer Hochwohlgeboren schon wach?«

Alec wischte sich Dreck und Rindenbrocken vom Kittel. »Als ich das letzte Mal nach ihm gesehen habe, lag er noch tief unter den Laken vergraben. Ich glaube, er hat letzte Nacht schlecht geschlafen.«

»Tatsächlich?« Micum ging zur Küchentür und ergriff von draußen eine Handvoll Schnee. »Na, dann will er doch sicher aufgeweckt werden, oder? Bestimmt will er einen so wunderschönen Morgen nicht verratzen.«

Alec, in dessen Antlitz ein Spiegelbild von Micums Grinsen prangte, rüstete sich selbst mit einer Handvoll Schnee und folgte seinem Freund ins Schlafzimmer.

Die Fensterläden waren zwar noch geschlossen, dennoch reichte das Licht, um Seregils schlanken Leib auf seiner Seite des Bettes unter den Steppdecken zu erkennen.

Zusammen, bedeutete Micum dem Jungen.

Geräuschlos schlichen sie sich an, rissen die Decke hoch, starteten ihren Angriff – und stellten fest, daß sie ein Kissen bombardiert hatten.

Hinter ihnen flogen die Läden auf, und zwei vertraute Stimmen riefen: »Guten Morgen!«

Erschrocken schauten Micum und Alec auf, gerade rechtzeitig, um von Seregil und Illia, die draußen siegreich lachten, eine Ladung Schnee ins Gesicht zu bekommen.

»Ihr wolltet mich wohl überrumpeln, wie?« höhnte Seregil, während er und das Mädchen flohen.

»Ihnen nach!« schrie Micum und kletterte durchs Fenster.

Eine linkische Verfolgungsjagd begann. Illia huschte schlauerweise in die Küche, wo ihr Arna Zuflucht gewährte und vor jedem Möchtegern-Häscher die kupferne Schöpfkelle zückte.

Seregil hatte weniger Glück. Da er bei Tageslicht von seiner Höchstform weit entfernt war, stolperte er über einen der aufgeregt umherspringenden Hunde, die sich an der Jagd beteiligten; sofort fiel Alec über ihn her.

»Verräter!« kreischte er, als Alec ihm hinten eine Handvoll Schnee unter das Hemd stopfte.

Micum schnitt ihm mit einer weiteren Ladung ins Gesicht das Wort ab. »Ich glaube, das war ich dir noch schuldig«, gluckste er, »und hier kommen die Zinsen.«

Als die beiden endlich von Seregil abließen, glich dieser einer jämmerlich geformten Skulptur aus Zuckerguß.

»Was hältst du davon, auf die Jagd zu gehen?« fragte

Micum, während er versuchte, seinen Freund vom ärgsten Schnee zu befreien.

»Eigentlich hatte ich eher einen müßigen Tag am Kamin im Sinn«, keuchte Seregil und schüttelte sich Schnee aus dem Haar.

Micum packte ihn und warf ihn sich mühelos über die breite Schulter. »Such mir doch bitte eine frische Schneewächte, Alec.«

»Gleich da drüben ist eine schöne.«

»Schon gut, schon gut, verdammt!« heulte Seregil und wand sich wie eine Katze.

»Was hab' ich dir gesagt?« lachte Micum und stellte ihn wieder auf die Beine. »Ich wußte doch, daß er auf die Jagd will.«

Nachdem sich die drei umgezogen und ein rasches Frühstück eingenommen hatten, brachen sie mit Pfeilen, Bögen und Jagdhunden in die Hügel oberhalb von Watermead auf.

Zuerst stießen die Hunde auf die Fährte eines Wildschweins, doch Micum pfiff sie davon ab, weil sie keine Speere dabei hatten.

Den restlichen Vormittag fanden sie nur noch Vögel und Kaninchen. Alec hatte darauf bestanden, daß auch Seregil Pfeil und Bogen mitnahm, und niemand war so überrascht wie Seregil selbst, als es ihm tatsächlich gelang, ein auf einem Ast hockendes Rebhuhn zu erlegen.

Sie trugen sich gerade mit dem Gedanken, eine Pause einzulegen, um zu Mittag zu essen, als die Hunde einen Elchbullen aus einem Tannenhain scheuchten. Eine halbe Stunde lang hetzten sie ihm hinterher, ehe Alec einen Pfeil mit Bolzenspitze in das Herz des riesigen Tieres jagte und es mitten im Sprung zur Strecke brachte.

»Beim Schöpfer, mit nur einem Schuß!« rief Micum aus, als er sich aus dem Sattel schwang, um die Beute zu begutachten.

»Schnell und sauber«, meinte Alec, der sich niederkniete und sein Werk betrachtete. »So müssen sie nicht leiden.«

Mit genauso gnadenvoll gezielten Hieben hatte Alec schon bewaffnete Männer getötet, dachte Micum, während er den rot-befiederten Pfeil untersuchte, der aus der Flanke des Tieres ragte.

Sie zündeten ein Feuer an und begannen, den Kadaver auszunehmen, was in ein grausiges Unterfangen ausartete; bald glich der Schnee rings um sie einer dampfenden, scharlachroten Masse. Nachdem Micum den Bauch geöffnet hatte, warf er den Hunden die Eingeweide zu und überreichte Alec das Herz und die Leber, die ihm als dem Todesschützen gebührten.

»Wir brauchen noch mehr Wasser, bis wir fertig sind«, stellte Micum fest, als sie sich ans Häuten des Elches machten.

Alec wischte sich die blutigen Hände im Schnee ab. »Ein Stück weiter hinten sind wir an einem Bach vorbeigekommen. Ich geh' die Wasserbeutel auffüllen.«

Seregil hielt in der Arbeit inne und schaute Alec nach, bis der Junge zwischen den Bäumen außer Sicht ritt. Micum, der neben ihm hockte, lächelte bei sich und dachte daran, was Kari gesagt hatte.

»Er ist ziemlich erwachsen geworden, findest du nicht?« meinte er vorsichtig.

Seregil zuckte mit den Schultern und häutete weiter. »Das muß er auch, wenn er sich mit unseresgleichen herumtreibt.«

»Ich glaube, du hältst ausgesprochen viel von ihm.«

Seregil durchschaute die fadenscheinigen Worte auf Anhieb; sein Lächeln verwandelte sich in harte, unnachgiebige Verleugnung.

»Wenn du denkst, daß ich . . .«

»Ich würde nie im Leben schlecht von dir denken. Ich finde nur, daß dein Herz dich auf so manch steinigen Weg führt. Du hast ihm doch nichts davon erzählt, oder?«

Seregils Miene glich einer Maske der Gleichgültigkeit, doch seine Schultern sackten sichtlich herab. »Nein, und das habe ich auch nicht vor. Es wäre – unanständig. Ich habe zuviel Einfluß auf ihn.«

»Tja, auf seine Weise liebt er dich abgöttisch«, sagte Micum, da ihm nichts Tröstlicheres einfiel.

Schweigen breitete sich wieder zwischen den beiden aus, diesmal ein betretenes Schweigen. Nachdem Micum das letzte Stück Fell vom Körper der Beute gelöst hatte, steckte er das Messer in den Schnee.

»Hast du eine Ahnung, was Nysander so macht? Seit dem Fest habe ich kein Sterbenswörtchen mehr von ihm gehört.«

Diesmal erblickte er unverkennbar Besorgnis in den Augen seines Freundes.

»Geheimnisse, Micum. Immer wieder Geheimnisse. Er treibt mich fast zum Wahnsinn damit«, gestand Seregil, während er sich am Feuer wärmte.

»Hast du selbst etwas herausgefunden?«

Seregil stocherte mit einem Zweig in der Glut herum, wodurch er einen kleinen Funkenschwall aufwirbelte. »Wenig. Und ich mußte einen Eid schwören, nicht darüber zu sprechen. Tut mir leid.«

»Entschuldige dich doch nicht. Wir beide wissen, wie dieses Spiel läuft. Aber wie kommt Alec damit zurecht? Er ist schlau genug, sich die Dinge selbst zusammenzureimen, und ich glaube, er ist etwa genauso schwer von einer Spur abzubringen wie du.«

»Stimmt.« Seregil ließ ein freudloses Lachen vernehmen. »Ich mache mir Sorgen, Micum. Etwas wirklich Schlimmes rollt auf uns zu, und ich habe keine Ahnung, wen es alles treffen wird.«

Micum kauerte sich neben ihn. »Wenn jemand auf den Jungen aufpassen kann, dann du. Aber du könntest ihm ruhig ein paar andere Dinge erzählen. Er hat ein Recht, sie zu erfahren.«

Seregil sprang auf und winkte Alec zu, der zwischen den Bäumen auf sie zuritt.

»Noch nicht«, entgegnete er mit so leiser Stimme, daß Micum nicht unterscheiden konnte, ob es sich um einen Befehl oder um ein Flehen handelte.

14
Die Lichterstraße

Nach drei Tagen auf Watermead kehrten Seregil und Alec im Schutze der Nacht in die Stadt zurück und bahnten sich verstohlen den Weg zum Jungen Hahn. Runcer würde in der Radstraße den Schein wahren; Lord Seregil befand sich zwar in der Stadt, war jedoch nicht ständig verfügbar.

Thryis und die anderen waren zwar bereits zu Bett gegangen, als sie in der Herberge ankamen, aber die immer noch in der dunklen Küche hängenden Gerüche – frisch gebackenes Brot, getrocknetes Obst, Knoblauch, Wein und zu Asche zerfallene Kohle im Ofen – waren Alec Begrüßung genug.

Ruetha tauchte von irgendwoher auf und folgte ihnen in den zweiten Stock. Alec hob sie auf den Arm und lockte sie, während Seregil nacheinander die Schutzglyphen entschärfte, die das verborgene Treppenhaus sicherten, das zu ihren Zimmern führte. Der Junge grinste bei sich, als Seregil die Losungsworte flüsterte, die für ihn einst so geheimnisvoll und magisch geklungen hatten.

Der Befehl für die Glyphe am Fuße der Treppe lautete *Etuis miära koriatüan cyris.* »Deine Großmutter beleidigt die Hühner.«

In der Mitte der Treppe: *Clarin magril.* Himbeeren, Sattel.

Für die Geheimtür am oberen Ende der Treppe galt *Nodense:* »Fast.«

Das Kauderwelsch war durchaus beabsichtigt, denn es schien nahezu unmöglich, daß irgend jemand die geheimen Worte erraten konnte.

Einzig der letzte Befehl, jener für die Tür zur Wohnstube, barg eine gewisse Bedeutung in sich. *Bôkthersa* war der Name von Seregils Geburtsort.

Mit Hilfe eines Lichtsteins durchquerte Seregil den Raum und zündete das Feuer an. Als die Flammen aufzüngelten, ließ er den Blick durch das Zimmer schweifen und zeigte sich überrascht. »Bei Illiors Händen, sag bloß, du hast hier aufgeräumt, bevor du in die Radstraße übergesiedelt bist!«

»Gerade so viel, um ohne Gefahr durchs Zimmer gehen zu können«, erwiderte Alec und begab sich zu seinem hübschen, kleinen Bett in der Ecke neben dem Kamin. Seregils ausgeprägter Sinn für Unordnung störte ihn nicht sonderlich; sehr wohl aber störte es ihn, barfuß auf scharfe Gegenstände zu treten oder schwere Dinge aus oberen Regalfächern auf den Kopf zu bekommen. Er hängte sein Schwert und den Pfeilköcher an die dafür vorgesehenen Nägel über dem Bett, dann streckte er sich zufrieden seufzend darauf aus.

Seregil ließ sich auf das Sofa vor dem Feuer plumpsen. »Weißt du, ich habe den Eindruck, für dich muß das hier wie eine Strafe sein. Ich meine, weil du in der Radstraße dein eigenes Zimmer hast. Vielleicht sollten wir überlegen, uns hier oben ein wenig auszubreiten. Beiderseits von uns stehen Zimmer leer.«

»Wegen mir brauchst du dir in der Hinsicht keine Gedanken zu machen.« Gähnend verschränkte Alec die Arme hinter dem Kopf. »Mir gefällt's, wie's ist.«

Seregil lächelte zum Schatten eines staubigen Spinnennetzes empor, das über ihm prangte. »Jetzt, wo du's erwähnst, muß ich sagen, mir eigentlich auch.«

Die Freude darüber, wieder in der Herberge zu weilen, wurde durch einen plötzlichen Mangel an Aufträgen getrübt. Bei den wenigen, die während ihrer Abwesenheit eingegangen waren, handelte es sich durchweg um nichtige Belange, und im Laufe der folgenden Woche trudelten nur äußerst schleppend neue ein. Zum ersten Mal, seit sie sich kannten, erlebte Alec, daß es Seregil langweilig wurde.

Erschwerend kam hinzu, daß der Spätwinter in Rhíminee trotz der länger werdenden Tage als trübseligste Zeit überhaupt galt. Der eisige Regen brachte immer dichteren Nebel von der See mit herein; und alles schien von einer grauen Feuchtigkeit durchdrungen. Alec ertappte sich ständig dabei, daß er bis lange nach Sonnenaufgang schlief und abends bei jedweder Beschäftigung einnickte, da ihn das Geräusch des Regens einlullte, das dem eines gleichmäßig pochenden Herzes ähnelte. Seregil hingegen wurde zunehmend rastlos.

Als Alec eines feuchtnassen Nachmittags gegen Ende des Dostin von einem Besuch bei Nysander zurückkehrte, fand er Seregil am Schreibtisch arbeitend vor. Das Pergament vor ihm war halb mit Notenschrift bedeckt, doch er schien die Freude an dem Unterfangen verloren zu haben. Das Kinn auf die Hand gestützt, starrte er trübsinnig in den dichten Nebel hinaus wie ein von seiner Liebsten verlassener Tropf.

»Hast du auf dem Weg herauf bei Rhiri vorbeigeschaut?« fragte er, ohne sich umzudrehen.

»Nichts Neues«, erwiderte Alec und packte die Bücher aus, die der Magier ihm geliehen hatte.

»Verdammt. Und ich habe mich schon überall sonst erkundigt. Wenn die Leute sich weiterhin so anständig benehmen, stehen wir bald ohne Arbeit da.«

»Wie wär's mit einer Partie Bakshi?« bot Alec an. »Ich könnte ein wenig Übung bei den Tricks brauchen, die du mir gestern gezeigt hast.«

»Vielleicht später. Ich bin nicht in der rechten Stimmung.« Entschuldigend zuckte Seregil mit den Schultern, dann wandte er sich wieder seiner Komposition zu.

Wie du willst, dachte Alec. Er räumte den Tisch in der Mitte des Raumes frei und setzte sich mit dem Sammelwerk über seltene Tiere hin, das Nysander ihm gegeben hatte. Der Text überstieg seine Fähigkeiten ein wenig, dennoch quälte er sich tapfer durch und holte sich Hinweise aus den Bildern, wenn ihm die Kernaussage eines Absatzes entging. Kalte Nebelschlieren zogen am Fenster vorbei, ein Feuer knisterte im Kamin, neben seinem Ellbogen stand eine Tasse Tee – alles in allem keine unangenehme Weise, einen Nachmittag zu verbringen. Die Aufgabe erforderte jedoch äußerste Aufmerksamkeit, die aufzubringen sich schon bald als schwierig erwies, denn Seregil erhob sich vom Schreibtisch und begann, durch das Zimmer zu schlendern. Zuerst spielte er mit einem ungewöhnlichen Schloß und bohrte geräuschvoll mit einer Reihe von Stochern in den Aussparungen herum. Eine Weile später warf er es in ein Regal zu den anderen und verschwand in seinem Zimmer, wo Alec ihn die dort herumstehenden Kisten und Truhen durchwühlen und laut vor sich hinbrummen hörte, entweder zu sich selbst oder der unerschütterlich treuen Ruetha.

Kurz darauf kam er mit einer Ladung Schriftrollen zurück. Mit den Füßen rückte er die vor dem Kamin verstreuten Kissen zurecht, dann ließ er sich nieder, um zu lesen. Doch auch dieser Zeitvertreib währte ähnlich kurz. Nach einem flüchtigen Blick landete Dokument um Dokument in rascher Folge entweder im Feuer oder auf einem staubigen Haufen unter dem Sofa; begleitet wurde der Vorgang von reichlich Pergamentgeraschel und getuschelten Randbemerkungen. Nachdem er damit fertig war, legte er sich auf die Kissen zurück und begann, leise durch die Zähne zu pfeifen; den Takt hielt er, indem er mit einer Stiefelspitze gegen die Ascheschaufel klopfte.

Nicht einmal Nysanders ausgezeichnetes Tierbuch hielt einer derart geballten Ablenkung stand. Als Alec feststellte, daß er denselben Satz soeben zum dritten Mal gelesen hatte, schloß er das Buch behutsam.

»Wir könnten im Hinterhof ein paar Schießübungen machen«, schlug er vor und versuchte, sich seine Wut nicht anmerken zu lassen.

Überrascht schaute Seregil auf. »Oh, tut mir leid. Störe ich dich?«

»Na ja ...«

Seufzend erhob er sich. »Ich fürchte, ich bin heute kein besonders erträglicher Zeitgenosse. Ich lasse dich besser in Ruhe.« Damit kehrte er in sein Zimmer zurück, aus dem er wenige Augenblicke später mit seinem besten Umhang wieder herauskam. Auch den zerknitterten Kittel hatte er gegen ein ordentliches Oberkleid und eine Hose getauscht, wie Alec bemerkte.

»Wohin gehst du?«

»Ich denke, ich werde einfach nur ein bißchen spazierengehen und frische Luft schnappen«, erwiderte Seregil und wich Alecs Blick aus, als er zur Tür eilte.

»Warte kurz, ich komme mit.«

»Nein, nein, lies du nur weiter«, beharrte Seregil hastig. »Und sag Thryis, sie soll mit dem Abendessen nicht auf mich warten. Es könnte spät werden.«

Dann fiel die Tür hinter ihm ins Schloß, und Alec war alleiniger Herrscher ihrer gemeinsamen Gemächer.

»Na, zumindest hat er diesmal keinen Rucksack mitgenommen«, grummelte er Ruetha zu, die sich auf einem Bücherstapel neben ihm niedergelassen hatte. Eingerollt wie ein Igel, blinzelte ihn die Katze nur träge an.

Alec schlug das Buch wieder auf, stellte jedoch fest, daß er sich nun überhaupt nicht mehr konzentrieren konnte.

Schließlich warf er das Handtuch, stellte eine weitere Kanne Tee auf und spähte in Seregils Zimmer, während der Tee zog, aber aus dem wüsten Durcheinander stach kein augenscheinlicher Hinweis hervor.

Was hat er bloß vor, daß er einfach so davonspaziert?

Abgesehen von jener einen, geheimnisumwitterten Reise hatte ihn Seregil seit dem Sakor-Fest zu jedem Auftrag mitgenommen. Aber er hatte eigentlich auch nicht den Anschein erweckt, zum Arbeiten loszumarschieren.

Das Pergament lag immer noch auf dem Schreibtisch. Als Alec sich darüberbeugte, sah er, daß es sich um den Anfang eines Liedes handelte. An manchen Stellen waren die Wörter stark verschmiert, ganze Zeilen durchgestrichen und überschrieben. Was übriggeblieben war, lautete so:

Beschütz dies geschundene Herz eine Weile
kühl meine Stirn mit deinem Kuß.
Sag' daß ich dich mit niemandem teile.
Belüg mich, o Liebster, so lang es sein muß.

Süß ist die Nacht, doch hart das Erwachen,
wenn die Sonne mich scheucht nach Haus.
Dann bringst du andere Herzen zum Lachen,
während mich verschlingt der Einsamkeit Graus.

Dein Haar auf dem Kissen, so gelb wie Gold,
deine Augen, so grün wie ein Fliederstrauch,
teuer wie Perlen, deine Dienste hold,

Danach folgte ein halbes Dutzend Zeilen, die anscheinend voll wachsender Entmutigung durchgestrichen worden waren.

Die Ränder des Blattes zierten halbfertige Skizzen und Bilder – Illiors Sichel, ein vollendet gezeichnetes Auge, Kreise, Spiralen, Pfeile, die Silhouette eines hübschen, jungen Mannes. In der linken, unteren Ecke befand sich eine hastig gekritzelte, dennoch unverkennbare – und komische – Abbildung von Alec, wie er mit finsterer Miene über seinen Büchern hockte; Seregil mußte sie vom Spiegelbild in der Fensterscheibe abgemalt haben.

Als er das Blatt zurücklegte, sprang ihm unter den auf der Werkbank neben dem Schreibtisch gestapelten Büchern ein vertrauter Einband ins Auge. Es handelte sich um die aurënfaieische Tagebuchschatulle, die sie in der Orëska-Bibliothek entdeckt hatten. Alec war der Meinung gewesen, Seregil hätte sie mit den anderen Büchern zurückgegeben; gesprochen hatte er jedenfalls kein Wort mehr darüber, ebensowenig über den Hinweis auf den geheimnisvollen »Verzehrer des Todes«, auf den sie in dem Tagebuch gestoßen waren.

Alec öffnete es und blätterte die brüchigen Seiten behutsam durch. Obschon er sie nicht zu lesen vermochte, sahen sie doch genauso aus, wie er sie in Erinnerung hatte.

Er legte die Schatulle wieder so hin, wie er sie vorgefunden hatte und fragte sich zum ersten Mal, ob Seregils jüngste Unruhe vielleicht doch von etwas anderem als nur dem schlechten Wetter und der Langeweile herrührte. Genau genommen war er auch auf Watermead unruhig gewesen. In jenen Nächten, in denen sie sich das Bett im Gästezimmer geteilt hatten, wälzte sein Freund sich des öfteren im Schlaf herum und murmelte vor sich hin. Früher hatte er das nie getan. Welche Geheimnisse mochten ihn nur plagen?

»Oder vielleicht sehnt er sich ja auch nur nach seiner grünäugigen Mätresse?« dachte Alec laut und ließ den Blick belustigt und kichernd abermals über das Pergament streichen. Ruetha jedoch schien zu der Angelegenheit keine Meinung zu haben, und bald ertappte Alec sich dabei, im Zimmer auf und ab zu schreiten und beiläufige Bemerkungen zu ersinnen , mit denen er die Sache zur Sprache bringen wollte, sobald Seregil zurückkehrte. Wann auch immer das sein würde.

Da er sich in der Stille des trüben Nachmittags irgendwie verloren fühlte, setzte er sich wieder zu seinem Buch und las darin, bis das Licht ausging. Als er aufstand, um eine neue Kerze zu holen, sah er, daß der Regen aufgehört hatte. Jenseits der Hofmauer schimmerten einladend die Straßenlaternen durch den Nebel.

Mit einem Schlag wirkte das Zimmer bedrückend und stickig. Es gab eigentlich keinen Grund, warum er nicht ausgehen sollte. Wieso kam er erst jetzt darauf? Rasch legte er ein Oberkleid und einen Umhang an und lief nach unten.

Die Tür zwischen der Küche und der Speisekammer stand offen, so daß er beobachten konnte, wie Cilla inmitten des Wirbels im Zuge der Vorbereitungen zum Abendessen seelenruhig den kleinen Luthas stillte und mit der freien Hand einen Korb voller Äpfel sortierte. Gierig sog das Kleinkind und zupfte an den Spitzen ihres Kleidoberteils. Die freiliegende Brust wogte sanft im Takt der Züge des Säuglings auf und ab.

Alecs Erfahrung mit Ylinestra hatte die Art und Weise grundlegend verändert, wie er sich angesichts solcher Anblicke verhielt. Als sie aufschaute und ihn an der Tür stehen sah, errötete er schuldbewußt.

»Ich dachte, du wärst schon ausgegangen«, meinte sie.

»Äh – nein. Ich war nur, das heißt ... Na ja, weißt du,

es hat zu regnen aufgehört, und ich mache nur einen Spaziergang.« Unbeholfen deutete er auf die Tür hinter sich.

»Könntest du wohl einen Augenblick den Kleinen für mich halten, bevor du losmarschierst?« fragte sie, löste Luthas von ihrem Nippel und hob ihn hoch. »Mein Arm bricht gleich ab, wenn ich ihn nicht auf die andere Seite nehme.«

Alec ergriff das Kind und hielt es, während Cilla die Körbe verschob und die andere Brust freilegte. Sie quoll förmlich über vor Milch; ein dünnes Rinnsal troff aus dem Nippel, als sie sich bewegte. Alec stand nah genug, um die perlenähnlichen Tropfen zu erkennen, die hinabfielen und auf der tiefroten Haut der Äpfel zerplatzten. Leicht schwindelig wandte er den Blick ab. Luthas ließ verschlafen ein Bäuerchen vernehmen und kuschelte sich vorne an Alecs Umhang.

»So wie er futtert, sollte man meinen, ich hätte keinen Tropfen mehr im Leib, aber sieh mich an!« rief Cilla vergnügt aus, nahm das Kind zurück und legte es sich an den anderen Busen. »Der Schöpfer sei gnädig, ich habe mehr Milch als Großmutters Ziegen.«

Alec, dem keine passende Antwort auf die Bemerkung einfiel, nickte ihr nur hastig zum Abschied zu und wandte sich zum Gehen.

»He, Alec. Hier, für deine Bemühungen«, sagte sie und warf ihm einen Apfel zu. Er spürte etwas Feuchtes zwischen den Fingern, steckte den Apfel in eine Tasche und zog sich in den Hinterhof zurück.

Dort hielt er eine Weile inne, ließ sich vom Nebel das Gesicht kühlen und gönnte sich schuldbewußt das Vergnügen, die gerade erlebte Begegnung noch einmal vor seinem geistigen Auge ablaufen zu lassen. Cilla hatte ihn bisher stets nur als Freund behandelt, und bis gerade eben war Alec nie der Gedanke gekommen, sie in einem anderen Licht zu betrachten. Natürlich war höchst unwahrscheinlich, daß auch sie ihre Meinung über ihn ändern würde, schließlich war sie wenigstens sechs Jahre älter als er.

Der Junge schnallte sich den Schwertgurt um die Hüfte, zog die Kapuze tief ins Gesicht und schritt ohne besonderes Ziel durch das Hintertor. Der Nebel roch nach Rauch und Meer. Er schob ein Ende des Umhangs über die Schulter und genoß das Gefühl der kalten Nachtluft.

Er ging um den Ernte-Markt herum, schlenderte durch die Messerschleiferstraße zur Goldhelmstraße, folgte dieser und beobachtete den abendlichen Verkehr. Als er zum Astellusplatz gelangte, überkam ihn plötzlich eine neue und unerwartete Eingebung.

Auf der gegenüberliegenden Seite des betriebsamen Platzes, jenseits der fahlen, tempelähnlichen Brunnenkolonnade, befand sich der anmutige Bogen, der den Beginn der Lichterstraße kennzeichnete. Schon viele Male war er die Straße auf dem Weg ins Theater oder zu einem der Spielhäuser entlanggewandert, und Seregil hatte des öfteren scherzhaft gemeint, sie könnten danach ein Bordell aufsuchen, aber irgendwie war es nie dazu gekommen. Alec hätte auch nie für möglich gehalten, daß es je dazu kommen könnte.

Bis zu diesem Augenblick.

Die farbigen Laternen – rosa, gelb, grün und weiß – schimmerten sanft durch den Nebel; jede Farbe wies darauf hin, welche Art fleischlichen Genusses das jeweilige Haus anbot. Rosa bedeutete Frauen für Männer, das wußte er, und weiß Frauen für Frauen; auch gelb zeigte ein Haus für Frauen an, doch die Liebesdiener waren Männer.

Am rätselhaftesten jedoch erschien ihm die grüne Laterne, die männliche Gesellschaft für männliche Gäste versprach. Schlimmer noch, an einigen Häusern prangten mehrere unterschiedliche Laternen.

Es gibt keinen Grund, aufgeregt zu sein, dachte er, als er durch den Bogen schritt. Schließlich trug er herzeigbare Kleider, hatte eine schwere Geldbörse dabei und war dank Ylinestra nicht völlig unerfahren. Und wie seine Freunde ihm unermüdlich versicherten – er *war* inzwischen alt genug für derlei Zerstreuung. Außerdem konnte es nicht schaden, sich einfach mal umzusehen. Neugier war doch nichts Schlechtes.

Wie immer herrschte reger Betrieb in der Straße. Reiter auf glänzenden Pferden und Fuhrwerke mit den Bannern von Adelshäusern und reichen Händlern zogen polternd an ihm vorbei, während er vor sich hinschlenderte und mit unbedarften Augen Häuser mit der rosa Laterne betrachtete. Überall schienen Gruppen reicher, junger Nachtschwärmer zu sein, deren schallendes Gelächter durch die Dunkelheit hallte.

An einer Tür unter einer gelben Laterne verabschiedete sich gerade schweren Herzens eine Frau in der Uniform der Leibwache der Königin von einem halbnackten Mann, als Alec vorbeikam. Ein Stück weiter die Straße hinab verließen ein betuchter Kapitän und einige seiner Männer ein Haus mit einer rosa Lampe und stürmten nach kurzer Beratung weiter zu einem mit einer grünen. Fast jedes Fenster war hell erleuchtet; gedämpftes Gelächter und leise Musik erfüllten die Luft und trugen zur festlichen Stimmung bei, die dem Ort anhaftete.

Alec kam der Gedanke, daß allein die Farbe einer Laterne eine ziemlich dürftige Grundlage für eine solche Entscheidung darstellte. Seregil hätte ihm gewiß ein paar gute Häuser empfehlen können, doch im Augenblick half ihm das nicht weiter. Schließlich wählte er ein Haus etwa in der Mitte der Straße, und zwar deshalb, weil ihm die Schnitzereien an der Tür gefielen. Doch gerade als er eintreten wollte, schwang auf der gegenüberliegenden Straßenseite eine Tür auf, und eine Gruppe junger Männer strömte heraus, begleitet von einem Schwall Licht und Musik. Drinnen sang ein Mann; die Stimme ließ Alec wie vom Donner gerührt innehalten. Der klare, schwungvolle Tenor gehörte unverkennbar Seregil.

Dein Haar auf dem Kissen, so gelb wie Gold,
deine Augen, so grün wie ein Fliederstrauch,
teuer wie Perlen, deine Dienste hold,
und doch unbezahlbar dein Atemhauch.

Aha! Hier steckst du also, dachte Alec. *Und eine letzte Zeile für die Strophe ist dir auch noch eingefallen.*

Alec fragte sich, welche Rolle sein Freund heute nacht wohl spielte. Flinken Schrittes überquerte er die Straße und hastete die Treppe hinauf in eine geräumige Vorhalle. In seiner Eile stieß er unmittelbar hinter der Tür mit einem großen, adrett gekleideten Mann zusammen.

»Guten Abend!« rief dieser aus und stützte sich leicht auf Alecs Schultern, um das Gleichgewicht nicht zu verlieren. Zwar zogen sich silbrige Strähnen durch das Haar des Mannes, doch das lange, hübsche Gesicht, das auf Alec hinunterlächelte, wirkte jugendlich.

»Verzeihung, ich habe nicht aufgepaßt, wo ich hinrenne«, entschuldigte sich Alec.

»Nichts passiert. Ich freue mich immer, wenn ich jemanden treffe, der es so eilig hat, mein Haus zu betreten. Ich glaube, du warst noch nie mein Gast. Mein Name ist Azarin.«

Die blauen Augen wanderten mit spürbar geübtem Blick über Alecs Körper. Er hatte keinen Vatersnamen genannt und sich nicht nach Alecs Namen erkundigt.

Offenbar hatte Alec die Prüfung bestanden, denn Azarin schlang den Arm durch den seinen und führte ihn freundlich, aber bestimmt zu einem mit Vorhängen versehenen Türbogen.

»Komm mit, junger Freund«, meinte er herzlich und zog den Vorhang beiseite. »Ich glaube, du wirst die Gesellschaft höchst ansprechend finden.«

»Eigentlich wollte ich nur ...«

Als Alec den Raum mit einem Blick in sich aufnahm, erstarrte er und vergaß sogar Seregil vorübergehend.

Hinter dem Vorhang führte eine breite Treppe in einen prunkvollen Salon hinab.

Die Luft in dem schummrig beleuchteten Raum duftete stark nach Weihrauch. Ganz der skalanischen Tradition entsprechend, zierten exquisite Wandgemälde die Mauern; zwar galten erotische Bilder gemeinhin als keineswegs ungewöhnlich, solche aber hatte Alec noch nie gesehen.

Grün, dachte er benommen, und sein Herz setzte einen Schlag aus, während er sich umschaute.

Die Wände präsentierten sich in Felder unterteilt, und jedes Feld zeigte gutgebaute, nackte Männer, die sich, leidenschaftlich ineinander verschlungen, fleischlichen Genüssen hingaben. Allein die Vielfalt der Bilder war verblüffend. Viele der dargestellten Akte schienen geradezu athletischer Fähigkeiten zu bedürfen und einige, fand Alec, mußten ganz und gar der Vorstellungswelt des Künstlers entsprungen sein.

Nach einer Weile löste er den Blick von den Gemälden und musterte rasch die Anwesenden in dem erstaunlichen Saal. Männer jeden Alters rekelten sich auf überall im Raum angeordneten Sofas; einige umarmten sich beiläufig, während sie einem jungen Lautespieler am Kamin ihre Aufmerksamkeit schenkten, andere lachten und unterhielten sich an hier und da verstreuten Spieltischen. Paare und kleine Gruppen kamen und gingen über eine gewundene Treppe am hinteren Ende des Salons. Zwar verhielt sich niemand unzüchtig, aber viele der Männer trugen wenig mehr als lange Nachthemden.

Die Gäste schienen überwiegend Adelige verschiedensten Ranges zu sein, doch Alec erblickte auch Uniformen der Bogenschützen der Königin, der Stadtwache, mehrere Marinewappenröcke sowie einen roten Tappert der Garde der Orëska. Er erkannte sogar ein paar Gesichter, einschließlich jenes des Dichters Rhytien, der gerade von einer Fensternische aus einer gefesselten Zuhörerschaft etwas vortrug.

Die Kurtisanen, sofern man sie so nannte, wurden in keiner Weise der Vorstellung gerecht, die Alec von ihnen gehabt hatte; einige waren zart gebaut und gutaussehend, die meisten aber glichen eher Athleten oder Soldaten, und nicht alle waren jung.

Seregils Stimme hatte er nicht mehr gehört, seit er das Haus betrat, dafür erspähte er ihn nun auf einem Sofa in der Nähe des Kamins. Einen Arm hatte er um einen hübschen, goldgelockten jungen Mann geschlungen, und sie lachten gemeinsam über etwas. Als der Liebesdiener den

Kopf drehte, erkannte Alec den Mann – es war dasselbe Antlitz, das Seregil auf den Rand des Notenblattes gemalt hatte. Sogar aus der gegenwärtigen Entfernung sah Alec, daß der Bursche grüne Augen hatte.

Als er sich endlich dazu durchrang, die Aufmerksamkeit Seregil zuzuwenden, verspürte er einen weiteren, schmerzlichen Stich im Herzen.

Unter der offenen Robe trug sein Freund nur eine Hose, und das dunkle Haar wallte lose über die Schultern. Schlank, geschmeidig und gänzlich unbeschwert, wie er dort lungerte, hätte man ihn ohne weiteres für einen der Männer des Hauses halten mögen. Tatsächlich, gestand Alec sich stumm ein, stellte er sie alle in den Schatten.

Er war wunderschön.

Während Alec immer noch wie angewurzelt dastand, fühlte er sich plötzlich merkwürdig zerrissen. Der alte, im Norden aufgewachsene und unreife Alec wollte Hals über Kopf aus diesem seltsamen, exotischen Haus und vor dem Anblick seines Freundes flüchten, der nun so abwesend einen goldgelockten Kopf streichelte wie wenige Stunden zuvor die Katze.

Der neue Alec hingegen, Alec von Rhíminee, dessen Neugier allmählich wieder erwachte, harrte aus, gefesselt von der eleganten Dekadenz des Ortes. Seregil hatte ihn noch nicht bemerkt; seinen Freund an einem solchen Ort in einer solchen Stellung zu betrachten, vermittelte Alec das Gefühl, heimlich einen völlig Fremden zu beobachten.

Seregils eigenartige, männliche Schönheit, die ihm zunächst entgangen, später selbstverständlich geworden war, als die Vertrautheit zwischen ihnen im Laufe der Monate ihres Zusammenlebens wuchs, schien ihm nun vor dem nebensächlich gewordenen Hintergrund der Menge förmlich anzuspringen: die großen, grauen Augen unter den ausdrucksstarken Brauen, die fein geschnittenen Züge, der so oft zu einem bissigen Grinsen verzogene, jetzt aber sinnlich entspannte Mund. Während Alec ihn beobachtete, legte Seregil den Kopf zurück, so daß sein Oberkleid aufglitt und den glatten Hals, die schlanke Brust und den flachen Bauch entblößte. Zugleich gefesselt und verwirrt, spürte Alec, wie sich zögerlich erste Gefühle regten, die er keinesfalls mit seinem Freund und Lehrer in Verbindung bringen wollte.

Azarin, der nach wie vor an seiner Seite stand, zog aus Alecs geblendeter Miene falsche Schlüsse. »Verzeih meine Unverfrorenheit, aber mangelt es dir womöglich an Erfahrung in derlei Dingen?« fragte er. »Zerbrich dir deswegen nicht den Kopf. Die Nacht hat viele Stunden, laß dir ruhig Zeit.« Anmutig schwenkte er den Arm in Richtung der Wandgemälde. »Vielleicht findest du dort eine Anregung. Oder schwebt dir eine bestimmte Art des Zeitvertreibs vor?«

»Nein!« Erschrocken erwachte Alec aus seinem Dämmerzustand und wich einen Schritt zurück. »Nein. Eigentlich wollte ich – ich meine, ich dachte, ich hätte einen Freund hier hineingehen gesehen. Ich habe nur nach ihm gesucht.«

Azarin nickte und meinte ungebrochen wohlwollend: »Ich verstehe. Aber da du nun schon hier bist, könntest du uns doch eine Weile Gesellschaft leisten. Der Musiker ist neu in der Stadt, eben erst aus Cirna gekommen. Ich lasse dir Wein bringen.«

Auf einen unauffälligen Wink Azarins hin löste sich ein junger Mann von einer Gruppe, die sich unweit der beiden unterhielt, und kam zu ihnen herüber.

»Tirien wird sich in meiner Abwesenheit deiner annehmen«, erklärte Azarin. Dann bedachte er die beiden mit einem letzten, anerkennenden Blick und verschwand wieder in der Vorhalle.

»Sehr erfreut, junger Herr«, begrüßte ihn Tirien. Dichtes, schwarzes Haar, seidig wie eine Krähenschwinge, umrahmte sein Antlitz, und ein zarter Flaumansatz wand sich an den hohlen Wangen vorbei. Sein Lächeln wirkte aufrichtig freundlich. Er trug eine Hose, Stiefel und ein weites, teures Leinenhemd; einen Augenblick hielt ihn Alec gar für einen Adeligen. Doch diese Vorstellung zerbarst in tausend kleine Stücke, als Tirien dichter zu ihm trat und sagte: »Dort drüben am Feuer ist noch ein Sofa frei, wenn Ihr Lust habt. Oder wollt Ihr lieber gleich nach oben gehen?«

Einen entsetzlichen Augenblick verschlug es Alec die Sprache; was in Illiors Namen sollte er nun tun? Als er über Tiriens Schulter starrte, verharrten seine Augen zufällig auf einem der Wandgemälde. Der junge Liebesdiener wandte sich um und folgte seinem Blick, dann lächelte er.

»O ja. Darin bin ich ziemlich gut. Aber wie Ihr seht, brauchen wir dafür einen Dritten.«

Seregils Augen weiteten sich vor Verblüffung, als er Alec am Eingang zum Salon erblickte. Sogleich folgte der Verblüffung ein bittersüßes, wesentlich stärkeres Gefühl, das weit über bloße Überraschung hinausging.

Offenbar war der Junge irrtümlich in Azarins Haus geraten – das ließen die angespannten Züge rings um den Mund und die verräterische Blässe seiner Wangen erahnen.

Ich sollte ihn besser retten, dachte er. Dennoch verharrte er reglos und ließ die Szene noch ein wenig andauern.

Ein rascher Blick durch den Raum bestätigte, daß Alec auch die Aufmerksamkeit anderer Gäste auf sich zog. Kein Wunder, dachte Seregil und verspürte dabei etwas, das sich gefährlich nach Besitzgier anfühlte. Eine kurze Weile gestattete er sich, Alec mit den Augen der anderen zu betrachten: einen schlanken, dunkel gekleideten Jungen, dessen dichtes, honiggoldenes Haar ein fein geschnittenes Gesicht umrahmte, aus dem Augen so blau wie ein sommerlicher Abendhimmel hervorleuchteten. Gleich einem halb gezähmten Tier stand er fluchtbereit da, dennoch verhielt er sich dem jungen Liebesdiener gegenüber geradezu höflich.

Tirien beugte sich dichter zu Alec, und die Maske der Gelassenheit zerbröckelte ein wenig und ließ etwas durchschimmern – aber was? Erschrockenheit, gewiß, aber war da nicht auch ein Hauch von Unentschlossenheit gewesen?

Diesmal konnte Seregil den heißen Blitz der Eifersucht nicht verleugnen, der ihn durchzuckte. Stockwütend auf sich selbst, begann er, sich von Wythrin zu lösen.

»Willst du jetzt wieder nach oben gehen?« fragte der junge Mann hoffnungsvoll und ließ eine warme Hand über Seregils Hüfte emporwandern.

Dies besänftigte Seregil ein wenig. Er streichelte Wythrin mit dem Handrücken über die Wange und genoß, wie angenehm rauh sie sich anfühlte. Dieser Liebesdiener, der seit einiger Zeit zu seinen Lieblingsgespielen zählte, besaß eine ganz eigene Ausstrahlung und die Gabe, Seregil Befriedigung zu verschaffen, ohne ihm das Herz zu brechen. Wythrin und seinesgleichen boten sichere, schuldlose Leidenschaft ohne jede Verpflichtung.

»Gleich. Ich muß zuerst noch mit jemandem reden.«

Seregil gelobte sich, Alec aus dem Fettnäpfchen zu befreien, in das der Junge getappt war, auch wenn er dafür mit Tirien nach oben verschwinden mußte; danach würde er in Wythrins weichem Bett noch einmal alle Sorgen vergessen. So einfach war das.

Alec erkannte rasch, daß Tirien keinesfalls vorhatte, sich abwimmeln zu lassen. Sein zunehmend peinlicher Einwand, er hätte in derlei Dingen keine Erfahrung, schien das Interesse des Liebesdieners nur noch zu steigern. Nicht zum ersten Mal stieß Alec auf ein solches Verhalten; offenbar waren jungfräuliche Wesen vom Land in Rhíminee höchst rar und gefragt.

Einen Lidschlag lang hatte er fast den Eindruck, Tirien anziehend zu finden, doch er verwarf diese trügerische Vorstellung auf der Stelle; solche Gedanken würden ihm kaum dabei helfen, sich aus diesem Schlamassel zu befreien. Zu seiner Erleichterung sah er Seregil auf sich zukommen. Unverkennbar belustigt, gab er Alec ein unauffälliges Zeichen. *Brauchst du Hilfe?* Alec antwortete mit einem kurzen Nicken.

Daraufhin kam Seregil zu ihnen herüber und schlang den Arm um Alecs Hüfte. »Da bist du ja endlich! Verzeih, daß ich euch störe, Tirien. Mein Freund und ich haben etwas zu besprechen. Würdest du uns wohl einen Augenblick entschuldigen?«

»Selbstverständlich.« Nach einer anmutigen Verbeugung zog sich der junge Kurtisane zurück und ließ sich kaum mehr als den leisesten Hauch von Enttäuschung anmerken.

Alec wappnete sich gegen Seregils Wutanfall, der unweigerlich folgen mußte. Sein Freund aber meinte nur: »Ich hätte nicht erwartet, dich hier anzutreffen.«

»Ich habe dich singen gehört. Ich meine, es hörte sich irgendwie nach dir an und – na ja, deshalb bin ich hier reingegangen.« Abgesehen davon, daß Alec wie ein Schwachsinniger stotterte, wurde ihm plötzlich nur allzu deutlich bewußt, daß Seregils Arm nach wie vor seine Hüfte umschlang. Eigenartige, verführerische Düfte, die nichts mit seinem sonst so sauberen Geruch gemein hatten, gingen von der Haut und den Haaren seines Freundes aus. Abermals regten sich diese beunruhigenden, ungekannten Gefühle, diesmal dichter an der Oberfläche, aber immer noch genauso verwirrend. »Ich hab' nicht auf die Laterne geschaut. Ich bin einfach reingegangen.«

Seregil kicherte verhalten. »Neugierig wie eh und je, was? Tja, da du nun schon mal hier bist, hast du vor, ein wenig zu bleiben? Tirien ist eine ausgezeichnete Wahl. Azarin versteht wirklich etwas von seinem Geschäft.«

»Nein.« Alec spähte zu dem jungen Liebesdiener, der immer noch hoffnungsvoll in der Nähe wartete, dann schaute er hastig zurück zu Seregil. Die Züge seines Freundes verrieten keinerlei Herausforderung, lediglich Belustigung. Warum also steigerte sich seine Erregung unter dem ruhigen Blick dieser grauen Augen? Die Lage überstieg bei weitem Alecs Verstand.

»Nein, ich habe nur nach dir gesucht. Ich sollte besser gehen. Dieser Ort vermittelt mir seltsame Gefühle.«

»In diesen Schalen brennt mehr als nur Weihrauch.

Aber wenn du bloß zufällig an Azarins Haus vorbeigekommen bist, nehme ich an, daß du selbst etwas vorhattest, oder? Wie lange ist das mit Ylinestra jetzt her?«

»Ich habe mit dem Gedanken gespielt«, gestand Alec. Mittlerweile spürte er die Wärme von Seregils Haut durch die dicke Seidenkluft. »Ich weiß nicht – vielleicht gehe ich auch einfach nach Hause.«

»Sei doch nicht dumm«, widersprach Seregil und gab ihn endlich frei. »Ich wollte zwar noch mal nach oben gehen, aber das kann warten.« Abermals setzte er das ihm eigene Grinsen auf, und Alec ließ alle Hoffnung auf ein Entrinnen fahren. »Ein Stück die Straße hinunter ist ein Haus, daß dir wahrscheinlich eher zusagt. Meiner Meinung nach bist du in dieser Hinsicht sowieso längst überfällig. Ich bin gleich zurück.«

Seregil ging noch einmal in den Salon und sagte etwas zu Tirien. Der Mann warf Alec einen wehmütigen Blick zu, dann zog er von dannen.

Im Schatten des Türbogens lehnend, beobachtete Alec, wie sich Seregil von seinem Gefährten verabschiedete, der sich unverkennbar bestürzt über Seregils plötzlichen Aufbruch zeigte. Nach einem kurzen, lebhaften Wortwechsel drückte ihn Seregil mit einem innigen, lang anhaltenden Kuß auf das Sofa zurück, dann verschwand er die gewundene Treppe hinauf.

Wenig später kehrte er vollständig angezogen, den Schwertgurt über die Schulter geschlungen, zurück.

»Komm mit«, meinte er unbekümmert und führte Alec zu einer Villa am Ende des Häuserblocks.

Na, zumindest hängt hier eine rosa Laterne, dachte Alec und spürte, wie sein Unbehagen wieder wuchs, als Seregil ihn die Treppe hinaufscheuchte.

Offenbar war Seregil hier wohlbekannt. Mehrere Frauen begrüßten ihn überschwenglich, als er Alec in den Salon führte. Die Einrichtung glich im großen und ganzen jener Azarins. Erotische Wandteppiche und Statuen zierten den Raum, und anmutige Frauen in unterschiedlichsten Hauskleidern unterhielten ihre Gäste, strahlend und lieblich wie seltene Vögel.

Als sie ihre Umhänge und Schwerter einem Diener reichten, löste sich eine prunkvoll gekleidete Frau von einer Unterhaltung, eilte auf sie zu und umarmte Seregil. Ihre Haut, die das blaue Seidenkleid, das sie trug, nur spärlich verhüllte, wies einen olivfarbenen Schimmer auf, den Alec noch nie zuvor gesehen hatte. Schwarze Ringellocken wallten gleich einem funkelnden Wasserfall bis zu den Hüften hinab.

»Wo hast du dich denn die ganze Zeit herumgetrieben, du Gauner?« rief sie hocherfreut.

»An Tausenden Orten, Eirual, Geliebte, aber keiner war so angenehm wie dieser«, erwiderte Seregil und küßte lüstern ihren Hals.

Sie lachte, dann stieß sie ihn weg und zog scheinbar vorwurfsvoll die Augenbrauen hoch. »Ich kenne diesen Duft. Du warst schon bei Azarin. Was bist du doch grausam; kommst zu mir, nachdem dein Feuer bereits erloschen ist.«

»Erloschen? Mein Feuer?« Seregil zog sie wieder an sich. »Und wann, o Wunderschöne, hättest du *das* je erlebt?«

»Ich würde dich gerne auf die Probe stellen – oben.«

»Diese Herausforderung nehme ich mit Freuden an, Teuerste, aber erst müssen wir eine Gefährtin für meinen jungen Freund finden.«

Alec sah sich während des ganzen Wortwechsels mit großen Augen im Raum um. Dabei pochte sein Herz auf eine Weise, die selbst sein altes, in dalnischen Traditionen verwurzeltes Ich nicht verleugnen konnte.

»Ich glaube, er hat bereits jemanden gefunden«, meinte Eirual und lächelte belustigt.

Schüchtern deutete Alec mit dem Kopf auf eine schlanke, blauäugige, brünette Frau in einem burgunderfarbenen Seidenkleid. »Sie ist sehr hübsch.«

»Myrhichia?« Eirual warf Seregil einen schelmischen Blick zu, als sie die Frau herüberrief. »Dein Freund hat einen ausgezeichneten Geschmack.«

»Bislang hat er mich noch nie enttäuscht«, bestätigte Seregil und zwinkerte Alec zu.

Anmutig schritt Myrhichia auf sie zu; sie strahlte einen betörenden Duft und etwas Geheimnisvolles aus. Die Frau war älter, als Alec angenommen hatte, älter als er, aber das spielte keine Rolle – sie hatte etwas Vertrautes an sich, etwas, das ihn auf den ihm angebotenen Wein verzichten und ihr unverzüglich hinauf in ihre Kammer folgen ließ.

Erst als sie sich umwandte und ihn über die Schulter hinweg ansprach, wurde ihm bewußt, wie sehr sie Seregil ähnelte, genauer gesagt Seregil in Gestalt der Lady Gwethelyn, die er an Bord der *Pfeil* verkörpert hatte. Alec empfand dies als beunruhigende Erkenntnis und bemühte sich, die Vorstellung aus seinem Kopf zu verbannen, als er Myrhichias Kammer betrat. Während Alec sich umsah, spürte er, wie sinnliche Vorfreude den letzten Rest Beklommenheit vertrieb.

Im Kamin knisterte ein heimeliges Feuer, dessen Flammen den kleinen, eleganten Raum in ein sanftes Licht tauchten. Das Bett erwies sich als hoch und mit gemusterten Vorhängen versehen. Vor dem Kamin stapelten sich riesige Kissen, außerdem standen dort ein paar seltsam geformte Stühle. In einer im Schatten liegenden Ecke lugte hinter einer bemalten Trennwand ein aufwendig gefertigtes Waschgestell hervor.

Myrhichia verharrte ernst in der Mitte des Zimmers und überließ ihm die Wahl, womit er beginnen wollte. »Gefällt es dir?« fragte sie und legte neckisch den Kopf schief.

»Ja«, flüsterte er. Er schloß die Tür, ging auf sie zu und löste die juwelenbesetzten Nadeln, die ihr Haar zusammenhielten. Dunkle, nach Sandelholz duftende Locken rieselten über ihre Schultern.

Während er bei seiner Begegnung mit Ylinestra von Anfang an keinerlei Einfluß auf das Geschehen gehabt hatte, schien diese Frau damit zufrieden, ihn den Ablauf bestimmen zu lassen. Zunächst berührte er ihr Gesicht und ihr Haar, dann drückte er zögernd die Lippen auf die ihren. Ihre Hände legten sich auf sein Gesicht, wanderten über seine Schultern und glitten langsam tiefer.

Die Verschlüsse ihres Kleides stellten keine Herausforderung für Alecs geschickte und geübte Finger dar; bald bildeten Myhichias und seine Kleider zu ihren Füßen einen Haufen.

»Soll ich eine Lampe anzünden?« flüsterte sie, als er sie begierig in die Arme schloß.

Er schüttelte den Kopf und preßte den Leib gegen die weichen Rundungen ihrer Brüste, ihres Bauches und ihrer Hüften und ließ sich von dem wohligen Gefühl ihrer Wärme durchströmen. »Das Feuer reicht.«

Ohne sie loszulassen, sank er auf die Kissen am Kamin. Die widersprüchlichen Empfindungen jenes langen, verwirrenden Abends schienen ineinander zu verschmelzen und sich aufzulösen, als er sich letztlich der überwältigenden Schlichtheit der Lust hingab.

Eirual war zur Hälfte Zengati; die Zengati galten seit jeher als Aurënens Feinde. Dieser Umstand und die dunkle Schönheit ihrer Rasse hatten ursprünglich Seregils Aufmerksamkeit erregt. Obwohl sie bei ihrem ersten Aufeinandertreffen kaum mehr als ein Mädchen gewesen war, erwies sie sich schon damals als heißblütige Liebhaberin, und er trug sich mit dem Gedanken, sie mitzunehmen und mit ihr zusammenzuleben. Sie war es gewesen, die diesen Plan verwarf; sie mochte ihre Arbeit, hatte sie Seregil im Brustton der Überzeugung erklärt. Außerdem hatte sie vor, eines Tages ein eigenes Bordell zu besitzen, so wie schon ihre Mutter und ihre Großmutter. Obwohl Seregils Stolz dadurch ein paar Schrammen abbekam, hatte er ihre Wünsche respektiert, und im Lauf der Jahre waren sie Freunde geworden.

Eirual hatte ihre Träume verwirklicht. Inzwischen war sie Besitzerin eines der besten Freudenhäuser der Stadt, das von ausgesprochen erlesenen Gästen besucht wurde. Diese Stellung bescherte ihr mitunter höchst wissenswerte Informationen. Zwar konnte man sie keineswegs als tratschende Dirne bezeichnen, doch sie wußte von Seregils angeblicher Verbindung zur geheimnisumwitterten »Katze« von Rhíminee und fand es recht einträglich, ihm dann und wann gewisse Tatsachen und Gerüchte anzuvertrauen.

Trotz des bisherigen Verlaufs des Abends war ihre Vereinigung in jener Nacht durchaus leidenschaftlich gewesen. Danach lagen sie ineinander verschlungen zwischen den feuchten, zerknitterten Laken und lachten über dies und jenes.

Nun seufzte sie und meinte: »Weißt du, vor ein paar Wochen ist mir etwas ziemlich Merkwürdiges untergekommen.«

»Und was?« murmelte er, während er zutiefst befriedigt den Kontrast seiner Haut und der ihren bewunderte und ihre Hüfte streichelte.

»Letzte Woche hatte ich einen neuen Gast, einen Fremden. Eine durchaus gepflegte Erscheinung, und er wußte sich auch zu benehmen, aber die Art, wie er redete und seine Hände verrieten, daß er kein Angehöriger der Oberschicht war, nur ein gewöhnlicher Bursche, der zu Gold gekommen war und sich etwas gönnen wollte. Du kennst das ja.«

»Aber er war gutaussehend und breitschultrig und roch nach ehrlicher Arbeit«, warf Seregil scherzhaft ein. »Klingt vielversprechend. Holen wir ihn doch ins Bett.«

»Als ob ich dich mit jemandem teilen würde! Aber ich muß zugeben, ich war zunächst neugierig, obwohl er sich letzten Endes als ziemlich gewöhnlich herausstellte. Nein, ich glaube, was aus seinem Mantel fiel, dürfte dich wesentlich mehr interessieren als was aus seiner Hose fiel.«

»Tatsächlich?« Fragend zog Seregil eine Augenbraue hoch; er wußte, daß es keinen Sinn hatte, sie zu drängen. Sie genoß es, eine Geschichte in die Länge zu ziehen.

»Er hat seine Kleider in alle Richtungen verstreut, deshalb wollte ich ein wenig aufräumen, nachdem er hinterher eingeschlafen war – was, wie ich hinzufügen möchte, nur allzu rasch eingetreten ist. Als ich seinen Umhang aufhob, ist ein Brief herausgefallen. Die Schleife darum hatte sich gelöst, also habe ich einen raschen Blick darauf geworfen. Kurz danach regte er sich, und ich mußte den Brief zurückstecken, aber ich konnte die Handschrift und das Siegel darauf erkennen.«

»Ach ja, du gerissenes Weib? Und von wem stammte der Brief?«

»Von General Zymanis.«

»Wirklich?« Zymanis war vor kurzem die Verantwortung für die Verteidigungsanlagen der Unterstadt übertragen worden. »Und woher weißt du, daß es keine Fälschung war?«

Spielerisch umkreiste Eirual mit dem Finger seinen Nabel. »Wie du weißt, zählt Zymanis zu meinen treuesten Freunden. Vor zwei Monaten ist er mit dem Ring an den Bettpfosten angestoßen. Dadurch bekam das Steinsiegel einen Sprung, einen ganz winzigen nur, trotzdem hat er sich fürchterlich darüber aufgeregt! Die ganze Stimmung war dahin. Der Riß war so fein, daß er kaum jemandem auffallen würde, aber ich wußte, wonach ich zu suchen hatte, und er war da. Was hältst du davon?«

Seregil umfaßte ihre üppige Brust wie einen Pokal und küßte sie andächtig. »Ich glaube, an deiner Stelle hätte ich in Erfahrung gebracht, wo dieser Liebhaber zu finden ist.«

Mit einem tiefen Seufzer preßte sich Eirual an ihn. »In der Segelmacherstraße in der Unterstadt. Ein Mietshaus mit einem roten und weißen Fenstersturz. Sein Name ist Rythel, ein großer, blonder Bursche mit einem kuschelig weichen Bart, ausgesprochen hübsch.«

»Und du meinst, ein solcher Brief hätte bei deinem Gast nichts zu suchen gehabt?«

Eirual nickte. »Allein deshalb, weil das Schreiben an Admiral Nyreidian gerichtet war. Ich habe den Admiral zwar noch nie getroffen, aber ich wette ein Monatseinkommen, daß er keine frischen Schwielen an den Händen und dreckige Fingernägel hat.«

»Oder einen blonden Bart«, sinnierte Seregil und dachte an den Mann, den er anläßlich der Trauernachtszeremonie kennengelernt hatte. Auch Nyreidian hatte davon gesprochen, von der Königin einen Auftrag erhalten zu haben, nämlich das Beaufsichtigen der Freibeuterschiffe.

»Zymanis würde einem solchen Kerl nicht einmal gestatten, auf seinen Schatten zu treten, geschweige denn einen Brief an ihn zu schreiben.« Sie warf Seregil einen verschlagenen Seitenblick zu. »Glaubst du, dein Freund, die Katze, könnte daran interessiert sein?«

»Schon möglich.«

»Ich könnte ihn ja auch selbst fragen«, meinte sie und winkte Seregil nicht zum ersten Mal mit dem Zaunpfahl. Über die Jahre hinweg war die Katze von Rhíminee in der Vorstellung mancher Menschen zu einer höchst romantischen Gestalt geworden, und viele beneideten Seregil um die anscheinend bevorzugte Stellung, die er genoß.

Langsam küßte Seregil sich einen Weg über ihre Brust. »Liebes, ich hab' dir doch schon gesagt, daß er ganz anders ist, als du ihn dir vorstellst. Er ist ein häßlicher, schmächtiger Kerl, der die meiste Zeit durch die Kloake watet.«

»Letztes Mal hast du mir erzählt, er hätte einen Buckel«, verbesserte sie ihn und streichelte seinen Kopf.

»Das auch. Deshalb will er ja auch nicht gesehen werden – weil er so häßlich ist. O Mann, allein seine Furunkel ...«

»Genug!« Lachend gab sich Eirual geschlagen. »Manchmal habe ich den Eindruck, *du* seist die Katze und denkst dir all das nur zur Tarnung aus.«

»Ich? Kannst du dir vorstellen, daß ich durch die Kloake wate und Besorgungen für gelangweilte Blaublüter erledige?« Er drückte sie aufs Bett und tat so, als wäre er zornig. »Oder wie ich über Häuserdächer tripple?«

»O ja«, keuchte Eirual und mußte bei dem Gedanken kichern. »Du bist der Schrecken der Stadt.«

»Da schätzt du mich aber völlig falsch ein, Mädel. Es gibt nur eines, was mir soviel Mühe wert ist.«

»Und das wäre, wenn ich fragen darf?«

Anzüglich grinste Seregil auf sie hinab. »Das wirst du gleich sehen.«

Als er aus ihrem Bett glitt, war die Kerze bis auf einen kleinen Stummel niedergebrannt.

Schläfrig drehte sich Eirual nach ihm um. »Bleib hier, Geliebter. Ohne dich wird mir kalt.«

Er zog ihr die Steppdecke unters Kinn und küßte sie. »Heute nacht kann ich nicht bleiben. Ich schicke dir morgen ein nettes Geschenk.«

»Na schön.« Fast schon wieder eingeschlafen, lächelte sie. »Irgend etwas mit Rubinen, dann verzeihe ich dir vielleicht.«

»Rubine also.«

Rasch kleidete er sich an und blies die Kerze aus. Leise zog er die Tür hinter sich zu und ging den Flur hinab zu Myrhichias Zimmer.

Er mußte mehrmals klopfen, bevor jemand antwortete. Endlich öffnete Myrhichia die Tür einen Spalt und spähte verärgert heraus.

»Er schläft«, teilte sie ihm mit und zog den Morgenrock zu.

»Wie bedauerlich.« Seregil drängte sich an ihr vorbei in die Kammer. Alec lag ausgestreckt auf dem Rücken im Bett; die schlafenden Züge widerspiegelten Glückseligkeit.

Sieht so aus, als hätte er doch noch seinen Spaß gehabt, dachte er mit einer Mischung aus Stolz und Wehmut und sah sich in dem unordentlichen Raum um.

Ohne sich um das Freudenmädchen zu kümmern, das vor Wut schäumte, beugte Seregil sich hinunter und schüttelte den Jungen an der Schulter.

Traumselig regte Alec sich, murmelte eine Liebesbekundung und griff empor, um Seregil ins Bett zu ziehen. Als seine Finger jedoch Wolle statt dem ertasteten, wovon er träumte, riß er die Augen auf und war mit einem Schlag hellwach.

»Was tust *du* denn hier?« keuchte er und setzte sich auf.

»Entschuldige.« Grinsend verschränkte Seregil die Arme vor der Brust. »Ich weiß, der Zeitpunkt könnte kaum schlechter gewählt sein, aber ich bin auf etwas

Interessantes gestoßen und brauche vielleicht deine Hilfe.«

Alecs Blick wanderte rastlos zwischen Seregil und dem Mädchen hin und her. »Arbeit? *Jetzt?*«

»Ich warte unten auf dich. Laß dir nicht allzulang Zeit.«

Alec stieß einen verärgerten Seufzer aus. Doch bevor er aufstehen konnte, ließ Myrhichia den Morgenrock zu Boden gleiten und kroch wieder zu ihm ins Bett.

»Platzt er immer so ungestüm dazwischen?«

»Ich hoffe nicht«, murmelte Alec.

»Verläßt du mich jetzt?« Neckisch küßte sie sich seinen Hals hinab, während sich ihre Hand über die Hüfte in höchst empfindsame Gegenden vortastete.

Alec sah vor seinem geistigen Auge, wie Seregil unten ungeduldig auf und ab lief und auf ihn wartete, doch Myrhichia weckte unter der Decke einen äußerst überzeugenden Grund, noch ein wenig zu bleiben.

»Na ja«, seufzte er und ließ sich von ihr zurück aufs Bett drücken, »vielleicht nicht unbedingt sofort.«

Als Seregil die Treppe hinabging, hatte er bereits das Gerüst eines durchführbaren Planes im Kopf. Er begab sich in die Garderobe, die er verlassen vorfand, was ihm sehr entgegenkam.

Bald fand er, was er brauchte; er kehrte mit dem Mantel eines Offiziers und einem Weinbeutel unter dem eigenen Umhang in den Salon zurück. Alecs Schwertgurt und Umhang trug er über dem Arm.

Zu seiner Überraschung war Alec noch nicht da. Verärgert setzte er sich auf einen Stuhl neben der Tür und wartete.

Es war spät geworden. Ein paar Mädchen befanden sich noch im Salon und spielten Bakshi, um sich die Zeit zu vertreiben, während sie später Gäste harrten, die unter Umständen noch auftauchen würden. Da sie gesehen hatten, daß Seregil von oben gekommen war, schenkten sie ihm wenig Beachtung.

Minuten verstrichen, und immer noch kein Zeichen von Alec.

Seregil war drauf und dran, ohne den Jungen aufzubrechen, als dieser endlich die Treppe hinuntereilte. Das Hemd flatterte ihm lose um die Beine, während er sich mit dem Mantel abmühte, dessen einer Ärmel offenbar nach außen gekehrt war. Nachdem er seine Kleidung einigermaßen in Ordnung gebracht hatte, hastete er zu Seregil hinüber.

»Wurdest du aufgehalten?« erkundigte Seregil sich grinsend und warf ihm Schwert und Umhang zu.

»Myrhichia ist ziemlich sauer auf dich«, brummte Alec, der sich gerötet und außer Atem präsentierte. Er schlang sich den Schwertgurt um die Hüfte und machte die Schnalle fest. »Und ich glaube fast, ich bin auch sauer auf dich. Wenn es wieder nur um ein dämliches Liebespfand geht ...«

Ungebrochen grinsend, zupfte Seregil Alecs Kragen zurecht. »Denkst du, ich würde dir wegen so etwas den Spaß verderben? Komm jetzt, ich erzähle dir unterwegs alles.«

Draußen blickte er sich rasch um, dann flüsterte er: »Ich glaube, Eirual könnte uns auf die Fährte eines Spions gebracht haben.«

Sogleich hellten sich Alecs Züge auf. »Dafür lohnt es sich wirklich, aus dem Bett zu springen.«

»Bist du hierhergeritten?«

»Nein.«

»Gut, dann mieten wir uns Pferde und lassen sie notfalls zurück. Ich erklär's dir unterwegs.«

Damit ließen sie den sanften Schein der Laternen hinter sich und tauchten ein in die allumfassende Dunkelheit der Nacht.

15
Die Jagd beginnt

»Wohin gehen wir?« fragte Alec, während Seregil ihn westwärts durch die dunklen Straßen führte. Am schnellsten gelangte man über den Hafenweg in die Unterstadt.

»Ich brauche ein ganz bestimmtes Pferd«, erklärte Seregil. »Drüben am Erntetor gibt es einen Pferdeverleiher, bei dem ich wahrscheinlich finde, was ich suche, außerdem hat der noch offen.«

Er hielt inne, öffnete den Weinbeutel und trank einen Schluck, dann besprenkelte er die Vorderseite seines Oberkleides mit großzügigen Spritzern. Offenbar zufrieden mit dem Ergebnis, reichte er Alec den Weinbeutel.

Grinsend tat er es Seregil gleich. »Wir sind wohl betrunken, wie?«

»O ja, und ich bin in noch schlechterer Verfassung als du. Du spielst den mitfühlenden Freund.«

»Tue ich das nicht immer?« Alec nahm noch einen kräftigen Schluck, dann stöpselte er den Weinbeutel wieder zu.

Vor dem Stall des Pferdeverleihers brannte noch eine Laterne. Als sie sich dem Lichtkegel näherten, verfiel Seregil in einen unsteten Torkelgang.

»Stallmeister!« rief er, warf sich in herablassende Pose und stemmte die Fäuste in die Hüften. »Zwei Edelleute brauchen Pferde. Zeig dich, Mann.«

»Hier, verehrte Herren«, antwortete ein Mann und öffnete eine Seitentür einen Spalt, um einen vorsichtigen Blick auf die beiden späten Kunden zu werfen.

Seregil hielt die Geldbörse und schüttelte sie. Das Klimpern der Münzen zeigte die gewünschte Wirkung; der Pferdeverleiher schwang die Stalltore weit auf und hielt die Laterne, während die beiden drinnen ein halbes Dutzend Pferde begutachteten.

Bald fand Alec eine annehmbare Stute, und der Mann sattelte sie für ihn.

Seregil brauchte länger. Nachdem er scheinbar endlos auf und ab gegangen war und mürrisch vor sich hingebrummt hatte, entschied er sich für einen knochigen Grauen.

»Es steht mir in keiner Weise zu, einem Lord dreinzureden, aber mit dem Gaul hat er eine schlechte Wahl getroffen«, tuschelte der Stallmeister Alec besorgt zu. »Der alte Cloudy hat seit Tagen nichts mehr gefressen und ist verkühlt. Wenn Ihr für mich mit Eurem Freund redet, sorge ich dafür, daß der das beste Pferd meines Stalls bekommt.«

Alec zwinkerte dem Mann beruhigend zu und zählte eine großzügige Menge Münzen aus der Börse. »Zerbrich dir nicht den Kopf. Wir wollen einem Freund einen Streich spielen, und dein Grauer ist genau richtig dafür. Wir passen schon auf ihn auf und bringen beide Gäule vor Sonnenaufgang zurück.«

Langsam trabten sie los, doch sie hatten kaum eine Viertelmeile hinter sich gebracht, als Seregils kleines, gedrungenes Pferd auch schon jäh zum Stehen kam und seinen Reiter dabei fast vornüber abwarf. Ruckartig riß es den Kopf nach unten und hustete hohl und rasselnd.

»Armer, alter Bursche.« Seregil tätschelte den Hals des Tieres. »Du bist ja besser geeignet, als ich zu hoffen gewagt hätte. Wir müssen später einen Drysier vorbeischicken, der ihn sich mal ansieht.«

»Was glaubst du, führt dieser Spion im Schilde?« fragte Alec, als sie in Schrittgeschwindigkeit weiterritten.

Seregil zuckte mit den Schultern. »Das ist vorerst schwer zu sagen. Eirual meint, dieser Kerl besitzt Dokumente, die er eigentlich nicht besitzen dürfte. Ich will mich vergewissern, ob sie recht hat.«

»Denkst du, er ist ein Plenimaraner?«

»Es ist noch zu früh, um darüber ein Urteil zu wagen. In einer solchen Lage ist es am besten, für alles offen zu bleiben, bis man unwiderlegbare Beweise in der Hand hat. Sonst läuft man nur herum und versucht, seine

Theorie zu belegen und übersieht dabei womöglich wichtige Einzelheiten. Vielleicht hat das Ganze auch überhaupt nichts zu bedeuten, aber es erscheint mir interessanter als alles, was uns in den letzten Wochen untergekommen ist.«

Die Wachen am Ufertor kümmerten sich wenig um ordentlich gekleidete, leicht angeheiterte Lords, die unterwegs in die Unterstadt waren, um sich dort auszutoben. Gelangweilt winkte der Wachtmeister sie durch und kehrte zum Feuer zurück.

Am Ende des Hafenweges wandten sie sich nach Osten und ritten an den Zollbaracken und Kais vorbei in eine einigermaßen achtbare, von Mietshäusern gesäumte Straße.

Hinter ein paar verschlossenen Fensterläden brannte noch Licht, aber der Großteil der Gegend schien zu schlafen. Irgendwo in der Nähe heulte klagend ein Hund; schaurig hallte das Geräusch durch die dunklen Straßen. Seregils Roß legte erschrocken die Ohren an, dann hustete es abermals rasselnd, so daß sein Geschirr nur so klirrte.

»Das ist die Segelmacherstraße«, sagte Seregil und zügelte den Gaul am Beginn einer ungekennzeichneten Gasse. Er löste den Umhang, warf ihn Alec zu und faltete jenen auseinander, den er von Eiruals Bordell mitgebracht hatte. Er gehörte einem Hauptmann der Infanterie der Weißen Falken und wies ein großes, unverkennbares Emblem auf.

»Wo hast du den wieder gestohlen?« fragte Alec, während er beobachtete, wie Seregil den Umhang anlegte.

»Geliehen, mein Junge, geliehen«, verbesserte Seregil ihn kleinlich.

Alec schaute die jämmerlich beleuchtete Straße hinauf und hinunter. »Das Haus dort muß es sein«, sagte er und deutete auf ein Gebäude am Ende der Gasse. »Es ist das einzige mit einem gestreiften Fenstersturz.«

»Ja. Du hältst dich im Hintergrund bereit. Sollten wir fliehen müssen, reite ich wohl besser bei dir mit. Ich glaube kaum, daß der arme, alte Cloudy noch besonders lauffreudig ist.«

Seregil schüttete den letzten Rest Wein über den Widerrist seines Pferdes, knüllte den Umhang linkisch über eine Schulter und zog einen Fuß aus dem Steigbügel. Dann nahm er eine schlaffe, betrunkene Haltung an und stieß das Pferd in Bewegung. Er ritt vor die Tür und trat heftig dagegen.

»Ihr da in dem Haus!« brüllte er lallend und schwankte gefährlich im Sattel. »Ich will diesen verfluchten Quacksalber! Bei Sakor, schickt ihn raus, diesen vermaledeiten Sohn eines Schweins!«

Unmittelbar über seinem Kopf schwang ein Fensterladen auf. Eine alte Frau steckte den Kopf heraus und schaute mit finsterem Blick und entrüstet zu ihm hinab.

»Hör sofort damit auf, oder ich hetze dir die Stadtwache auf den Hals!« kreischte sie und fuchtelte mit einem Stock nach Seregils Kopf. »Das ist ein anständiges Haus.«

»Ich höre erst auf, wenn ich die Hände um seine Kehle legen kann!« schrie Seregil zurück und trat abermals gegen die Tür.

»Du bist betrunken. Das rieche ich bis hier!« stellte die alte Frau verächtlich fest. »Hinter wem bist du überhaupt her?«

Just in dem Augenblick fuhr der Kopf des Grauen nieder, als das Tier gequält hustete.

»Da, hörst du's?« grollte Seregil. »Wie in Bilairys Namen soll ich das meinem Kommandanten erklären, hä? Dein Kurpfuscher hat das Tier zugrunde gerichtet. Hat ihm Salze verabreicht und es damit halb umgebracht. Ich will ihm mein Schwert in den Arsch bohren, diesem pickelgesichtigen Scheißhaufen! Schick Medikus Rythel raus, oder ich komm rein und hol ihn.«

»Du betrunkener Hundesohn!« Die alte Frau holte zu einem weiteren Hieb mit dem Knüppel aus. »Hier wohnt Rythel, der *Schmied*, nicht Rythel, der Medikus.«

»Schmied?« Verwirrt glotzte Seregil zu ihr hinauf. »Wieso, in Sakors Namen, behandelt er mein Pferd, wenn er Schmied ist?«

Alec, der in den Schatten am Beginn der Straße kauerte, bebte vor unterdrücktem Gelächter. Seregils Vorstellung konnte sich mit jeder messen, die er im Theater gesehen hatte.

»Jeder zweite Mann entlang der Küste heißt Rythel, du Trottel. Du hast den falschen erwischt«, zischte die greise Pensionswirtin. »Schmied Rythel ist ein ehrenwerter Mann, was man von dir wohl kaum behaupten kann.«

»Ein ehrenwerter Mann, du meine Fresse!«

»Das ist er. Er arbeitet in der Oberstadt für Meister Quarin.«

Sie verschwand, und Seregil, zweifellos aus leidiger Erfahrung, trieb den Gaul gerade noch rechtzeitig aus dem Weg, ehe sie einen Nachttopf über das Fensterbrett auf ihn hinab entleerte.

Seregil verbeugte sich linkisch im Sattel. »Entschuldige mich untertänigst dafür, deinen Schlaf gestört zu haben, Mütterchen.«

»Du pennst heute nach wohl besser auf dem Bauch«, keifte sie ihm nach, während er wackelig davonritt.

»Das war aber nicht gerade unauffällig«, stellte Alec, immer noch lachend, fest, als sie sich zurück zum Hafenweg begaben.

»Ein betrunkener Soldat, der mitten in der Nacht in der Segelmacherstraße vor dem falschen Haus einen Wirbel veranstaltet?« fragte Seregil und wirkte dabei höchst zufrieden mit sich. »Gibt es etwas Unauffälligeres? Und zudem hatte ich Erfolg. Jetzt wissen wir, daß dieser Rythel so etwas wie ein Wanderschmied ist. Was aber weder beantwortet, woher er genug Gold hat, um sich in der Lichterstraße herumzutreiben, noch wie die Dokumente eines Lords in seine Tasche gelangen.«

»Noch warum er so viel Gold bei sich hatte, obwohl die Dokumente *immer noch* in seiner Tasche waren.«

»Genau. Und worauf läßt das schließen?«

»Daß er das, was er treibt, schon seit einiger Zeit treibt – worum auch immer es sich handeln mag«, erwiderte Alec und schaute zurück zur Küste. »Wir müssen uns sein Zimmer ansehen, und wir sollten herausfinden, wer dieser Meister Quarin ist.«

»Wir machen uns gleich morgen an die Arbeit. Warte mal kurz.«

Inzwischen pfiff Seregils Grauer buchstäblich aus dem letzten Loch. Seregil zügelte den Gaul neben einer Laterne am Ende des Hafenweges, stieg ab und legte die Hände um den Kopf des Tieres. »Ich reite besser bei dir mit, Alec. Dieser arme, alte Kerl ist am Ende seiner Kräfte. Und den Umhang sollte ich auch wieder wechseln.«

Alec zog einen Fuß aus dem Steigbügel und streckte die Hand hinab. Seregil ergriff sie, schwang sich hinter Alec auf den Pferderücken und umschlang die Hüfte des Jungen.

Bei der Berührung überkam Alec neuerlich eine unerwartete, sinnliche Empfindung, zart wie der Flügelschlag einer Fledermaus, dennoch unverkennbar. Zwar hatte die Art, wie Seregil sich an einer Handvoll Hemd festklammerte, um das Gleichgewicht zu halten, ganz und gar nichts Verführerisches an sich, trotzdem sah Alec plötzlich vor sich, wie sein Freund den Kopf des jungen Mannes in Azarins Freudenhaus streichelte und später die dunkeläugige Eirual umarmte.

Seregil hatte ihn schon oft berührt, aber stets nur mit brüderlicher Zuneigung. Heute nacht hatte Alec gesehen, zu welchen Gefährten sein Freund sich hingezogen fühlte – Wythrin und Eirual, beide exotisch, wunderschön und zweifellos Meister einer Liebeskunst, die Alecs Vorstellungskraft bei weitem überstieg.

Was geschieht nur mit mir? fragte er sich bedrückt. Der Schöpfer sei gnädig, er konnte immer noch Myrhichias satten Duft riechen, der an seiner Haut haftete. Eine leise Stimme schien aus einem vernachlässigten Winkel seines Herzens zu antworten: *Du erwachst endlich.*

»Alles in Ordnung?« erkundigte sich Seregil.

»Ich dachte nur, ich hätte etwas gehört.« Alec trat das Pferd in Bewegung.

Seregil verbarg den gestohlenen Umhang unter dem

seinen und sagte: »Den sollten wir wirklich zurückgeben. Ich will nicht, daß eines von Eiruals Mädchen wegen mir Ärger bekommt. Du hast doch nichts dagegen, zweimal in einer Nacht dorthin zu gehen, oder?«

Zwar konnte Alec das Gesicht seines Freundes nicht sehen, doch er erkannte allein an der Stimme, daß er grinste.

»Ich? Und wo wirst du sein?« fragte Alec.

»Oh, ganz in der Nähe.«

Unbehaglich rutschte Alec im Sattel hin und her. »Du willst zurück zu Azarin.«

Er vernahm ein kehliges Kichern hinter sich. »Geflügel schmeckt einfach nicht so richtig, wenn man Appetit auf Wild hat.«

Zumindest weißt du, was du willst, dachte Alec mißmutig.

16

Schmiede und Bettler

Cilla schürte gerade das Feuer nach, als Seregil am nächsten Morgen in den Jungen Hahn zurückkehrte.

»Ist Alec schon wieder hier?« fragte er.

»Ich hab' ihn seit gestern nachmittag nicht mehr gesehen. Du hast ihn doch nicht etwa verloren?«

»Hoffentlich nicht.« Er griff sich ein paar Äpfel aus einem Korb und machte sich auf den Weg zur Hintertreppe.

»Warte mal, ich hab' was für dich!« rief Cilla ihm nach. Sie holte ein kleines, versiegeltes Päckchen hinter der Salzdose auf dem Kaminsims hervor und reichte es ihm. »Runcer hat das hier von der Radstraße herübergeschickt. Ein Regimentsbote der Reiterei der Königin hat es dort abgeliefert.«

Seregil steckte die Äpfel in die Tasche und betrachtete das Paket, während er hinaufging. Das gefaltete Pergament war mit Wachstropfen versiegelt und mit verschmierten Fingerabdrücken übersät. Auf der Vorderseite stand in Beka Cavishs ungeduldiger, gerader Handschrift die Adresse von Lord Seregils Haus.

Er öffnete das Päckchen und las den kurzen Brief darin.

> Lieber S. & A.
> 27. Dostin – Haben Isil erreicht. Morgen ziehen wir in mycenisches Gebiet. Eine der anderen Turmae hat bei einer Brücke über den Kanal in der Nähe von Cirna einen Reiter verloren, als sein Pferd ausbrach und ihn über den Rand schleuderte. Entsetzlich.
> Das Wetter ist schlecht. Hier oben herrscht immer noch tiefster Winter. Der schlimmste Feind, dem wir uns bislang stellen mußten, ist Langeweile. Hauptfrau Myrhini und einige der anderen Offiziere vertreiben sie zuweilen mit Kriegsgeschichten. Einige der besten aber erzählen die Feldwebel.
> Heute nacht werden wir in den Stallungen des Anwesens des Barons von Isil untergebracht. Der Ruhm des Soldatenlebens, was, Seregil?
>
> – B. Cavish

Als Seregil in ihren Zimmern ankam, fand er Alec schlafend auf seinem schmalen Bett vor. Die Kleider hatte der Junge achtlos auf den Boden geworfen, so daß sie einen unordentlichen Haufen bildeten. Seregil setzte sich auf die Kleidertruhe am Bettende und klopfte ihm auf den Fuß.

»Guten Morgen. Es gibt Neuigkeiten von Beka.«

Alec brummte etwas, dann rollte er sich herum. Zunächst blinzelte er verschlafen in das durch die Fenster strömende Licht der Morgensonne, dann zu Seregil. »Kommst du gerade heim?«

Seregil warf ihm einen Apfel zu. »Ja. Tirien hat übrigens nach dir gefragt und bestellt dir schöne Grüße.«

Alec zuckte gleichgültig mit den Schultern und biß in den Apfel. »Was schreibt Beka denn?«

Seregil las ihm den Brief vor.

»Der Schöpfer sei gnädig!« murmelte der Junge, als er von dem Mann hörte, der an der Kanalbrücke abgestürzt war. Alec behagten Höhen nicht sonderlich, und Seregil hatte ihm geduldig wie ein Maultiertreiber zureden müssen, um ihn über die Brücke zu bewegen, die sie beide damals zum ersten Mal überquerten.

»Mal sehen«, meinte Seregil, nachdem er geendet hatte. »Wenn sie vor zwei Wochen bei Wyvern Dug waren und von dort aus in südöstlicher Richtung gezogen sind, könnten sie mittlerweile jenseits des Folcwine sein.«

»Klingt, als käme sie ganz gut zurecht.«

»Etwas anderes hätte ich auch nicht von ihr erwartet. Beka ist im Umgang mit Menschen ebenso begabt wie im Umgang mit Pferden oder dem Schwert. Ich wette eine Mark mit dir, daß sie eine Hauptmannskrause trägt, wenn wir sie das nächste Mal sehen.«

Falls wir sie wiedersehen, blitzte in seinem Hinterkopf auf, als er dies aussprach, doch er verdrängte die Zweifel. Er vermeinte, auch über Alecs Gesicht denselben Gedanken, dasselbe rasche Verdrängen huschen zu sehen.

»Womit fangen wir heute an?« fragte Alec und wischte sich eine zerzauste Haarsträhne aus den Augen.

Seregil trat an den Kamin und schürte die Reste des Feuers der letzten Nacht. »Zunächst will ich diesen Meister Quarin ausfindig machen. Leider wissen wir nicht, was für ein Schmied er ist. Goldschmied, Silberschmied, Schwertschmied, Hufschmied ...«

Nachdenklich kauend, beobachtete Alec seinen Freund. Nach einer Weile meinte er: »Wie wär's mit einem Eisenschmied?«

Seregil schaute auf den Schürhaken in seiner Hand, dann stellte er fest, daß auch Alec den Schürhaken betrachtete.

»Du hast doch gesagt, Lord Zymanis sei verantwortlich für die Befestigungsanlagen der Unterstadt, also braucht er eher einen Eisenschmied als einen Goldschmied, richtig? Und Eirual hat dir erzählt, er hätte rauhe Hände gehabt.«

»Du hast heute morgen einen klareren Kopf als ich«, gestand Seregil, verdrossen darüber, nicht selbst darauf gekommen zu sein.

»Wahrscheinlich habe ich auch mehr Schlaf abbekommen.«

Überrascht musterte Seregil den Jungen, denn er glaubte, einen Hauch Mißbilligung in seinem Tonfall gehört zu haben. Dabei hatte er angenommen, Alec wäre nach seiner erfüllten Nacht mit Myrhichia endgültig von jener unangebrachten Schamhaftigkeit geheilt. Offenbar hatte sich an seiner dalnischen Einstellung gegenüber Orten wie Azarins Haus wenig geändert. *Tja, das ist nun wirklich Pech für ihn.*

»Eisenschmiede gibt es überall in der Stadt, aber sie gehören alle derselben Gilde an«, sagte er und ließ einen Augenblick verstreichen. »Ich lasse Thryis eine der Küchenmägde rüberschicken, um sich nach Quarin zu erkundigen. In der Zwischenzeit ruhe ich mich ein wenig aus.«

Gegen Mittag wußten sie bereits, daß sich Meister Quarins Laden in der Eisenwarenhändlerzeile nahe des Ufermarkttores befand. Kurz darauf machten sie sich als zerlumpte Krüppel verkleidet auf den Weg.

Alecs Gesicht lag halb unter einem schmutzigen Verband verborgen.

Seregil trug eine alte Ruine von einem Hut, den er mit einem Kopftuch festgebunden hatte, so daß die Krempe an beiden Seiten bis ans Kinn hinabreichte. Die Verkleidung zeigte die gewünschte Wirkung. Als sie den Hinterhof überquerten, erblickte Rhiri sie und schwenkte drohend einen Rechen in ihre Richtung.

»Ah, diese allgegenwärtigen Bettler«, kicherte Seregil, nachdem sie durch das Tor gehuscht waren. »Niemand ist je überrascht oder erfreut, sie irgendwo in der Stadt zu sehen.«

Mit Betteltassen in den Händen brachen sie zur Korngarbenstraße auf, jener breiten Prachtstraße, die sich quer durch die ganze Stadt zwischen dem Ernte- und dem Ufermarkttor erstreckte.

Wie erwartet, erregten sie kaum Aufmerksamkeit, während sie durch die betriebsamen Straßen trippelten. Endlose Fuhrwerk- und Karrenreihen rollten an ihnen vorüber. Kesselflicker und Messerschleifer boten in marktschreierischer Manier ihre Dienste feil. Schmutzige Kinder wirbelten auf der Jagd nach Hunden, Schweinen oder einander durch die Menschenmassen. Überall waren Soldaten und übelriechende, echte Bettler sowie ein paar früh erwachte Dirnen, die Passanten behelligten.

Bei einer günstigen Gelegenheit, ergaunerten sich Seregil und Alec eine Fahrt auf einem Heuwagen, indem sie sich an die Heckpfosten klammerten, während das Gespann über das Kopfsteinpflaster dahinholperte.

»Schau mal da«, sagte Seregil und deutete nach hinten.

Alec folgte seinem Blick und zuckte innerlich zusammen. Einen halben Häuserblock hinter ihnen wackelten fünf Köpfe auf Lanzen, die senkrecht aus einem klobigen Holzkarren aufragten, den ein finster blickender Trupp der Stadtwache umgab. Alec hatte solche Zurschaustellungen schon früher gesehen; dieses Schicksal blühte in Rhíminee Verrätern und Spionen. Die enthaupteten Körper lagen gewiß unten im Karren und waren unterwegs zur Stadtgrube.

»Der Schöpfer sei gnädig, das wird ja allmählich ein alltäglicher Anblick«, murmelte er. »Wenn wir Recht haben, was unseren Mann betrifft . . .«

». . . dann erwartet ihn dasselbe Ende.« Ungerührt betrachtete Seregil die Köpfe. »An deiner Stellte würde ich mir darüber keine Gedanken machen. Tu ich auch nicht.«

Vor allem, seit du nur einen Atemhauch entfernt davon warst, selbst so zu enden, dachte Alec grimmig. Gelegentlich plagten ihn deshalb immer noch Alpträume, und manchmal überlegte er, was wohl geschehen wäre, wenn Micum und er Seregils Namen nicht von den sorgfältig ersonnenen Hochverratsanschuldigungen der Leragetreuen hätten reinwaschen können. Er fragte sich, ob es Seregil ebenso ging.

Sobald die farbenfrohen Markisen des Ufermarktes in Sicht gerieten, sprang Seregil vom Fuhrwerk und zeigte Alec den Weg zur Eisenwarenhändlerzeile, einer gewundenen Seitengasse, in der sich unter Dachgerüsten eingerichtete Werkstätten und rußgeschwärzte Gebäude aneinanderreihten. Eingedenk seiner Rolle verfiel Seregil in ein schlurfendes, schiefes Hinken und stützte sich auf Alecs Arm.

Ungeachtet des Straßennamens gingen hier Metallarbeiter jeder Art ihren Geschäften nach, da sie sich sowohl von der Nähe des Hafens als auch von der des Marktes Vorteile versprachen.

Beißende Dämpfe brannten Alec in den Augen, als sie sich einen Weg durch das Gewühl bahnten. In den Werkstätten sah er die Umrisse halbnackter Männer, die sich im rotleuchtenden Schein der Essen abzeichneten, so daß sie wie rachsüchtige Dämonen wirkten, wenn die Hämmer niedersausten und von glühendem Metall Funken aufstieben ließen. Überall rannten Lehrlinge mit Kohlenschütten umher; andere schwitzten über Blasebälgen und pumpten und pumpten, bis die Essen gelb-weiß glommen. Kessel, Schwerter, Werkzeuge und Rüstungsteile prangten über Türstöcken und wiesen darauf hin, welche Waren in dem jeweiligen Laden angefertigt wurden.

An der ersten Werkstatt, zu der sie kamen, hielten sie inne. Seregil humpelte auf einen Lehrling zu und erkundigte sich nach Quarin.

»Meister Quarin?« Der Junge deutete die schmale

Gasse hinab. »Sein Laden ist noch ein Stück weiter, in der Nähe der Mauer, der größte im ganzen Block. Du kannst ihn gar nicht verfehlen.«

»Vielen Dank, mein Freund«, krächzte Seregil und griff wieder nach Alecs Arm. »Komm weiter, Sohn, wir sind fast da.«

Einen kurzen, verwirrenden Augenblick lang starrte Alec auf seinen Freund hinab. Sie hatten ihre Rollen nicht genau besprochen – so viele Monate nach dem Tod seines Vaters unerwartet »Sohn« genannt zu werden, jagte ihm einen übelkeiterregenden Schauder durch den Leib. Schuldbewußtsein folgte auf den Fuß; er hatte seit Wochen, vielleicht noch länger nicht mehr an seinen Vater gedacht.

Seregil schielte unter dem Hut mit dem einen sichtbaren, scharfen grauen Auge zu dem Jungen empor. »Alles in Ordnung?«

Alec starrte geradeaus und war überrascht von dem plötzlichen Brennen in den Augen. »Alles in Ordnung. Es ist nur der Rauch.«

Nachdem sie so manch schwerem Karren und zornigem Geschrei ausgewichen waren, fanden sie endlich Quarins Geschäft. Es handelte sich um eine riesige Werkstatt, wesentlich größer als die übrigen, und sie war in einer umgebauten Lagerhalle untergebracht.

Seregil verharrte eine Weile und wog den Ort durch die offene Tür ab.

»Von hier aus kann ich zwei Essen erkennen«, flüsterte er. »Siehst du die Kerle mit den Metallknöpfen am oberen Schürzensaum? Das sind alles Handwerksmeister. Dieser Meister Quarin muß wirklich einen guten Ruf haben, wenn er eine solche Mannschaft unter sich hat. Wollen mal sehen, was er über unseren Freund Rythel weiß.«

Unmittelbar hinter der Tür stießen sie auf eine Frau in knopfbesetzter Schürze, die gerade einem aufwendig verzierten Tor den letzten Schliff verlieh. Als sie die beiden erblickte, hielt sie inne und setzte den Hammer auf einem Knie ab.

»Sucht ihr hier jemanden?« rief sie ihnen zu.

Seregil senkte die Stimme auf ein heiseres Brummen. »Ist das hier Meister Quarins Laden?«

»Das da hinten ist der Meister.« Sie hob den Hammer wieder an und deutete auf einen gedrungenen, weißhaarigen alten Mann, der mit einer Metallnadel in der Hand mit mehreren anderen Schmieden um eine Werkbank stand.

»Eigentlich hat man uns losgeschickt, um Meister Rythel zu finden«, erklärte Alec. »Wir haben ihm eine Nachricht zu überbringen, und man hat uns gesagt, daß er hier arbeitet.«

Die Frau schnaubte verächtlich. »Ach, der! Er und seine Mannschaft sind unten am westlichen Abwassertunnel in der Unterstadt.«

»Ist er ein Freund von dir, Schätzchen?« fragte Seregil schmeichlerisch und zwinkerte ihr unter der löchrigen Hutkrempe zu.

»Der hat hier keine Freunde. Ein Emporkömmling, bloß weil er der Neffe vom Meister ist. So einer pickt sich die Rosinen raus und pfeift auf den Rest von uns. Und jetzt fort mit euch; ich hoffe ihr berechnet ihm die Botschaft doppelt. Der Bastard kann es sich locker leisten.«

Alec nickte ihr anerkennend zu. »Danke und der Schöpfer erbarme sich deiner. Komm, Großvater, wir haben noch einen weiten Weg vor uns.«

»Großvater, wie?« Seregil warf dem Jungen einen süßsauren Blick zu, als sie weiter zum Ufermarkt schlenderten.

»In der Verkleidung könntest du alles mögliche sein. Diese Schmiedin schien Rythel nicht besonders zu mögen, was?«

»Ist mir auch aufgefallen«, erwiderte Seregil, richtete sich auf und streckte den Rücken. »Die Gilde der Schmiede ist ein stolzer, verstockter Haufen, und die Rangordnung ist ihnen ungemein wichtig. Klingt so, als hätte Quarin so manchen vor den Kopf gestoßen, indem er den Auftrag einem Verwandten anvertraut hat.«

»Wieso sollte ihn jemand darum beneiden, in den Abwasserkanälen zu arbeiten?«

»Wenn sie tatsächlich in den Abwasserkanälen sind, dann müssen sie die Eisengitter tauschen, die sämtliche von der Zitadelle kommende Tunnel sichern. Und wer, glaubst du, hat diesen Auftrag erteilt?«

»General Zymanis.«

»Zumindest über verschiedene Handlanger, die sich um die Einzelheiten kümmern. Jedenfalls wird es dadurch ein höchst einträglicher Auftrag, der Sonderzahlungen für den Schmied und seine Mannschaft verheißt, die für die Ausbesserungen verantwortlich sind. Die Frau meinte, er hätte sich ›die Rosinen rausgepickt‹, weißt du noch?«

»Das erklärt aber noch nicht, woher Rythel Dokumente mit Lord Zymanis' Siegel hat.«

»Nein, aber man könnte es als erstes Zeichen für eine einleuchtende Verbindung deuten. Der Brief, den er in der Tasche hatte, war an Admiral Nyreidian gerichtet. Wir haben ihn bei Kyliths Empfang anläßlich der Trauernachtszeremonie kennengelernt, falls du dich erinnerst.«

»Der Lord, dem kürzlich die Verantwortung über die Freibeuterschiffe übertragen wurde!« rief Alec aus. »Auch das hat mit dem Krieg zu tun.«

»Was bedeutet, daß wir vermutlich recht damit haben, daß Rythel eine Art Schnüffler ist.«

Schweigend marschierten sie weiter den Hafenweg entlang. Dann schaute Seregil auf und sagte: »Wenn wir tatsächlich recht haben, sollte ich vielleicht ein wenig mit diesem Rythel spielen und versuchen, etwas aus ihm herauszubekommen. Wenn wir da sind, bleibe ich besser außer Sichtweite und lasse dich den Boten spielen. Ich möchte das Wagnis umgehen, daß er später meine Stimme wiedererkennt, falls er über Erfahrung in dem Gewerbe verfügt.«

Am Hafen angelangt, wandten sie sich nach Westen und zogen an den letzten Kais und Lagerhäusern vorbei zu einem felsigen Landzipfel, der sich am Fuße der Klippen erstreckte. Die frische Radspur eines Karrens verschwand zwischen schiefen Kiefern und Hügeln außer Sicht. Nachdem Seregil und Alec der Furche etwa eine Viertelmeile gefolgt waren, fanden sie Rythels Mannschaft an der Mündung eines steilen, übelriechenden Abwassertunnels.

Der Eingang zu dem Kanal befand sich etwa fünfhundert Fuß oberhalb der Stelle, wo Alec und Seregil standen.

Die Öffnung entsprach in Größe und Form einem gewölbten Türbogen und war groß genug, daß ein Mann hindurchschreiten konnte, ohne den Kopf einzuziehen. Ein ekliger, grauer Strom ergoß sich über die Kante und plätscherte über eine Steinrinne weiter ins Meer. Ein fauliger Gestank ging von der Felskluft aus, und Alec fiel auf, daß die Arbeiter feuchte Fetzen über den Nasen und Mündern trugen. Vermutlich Essiglappen, um sich vor den giftigen Dämpfen des Ortes zu schützen.

Nahe der Öffnung war eine Esse aufgestellt worden, und der schwarze Rauch, der daraus aufstieg, kräuselte sich träge in der feuchten Luft. Gleich daneben stand ein kleiner Karren, an dem ein Dutzend bewaffneter Blaumäntel lehnte.

»Was tun die denn hier?« fragte Alec, während die beiden hinter einem Felsbrocken hervor hinaufspähten.

»Sie halten Ausschau nach Torläufern und Spionen. Die Abwasserkanäle führen überall hin in die Stadt.«

»Was sind Torläufer?«

»Hauptsächlich Diebe, die wissen, wie man die zahlreichen Tore und Gitter überwindet und sich in den Tunneln fortbewegt. Sie kennen das Netz der Kanäle besser als jeder andere, einschließlich der Gilde der Nachtmeister. Und jetzt geh und sieh dir die Sache mal an.«

Alec ließ Seregil hinter dem Felsen zurück, zog die Lumpen enger um sich und folgte dem steinigen Pfad hinauf zur Esse.

»Was willst du hier?« fragte ein Soldat und wirkte dabei eher gelangweilt denn mißtrauisch.

»Ich habe eine Botschaft für einen der Schmiede«, erwiderte Alec. »Der Mann heißt Rythel.«

»Dann geh mal weiter, aber mach schnell«, sagte die Wache und winkte ihn vorbei.

An der Esse pumpten zwei Lehrlinge verbissen den Blasebalg, während ein anderer mit einer schweren Zange eine Eisenstange ins Feuer hielt. Hinter ihnen bearbeitete ein Schmied eine glühende Eisenspitze auf einem Amboß. Da er klein und dunkelhaarig war, entsprach er nicht der Beschreibung, die Eirual Seregil gegeben hatte.

Alec wartete, bis der Mann mit dem Hämmern absetzte, dann trat er vor und tippe sich respektvoll an die Stirn.

Argwöhnisch musterte der Schmied die Lumpen. »Was willst du?«

»Ich bitte um Verzeihung, Herr, aber ich habe eine Nachricht für Meister Rythel«, antwortete Alec mit der salbungsvollen Höflichkeit eines Bettlers.

»Dann sag sie mir schnell und zieh wieder Leine. Die Wachen mögen's nicht so gern, wenn sich hier jemand rumtreibt.«

»Das kann ich nicht, Herr«, erwiderte Alec im Jammerton und zupfte verlegen am Saum seines Kittels. »Bitte verzeiht, aber man hat mir gutes Silber gezahlt, damit ich sie niemand anderem als Rythel persönlich überbringe. Ich verliere womöglich meinen Lebensunterhalt, wenn sich herumspricht, daß ich persönliche Botschaften jedem erzähle, der sie hören will.«

Der Schmied zeigte sich alles andere als verständnisvoll. »Pfeif auf deinen Lebensunterhalt. Rythel schmeißt mich hochkant raus, wenn ich dich einfach so da reinspazieren lasse.«

Der Wortwechsel schien für die Wachen eine willkommene Abwechslung darzustellen. »Ach was, er sieht doch ganz harmlos aus!« rief einer der Soldaten herüber, der sich auf Alecs Seite schlug. »Wieso willst du ihn nicht wenigstens hier draußen warten lassen? Schließlich ist die Nachricht doch für Rythel.«

»Aye, und es ist eine Nachricht, die er ganz sicher unbedingt hören möchte, wenn Ihr versteht, was ich meine.« Grinsend machte Alec mit zwei Fingern ein unanständiges Zeichen.

»Na schön, aber auf eure Verantwortung«, brummte der Schmied angesichts des Widerspruchs gegen seine Entscheidung. »Hock dich dort auf den Karren und rühr dich nicht.«

Alecs Fürsprecher verloren das Interesse an ihm, nachdem der Sieg errungen war.

Er kauerte sich hinten auf den Karren, ließ müßig die Füße baumeln und durchforstete seine Lumpen nach nicht vorhandenen Läusen.

Der Karren war mit Eisengittern beladen. Es handelte sich um schlichte, robuste Dinger aus senkrechten Stäben und Querstreben. Anscheinend waren sie in der Werkstatt in der Oberstadt angefertigt und dann für letzte Anpassungsarbeiten hierher befördert worden. An der Esse verliehen der Schmied und seine Helfer gerade einem Gitter den letzten Schliff, indem sie die Querstreben auf mit Tastzirkel erfaßte Maße kürzten und sie dann mit heißem Eisen aus der Esse verstärkten. Nachdem sie damit fertig waren, brachten sie an den äußeren Senkrechtstäben oben und unten schwere Metallflansche an. Die unteren Flansche wiesen dicke, nach unten gerichtete Bolzen auf; die oberen nicht.

Dann kamen mehrere Arbeiter aus dem Tunnel. Die Gesichter waren allesamt mit Essiglappen bedeckt, aber ein Mann überragte die anderen deutlich; unter seiner Lederkappe lugte buschiges, blondes Haar hervor.

»Ordo, wir brauchen diese Nieten, wenn wir wieder reingehen!« rief er dem Schmied an der Esse zu. »Sind sie schon heiß?«

»Wann immer Ihr sie braucht, Meister Rythel. Und dieser junge Bursche dort wartet auf Euch.« Mit dem Daumen deutete der Schmied in Alecs Richtung, dann fügte er spitz hinzu: »Feldwebel Durnin meinte, das wäre schon in Ordnung.«

Rythel zog sich den Fetzen aus dem Gesicht und strich

sich mit der Hand über den dichten, ordentlich gestutzten Bart. »Was willst du?«

Alec sprang vom Karren und verbeugte sich hastig. »Ich habe eine Botschaft für Euch, Meister, von einer Frau.«

Die finstere Miene des Mannes löste sich in Wohlwollen auf. Er bedeutete Alec, ihm zu folgen und entfernte sich von den anderen.

»Welche Frau und wie lautet die Botschaft?« wollte er wissen.

»Eine dunkelhaarige Schönheit aus der Lichterstraße, Meister. Sie sagt, sie hofft, Ihr hättet sie in lieber Erinnerung behalten und würde sich freuen, wenn Ihr sie wieder besuchen kämt, sobald Ihr könnt.«

»Hat sie dir ihren Namen verraten?« fragte Rythel, der hocherfreut wirkte.

»Nein«, erwiderte Alec und runzelte bekümmert die Stirn, doch dann, als wäre es ihm plötzlich eingefallen, fügte er hinzu, »aber sie arbeitet im Haus der Schwäne.«

»Ich kenne sie«, meinte Rythel, als er den Namen von Eiruals Freudenhaus vernahm. »Sonst noch etwas?«

»Das ist alles, genau, wie sie es mir aufgetragen hat. Und wenn ich mir die Bemerkung erlauben darf, Meister, ich hatte Glück, Euch überhaupt zu finden ...«

»Ja, ja!« Rythel faßte in einen am Gürtel befestigten Beutel und ließ klimpernd ein paar Münzen in Alecs ausgestreckte Hand fallen. »Sag der Dame, ich besuche sie, sobald ich kann. Und jetzt verschwinde.«

»Des Schöpfers Segen sei mit Euch«, sagte Alec und eilte davon. Als er an den Soldaten vorbeilief, betrachtete er die Münzen, die Rythel ihm gegeben hatte. Allesamt aus Kupfer. Er zeigte sie den grinsenden Soldaten, spuckte seitwärts aus und brummte: »Dieser knickerige Hundesohn. Der kann seine Nachricht selber überbringen.« Das Gelächter der Blaumäntel folgte ihm den Pfad hinab.

An dem Felsblock gesellte sich Seregil zu ihm, und auf dem Weg zurück hinunter berichtete Alec ihm alles, was er gesehen hatte.

Zufrieden rieb sich Seregil die Hände. »So, jetzt wissen wir, wie unser Schnüffler aussieht.«

»Trotzdem wissen wir noch nicht viel über ihn.«

»Aber sofern man der Frau aus der Werkstatt Glauben schenken kann, dürften wir dort wohl jede Menge Kollegen finden, die sich nur allzu gern über ihn auslassen. Du hast deine Sache wie immer gut gemacht. Ich glaube, wir werden heute abend wieder dich einteilen.«

Alec grinste vor Freude über das Lob. »Und wen spiele ich diesmal?«

»Einen verwegenen, unverdorbenen Landburschen auf der Suche nach einer Lehrstelle und ein paar Freunden.«

Alecs Grinsen wurde noch breiter. »Das kommt mir irgendwie bekannt vor.«

Das *Hammer und Zange* befand sich am Ende der Eisenwarenhändlerzeile und galt als angestammter Treffpunkt der Schmiede in diesem Stadtteil. Die meisten Außenseiter ließen sich rasch durch die enge Bruderschaft der Gildenmitglieder entmutigen, die das Wirtshaus nachgerade als ihr Eigentum und als inoffiziellen Sitz der Gilde betrachteten, doch niemand hatte etwas gegen den kleinen Wanderminnesänger einzuwenden, der an jenem Abend aus dem Sturm hereinkam. Solche Musiker, kaum mehr als Bettler, die in Schenken oder auf Marktplätzen für ein wenig Kleingeld spielten, gab es in der Stadt zuhauf. Sein über und über mit bunten Stoffetzen geflickter und mit billigen Perlen besetzter Umhang sowie die aus den zahlreichen Taschen ragenden Flöten verschafften ihm Einlaß und einen Platz in der Nähe des Feuers.

Seregil entschied sich für eine lange Holzflöte, pfiff eine einfache Melodie, dann sang er einen Vers, und zwar mit einer Stimme, bei der sich Rolan Silberblatt im Grab herumgedreht hätte, wäre sie ihm ans Ohr gedrungen. Zum Glück spielte er im Augenblick vor einer weniger kritischen Zuhörerschaft, und bald hatte sich eine kleine Menschenmenge um ihn gebildet. Rythel befand sich nicht darunter, dafür erspähte er Alec, der in seinem schlichten Kittel und mit dem sauber gewaschenen, bartlosen Gesicht einen Bauerntölpel abgab, wie er im Buche stand.

Der Junge nickte ihm unauffällig zu, um ihm anzuzeigen, daß alles in Ordnung sei.

Von seinem Sitzplatz am Feuer aus sah Seregil, daß Alec in eine Gruppe Trinkender aufgenommen worden war, der auch die Frau angehörte, mit der sie in Quarins Werkstatt gesprochen hatten.

Daraus zu schließen, wie sie ihn in die lustige Runde einbezogen, hatte er offenbar einen guten Eindruck auf sie gemacht.

Seregil spielte weiter und hielt die Ohren für wissenswerte Unterhaltungsfetzen gespitzt, bis Alec ging. Danach pfiff er noch ein paar kurze Weisen, sammelte seine Kupfermünzen ein und folgte dem Jungen.

Alec wartete an dem öffentlichen Stall, in dem sie die Pferde untergestellt hatten. In einer schattigen Seitengasse legten sie die Verkleidungen ab, zogen schlichte Gewänder an und ritten zu einem Wirtshaus nahe der Nordmauer des Ringes.

»Viel Glück hatte ich nicht, es sei denn, du willst den gegenwärtigen Preis für Roheisen wissen«, meinte Seregil, als sie sich an einem Ecktisch niederließen. »Wie ist's dir ergangen?«

»Du hattest recht damit, daß sich bei Quarin einige Leute vor den Kopf gestoßen fühlen«, begann Alec. »Maruli und einige der anderen Schmiede haben sich ganz schön über Rythel ausgelassen. Er ist nicht nur Quarins Neffe, nein, er ist auch erst seit kurzem bei ihm. Früher hatte er unten in Kedra einen eigenen Laden, aber der ist vor vier Monaten niedergebrannt. Danach kam er hierher.«

»Versteht sich Quarin gut mit seinem Neffen?«

»Nicht mehr. Der alte Alman Schwarzhand hat mir erzählt, daß zunächst alles eitel Wonne war, doch dann sind harte Worte gefallen. Seit Quarin ihm den Auftrag in der Kloake übertragen hat, spricht er kaum noch mit ihm. Und einige halten es für merkwürdig, daß Rythel nicht bei seinem Onkel wohnt.«

»Interessant. Gehört irgend jemand, mit dem du geredet hast, zu Rythels Mannschaft?«

»Ein paar, und die mögen ihn ebensowenig. Er hat eine spitze Zunge und behandelt sie wie Lehrlinge im ersten Monat; ständig guckt er ihnen über die Schulter. Gleich zu Beginn der Arbeit hat er Fehler bei der Befestigung der Gitter festgestellt. Seither kümmert er sich zumeist selbst um die letzten Anpassungen.«

Vielsagend zog Seregil eine Augenbraue hoch. »Darauf hätte ich gewettet.«

»Inzwischen sind sie seit etwas mehr als drei Wochen damit beschäftigt. Alle alten Gitter mußten ausgebaut und die Mauersockel ausgebessert werden. Deshalb sind so viele Wachen dort. Jetzt setzen sie gerade die neuen Gitter ein. Alman ist für das Ausmessen der Tunnelabschnitte verantwortlich, in denen die Gitter angebracht werden, damit die Flanschbolzen und -löcher auch richtig passen, aber das eigentliche Einsetzen und Befestigen übernimmt Rythel. Und die Gitter sind fix montiert, nicht versperrt. Das ist so ziemlich alles, abgesehen davon, daß man mir geraten hat, Quarin auf eine Lehrstelle anzusprechen.«

»Hoffentlich kommt es nicht so weit.«

Alec beugte sich hinüber und senkte die Stimme. »Glaubst du, Rythel macht sich an den Gittern zu schaffen?«

»Nach seinem Verhalten zu schließen, dürfen wir diese Möglichkeit jedenfalls nicht außer acht lassen. Die Frage ist, wie er es tut und ob auch andere Arbeiter darüber Bescheid wissen. Und natürlich, wer hinter der ganzen Sache steckt.«

»Das können nur die Plenimaraner sein.«

»Ich meine wer genau und ob Rythel den großen Drahtzieher überhaupt kennt. Wir müssen sehr behutsam vorgehen, Alec. Einen Fehltritt wie bei dem Überfall auf Kassarie dürfen wir uns kein zweites Mal erlauben. Zwar konnten wir damals den großen Mistkäfer schnappen, aber all die kleineren kamen unbehelligt davon. Wir sollten Nysander zu Rate ziehen. Das sieht mir sehr nach einer Wächterangelegenheit aus.«

Er gibt sich wohl immer noch mit Ylinestra ab, dachte Alec, als Thero Seregil und ihn in Nysanders Turm einließ. Am Hals des jungen Zauberers, unmittelbar über dem Jackenkragen, prangten mehrere lange Kratzer. Ähnliche Male hatte sie Alec im Zuge ihres einzigen Aufeinandertreffens verpaßt.

Sie muß wirklich einen Narren an ihm gefressen haben, entschied Alec.

Nachdem Thero sie hereingelassen hatte, kehrte er zu einem mit aufgeschlagenen Büchern übersäten Arbeitstisch zurück. »Nysander ist unten«, erklärte er.

»Du kommst wohl besser mit runter«, meinte Seregil, als er sich auf den Weg die Treppe hinab machte.

Thero warf Alec einen überraschten Blick zu.

»Es geht vielleicht um eine Wächterangelegenheit.«

Erfreut sah Alec den Ansatz eines erwartungsvollen Lächelns über Theros Züge huschen, als dieser herübereilte, um ihn zu begleiten. Gewiß, er war ein frostiger Bursche, aber in den Monaten, seit er – murrend zwar, aber doch – geholfen hatte, Seregils Entlassung aus dem Kerker zu erwirken, waren in Alec eine gewisse Sympathie und so etwas wie Achtung gegenüber dem jungen Magier gewachsen. Er galt als hochbegabt, und seine Überheblichkeit schien eine Art Maske für seine innere Einsamkeit zu sein. Was die Feindseligkeit zwischen ihm und Seregil anging, hatte Alec längst durchschaut, daß Seregil daran ebensosehr schuld war wie Thero.

Nysander saß in seinem Lieblingsohrensessel im Wohnzimmer. Auf dem Boden rings um ihn lagen verschiedenste Karten ausgebreitet.

»Da seid ihr beide ja!« rief er aus und schaute freudig lächelnd auf. »Wie lange ist das jetzt her? Zwei Wochen?«

»Eher vier«, erwiderte Seregil. »Die Geschäfte gehen in

letzter Zeit schlecht, aber wir sind da vielleicht über etwas Interessantes gestolpert.«

Mit Alecs Hilfe schilderte er in knappen Sätzen, was sie in den vergangenen zwei Tagen in Erfahrung gebracht hatten. Thero saß mit vor der Brust verschränkten Armen ein wenig abseits und nickte stumm, während er lauschte.

»Du meine Güte, das klingt in der Tat verdächtig«, meinte Nysander, nachdem sie ihren Bericht beendet hatten. »Ich glaube, mich zu erinnern, daß vor kurzem einer von Lord Zymanis' Kammerdienern verschwunden ist. Von gestohlenen Unterlagen habe ich aber nichts gehört. Höchst eigenartig. Ich nehme an, ihr habt vor, die Sache eingehender unter die Lupe zu nehmen, richtig?«

Seregil nickte. »Heute nacht, aber wir müssen vorsichtig sein. Bislang ist Rythel der einzige Fisch, den wir im Netz haben. Ich will vermeiden, daß er Lunte riecht, bevor wir herausgefunden haben, wer hinter all dem steckt.«

»Habt ihre euch schon seine Unterkunft vorgenommen?« fragte Thero.

»Noch nicht. In Mietshäuser einzubrechen, ist denkbar schwierig – jedes Zimmer ist bewohnt, und zumeist gibt es keine Gänge, nur jede Menge Räume, die nahtlos aneinander anschließen. Ich hatte vor, zuerst einen Blick in den Abwassertunnel zu werfen und danach weiterzusehen.«

»Ja, das scheint mir die logische Vorgehensweise«, pflichtete ihm Nysander bei.

»Wie wollt ihr denn in den Tunnel gelangen, wenn er so streng bewacht wird?«

»Sie bewachen nur das untere Ende, an dem noch gearbeitet wird«, entgegnete Alec. »Am oberen Ende, wo sie angefangen haben, sollten keine Wachen mehr sein. Ist auch nicht nötig, weil die Gitter ja befestigt sind, und sie oben begonnen und sich in die Unterstadt vorgearbeitet haben. Seregil glaubt, daß es zwischen der Stadtmauer und dem Meer mindestens fünf oder sechs Gitter gibt.«

»Jeder, der vorhat, sich später daran zu schaffen zu machen, muß alle Gitter knacken«, fügte Seregil hinzu. »Ich kenne einen Zugang in der Nähe der Südmauer, der bis zum Ende des Kanals führen dürfte. Wenn wir von dieser Seite aus hingelangen, sollte es uns gelingen herauszufinden, was sie vorhaben.«

»Wann schlagt ihr los?« erkundigte sich Nysander.

»Heute nacht scheint mir so gut wie jede Nacht«, erwiderte Seregil und erhob sich zum Gehen. »Ich melde mich, falls wir Hilfe brauchen.«

»Glück in den Schatten«, sagte Thero, als er an ihm vorbeischritt.

Leicht überrascht, zog Seregil die Augenbrauen hoch, dann legte er sanft einen Finger auf die Kratzer an Theros Hals. »Dir auch.«

17

Torläufer

Noch bevor auch nur ein einziges Gebäude errichtet worden war, hatten die Baumeister von Tamir dem Großen die Abwasserkanäle angelegt, wodurch der neuen Hauptstadt der unangenehme und häufig ungesunde Dreck so mancher Großstadt erspart blieb. Das unterirdische Labyrinth war so gewaltig und so oft verändert und erweitert worden, um dem Wachstum der Stadt über fünf Jahrhunderte hinweg Rechnung zu tragen, daß mittlerweile nur noch die Gilde der Nachtmeister das gesamte Ausmaß der Kloake kannte. Und sogar unter den Nachtmeistern kannten die meisten nur jenen Abschnitt, den sie selbst warteten, und sie hüteten ihr Wissen neidisch.

Alec und Seregil warteten die zweite Wache der Nacht ab, bevor sie in den südlichen Bezirk der Stadt aufbrachen. Obwohl sie bewaffnet waren, stahlen sie sich vorsichtig voran und huschten in Seitengassen oder Durchgänge, wenn zufällig eine Patrouille der Stadtwache vorbeimarschierte.

Der Eingang, für den sie sich entschieden hatten, befand sich auf einem kleinen Platz hinter einem Block Mietshäuser an der Südmauer der Stadt. Die niedrige, eisenbeschlagene Tür, die halb hinter einer wildwuchernden Gruppe Maulbeersträucher verborgen lag, war unmittelbar in die Mauer eingelassen. Mit dem kleinen Gitter am oberen Rand erinnerte sie Alec auf unangenehme Weise an eine Kerkertür, was er jedoch für sich behielt, als sie die Fackeln und Brecheisen ablegten, die sie mitgebracht hatten.

Er stand hinter Seregil und hielt mit beiden Händen den Umhang hoch, um das Licht abzudecken, das vom Leuchtstock seines Gefährten ausging. Seregil kniete vor der Tür und bohrte mit einem Stocherhaken im Schlüsselloch herum. Bald ertönte mehrmals in rascher Folge ein knirschendes Klicken. Die Tür schwang in tiefe Schwärze auf. Die beiden hoben ihre Ausrüstung auf und schlüpften hinein.

Alec befestigte ein rechteckiges Stück schweren Filzes über dem Gitter, dann sah er sich in der kleinen Eingangskammer um. Vor ihnen führten Steinstufen durch einen Bogengang nach unten und verschwanden dahinter außer Sicht. Der leichte Moder, der bereits die Luft erfüllte, ließ keine Zweifel daran aufkommen, daß sie sich am richtigen Ort befanden.

»Da nimm, die sollten wir jetzt besser anlegen.« Damit holte Seregil zwei essiggetränkte Gesichtslappen aus einem Lederbeutel und reichte Alec einen. Sie ließen die hinderlichen Umhänge zurück, zündeten mit einem Feuerstein die Fackeln an und bahnten sich den Weg nach unten, wobei Seregil die Führung übernahm.

»Warum haben sie die Tunnel so groß gebaut?« flüsterte Alec; der Bogengang erwies sich als fast zehn Fuß hoch.

»Aus Sicherheitsgründen. Die giftigen Gase, die hier unten entstehen, steigen auf. Durch diese Bauweise soll gewährleistet werden, daß sie sich über Kopf sammeln und unten gute Luft bleibt. Behalte trotzdem die Fackeln im Auge; sobald sie blau brennen oder zu flackern beginnen, ist die Luft schlecht.«

Die Treppe führte in einen darunter verlaufenden Tunnel. Beiderseits eines mittigen Kanals, in dem ein steter, übelriechender, bis zum Rand reichender Strom rann, erstreckten sich schmale Gehwege.

Sie wandten sich nach rechts und folgten dem Tunnel mehrere hundert Fuß. Die jüngsten Regenfälle hatten den Strom anschwellen lassen, so daß er nunmehr ganze Abschnitte des etwas höheren Gehwegs überflutet hatte, wodurch Seregil und Alec gezwungen waren, wadentief durch das faulig modernde, eiskalte Wasser zu waten.

Plötzlich vernahmen sie aus der Dunkelheit vor ihnen ein hohes Knurren und Quietschen. Vorsichtig schlich Seregil mit hoch erhobener Fackel weiter, bis sie an ein Eisengitter gelangten, das sich über die gesamte Breite des Tunnels erstreckte.

Die unteren Enden der Senkrechtstreben ragten in den Kanal hinab. Der Körper eines kleinen Hundes hatte sich darin verfangen und wurde vom steten Strom des Flusses dagegengedrückt. Dutzende fetter, knurrender Ratten wieselten über den Kadaver und nagten daran oder aneinander. Weitere Ratten paddelten den Kanal herab auf den Festschmaus zu oder hockten auf den Querstreben des Gitters. Den menschlichen Eindringlingen schenkten sie wenig Beachtung, während sie fraßen; ihre perlengleichen, schwarzen Äuglein funkelten im Schein der Fackeln.

»Das hier ist ein Gitter mit Schloß«, erklärte Seregil flüsternd und vertrieb die Ratten unmittelbar neben ihm mit der brennenden Fackel. »Es ist zwar versperrt, aber das schaffen wir schon. Wem soll die Ehre gebühren?«

»Mach nur«, tuschelte Alec, der ganz und gar keine Lust verspürte, sich an einem so schmalen Ort an seinem Freund vorbeizuzwängen.

Nachdem Seregil das Schloß geknackt hatte, schwang er einen kleinen Teil des Gitters auf lautstark sich beschwerenden Angeln auf und trat hindurch, dicht gefolgt von Alec.

Dahinter erwarteten sie noch mehr Ratten, überall Ratten. Das Gurgeln des strömenden Wassers und die Geräusche der Ratten hallten durch die Stille, als sie an einer Art Kreuzung innehielten, wo ein anderer Kanal in jenen mündete, dem sie nachgingen. Sie sprangen die vier Fuß auf die andere Seite und schlichen weiter zu einem zweiten Gitter mit Angeln. Dahinter begann der Weg merklich abzufallen.

Danach kreuzten keine weiteren Tunnel den ihren, und schließlich gelangten sie an ein fix montiertes Gitter. Die Eisenbeschläge wirkten neu und sahen genauso aus wie jene, die Alec von der Baustelle kannte. Die breiten Flansche an den vier Ecken des Gitters ruhten auf Steinknien, die aus den Tunnelwänden ragten. Befestigt waren sie durch dicke Eisenbolzen, die in Löchern steckten, die in den Stein gebohrt worden waren.

»Da sind wir«, flüsterte Seregil und legte sein Bündel beiseite. »Zünd deine Fackel an meiner an und überprüf die Seite da drüben.«

»Wonach genau suchen wir eigentlich?«

»Keine Ahnung, also such gründlich. Es könnte ein Makel am Eisen oder am Stein sein.«

Alec sprang über den Kanal und begann, die Eisenbeschläge unter die Lupe zu nehmen, wobei er zunächst nach etwas so Offensichtlichem wie durchgesägten Stäben Ausschau hielt. Doch die Stäbe wirkten durch und durch solide. Die Sockel der Bolzen waren mit heiß eingehämmerten Nieten versiegelt und die unteren Flansche, die das Gewicht des Gitters trugen, saßen starr in den Steinknien.

»Versuchen wir mal, es zu bewegen«, schlug Seregil vor.

Sie ergriffen zwei Querstreben, stemmten die Schultern gegen die Stäbe und hoben an. Das Gitter wanderte ein oder zwei Zoll nach oben.

»Drück!« grunzte Seregil und preßte sich gegen seine Seite.

Doch die Bolzen hielten das Gitter unverrückbar fest. Schließlich gaben sie auf und ließen es los, so daß es dumpf klirrend wieder herunterrasselte.

»Ich dachte, Rythel hätte vielleicht die unteren Bolzen angesägt«, erklärte Seregil keuchend, während er die Arme streckte. »Anscheinend doch nicht.«

»Aber es hat sich bewegt.« Mit zusammengekniffenen Augen spähte Alec zu den oberen Flanschen hinauf. Aus diesem Winkel konnte er unmöglich etwas erkennen, deshalb erklomm er mit der Fackel in der Hand die Querstreben, um einen genaueren Blick darauf zu werfen.

Auf der anderen Seite des Kanals wollte Seregil es ihm gleichtun, doch seine Fackel war kurz vor dem Verlöschen.

Er zog eine neue aus dem Gürtel und hielt inne, um sie an der alten anzuzünden. »Siehst du etwas?«

»Hier oben liegt der Bolzen etwa drei Zoll frei«, antwortete Alec, der sich mit einer Hand an den Stäben festhielt.

»Ich bin zwar kein Fachmann, aber das kommt mir recht viel vor. Wie sieht er aus?«

»Wie ein Metallbolzen.« Alec hielt die Fackel näher hin. »Keine Schrammen oder Rillen. Warte mal. He, er schmilzt ja wie Wachs, und da ist . . .«

»Sei vorsichtig!«

Scharf zischend stoben nur wenige Zoll vor Alecs Gesicht grellweiße Funken auf. Der Junge stieß einen erschrockenen Schrei aus, ließ die Fackel fallen und riß den Arm vor die Augen.

»Alec! Alec, komm runter«, gellte Seregil.

Alec krümmte sich unbeholfen und blieb mit einem Bein zwischen den Stäben hängen. Von oben rieselten unentwegt Funken aus dem knisternden Lichtkranz auf ihn herab.

Dunkle Flecken tanzten vor Seregils Augen, als er über den Kanal hechtete. Dann packte er Alec, zerrte ihn zu

Boden und versuchte, ihn auf den Bauch zu rollen, um die schwelenden Stellen auf seinem Kittel zu ersticken.

»Meine Augen!« krächzte Alec, der sich verwirrt, von Schmerzen gebeutelt, loszureißen versuchte.

»Halt ruhig«, setzte Seregil an, doch plötzlich fand Alecs Fuß an der Wand Halt und ließ Seregil nach einem letzten, torkelnden Versuch, das Gleichgewicht wiederzuerlangen, rücklings in den eisigen Kanal kippen.

Zum Glück war Seregil so geistesgegenwärtig, den Mund zu schließen, als er untertauchte. Einen schrecklichen Lidschlag lang wirbelte er hilflos von Kanalseite zu Kanalseite und fand keinen Boden unter den Füßen. Dann zog er sich am Gitter hoch und hantelte sich an den Querstreben zurück auf den Gehweg.

Spuckend und würgend packte er Alec am Kittelkragen, zerrte ihn außer Reichweite der Funken und hielt ihn gewaltsam fest, während der weiße Glutregen allmählich auf ein dumpfes, oranges Glimmen zusammenschrumpfte.

Eine Fackel brannte noch, und in ihrem Schein sah er, wie sich träge eine dünne Rauchfahne zur Decke emporkräuselte.

Alec preßte die Hände auf das Gesicht und stöhnte. Seregil, der sich auf das Schlimmste gefaßt machte, holte den Leuchtstock aus dem völlig durchnäßten Werkzeugbeutel und zog die Hände des Jungen von dessen Antlitz weg, um den Schaden zu begutachten.

Alecs Haar und das Essigtuch hatten den Großteil des Gesichts vor den Funken geschützt, doch auf den Handrücken bildete sich bereits ein gutes halbes Dutzend Blasen. Tränen strömten dem Jungen über die Wangen, als er den Kopf vom Licht wegdrehte.

»Kannst du etwas sehen?« fragte Seregil besorgt.

»Langsam wird's wieder.« Alec wischte sich mit dem Ärmel über die Augen, dann blinzelte er. »Warum bist du denn naß?« Langsam breitete sich Bestürzung in seinen Zügen aus, als die Erkenntnis einsetzte. »O nein. Seregil, es tut mir leid!«

Seregil rang sich ein gezwungenes Lächeln ab und versuchte, nicht an das Wasser zu denken, das ihm über das Gesicht auf den Mund zurann.

»Was war das für ein Licht?« wollte Alec wissen.

»Keine Ahnung.« Seregil ging zurück zum Gitter und stieg hinauf, um sich den Schaden zu besehen. »Der Bolzen ist vollständig verbrannt, das Steinwerk von der Hitze gesprungen und die Oberseite des Flansches verzogen. Und was auch immer das war, es muß sich auch auf der anderen Seite befinden, sonst könnte man das Gitter immer noch nicht bewegen.«

Er sprang über den Kanal, klemmte sich den Griff des Leuchtstocks zwischen die Zähne und stieg hinauf, um die obere Ecke unter die Lupe zu nehmen.

»Sag mir noch mal, was du gesehen hast.«

Immer noch blinzelnd, kam Alec herüber und hob die Fackel auf. »Ich habe die Flamme dicht an den Bolzen gehalten, weil ich überpüfen wollte, ob er angesägt war. Es muß wohl an der Hitze gelegen haben; auf einmal begann die Oberfläche des Bolzens wie Wachs zu schmelzen und zu zerfließen. Ich glaube, kurz bevor der Funkenregen eingesetzt hat, kam darunter etwas Weißes zum Vorschein.«

Vorsichtig reckte Seregil den Hals und stellte fest, daß der Bolzen zwischen dem Flansch und dem Steinwerk darüber mehrere Zoll breit freilag. Behutsam kratzte er mit der Dolchspitze an der Oberfläche des Bolzens. Eine schwarze, wachsähnliche Masse löste sich mühelos in geringelten Streifen. Darunter offenbarte sich eine weiße Schicht.

»Du hast Recht. In den Bolzen ist eine Lage silbrigweißes Metall eingearbeitet.«

Die weiße Masse ließ sich wie Blei schneiden. Seregil zog einen winzigen Streifen ab und reichte ihn mit der Messerspitze zu Alec hinab. »Leg das auf den Boden und zünd es an.«

Behutsam setzte Alec die Probe ab, trat ein gutes Stück zurück und hielt die Fackel hin. Sogleich loderte ein kurzer, blitzähnlicher Funkenregen auf und hinterließ schwarze Brandmale auf dem Steinboden.

Alec stieß einen leisen Pfiff aus. »Bei Bilairy, ich glaube, wir haben gefunden, wonach wir gesucht haben.«

»Im Kern des Bolzens muß genug Eisen sein, um ihn zu verstärken, aber dieses Zeug brennt es einfach weg.«

»Ist das ein magisches Material?«

Seregil kratzte eine weitere kleine Probe der weißen Masse ab. »Möglich. Ich habe so etwas noch nie gesehen, aber vielleicht weiß Nysander etwas darüber.«

Vorsichtig legte Seregil die Proben in das kleine Keramikgefäß, in dem er den Feuerstein aufbewahrt hatte, dann reichte er es Alec hinunter.

»Die Ecke da drüben habe ich ganz schön wüst zugerichtet«, meinte Alec und warf einen besorgten Blick auf das verkohlte Steinwerk.

»Stimmt.« Seregil stieg herab und kam zu ihm herüber. »Früher oder später werden unsere Saboteure ihr Werk bestimmt überprüfen, und selbst wenn nicht, sind da immer noch die Nachtmeister. Wir holen besser Nysander her, oder Thero.«

Während sie so gut wie möglich aufräumten und sich auf den Rückweg machten, stellte sich Alecs Sehvermögen allmählich wieder vollständig ein.

»Was ist mit den Schlössern?« fragte er, als sie die erste Sperre erreichten.

»Am besten lassen wir sie so zurück, wie wir sie vorgefunden haben« erwiderte Seregil. »Ich gehe zum nächsten voraus. Du kommst nach.«

Das Schloß erwies sich als rostig. Leise vor sich hin fluchend, fummelte Alec mit einem Stocher an den Ausnehmungen herum, bis etwas einschnappte.

Zu dem Zeitpunkt war Seregil bereits hinter einer Tunnelbiegung verschwunden. Eifrig darauf bedacht, die Ratten und den feuchten, widerhallenden Tunnel zu verlassen, hastete Alec hinter ihm her.

Gerade, als er ihn in der Nähe der Schnittstelle zweier Kanäle weiter vorn erblickte, stieß Seregil ein erschrockenes Grunzen aus und stürzte seitwärts ins Wasser. Die Fackel, die er fallengelassen hatte, baumelte an der Gehwegkante, und in ihrem Schein sah Alec zwei zerlumpte Gestalten mit Kapuzen, die aus einem Seitentunnel sprangen und Knüppel zückten, als sie nach Seregil griffen, der im Kanal trieb.

Ohne auch nur einen Augenblick zu zögern, schrie Alec auf, zog das Schwert und stürmte los.

Die Torläufer zeigten sich überrascht, doch derjenige, der Alec am nächsten stand, konnte noch rechtzeitig eine lange Keule hochreißen, um den ersten Abwärtshieb abzuwehren. Alec sprang einen Schritt zurück und stellte sich breitbeinig in Kampfeshaltung auf.

Die Enge des Gehwegs bedingte zwar, daß es zwangsläufig bei einem Kampf Mann gegen Mann blieb, andererseits begrenzte sie aber auch die Reichweite von Alecs Schwüngen. Seine Gegner waren besser an derlei Bedingungen gewöhnt. Sogleich setzte der zweite Torläufer über den Kanal, um sich von hinten an Alec anzupirschen. Alec jedoch tat dasselbe und ließ die beiden nicht aus den Augen. Seregil konnte er nirgends sehen.

Die Strömung muß ihn zurück in die Richtung getrieben haben, aus der wir gekommen sind, dachte er, und einen übelkeiterregenden Lidschlag lang hatte er das Bild des an den unteren Gitterstäben hängenden Hundekadavers und der sich daran labenden Ratten vor Augen. Doch die Torläufer ließen ihm keine Zeit, sich länger den Kopf darüber zu zerbrechen. Derjenige auf seiner Seite des Kanals rückte mit der Keule im Anschlag näher. Aus dem Augenwinkel sah Alec, daß der andere in den zerlumpten Kittel faßte, vermutlich, um ein Messer oder einen Wurfpfeil zu zücken. Urplötzlich jedoch heulte der Läufer mit hoher Stimme auf, sank gegen die Wand und umfaßte krampfhaft ein Wurfmesser, das aus seiner Schulter ragte.

»Hammil!« rief der Torläufer gegenüber Alec aus, und der Junge erkannte, daß es sich um eine Frau handelte.

»Jetzt wollen wir mal alle ganz vernünftig sein«, sagte eine vertraute Stimme aus den Schatten stromabwärts.

Sowohl Alec als auch die Frau drehten sich gerade noch rechtzeitig um, bevor Seregil auf der anderen Seite in Sicht geriet. Zwar präsentierte er sich durchnäßt bis auf die Haut, aber er hielt einen zweiten Dolch bereit, während er langsam auf den verwundeten Läufer zuging. Schwerfällig wich der Junge zurück, wobei er sich nach wie vor den Arm hielt.

»Wir wollen niemandem etwas tun«, erklärte Seregil ruhig und bedeutete Alec, sich vorsichtig zurückzuziehen.

Die Frau warf die Kapuze zurück, wodurch sie ein schroffes, tief zerfurchtes Antlitz offenbarte. »Weg von meinem Jungen«, knurrte sie und schüttelte die Keule drohend in Alecs Richtung.

»Ihr beide habt damit angefangen. Was wollt ihr eigentlich von uns?« fragte Seregil und blieb mit dem Dolch in der Hand ein paar Schritte von dem Jungen entfernt stehen.

»Nichts«, erwiderte die Frau. »Ihr seid nu mal Fremde, un' Fremde sin' 'ne Gefahr hier unten. Wir ham in letzter Zeit wegen Fremder 'n paar Freunde verloren.«

Seregil steckte das Messer weg. Er beugte sich über den zusammengesunkenen Jungen und begutachtete die Wunde, dann zog er die Wurfklinge heraus. »Es ist keine allzu schlimme Verletzung!« rief er der Frau über die Schulter hinweg zu. »Ihr habt Glück, daß ich schlecht gezielt habe.«

»Mir geht's gut, Mama«, keuchte der junge Torläufer und wand sich von Seregil weg. Im sterbenden Licht der Fackel erkannte Alec, daß er noch jünger war als er selbst. Außerdem sah er ein dünnes Rinnsal Blut über Seregils rechte Wange rieseln.

»Alles in Ordnung?« fragte Seregil herüber.

»Ja. Und bei dir?«

Seregil nickte, dann stieg er über den verwundeten Jungen hinweg und wandte sich abermals an dessen Mutter. »Laßt ihr uns in Ruhe, lassen wir euch in Ruhe«, sagte er zu ihr und streckte ihr die offenen Hände entgegen.

Wortlos sprang sie über den Kanal, half dem Jungen auf und eilte mit ihm in die Schatten davon.

Alec kam herüber und streckte die Hand aus, um die Platzwunde an Seregils Kopf zu untersuchen. »Das ist aber eine mächtige Beule, die sie dir verpaßt hat.«

»Geschieht mir recht«, murmelte er mit klappernden Zähnen. »Bei Illiors Fingern! Überrumpelt von zwei Torläufern. Hätte mich das kalte Wasser nicht zur Besinnung gebracht, ich wäre ertrunken.«

»Ich bin froh, daß du den Jungen nicht getötet hast. Er kann kaum älter als zwölf Jahre sein.«

Seregil stützte sich mit einem Arm an der Mauer ab und stieß einen langen Seufzer aus. »Ich auch. Merkwürdig, daß sie überhaupt angegriffen haben. Für gewöhnlich sind Torläufer ein ziemlich scheues Gesindel. Sie stehlen und schnüffeln herum, gehen aber im allgemeinen Auseinandersetzungen aus dem Weg.«

Stirnrunzelnd zog sich Alec den Lappen vom Gesicht und preßte ihn auf die Platzwunde an Seregils Kopf. »Bist du sicher, daß es dir gutgeht? Du wirkst ziemlich zittrig.«

Seregil schloß kurz die Augen und legte eine Hand auf Alecs Schulter. Dann ergriff er den Lappen, drückte ihn selbst auf die Wunde und marschierte weiter den Tunnel entlang. »Komm, verschwinden wir hier. Für heute nacht bin ich genug geschwommen.«

Den oberen Eingang hinter den Maulbeerbüschen erreichten sie zwar ohne weiteren Zwischenfall, doch allmählich forderten die Auswirkungen der Kälte und des Hiebes ihren Tribut von Seregil.

»Hol du Nysander«, sagte er; obwohl er den trockenen Umhang eng um sich geschlungen hatte, zitterte er am ganzen Leib. »Ich bleibe besser hier und passe auf, daß in der Zwischenzeit niemand über die Spuren unseres kleinen Abenteuers stolpert.«

Zu seiner Überraschung sträubte sich Alec.

»Nein, du gehst«, entgegnete er mit fester Stimme.

»Dein Kopf blutet immer noch, und deine Zähne höre ich bis hierher klappern.«

»Ich werd's überleben«, gab Seregil zurück. »Ich will nicht, daß du allein hierbleibst. Was, wenn wirklich jemand kommt?«

»Ein Grund mehr, daß du dich beeilst«, erwiderte Alec störrisch. »Ich bleibe außer Sicht – niemand wird merken, daß ich hier bin. Du bist derjenige, der verarztet werden muß. Geh endlich!«

Seregil erkannte an Alecs harten Zügen, daß sich der Junge nicht von seiner Entscheidung abbringen lassen würde. Er schnitt einen schmalen Streifen vom Saum seines Umhangs ab und reichte ihn Alec. »Behalt das bei dir. So kann Nysander dich finden. Und egal, was passiert, du bleibst in Deckung, verstanden? Keine Heldentaten.«

»Keine Heldentaten.«

Durch einen tiefen Seufzer zeigte Seregil an, daß er sich geschlagen gab. »Wenn ich nicht bald zurück bin, gehst du zu den Orëska, in Ordnung?«

»Ja, ja, schon gut! Würdest du jetzt endlich abhauen? Ich habe keine Lust, die ganze Nacht hier zu verbringen.« Damit zog Alec die Kapuze über den Kopf und tauchte in den Schatten unter.

Während Seregil durch die dunklen Straßen zum Orëska-Haus eilte, verschlimmerte sich das Pochen in seinem Kopf, doch es gelang ihm, die Schmerzen zu verdrängen, indem er sich statt dessen um Alec sorgte. Ungeachtet des Vertrauens, das er in den wachen Verstand des Jungen setzte, konnte er die Vorstellung einfach nicht abschütteln, daß Alec von der Stadtwache oder sich anschleichenden Spionen überrascht wurde, die zurückkehrten, um ihr Werk zu überprüfen.

Als er dreckig, triefnaß und voller Blut am Orëska-Haus ankam, mußte er sich noch kurz mit der Wache herumschlagen, ehe er endlich die gewundene Treppe zu Nysanders Turm hinaufhasten konnte.

Thero öffnete die Tür, wich unwillkürlich einen Schritt

zurück und bedeckte die Nase mit einem Ärmel. »Bei allen Vieren!« stieß er hervor und versperrte Seregil den Weg. »Du riechst, als wärst du gerade aus der Kloake gekrochen.«

»Sehr treffend bemerkt. Geh mir aus dem Weg.«

»So kommst du hier nicht rein. Geh zuerst runter in die Bäder.«

»Dafür habe ich keine Zeit, Thero. Und jetzt mach Platz oder ich verschaffe ihn mir.«

Die beiden funkelten einander an; unverhohlen trat die jahrelang gehegte, gegenseitige Abneigung zutage. Sollte es zu einem handfesten Streit kommen, konnte jeder dem anderen beträchtlichen Schaden zufügen, und beide wußten es.

»Alec ist allein da draußen, und wir brauchen Nysanders Hilfe«, zischte Seregil.

Nach einem letzten, angewiderten Blick trat Thero beiseite und ließ Seregil in den Arbeitsraum. »Er ist nicht da.«

»Wo ist er?«

»Auf seinem nächtlichen Spaziergang, nehme ich an«, erwiderte Thero brüsk. »Oder hast du das vielleicht vergessen?«

»Dann ruf ihn!« Seregil hielt inne, holte tief Luft und preßte zwischen zusammengebissenen Zähnen hervor: »*Bitte.*«

Mit einer beiläufigen Handbewegung zauberte Thero einen Botschaftsschimmer aus dem Nichts. Er ließ das winzige Licht über der Handfläche schweben und sprach hinein: »Nysander, Seregil braucht dich auf der Stelle. Er ist im Arbeitszimmer.« Das Licht stob durch den Fußboden davon. Der junge Zauberer bedeutete Seregil, auf einer Holzbank neben einem der Tische Platz zu nehmen, blieb aber selbst stehen.

Thero präsentierte sich tadellos wie immer, stellte Seregil mürrisch fest; die Gewänder unter der Lederschürze waren makellos, die lockigen, schwarzen Haare und der Bart ordentlich gestutzt, die klobigen Finger sauber. Die Vorstellung, daß er selbst, wenn auch nur kurz, einst in diesem Körper gesteckt hatte, ließ ihn sich immer noch innerlich winden. Daran, daß Thero umgekehrt in seinem Körper geweilt hatte, durfte er gar nicht denken.

»Du blutest ja«, stellte Thero schließlich fest und trat zögernd auf ihn zu. »Das sollte ich mir besser ansehen.«

Seregil wich vor seiner Berührung zurück. »Das ist nur ein Kratzer.«

»Du hast eine eigroße Beule über dem Ohr und frisches Blut auf der Wange«, herrschte Thero ihn an. »Was meinst du, würde Nysander dazu sagen, wenn ich dich einfach so hier sitzen lasse?«

Wethis, der junge Bedienstete, brachte sauberes Wasser und Verbandszeug, und Thero machte sich daran, die Wunde zu säubern.

Gerade, als er fertig wurde, kam Nysander zurück.

»Was für ein beispielloser Anblick«, rief der Magier aus, während er an den überall verstreuten Manuskriptstapeln vorbei hereineilte. Er trug ein abgewetztes Oberkleid und eine Hose. Mit einem Anflug von Stolz bemerkte Seregil, wie freundlich und normal sein alter Freund im Vergleich zu dessen stocksteifem Gehilfen wirkte.

»Beim strahlenden Licht, Seregil! Was für ein entsetzlicher Gestank! Thero, bitte sei so nett und hol ihm saubere Kleider, sobald du fertig bist.«

Thero legte das blutige Handtuch neben die Waschschüssel und verschwand über die hintere Treppe hinunter in die Wohngemächer.

Lächelnd begutachtete Nysander das Werk seines Lehrlings.

»Mitunter überrascht er mich dann doch wieder. Aber wo ist Alec?«

»Nimm das hier.« Seregil holte einen weiteren Stoffetzen hervor, den er aus seinem Umhang geschnitten hatte und drückte ihn Nysander in die Hand. »Wir haben gefunden, wonach wir gesucht haben, nämlich Sabotage in der Kloake, aber wir haben dabei ein fürchterliches Chaos angerichtet, das du für uns in Ordnung bringen mußt. Alec wartet am Eingang, also sollten wir uns besser beeilen.«

Nysander schüttelte den Kopf. »Sicher, aber ich sehe keinen Grund, warum ich dich noch mal mitschleppen sollte. Du bist immer noch völlig unterkühlt, und ein Ortswechsel würde dir nach einem solchen Schlag auf den Kopf alles andere als gut bekommen.«

Seregil sprang auf, um Einspruch zu erheben und stellte überrascht fest, daß der Boden entschieden unangenehm unter ihm zu schwanken schien.

»Siehst du?« schalt ihn Nysander und drückte ihn zurück auf die Bank. »Du gehst runter und setzt dich ans Feuer. Alec kann mir zeigen, was auch immer ich mir ansehen soll.«

»Ich kann doch nicht einfach nur hier rumsitzen« begehrte Seregil abermals auf, obwohl sich um ihn immer noch alles drehte. »Wir sind heute nacht schon einmal mit zwei Torläufern zusammengestoßen. Da unten könnten noch mehr lauern – oder schlimmeres.«

Nysander zog die zottigen Augenbrauen hoch. »Willst du damit andeuten, daß Alec in meiner Gegenwart nicht sicher wäre?« Als Thero mit frischen Gewändern über dem Arm zurückkehrte, ließ Seregil den Kopf auf die Hände sinken.

»Ich vertraue Seregil deiner Obhut an«, erklärte Nysander. »Ich schlage einen Becher heißen Wein und unbedingt ein Bad vor.« Damit umklammerte er den Wollfetzen, den Seregil ihm gegeben hatte, wob eine Reihe Symbole in die Luft und verschwand in der breiten, schwarzen Öffnung, die kurz neben ihm auftauchte.

Als Nysander die Augen wieder aufschlug, befand er sich auf einem kleinen, menschenleeren Platz.

»Da bist du ja«, flüsterte Alec und kroch hinter einer Gruppe blätterloser Büsche hervor. »Geht es Seregil gut?«

»Ja, er ist nur ein wenig benommen. Er hat gesagt, du müßtest mir etwas zeigen.«

»Etwas, das in Ordnung gebracht werden muß«, erwiderte der Junge und ließ das vertraute Grinsen aufblitzen. »Mir nach.«

Zum ersten Mal sah ihn Nysander bei der Arbeit und zeigte sich beeindruckt davon, wie flink und geschickt Alec vorging.

»Du meine Güte, Seregil hat sich aber ganz schön Mühe mit dir gegeben!« stellte Nysander fest, als Alec ihn durch das zweite Gitter ließ.

»Auf ewig für ehrliche Arbeit untauglich g'macht, det hat er g'schafft«, erwiderte Alec im durchaus glaubwürdigen Tonfall eines Hafenarbeiters. »Jetzt is' es nich' mehr weit.«

Nachdem sie das beschädigte Gitter erreicht hatten, stieg Nysander hinauf, um den Schaden am Steinwerk und den Eisenbeschlägen zu begutachten, dann wechselte er auf die andere Seite, um sich die unversehrte Ecke anzusehen.

»Schon klar«, murmelte er zu sich selbst, während er den heil gebliebenen Bolzen eingehend betrachtete. »Höchst einfallsreich eingefädelt. Und höchst einfallsreich von euch, daß ihr es entdeckt habt. Ja, ich bin sehr zufrieden. Gut gemacht.«

»Kannst du das in Ordnung bringen?«

»Ob ich es in Ordnung bringen kann?« schnaubte Nysander verächtlich und stieg herunter. Er umklammerte mit beiden Händen die Gitterstäbe, schloß die Augen und lauschte den Schwingungen des kalten Eisens. Dann ließ er seine Kraft durch die Hände in das Metall strömen, stellte es sich bildlich vor und fühlte, wie es unter seinen Fingern erbebte.

Alec, der neben ihm stand, spürte, wie ein mächtiges Zittern die übelriechende Luft durchlief. Weder Blitze noch Licht oder magische Zeichen zuckten auf; statt dessen ertönte lediglich kurz ein metallisches Knirschen und Quietschen. Einen Lidschlag lang hatte Alec den Eindruck, das Metall würde gleich einer Pflanze zum Leben erwachen und wachsen und sich rekeln, während es wieder ganz wurde.

Als er aufschaute, stellte er fest, daß die beschädigte Ecke wieder genauso aussah wie zuvor. »Bei Illiors Schein!« keuchte er und konnte seinen Augen kaum glauben.

Nysander lachte. »Ich hoffe, du hast nicht erwartet, ich würde mit Hammer und Amboß hier unten antanzen.« Dann öffnete er die Hand und zeigte Alec einen langen Eisenbolzen. Er war über die ganze Länge zerkratzt, an der er durch den Flansch getrieben worden war und verkohlt vom Bearbeiten in der Esse, ausgenommen an einer Stelle am Rand, wo die weiße, metallische Masse durchschien.

Wortlos überprüfte Alec die linke Seite des Gitters und fand einen soliden Bolzen vor.

»Das ist unglaublich«, rief er aus und klopfte mit der Messerklinge auf das Eisen.

Nysander hob die Schultern. »Das ist nur Magie.«

Widerwillig nahm Seregil den Weidenrindentee entgegen, den Thero ihm zubereitet hatte, dann ging er hinunter zu den Bädern. Sobald er jedoch sauber und frisch gekleidet war, kehrte er ins Arbeitszimmer zurück und weigerte sich beharrlich, von der Stelle zu weichen, obwohl Thero sich offensichtlich wünschte, er möge andernorts warten.

Unruhig und ungeduldig streifte Seregil durch den überfüllten Raum und fummelte da und dort an heiklen Gerätschaften herum.

»Gib das her!« herrschte Thero ihn an und entriß ihm ein paar mit Flüssigkeit gefüllte Glaskugeln. »Läßt du die fallen, waten wir hüfttief in Sumpfkobolden. Wenn du schon nicht runtergehen willst, dann setz dich um Illiors Willen wenigstens hin.«

»Ich weiß, was das ist.« Mit finsterer Miene erklomm Seregil die Treppe zu dem oben befindlichen Steg, starrte durch die dicken Glasscheiben der Kuppel hinaus in die

Nacht und beobachtete die draußen umherschwirrenden Lichter.

Als Nysander und Alec zielsicher mitten im Raum erschienen, ließ sich schwer sagen, wer erleichterter wirkte – Seregil oder Thero.

»Da seid ihr ja endlich!« rief Seregil aus und eilte hinunter. »Hattet ihr Probleme?«

»Nein, sieht alles wieder wie neu aus«, erwiderte Alec grinsend.

»Soll ich frische Sachen holen?« fragte Thero und rümpfte neuerlich die Nase.

»Ja, gleich«, sagte Nysander. »Aber zuerst muß ich unseren beiden begabten Spionen zu einer höchst bedeutsamen Entdeckung gratulieren.« Er schüttelte den Eisenbolzen aus dem Ärmel. »Den behalte ich vorerst, Seregil. Alec hat mir erzählt, du hast eine Probe von der eigenartigen weißen Masse genommen.«

Seregil hielt das kleine Gefäß hoch. »Hier drin. Willst du sehen, wie es funktioniert?«

»Ja, aber besser woanders. Hier drin sind zu viele leicht entzündbare Dinge.« Er nahm einen Schmelztiegel aus einem Regal und scheuchte sie in die Zauberkammer.

Nysander legte ein paar der weißen Streifen in den Tiegel, stellte diesen auf den Boden und berührte die Proben mit der Flamme einer Kerze. Sogleich stieg eine kleine Fontäne weißer Funken auf und rieselte auf den Fußboden.

»Unglaublich!« murmelte Thero und stocherte mit einem kleinen Glasstab in den Überresten der Streifen.

Verstohlen beobachtete ihn Seregil und sah, wie in jenen fahlen Augen plötzliche Begeisterung aufflammte. In solchen Augenblicken konnte er beinahe verstehen, was Nysanders Hoffnungen in den jungen Mann aufrechterhielt – der scharfe und wißbegierige Verstand, der unter Theros kaltem Äußeren verborgen lag.

»Hast du so etwas schon mal gesehen?« fragte Thero, an Nysander gewandt.

Der ältere Magier zündete einen weiteren Streifen an

und schnüffelte an dem Rauch, der davon aufstieg. »Ich glaube, es ist eine Art brennbares Metall. Aus offensichtlichen Gründen nennt man es Sakors Blitz oder Sakors Feuer. Sehr, sehr selten, aber …«, Nysander setzte ab, schaute zu Seregil und zog die buschigen Augenbrauen hoch, »… in bestimmten Gegenden Plenimars in größeren Mengen zu finden.«

Seregil tauschte ein wissendes Grinsen mit Alec. »Sieht so aus, als hätten wir doch noch eine interessante Beschäftigung gefunden.«

18

Witterungsaufnahme

In den nächsten paar Tagen beschatteten Alec und Seregil ihren Verräter nahezu rund um die Uhr, erfuhren jedoch kaum mehr, als daß sich Rythel an einen geradezu entsetzlich eintönigen Tagesablauf hielt. Er stand früh auf, versammelte seine Mannschaft um sich und arbeitete den ganzen Tag durch, ohne die Baustelle zu verlassen.

Danach nahm er in seiner Unterkunft ein Abendmal ein und ging früh zu Bett.

Als sie am vierten Abend auf der gegenüberliegenden Straßenseite des Mietshauses in der Segelmacherstraße herumlungerten, sahen sie einen stämmigen, pausbäckigen jungen Mann aus dem Gebäude kommen.

»Das ist der Enkel der Wirtin«, erklärte Seregil Alec im Flüsterton. »Bislang ist er noch jeden Abend in die Schenke an der Ecke gegangen.«

Als wollte der Bursche Seregils Behauptung untermauern, brach er in Richtung der Schenke auf und hielt unterwegs inne, um mit dem einen oder anderen Nachbarn zu plaudern.

Seregil erhob und streckte sich, ohne den jungen Mann

aus den Augen zu lassen. »Sieht mir sehr nach einem Schwätzer aus. Ich setze mich auf ein Gläschen rein und versuche, mit ihm ins Gespräch zu kommen.«

Es war eine klare, windstille, jedoch bitterkalte Nacht. Rastlos wanderte Alec von einer Tür zur nächsten, während er das Haus und den langsam darüber aufgehenden Halbmond beobachtete. Als Seregil kichernd und angenehm nach Bier riechend zurückkehrte, hatte der Mond bereits den Kamin erreicht.

»Du siehst recht zufrieden mit dir aus«, murmelte Alec und trat von einem kalten Bein aufs andere.

»Bin ich auch.« Seregil warf den Umhang zurück und reichte Alec einen Holzkrug voll des besten Lagerbiers des *Hund und Glocke*. »Gehen wir nach Hause. Höchst unwahrscheinlich, daß Rythel in den nächsten paar Nächten etwas unternimmt.«

Dankbar trank Alec einen Schluck von dem wäßrigen Bier, während sie zurück zu dem Hof gingen, wo sie die Pferde abgestellt hatten.

»Also hast du tatsächlich etwas aus dem Enkel der Alten herausbekommen?«

»Unser Schmied scheint allseits gleichermaßen unbeliebt zu sein, ausgenommen bei seiner Wirtin, die ihre Mieter ausschließlich danach beurteilt, wie pünktlich sie bezahlen. Ihr Enkel, der junge Parin, ist ihm im Haus ein paarmal über den Weg gelaufen. Anscheinend sind harte Worte gefallen, als Parin eines Tages unerwartet das Zimmer des Schmieds betrat. ›Dabei‹« – grinsend ahmte Seregils Parins etwas schleppenden, jammernden Tonfall nach – »›hat er doch nur an ein paar Zeichnungen rumgefummelt. Nicht, daß er irgendwelche Gäste gehabt hätt' oder so. Bloß Zeichnungen, um der Hölle Willen! Er is' schon 'n komischer Kauz, und 'n Geizhals, obwohl er immer so groß und überheblich tut.‹

Ein scharfsinniger Menschenkenner, unser Parin«, meinte Seregil kichernd. »Über die Art der Zeichnungen konnte er mir zwar nichts sagen, dafür hat er mir erzählt, daß Rythel an Arbeitstagen nachts nie außer Haus geht. Am Wochenende aber macht er regelmäßig einen drauf.«

Alecs Jagdinstinkte regten sich. »Morgen nacht.«

»Genau. Laut Parin kommt er piekfein gekleidet aus dem Zimmer, schickt Parin nach nebenan, um ein Pferd für ihn zu mieten, gibt ihm ein knickeriges Trinkgeld, reitet davon und läßt sich erst im Morgengrauen oder überhaupt erst am nächsten Abend wieder blicken.«

»Das erklärt, wieso er sich in der Lichterstraße herumgetrieben hat.«

»Und ich möchte wetten, daß er auf dem Weg dorthin noch ein paarmal Halt macht. Ich glaube, es ist an der Zeit, daß Lord Seregil in Erscheinung tritt.«

Alec warf ihm einen scharfen Blick zu. »Nur er? Und was ist mit mir?«

Seregil schlang dem Jungen einen Arm um die Schultern und zerzauste ihm spielerisch das Haar. »Tja, es gibt wohl kaum eine bessere Gelegenheit für einen kleinen Einbruch, als wenn Meister Rythel die ganze Nacht durchzockt und herumhurt.«

Am nächsten Abend brach Rythel wie erwartet von der Segelmacherstraße aus auf. Das rege Treiben auf den Straßen gestaltete es einfach für Seregil, ihm in die Stadtmitte zu folgen. Ein schwerer Umhang verhüllte das feine Oberkleid und die prunkvolle Hose, die er für die Rolle angelegt hatte, die er in jener Nacht zu spielen gedachte.

Der Schmied ritt langsam vor sich hin, genoß offenbar die Abendluft und hielt vor dem Heron, einem stilvollen Spielhaus am östlichen Rand des Händlerviertels.

Was für eine glückliche Wendung. Grinsend beobachtete Seregil aus sicherer Entfernung, wie Rythel in dem Haus verschwand. Lord Seregil war im Heron noch wohlbekannt aus jener Zeit, als er sich in solchen Spielhöhlen den Lebensunterhalt verdiente. Und in Spielhäusern ließen sich Freundschaften recht mühelos schließen.

Er überließ Cynril einem Stallburschen und ging hinein. Der greise Türsteher verbeugte sich und nahm ihm den Umhang ab.

»Guten Abend, Herr«, begrüßte ihn der alte Mann. »Es ist einige Zeit her, seit Ihr uns zum letzten Mal beehrt habt. Erwartet Ihr noch jemanden?«

»Nein. Jemand hat eine Verabredung mit mir abgesagt, deshalb sehe ich mich nach einem Zeitvertreib um.« Er setzte ab, drückte dem Mann unauffällig eine Münze in die Hand und murmelte: »Ist heute abend frisches Blut da, Starky?«

Stark steckte das Bestechungsgeld weg und beugte sich dichter zu ihm hinüber. »Wenig, Herr, wenig. Die junge Lady Lachia ist seit ihrer Hochzeit geradezu süchtig nach Bakshi, aber heute nacht ist sie in Begleitung ihres Gatten hier, und der dürfte Euch wohl noch zu gut aus vergangenen Tagen kennen. Dann ist da noch ein Landritter namens Nynius mit massenhaft Gold und einer Leidenschaft für Eransteine, obwohl er so schlecht spielt, daß es jeder Beschreibung spottet. Und ein dritter, ein ganz neuer Gast. Zwar kein Adeliger, aber durchaus adrett. Er nennt sich Rythel von Porunta.«

»Wie erkenne ich ihn?«

»Er ist groß und blond, hat einen ziemlich eindrucksvollen Bart. Ich nehme an, Ihr findet ihn im Kartenzimmer. Ich habe gehört, er soll ein forscher, aber nicht immer schlauer Spieler sein. Im Laufe des letzten Monats hat er sich zum Stammgast entwickelt und trägt Gewinne und Verluste gleichermaßen philosophisch.«

Seregil steckte ihm eine zweite Münze in die Tasche und zwinkerte ihm zu.

»Möge Euch Illiors Glück begleiten, Herr.«

Das Heron galt als einigermaßen gepflegter Laden und war in mehrere große Räume unterteilt. In den vorderen Zimmern standen allerlei Spiele zur Verfügung, die jedermann zugänglich waren; kleinere Kammern im hinteren Teil waren ausschließlich für einen erlesenen Kundenkreis vorgesehen.

Seregil fand Rythel in einem der letzteren Zimmer bei einer Runde, die Steinopfer spielte und sich aus mehreren reichen Händlern sowie ein paar Offizieren der Bogenschützen der Königin zusammensetzte. Ein paar von ihnen kannten Seregil und luden ihn ein, sich zu ihnen zu gesellen. Er setzte sich auf einen freien Stuhl neben Rythel und legte den Geldbeutel auf den Tisch.

»Guten abend, Lord Seregil«, begrüßte ihn Vinia, der Wollhändler und sammelte die bunt bemalten Karten für ein neues Spiel ein. »Der Mindesteinsatz beträgt drei Goldmark, der Höchsteinsatz acht. Als neuem Spieler gebührt Euch die Ehre des ersten Gebots.«

Die ersten paar Runden spielte Seregil recht zurückhaltend, hatte ständig ein Auge auf Rythels Stil und heimste bescheidene Gewinne ein. Während des Spiels plauderte er mit den anderen und würzte das belanglose Gerede mit Ratschlägen für lohnende Geldanlagen und Anspielungen auf erfolgreiche Geschäfte, die er in jüngster Zeit getätigt hatte, einschließlich der Zinserträge, die er aus der Nyreidian unterstehenden Freibeuterflotte erzielte.

Rythel lauschte mit höflichem Interesse und sprach wenig, bis er wieder an die Reihe kam.

»Ich schlage vor, das Spiel zu wechseln«, sagte er und nahm die Karten an sich. »Schwert und Münze? Wir sind genug für zwei Spielrunden.«

Die anderen Spieler waren einverstanden, und nachdem die Tische und Stühle verrückt waren, stellte Seregil kaum überrascht fest, daß er Rythel gegenübersaß. Er sprach Illior einen stummen Dank aus und bereitete sich darauf vor, aus seinem Partner einen reicheren Mann zu machen.

Die weniger umsichtigen Spieler waren bald aus dem Rennen, da Seregil, der sich durchaus darauf verstand, Karten einfallsreich zu mischen, das Glück behutsam in seine und Rythels Richtung lenkte. Auch Rythel ließ gewisse Ansätze von Talent erkennen; binnen einer Stunde hatten die beiden den übrigen Spielern die Hosen ausgezogen.

Seregil verbeugte sich leicht, als die beiden aufstanden, um die Gewinne zu teilen, und streckte Rythel die

Hand entgegen. »Gut gespielt. Ich bin Lord Seregil, wie Ihr gewiß schon mitbekommen habt. Und Ihr?«

»Rythel von Porunta, Herr.« Die Hand des Schmieds fühlte sich zwar kräftig an, aber keineswegs so schwielig und rauh, wie Seregil erwartet hatte. Offenbar bemühte der Mann sich redlich, seine gegenwärtige Beschäftigung zu verbergen.

»Porunta? Das ist doch unten in der Nähe von Steinhafen, oder? Was hat Euch um diese Jahreszeit so weit in den Norden verschlagen?«

»Ich betreibe hier Geschäfte, Herr, bescheidene Geschäfte.« Rythel setzte ab und schenkte Seregil ein entwaffnend offenes Lächeln. »Ich muß gestehen, einige der Unternehmungen, die ihr heute abend erwähnt habt, interessieren mich sehr.«

»Ein Mann mit Weitblick, wie?« meinte Seregil und zwinkerte ihm vielsagend zu. »Ich bin ein großer Bewunderer von Ehrgeiz, und unsere kurze Partnerschaft heute nacht hat meiner Geldbörse in keiner Weise geschadet. Habt Ihr Lust, derlei Dinge bei einem kleinen Abendessen ein wenig ausführlicher zu bereden?«

»Es wäre mir eine Ehre, Herr«, erwiderte Rythel eine Spur zu eifrig.

»Habt Ihr einen besonderen Ort im Sinn?«

Rythel zuckte mit den Schultern. »Nein, Herr. Ich habe für heute nacht noch keine Pläne.«

Verdammt, dachte Seregil. *Sieht so aus, als würden wir die Nacht mit dem Versuch verbringen, einander unter den Tisch zu trinken und Geheimnisse zu entlocken.*

Als Seregil in den Jungen Hahn zurückkehrte, brach bereits ein klirrend kalter, klarer Morgen an. Alec schlief auf dem Sofa, die Beine den Überresten eines Feuers zugestreckt. Ruckartig erwachte er, als sich Seregil müde neben ihn plumpsen ließ.

»Und, wie ist es gelaufen?«

Seregil zuckte mit den Schultern und fuhr sich mit den Händen durchs Haar. »Er ist zwar nicht der Welt bester

Spion, aber er weiß, wie man die Klappe hält. Den Großteil der Nacht haben wir damit zugebracht, in der Rose zu trinken, dann beschloß er, daß er Lust auf eine Frau hätte. Ich hoffte, daß er vielleicht jemanden in einem Bordell treffen müßte, aber statt dessen wollte er das erstbeste Paar Straßendirnen aufgabeln, das uns über den Weg lief. Schließlich hat er sich doch dazu überreden lassen, in die Schwarze Feder zu gehen.«

»Die Feder? Das ist aber ein ziemlicher Abstieg im Vergleich zu Eiruals Haus.«

»Das gleiche habe ich auch gedacht. Entweder ist er meinetwegen dorthin ausgewichen, oder aber seine Mittel schwanken von Woche zu Woche beträchtlich. Darauf sollten wir ein Auge haben. Jedenfalls haben wir uns vor ein paar Stunden getrennt. Danach bin ich ihm in die Segelmacherstraße gefolgt, aber er ist nicht wieder weggegangen.«

»Klingt nach einer vergeudeten Nacht.«

»Was die Sache mit der Kloake angeht schon. Trotzdem kann man unmöglich die ganze Nacht saufend und hurend mit einem Menschen verbringen, ohne wenigstens etwas über ihn zu erfahren. Er gibt sich als wohlhabender Händler aus, und um ganz ehrlich zu sein, er spielt die Rolle so gut, daß ich mich frage, ob nicht ein Teil davon wahr ist. Meiner Ansicht nach ist er in Skala geboren und hat so etwas in kleinem Rahmen schon einmal gemacht – ein Schmalspurspion. Die Plenimaraner wissen genau, wie man solche Kerle aufspürt und benutzt.«

Süßsauer grinste Alec ihn an. »So wie du.«

»In diesem Fall ist es noch zu früh, um das zu behaupten.« Erschöpft streckte sich Seregil. Nach der Nacht in der Feder fühlte er sich schmutzig und sehnte sich nach einem Bad. »Obwohl Lord Seregil ihn zweifellos schwer beeindruckt hat. Ich mußte ihm nur ein paar Einzelheiten über die Freibeuterei erzählen, schon war er mein Busenfreund. Ein paar Gerüchte habe ich auch zum besten gegeben; ich bin schon gespannt darauf, wo sie später überall auftauchen. Wie ist es dir ergangen?«

Alec zog eine flachgedrückte Pergamentrolle aus dem Kittel und schwenkte sie triumphierend. Dann ging er damit zum Tisch, breitete sie aus und beschwerte die Ecken mit Büchern. Als er die Hand ausstreckte, um eine Ecke zu befestigen, sah Seregil einen Riß im linken Ärmel, der blutbefleckt wirkte.

»Was ist denn passiert?«

Ohne ihn anzusehen, zuckte Alec mit den Schultern. »Nichts von Bedeutung.«

»Nichts von Bedeutung?« Er ergriff die Hand seines Freundes und schob den aufgerissenen Ärmel zurück. Ein unbeholfen angelegter Verband umgab den Unterarm des Jungen; ein runder Fleck geronnenen Blutes in der Größe einer Münze prangte darauf. »Nichts von Bedeutung blutet aber für gewöhnlich nicht so stark.«

»Das ist nur ein Kratzer«, beharrte Alec.

Ungeachtet Alecs Widerspruch zog Seregil den Dolch und kappte den Verband. Eine glücklicherweise nicht tiefe, gezackte Schnittwunde erstreckte sich von wenig unterhalb des Ellbogens bis gefährlich nahe zu den empfindlichen Sehnen am Handgelenk.

»Bei Illiors Fingern, mit einem solchen Schnitt kannst du dir eine Blutvergiftung holen!« entfuhr es ihm, während er nach einer Flasche Branntwein griff, um die Wunde zu säubern. »Wie ist das passiert?«

»Ich bin ausgerutscht, als ich über das Dach zu seinem Fenster schlich«, gestand Alec und seufzte widerwillig. »Ich dachte, das wäre der sicherste Weg hinein, aber es war ein wenig steiler, als ich erwartet hatte, außerdem waren die Schindeln ziemlich rutschig ...«

»Hast du schon mal was von einem Seil gehört?«

»Als mir eingefallen ist, daß ich eines brauchen könnte, war ich schon oben. Wie auch immer, mein Ärmel hat sich an einem Nagel verfangen, der aus der Dachrinne vorstand ...«

»Der Dachrinne?« stieß Seregil hervor und fühlte, wie sein Magen sich langsam umdrehte. »Du bist über den *Rand* geklettert? Da geht es vierzig Fuß auf harten Steinboden runter! Was in Bilairys Namen ...«

»Eigentlich ist genau unter seinem Fenster ein Stall«, verbesserte ihn Alec. »Der hätte den Sturz gebremst.«

»Ach, dann hattest du ja alles sorgfältig geplant, wie?« fragte Seregil höchst sarkastisch.

Abermals zuckte Alec mit den Schultern. »Leben und lernen, richtig?«

Bei Illiors Licht, mit genau demselben Gesichtsausdruck sehe ich wahrscheinlich Micum oder Nysander an, wenn sie mich wieder einmal wegen einer dummen Eskapade zur Schnecke machen, die ich gerade überlebt habe! Kopfschüttelnd wandte sich Seregil den Früchten von Alecs Bemühungen zu, einer groben, an manchen Stellen mit Blut verschmierten Holzkohlezeichnung, die eine Art Netz darstellte.

»Das ist eine Kopie der Karte, die ich in einem hohlen Pfosten von Rythels Bett gefunden habe«, erklärte Alec, während er mit gerunzelter Stirn auf das Pergament starrte. »Ich weiß, sie ist nicht besonders gut gelungen, aber ich wußte, daß ich mich unmöglich daran erinnern könnte, ohne mir wenigstens ein paar Anhaltspunkte aufzuschreiben.«

»Du hast das Pergament doch nicht etwa aus seinem Zimmer gestohlen?«

»Natürlich nicht! Mir ist eingefallen, daß Parin dir etwas von Zeichnungen in seiner Kammer erzählt hat, deshalb dachte ich, daß ich vielleicht etwas kopieren müßte. Ich hatte alles Nötige mitgenommen.«

»Außer einem Seil.«

Auf den ersten Blick glich Alecs Karte, die augenscheinlich in größter Eile von ungeübter Hand angefertigt worden war, kaum mehr als einem bedeutungslosen Gekritzel.

»Ich glaube, es ist eine Karte der Kloake«, meinte Alec. »Zwar wies sie keine Beschriftung auf, nur an manchen Stellen Markierungen, aber sie sah den Plänen ziemlich ähnlich, die wir bei Kassarie gefunden haben, weißt du noch?« Er deutete auf einen Kreis am unteren Rand der Seite. »Meiner Ansicht nach ist das hier der Ausgang, an dem sie gerade arbeiten, und das ist wahrscheinlich der obere Teil des Kanals, wo wir das sabotierte Gitter gefunden haben.«

Bedächtig nickte Seregil, dann zeigte er auf eine Stelle, wo von einem einzigen Punkt mehrere Linien ausgingen. »Da treffen mehrere große Kanäle aufeinander. Einer führt nach Westen, in Richtung des Oberen Viertels; der hier geht vermutlich unter die Stadtmitte ... Hast du es genauso gesehen, Strich für Strich?«

»Ich glaube schon, aber ich habe nicht alles abgezeichnet. Die Karte war wirklich sehr kompliziert, und ich bin bei jedem Geräusch zusammengezuckt. Schließlich habe ich jemanden kommen gehört, also habe ich gepackt, was ich hatte, und bin geflitzt. Tut mir leid.«

»Nein, nein, das hast du sehr gut gemacht«, entgegnete Seregil nachdenklich, während er sich weiter den Kopf über die Zeichnung zerbrach. »Das ist ein ausreichender Beweis, um ihn verhaften zu lassen, aber woher, um alles in der Welt, hat er so viele Informationen?«

»Könnten die Plenimaraner die Karte verwenden, um die Stadt über die Kloake anzugreifen?«

»Zwar für keinen Großangriff, aber sie könnten trotzdem jede Menge Schaden anrichten – feindliche Pioniere, die von innerhalb der Stadt Tore öffnen, Meuchelmörder, die aus dem königlichen Abort kriechen oder sonst irgendwo in der Stadt auftauchen.« Seregil richtete sich auf und klopfte Alec stolz auf die Schulter. »Gute Arbeit. Das ist mehr, als ich vorzuweisen habe.«

Grinsend errötete Alec. »Die Schmiede seiner Mannschaft, mit denen ich mich unterhalten habe, nehmen an, daß die Arbeit in ein paar Wochen abgeschlossen ist. Das bedeutet, daß Rythel bis dahin mit allem fertig sein muß.« Er setzte ab. »Ich würde nur zu gern wissen, wie er all das erfahren haben kann, wenn er niemals nachts das Haus und tagsüber die Baustelle verläßt.«

»Das ist die eigentliche Frage, nicht wahr? All diese Tunnel zu ergründen und zu verzeichnen würde Wochen, ja sogar Monate dauern. Aber was, wenn man jemanden findet, der sie bereits kennt?«

»Wie einen Nachtmeister?«

»Oder einen Torläufer. Was hat die Frau doch noch mal gesagt, die über mich hergefallen ist?«

»Etwas über Fremde in der Kloake, vor denen sie Angst hätte.«

»Genau.« Seregil schaute auf das verschmierte Pergament hinunter und klopfte sich nachdenklich mit dem Zeigefinger ans Kinn. »Ich frage mich, was Tym wohl gerade so treibt.«

»Tym?«

»Du mußt dich doch an ihn erinnern – der Dieb, der dir damals in meinem Auftrag den Geldbeutel abgeschnitten hat.«

Alec verzog das Gesicht. »Ja, jetzt erinnere ich mich an ihn. Aber er ist doch kein Torläufer, oder?«

»Nein, aber er hat in diesen Verbindungen, und so gut wie überall sonst unter den armen und verbrecherischen Mitgliedern der Gesellschaft. Deshalb ist er auch so nützlich für uns.«

»Ich dachte mir schon, daß du ihn nicht wegen seiner unwiderstehlichen Ausstrahlung ins Gespräch gebracht hast«, meinte Alec mürrisch.

19

Tym

»Woher weißt du, daß er überhaupt kommt?« fragte Alec, als sie am nächsten Abend in den verlassenen Raum über der namenlosen Kneipe in der Unterstadt hinaufstiegen.

»Er kommt.« Angewidert betrachtete Seregil den speckigen Tisch, dann setzte er sich auf einen der Stühle daneben. »Wahrscheinlich ist er schon irgendwo hier in der Nähe.«

Es war leicht gewesen, mit dem Dieb Verbindung aufzunehmen. Gleich den Wurzeln eines Baumes durchzog ein heimliches Netzwerk die untersten Schichten der Stadt; für gewöhnlich reichten eine Münze in die richtige Hand und ein Wort in das richtige Ohr.

Kaum war Seregil verstummt, da hörten sie auch schon leise Schritte auf der Treppe hinter ihnen. Tym blieb an der Tür stehen und ließ den Blick argwöhnisch durch den Raum wandern. Dann nickte er Seregil respektvoll zu und schlenderte herein.

Alec musterte den Dieb mit sorgfältig verhohlener Abneigung. Das letzte Mal hatte Alec ihn an jenem Tag mit Micum und Beka außerhalb der Stadt gesehen. Voll des überheblichen Vertrauens in seine neuen Fähigkeiten hatte Alec ihn inmitten einer Menschenmenge überrascht und gehofft, er könnte ihm heimzahlen, daß er ihm dereinst den Geldbeutel abgeschnitten hatte. Statt dessen hätte Tym ihn um ein Haar mit dem Messer aufgeschlitzt.

Der Dieb präsentierte sich unverändert dünn und schmuddelig und strahlte gierige Überheblichkeit aus. Er wuchtete ein Bein auf die Bank gegenüber Seregil und bedachte Alec mit einem langen, abwägenden Grinsen.

»Immer noch bei ihm, wie? Muß dir wohl gefallen.«

Ungerührt hielt Alec dem Blick stand.

Schnaubend ließ Tym ein kurzes, freudloses Lachen vernehmen, dann wandte er die Aufmerksamkeit Seregil zu. »Du hast nach mir gefragt?«

Seregil legte eine Faust auf den Tisch und öffnete sie, so daß eine dicke Silberhalbmark zum Vorschein kam.

»Irgendwelche schrägen Vögel in der Stadt?« fragte er, wobei er sich des unter Gaunern gebräuchlichen Ausdrucks für Spione bediente.

Abermals gab Tym dieses rauhe, gräßliche Schnauben von sich.

»Was glaubst du denn?«

Blitzschnell schloß Seregil die Hand um die Münze und öffnete sie abermals. Eine zweite Münze glitzerte auf seiner Handfläche. »Arbeitest du für einen von ihnen?«

Tym starrte auf die Münzen; dabei glätteten fast nachdenkliche Züge vorübergehend das schmale Gesicht. »Meinst du, ich würd's dir sagen, wenn's so wär?«

Seregils Hand schloß und öffnete sich. Vier Münzen.

Alec musterte Tyms Miene. Die Maske der Gelassenheit blieb unverändert.

»Könnte sein«, versuchte Tym vorsichtig.

Zu. Auf. Keine Münzen.

Das zeigte Wirkung. Tym setzte sich aufrecht hin und wirkte dabei wie jemand, der den Bogen einen Hauch überspannt hat.

»Scheißkerl! Nein, ich arbeite für niemanden, andere vielleicht schon.«

Wiederum öffnete Seregil die Hand. Vier Münzen.

»Ratten-Tom hat urplötzlich 'nen Einbruchsauftrag bekommen, wollte aber nicht sagen, von wem«, vertraute Tym ihm bereitwillig, verschlagen an.

»Wo ist Ratten-Tom jetzt?«

Tym zuckte mit den Schultern. »Vor zwei Wochen hat man ihn tot in einer Seitengasse gefunden, mit aufgeschlitzter Kehle.«

»Wer sonst noch?«

»Der Schnelle Mickle behauptet, er hätte in der Helmstraße Dokumente geklaut.«

»Aus welchem Haus?«

»Keine Ahnung.«

»Wo finde ich den Schnellen Mickle?«

Abermals zuckte Tym mit den Schultern. »Hab' ihn schon 'ne ganze Weile nicht mehr gesehen.«

Seregil seufzte angewidert, ließ die Münzen verschwinden, stand auf und bedeutete Alec, ihm zu folgen. »Komm. Hier erfahren wir ja doch nichts.«

»Es kursieren Gerüchte«, fügte Tym hastig hinzu.

Seregil, der sich bereits auf halbem Wege zur Tür befand, drehte sich um und runzelte ungeduldig die Stirn. »Was für Gerüchte?«

»Sie drehen sich hauptsächlich um die Torläufer. Einige tauchen plötzlich völlig unvermutet auf, dann tauchen sie tot oder gar nicht mehr auf.«

Alec tauschte einen kurzen Blick mit Seregil und

dachte daran, was ihnen die Frau in der Kloake erzählt hatte.

»Madrin, Dinstil, die Dünne Lily, der Wandernde Ki – alle auf die eine oder andere Weise im letzten Monat gestorben«, fuhr Tym fort. »Tarl sucht jetzt schon eine Woche nach Farin, dem Fisch.«

»Ich dachte, Farin wäre ein Einbrecher?« Seregil kehrte an den Tisch zurück. Alec blieb unmittelbar hinter ihm stehen.

»Ist er auch, trotzdem scheint es merkwürdig, daß er verschwunden ist. Er und Tarl sind seit Jahren zusammen.«

»Sonst noch jemand?«

»Virella vielleicht, sie ist ebenfalls eine Torläuferin, aber bei ihr weiß man nie so genau. Und diese junge Einbrecherin, Shady – man hat sie im Hafen draußen vor den Molen auf dem Wasser treibend gefunden. So manch einer rätselt sogar über die Katze von Rhíminee, aber bei der weiß man auch nie.«

Seregil ließ die Münzen in der Faust klimpern. »Und wer soll für all diese Morde verantwortlich sein?«

Zum ersten Mal wirkte Tym bedrückt. »Keine Ahnung. *Niemand* weiß es, und das ist sehr eigenartig. Die Halsabschneider behaupten, von ihnen wäre es niemand. Die Leute werden allmählich unruhig. Man weiß kaum noch, ob man einen Auftrag annehmen soll oder nicht.«

»Ich hätte einen Auftrag, sofern du interessiert bist«, erwiderte Seregil und schob die Silbermünzen verlockend dicht vor Tym hin.

Gierig starrte der Dieb auf den Stapel. »Das wäre doch keine Laufarbeit, oder?«

»Nein, nur ein Schnüffelauftrag. Hier in der Nähe ist ein Haus, das ich beobachten lassen möchte. Sobald jemand hineingeht, den du kennst – Einbrecher, Torläufer, Schnüffler, ganz egal –, will ich darüber Bescheid wissen. Oder über sonstige Gestalten, die deiner Meinung nach nicht in die Gegend passen. Ist das klar?«

»Einbrecher und Torläufer?« Abermals verengte Tym

die Augen zu Schlitzen. »Hat das etwas mit den Morden zu tun?«

»Vielleicht hat er Angst«, meinte Alec gelassen und ergriff zum ersten Mal das Wort.

Tym sprang torkelnd auf die Beine und griff zum Messer. »Vielleicht sollte ich mich um deine hübsche Fresse kümmern?«

»*Hinsetzen!*« herrschte Seregil ihn an.

Alec versteifte sich, rührte sich jedoch nicht von der Stelle.

Mißmutig gehorchte Tym.

»Also«, fuhr Seregil mit ruhiger Stimme fort, »willst du den Auftrag oder nicht?«

»Ja, ich will ihn«, knurrte Tym. »Aber das kostet.«

»Nenn deinen Preis.«

»Zwei Mark die Woche.«

»Abgemacht.« Seregil spuckte sich in die Hand und schüttelte die des Diebes. Als Tym die seine zurückziehen wollte, umklammerte Seregil sie fest.

»Du bist mir noch nie in den Rücken gefallen. Das wäre eine denkbar schlechte Gelegenheit, damit anzufangen.« Seregil lächelte zwar, doch dadurch wirkte der drohende Tonfall nur um so einschüchternder. Sogar Tyms anmaßendes Grinsen ließ er aus dem Gesicht des Diebes verschwinden. »Sollte dir jemand über den Weg laufen und dir mehr bieten, damit du in seine Dienste trittst, lächelst du, nimmst das Geld an und kommst schnurstracks zu mir.«

»Sicher, mach ich«, stammelte Tym und zuckte zusammen. »Ich bin dir noch nie in den Rücken gefallen und werd's auch nie tun.«

»Natürlich nicht.« Endlich ließ Seregil los, aber die Abdrücke seiner langen Finger verharrten noch eine Weile in Form von weißen, blutlosen Streifen auf dem Handrücken des Diebes. »Es geht um das Mietshaus mit dem rot-weiß gestreiften Fenstersturz in der Segelmacherstraße. Kennst du es?«

Tym nickte kurz und beugte und streckte die Hand. »Ja, ich kenne es.«

»Du kannst sofort anfangen. Halt mich auf die übliche Weise auf dem laufenden.«

Ungläubig schüttelte Alec den Kopf, als Tym die Treppe hinab verschwand. »Vertraust du diesem Kerl wirklich?«

»In gewisser Weise. Man muß ihm nur gelegentlich in Erinnerung rufen, wie er sich zu benehmen hat.« Unbeschwert trommelte Seregil mit den Fingern auf den Tisch. »Auf seine Art vertraut mir Tym. Er vertraut darauf, daß ich ihn bezahle. Er vertraut darauf, daß ich kein doppeltes Spiel mit ihm treibe, und er weiß haargenau, daß ich ihn bis ans Ende der Welt jage und ihm die Kehle aufschlitze, wenn er mich übers Ohr haut. Trotzdem solltest du dich bei ihm vorsehen. Das eben war alles andere als eine leere Drohung.«

»Ich wollte ihn nur ein wenig aufstacheln«, setzte Alec an, doch Seregil hob die Hand.

»Ich weiß, was du vorhattest, und es hat funktioniert. Aber du verstehst Menschen wie ihn nicht. Er respektiert mich, weil er mich fürchtet. Einmal habe ich ihn fast umgebracht, und er gehört zu der Sorte Mensch, die einem nach einem solchen Zwischenfall treu ergeben ist. Dich hingegen würde er ohne mit der Wimper zu zucken aufschlitzen und sich erst danach den Kopf über meine Rache zerbrechen. Eine Beleidigung wie jene, die du ihm ins Gesicht geschleudert hast, reicht aus, um ihn dir auf Lebenszeit zum Feind zu machen.«

»Ich werd's mir merken«, sagte Alec. Er hatte sich nie dazu durchringen können, Seregil von seinem letzten Aufeinandertreffen mit dem Dieb zu erzählen. Auch jetzt schien kaum die rechte Zeit dafür, aber er gedachte, Seregils Rat zu beherzigen.

20
Herumlungern

Im Laufe der nächsten Woche trieben die für den Klesin üblichen, tristen Regenfälle in vollem Umfang von der See herein, schmolzen die letzten Reste dreckigen Schnees aus abgelegenen Seitengassen und Winkeln und sorgten dafür, daß Seregil und seine Gefährten ständig naß wurden.

Tym beobachtete pflichtbewußt das Haus in der Segelmacherstraße, berichtete aber lediglich, daß Rythel, wie zu erwarten, zwischen seiner Wohnung und der Baustelle hin und her pendelte.

Mitte der Woche ging ein Auftrag für die Katze von Rhíminee ein – eine Dokumentenbeschaffung. Dies fiel Alec zu, der die nächsten paar Tage damit verbrachte, die Lebensgewohnheiten eines gewissen Lords auszukundschaften, dessen von ihm getrennt lebende Frau bestimmte Unterlagen stehlen lassen wollte. Während der Abende jedoch wurde er zu einem gern gesehenen Stammgast im Hammer und Zange. Ob Rythel nach Abschluß der Arbeiten weiterhin in der Werkstatt seines Onkels bleiben würde, schien fraglich; ob diese Annahme sich auf beiläufige Bemerkungen Rythels oder lediglich auf Wunschdenken der übrigen Schmiede begründete, kam jedoch nicht ans Licht.

In der Zwischenzeit stellte Seregil unauffällig Nachforschungen über die Verbindung zwischen dem Schmied und General Zymanis an, aber er erfuhr wenig mehr, als Nysander ihnen bereits gesagt hatte. Vor vier Monaten war ein junger Kammerdiener verschwunden, doch es lagen keine Beweise dafür vor, daß er etwas gestohlen hatte.

Gegen Ende der Woche drehte sich der Wind und zerriß die dichte Wolkendecke, so daß zinnoberrote und goldene Schlieren vor der Spätnachmittagssonne schwebten.

»Rythel wird sich bald ins Nachtleben stürzen. Wie sieht der Plan für heute aus?« erkundigte sich Alec, während er aus dem Fenster neben der Werkbank starrte.

Seregil schaute von einem Stocher auf, den er gerade reparierte und lächelte. Alec stand an den Fensterrahmen gelehnt, und die schräg einfallenden Sonnenstrahlen tauchten sein Profil in schimmerndes Licht, zauberten einen funkelnden Glanz in sein Haar und unterstrichen die Konturen seiner Backenknochen und der Falten seiner Kleider. *Ein Maler sollte ihn so verewigen – ein Inbegriff jugendlicher Begeisterung.*

»Was tun wir heute?« fragte Alec abermals und drehte sich zu Seregil um.

»Da wir keine neuen Erkenntnisse gewonnen haben, werde ich ihn diesmal beschatten«, erwiderte Seregil, schob den Stocher zurück in Alecs Werkzeugbeutel und reichte ihn seinem jungen Freund. »Du könntest ja die Dokumentensache für Lady Hylia zu Ende bringen.«

Alec grinste. »Allein?«

»Schließlich hast du auch die ganze Laufarbeit verrichtet. Bist du sicher, daß Lord Estmar erst morgen zurückkommt?«

»Das behauptet zumindest sein Koch. Scheint mir ein recht einfacher Auftrag zu sein. In Lady Hylias Anweisungen an die Katze steht, daß die gewünschten Unterlagen im Weinkeller versteckt sind. Die Tür zum Keller befindet sich in der zweiten Vorratskammer, und die hat ein angenehm großes Fenster.«

»Laß dir trotzdem Zeit und sei vorsichtig«, warnte Seregil. »Der Koch kennt dein Gesicht. Du kannst es dir nicht leisten, erwischt zu werden.«

»Ich weiß, ich weiß«, murmelte Alec frohgemut und hörte nur mit einem Ohr hin, während er sein Werkzeug überprüfte und den Beutel in den Mantel steckte. »Ich schätze, ich bin gegen Mitternacht fertig, falls du mich danach noch brauchst.«

»Sollte ich dich wirklich brauchen, melde ich mich hier bei dir.«

Entweder folgt er einem Plan, oder er ist der unberechenbarste Spion in ganz Rhíminee, dachte Seregil, während er aus der Ferne beobachtete, wie Rythel ins Heron ging.

Mit ein paar Münzen erkaufte sich Seregil vom Türsteher, Stark, stündliche Berichte darüber, was in dem Spielhaus vor sich ging. Rythel fragte nach Lord Seregil und bedauerte, ihn nicht unter den Anwesenden anzutreffen. Kurz darauf tröstete er sich mit der Gesellschaft eines anderen jungen Adeligen, dem Sohn von Lady Tatiana, der Hauptverantwortlichen für die Garderobe der Königin. Die beiden trennten sich jedoch bald, und Seregil verfolgte den Schmied zur Lachenden Maid, einer durchschnittlichen Schenke samt angeschlossenem Bordell nahe der Stadtmitte. Seregil mischte sich in der Schenke unters Volk, wo er binnen kürzester Zeit einem müden Freudenmädchen entlockte, mit welcher Gespielin und in welches Zimmer Rythel nach oben verschwunden war, und daß er für die ganze Nacht bezahlt hatte.

Seregil ließ dem Pärchen Zeit, sich oben einzunisten, dann bahnte er sich einen Weg durch die lärmende Menge und schlich unbemerkt die Treppe hinauf in einen düsteren Gang im dritten Stock.

Er wartete, bis er sich allein im Flur befand, ging zur letzten Tür des Korridors und spähte durch das Schlüsselloch.

Drinnen waren Rythel und das Freudenmädchen eifrigst zugange. Seregil konnte in der winzigen Kammer weder ein Fenster noch einen anderen Ausgang entdecken.

Für die ganze Nacht hast du bezahlt, wie? dachte Seregil, als er sich unauffällig denselben Weg zurückzog, den er gekommen war.

Draußen band er seine Stute los und schaute zum Mond empor; kurz nach Mitternacht. Wahrscheinlich war Alec inzwischen zurück und wartete auf eine Nachricht von ihm. Er schwang sich in den Sattel und machte sich auf den Weg zum Jungen Hahn.

Alec war bereits zu Hause. Seregil fand ihn trübsinnig vor dem Feuer auf und ab laufend. Der Junge trug immer noch seinen Umhang, und in seinen Haaren hatten sich Zweige und Laub verfangen.

»Hattest du Probleme?«

Mit finsterer Miene blieb Alec stehen. »Lord Estmar ist heute nacht zwar außer Haus, seine neue Geliebte hingegen nicht. Anscheinend hat sie beschlossen, während seiner Abwesenheit ein paar hundert Freunde einzuladen. An dem ganzen verfluchten Ort war es hell wie an einem strahlenden Sommertag. Ich bin stundenlang durch den Garten geschlichen, weil ich dachte, die Feier würde bald enden. Als kurz vor Mitternacht frische Musikanten auftauchten, habe ich das Handtuch geworfen. Gibt es irgend etwas Neues über Rythel?«

»Nur in bezug auf seinen Geschmack für Dirnen«, erwiderte Seregil. »Komm, ich habe genug davon, hinter diesem Bastard herzuschnüffeln. Zeig mir den Plan, den du bei ihm gefunden hast.«

»In Ordnung.« Wissend zog Alec die Augenbrauen hoch, dann trat er ans Bett und zog ein Seil darunter hervor. »Und diesmal bin ich vorbereitet.«

Während sie unter einem bleichen Halbmond durch die dunkle Stadt galoppierten, verspürte Alec die erwartungsvolle Erregung eins Jägers. Die scheinbar fruchtlose, tagelange Beschattung Rythels würde sich nicht als Zeitverschwendung erweisen, wenn es ihnen gelänge, durch ihn und die Karte die Drahtzieher der Verschwörung zu Fall zu bringen. Und zum ersten Mal hatte Alec die Führungsrolle inne. Er war ziemlich stolz darauf, den hohlen Bettpfosten allein entdeckt zu haben, und freute sich nun darauf, ihn Seregil zu zeigen.

Als sie jedoch in Sichtweite des Ufermarktes gerieten, tauchte plötzlich vor Seregil einer von Nysanders winzigen Botschaftsschimmern auf. Obwohl Alec die Nachricht nicht hören konnte, erkannte er an der Art, wie sein Freund jäh das Pferd zügelte, daß sich ihre Pläne soeben geändert hatten.

»Was hat er gesagt?« wollte Alec wissen, nachdem das kleine Licht verpufft war.

Seregil zog die Kapuze zurück, wodurch Alec sah, daß sein Freund die Stirn in Falten gelegt hatte. »Er will, daß wir sofort zum Palast der Königin kommen. Warum, das hat er nicht verraten, er wollte nur, daß ich mich auf der Stelle auf den Weg mache und dich mitbringe, sofern du bei mir bist.«

»Verdammt! Hör zu, du könntest doch zurückreiten, und ich treffe dich dann, nachdem ...«

»Er hat nach uns beiden verlangt.«

»Aber was ist mit der Karte? Und was, wenn Rythel *doch* zurückkommt und danach woanders hingeht?«

»Ich weiß, ich weiß!« Seregil zuckte mit den Schultern. »Aber Wächter müssen nun mal gehorchen, wenn sie in den Palast gerufen werden. Außerdem ist Rythel die ganze Nacht unterwegs, und Tym hat genug Grips, um die Sache im Auge zu behalten, bis wir zurück sind. Komm jetzt. Auf geht's!«

Doch Rythel kehrte tatsächlich in die Segelmacherstraße zurück, und zwar kurz nachdem Seregil und Alec zum Palast aufgebrochen waren.

Was, zur Hölle, tust du in einer so prächtigen Nacht zu Hause? dachte Tym. Als noch überraschender aber empfand er den Umstand, daß der Schmied nicht allein war. Über der Tür brannte noch eine Laterne, und in ihrem Schein erhaschte der Dieb einen flüchtigen Blick auf die beiden Männer, die ihn begleiteten. Zwar hatten sie die Kapuzen tief ins Gesicht gezogen, aber allein der Glanz der teuren Stiefel im Lampenlicht verriet ihm, daß sie nicht aus der Gegend stammten. Tym griff nach hinten und versetzte dem kleinen, zerlumpten Jungen, der an die Gassenwand gelehnt vor sich hindöste, einen groben Stoß.

»Skut, wach auf, verflucht!«

Das Kind schreckte hoch und zeigte sich sofort angespannt und wachsam. »Ja, Tym?«

»Hast du jemals irgend welche feinen Pinkel da reingehen sehen?«

»Nee, hab' ich nich'.«

Ein Haus zu beobachten, war Kinderarbeit, und Tym hatte nicht lange gebraucht, um ein Kind zu finden, das ihm half. Der kleine, spindeldürre, zahnlückige Skut, der das Glück gehabt hatte, beachtliche neun Jahre zu überleben, kannte das Gesindel der Gegend ebensogut wie Tym selbst und fürchtete dessen Zorn genug, um als verläßlich zu gelten. Es war Skut gewesen, der an jenem Nachmittag einen Torläufer namens Pry der Käfer erspäht hatte, während Tym weg war, um zu Abend zu essen. Kurz, nachdem der Schmied von der Arbeit zurückkehrte, war der Käfer aufgetaucht und Skuts Meinung nach lange genug für eine ausführliche Unterhaltung geblieben.

Nachdem Tym dies erfahren hatte, marschierte er los, um den Käfer aufzuspüren und fand ihn bald darauf bereits halb betrunken in einem der verlausten Bordelle an der Küste, in denen sich die Torläufer herumzutreiben pflegten. Ein wenig Silber löste die Zunge des Mannes, und Tym fand die Auskunft, die er erhielt, den Preis durchaus wert. Anscheinend kaufte ein gewisser Mieter, der im Obergeschoß eines Hauses in der Segelmacherstraße wohnte, Informationen über die Kloake – mit anderen Worten Informationen, über die nur ein Nachtmeister oder ein Torläufer verfügen konnte. Tym gestattete sich ein wölfisches Grinsen; dies waren genau die Auskünfte, für die Lord Seregil den Geldbeutel öffnen würde.

Danach war er zur Segelmacherstraße zurückgekehrt

und hatte sich bereits auf eine weitere ereignislose Nacht eingestellt, als sich ihm abermals etwas Unerwartetes offenbarte. Und zweifellos etwas höchst Einträgliches.

Er wartete, bis er durch einen Spalt im Fensterladen von Rythels Zimmer Licht schimmern sah, dann wandte er sich wieder an Skut.

»Ich gehe rauf, um zu lauschen. Du hältst hier unten die Augen offen und gibst mir das Zeichen, falls jemand kommt, der mich womöglich sehen könnte«, flüsterte er und unterstrich seine Anweisungen durch einen leichten Klaps auf den Hinterkopf des Jungen. »Wenn du einpennst, während ich dort oben bin, erwürge ich dich mit deinen eigenen Gedärmen, hast du verstanden?«

»Ich bin noch nie eingepennt«, zischte Skut trotzig zurück.

Unwissentlich bediente sich Tym desselben Weges wie Alec vor ein paar Tagen. Er erklomm die wackelige Holztreppe an der Rückseite des Hauses und kroch über die Schindeln zum Rand des Daches unmittelbar über Rythels Fenster. Ausgestreckt auf dem Bauch liegend, lugte er vorsichtig hinab zum Fenster. Durch eine Spalte oben am linken Flügel des Ladens sah er verkehrt herum einen schmalen Ausschnitt des Zimmers, aber er verstand nur Wortfetzen der Unterhaltung, die darin stattfand.

»Noch drei Tage.« Das war der Schmied; Tym hatte ihn auf der Straße reden gehört.

»Gut gemacht«, erwiderte ein anderer Mann. »Eine fürstliche Belohnung ist dir gewiß.«

»Ich habe auch noch einen weiteren Brief.«

»Bist du sicher, daß niemand ...«, warf ein dritter Mann ein, der mit einem starken, plenimaranischen Akzent sprach.

Tym hörte, daß die Männer sich bewegten, und die Stimmen wurden zu leise, um noch etwas zu verstehen. Leise fluchend, verharrte er reglos und hoffte, sie würden wieder näher ans Fenster treten.

Gerade überlegte er, ob er das Wagnis eingehen sollte, den Fensterladen einen Hauch weiter zu öffnen, um einen Blick hinein zu erhaschen, als ihm eine innere Warnglocke einen unangenehmen Schauder über den Rücken jagte. Mit einer Hand hielt er sich an der Blechdachrinne fest, mit der anderen umfaßte er das Messer, wirbelte jäh herum und ließ den Blick prüfend über das steile Dach schweifen.

Unmittelbar neben dem Kamin sah er den schwarzen Umriß eines Kopfes über dem Giebel auftauchen.

Beunruhigend leise kam immer mehr von der Gestalt zum Vorschein.

Irgend etwas an dem Kerl ist seltsam, war Tyms erster Gedanke.

Mittlerweile stand der Schemen in voller Größe auf dem Dach, ein langer, schwarzer Fleck vor dem sternenübersäten Himmel. Er wirkte ungewöhnlich groß, zudem bewegte er sich auf höchst eigenartige Weise. Zwar haftete der Gestalt nicht das linkische Gebaren eines Krüppels an – und was hätte ein Krüppel auch hier oben verloren? –, aber die Schultern der Silhouette wirkten merkwürdig verzerrt, der Leib über den Beinen unnatürlich gekrümmt ...

Unvermittelt riß der Schatten den Kopf in Tyms Richtung herum. Obwohl der Dieb nach wie vor lediglich die Umrisse des Fremden erkennen konnte, wußte er instinktiv, daß er entdeckt worden war.

Die Gestalt beugte sich vor, als wollte sie eine lächerlich anmutende, tiefe Verneigung vor Tym vollführen. Doch damit endete die Bewegung nicht, und mit einem Schlag fühlte sich Tyms Mund staubtrocken an.

Die Arme immer noch an der Seite, beugte sich der Schatten irgendwie tiefer und tiefer, bis der unter einer Kapuze verborgene Kopf die Schindeln unterhalb seiner Füße berührte. Abwärts wand er sich, immer weiter, wie eine Schlange – Brust, Bauch, Beine, allesamt in gräßlich verzerrtem Winkel. Und gleich einem riesigen, abscheulichen Aal begann der lange, schwarze Schemen, auf den Dieb zuzukriechen.

Eine Kälte, die in keinerlei Verbindung mit dem Wetter stand, ergriff Besitz von Tym und erfüllte seine Glieder mit einem betäubenden Schmerz, der seine Hände steif und nutzlos wie die eines Greises werden ließ. Dennoch ahnte er erst, als ihn der widerliche Gestank wie ein Schlag ins Gesicht traf, welcher Alptraum auf ihn zusteuerte.

Zum ersten Mal in seinem harten, rauhen Leben kreischte Tym, aber der schändliche Laut drang lediglich als schwaches, vergebliches Krächzen aus seiner Kehle.

Wenige Zoll von der Stelle entfernt, an der er kauerte, hielt das Wesen inne und richtete sich wieder auf.

Tyms Instinkte besiegen das lähmende Entsetzen. Obwohl er das Messer kaum fühlt, daß er mit der Faust umklammert, springt er auf, sticht auf die Erscheinung ein und spürt, wie seine Hand durch eine kalte Leere fährt, wo sich eigentlich die Brust des Geschöpfes befinden sollte. Durch den Angriff gerät er auf den rutschigen Schindeln aus dem Gleichgewicht und kauert sich wieder hin, um nicht zu stürzen.

Einen Augenblick verharrt das schwarze Ding reglos und verströmt seinen frostigen Moder. Dann lacht es – ein gedämpfter, blubbernder Laut, bei dem Tym an verwesende, aufgedunsene Leichen denken muß, die in fauligem Wasser treiben.

Das gräßliche Wesen hebt die langen, unnatürlichen Arme und holt zu einem mächtigen Hieb aus.

Aber es schlägt nicht zu.

Es schiebt.

Skut, der pflichtbewußt im Schatten der Gasse Wache hielt, sah eine dunkle Gestalt vom Dach stürzen. Mit dumpfem Poltern schlug der vornüber herabfallende Mann auf der kopfsteingepflasterten Straße auf.

Skut erstarrte und wartete auf einen Schrei. Als dieser ausblieb, schlich er auf den Körper zu und spähte im schwindenden Mondlicht darauf hinunter.

Tym war eindeutig tot. Sein Kopf war auf gräßliche

Weise zerborsten, die Brust eingedrückt wie ein verdellter Korb.

Eine Weile starrte Skut ungläubig auf den Dieb, dann brach er in Tränen der Verzweiflung aus. Der Mistkerl hatte ihn noch nicht bezahlt!

Tym hatte weder einen Geldbeutel noch Wertgegenstände bei sich. Sogar das lange Messer befand sich nicht in der Scheide.

Skut wischte sich mit dem Ärmel die Nase ab, versetzte dem Leichnam einen letzten, wütenden Tritt und verschwand in der Nacht.

21

Verräterisches Blut

Rastlos lief Vargûl Ashnazai in Rythels winziger Kammer auf und ab, während der Schmied Mardus Bericht erstattete. Ungeachtet des überheblichen Gebarens des Mannes hatte seine laienhafte Schnüffelei bislang zu wenigen bedeutsamen Ergebnissen geführt. Die Sabotage der Abwasserkanäle aber hatte er ausgezeichnet abgewickelt, und, was noch wichtiger war, er hatte eine Karte der Kloake unterhalb des westlichen Bezirkes der Stadt erstellt. Nun lag sie vor Mardus, der sie einer letzten, peinlich genauen Überprüfung unterzog, bevor er den Schmied dafür bezahlte.

Ashnazais Aufgabe bestand darin, rings um sie einen Blendzauber aufrechtzuerhalten; in Rythels Augen waren sie zwei hellhaarige, beleibte Männer mit mycenischem Akzent. Zudem ließ er einen *Dra'gorgos* draußen auf dem Hof Wache halten – keine besondere Herausforderung für einen Totenbeschwörer seines Könnens, aber, wie sich herausstellte, eine notwendige. Kurz nach ihrer Ankunft spürte er plötzlich einen lautlosen Ruf des *Dra'-gorgos*. Er schloß die Augen, bediente sich des Blickes seiner dunklen Schöpfung und entdeckte einen Eindringling auf dem Dach über ihnen, einen rauhen, jungen Burschen mit einem Messer.

Ungeziefer, dachte er. *Ein gewöhnlicher Dieb.* Kaum wahrnehmbar lächelnd, murmelte er einen leisen Befehl. Einen Lidschlag später spürte er, wie das Nachtschattengewächs abstürzte, und hörte einen befriedigenden Aufschlag von der Straße heraufdringen. Mardus schaute von dem Dokument auf, das der Schmied ihm zeigte.

»Alles in Ordnung«, versicherte ihm Ashnazai, trat ans Fenster und schob einen der verzogenen Fensterläden auf. Als er auf den ausgestreckt auf dem Kopfsteinpflaster liegenden Leichnam hinabschaute, huschte eine kleine Gestalt aus den Schatten der gegenüberliegenden Straßenseite darauf zu. Rasch warf Ashnazai einen Blick in den Verstand des Unbekannten; ebenfalls ein Dieb, noch ein Kind, zu sehr von Trauer um den verschiedenen Landsmann ergriffen, um den unsteten, schwarzen Schemen zu bemerken, der über die Hauswand hinab auf ihn zuschwebte.

Der *Dra'gorgos* stieß einen hungrigen, fragenden Ruf aus. Ashnazai wollte ihm gerade ein weiteres Opfer gestatten, als seine Hand auf dem Fensterbrett über etwas strich, das seine Haut mit einem unangenehmen, vertrauten Kribbeln überzog. Ungläubig beugte er sich vor, um das Fensterbrett zu überprüfen, und vergaß das Kind darüber völlig. Da, so hauchzart, daß nur ein Totenbeschwörer es erkennen konnte, prangte ein Blutfleck. Und zwar ganz besonderes Blut! Er zog das Elfenbeinfläschchen hervor und verglich die Ausstrahlung des Inhalts mit der des Blutes.

Einer von denen. *Ja, der Junge! Hier überall bekannt als Alec von Ivywell, Mündel des aurënfaieischen Spions Lord Seregil.*

Soviel hatten sie seit ihrer Ankunft in Rhíminee in Erfahrung gebracht. Urvay hatte die lästigen Diebe in einer Villa in der Radstraße aufgespürt, wo sie sich als feine Herren ausgaben und mit Adeligen und königsnahem Volk verkehrten.

Seither hatte Ashnazai sie ein paarmal gesehen und hätte sie jederzeit zu überrumpeln vermocht, doch sie standen immer noch unter dem Schutz der Orëska; jeder Angriff gegen die beiden hätte die wahren Feinde im Orëska-Haus aufgeschreckt. Deshalb hatte er an sich gehalten und bald danach waren der Aurënfaie und sein Gefährte ärgerlicherweise wieder in der Versenkung verschwunden.

Einen Augenblick schloß Vargûl Ashnazai die Hand um das Fläschchen und bediente sich seiner Macht, um die Kammer nach weiteren Spuren von Alecs Blut abzusuchen: ein paar Tropfen auf dem Fensterbrett, eine Schliere auf dem Tisch neben Mardus' Ellbogen, einen winzigen bräunlichen Kreis auf dem Fußboden neben dem hohlen Bettpfosten, den Rythel für ein ach so schlaues Versteck hielt; und allesamt höchstens ein, zwei Tage alt.

Während er so dastand, umgeben von den Ausstrahlungen des verhaßten Jungen, übermannte Ashnazai flüchtig die Angst, die ein Jäger verspürt, wenn er erkennt, daß die Beute den Spieß umgedreht und ihn eingekreist hat. Plötzlich schrak er aus seiner stummen Wut auf, als er Rythel den Namen des Aurënfaie aussprechen hörte.

Mardus, der dem Schmied gelassen am Tisch gegenübersaß, lauschte seinem Spitzel mit höflicher Aufmerksamkeit.

»Lord Seregil, sagst du?« meinte Mardus und legte den Kopf leicht schief, als wäre er höchst interessiert, doch Ashnazai durchschaute die Geste; in solchen Augenblicken erinnerte Mardus den Totenbeschwörer an eine riesige Schlange, die sich eiskalt, unbarmherzig an ihr Opfer anpirscht.

»Eine glückliche Fügung, Herr«, erklärte der Schmied voller Stolz. »Letzte Woche bin ich ihm eines Nachts zufällig in einem Spielhaus über den Weg gelaufen. Er scheint größere Summen in die Freibeuterflotte investiert zu haben und prahlt gerne damit. Ein aufgeplusterter, selbstgefälliger Laffe. Ihr kennt solche Kerle ja.«

Mardus lächelte frostig. »Und ob. Du mußt mir alles über ihn erzählen.«

Ungeduldig wartete Ashnazai, während der Schmied beschrieb, wie er dem vermeintlichen Ahnungslosen Honig ums Maul geschmiert und welche Auskünfte er ihm entlockt hatte. Den Jungen erwähnte er in seinem Bericht mit keinem Wort.

Ashnazai stand hinter dem Schmied, gab Mardus ein Zeichen, deutete auf das Fenster und hob bedeutungsvoll das Fläschchen. Sein Meister nickte kaum merklich, verriet jedoch keine Regung.

»Du hast all unsere Erwartungen übertroffen«, sagte Mardus zu Rythel und reichte ihm als Lohn für die Karte der Kloake eine schwere Börse sowie ein Päckchen der manipulierten Gitterbolzen. »Bei der Karte hast du hervorragende Arbeit geleistet, und ich glaube, ich kann eine zusätzliche Belohnung für dich herausschlagen, sobald du in den Tunneln fertig bist.«

»Noch eine Woche, dann ist alles erledigt«, versicherte ihm der Schmied, dessen Augen vor Gier leuchteten. »Wenn ich sonst noch etwas für Euch tun kann, braucht Ihr es nur zu sagen.«

»Oh, das werde ich, verlaß dich darauf«, gab Mardus lächelnd zurück.

Im Schutze von Ashnazais Zauber bahnten er und der Totenbeschwörer sich ungesehen und ungehört einen Weg durch die vor Menschen wimmelnden Zimmer und Treppen des Hauses hinunter in den Hof.

Der Leichnam des Diebes lag noch unverändert auf der Straße, verrenkt wie die weggeworfene Puppe eines Kindes.

Mit der Stiefelspitze drehte Mardus den Kopf des Mannes. »Das Gesicht ist zwar ziemlich entstellt, aber es ist eindeutig keiner der beiden.«

»Nein, Herr, nur ein gewöhnlicher Dieb, der dem *Dra'gorgos* zufällig in die Hände gefallen ist. Aber der Junge war zweifellos irgendwann in den vergangenen zwei

Tagen hier. Sein Blut ist überall im Zimmer. Er muß verwundet worden sein.«

»Aber nicht von Rythel. Nichts an seinem Verhalten hat darauf hingedeutet, daß er etwas in der Art zu verbergen hatte.«

Der Totenbeschwörer schloß kurz die Augen und runzelte die ohnehin schon verkniffenen Züge noch mehr, als er sich konzentrierte. »An der Traufe über dem Fenster ist auch Blut. Er muß sich geschnitten haben, als er einbrach.«

Abermals schaute Mardus auf den toten Mann hinab. »Zwei Diebe in nur zwei Tagen? Das scheint mir ziemlich viel, sogar für diesen Teil der Stadt.« Zufrieden beobachtete er, wie ein beunruhigtes Zucken über die Wange des Totenbeschwörers huschte. »Schade, daß wir nicht in jener Nacht hier waren, als unser junger Freund zu Besuch war«, fuhr er fort. »Dann läge nun er anstelle dieses nutzlosen Stückes Fleisch hier, tot und außerstande, Fragen zu beantworten. Laß die Leiche verschwinden, bevor noch jemand etwas bemerkt.«

Mit zusammengebissenen Zähnen murmelte Vargûl Ashnazai einen Zauberspruch, woraufhin die Dunkelheit neben ihnen zu verschwimmen begann. Ein zweiter *Dra'gorgos* erschien, ein wabernder, gesichtsloser Schatten, der einen Augenblick wie Rauch in der Luft hing, ehe er in den Mund und die Nase des toten Mannes hinabströmte. Ein Zucken durchlief den Leichnam, dann mühte er sich linkisch auf die Beine. In dem Antlitz ließen sich keine Anzeichen von Leben erkennen; blicklos starrten die toten Augen ins Leere, und das Auge auf der zertrümmerten Hälfte des Kopfes ragte befremdlich aus der zerschmetterten Höhle hervor.

Mardus betrachtete das Ding mit leisem Interesse. »Wie lange kannst du diesen Zustand aufrechterhalten?«

»Bis der Leichnam verwest, Herr, aber ich fürchte, das hätte wenig Sinn. Allein die Wiederbelebung hat soviel Magie verschlungen, daß der Hülle die Kraft des *Dra'gorgos* fehlt. Nachdem wir unser Ziel erreicht haben, wird sich das natürlich ändern.«

»Natürlich.« Flüchtig berührte Mardus mit der behandschuhten Hand die Brust des Leichnams und fühlte die schwarze Leere in der leblosen Schale – so viel verschwendete Macht, und bald würde sie ihm gehören.

Der Totenbeschwörer flüsterte einen weiteren Befehl, und die Leiche humpelte in Richtung des nahegelegenen Hafens davon.

Nach wie vor durch Ashnazais Zauber geschützt, ritten sie hinauf in die Stadtmitte. Die paar Leute, denen sie unterwegs begegneten, nahmen wenig mehr als eine flüchtige Kälte, ein kurze Bewegung aus dem Augenwinkel wahr.

»Eigentlich spielt es keine große Rolle, sollten sie Rythels Werk in der Kloake entdecken«, meinte Ashnazai unsicher, als sie die Korngarbenstraße entlang zu ihrer Unterkunft in der Nähe des Erntemarktes trabten. »Die Karte ist das einzig Wichtige, und die haben wir ja. Trotzdem finde ich es beunruhigend, daß die beiden um Rythel herumschnüffeln.«

»Im Gegenteil, in meinen Augen hat Seriamaius da seine Hand im Spiel«, widersprach Mardus. »Offenbar gleicht unsere Reise einem langen, spiralförmigen Pfad, der sich nun rasch und immer enger um unsere Beute schließt. Vielleicht hattest du doch recht damit, daß diese Diebe eine gewisse Bedeutung haben, Vargûl Ashnazai. Es muß sich ein höherer Sinn dahinter verbergen, daß sie unseren Weg schon sooft gekreuzt haben. Jetzt heißt es nur noch, Ruhe zu bewahren, bis die anderen eintreffen. In der Zwischenzeit sollten wir uns um Meister Rythel kümmern. Sei so gut und sorg für etwas Unauffälliges, ja?«

Als sie sich dem Markt näherten, zügelte Mardus sein Roß. »Ich treffe mich mit unserer neuen Freundin Ylinestra. Es wird nicht lange dauern.«

»Hervorragend, Herr. Ich schaue währenddessen in der Herberge bei Tildus und den anderen vorbei.«

Nachdem Mardus sich von dem Totenbeschwörer getrennt hatte, lenkte er das Pferd in eine Seitenstraße. Während er diese entlangritt, betrachtete er ein kunstvoll gearbeitetes Paar Blechhähne, das den Eingang zu einer entsprechend benannten Herberge zierte. Seit seiner Ankunft in Rhíminee war er bereits mehrmals durch die Blaufischstraße gekommen, und die beiden Figuren, von deren erhobenen Klauen je eine Laterne hing, waren ihm schon des öfteren ins Auge gesprungen.

22
Alter Kummer

Das Losungswort der Wächter brachte sie an den Wachen desselben Torpostens vorbei, den Alec vor ein paar Monaten als Zuflucht benutzt hatte. Danach überquerten sie das Palastgelände und stiegen an einem Lieferanteneingang in der Nähe der Ringmauer des Palastes von den Pferden ab.

»Ich habe schon befürchtet, ihr würdet nicht kommen«, meinte Nysander und scheuchte sie hastig hinein. Als er sich umdrehte, um die Tür hinter sich zu schließen, bemerkte Alec, daß unter dem schlichten Mantel des Zauberers der Saum einer aufwendig bestickten Robe hervorlugte.

»Wir waren gerade mitten bei der Arbeit«, erklärte Seregil.

»Das dachte ich mir, aber ich hatte keine Wahl. Kommt, die Zeit ist knapp.«

Nysander wob ein flüchtiges Zeichen in die Luft über ihren Köpfen, dann führte er sie schweigend einen Bedienstetenflur entlang. Sie waren noch nicht weit gegangen, als vor ihnen eine mit Leinentüchern beladene Zofe um eine Ecke bog. Als sie an ihnen vorbeilief, schaute sie Alec unmittelbar ins Gesicht, ließ jedoch in keiner Weise erkennen, daß sie ihn gesehen hatte.

Magie? deutete Alec fragend.

Seregil antwortete mit einem ungeduldigen Nicken.

Ich hoffe, ich muß hier nicht allein wieder rausfinden, dachte Alec, während Nysander sie über Treppen, durch weitere Gänge und immer prunkvollere Säle führte. Nach einer letzten, gewundenen Treppe gelangten sie an eine verschlossene Tür. Nysander zog einen Schlüssel aus dem Ärmel und ließ sie in eine lange, schwach beleuchtete Galerie eintreten.

Über die rechte Seite des Raumes erstreckte sich eine mit Laubsägeholzleisten abgeschirmte Zierbalustrade. Durch die Öffnungen strömte Licht herauf und warf ein Netzmuster an die Decke.

Nysander hob den Zeigefinger an die Lippen und führte sie zu einer der Leisten. Alec beugte sich dicht zu der Abschirmung und schaute in einen hell erleuchteten Audienzsaal hinab.

Zwar hatte er Königin Idrilain erst einmal gesehen, dennoch erkannte er sie auf den ersten Blick in der kleinen Gruppe, die sich um einen Weintisch in der Mitte des Saales versammelt hatte. Zu ihrer Linken saß Phoria mit mehreren anderen Leuten in skalanischem Hofstaat. Zu Idrilains Rechten befanden sich ein Mann und zwei Frauen in einer Tracht, die ihm noch nie untergekommen war.

Alle drei trugen Kittel aus weicher, weißer Wolle, von der sich lediglich an den Gürteln schimmernde, polierte Juwelen, Halsketten und breite Silberarmreife abhoben. Zweien von ihnen, dem Mann und der jüngeren Frau, hing das lange, dunkle Haar unter aufwendig gefalteten Kopftüchern lose über die Schultern. Die ältere Frau hatte silbrig-weißes Haar, und auf ihrer Stirn prangte ein Silberreif, der mit einem großen Rubin inmitten eines Runds klingenförmiger Goldblätter besetzt war.

Neugierig drehte sich Alec zu Seregil um, doch sein Freund preßte das Gesicht starr an die Leisten; seine Züge glichen einer schmerzverzerrten, lichtgetupften Maske.

Was sieht er denn bloß? fragte sich Alec erschrocken und schaute abermals zu den Fremden hinunter. Just in diesem Augenblick drehte die jüngere Frau den Kopf in

Alecs Richtung, und ihm stockte der Atem, als er die fein geschnittenen Züge, das dunkle, seidig glänzende Haar und die großen, hellen Augen erkannte ...

Aurënfaie.

Ohne den Blick abzuwenden, streckte er die Hand nach der Schulter seines Freundes aus und fühlte noch, wie Seregil zitterte, bevor er sie abschüttelte.

Die Besprechung unten dauerte noch eine Weile an. Letztlich erhob sich die Königin und führte die anderen aus dem Saal. Seregil verharrte noch einen Augenblick mit der Stirn an die Leisten gelehnt, als eine einzelne Träne sich löste und über die Wange kullerte. Hastig wischte er sie weg und wandte sich zu Nysander um, der die ganze Zeit schweigend hinter ihnen gestanden hatte.

»Warum sind sie hier?« wollte Seregil mit vor Bewegung belegter Stimme wissen.

»Der plenimaranische Hochkönig ist heute gestorben«, erwiderte der Magier. »Die Aurënfaie haben die Neuigkeit vor uns erfahren und heute nacht eine Abordnung hierher gezaubert. Zwar gibt es nach wie vor kein offizielles Bündnis zwischen Plenimar und Zengat, aber sowohl der Nachrichtendienst der Aurënfaie als auch unser eigener glauben, daß geheime Abmachungen getroffen wurden.«

»Was hat das mit uns zu tun?« Nun wirkten Seregils Züge wie versteinert; der blanke Kummer war allzu schnell und vollständig verschwunden.

»Bislang noch nichts«, antwortete Nysander. »Ich habe dich hergerufen, weil die Iia'sidra zugesagt hat, kurz mit dir zu reden. Gleich hinter dieser Tür dort ist ein kleines Vorzimmer.«

Mit ungebrochen starrer und ausdrucksloser Miene verschwand Seregil in der angrenzenden Kammer.

Sobald die Tür geschlossen war, stieß Alec aufgeregt die Luft aus, was er sich zuvor verkniffen hatte. »Bei Illiors Händen, Nysander – Aurënfaie!«

»Ich war der Meinung, du solltest sie auch sehen«, sagte Nysander und lächelte seltsam traurig.

»Wen trifft er da drin?«

»Das muß Seregil dir erzählen. Und mit ein wenig Glück tut er es noch, bevor du diesen wunderbaren Teppich durchwetzt.«

Unruhig, ein Auge ständig auf die Seitentür gerichtet, ging Seregil in dem kleinen, stilvoll eingerichteten Wartezimmer auf und ab. Und während er auf und ab ging, bemühte er sich, zumindest einen gewissen Anschein innerer Ruhe zu bewahren. An der Wand befand sich ein Spiegel, vor dem er innehielt, um reumütig sein Abbild zu betrachten. Sein Haar war verworren und vom Wind zerzaust, und die anstrengende Woche, während der er sich mit Rythel befaßt hatte, schlug sich in dunklen Ringen unter den Augen nieder. Der alte Kittel, den er für diesen Abend angezogen hatte, war an den Ärmelaufschlägen ausgefranst und an einer Schulter aufgerissen.

Sehe ich nicht wie der zerlumpte Ausgestoßene aus, der ich bin? dachte er und schenkte dem Spiegel ein freudloses Lächeln, während er sich mit den Fingern durch die Haare fuhr.

Hinter ihm öffnete sich die Tür; einen Augenblick war ein zweites Antlitz neben dem seinen zu sehen – ein Gesicht, dem seinen so ähnlich und doch Welten voneinander entfernt. Wann waren seine Augen so argwöhnisch, die Züge rings um den Mund so verhärmt geworden?

»Seregil, mein Bruder.« Ihr reines, makelloses Aurënfaieisch umspülte ihn wie kühles Wasser.

»Adzriel«, flüsterte er und umarmte sie. Der Duft von Rosenblüten strömte ihm von ihrem Haar und ihrer Haut entgegen und blendete ihn mit Erinnerungen. Sie war ihm gleichermaßen Schwester und Mutter gewesen, und mit einem Schlag fiel ihm wieder ein, wie es sich angefühlt hatte, ein Kind zu sein, ihren besonderen Duft zu riechen, wenn sie ihn tröstete oder von einer Feier im Mondenschein nach Hause trug. Nun fühlte sie sich klein in seinen Armen an; eine lange Weile war er unfähig, etwas anderes zu tun, als sich an ihr festzuhalten, während vier Jahrzehnte unvergossener Tränen einen schmerzvollen Kloß in seiner Kehle bildeten.

Schließlich trat Adzriel einen Schritt zurück, ohne dabei seine Schultern loszulassen, so als fürchtete sie, er würde andernfalls verschwinden.

»All die Jahre trage ich nun schon das Bild jenes unglücklichen Knaben in mir, wie er an jenem furchtbaren Tag vom Deck zu mir herunterschaut«, schluchzte sie und ließ den eigenen Tränen freien Lauf. »O Aura, ich durfte nicht miterleben, wie du zu einem Mann herange wachsen bist! Und sieh dich jetzt an; wild wie ein Tírfaie, und du trägst eine Waffe in Anwesenheit einer Blutsverwandten.«

Hastig legte Seregil den Schwertgurt ab und hängte ihn über einen Stuhl. »Ich wollte dich nicht beleidigen. Hier ist das Schwert fast wie ein Teil von mir geworden. Komm, setz dich, und ich versuche, mich zu erinnern, wie sich zivilisierte Menschen benehmen.«

Adzriel strich ihm mit der Hand durch das ungekämmte Haar. »Wann warst du je zivilisiert?«

Sie setzte sich neben ihn auf einen Diwan und holte ein kleines Bündel Schriftrollen aus dem Kittel hervor. »Ich habe Briefe für dich, von unseren Schwestern und deinen alten Freunden. Sie haben dich nicht vergessen.«

Weitere verdrängte Erinnerungen stürmten auf ihn ein, und mit ihnen flammte ein plötzlicher Hoffnungsschimmer auf. Seregil schluckte schwer und betrachtete den breiten Silberarmreif um ihr Handgelenk, der von ihrem Rang zeugte. »Jetzt bist du also Mitglied der Iia'sidra. Und zudem eine Gesandte. Nicht schlecht für jemanden, der noch keine hunderteinhalb Jahre alt ist.«

Adzriel zuckte zwar mit den Schultern, dennoch wirkte sie erfreut. »In den kommenden Jahren könnten sich die Beziehungen unserer Familie zu Skala als nützlich erweisen. Idrilain hat mich bei unserer Ankunft als Verwandte willkommen geheißen und lobt dich in höchsten Tönen. Aus dem Bißchen, das dein Freund Nysander í Azusthra mir in der kurzen Zeit erzählen konnte, schließe ich, daß du in gewisser Weise in ihren Diensten stehst, richtig?«

Seregil musterte ihre Züge und fragte sich, wieviel Nysander seiner Schwester über ihre Arbeit verraten hatte. Anscheinend recht wenig.

»Gelegentlich«, antwortete er. »Mich würde interessieren, wie deine Gefährten aufgenommen haben, daß die Königin von Skala löblich über Seregil, den Verräter, spricht. Ich erinnere mich noch an die alte Máhalie ä Solunesthra, aber wer ist der andere?«

»Ruen í Uri, vom Clan der Datsia. Und du brauchst dir keine Sorgen wegen der beiden zu machen; sie zählen zu den Gemäßigten und sind gute Freunde von mir.«

»Und du bist wegen Plenimar hier?«

»Ja. Sämtliche Berichte der letzten Zeit deuten darauf hin, daß Plenimar ein Bündnis mit Zengat einzugehen versucht, und dafür kann es nur einen Grund geben.«

»Aurënen soll zu beschäftigt damit sein, die Westgrenze zu verteidigen, um sich mit Skala zu verbünden. Aber hätten die Plenimaraner sich ruhig verhalten, hätte ihnen das Edikt der Trennung dann nicht die Arbeit abgenommen?«

»Seit du weg bist, wurden beachtliche Fortschritte gegen das Edikt erzielt. Die jüngste Entdeckung der Leiche unseres Blutsverwandten Corruth – tja, du kannst dir wohl vorstellen, was das im Iia'sidra ausgelöst hat.«

Abermals musterte Seregil seine Schwester; nein, sie hatte keine Ahnung, welche Rolle er bei der Angelegenheit gespielt hatte, und sein Eid als Wächter verbot ihm, es ihr zu erzählen.

»Einen ziemlichen Wirbel, hoffe ich«, meinte er grinsend. »All die Jahre, in denen die Skalaner samt und sämtlich der Falschheit beschuldigt wurden. Die Splittergruppe um den alten Rhazien muß wohl inzwischen an den eigenen auf Abkapselung ausgerichteten Reden ersticken.«

Adzriel kicherte. »Ganz so ist es nicht, aber die Sache hat als Zünglein an der Waage für diejenigen von uns gewirkt, die das alte Bündnis erneuern wollen. Nachdem

Petasárian tot ist und sein Nachfolger, der junge Estmar schon jetzt als Marionette seiner Generäle und Totenbeschwörer gilt, glaube ich kaum, daß wir es uns leisten können, weiterhin allein dazustehen.«

»Adzriel?« Seregil zögerte; er wußte, was er als nächstes fragen mußte, doch er fürchtete die Antwort. »Hat das etwas damit zu tun, warum man dir erlaubt hat, mich zu sehen?«

»Meinst du die Aufhebung deines Banns?« Adzriel strich mit dem Daumen über einen der Edelsteine des Armreifs. »Nicht offiziell. Die Zeit ist nicht reif dafür. Noch nicht.«

Seregil sprang auf und faßte sich unwillkürlich mit einer Hand an die Seite, wo für gewöhnlich sein Schwert hing. »Bei Bilairys Eingeweiden, ich war doch noch ein *Kind*! Eigensinnig, fehlgeleitet, schuldig wie die Hölle, aber trotzdem ein Kind. Wenn du nur wüßtest, was ich seither alles getan habe.«

Wir beide, Alec und ich, haben ihren geliebten Lord Corruth gefunden! Die Worte brannten ihm auf der Zunge. »Ich kenne die Skalaner, ihre Kultur und Politik, und ich spreche ihre Sprache besser als jeder Gesandte.«

»Ja, aber wessen Interessen würdest du vertreten?«

Adzriels ruhiger Blick zügelte seinen Ausbruch. »Also soll ich tatenlos hier herumsitzen, während die Zengati von den Hügeln herabströmen und neuerlich über Bôkthersa herfallen?«

Adzriel seufzte. »Ich glaube kaum, daß du tatenlos herumsitzen wirst, wenn die Plenimaraner mit geballter Macht gegen eure Ufer donnern und ihre Armeen Mycena überrollen, um eure Nordgrenze anzugreifen. Und denk an meine Worte, soweit wird es kommen, ehe dieser Krieg vorüber ist. Ich verstehe deinen Schmerz, mein Liebling, aber du hast mehr als die Hälfte deines Lebens hier verbracht.« Sie setzte ab. »Manchmal frage ich mich, ob es nicht irgendwie so am besten ist.«

»Daß ich verbannt bin, meinst du?« Ungläubig starrte Seregil sie an. »Wie kannst du so etwas sagen?«

»Ich habe nicht gesagt, ich sei froh, daß du uns entrissen wurdest, aber trotz all der Einsamkeit und Trauer, die du erfahren haben mußt, frage ich mich, ob du nicht ohnehin für ein Leben unter den Tírfaie geschaffen bist. Sei doch mal ehrlich: Wärst du denn wirklich damit glücklich, zu Hause unter einem Limonenbaum zu hocken und Kindern Geschichten zu erzählen oder mit den Ratsältesten von Bôkthersa zu besprechen, ob der Sturz des Tempels weiß oder silber gestrichen werden soll? Denk zurück, Seregil. Du warst schon immer ein unruhiger Geist, wolltest stets herausfinden, was sich hinter dem nächsten Hügel befindet. Vielleicht verbirgt sich hinter alldem ja ein höherer Sinn.«

Adzriel erhob sich und nahm seine Hände in die ihren. »Ich weiß, daß du für deine Fehler bezahlt hast. Glaub mir, ich will, daß dein Bann aufgehoben wird, aber du mußt Geduld haben. Veränderungen kommen auf Aurënen zu, große Veränderungen. Halt solange die Stellung in diesem deinem gefährlichen, wunderbaren Land. Was meinst du dazu, mein Bruder?«

Mit nach wie vor gerunzelter Stirn murmelte Seregil: »Silber.«

»Was?« fragte Adzriel.

»Silber«, wiederholte Seregil und schaute mit jenem schiefen Grinsen auf, mit dem er sie schon immer um den Finger gewickelt hatte. »Richte den Ratsältesten aus, ich bin für einen silbernen Sturz.«

Adzriel lachte, und es war ein herrliches, erfüllendes Geräusch. »Bei Aura, Vater hatte recht! Ich hätte dich öfter übers Knie legen sollen. So, wo ist jetzt dieser Alec í Amasa, von dem Nysander mir erzählt hat? Ich bin schon sehr gespannt auf ihn.«

»Du weißt über Alec Bescheid?« fragte Seregil überrascht.

»Anscheinend besser als er selbst«, erwiderte sie in vorwurfsvollem Tonfall.

Verdrossen starrte Seregil sie an. Offenbar hatte Nysander in der kurzen Unterhaltung sehr viel untergebracht.

Wäre Nysander nicht bei ihm auf der Galerie gewesen, es wäre Alec schwergefallen, nicht zu lauschen. Auch so hörte er ein fortwährendes Gemurmel durch die Tür dringen, hinter der Seregil verschwunden war.

Nach scheinbar unendlich langer Zeit öffnete sich die Tür, und Seregil kam in Begleitung der jungen Aurënfaie-Frau zurück in die Galerie. Die qualvollen Züge waren verschwunden, verdrängt von einem geradezu verlegenen Grinsen.

Noch bevor sein Freund das Wort ergriff, wußte Alec, wer die Frau sein mußte. Ihre Lippen waren voller und weniger spröd als jene Seregils, die wunderschönen, grauen Augen aber waren dieselben und versprühten dieselbe überlegte Klugheit.

»Das ist meine älteste Schwester, Adzriel ä Illia Myríl Seri Bôkthersa«, erklärte Seregil. »Adzriel, das ist Alec.«

Selbst das Bißchen Aurënfaie, das Alec beherrschte, ließ ihn im Stich. »Mylady«, stammelte er und vollführte eine ordentliche Verbeugung.

Die Frau lächelte und streckte die Hände nach den seinen aus. »Mein Volk verwendet derlei Titel selten«, meinte sie auf Skalanisch, dem jedoch ein schwerer Akzent anhaftete. »Nenn mich einfach Adzriel, so wie mein Bruder.«

»Adzriel also«, verbesserte sich Alec, ließ sich den Klang auf der Zunge zergehen und genoß das Gefühl ihrer kühlen Hände in den seinen. Rubine und Mondsteine funkelten in den Ringen, die sie an nahezu jedem Finger trug.

»Nysander hat mir erzählt, du seist meines Bruders geschätzter Gefährte, ein Mann von großer Ehre«, sagte sie und blickte ihm ernst ins Gesicht.

Alec fühlte, wie ihm das Blut in die Wangen schoß. »Das hoffe ich. Er war mir stets ein guter Freund.«

»Ich bin froh, so etwas über ihn zu hören.« Sie verneigte sich anmutig vor ihm und dem Zauberer, dann schritt sie rücklings auf die Tür zu. »Ich hoffe, eines nahen Tages kann ich euch alle in meinem Land willkommen heißen. Bis dahin, *Aura Elustri málron.*«

»Jetzt schon?« fragte Seregil mit vor Bewegung belegter Stimme.

Verschämt wandte Alec den Blick ab, als die beiden einander in die Arme fielen und leise in ihrer Muttersprache miteinander redeten.

»*Aura Elustri málron, Adzriel talí*«, hauchte Seregil und ließ sie zögernd los. »*Phroni soutúa neh noliea.*«

Adzriel nickte und wischte sich die Augen ab. Nysander trat an ihre Seite und erbot ihr den Arm. »*Aura Elustri málron*, Mylady. Ich begleite euch zurück zu den anderen.«

»Nochmals vielen Dank, Nysander í Azusthra, für all deine Hilfe in dieser Angelegenheit.« Als sie sich aber zum Gehen wandte, sagte sie noch einmal etwas in ihrer Muttersprache zu Seregil und schaute dabei zu Alec.

»Sehr richtig«, pflichtete Nysander ihr bei. »Der Junge hat ein Recht, es zu erfahren, und er sollte es von dir hören.«

Damit geleitete er Adzriel zurück, woher sie gekommen war.

Als Alec sich zu Seregil umdrehte, stellte er fest, daß sein Freund wieder blaß wirkte und sich in seiner Haut entschieden unwohl zu fühlen schien. »Was haben sie gemeint?«

Seregil fuhr sich mit der Hand durchs Haar und seufzte. »Ich werde dir alles erklären, aber nicht hier.«

23
Enthüllungen

Das unerwartete Wiedersehen mit seiner Schwester hatte Seregil bis in die Tiefen seines Herzens erschüttert. Auf dem Weg aus dem Palast erfüllte ihn ein Kummer, angesichts dessen Heftigkeit Alec sich benommen und hilflos fühlte. Was konnte er sagen, wie konnte er seinem

Freund in dieser Sache beistehen? Und was hatte Nysander damit gemeint, daß Seregil *ihm* etwas zu erzählen hätte?

Besorgt ritt er hinter seinem Freund her, während der Klang der Hufe ihrer Pferde von den Ziermäuerchen der Villengärten widerhallte, an denen sie vorbeikamen, und der ungestalte Mond gemächlich auf die westlichen Häuserdächer zusank. Alec wurde den Anblick der Träne nicht los, die langsam über Seregils Wange gerollt war. Er hätte nie für möglich gehalten, daß sein Freund überhaupt zu weinen vermochte.

Seregil hielt kurz an, um zwei Flaschen süßen Rotwein aus dem Laden eines Winzers mitzunehmen, dann trabten sie weiter, bis sie den bewaldeten Park hinter der Lichterstraße erreichten. Dort stiegen sie ab und führten die Pferde einen Pfad entlang, der in eine Lichtung mündete.

In der Mitte der Lichtung befand sich ein kleiner Springbrunnen, in dessen Becken sich Regenwasser und Laub gesammelt hatte. Seregil setzte sich auf den Beckenrand, reichte Alec eine Flasche, entkorkte die eigene und trank einen Schluck.

»Na los«, forderte er Alec seufzend auf. »Du wirst es brauchen.«

Alec stellte fest, daß seine Hände zitterten. Er trank einen langen Schluck des süßen, schweren Weins und spürte, wie sich eine wohlige Wärme in seinem Magen ausbreitete. »Leg einfach los, ja? Worum auch immer es geht.«

Seregil, dessen Gesicht im Schatten lag, schwieg eine Weile, dann deutete er zum Mond empor. »Als ich noch ein Kind war, habe ich mich oft nachts aus dem Haus geschlichen, um im Mondlicht spazierenzugehen. Meine Lieblingszeit war der Sommer; da strömen die Menschen aus ganz Aurënen an den Berg Barok. Tagelang versammeln sie sich und warten auf den Vollmond. Wenn er dann über dem Gipfel aufgeht, erheben wir zu Tausenden die Stimmen und singen die Drachen an. Und dann ziehen sie für uns vor dem Antlitz des Mondes und rings um den Gipfel ihre Kreise, trällern zurück und hauchen rotes Feuer.

Ein-, zweimal habe ich versucht, dieses Lied hier zu singen, aber weißt du was? Es geht einfach nicht. Ohne all die anderen Stimmen kann ich das Drachenlied nicht singen. Und so wie die Dinge im Augenblick stehen, werde ich es vielleicht nie wieder singen.«

Alec hatte das Bild nachgerade vor Augen, das Seregil beschrieben hatte: Tausende schöne, grauäugige Menschen in weißen Kitteln mit funkelnden Juwelen, unter dem runden Mond versammelt, die Stimmen zu einer einzigen erhoben.

Während er hier, in diesem vom Winter verschandelten Garten stand, konnte er das niederschmetternde Gewicht der Ferne nachempfinden, die Seregil von jener Gemeinschaft trennte.

»Du hast gehofft, deine Schwester würde dir sagen, du dürftest nach Hause zurückkehren, nicht wahr?«

Seregil schüttelte den Kopf. »Eigentlich nicht. Und das hat sie auch nicht.«

Alec setzte sich neben seinen Freund auf den Brunnenrand. »Warum wurdest du fortgeschickt?«

»Fortgeschickt? Ich wurde verbannt, Alec. Verbannt wegen Verrats und eines Mordes, bei dem ich geholfen habe, als ich jünger war als du.«

»Du?« keuchte Alec. »Das – das kann ich nicht glauben. Wie ist das passiert?«

Seregil zuckte mit den Schultern. »Ich war dumm. Blind vor Leidenschaft habe ich zugelassen, daß mich jemand, den ich damals für meine erste große Liebe hielt, Adzriel und all den anderen entrissen hat, die mich retten wollten. Ich hatte keine Ahnung, daß mein Geliebter mich nur benutzte, ebenso wenig wußte ich, was er wirklich vorhatte, aber es hat trotzdem einen Menschen das Leben gekostet, und es war in der Tat mein Fehler. Die Einzelheiten spielen keine Rolle – noch nie habe ich jemandem soviel darüber erzählt, Alec, und mehr will ich jetzt darüber nicht sagen. Vielleicht irgendwann. Wie auch immer, jedenfalls wurden zwei von uns verbannt.

Alle übrigen wurden hingerichtet, mit Ausnahme meines Geliebten. Er konnte fliehen.«

»Ein zweiter Aurënfaie ist mit dir nach Skala gekommen?«

»Zhahir í Aringil hat es nicht geschafft. Sobald die Küste hinter uns außer Sicht geraten war, sprang er mit einem Stein um den Hals über Bord. Damals und auch später noch viele Male hätte ich um ein Haar das gleiche getan. Die meisten Verbannten begehen früher oder später Selbstmord. Ich aber nicht. Zumindest noch nicht.«

Die wenigen Zoll zwischen ihnen fühlten sich wie frostige Meilen an. Alec umklammerte seine Flasche und fragte: »Warum erzählst du mir das jetzt? Hat es etwas mit dem zu tun, was Nysander meinte?«

»In gewisser Weise. Ich will einfach, daß es zwischen uns keine Geheimnisse mehr gibt, nicht nach dieser Nacht.« Er trank einen weiteren Schluck und rieb sich die Augenlider. »Nysander drängt mich schon, es dir zu sagen, seit er dich zum ersten Mal getroffen hat.« Seregil wandte sich Alec zu und legte ihm die Hand auf die Schulter. »Alec, du bist ein 'Faie.«

Grabesstille trat ein.

Wohl hörte Alec die Worte, doch einen Augenblick schien er außerstande, sie aufzunehmen und ihren Sinn zu begreifen. Seit sie vom Palast aufgebrochen waren, hatte er im Geiste ein gutes Dutzend düsterer Möglichkeiten durchgesponnen, diese jedoch war nicht darunter gewesen. Er fühlte, wie ihm die Flasche aus den Fingern glitt und auf das feuchte, tote Gras zwischen seinen Füßen plumpste. »Das kann nicht sein!« stieß er mit brüchiger Stimme hervor. »Mein Vater war kein ...«

Doch plötzlich fügte sich alles zusammen – Seregils Fragen über seine Eltern, Nysanders schleierhafte Bemerkungen, all die Gerüchte, daß er und Seregil irgendwie verwandt wären. Die Wucht dieser unerwarteten Offenbarung ließ ihn taumeln. Seregils Griff um seine Schulter verstärkte sich, doch er spürte es kaum.

»Meine Mutter.«

»Die Häzadriëlfaie«, sagte Seregil sanft, »von jenseits

des Ravensfell-Passes nahe der Ortschaft, wo du geboren wurdest.«

»Aber woher weißt du das?« flüsterte Alec. Er fühlte sich, als wäre er aus dieser Welt in eine andere, unbekannte geschleudert worden, die er nicht zu begreifen vermochte. Gleichzeitig ergab alles auf gräßliche Weise einen Sinn: seines Vaters Verschwiegenheit über seine Mutter, sein Mißtrauen gegenüber Fremden, seine Kälte. »Ob sie immer noch dort ist?«

»Weißt du noch, wie ich dir erzählt habe, die Häzadriëlfaie hätten Aurënen vor langer, langer Zeit verlassen? Und daß sie anders sind als wir? Sie dulden keine Außenseiter, ganz besonders keine Menschen, und sie töten Mischlingskinder unmittelbar nach der Geburt, ebenso deren Eltern. Irgendwie hat es deine Mutter wohl geschafft, sich lange genug abzusetzen, um deinen Vater kennenzulernen und dich zu bekommen, aber letzten Endes muß ihr eigenes Volk sie aufgespürt haben. Selbst wenn sie aus freien Stücken zurückgekehrt ist, hätte sie dennoch die Todesstrafe erwartet. Es kommt einem Wunder gleich, daß dein Vater und du ihnen entwischt seid. Er muß ein außergewöhnlicher Mann gewesen sein.«

»Das Gefühl hatte ich nie.« Alecs Puls hämmerte ihm bis in die Ohren. Das alles war zu viel für ihn, viel zuviel. »Ich verstehe das nicht. Wie kannst du etwas darüber wissen?«

»Mit Sicherheit weiß ich gar nichts, aber es paßt zu den Tatsachen, die uns bekannt sind. Alec, es führt kein Weg daran vorbei, daß du ein 'Faie *bist*. Die ersten Anzeichen sind mir schon an jenem Morgen in den Bergen aufgefallen, aber damals wollte ich es nicht wahrhaben.«

»Warum nicht?«

Seregil zögerte, dann schüttelte er den Kopf. »Ich hatte Angst, ich könnte mich irren und würde nur sehen, was ich gerne sehen wollte. Aber ich habe mich nicht geirrt – deine Züge, dein Körperbau, die Art, wie du dich bewegst. Micum hat es auf den ersten Blick erkannt, ebenso die Zentauren, Nysander und all die anderen im

Orëska-Haus. Dann, in der Nacht, in der wir zum ersten Mal in die Herberge zum Jungen Hahn kamen, bin ich noch einmal weggegangen, erinnerst du dich? Ich habe Illiors Orakel wegen einer anderen Sache befragt, und im Zuge der Weissagung hat es von dir gesprochen und dich ein ›Kind der Erde und des Lichtes‹ genannt – Dalna und Illior, Mensch und 'Faie – es bestand kein Zweifel daran, was es damit gemeint hat. Nysander wollte von Anfang an, daß ich es dir erzähle, aber …«

Da durchbrach gleich einem Donnerschlag eine Woge des Zorns Alecs verstörte Benommenheit. Er sprang auf die Beine, baute sich vor Seregil auf und schrie: »Und warum hast du es mir nicht erzählt? All die Monate, und dir ist *kein Wort* über die Lippen gekommen! Das ist genau wie damals die Sache mit der Radstraße!«

Eine Hälfte von Seregils Zügen lag im Schatten, die andere wirkte im fahlen Mondenschein knochenbleich, aber beide Augen blitzten. »Das ist ganz und gar nicht wie die Sache mit der Radstraße!«

»Ach nein?« brüllte Alec zurück. »Was denn dann, verflucht noch mal! *Warum hast du es mir nicht gesagt?*«

Seregil schien in sich zusammenzusacken. Er senkte den Kopf und stützte beide Hände auf die Knie. Nach einer Weile stieß er abgehackt die Luft aus. »Darauf gibt es keine zusammenhängende Antwort. Zum einen, weil ich nicht sicher war.« Er schüttelte den Kopf. »Nein, das stimmt nicht. Tief in meinem Herzen *war* ich sicher, aber ich habe nicht gewagt, es zu glauben.«

»Warum nicht?«

»Denn hätte ich mich geirrt …« Hilflos breitete Seregil die Arme aus. »Es spielt keine Rolle. Ich war so lange allein gewesen und dachte, es gefiele mir so. Ich wußte, hätte ich recht gehabt und es dir damals erzählt, und hättest du mir überhaupt geglaubt, hätte daraus eine Verbindung, eine Beziehung entstehen können, und auch dieses Wagnis wollte ich nicht eingehen, bevor ich herausgefunden hatte, wer du eigentlich warst. Bei Illiors Händen, Alec, du hast keine Ahnung, du *kannst* keine Ahnung haben, wie ich mich gefühlt habe, als …«

»Dann sag's mir!« herrschte Alec ihn an.

»Na schön.« Seregil stieß einen weiteren, schweren Seufzer aus. »Ich bin schon länger von meinem Volk verbannt, als du überhaupt lebst. Noch jeder Aurënfaie, der nach Skala kam, hat gewußt, wer und was ich war, mußte mich aber laut Gesetz meiden. Indes altern und sterben meine menschlichen Gefährten vor meinen Augen.«

»Ausgenommen Nysander und Magyana.«

»O ja.« Nun war es Seregil, der verbittert klang. »Du weißt doch alles über meine Lehrzeit bei ihm, oder? Ein weiterer Fehlschlag, ein weiterer Ort, an den ich nicht gehörte. Dann, aus heiterem Himmel, hast du meinen Weg gekreuzt, und du warst – bist ...«

Alec starrte auf die gekrümmte Gestalt vor sich hinunter und fühlte, wie ihm sein Zorn ebenso rasch entglitt, wie er gekommen war. »Ich verstehe immer noch nicht, warum du es mir nicht erzählen wolltest.«

Seregil schaute wieder zu ihm auf. »Wohl aus Feigheit. Ich wollte den Blick nicht sehen, den du jetzt im Gesicht hast.«

Alec setzte sich neben ihn und vergrub das Antlitz in den Händen. »Ich weiß nicht mehr, was ich bin«, stöhnte er. »Es ist, als wäre alles, was ich je über mich wußte, plötzlich weg.« Er spürte, wie sich Seregils Arm um seine Schultern legte, unternahm jedoch keinen Versuch, ihn abzuschütteln.

»Ach, *talí*, du bist, was du schon immer warst«, seufzte Seregil und tätschelte Alecs Arm. »Jetzt weißt du es nur, das ist alles.«

»Also werde ich miterleben, wie Beka alt wird, und Luthas und Illia und ...«

»Stimmt.« Seregil drückte ihn fester an sich. »Und genauso wäre es, wenn du ein Tírfaie wärst. Das ist kein Fluch.«

»Du redest aber immer so, als wäre es einer.«

»Einsamkeit und ein Außenseiter zu sein, das ist ein Fluch, Alec. Ich habe keinen blassen Schimmer, weshalb wir beide in jener Nacht in derselben Kerkerzelle gelandet sind, aber ich danke Illior seither jeden Tag dafür. Meine größte Angst ist, dich zu verlieren. Meine zweitgrößte, daß du nun, da ich dir endlich die Wahrheit gesagt habe, vielleicht denkst, ich hätte dich nur deshalb bei mir aufgenommen. Aber weißt du, das stimmt nicht. Das war von Anfang an nie der Grund.«

Der letzte Rest von Alec Bestürzung und Zorn schmolz dahin; er fühlte sich über alle Maße erschöpft. Träge griff er zu Boden, hob die Weinflasche auf und trank sie bis zur Neige aus. »Weißt du, das ist ganz schön heftig. Es verändert so vieles.«

Zum ersten Mal seit Stunden kicherte Seregil; ein warmes, wohltuendes Geräusch in der Dunkelheit. »Du solltest mit Nysander oder Thero reden. Zauberer machen vermutlich genau das gleiche durch, wenn sie erfahren, daß sie Magie in sich tragen.«

»Aber was hat es für Auswirkungen, daß ich ein Halbblut bin?« fragte Alec, dem mit einem Mal hunderte Fragen und Vergleiche einfielen. »Wie lange werde ich leben? Wie alt bin ich wirklich?«

Ohne den Arm um Alec zu lösen, führte Seregil die eigene Weinflasche an die Lippen und trank einen Schluck. »Wenn das 'Faie-Blut von der Mutter stammt, ist es für gewöhnlich stärker. Keine Ahnung weshalb, aber so war es schon immer, und die Mischlinge, die ich kannte, haben genausolange gelebt wie wir alle, etwa vier Jahrhunderte. Sie wachsen lediglich ein wenig schneller heran, also dürftest du etwa so alt sein, wie du dachtest. Zudem besteht durchaus die Möglichkeit, daß du ihre Magie geerbt hast, sofern sie welche besaß, obwohl sich das eigentlich schon hätte zeigen müssen …« Unvermittelt versagte ihm die Stimme den Dienst, und Alec spürte, wie er erzitterte. »Verdammt, es tut mir leid, daß ich es dir nicht früher gesagt habe. Je länger ich gewartet habe, desto härter wurde es.«

Ohne nachzudenken, aus einem plötzlichen Gefühl heraus, drehte sich Alec Seregil zu, schlang beide Arme um ihn und drückte ihn fest an sich. »Schon gut, *talí*«, flüsterte er heiser. »Schon gut.«

Völlig überrascht zögerte Seregil einen Augenblick, dann erwiderte er die Umarmung; heftig und rasend pochte sein Herz an Alecs Brust. Eine benommene Zufriedenheit überkam Alec, begleitet von einem angenehmen Behagen, das die innige Berührung hervorrief. Von wo sie saßen, konnte Alec ein paar Laternen aus der Lichterstraße durch die kahlen Bäume schimmern sehen. Dann stellte er erschrocken fest, daß Seregils Finger sich genauso durch sein Nackenhaar tasteten wie vor wenigen Wochen bei dem jungen Mann in Azarins Bordell.

Zuerst diese merkwürdige, gefühlsverwirrende Nacht, dachte er müde, und jetzt das. Bei Illiors Händen, wenn die Dinge sich weiter so entwickelten, würde er bald überhaupt nicht mehr wissen, wer er war.

Schließlich ließ Seregil ihn los und blickte zum halb hinter den verästelten Baumwipfeln verborgenen Mond empor.

»Ich weiß ja nicht, wie es dir geht, aber ich hatte genug Aufregung für eine Nacht«, meinte er und ließ einen Abklatsch des ihm eigenen, schiefen Lächelns aufblitzen.

»Was ist mit Rythel?«

»Ich glaube, Tym kann schon noch eine Nacht ein Auge auf ihn haben. Wir heften uns morgen früh wieder an seine Fersen.«

Diesmal kicherte Alec, als sie aufstiegen, um nach Hause zu reiten.

»Was ist denn so komisch?«

»Ich schätze, es könnte schlimmer sein«, erwiderte Alec. »In den alten Balladen stellen sich Waisenkinder immer als verloren geglaubte Erben ihres Königreiches heraus, was bedeutet, daß man sie in die Familienburg sperrt, damit sie königliche Manieren lernen, oder daß sie ausgeschickt werden, um irgendein Ungetüm für einen Haufen völlig Fremder zu töten. Ich kann zumindest meine alte Arbeit behalten.«

»Ich glaube kaum, daß irgend jemand daraus eine großartige Ballade machen könnte.«

Alec schwang sich in den Sattel und grinste zu Seregil hinüber. »Ist mir nur recht!«

24
Beka

»Wo sind wir?« brüllte Zir über das Klirren des Pferdegeschirrs hinweg.

»Wir sind in Mycena!« schrie jemand zurück.

Unwillkürlich grinste Beka. Seit Wochen droschen sie den Witz nun schon ab, und dennoch holte ihn ab und an wieder jemand aus der Versenkung, um die Eintönigkeit zu durchbrechen.

Feldwebel Mercalles Reiter zeigten sich an diesem Morgen guter Dinge. Beka hatte den Befehl erhalten, mit einer Dekurie zu einem nahegelegenen Marktdorf zu reiten und Vorräte für die Truppen zu kaufen. Die Wahl war auf Mercalle gefallen.

Wochenlang waren sie über sanfte, schneebedeckte Hügel, durch Eichenwälder und kahle Felder gezogen; vorbei an Siedlungen mit Reetdächern und kleinen Landweilern, wo man Soldaten, ungeachtet welcher Herkunft, mit Zurückhaltung und Unmut begegnete. Mycena galt als Land der Bauern und Händler. Kriege störten den Handel.

Fast einen Monat hatte das Regiment gebraucht, um die Hafenstadt Keston zu erreichen – einen Monat, den kalte Lager, behelfsmäßige Unterkünfte in Garnisonen oder Hinterhöfen und beschwerliche Märsche über gefrorene Straßen kennzeichneten. Nachts saßen die unerfahrenen, frischgebackenen Offiziere um das Feuer und lauschten den Kriegserzählungen der Veteranen, in der Hoffnung, dabei einiges aufzuschnappen, was man ihnen in der kurzen, sechswöchigen Ausbildungszeit nicht hatte beibringen können.

Je mehr Beka zuhörte, desto bewußter wurde ihr, daß sich trotz allen Exerzierens, trotz aller Fähigkeiten der einzelnen im Umgang mit Pferd, Schwert und Bogen, erst nach einer oder zwei Schlachten herausstellen würde, wie gut die Turma zusammenarbeitete und wie sehr die Soldaten einander vertrauten.

Und wie sehr sie ihr vertrauten.

Ihr war aufgefallen, daß viele ihrer Reiter sich vorerst noch öfter an den Feldwebeln als an ihr orientierten. Das tat zwar ein wenig weh, andererseits waren sie die einzigen kriegserfahrenen Veteranen der Turma. Und Beka rechnete es ihnen hoch an, daß sie allesamt uneingeschränkte Achtung vor ihrem Rang zeigten, sogar Braknil, der alt genug war, um ihr Vater zu sein.

Im Gegenzug hielt sich Beka ständig vor Augen, daß Feldwebel der höchste Rang gewesen wäre, den sie sich in einem solchen Regiment ohne Seregils Schirmherrschaft und das daraus entstandene Offizierspatent hätte erhoffen dürfen. Auch einige neue Leutnants der anderen Schwadronen – Söhne und Töchter von Lords aus Rhíminee – schienen dies zu wissen und ließen es Beka durch ein gelegentliches höhnisches Grinsen oder eine herablassende Bemerkung spüren. Zum Glück gehörten ihre Offizierskollegen in Myrhinis Truppe nicht dazu.

In Keston hatte der Regimentskommandant, Prinz Korathan, Kommandant Perris' Wolf-Schwadron übernommen und sich vom übrigen Heer getrennt, um der Küste zu folgen. Kommandantin Klias Schwadron marschierte landeinwärts in Richtung des Folcwine-Tales. Der Folcwine galt als südlicher Arm jener mächtigen Handelsroute, die sich bis zum Eisenherz-Gebirge in den fernen Nordländern hinauf erstreckte. Man glaubte allgemein, daß der Fluß die erste Beute sein würde, nach der die Plenimaraner die Hände ausstrecken würden.

Das war vor zwei Wochen gewesen; weitere zwei würden ins Land ziehen, bevor sie den Fluß überhaupt erreichten.

Beka drehte sich im Sattel um und schaute zurück auf die dunkle Kolonne, die sich hinter ihr den Hügel heraufschlängelte; fast vierhundert Reiter und Offiziere der Löwen-Schwadron, die Schlitten der Pferdeknechte und Feldzeugmeister, Karren mit Vorräten, Vieh und Fahrer. Es war, als reiste man mit einem kleinen Dorf im

Schlepptau. Erkundungsritte, Vorhutdienst und sogar alltägliche Besorgungsmärsche wie dieser boten eine willkommene Abwechslung.

Beka wandte sich an Mercalle und meinte: »Feldwebel, ich glaube, die Pferde könnten einen kleinen Galopp vertragen.«

»Stimmt, Leutnant«, erwiderte Mercalle und ließ den Ansatz eines Lächelns aufblitzen; sie wußten beide, daß dies eher auf die rastlosen jungen Reiter denn auf die Pferde zutraf.

Beka ließ den Blick über die vor ihnen liegende Landschaft schweifen und erspähte etwa eine Meile voraus eine dunkle Baumgruppe. »Weitersagen, Feldwebel: Auf mein Zeichen hin stürmen alle auf die Bäume zu. Wer als erster dort ankommt, darf als erster in die Tavernen.«

Mercalles Reiter verteilten sich und riefen einander entmutigende Hänseleien zu. Auf Bekas Zeichen hin trieben sie die Pferde an und galoppierten auf die Bäume zu.

Bekas Wyvern hätte mühelos die meisten anderen Gäule hinter sich zu lassen vermocht, doch sie hielt ihn zurück und ließ Kaylah und Zir das Rennen als erste beenden.

»Ich habe schon gehört, daß sie immer gemeinsam kommen«, brummte Marten, als sich der Rest der Reiter um die Sieger scharte. Ein paar andere grinsten über die Bemerkung. Zwar sah man sexuelle Beziehungen in den Reihen nicht gerne, und eine aus Unachtsamkeit entstandene Schwangerschaft verhieß für beide Partner die unehrenhafte Entlassung, dennoch kamen Liebschaften vor. Beka, die selbst noch unverheiratet war, zog es vor zu übersehen, wer zu wem unter die Decke schlüpfte. Mehrere ihrer Reiter waren bereits als Paar in das Regiment eingetreten, so auch Kaylah und Zir. Andere, wie Mirn und Steb, hatten im Laufe des Marsches ihre Gefühle füreinander entdeckt.

»Macht Euch deshalb keine Sorgen«, hatte Braknil Beka geraten, nachdem ihr aufgefallen war, daß es nachts unter bestimmten Decken leidenschaftlich zur Sache ging. »So lange alles in ehrenhaften Bahnen verläuft, kämpfen sie dadurch nur um so verbissener gegen den Feind. Niemand will vor seinem Geliebten wie ein Feigling dastehen.«

Kaylah und Zir lieferten dafür bereits den Beweis; während der Ausbildung hatten sie sich mächtig gegeneinander und gegen andere ins Zeug gelegt. Kaylah war eine hübsche, blonde Frau, die fast zu zerbrechlich für das Soldatenleben wirkte, aber sie ritt wie der Teufel und konnte sich im Bogenschießen mit jedem Soldaten der Turma messen. Zir, ein junger Bär von einem Mann mit schwarzem Bart, schien sowohl zu Roß als auch zu Fuß mit Sakors Schwertarm gesegnet.

Die Baumgruppe erwies sich als dichter Kiefernwald. Sie hielten sich an dessen Rand und gelangten zu einer ordentlich angelegten Straße, die in Richtung der Stadt führte. Kurz vor Mittag kamen sie auf der anderen Seite des Waldes in ein Tal, das einen guten Ausblick auf die Stadt bot. Die Ortschaft wirkte recht wohlhabend und verfügte über einen Palisadenzaun als Schutz sowie über einen betriebsamen Marktplatz.

Ihre dunkelgrünen Felduniformen erregten weniger Aufmerksamkeit als dies bei den Galatapperts der Fall gewesen wäre, dennoch bedachten die Stadtbewohner ihre Schwerter, Bögen und Kettenhemden mit argwöhnischen Blicken.

Besser wir als die plenimaranischen Marinesoldaten, dachte Beka und zog den Harnischkragen unter dem Kittel hervor, um ihren Rang zur Schau zu stellen.

Ihr skalanisches Gold jedoch war nur allzu willkommen. Binnen weniger als einer Stunde hatten sie alles erhalten, was sie besorgen sollten – Pergament, Feuersteine, Wachs, Honig, Schrot und Mehl, getrocknete Früchte und Bohnen, Salz, Räucherfleisch, Bier, vier fette Schafe und ein Schwein, Hafer und Winterfutter für die Pferde. Zudem heuerten sie drei Wagenführer an, die sämtliche Waren in Begleitung einer Eskorte zurück zur Kolonne bringen sollten.

Ihre Reiter hatten sogar noch Zeit, Dinge für sich und diejenigen zu erstehen, die beim Rest der Turma geblieben waren: Tabak, Spielkarten, Leckereien, Früchte und Schreibzeug waren stets gefragt. Von einigen Sattelknäufen hingen gar Hühner und Gänse. Mercalle kaufte für die anderen Feldwebel ein; Portus zeigte eine besondere Vorliebe für Nüsse und Rosinen, Braknil für mycenischen Apfelbranntwein.

Während die Wagenführer die Ladung auf ihren Schlitten verstauten und die Ochsen davor spannten, schaute Mercalle zur Sonne empor. »Inzwischen sollte uns die Kolonne schon fast eingeholt haben. Dadurch wird der Rückweg für die Kutscher kürzer.«

»Sind alle wieder da?« fragte Beka und zählte die Gesichter.

»Alle durchgezählt, Leutnant.«

»Gut. Ihr, Tobin und Arna, übernehmt die Spitze. Der Rest von uns reitet als Eskorte neben den Schlitten. Die Vorhut wird reihum abgewechselt, damit niemandem langweilig wird.« Mercalle salutierte und galoppierte mit den beiden Reitern davon. Beka und die anderen verteilten sich um die Schlitten.

Niemand schien sich an der nunmehr langsameren Gangart zu stören; es war angenehm, mit der Sonne auf dem Rücken und einer frischen Brise im Gesicht vor sich hin zu bummeln. Sie verließen die Stadt auf derselben Straße, die sie gekommen waren und bahnten sich den Weg zurück hinauf in den Kiefernwald.

»Reist du oft auf dieser Straße?« fragte Beka und versuchte, mit dem vordersten Wagenführer ins Gespräch zu kommen.

Der Mann schnalzte mit den Zügeln über die breiten Rücken des Gespanns und nickte. »Von Frühling bis Herbst ziemlich oft«, erwiderte er mit haferbreidickem Akzent. »Meine Brüder und ich befördern Waren nach Torburn-am-Fluß hinauf. Von dort aus bringen Boote sie zur Küste.«

»Bei dieser Geschwindigkeit muß das eine ziemlich lange Fahrt sein.«

Der Mann zuckte mit den Schultern. »Drei Wochen hin, drei zurück.«

»Wird hier schon viel über einen bevorstehenden Krieg geredet?«

Der Kutscher warf ihr einen säuerlichen Blick zu. »Das kannste laut sagen. Wir sehen schon vor uns, wie wir wieder mal überrannt werden, weil ihr und die Plenimaraner euch an die Kehle geht. So mancher meint, wir sollten einem von euch 'n bißchen Land zuschanzen, damit ihr euch bekriegen könnt, ohne uns da reinzuziehen.«

Darüber wurde Beka ein wenig zornig. »Wir sind auf dem Weg nach Osten, um genau das zu verhindern. Ansonsten wären eure Armeen auf sich allein gestellt, wenn die Plenimaraner antraben, um sich euer Land und den Fluß unter den Nagel zu reißen.«

»Das ham'se noch nie geschafft. Und ihr habt'se noch nie davon abgehalten, bei uns einzumarschieren und es zu versuchen.«

Beka verkniff sich eine Erwiderung und lenkte das Pferd vom Schlitten weg. Es hatte keinen Sinn, einen Streit anzuzetteln. »Marten und Barius, ihr übernehmt jetzt die Vorhut. Sagt Feldwebel Mercalle, daß ich sie ablöse, sobald Tobin und Arna zurück sind.«

»Zu Befehl, Leutnant!« entgegnete Barius und grinste durch den frisch gesprossenen Bart. Dann stoben er und Marten im Galopp davon; flatternd wehten die Umhänge hinter ihnen her, als sie um die Wette ritten und hinter einer Kurve außer Sicht verschwanden.

Unmittelbar, nachdem das Geräusch der Hufe in der Ferne verhallt war, sträubte das panische Wiehern eines Pferdes Bekas Nackenhaare. Sie riß Wyvern herum und sah, daß Syrtas' Roß seinen Reiter hinter dem Schlitten abwarf, abermals aufwieherte und in Richtung der Bäume davonpreschte.

Rethus hielt neben dem Gestürzten an und sprang aus dem Sattel.

»Ein Hinterhalt!« gellten die beiden und hechteten hinter den Schlitten in Deckung.

Schwirrend sauste ein Pfeil an Bekas Pferd vorbei und traf die Seite des vordersten Schlittens. Mit einem Blick erkannte Beka, daß es sich um keinen militärischen

Überfall handelte. Der Pfeil war doppelt befiedert, nicht dreifach, wie es dem militärischen Stil entsprach, zudem erwies sich die Befiederung als plump, mit einem weißen Blatt und einem zernepften braunen.

»Verfluchte Banditen!« knurrte der Fuhrmann, zog ein Kurzschwert unter dem Sitz hervor und sprang über die Seite.

»In Deckung!« brüllte Beka, obwohl die anderen dies bereits taten. Mit dem Bogen in der Hand rutschte sie von Wyvern, versetzte dem Pferd einen klatschenden Schlag und hoffte, es würde aus dem Schußfeld rennen.

Beka fühlte das Herz bis in die Ohren pochen, als sie hinter die spärliche Deckung hechtete, die der Vorderteil des Schlittens bot. Dort kauerte sie sich neben den Wagenführer und versuchte, sich ein Bild von der Lage zu machen.

Die Reiter der Vorhut waren noch nicht zurück; somit blieben Zir, Kaylah, Corbin, Rethus, Mikal und Syrtas – wenn sie davon ausging, daß noch keiner von ihnen getötet worden war – sowie die drei Fuhrmänner.

Nach dem Pfeilhagel zu schließen, der aus dem Schutz der Bäume auf sie einprasselte, war ihre Gruppe jedoch gewaltig in der Minderzahl. Schlimmer noch, sie wurden von beiden Seiten der Straße unter Beschuß genommen.

»Von Banditen hast du aber nichts gesagt, als wir aufgebrochen sind«, zischte sie dem Wagenführer zu.

»Hab' fast den ganzen Winter noch keine zu Gesicht bekommen«, gab er mürrisch zurück. »Diese Bande is' schon früh nach Norden gezogen. Sie muß auf der Lauer gelegen und gewartet haben, bis du die anderen zwei weggeschickt hast.«

Beka kroch auf die andere Seite des Schlittens, gerade rechtzeitig, um drei Schwertkämpfer aus dem Wald auf sie zulaufen zu sehen.

Fast ohne nachzudenken, spannte sie einen Pfeil in den Bogen und erschoß einen der drei; die übrigen beiden fielen durch jemand anderes Schüsse.

Pfeile schwirrten und zischten über Bekas Kopf hinweg, als sie geduckt zum nächsten Schlitten rannte, wo sie Mikal, Zir und Kaylah fand, die wahllos in die Bäume zu beiden Seiten feuerten.

»Hört auf zu schießen!« befahl sie. »Wir können es uns nicht leisten, Pfeile zu verschwenden.«

»Was sollen wir *dann* tun?« wollte Mikal wissen.

»Warten, bis ihr ein klares Ziel habt. Und schnappt euch jeden gebrauchten Pfeil, an den ihr herankommen könnt, ohne getroffen zu werden.«

Tief geduckt, schaffte sie es zum letzten Schlitten. Rethus und Corbin waren unversehrt. Ihr Wagenführer hingegen lag keuchend unter dem Schlitten; ein Schaft ragte aus seiner Hüfte.

Jener erste feindliche Pfeil hatte Syrtas knapp über dem Knie gestreift, bevor er sein Pferd traf. Zwar blutete die Wunde heftig, doch sie schien ihn kaum zu behindern, während er und die anderen in die Bäume schossen.

Beka wiederholte den Befehl, dann spannte sie einen weiteren Pfeil in den Bogen und wartete, bis sich einer der Angreifer zeigte.

Die Banditen mißverstanden ihr Verhalten als Zeichen der Aufgabe. Binnen eines Lidschlages verebbte der Pfeilhagel; statt dessen preschten Schwertkämpfer zwischen den Bäumen hervor und griffen die Schlitten wild brüllend zu Fuß an.

»Jetzt feuert, auf beide Seiten!« gellte Beka und rappelte sich auf die Beine. Ohne einen Gedanken an etwaige Bogenschützen zu verschwenden, die womöglich noch zwischen den Bäumen lauerten, schoß sie Pfeil um Pfeil auf die heranstürmenden Schwertkämpfer ab und streckte drei davon nieder. Zum ersten Mal seit Beginn des Geplänkels wurde ihr bewußt, daß sie Menschenleben auslöschte, doch der Gedanke bewirkte keine Gefühlsregung. Das Surren der Bogensehnen und die Schlachtrufe und -schreie erfüllten ihren Verstand und verdrängten alles andere. Rethus, der neben ihr stand, schoß mit der gleichen stummen Entschlossenheit.

Ein Pfeil erfaßte die Schulter ihres Wappenrocks und nagelte den Umhang an die Seite des Schlittens hinter ihr. Ungestüm riß sie die Haltebrosche ab, sank auf ein Knie und feuerte weiter.

Ein Dutzend Banditen oder mehr fiel unter ihren Pfeilen, aber mindestens ebenso viele rückten immer näher.

»An die Schwerter!« brüllte Beka. Sie zog die Klinge und trat vor, um sich einem bärtigen Mann in zerschrammtem Lederwams und zerlumptem Beinkleid entgegenzustellen. Geschickt duckte sie sich unter einem Hieb seines Breitschwertes hinweg, wirbelte herum und zielte auf seinen Nacken. Tausende Male hatte sie diesen Schlag gegen ihren Vater und andere geübt; nun jedoch vergoß sie damit erstmals Blut.

Aber dem Mann folgten zahlreiche weitere Feinde nach, und sie zog mit der linken Hand einen langen Dolch, mit dem sie Schwünge auf ihre ungeschützte Seite abwehrte.

Syrtas befand sich rechts von ihr, Kaylah links. Sie gaben einander bestmöglich Deckung und bewegten sich auf die Gruppe der Banditen zu.

Die Angreifer auf Bekas Seite waren ihr zwar zahlenmäßig wenigstens drei zu eins überlegen, aber sie erkannte rasch, daß die meisten von ihnen sich mehr auf Muskelkraft denn auf Geschicklichkeit verließen. Mit geradezu enttäuschender Leichtigkeit wich sie einem weiteren Hieb aus und durchbohrte einen Mann, dann zog sie die Klinge noch rechtzeitig frei, um damit einem weiteren Gegner auf den Arm zu dreschen, der Kaylah angriff. Das Mädchen schenkte ihr ein flüchtiges Grinsen, dann stürzte es auf einen großen, spindeldürren Jungen los, der den Schwanz einzog und floh.

Als Beka sich umsah, stellte sie fest, daß mittlerweile auch berittene Krieger am Werk waren. Mercalle und die anderen waren irgendwann zurückgekommen und mischten nunmehr munter mit, zersprengten die Knäuel der Angreifer und streckten die einzelnen Feinde mit Schwerthieben nieder.

Die Banditen befanden sich bereits auf dem Rückzug, als weitere Soldaten der Reiterei der Königin aus der Richtung der Kolonne die Straße herandonnerten, mit

Tobin an der Spitze und Portus und Braknil neben ihm. Die Feinde suchten das Weite, und die Reiter folgten ihnen, trieben sie in den Wald und sprangen aus den Sätteln, um sie zu jagen.

»Kommt mit!« schrie Beka und scharte ihre blutverschmierten Kameraden um sich. »Wir wollen auch noch was von dem Spaß haben!«

Nachdem der Kampf vorüber war, lagen mehr als zwanzig Angreifer tot im Schnee. Bekas Reiter hatten kaum mehr als ein paar Schwertschnitte und Pfeilwunden erlitten. »Bei der Flamme, das war aber eine ziemlich große Bande!« rief Mercalle aus.

Der Anführer der Kutscher kroch unter dem Schlitten hervor. »Sieht ganz nach der Rotte des alten Garon aus. Schon seit fast drei Jahren fallen sie im ganzen Tal immer wieder über Händler her. Die Vogte konnten sie nie fassen.«

»Diesmal haben sie sich die falsche Beute ausgesucht«, bemerkte Feldwebel Braknil und kam grinsend herüber, um sich zu ihnen zu gesellen. »Mir scheint, Ihr hattet die Dinge recht gut in der Hand, als wir hier ankamen, Leutnant.«

»Ich war mir da weniger sicher«, erwiderte Beka und bemerkte zum ersten Mal, wie zittrig sich ihre Beine anfühlten. »Was tut Ihr überhaupt hier? Nicht, daß ich nicht froh wäre, Euch zu sehen.«

»Als Barius und Marten aufgetaucht sind, habe ich Tobin und Arna zurückgeschickt«, erklärte Mercalle. »Aber plötzlich kamen sie wieder angeprescht und haben mir berichtet, daß Ihr angegriffen würdet. Sie wußten nicht, wer oder wie groß die Streitmacht war, deshalb habe ich Arna zurück zur Kolonne gesandt, um Hilfe zu holen; ich selbst bin mit den anderen losgehetzt. Wie sich herausstellte, hatte Braknil die Hauptfrau dazu überredet, den Rest der Turma aufbrechen zu lassen, um euch entgegenzureiten. Er und Portus befanden sich weniger als eine Meile entfernt, als Arna auf sie stieß.«

Der Rest der Turma war herübergekommen, um zu lauschen. »Irgendwelche Verluste?« erkundigte sich Beka.

»Keinen einzigen, Leutnant!« berichtete Unteroffizier Nikides stolz. »Nicht schlecht für unsere erste Schlacht, was?«

»Ich glaube zwar kaum, daß man es als Schlacht bezeichnen kann, Banditen in die Flucht zu jagen, aber wir haben uns recht wacker geschlagen«, meinte Beka und grinste in die Runde. »Ihr habt eure Sache gut gemacht, alle miteinander.«

Braknil tauschte einen Blick mit Mercalle und räusperte sich. »Bei allem gehörigen Respekt, Leutnant, es gibt einen Brauch, den einige der Reiter einhalten sollten, nachdem sie das erste Mal getötet haben.«

»Meint ihr, das Blut des ersten Menschen zu trinken, den man getötet hat, um die Geister fernzuhalten?«

»Genau der, Leutnant. Manche nennen so etwas heutzutage Aberglauben, aber ich behaupte nach wie vor, daß Traditionen eine gute Sache sind.«

»Na schön«, sagte Beka. Ihr Vater hatte ihr einmal von diesem Brauch erzählt, ebenso Alec, der nach seinem ersten Kampf das gleiche getan hatte. »Wie viele von euch haben heute das erste Mal getötet?«

Alle Soldaten aus Mercalles Dekurie traten vor, und einige weitere aus anderen Dekurien. »Also gut. Alle Bogenschützen suchen jetzt den Pfeil, mit dem sie zum ersten Mal getötet haben. Wenn ihr ihn gefunden habt, kommt ihr hierher zurück. Die anderen bringen ihre Schwerter her.«

Beka ging zum Leichnam des ersten Schwertkämpfers hinüber, den sie niedergestreckt hatte – ein Bandit mittleren Alters mit geflochtenem Bart. Er lag auf dem Rücken, und die Züge des unscheinbaren Gesichtes verrieten leise Überraschung. Eine Weile starrte sie auf den Mann hinab und versuchte sich an die Mordlust zu erinnern, die in seinen Augen gelodert hatte, als er sie angriff. Sie war froh, am Leben zu sein, aber nicht, ihn getötet zu haben. Es war eine seltsame Gefühlsmischung. Kopfschüttelnd zog sie ihm den Pfeil aus der Brust und begab sich damit zu den anderen, die sich neben der Straße in einem Halbkreis aufstellten. Nachdem alle zurück waren, sah sie sich um und spürte, wie sich die Schwere des Augenblicks auf sie herabsenkte.

»Feldwebel, für mich ist das genauso neu wie für die anderen. Gibt es irgendwelche besonderen Worte, die wir sprechen müssen?«

»Was immer Ihr sagen wollt«, erwiderte Braknil und zuckte mit den Schultern.

Beka hielt den Pfeil vor sich hoch. »Mögen wir alle in Ehre, Gnade und Stärke gemeinsam kämpfen.«

Damit führte sie die Pfeilspitze an die Zunge, und der Kupfergeschmack des Blutes breitete sich in ihrem Mund aus. Unwillkürlich wollte sie das Gesicht verziehen und ausspucken, doch sie ließ keine Regung erkennen, als sie den Pfeil im Schnee abwischte und zurück in den Köcher steckte.

»Ehre, Gnade und Stärke!« wiederholten die anderen gleich einem Echo und machten es ihr mit Pfeilen und Schwertklingen nach.

»Ich schätze, das war's. Und jetzt müssen wir die Vorräte abliefern«, sagte sie. »Hat irgend jemand mein Pferd gesehen?«

An jenem Abend veranstaltete Hauptfrau Myrhinis Truppe mit dem ersten Frischfleisch seit Wochen ein Festessen und trank mehrere Runden auf die Gesundheit Bekas und ihrer Turma.

Nachdem sie fertig waren und sich für eine weitere, frostige Nacht in die Zelte zurückzogen, nahm Hauptfrau Myrhini Beka beiseite.

»Ich habe mit einigen von Mercalles Reitern gesprochen«, begann sie, während die beiden an den Lagerfeuern der verschiedenen Turmae vorbeischlenderten. »Klingt, als hättet Ihr kühlen Kopf bewahrt und Euch um Eure Leute gekümmert.«

Beka zuckte mit den Schultern. Sie hatte selbst schon

darüber nachgedacht. »Das war auch gut so. Ich habe einen Fehler begangen, indem ich zwei Reiter weggeschickt habe, obwohl ich bereits drei in der Vorhut hatte. Ich glaube kaum, daß der Zeitpunkt des Angriffs ein Zufall war.«

»Tatsächlich?« Myrhini zog die Augenbrauen hoch. »Wie hättet Ihr es denn sonst machen können?«

»Ich wollte Mercalle ohnehin ablösen. Ich hätte allein vorausreiten und die anderen beiden zurückschicken sollen, um ihren Ersatz in die Vorhut zu senden.«

»Aber dann hätten Eure Reiter ohne Offizier oder Feldwebel dagestanden.«

»Schon, aber ...«

»Und so, wie es mir erzählt wurde, wart Ihr es, die unsere grünen Krieger davon abgehalten hat, alle Pfeile in die Büsche zu pfeffern, worauf die Angreifer vermutlich nur gewartet haben. Ich war es vielmehr, die heute einen Fehler begangen hat.«

Überrascht schaute Beka sie an, doch Myrhini bedeutete ihr, sie nicht zu unterbrechen. »Ich nahm an, es wäre unbedenklich, eine Dekurie allein loszuschicken, weil wir uns auf neutralem Gebiet befinden. Wäre die ganze Turma bei Euch gewesen, hätten diese Räuber nie und nimmer angegriffen. Natürlich wart Ihr viel zu taktvoll und unerfahren, um mich darauf hinzuweisen, als ich den Befehl erteilt habe, richtig?«

Beka war außerstande, das geheimnisvolle Lächeln der Offizierin zu deuten. »Nein, Hauptfrau, mir wäre auch nie in den Sinn gekommen, daß wir zum Vorrätebesorgen mehr Leute brauchen könnten.«

»Dann haben wir uns beide geirrt«, stellte Myrhini fest. »Aber lernen und leben, wie ein gewisser Freund von Euch zu sagen pflegt. Ihr habt Euch wacker geschlagen, Leutnant. Feldwebel Mercalle ist übrigens der Ansicht, Ihr seid aus dem Holz, aus dem gute Krieger geschnitzt sind.«

»Ach ja?« fragte Beka, die sich einerseits über das Lob der Veteranin freute, andererseits ein wenig gekränkt war, weil Mercalle dieses Vertrauen in Bekas Fähigkeiten zuvor augenscheinlich gefehlt hatte. »Wie kommt sie darauf?«

»Ich glaube, es war die Art, wie Ihr während des Kampfes gegrinst habt«, antwortete Myrhini. »Zumindest hat sie das von denjenigen gehört, die neben Euch gefochten haben. Sagt, hattet Ihr Angst?«

Beka ließ sich die Frage einen Augenblick durch den Kopf gehen. »Eigentlich nicht. Wenigstens nicht während der Schlacht.«

»Sakor hilf!« rief die Hauptfrau aus und schüttelte den Kopf. Aber Beka hatte den Eindruck, sie hörte sich erfreut an.

25

Noch mehr Rätsel ohne Lösung

Skut steckte den gestohlenen Brotlaib unter das Hemd und preschte durch die frühabendliche Menschenmenge auf dem Marktplatz. Hinter sich hörte er den wutentbrannten Brotverkäufer brüllen: »Haltet ihn, haltet den Dieb!« Ein paar Leute griffen halbherzig nach ihm, doch das Mitgefühl des Küstenvolkes gehörte augenscheinlich ihm. Bald gab der Brotverkäufer, weil er sich scheute, seine Ware unbeaufsichtigt zu lassen, die Verfolgung auf und kehrte zu seinem Handkarren zurück.

Skuts leerer Magen krampfte sich vor Hunger zusammen; Tyms plötzlicher Tod vor drei Tagen hatte ihn ziemlich aus der Bahn geworfen, und er hatte seither fast überhaupt nichts zu essen gehabt. Sich das Brot zu greifen, war eine Verzweiflungstat gewesen, aber er konnte den beißenden Schmerz in seinen Eingeweiden einfach nicht länger ertragen.

Während er mit einem Auge ständig nach Ärger Ausschau hielt, bahnte er sich den Weg durch dreckige Seitengassen zu einem verfallenen Lagerbau am Westrand der Unterstadt, seinem gegenwärtigen Zuhause. Eine Wand hatte einst in Flammen gestanden und war eingestürzt, und der ganze Ort stank nach schalem Rauch, aber eine Dachkammer war noch unversehrt. Behutsam stieg er über das Geröll hinweg und erklomm die behelfsmäßige Leiter, die zu dem Zimmerchen hinaufführte.

Unten war der Boden in das Licht der Abenddämmerung getaucht, das hintere Ende der Dachkammer hingegen lag bereits im Schatten. Die grauen Tauben, die im Gebälk darüber hockten, gurrten argwöhnisch, als er über den Rand der Plattform spähte.

»Kaber, biste da?«

Keine Antwort.

Was Skut als Erleichterung empfand. Seit einer Woche hatte er Kaber nicht mehr gesehen und war keineswegs traurig darüber. Der ältere Junge hatte zwar einen gewissen Schutz bedeutet, doch er war auch faul und hatte sich vor kurzem angewöhnt, Skut zu schlagen, wenn er nicht genug zu essen für sie beide nach Hause brachte.

Er ging zu dem rostigen Kohlenbecken in der Mitte der Dachkammer und tastete nach dem Anmachzeug. Gerade hatte er die Hand um die Zunderschüssel geschlossen, als er hinter sich eine Bewegung wahrnahm.

Skut galt als flinker Bursche, doch diesmal war er zu langsam. Bevor er aufspringen konnte, hatte ihm bereits jemand einen schweren Umhang über den Kopf gestülpt und hielt seine Arme fest.

Halsabschneider! dachte Skut verzweifelt.

Er wand und wehrte sich aus Leibeskräften und spürte zufrieden, wie sein Fuß kräftig gegen etwas trat. Ein leises, schmerzerfülltes Stöhnen erklang, dann aber packten starke Arme seine wild um sich fuchtelnden Beine. Seine Häscher hoben ihn vom Boden auf und hielten ihn so fest, daß er kaum noch mit dem kleinen Zeh wackeln konnte.

»Wir wollen dir nichts tun«, sagte derjenige, der seine Arme hielt. Es war eine ruhige Männerstimme. »Ich will etwas über Tym erfahren.«

»Weiß aber nix!« wimmerte Skut und krümmte sich hilflos.

»Oh, fang bitte nicht so an, ja? Es heißt, du hättest gesehen, wie es passiert ist. Ich will nur mit dir darüber reden. Beruhig dich erst mal, und ich will dafür sorgen, daß du es nicht bereust.«

Skut wehrte sich noch einen Augenblick und spannte den dürren Leib wie eine Bogensehne, dann gab er auf. Wer auch immer ihn festhielt, hatte eindeutig nicht vor, von ihm abzulassen.

»Na schön. Ich erzähl's euch. Aber laßt mich runter.«

»Setz ihn ab.«

Skut fühlte, wie seine Füße losgelassen wurden, der Griff um Brust und Arme hingegen blieb unverändert.

»Benimmst du dich jetzt?«

»Hab' ich doch gesagt, oder?« murmelte Skut, dem das Herz bis in die Kehle pochte.

»Setz dich hin.«

Skut gehorchte, dann kreischte er auf, als ihm etwas Schweres auf die Oberschenkel gestellt wurde. Er lugte unter dem Rand des Umhangs hervor und sah, daß es sich um einen groben Sack handelte.

»Na los, mach ihn auf«, drängte der Mann, der immer noch hinter ihm stand. Vor sich erspähte er die Stiefel eines weiteren Mannes, der bislang noch kein Wort von sich gegeben hatte.

Mit zitternden Händen öffnete Skut den Sack und stellte erstaunt fest, daß er eine kleine Wurst, ein Stück Käse und ein halbes Dutzend gekochter Eier enthielt. Der leckere Duft war unwiderstehlich verlockend, dennoch blieb er mißtrauisch. Derjenige, der dauernd redete, hörte sich nach einem Hochwohlgeboren an. Was hatte so einer nur mit Tym zu schaffen gehabt?

»Alles in Ordnung«, sagte der zweite, der nun zum ersten Mal das Wort ergriff. Ebenfalls ein Mann. »Nur zu, iß. Du siehst aus, als könntest du es brauchen.«

Der Duft der geräucherten Knoblauchwurst war zu viel für Skut. Er betete, sie möge nicht vergiftet sein und biß vorsichtig ein winziges Stück ab, dann ein weiteres.

»Was ist mit Tym passiert?« fragte der erste Mann.

»Vom Dach abgestürzt, das ist alles«, antwortete Skut zwischen zwei Bissen.

»Tym ist ab*gestürzt*?«

Schulterzuckend schälte Skut mit dreckigen Fingern eines der Eier. »Hab's selbst gesehen. Er hat nich' geschrien oder so, is' einfach runtergekippt.«

»Niemand hat seine Leiche gefunden. Bist du sicher, daß er tot war?«

»Klar!« schnaubte Skut. »Glaubste, ich hätt' nich' nachgeguckt? Der Bastard hatte mich noch nich' bezahlt. Sein Kopp war ganz eingedrückt und aufgeplatzt. Und keinen roten Heller hat er bei sich gehabt, noch nich' mal sein Messer.«

Sein für ihn unsichtbarer Befrager schien sich die Aussage durch den Kopf gehen zu lassen. »Was hast du dort getan? Wofür wollte er dich bezahlen?«

»Na ja ...« Skut zögerte. »Schätze, ich kann's euch ruhig sagen, jetzt, wo er tot is' und so. Hab'n Haus für ihn beobachtet, das, von dem er runtergefallen is'.«

»Welches Haus?«

»'n Mietshaus in der Segelmacherstraße. Tym meinte, ich sollte die Augen nach dunklen Gesellen offenhalten, besonders nach Einbrechern und Torläufern. Und auch nach Nachtmeistern.«

»Wie lange hast du es beobachtet?«

»Fast 'ne ganze Woche.« Die Wurst schmeckte köstlich, besser als jede, die er je gegessen hatte. Solchermaßen bestärkt, fügte er hilfsbereit hinzu: »Hab' auch einen gesehen. Am Tag, bevor Tym abgestürzt is', kam Pry der Käfer vorbei.«

»Hat Tym dir gesagt, weshalb er wollte, daß du nach diesen Burschen Ausschau hältst?«

»Ne, und ich hab' nich' gefragt. Wenn Tym wollte, daß man was tat, dann hat man's einfach getan«, erklärte Skut und fügte ein wenig spitz hinzu: »Und wär' er nich' gestorben, dann hätt' er mich auch bezahlt.«

Freundlich kicherte der Mann. »Ein wahrhaft ehrenwerter Mann, unser Tym. Hast du irgend jemanden auf dem Dach gesehen oder etwas Verdächtiges gehört, bevor er abgestürzte ist?«

Geistesabwesend zerdrückte Skut eine Laus auf seinem Ärmel, während er angestrengt nachdachte. »Nee, gar nix.«

»Was wollte er denn überhaupt auf dem Dach?«

»Er hat gesagt, er wollte den Kerl belauschen, den er beobachtet hat, weil der hat nämlich im Obergeschoß gewohnt. Dort isser auch vom Dach gekippt, genau überm Fenster. Ihr macht mich doch jetzt nich' alle oder so, oder?«

»Nein, aber ich gebe dir einen guten Rat. Tauch unter und halt die Klappe. Wer weiß, wer sich noch für dich interessiert. Und jetzt will ich, daß du eine Weile still sitzenbleibst, bis du sicher bist, daß wir weg sind. Ich würde dir ungern weh tun, nachdem du so hilfreich warst.«

»Ich rühr' mich nich' von der Stelle!«

Drohend legte sich eine kräftige Hand auf Skuts Schulter. »Und zu niemandem ein Wort über diesen kleinen Besuch, in Ordnung?«

»Sicher! Ihr seid nie hier gewesen«, flüsterte der Junge, plötzlich wieder von Angst erfüllt.

Die Hand zog sich zurück. Skut hörte das Geräusch von Stiefeln, das Ächzen der Leiter, dann Stille. Er zwang sich, zweimal bis hundert zu zählen, ehe er sich den Umhang vom Kopf zu ziehen wagte. Nachdem alles ruhig war, kroch er los, um ein Licht anzumachen, und fand auf dem Kohlenbecken einen kräftigen Dolch sowie einen kleinen Stoffbeutel. In dem Beutel befanden sich Pfennige im Wert von mindestens einer Mark.

Hochwohlgeboren oder nicht, dachte Skut verwundert, die beiden Herren hatten wirklich Ahnung vom Leben in seiner Welt. In Gegenden wie dieser mit Gold oder Silber gesehen zu werden, konnte jemanden ganz schnell ins Grab bringen, besonders einen dürren Balg wie ihn. Hier und da ein paar Kupfermünzen hingegen schienen vergleichsweise sicher, und mit einem solchen Vorrat konnte er sich einen Monat oder länger über Wasser halten. Geradezu andächtig drehte er das Messer in den Händen und befühlte die teuflisch scharfe Klinge mit dem Daumen. Kaber sollte nur versuchen, ihn noch einmal herumzuschubsen! Nach einer Weile packte er seine wenigen Habseligkeiten zusammen, warf von Kabers Zeug dazu, was ihm brauchbar erschien und machte sich auf die Suche nach einem neuen Unterschlupf.

»Klingt nach einem Unfall«, meinte Alec, sobald sie sich weit genug von dem verfallenen Lagerhaus entfernt befanden. »Er muß ausgerutscht sein, als er über die Schindeln nach unten kletterte, genau wie ich.«

Seregil wirkte wenig überzeugt. »Ich kann mir kaum vorstellen, daß Tym tatsächlich abgestürzt ist. Er hat sein halbes Leben auf solchen Dächern verbracht. Und auch das fehlende Messer stört mich. Tym hat die Klinge nur dann gezogen, wenn er sie auch benutzen wollte. Hätte das Messer in der Scheide gesteckt, als er fiel, hätte Skut es genommen. Er hat selbst gesagt, daß es nicht da war. Außerdem, wäre Tym tatsächlich über die Schindeln geschliddert, hätte der Junge das gehört.«

»Und was ist mit der Leiche geschehen?« grübelte Alec. Sämtliche Beinhäuser hatten sie bereits abgeklappert. »So wie der Junge ihn beschrieben hat, ist er wohl kaum aufgestanden und davonspaziert.«

Seregil zuckte mit den Schultern. »Es gibt genug komische Vögel in Rhíminee, die für einen Leichnam bezahlen würden.«

Alec verzog das Gesicht. »Wie er zum Beispiel?«

»Oh, überwiegend Neugierige und Verrückte. Es gab mal einen Mann, sogar einen Lord, der wollte herausfinden, welches Organ die Seele beherbergt. Auch Künstler verwenden Leichen, besonders Bildhauer. Ich erinnere mich an eine Frau, die hingerichtet wurde, nachdem herauskam, daß sie menschliche Skelette als Zubehör für Statuen benutzte, die sie für das dalnische Gebetshaus anfertigen sollte. Es heißt, ein Priester hätte in ihrem

Laden vorbeigeschaut, um sich zu erkundigen, wie sie mit der Arbeit vorankäme. Dabei stolperte er unabsichtlich über eines der lebensgroßen Lehmmodelle. Der Kopf fiel vor seinen Füßen zu Boden, brach auf und ein paar allzu lebensechte Zähne purzelten heraus.«

»Du machst Witze!«

»Aber nein, so wahr mir der Schöpfer helfe. Valerius hat die Geschichte bestimmt schon hundertmal erzählt. ›Verbrennt sie oder laßt sie in Ruhe!‹ lautete die allgemeine Moral der Geschichte. Aber was Tym angeht, könnten es auch Nekrophile gewesen sein oder auch nur ein halbverhungertes, armes Schwein ...

»Hör auf, es reicht«, stöhnte Alec. Er hatte keine Ahnung, was ein Nekrophiler sein mochte, und er war ziemlich sicher, daß er es nicht wissen wollte; er empfand schon den Gedanken an Kannibalismus als übelkeiterregend genug.

»Was? Oh, tut mir leid. Aber von alldem abgesehen, halte ich es für wesentlich wahrscheinlicher, daß Rythel oder einer seiner Kumpane Tym beim Spionieren ertappt und sich klugerweise seiner Leiche entledigt hat. Wir sollten uns besser selbst dort oben umsehen.«

Sie warteten, bis es dunkel war, dann ritten sie zur Segelmacherstraße. Die Bewohner des Hauses waren noch wach und saßen beim Abendessen; das Klirren des Geschirrs würde jedwedes Geräusch übertönen, das Seregil unter Umständen verursachte, während er über die Schindeln schlich.

Während Alec unten Wache hielt, erklomm Seregil die wackelige Treppe an der Rückseite des Hauses und zog sich auf das Dach hoch. Dann schlang er ein Seil um einen Kamin und kroch vorsichtig zur Traufe über Rythels Fenster hinunter.

Sogleich erblickte er das Messer, das unübersehbar in der Dachrinne funkelte.

Ausgestreckt auf dem Bauch liegend, mit dem Gesicht nur wenige Zoll von dem Messer entfernt, betrachtete

Seregil die Klinge eine Weile und fragte sich, wie es möglich war, daß Tym, der flinke, gerissene, todbringende Tym, am Rand eines kahlen Daches ertappt worden war und keinen Tropfen Blut vergossen hatte, bevor er starb.

Du warst gut, Tym, aber anscheinend finden wir alle früher oder später unseren Meister, dachte er und griff nach dem Messer des toten Diebes. Der Gedanke jagte ihm einen kurzen, kalten Schauder über den Rücken, als er den zerschrammten Griff umfaßte. Doch unmittelbar darauf folgte die noch schauderhaftere Erinnerung daran, daß er Alec losgeschickt hatte, um in das Zimmer einzusteigen. War es etwas anderes als Illiors Glück, daß derjenige, mit dem Tym zusammenstieß, nicht zur Stelle gewesen war, als Alec dem Zimmer einen kleinen Besuch abstattete?

Mit einem stummen Dankgebet auf den Lippen steckte er das Messer in den Gürtel und verschwand den Weg, den er gekommen war. Alec wartete auf der gegenüberliegenden Straßenseite.

»Ich hab' den Hof überprüft«, berichtete er Seregil. »Das ist alles, was ich gefunden habe.« Er hielt einen kleinen, kunstvollen Elfenbeinknopf hoch. »Sooft ich Tym gesehen habe, trug er unter all dem Dreck immer ziemlich protzige Kleider.«

Seregil nickte. »Stimmt. Was ist mit Blutflecken?«

»Zu viel Regen und Fußgängerverkehr. Hattest du mehr Glück?«

Beim Anblick des Messers weiteten sich Alecs Augen ein wenig. »Da brat mir doch einer ... Aber was bedeutet das für uns?«

»Einen Riesenhaufen Mist, fürchte ich«, seufzte Seregil. »Ich nehme an, die Karte ist längst verschwunden, und es dauert noch zwei Tage, bis wir uns vergewissern können. Bis dahin ist Rythel mit seiner Arbeit in der Kloake fertig, und wir haben immer noch keinen blassen Schimmer, wer hinter alldem steckt. Und jetzt hat mich dieser Hundesohn obendrein noch um einen guten Dieb gebracht.«

Alec schaute hinauf zu der Stelle, an der Tym vom

Dach gestürzt war. »Hätte Nysander uns in jener Nacht nicht gerufen ...«

Seregil schüttelte den Kopf. »Wären wir jetzt entweder klüger oder selbst tot. Es hat keinen Sinn, darüber Vermutungen anzustellen. Es ist an der Zeit, sich unseren Mann zu greifen, aber wir müssen es schnell und unauffällig tun. Und dafür brauchen wir die Hilfe eines Zauberers.«

Abermals berührte er Tyms Dolch. »Vielleicht kann Nysander damit etwas anfangen, während wir uns darum kümmern. Sehen wir nach, ob er zu Hause ist.«

Sie galoppierten durch den Hafenweg und preschten in vollem Braus durch die Straßen auf das Orëska-Haus zu. Als sie endlich die Turmspitzen vor sich aufragen sahen, stellten sie erleichtert fest, daß im Ostturm ein Licht brannte.

Sie fanden Nysander und Thero bei der Arbeit an einer Reihe übelriechender, blubbernder Kessel und Schmelztiegel. An einem Ende der Werkbank bildete eine Handvoll unpolierter, breiter Pfeilspitzen einen kleinen Haufen auf einer Lederunterlage. Seregil beobachtete, wie sich Alecs Augen darauf hefteten, doch sie hatten dringendere Dinge zu erledigen.

»Kannst du damit irgend eine Sichtung vornehmen?« fragte er und zeigte Nysander Tyms Dolch.

Der Magier wischte sich die Hände an einem fleckigen Lappen ab, nahm das Messer, drehte es eine Weile in den Fingern, dann umfaßte er es und schloß die Augen.

Kurz darauf jedoch schüttelte er den Kopf und reichte es Thero. »Dem Dolch haftet ein Hauch Magie an, aber ich vermag nicht zu sagen, welcher Art oder seit wann.«

»An Gegenständen bleibt selten viel hängen«, erklärte Thero. »Sein Leichnam hätte uns gewiß mehr verraten.«

»Offenbar wußte das auch jemand anders«, murmelte Seregil und ließ sich mürrisch grunzend auf die nächstbeste Bank plumpsen. »Das alles führt zu nichts! Greifen wir uns doch einfach Rythel. Übermorgen fängt das Wochenende an. Ich schlage vor, wir beobachten ihn bis dahin und schlagen dann zu.«

»Das scheint mir der nächste logische Schritt«, pflichtete Nysander ihm bei. »Was brauchst du dafür?«

»Einen Ortswechselschlüssel. Etwas Kleines, das ich ihm geben kann, ohne sein Mißtrauen zu erregen. Ein zusammengerolltes Dokument wäre hervorragend. Als Lord Seregil kann ich ihm einreden, es handle sich um ein verkäufliches Schriftstück. Ich glaube, wir dürfen auf die Gier unseres Opfers zählen.«

»Ausgezeichnet. Und ich treffe die entsprechenden Vorkehrungen mit dem Kerkermeister des Verlieses im Roten Turm. Bevor er sich freiwinden kann, steckt er längst in einer Zelle.«

Seregil wandte sich an Alec, der erwartungsvoll neben ihm ausharrte. »Sobald er sich auf die wöchentliche Runde durch die Freudenhäuser begibt, steigst du nochmals bei ihm ein und durchwühlst sein Zimmer. Auch wenn die Karte längst weg ist, vielleicht liegt etwas anderes Belastendes herum. Wir wollen niemandem Zeit lassen, hinter ihm aufzuräumen, nachdem wir ihn geschnappt haben. Wenn du dort fertig bist, kommst du auf schnellstem Wege zu uns ins Verlies.«

Durch und durch bereit für die Jagd, grinste Alec. »Das sollte nicht allzulange dauern.«

Seregil grinste zurück und war froh, daß sich ein Ende dieser heiklen Angelegenheit abzeichnete. »Teufel auch, vielleicht schaffen wir's sogar noch zur zweiten Vorstellung im Tirarie-Theater!«

26

Die Augen des Totenbeschwörers

Schicksalsergeben sah sich Vargûl Ashnazai in seiner jüngsten Unterkunft um. Das verlassene Haus roch nach Feuchtigkeit und Mäusen, aber das Dach war dicht und der Ofen brauchbar.

Längst hatte er aufgehört, die Herbergen und Tavernen zu zählen, in denen sie seit ihrer Ankunft in Skala vor drei Monaten abgestiegen waren. Die Winter hier waren zwar rauher als in seiner Heimat Bensâl, aber nicht so rauh wie jene, die er in den drei Jahren ertragen mußte, während der er Mardus half, die Nordländer auf der Suche nach den Augen und dem Schleier zu durchstreifen.

Nein, das Schlimmste, das der Totenbeschwörer in Skala ertragen mußte, war Langeweile. Der Arm der Orëska reichte weit; gleichgültig, ob sie sich in Rhíminee befanden und Urvays zahlreiche Spione und Handlanger abklapperten oder sich, wie jetzt, in einen verlassenen Schlupfwinkel zurückzogen, er durfte sich nie gestatten, seine Kunst anzuwenden, ohne zuvor ein dichtes Bollwerk von Schutzbeschwörungen zu errichten. Bei der habgierigen jungen Magierin, die Urvay ins Netz gegangen war, hatten diese Zauber auf bewundernswerte Weise gewirkt. Ylinestra war sich ihrer Macht nur allzu sicher; kein einziges Mal hatte sie durchschaut, wen oder was Mardus tatsächlich verkörperte.

Ashnazai schwang die verzogenen Fensterläden auf und blinzelte hinaus auf die Bucht unterhalb des Hauses. Große Eisblöcke stauten sich entlang der Gezeitenlinie, aber jenseits der Schollen funkelte grau-grünes Wasser im Licht der Morgensonne.

Und wieder ein Hindernis sauber aus dem Weg geräumt, dachte er und lächelte bei sich. Wie vorherzusehen, hatte Urvays ahnungsloser Schauspieler, Pelion, sich gierig auf das Angebot einer Reihe Sonderauftritte in der südlich gelegenen Stadt Iolus gestürzt. Zweifellos würde er dort Triumphe feiern, nicht ahnend, daß sein Lebensfaden längst bemessen war und in zwei Wochen von einem bereits vollständig bezahlten Meuchelmörder durchtrennt werden würde. Und auch die wunderschöne Ylinestra lebte nur noch von geborgter Zeit, genau wie all die anderen.

Im Vergleich zu den bevorstehenden Ruhmesorgien nahmen sich die Monate des Wartens nichtig aus. Ashnazais Rache hing gleich einer saftigen, vielversprechenden, fast reifen Frucht vor ihm; schon bald würde er sie in Händen halten, eine Frucht, aus der das süße Naß Blut quellen würde, wenn er sie zusammendrückte. Noch zwei kurze Nächte, dann würde alles bereit sein.

Sie würde hier sein.

Die Sterne hoben sich wie blinzelnde Augen vom mitternächtlichen Himmelszelt ab.

Ashnazai stand neben Mardus an der Bucht und hörte, wie Tildus' Männer zwischen den Bäumen umherschlichen, die den schmalen Strand säumten. Außerdem vernahm er das Schnauben der angeketteten Pferde, die für den nächtlichen Ritt bereitstanden. Weitere Männer patrouillierten durch den Wald jenseits des Abwasserkanals, wo ein unglückseliger Bettler mit dem Gesicht nach unten in einer Pfütze brackigen Wassers lag. Es würde keine Zeugen geben.

Sie hatten nicht lange gefackelt, als sich plötzlich eine dunkle Gestalt aus der Finsternis vor ihnen löste.

Ehrfürchtig verneigte sich Ashnazai vor dem *Dra'gorgos*.

»Wir sind gleich bei euch«, verkündete die Erscheinung mit der ihr eigenen, hohlen, unsteten Stimme.

»Wir haben alles vorbereitet«, erwiderte Mardus. »Wir warten hier auf euch.«

Bald darauf drang leises Rudergeplätscher von der See her an ihr Ohr. Mit gezogenen Waffen versteiften sich Tildus und seine Männer, als der schwarze Umriß eines großen Beibootes in Sicht geriet. Zwei Seeleute mühten sich an den Riemen ab, während die beiden Fahrgäste reglos im Bug saßen.

Nachdem sie das Ufer erreicht hatten, sprang einer der beiden Ruderer aus dem Boot und zog den Bug an den Strand, so daß die Fahrgäste trockenen Fußes an Land gehen konnten. Der erste, der ausstieg, war ein hagerer, graubärtiger Totenbeschwörer namens Harid Yordun.

»Willkommen, Bruder«, begrüßte ihn Ashnazai und

schüttelte ihm die Hand. »Und willkommen, Irtuk Beshar, unsere hochgeschätzte Dame.«

Yordun antwortete mit einem steifen Nicken und half seiner Gefährtin aus dem Boot. Stumm und hinter den dicken Schleiern kaum erkennbar, streckte ihm Irtuk Beshar eine ledrige, verkohlte Hand entgegen, als wollte sie ihn segnen.

27

Rythels Ende

Zu Beginn des Wochenendes drückten Seregil und Alec sich zum letzten Mal in den Schatten gegenüber des Mietshauses herum, in dem der Schmied wohnte.

»Er wird doch sein Verhaltensmuster jetzt nicht ändern, weil die Arbeit abgeschlossen ist, oder?« fragte Alec zum dritten Mal an jenem Tag. Seine neuen Freunde aus dem Hammer und Zange hatten ihm verraten, daß der Auftrag in der Kloake nunmehr erfüllt sei. Bislang gab es weder Anzeichen dafür, daß Meister Quarin gedachte, seinem Neffen weitere Arbeit anzuvertrauen, noch daß Rythel überhaupt welche wollte.

Seregil verkniff sich eine ungeduldige Erwiderung. »Warte noch ein paar Minuten, dann wissen wir's. Halt mal, da ist er ja, und herausgeputzt wie für einen Ball!«

Als Rythel an der Laterne über der Tür innehielt, erblickten sie das Funkeln goldener Stickereimuster auf der Jacke, die er unter dem pelzbesetzten Umhang trug.

»Sieht so aus, als hätten wir richtig geraten«, flüsterte Seregil. Unter dem schwarzen Umhang trug er eine seiner feinsten, weinroten Jacken, eine weiße Rehlederhose sowie eine schwere Geldbörse.

Ein Knabe brachte Rythel sein Pferd, und der Schmied trabte in die übliche Richtung davon.

»Glück in den Schatten«, sagte Seregil leise und schüttelte Alec rasch die Hand. »Wir sehen uns im Verlies.«

Alec schenkte ihm noch ein letztes, fröhliches Grinsen, dann schlich er zur Hintertreppe des Mietshauses davon.

Seregil ließ Rythel um die Ecke am Ende der Straße biegen, dann schwang er sich auf Cynril und ritt los, um ein zufälliges Treffen mit seiner Beute einzufädeln.

Heute nacht zog Rythel an seinen üblichen Stationen vorbei und hielt geradewegs auf die Lichterstraße zu.

Die müssen dir heute aber eine hübsche Prämie zugesteckt haben, dachte Seregil, während er ihm zu einem Spielhaus namens Goldene Schale folgte. *Vielleicht trägst du dich ja sogar mit dem Gedanken, einen neuen Auftrag in diesem Gewerbe anzunehmen. Aber an deiner Stelle würde ich noch keine großen Pläne schmieden, mein lieber Freund.*

Mit Rythel in Verbindung zu treten, stellte sich als einfaches Unterfangen heraus. Seregil hatte den Kartenraum, in dem Rythel spielte, noch kaum betreten, da begrüßte ihn der Schmied auch schon wie einen alten Kameraden.

»Sir Rythel, wie schön, Euch wiederzusehen«, sprach Seregil und schüttelte ihm herzlich die Hand, als er sich am Tisch zu ihm gesellte.

Dies stellte für Rythel unverkennbar einen gewissen Triumph dar; Seregil beobachtete, wie der Schmied den Blick über die anderen Adeligen am Tisch schweifen ließ und darauf achtete, wie sie sich angesichts des warmen Empfangs durch einen von ihnen verhielten.

»Was für ein glücklicher Zufall, Lord Seregil!« rief Rythel aus und nahm seine Karten wieder auf. »Als nächstes spielen wir Münze und Schwert. Wollt Ihr mein Partner sein?«

Kaum merklich zwinkerte Seregil ihm zu und nickte; innerlich bereitete er sich auf eine Geduldsprobe vor.

Wie schon beim letzten Mal schwafelte Seregil während des Spiels reichlich und würzte sein belangloses Geplapper mit gelegentlichen Hinweisen auf verschiedenste geschäftliche Unternehmungen. Er spürte förmlich, wie Rythel den Köder schluckte; noch ein paar

Runden, dann wollte er vorschlagen, sich irgendwohin zurückzuziehen, um sich ungestört bei einem Getränk zu unterhalten. Eine abgeschiedene Kammer in dem Spielhaus würde für Seregils Zwecke allemal reichen.

Gerade hatte er dem Schmied das Angebot unterbreitet, da tauchte ein zerlumpter Bursche mit einer Nachricht für Rythel auf.

Der legte die Karten beiseite, überflog den Pergamentbogen und steckte ihn sorgfältig in die Manteltasche.

»Ihr müßt mich entschuldigen«, sagte er, während er seine Gewinne in der Geldbörse verschwinden ließ. »Ich muß mich um eine Kleinigkeit kümmern, brauche aber gewiß nicht lange. Können wir uns hier in, sagen wir ein, zwei Stunden treffen?«

»Ich bin vermutlich ohnehin fast die ganze Nacht hier«, erwiderte Seregil und nickte verständnisvoll. Dann, um den Köder noch schmackhafter zu gestalten, zwinkerte er dem Schmied verheißungsvoll zu. »Es gibt da eine Kleinigkeit, bei der ich Eure Hilfe zu schätzen wüßte. Eine höchstwahrscheinlich ausgesprochen einträgliche Kleinigkeit. Wir können ja darüber reden, wenn Ihr zurückkommt.«

»Stets zu Diensten, Herr.« Er verbeugte sich vor Seregil und den anderen und hastete zur Tür hinaus.

»Und da mein Partner mich nun verwaist hat, werde ich die Gelegenheit für eine kleine Erfrischung nutzen.« Seregil verließ den Tisch, holte seinen Umhang und eilte hinaus.

Zu seiner Überraschung sah er, wie Rythel zu Fuß davonschlenderte. Seregil folgte ihm in sicherem Abstand.

Es war eine laue Nacht. Die letzten schmutzigen Schneereste verdampften in der feuchten Luft und vermengten sich mit dem leichten Nebel, der vom Hafen heraufstrieb. Der Frühling hielt rasch Einzug in Skala; der naßkalte, modrige Geruch, der ihn begleitete, erfüllte die Luft.

Rythel pfiff leise vor sich hin, während er die Lichterstraße hinter sich ließ und um den Astellusplatz herum zur Fackelstraße ging. Diese führte alsbald in die schmäleren Gassen des nahegelegenen Händlerbezirks.

Wohin in Bilairys Namen will er nur? fragte sich Seregil.

Rythel verschwand vor ihm um eine Ecke. Seregil lief ihm gerade nach, um zu ihm aufzuschließen, als das panische Wiehern außer Rand und Band geratener Pferde die Stille der Nacht zerriß. Er rannte zu der Ecke und erblickte etwa dreißig Fuß entfernt Rythel, der wie erstarrt mitten auf der Fahrbahn stand, während aus den Nebelschlieren ein Gespann Zugpferde auf ihn zupreschte; der schwere Wagen, den sie zogen, schleuderte wild hin und her. Die Straße war entsetzlich schmal; selbst wenn es Rythel gelänge, den Rössern auszuweichen, würde ihn der Karren fast sicher zermalmen.

Ein alptraumhaftes Gefühl der Hilflosigkeit überkam Seregil; er konnte nicht einmal aufbrüllen, während Rythel mit erhobenen Händen verharrte, als wollte er den Tieren dadurch Einhalt gebieten.

Das vorderste Pferd erfaßte ihn mit voller Wucht; ein abgehackter, kurzer Schrei ertönte, dann zertrampelten ihn die schweren Hufe. Unmittelbar danach brach der Karren seitwärts aus, und ein Bein, abgetrennt von einem der eisenbeschlagenen Räder, flog darunter hervor.

Seregil sprang zurück, brachte sich hinter der Ecke in Sicherheit und beobachtete, wie das Gespann vorbeidonnerte.

Schaum spritzte von den Nüstern der Rösser, panisch rollten sie mit den Augen. Auf der Fahrerbank saß kein Kutscher. Ein langer Zügel hüpfte nutzlos auf den Rücken der Tiere auf und ab.

Als der Wagen vorbeisauste, sah Seregil, daß auf der Ladefläche mehrere große Fässer verzurrt waren.

Ein Braukarren auf der nächtlichen Rundfahrt?

Wie in einem Alptraum tauchte das Gespann mit klappernden Hufen und klirrendem Geschirr wieder in die Nebel ein und verschwand.

Mit gezogenem Schwert kauerte sich Seregil in die Schatten, bis das Getöse in der Ferne verhallt war. Angespannt wartete er, ob jemand kommen würde. Nachdem alles ruhig blieb, rannte er zu Rythel hinüber, der zertrampelt auf dem feuchten Kopfsteinpflaster lag.

Bittere Galle stieg Seregil in die Kehle. Selten hatte er einen Menschen derart übel zugerichtet gesehen. Der Leib war völlig zermalmt. Als er einen vertrauten, säuerlichen Geruch unter dem gräßlichen Moder erkannte, der von dem zerquetschen Fleisch aufstieg, preßte er den Handrücken auf den Mund.

Auf diesen Wein habe ich dich eingeladen, dachte Seregil und wandte die Augen vom freiliegenden Inhalt des aufgerissenen Bauches ab.

Die Lippen vor Wut und Ekel fest zusammengepreßt, schleifte er das abgetrennte Bein herbei und legte es auf den Leichnam. Dann holte er Nysanders magische Schriftrolle hervor, die er Rythel noch vor wenigen Augenblicken zu überreichen gedachte. In einer Hand hielt er das Pergament, in der anderen Rythels unversehrten, rechten Arm. Mit dem Daumen löste er das Wachssiegel. Einen Lidschlag später lag die Straße verlassen da.

»NYSANDER!«

Seregils wutentbrannter Schrei hallte durch den Gefängniskorridor und ließ Nysander, Alec und Thero zusammenzucken, die dort geduldig warteten. Nysander erholte sich als erster von dem Schrecken. Er stürzte an die Zellentür, zauberte ein Licht herbei und lugte durch das Gitter.

Drinnen kauerte Seregil über etwas, das einem unordentlichen Haufen Kleider ähnelte. Der Gestank, der dem Zauberer entgegenschlug, deutete jedoch auf etwas anderes hin. Auf seinen Befehl hin schwang die Tür auf, und er trat ein.

»Bei allen Vieren! Was ist passiert?«

»Er wurde auf der Straße überfahren«, preßte Seregil zwischen zusammengebissenen Zähnen hervor. »Ich war keinen Steinwurf von ihm entfernt – er stand einfach da wie ein williges Opferlamm, während ihn ein außer Kontrolle geratenes Brauereigespann überrollt hat, und ich konnte rein gar nichts tun, um ihn zu retten.«

Nysander vernahm ein würgendes Geräusch hinter sich und schaute gerade noch rechtzeitig auf, um zu sehen, wie Thero blindlings, die Hand auf den Mund gepreßt, aus der Zelle taumelte. Alec verharrte mit fahlem Antlitz und düsterer Miene an der Tür und beobachtete, wie Seregil grausam gründlich die blutgetränkten Kleider des toten Mannes durchwühlte; sein eigenes, feines Gewand war längst mit übelriechenden Flecken übersät.

Auch Seregil präsentierte sich bleich wie die Wand, doch seine Augen funkelten vor Zorn. Nysander kniete sich auf der anderen Seite neben den Leichnam und hielt die Hände ein paar Zoll über Rythels zerschmetterten Kopf.

»Schon wieder nichts zu spüren«, seufzte er. »Du mußt mir alles erzählen. War es ein Unfall?«

»Ich habe allmählich die Schnauze voll von Unfällen«, knurrte Seregil.

Er drehte die Leiche um, wodurch unter feucht-dumpfem Münzgeklimper eine blutige Börse ins Stroh fiel. Zunächst leerte er die Börse aus, dann nahm er die Überreste des Mantels in Augenschein, schließlich schleuderte er alles quer durch die Zelle.

»Verdammt noch mal!« tobte er. »Verdammter, verfluchter Mist! Da *war* eine Nachricht. Jemand hat ihn an diesen Ort bestellt, jemand, den er kannte. Er hat vor sich hingepfiffen wie ein fröhlicher Bräutigam, während er in den Tod schlenderte! Alec, zieh den Stiefel von dem Fuß da und überprüf ihn.«

Pflichtbewußt zerrte Alec am Stiefel des abgetrennten Beines, der wie angegossen saß, so daß er sich mit dem Fuß gegen den Hüftstumpf stemmen mußte, um ihn zu lösen. Dann zog er ihn ganz herunter, faßte hinein und schüttelte den Kopf. »Hier drin ist auch nichts.«

»Oder da.« Seregil schmiß den anderen Stiefel beiseite und riß dem toten Mann die Reste der Hose vom Leib. Nach einer gründlichen Durchsuchung derselben sprang er mit einem kehligen Schrei auf und drosch mit der blutverschmierten Faust gegen die Zellenwand.

Just in diesem Augenblick tauchte Thero wieder an der Tür auf. »Verzeih meine Schwäche, Nysander«, murmelte er, immer noch kalkweiß. »Kann ich irgend etwas tun?«

»Sieh dir das genau an«, erwiderte Nysander düster. »Eines Tages wird deine Berufung dich aus dem Schutz des Orëska-Hauses führen; du mußt stark genug sein, um mit solchen Scheußlichkeiten fertigzuwerden. Das hier könnte ein Unfall gewesen sein ...«

»Ein Unfall!« stieß Seregil hervor und starrte finster auf die Leiche. »Bei Bilairy, Nysander, der Mann wurde ermordet, ebenso wie Tym.«

»Wahrscheinlich. Und wir wissen immer noch nicht, wer das Hirn hinter der Arbeit dieses Mannes war.«

»Aber die Karte?« Seregil drehte sich zu Alec um.

»Sie war nicht mehr da«, antwortete Alec niedergeschlagen und stierte auf Rythel hinunter. »*Nichts* war mehr da. Kleider, Schriftstücke, Truhen – alles war verschwunden. Das Zimmer war leergeräumt. Ich glaube kaum, daß er vorhatte, dorthin zurückzukehren. Die alte Frau, der das Haus gehört, hat mir gesagt, daß die Sachen heute nachmittag mit einem Karren fortgeschafft wurden.«

Nysander schloß eine Weile die Augen, dann seufzte er. »Thero und ich werden mit unseren Mitteln noch einmal eure Wege von heute nacht abschreiten. Sollten wir dabei auf irgend etwas stoßen, sagen wir euch sofort Bescheid.«

Der Zauberer schlang eine Hand durch Alecs Arm und zog den Jungen aus der Zelle. Seregil aber verharrte mit zornigem Blick neben dem Leichnam.

»Du gerissener Hundesohn«, flüsterte er dem Toten zu, gerade so laut, daß Nysander es hörte. »Du warst besser, als ich dachte.«

28
Der Hauch einer Prophezeiung

»Vater! Vater, wo bist du?«

Mit einer Handvoll von Valerius' magischen Kräutern in der Faust stürzt Alec den kahlen Korridor entlang. Es gibt keine Türen, keine Fenster, nur endlose Steinwände; Ecke um Ecke läßt er hinter sich, während er den dunklen Blutspuren auf dem Boden und dem angestrengten Keuchen seines Vaters folgt. Doch so schnell Alec auch rennt, er kann ihn nicht einholen.

»Vater, warte«, fleht er, halb blind vor Tränen der Verzweiflung. »Ich habe einen Drysier gefunden. Laß mich dir helfen. Warum läufst du davon?«

Das heisere Schnaufen verändert sich, als sein Vater zu sprechen versucht; dann setzt Grabesstille ein.

In der grauenhaften, beklemmenden Lautlosigkeit hört Alec ein neues und unheilverkündendes Geräusch – das Geräusch leiser Schritte, die hinter ihm in Gleichklang mit den seinen ertönen. Bleibt er stehen, verstummen sie; geht er weiter, tun sie es ihm gleich.

»Vater?« flüstert er und hält abermals inne.

Diesmal hallen die Schritte weiter, und urplötzlich übermannt ihn Todesangst. Über die Schulter sieht er nur einen leeren Gang, der sich hinter ihm erstreckt, bis ihm eine weitere Biegung die Sicht abschneidet. Und immer noch tönen die Schritte, immer näher, immer lauter.

Die Muskeln zwischen Alecs Schulterblättern verkrampfen sich, als er die Flucht ergreift, von der schwarzen Gewißheit erfüllt, daß ihn jeden Augenblick jemand von hinten packen wird. Das Geräusch seines Verfolgers kommt näher, immer näher.

Unbeholfen zerrt Alec das Schwert aus der Scheide und wirbelt herum, zum Kampf bereit. Doch er stellt fest, daß er statt des Schwertes einen stumpfen Pfeilschaft in der Hand hält.

Und sich einer Mauer der Dunkelheit gegenübersieht.

Mühevoll richtete sich Alec im Bett auf und zog zitternd die Knie an die Brust. Sein Nachthemd war durchtränkt von kaltem Schweiß, seine Wangen präsentierten sich feucht von Tränen. Draußen war ein Sturm aufgekommen. Einsam heulte der Wind durch den Kamin und wirbelte den Regen gegen die Fensterscheiben.

Die Brust des Jungen schmerzte, als wäre er tatsächlich gerannt.

Er holte ein paarmal tief Luft, um sich zu beruhigen, konzentrierte sich auf den roten Schimmer des Kamins und versuchte, die schauderhaften Bilder des Alptraums zu vertreiben. Sein Herzschlag hatte sich fast wieder eingependelt, als er auf der gegenüberliegenden Seite des Zimmers eine Diele knarren hörte.

»Das ist schon das dritte Mal diese Woche, nicht wahr?« fragte Seregil und trat in den Schein des Feuers. Sein Umhang wirkte völlig durchnäßt, aus dem zerzausten Haar troff Wasser.

»Verdammt, hast du mich erschreckt!« keuchte Alec und wischte sich hastig die Augen mit einem Deckenzipfel ab. »Ich hätte nicht erwartet, daß du heute nacht noch zurückkommst.«

Fast eine Woche war seit Rythels Tod vergangen und keinem von ihnen, nicht einmal Nysander, war es gelungen, Beweise zu finden, die den Schmied mit etwas anderem als der Sabotage der Kloake und ein paar Betrügereien in verschiedenen Spielhäusern in Zusammenhang brachten. Mittlerweile hatten alle aufgegeben, alle mit Ausnahme Seregils, der mit jeder falschen Fährte, der er nachging, zunehmen launischer wurde. In letzter Zeit fand Alec es ratsamer, ihm aus dem Weg zu gehen, wenn sie nicht gerade arbeiteten. Er hatte einen Hoffnungsschimmer darin gesehen, daß Seregil heute abend zur Lichterstraße davonschlurfte, um dort Trost zu suchen; seine frühzeitige Rückkehr jedoch verhieß nichts Gutes.

Aber Alec erkannte in den Zügen seines Freundes nur aufrichtige Besorgnis, als dieser zwei Becher und eine Karaffe zengatischen Branntwein vom Kaminsims holte. Dann ließ sich Seregil am Fußende von Alecs Bett nieder und schenkte für sie beide einen großzügigen Schluck ein.

»Wieder schlecht geträumt, was?« erkundigte er sich.

»Du weißt davon?«

»Schon die ganze Woche wirfst du dich im Schlaf hin und her. Trink. Du bist bleich wie ein alter Knochen.«

Der Branntwein wärmte zwar Alecs Magen, doch das Nachthemd fühlte sich klamm auf dem Rücken an. Er zog sich eine Decke um die Schultern, verfiel in Schweigen und lauschte dem Wind, der unter den Traufen hindurchpfiff.

»Willst du darüber reden?«

Alec starrte in die Tiefen des Bechers. »Es ist nur ein Traum, der mich heimsucht.«

»Immer derselbe?«

Der Junge nickte. »Vier- oder fünfmal diese Woche.«

»Du hättest etwas sagen sollen.«

»Du bist in letzter Zeit selten ansprechbar«, entgegnete Alec leise.

»Ach, na ja ...« Seregil fuhr sich mit den Fingern durchs Haar. »Ich konnte Niederlagen noch nie besonders gut wegstecken.«

»Das mit der Karte tut mir leid.« Der Gedanke daran quälte Alec schon die ganze lange, düstere Woche. »Ich hätte sie mitnehmen sollen, als ich noch Gelegenheit dazu hatte.«

»Nein, du hast damals das Richtige getan«, versicherte ihm Seregil. »Bei dieser Sache hatten wir einfach sehr oft Pech, was den zeitlichen Verlauf der Dinge angeht. Hätte ich mich eher an Rythel herangemacht oder hätte er seinen Tod noch eine halbe Stunde hinauszögern können, hätten wir ihn geschnappt. Aber was geschehen ist, läßt sich nicht mehr ändern. Und jetzt erzähl mir von deinem Traum.«

Alec trank einen weiteren Schluck Branntwein, dann stellte er den halbvollen Becher beiseite und berichtete alle Einzelheiten, an die er sich noch erinnern konnte.

»Beim Erzählen klingt es eigentlich gar nicht so schlimm«, stellte er fest, nachdem er geendet hatte.

»Besonders der letzte Teil. Aber im Traum fühlt er sich immer wie der schlimmste Teil an. Sogar schlimmer als daß mein Vater ...«

Überrascht von dem Kloß in seinem Hals, brach er mitten im Satz ab. Er starrte auf seine Hände hinab und hoffte, daß sein Haar sein Gesicht verdeckte.

Nach einer Weile meinte Seregil sanft: »Du hattest in letzter Zeit einiges zu verkraften, angefangen von der Wahrheit über deine Herkunft bis hin zu der Sache mit Rythel. Der Anblick seiner zermanschten Leiche in der Zelle hat vermutlich ein paar unangenehme Erinnerungen aufgewühlt. Vielleicht erlaubst du dir auf diese Weise nur endlich, den Tod deines Vaters zu betrauern.«

Jäh schaute Alec auf. »Ich habe ihn betrauert.«

»Vielleicht, *talí*, aber in all der Zeit, die wir schon zusammen sind, hast du ihn noch kaum je erwähnt oder um ihn geweint.«

Alec zupfte am Saum der Decke und war überrascht von der plötzlichen Verbitterung, die ihn erfüllte. »Was hätte es denn für einen Sinn? Weinen ändert gar nichts.«

»Schon möglich, aber ...«

»Es würde gar nichts an der Tatsache ändern, daß ich für meinen Vater nichts tun konnte, außer dazuhocken und zuzusehen, wie er gleich einer verbrannten Motte zusammengeschrumpft und in seinem eigenen Blut ertrunken ist ...« Der Junge schluckte schwer. »Außerdem geht es in dem Traum eigentlich nicht darum.«

»Nein? Worum dann?«

Kläglich schüttelte Alec den Kopf. »Keine Ahnung, aber darum nicht.«

Freundschaftlich klopfte Seregil ihm auf den Oberschenkel.

»Was hältst du davon, wenn wir uns morgen bei Nysander zum Frühstück einladen? Er kennt sich mit Träumen aus, und wenn wir schon dort sind, könntest du mit ihm und Thero über die Frage deiner Lebenserwartung reden. Bei all dem Wirbel um Tym und Rythel hattest du ja noch kaum Zeit, all das zu verdauen.«

»Es war auch einfacher, nicht darüber nachzudenken«, seufzte Alec. »Aber ich glaube, ich würde mich ganz gerne mit ihnen darüber unterhalten.«

Seregil lag in der Dunkelheit in seinem Bett und lauschte Alecs Atemzügen, während der Junge im Nebenzimmer wieder in den Schlaf hinüberglitt.

»Keine Träume mehr, mein Freund«, flüsterte er auf Aurënfaieisch, und es war mehr als bloß ein hoffnungsvoller Wunsch. Fast vermeinte er, in den Schatten das wirre Getuschel des Orakels zu hören, das immer eindringlicher und klarer über die Wochen und Monate hinweghallte. *Der Verzehrer des Todes gebärt Ungeheuer. Hüte wohl den Hüter! Hüte wohl die Vorhut und den Schaft!*

Den Schaft. Einen Pfeilschaft, wie jenen, den Alec in seinen Träumen Nacht für Nacht umklammerte – nutzlos und unbrauchbar ohne die Bolzenspitze.

Dieses Bild könnte Tausende unterschiedliche Dinge bedeuten, versuchte er sich einzureden und kämpfte wütend gegen die eigene, hartnäckige Überzeugung an, daß unwiderruflich ein weiterer Würfel in einem Spiel gefallen war, das er noch nicht zu begreifen vermochte.

Vor Sonnenaufgang blies der Sturm sich selbst zurück hinaus auf die See. Die hoch aufragenden, weißen Wände, Kuppeln und Türme des Orëska-Hauses zeichneten sich leuchtend vor einem wolkenlosen Morgenhimmel ab, als Seregil und Alec darauf zuritten. Innerhalb der Schutzmauern des Geländes umfing sie der Duft frischer Kräuter und blühender Pflanzen und versprach einen Frühling, der auch in der Welt draußen nicht mehr lange auf sich warten lassen würde.

Nysander und Thero hatten noch andere Gäste zum Frühstück. Die Zentauren, Hwerlu und seine Gefährtin Feeya, hatten sich irgendwie einen Weg durch den Irrgarten der Treppen und Gänge gebahnt, ganz zu schweigen von den zahlreichen Türen, die nicht für Wesen der

Größe mächtiger Zugpferde gedacht waren. Auch Magyana war da. Sie saß an der Ecke des Tisches und hatte die Beine auf einen Stuhl neben Feeya ausgestreckt.

»Was für eine angenehme Überraschung!« rief Nysander aus und schob eine weitere Bank an den Arbeitstisch, auf dem ein hastig gedecktes Frühstück bereitstand. Größtenteils handelte es sich um die üblichen Dinge – Butter und Käse, Honig, Haferplätzchen, Tee – sowie einen großen Teller Früchte. Aus Achtung vor den Zentauren war diesmal auf das ansonsten alltägliche Frühstücksfleisch verzichtet worden. Der Zauberer warf Seregil unter den buschigen Brauen einen bedeutungsvollen Blick zu und meinte: »Ich hoffe, das ist ein Freundschaftsbesuch.«

»Mehr oder weniger«, erwiderte Seregil und häufte sich einen Teller mit ungesäuertem Brot und Früchten an. »Alec fühlt sich ein bißchen verloren bei dem Gedanken, ein paar zusätzliche Jahrhunderte auf Erden zu wandeln. Ich dachte, ihr Magier könntet ihm hilfreiches Geleit bieten, da euch diese Erkenntnis ja ebenso überraschend trifft.«

»Also hast du es ihm endlich erzählt«, stellte Magyana fest und umarmte Alec. »War auch allerhöchste Zeit.«

Hwerlu ließ ein verwundertes Schnauben vernehmen. »Erst jetzt weißt du es?« Er sagte in der Flüstersprache der Zentauren etwas zu Feeya, woraufhin sie den Kopf schüttelte.

Lächelnd drehte sich Hwerlu Alec zu. »Wir haben es gleich am ersten Tag gesehen, als du hierhergekommen bist, aber Seregil sagte, wir sollen dir nichts erzählen. Warum?«

»Wahrscheinlich wollte er, daß ich mich zuerst an ihn gewöhne«, erwiderte Alec und schleuderte Seregil einen süßsauren Blick zu.

»Also das, glaube ich, dauert sehr lange«, warf Thero ein.

»Und dennoch, so wie die Dinge sich entwickelt haben, bin ich inzwischen der Meinung, daß es recht weise von Seregil war, damit zu warten«, meldete Nysander sich zu Wort. »Du bleibst doch nicht nur aus einem Gefühl der Verpflichtung oder Angst heraus bei ihm, oder Alec?«

»Natürlich nicht. Aber der Gedanke, ich könnte von jetzt an noch drei oder vier Jahrhunderte hier hocken ...« Er starrte auf seinen Teller und schüttelte den Kopf. »Ich kann es mir einfach nicht vorstellen.«

»Manchmal empfinde selbst ich immer noch so«, sagte Thero.

Verblüfft schaute Seregil den jungen Magier an. In all der Zeit, die er ihn schon kannte, hatte er noch nie gehört, daß Thero persönliche Gefühle preisgab.

»Vermutet habe ich es schon, als ich noch ein Kind war«, fuhr Thero fort. »Trotzdem war es ein gewaltiger Schlag, als ich es bestätigt bekam, nachdem die Zauberer mich untersucht hatten. Aber stell dir nur vor, was wir in unserem Leben alles erfahren werden – die Jahre des Lernens, der Entdeckungen.«

Heute verhält er sich ja geradezu menschlich, dachte Seregil und musterte die Züge seines Rivalen mit neu entflammtem Interesse.

»Ich habe es dir wirklich lausig beigebracht«, gestand er Alec. »In jener Nacht war ich selbst ein wenig aufgewühlt, nachdem ich Adzriel gesehen hatte. Aber was Thero sagt, stimmt. Genau das hat meine geistige Gesundheit erhalten, nachdem ich Aurënen verlassen hatte. Ein langes Leben ist ein Geschenk für jemanden, der gerne forscht und neugierig ist. Und ich glaube kaum, daß es dir an diesen Eigenschaften je mangeln wird.«

Nysander kicherte. »Beileibe nicht. Wie du weißt, Alec, wandle ich seit über zwei Jahrhunderten auf Erden, lerne und forsche, und nach wie vor erfüllt mich die befriedigende Gewißheit, daß es, selbst wenn ich weitere zweihundert Jahre leben sollte, immer wieder neue Dinge zu erfahren geben wird. Magyana und ich sind weit mehr in der Welt herumgekommen als die meisten Magier, und genau wie Seregil mußten auch wir mitansehen, wie zahlreiche Freunde gealtert und gestorben sind. Es wäre gelogen zu behaupten, das wäre nicht schmerzlich, aber jede dieser Freundschaften, egal wie kurz, stellt ein Geschenk dar, das niemand von uns missen möchte.«

»Es klingt vielleicht hartherzig, aber hast du erst ein, zwei Generationen überlebt, wird es einfacher, solchen Gefühlen mit einem gewissen Abstand zu begegnen«, fügte Magyana hinzu. »Das hat nichts damit zu tun, daß du die Menschen weniger liebst; du lernst nur, den ewigen Kreislauf des Lebens zu respektieren. Trotzdem danke ich Illior, daß ihr beide euch gefunden habt.«

»Ich auch«, gab Alec aus dem Bauch heraus zurück. Er errötete ein wenig, vielleicht, weil er sich für dieses Geständnis schämte. »Ich wünschte nur, ich hätte mit meinem Vater darüber reden können, und über meine Mutter. Seregil hat sich zwar eine durchaus einleuchtende Theorie darüber zusammengestrickt, was zwischen den beiden vorgefallen sein muß, aber die wahre Geschichte werde ich nun nie erfahren.«

»Schon möglich«, räumte Nysander ein. »Aber du kannst sie in Ehren halten, indem du Achtung vor dem Leben zeigst, das sie dir geschenkt haben.«

»Da wir gerade von deinen Eltern reden, Alec: Erzähl doch Nysander von dem Alptraum, der dich seit Rythels Tod plagt«, warf Seregil ein, da er spürte, daß dies die Gelegenheit war, auf die er gehofft hatte.

»Tatsächlich?« Fragend zog Nysander eine Augenbraue hoch und schaute den Jungen an.

»Kannst du den Traum beschreiben?« erkundigte sich Magyana. »Träume erweisen sich mitunter als wundersame Werkzeuge, und solche, die öfter wiederkehren, haben fast immer etwas zu bedeuten.«

Seregil beobachtete Nysander verstohlen, während Alec die Einzelheiten des Alptraums schilderte; er kannte den alten Magier zu gut, um das unverkennbar lodernde Interesse hinter der Fassade nachdenklicher Aufmerksamkeit zu übersehen.

»Und damit endet der Traum immer, und es ist das Schlimmste daran«, schloß Alec seinen Bericht ab. Ungeachtet der hellen Morgensonne, deren Licht durch die Glaskuppel über ihnen flutete, rutschte er unbehaglich auf dem Sitz hin und her, als er das letzte Bild beschrieb.

Magyana nickte bedächtig. »Ich nehme an, gewaltvolle Ereignisse können andere, schmerzliche Erinnerungen aufwühlen. Obwohl dein Vater nicht durch Gewalt, sondern durch die Schwindsucht ums Leben kam, muß es eine Zeit grausamer Angst und gräßlichen Schmerzes für dich gewesen sein.« Alec nickte nur, aber Seregil erkannte die Pein hinter der stoischen Miene.

»Ja, und gepaart mit der Bestürzung, die das plötzliche Wissen um deine wahre Herkunft ausgelöst haben muß, könnten daraus ohne weiteres solche Bilder in deinem Kopf entstehen«, schlug Nysander in dieselbe Kerbe, obschon der Blick, den er Seregil zuwarf, erahnen ließ, daß er in Wirklichkeit etwas anderes vermutete. »Ich würde mir wegen der Träume keine allzu großen Sorgen machen, mein lieber Junge. Gewiß hören sie mit der Zeit auf.«

»Das hoffe ich«, seufzte Alec. »Allmählich fürchte ich mich schon davor einzuschlafen.«

»Nysander, hast du noch dieses Meditationsbuch von Reli ä Noliena?« fragte Seregil. »Ihre Philosophie könnte Alec jetzt nützlich sein. Ich glaube, ich habe es irgendwo in den Regalen im Wohnzimmer gesehen.«

»Ich denke schon«, erwiderte Nysander. »Komm mit und hilf mir suchen, ja?«

Während sie die Turmtreppe hinabstiegen, schwieg Nysander. Doch sobald sie Wohnzimmertür fest hinter sich verschlossen hatten, musterte er Seregil mit erwartungsvoller Miene.

»Ich nehme an, du möchtest über irgend etwas unter vier Augen mit mir reden, richtig?«

»War es denn so offensichtlich?«

»Also wirklich: Reli ä Noliena?« Nysander setzte sich auf seinen Lieblingsstuhl am Kamin und bedachte Seregil mit einem sarkastischen Blick. »Ich glaube, mich zu erinnern, daß du ihre Werke bei zahlreichen Gelegenheiten als unbeschreiblichen Mist bezeichnet hast.«

Seregil zuckte mit den Schultern und fuhr mit dem Finger den Zierrand des Wandgemäldes nach, das die kleine Kammer beherrschte. »Es war das erstbeste, was mir eingefallen ist. Was hältst du von Alecs Traum und diesem Pfeilschaft ohne Spitze? Ich habe das Gefühl, er hat etwas mit« – kurz setzte Seregil ab, als er Nysanders warnenden Blick bemerkte – »mit dieser bestimmten Angelegenheit zu tun, über die ich nicht sprechen darf.«

»Scheint zusammenzupassen. Bestimmt denkst du dabei an die Worte des Orakels, richtig?«

»›Der Hüter, die Vorhut und der *Schaft*.‹«

»Natürlich besteht die Möglichkeit, daß es eine Verbindung gibt, obwohl ich keine Ahnung habe, weshalb sie sich ausgerechnet jetzt zeigen sollte. Andererseits könnte der Traum durchaus lediglich das sein, was er zu sein scheint. Alec ist Bogenschütze. Gäbe es für ihn ein deutlicheres Symbol der Hilflosigkeit als einen nutzlosen Pfeil?«

»Das habe ich mir auch einzureden versucht. Wir beide wissen, wer dieser Verzehrer des Todes ist; ich bin schon zweimal mit dieser dunklen Macht in Berührung gekommen und hatte beide Male verdammtes Glück, nicht das Leben und den Verstand zu verlieren. Deshalb möchte ich gerne glauben, daß Alec nicht in dieses Netz hineingezogen wird, aber ich fürchte, es ist doch so und der Traum soll genau das bedeuten. Das glaubst du doch auch, oder?«

»Und was erwartest du jetzt von mir?« fragte Nysander ein wenig verbittert. »Wenn wir es hier mit einer wahren Prophezeiung zu tun haben, dann geschieht, was geschehen muß, ob uns das nun gefällt oder nicht.«

»Wahre Prophezeiung, wie? Schicksal, meinst du wohl«, gab Seregil mit finsterer Miene zurück. »Warum träumt man dann überhaupt? Was hat es für einen Sinn, vor etwas gewarnt zu werden, wenn man doch nichts tun kann, um ihm aus dem Weg zu gehen?«

»Einem Problem aus dem Weg zu gehen ist selten der beste Weg, es zu lösen.«

»Bringt es vielleicht etwas, den Kopf in den Hintern zu

stecken und herumzuhocken, bis einem der Himmel auf den Schädel fällt!?«

»Wohl kaum, aber ein erkannter Feind ist nur ein halber Feind, nicht wahr?«

»Was für einen Feind haben wir denn erkannt?« fragte Seregil zunehmend zornig, während sich eine nur allzu vertraute Verschlossenheit in die Züge des Magiers schlich. »Na schön, du hütest nach wie vor ein entsetzliches Geheimnis, aber mir scheint, die Götter selbst geben uns Hinweise. Wenn *du* der Hüter bist, was du bereits zugegeben hast, und *wenn* Alec, unser Bogenschütze, der Schaft ist, bin ich dann die Vorhut?« Er setzte ab und überlegte, ob der Titel auf ihn zutreffen mochte, doch das Gefühl tiefster Überzeugung, das er in bezug auf Alecs Rolle als Schaft hatte, blieb aus. »Vorhut, das ist jemand, der vor der Schlacht herzieht, der vorausgeht – nein, irgendwie paßt das nicht zu mir. Außerdem hätte mir das Orakel wohl kaum geraten, mich selbst zu beschützen. Warum hat es mir dann überhaupt etwas erzählt, es sei denn ...«

»Seregil, bitte ...«

»Es sei denn, zu der Prophezeiung gehört eine vierte Gestalt! rief Seregil aus und schritt aufgeregt zwischen dem Kamin und der Tür auf und ab, während sich in seinem Kopf eine Unzahl von Möglichkeiten herauskristallisierte. »Natürlich. Vier ist die heilige Zahl der Unsterblichen, die sich dem Verzehrer des Todes in den Weg stellen, also ...« Nun setzte die innere Überzeugung ein. Egal, was Nysander antworten würde, er wußte, daß er auf der richtigen Fährte war. »Bei Illiors Licht, Nysander! Das Orakel hätte nicht so mit mir geredet, gäbe es dafür keinen Grund – keine Rolle, die ich zu spielen hätte.«

Nysander starrte eine Weile auf seine gefalteten Hände und schien mit einer inneren Stimme Zwiesprache zu halten. Dann holte er tief Luft und erklärte ruhig: »Du bist der Führer, der Ungesehene. Ich habe es dir aus zwei Gründen nicht früher gesagt.«

»Und die wären?«

»Zum einen, weil ich gehofft hatte – und eigentlich

noch immer hoffe –, daß es keine Rolle spielen wird. Und zum anderen, weil ich darüber hinaus gar nichts weiß. Keiner der Hüter wußte je etwas darüber.«

»Was ist mit der Vorhut?«

»Das ist höchstwahrscheinlich Micum, weil auch er mit diesen Ereignissen in Berührung gekommen ist. In Illiors Namen, Seregil, hör auf, herumzulaufen wie ein aufgescheuchtes Huhn und setz dich hin.«

Seregil blieb an den Bücherregalen stehen. »Was soll das heißen, du hoffst, daß es keine Rolle spielen wird?«

Nysander schloß die Augen und rieb sich mit Daumen und Zeigefinger den Nasenrücken. »So wie es andere Hüter gab, gab es auch andere Schäfte und andere Führer. Es ist, als wechselten sie mit jeder Generation, ständig bereit, falls ...«

»Falls was?«

»Das darf ich dir nicht sagen. Ich gestehe, ich klammere mich immer noch an die Hoffnung, daß es vielleicht gar nicht zu diesem unsagbar Bösen kommt. Vorerst muß ich mein Geheimnis weiterhin hüten wie bisher. Da du schon so viel erraten hast, kann ich dir anvertrauen, daß die vier Gestalten der Prophezeiung den Hütern stets bekannt waren; ihre Funktionen hingegen wurden nie offenbart. Aber wenn du der Ungesehene bist, Seregil, wenn Alec der Schaft und Micum die Vorhut ist, dann gibt es nichts, was Freund oder Feind tun können, um daran etwas zu ändern.«

Seregil ließ ein wütendes Knurren vernehmen. »Mit anderen Worten, wir können nur darauf warten, bis dieses entsetzliche Etwas eintritt. Oder *nicht* eintritt, wobei wir in letzterem Fall den Rest unseres Lebens mit Warten zubringen würden, da wir keine Ahnung hätten, daß es nicht eintreten würde, richtig?«

»Das ist zweifellos einer der Gründe, weshalb die Hüter dieses Wissen den anderen Beteiligten verheimlichen. Du hast nichts davon, es bereitet dir lediglich Unbehagen. Andererseits« – er hielt inne und schaute mit einer Mischung aus Kummer und Mitleid zu Seregil auf – »habe ich den Verdacht, daß ich vergeblich darauf hoffe, meine Last einem neuen Hüter zu überantworten. Mardus hatte bereits die Holzscheiben; weitere Plenimaraner sind unmittelbar nach dir in die Ashek-Berge gezogen, um nach der Krone zu suchen. Es gibt noch andere Gegenstände – magische Gegenstände –, einige in Plenimar, andere glücklicherweise über die abgelegensten Winkel der Erde verstreut. Nur durch Zufall ist mein Meister, Arkoniel, in den Besitz des Palimpsests gelangt, das dich zur Krone geführt hat. Die Plenimaraner gehen wesentlich gezielter vor, um diese Gegenstände wiederzubekommen. Die Vorzeichen stehen schlecht, mein lieber Junge, ausgesprochen schlecht.

Und was deine Zwangslage angeht« – Nysander bedachte ihn mit einem matten Lächeln –, »darf ich dich daran erinnern, daß du in keiner stecken würdest, wenn du nicht so unerträglich neugierig wärst.«

»Was ist mit den anderen?«

Nysander breitete die Hände aus. »Ich verbiete dir nicht, ihnen zu erzählen, was du weißt, aber denk zuvor darüber nach, was du selbst gerade gesagt hast. Ob wir es wissen oder nicht, im Augenblick können wir gar nichts tun. Unser aller Schicksal ruht auf dem Schoße der Unsterblichen.«

»Und dort ist es verflucht ungemütlich«, brummte Seregil.

»Stimmt. Und vielleicht sogar gefährlich. Wir alle sollten in nächster Zeit vorsichtig sein.«

»Ich kann ein Auge auf Alec haben, wenn du willst, aber was ist mit Micum?«

»Unmittelbar, nachdem ihr aus dem Norden zurückgekehrt seid, habe ich euch drei mit einer Reihe Schutzbeschwörungen umgeben. Seit damals hat mehrmals jemand versucht, die um dich und Alec zu durchbrechen, aber ...«

»Was?« Eine kalte Lanze der Furcht bohrte sich durch Seregils Brust. »Du hast mir nie ...«

»Mich haben diese Versuche in keiner Weise überrascht«, unterbrach Nysander ihn ruhig, »und natürlich sind sie fehlgeschlagen. Die Beschwörungen um euch sind allesamt unversehrt und verhindern, daß man euch mit magischen Mitteln finden kann. Die Beschwörungen, die Micum und seine Familie umgeben, sind bislang unangetastet geblieben.«

»Bei Bilairy! Weißt du, wer es versucht hat?«

»Leider haben die Angreifer sich ähnlich gut abgeschirmt. Ihre Magie ist ziemlich stark, und sie wissen, wie man sich schützt.«

»Das gefällt mir nicht. Es gefällt mir ganz und gar nicht«, murmelte Seregil. »Es gibt andere Wege und Mittel als Magie, um jemanden aufzuspüren. Zur Hölle, Rhal ist doch auch plötzlich aufgetaucht, oder? Woher wissen wir, daß Mardus und seine Schweinehorde nicht ebenfalls schon hier sind? Der arme Alec hatte doch damals keine Ahnung, wie man seine Spuren verwischt.«

»Was auch immer geschieht, du darfst dem Jungen keine Schuld geben«, warnte Nysander.

»Wer hat denn etwas von Schuld gesagt?« Entnervt fuhr sich Seregil mit den Fingern durchs Haar. »In Anbetracht der Umstände hat er verflucht gute Arbeit geleistet. Er hat mir das Leben gerettet. Jetzt ist es an mir, ihn zu beschützen. Und Micum; nach allem was ich nun weiß, empfinde ich es als Gebot der Ehre, ihn so gut wie möglich vorzuwarnen.«

Seregil machte sich auf weiteren Widerspruch gefaßt, doch statt dessen seufzte Nysander nur und nickte. »Na schön, aber erzähl ihm gerade so viel, wie absolut notwendig ist.«

»In Ordnung. Verdammt, die anderen fragen sich gewiß schon, wo wir bleiben.« Seregil erhob sich, um zurück nach oben zu gehen, Nysander aber blieb sitzen.

»Seregil?«

Er wandte sich um und stellte fest, daß der Magier ihn traurig musterte.

»Mein lieber Junge, egal, was die kommenden Tage bringen, ich hoffe du glaubst mir, daß ich weder vorhergesehen habe, daß dies in meine Zeit als Hüter fallen würde, noch daß ihr darin verstrickt werden würdet.«

Seregil grinste ihn verdrießlich an. »Weißt du, ich habe

den Großteil meines Lebens damit verbracht, Legenden zu lauschen oder sie zu erzählen. Es dürfte eine interessante Erfahrung werden, selbst Teil einer Legende zu sein. Ich hoffe nur, die Barden, die sie einst erzählen, können sie so beenden: »›Und danach lebten die Vier noch viele Jahre in allen Ehren.‹«

»Das hoffe ich auch, mein Junge. Das hoffe ich wirklich. Denk dir doch bitte eine Entschuldigung für mich aus, ja? Ich würde gern noch eine Weile hier sitzen bleiben.«

Stille umgab Nysander, nachdem Seregil gegangen war. Er legte die Hände vor sich auf die Knie, entspannte sich auf dem Stuhl und lauschte dem Klang seines Atems und seines Herzens, bis alles andere aus seinem Bewußtsein verschwand. Dann öffnete er sich langsam den unsichtbaren Strömen des Vorwissens und dachte an die Gesichter seiner drei auserwählten Kameraden, um die Kräfte herbeizubeschwören, nach denen er suchte. Wabernd tauchten graue Bilder vor seinem geistigen Auge auf, eine verworrene Mischung aus *Werde/Könnte/Sollte* und *Vorstellung*. Wie sollte er die Krumen der Wahrheit aus einer noch ungewissen Zukunft herauspicken –

– die Hände des Tikárie Megraesh, der Ikone seiner Träume und Visionen, öffnen sich vor ihm. Stimmen dringen leise durch die Düsternis, brüllend, tobend, wehklagend. Er hört das Klirren von Waffen, die Schreie von Menschen –

Dann, gleich einem Donnerschlag aus heiterem Himmel, umfängt ihn die Vision einer schwarzen, von einem schmalen, weißen Feuernimbus umrandeten Scheibe. Sie scheint ihn anzufunkeln, wie ein anklagendes Auge.

Ein vertrauter Duft stieg Seregil in die Nase, als er sich der Tür zum Arbeitszimmer näherte. Als er sie öffnete, sah er Ylinestra neben Magyana sitzen. Ein kurzer Blick offenbarte ein interessantes Bild rings um den Frühstückstisch. Ylinestra wirkte wie immer – und zweifellos absichtlich – atemberaubend, während sie mit Magyana plauderte; das leuchtend schwarze, zu einem losen Zopf geflochtene Haar hing über die Schulter eines wallenden Kleides.

Magyana schien sich zwar bereitwillig mit ihr zu unterhalten, doch Seregil vermeinte, um ihre Augen eine gewisse Abscheu zu erkennen.

Feeya gab sich weniger Mühe, ihre Abneigung gegen die Zauberin zu verschleiern. Sie hatte an das andere Ende des Tisches gewechselt und beäugte Ylinestra mit unverhohlenem Mißfallen.

Thero schien hin und her gerissen zwischen Scham und Lust. Alec stand in sicherer Entfernung von seiner einstigen Verführerin und unterhielt sich angeregt mit Hwerlu.

Alle Augen hefteten sich auf Seregil, als er eintrat.

»Ah, da ist er ja«, sagte Magyana. »Aber wo ist Nysander?«

»Oh, irgend etwas hat ihn unten im Arbeitszimmer abgelenkt«, gab Seregil zurück.

»Wie bedauerlich«, seufzte Ylinestra. »Ich hatte gehofft, ich könnte ihn eine Weile hinaus in den Garten entführen.«

»Du weißt doch, wie er ist. Wahrscheinlich bleibt er länger unten.«

»Ich richte ihm aus, daß du nach ihm gesucht hast«, erbot sich Thero steif. »In der Zwischenzeit könnte ich ja ...«

»Ah, vielleicht ein andermal«, unterbrach ihn Ylinestra unbeschwert und trippelte auf die Tür zu.

Nachdem sie gegangen war, säuselte Feeya Hwerlu etwas zu, das ihm ein Lachen entlockte.

»Sie sagt, vom Geruch dieser Frau kriegt sie Bauchweh«, übersetzte er.

»Ich auch«, pflichtete Magyana ihr bei und lächelte schelmisch. »Obwohl ich zu behaupten wage, daß die meisten Männer ihren Duft höchst verführerisch finden. Sie muß Nysander vermissen. Das ist schon das dritte

Mal in dieser Woche, daß sie nach ihm sucht. Stimmt's, Thero?«

»Ich hab' nicht mitgezählt«, erwiderte der junge Zauberer und zuckte mit den Schultern. »Wenn ihr mich jetzt bitte entschuldigt, ich habe selber noch Arbeit, mit der ich besser anfangen sollte.«

Alec kicherte, als er und Seregil wieder zum Jungen Hahn aufbrachen. »Ich wette mit dir um eine Mark, daß er wartet, bis alle weg sind und ihr dann nachrennt.«

»Ich wäre schon blöd, wenn ich darauf einginge«, meinte Seregil und grinste verschmitzt. »Du könntest gar nicht verlieren; wenn ein kalter Fisch wie Thero sich endlich verliebt, macht er einen völligen Narren aus sich.«

»Weißt du, ich glaube, du gehst zu hart mit ihm ins Gericht.«

»Ach ja?«

Alec zuckte mit den Schultern. »Zuerst mochte ich ihn auch nicht besonders, aber jetzt erscheint er mir nicht mehr so schlimm. Bei dem Angriff auf Kassaries Bergfried hat er geholfen, unser Leben zu retten, und auch bei der Sache mit Rythel war er uns sehr nützlich. Seither ist er fast – freundlich. Vielleicht schätzt Nysander ihn trotz allem richtig ein. So überheblich und gefühlskalt er auch erscheinen mag, ich glaube, in seinem Inneren steckt ein guter Kern.«

Seregil bedachte Alec mit einem zweifelnden Grinsen. »Was bist du doch für ein einfühlsamer Kerl. Aber im Augenblick stehen wichtigere Dinge als Thero an. Ich erklär's dir, sobald wir zu Hause sind.«

Beide hatten die Kapuzen tief in die Stirn gezogen, aber auch ohne das Antlitz seines Freundes zu sehen, erriet Alec, daß sich während Seregils Vieraugengespräch mit Nysander etwas Bedeutsames ergeben haben mußte.

»Worum geht's?« fragte er, da Seregils Tonfall nicht erahnen ließ, ob es sich um einen Auftrag oder um ein Problem handelte.

Seregil aber schüttelte den Kopf. »Nicht hier.«

Auf dem restlichen Weg zur Herberge sprachen sie wenig, aber Alec fiel auf, daß sie eine mit Umwegen gespickte, wesentlich vorsichtigere Route als gewöhnlich einschlugen.

Als sie an der Küchentür vorbeigingen, rief Thryis sie zu sich. »Ich habe euch gar nicht weggehen gehört«, sagte sie, während sie neben dem Kamin Messer schliff. »Rhiri hat letzte Nacht eine Botschaft für euch vorbeigebracht, aber sie ist nicht an die Katze von Rhíminee gerichtet. Sie liegt dort auf dem Kaminsims hinter der Salzdose.«

Seregil fand die Botschaft, einen grob gefalteten Bogen Papier, der mit einem fettigen Bindfaden verschnürt und mit Kerzenwachstropfen versiegelt war.

»Sonst noch etwas?« fragte Seregil und beugte sich vor, um Luthas zu kitzeln, der neben den Füßen seiner Großmutter mit einem Holzlöffel spielte.

»Nein, gar nichts.«

»Wie viele Gäste haben wir heute in der Herberge?«

»Ich habe das Gefühl, dieser Wind verbläst unsere ganze Kundschaft«, brummte die alte Frau und überprüfte mit dem Daumennagel die Schneide eines Fleischerbeils. »Da waren diese sechs Rollkutscher, aber die sind heute morgen in aller Früh abgereist. Jetzt haben wir nur noch einen Pferdehändler und seinen Sohn im vorderen Zimmer und einen Stoffhändler, der für das Frühjahrsgeschäft hier ist. So flau war es um diese Zeit noch nie. Ich habe Cilla und Diomis losgeschickt, damit sie sich auf dem Markt ein wenig umhören.«

Plötzlich stieß Luthas einen zornigen Schrei aus und ließ sie alle zusammenzucken.

»Bei der Flamme, er ist schon den ganzen Vormittag so unruhig«, seufzte Thryis. »Bestimmt kriegt er schon wieder einen Zahn.«

»Ich nehme ihn.« Alec hob das Kind auf und wiegte es sanft in den Armen, doch Luthas heulte unvermindert weiter.

»Du willst deine Mutter, nicht wahr, mein Kleiner?«

Thryis lächelte und hielt ihm den Löffel hin, aber Luthas stieß ihn weg, schrie nur noch lauter und wand sich wie ein Aal.

»Such mir seinen Fetzen!« rief Alec Seregil über den Tumult hinweg zu.

Seregil kramte in der Wiege, fand ein buntes Tuch mit einem Knoten in der Mitte und hielt es in Luthas' Reichweite. Das Kind ergriff es, stopfte den Knoten in den Mund und kaute entschieden zornig darauf herum. Nach einer Weile entspannte sich der Knabe schläfrig an Alecs Schulter.

»Du entwickelst dich ja zu einer regelrechten Amme«, flüsterte Seregil.

»Oh, sie sind die besten Freunde, diese beiden«, meinte Thryis stolz.

Alec wollte das Kind gerade behutsam in die Wiege legen, als Rhiri hereinstapfte und geräuschvoll die Tür hinter sich zuwarf. Ruckartig erwachte Luthas und begann abermals, bitterlich zu weinen.

Der stumme Stallknecht nickte Alec entschuldigend zu, dann zog er eine kleine Pergamentrolle aus dem Lederwams und reichte sie Seregil. »Komm mit!« sagte Seregil und bedeutete Alec, ihm zu folgen.

In ihrem unordentlichen Wohnzimmer ließ sich Seregil auf das Sofa plumpsen und öffnete die Rolle, die einen juwelenbesetzten Ring und das übliche Ersuchen um die Dienste der Katze enthielt. Ungeduldig schniefend, legte er beides beiseite, schnitt den Faden um das gefaltete Papier durch und strich es auf den Knien glatt.

»Na, das sind endlich mal gute Neuigkeiten!« rief er freudig aus. »Hör dir das an: ›Sind im Hafen von Rhíminee und erwarten Euch. Fragt im Griffin nach Welken.‹ Unterzeichnet ist die Botschaft mit 'Rhal, Kapitän der *Grünen Lady*«, mit gestrigem Datum.«

»Gestern? Dann sollten wir schleunigst aufbrechen.«

»Auf eine Stunde mehr oder weniger kommt es auch nicht an.« Seregils Lächeln verblaßte, als er Alec bedeutete, sich auf einen Stuhl zu setzen. »Zuerst müssen wir uns mit etwas anderem befassen.«

Alec nahm Platz und musterte voller Unbehagen Seregils Züge; sein Freund wirkte alles andere als fröhlich.

»Zuerst mußt du mir mit deinem Eid als Wächter Verschwiegenheit schwören«, begann Seregil in ungewohnt ernstem Tonfall.

Erwartungsvolle Unruhe durchströmte Alec, als er nickte. »Ich schwöre. Worum geht's?«

»Dein Traum von dem Pfeilschaft ohne Spitze; er sagt Nysander etwas. Mir eigentlich auch, schon als du mir letzte Nacht davon erzählt hast, aber ich mußte erst mit Nysander reden, bevor ich sicher sein konnte.«

»Sicher worüber?« fragte Alec beunruhigt.

»Ich habe dir so viel zu erzählen, daß ich gar nicht weiß, wo ich anfangen soll.« Seregil starrte einen Augenblick auf seine gefalteten Hände hinunter. »In jener ersten Nacht, als wir hier ankamen, bin ich noch einmal weggegangen.«

»Zum Illiortempel.«

»Stimmt, aber ich habe dir nie gesagt weshalb, oder?«

»Nein, nie.«

»Ich habe gehofft, daß Orakel könnte mir etwas über die Holzscheibe erzählen, die wir aus Wolde mitgebracht hatten.« Mit der Hand berührte Seregil die Brust an der Stelle, wo sich das verborgene Mal befand.

Ungläubig starrte Alec ihn an. »Weiß Nysander darüber Bescheid?«

»Jetzt schon, aber darauf kommt es nicht an. Über die Scheibe hat mir das Orakel wenig verraten, dafür hat es etwas gesagt, von dem ich inzwischen weiß, daß es Teil einer Prophezeiung ist. Es hat vom Verzehrer des Todes gesprochen ...«

»Genau wie in dem Tagebuch, das wir gefunden haben, und wie bei der Trauernachtszeremonie.«

»Ja, und dann hat es gemeint, ich sollte drei Leute beschützen, die es als den Hüter, die Vorhut und den Schaft bezeichnete. Und es gibt eine vierte Figur, den Ungesehenen oder Führer. Anscheinend bin ich das, und Nysander ist der Hüter. Nachdem wir von deinem Traum erfahren haben, glauben wir, du könntest ...«

»Der Schaft sein«, beendete Alec den Satz leise, dachte an den Pfeil ohne Spitze und verspürte die Hilflosigkeit, die ihn dabei jedesmal überkam.

»Anscheinend hat Nysander so eine Ahnung, daß Micum die Vorhut verkörpert.«

»Aber der Verzehrer des Todes ist Seriamaius.« Er beobachtete, wie Seregil zusammenzuckte, als er den Namen laut aussprach. »Irgendwie muß das mit der Sache mit dem Schaft und dem Hüter zusammenhängen. Oh, warte mal ...« Ein mulmiges Gefühl breitete sich in Alecs Magen aus. »Diese Scheibe, diese verfluchte Holzscheibe, die dich so krank und verrückt gemacht hat. Du bist zum Orakel gegangen, um es darüber zu befragen, also muß sie etwas mit der Prophezeiung zu tun haben.«

»So ist es«, bestätigte Seregil. »Aber ich weiß nicht, was. Nysander verrät mir nur so viel, daß die Scheibe ein Teil von etwas Größerem ist, und daß die Plenimaraner bereit sind, jedwede Anstrengung zu unternehmen, um dieses Etwas zu bekommen. Als ich kurz vor dem Sakorfest verreiste, sollte ich einen weiteren Gegenstand holen, bevor ihn die Plenimaraner in die Finger kriegen konnten, eine Art Krone. Dem Ding haftete dieselbe böse Magie wie der Holzscheibe an, nur noch stärker.« Seine Miene verfinsterte sich, als die Erinnerung daran in ihm aufwallte. »Viel stärker sogar – und viel gefährlicher. Aber ich habe sie bekommen.«

»Da waren noch andere Scheiben wie diejenige, die wir gestohlen haben«, fiel Alec ein, dessen Gedanken sich überschlugen. »Vielleicht müssen sie alle zusammengebracht werden, um ihre volle Wirkung zu erzielen.«

»Genau. Das bedeutet, wären wir gierig gewesen und hätten alle gestohlen, wären wir wahrscheinlich nicht einmal bis Boersby gekommen. Ich wollte dir das alles schon früher erzählen, aber ich mußte Nysander Verschwiegenheit schwören. Jetzt sage ich es dir nur deshalb, weil auch du ein Teil davon zu sein scheinst.«

»Ein Teil wovon?« wollte Alec wissen. »Was tut der Schaft eigentlich? Wenn Nysander die Scheibe und die

Krone hat, werden die Plenimaraner sie wohl kaum bekommen, und was auch immer sie vorhaben kann gar nicht geschehen, oder?«

»Ich schätze, so ist es gedacht. Aber weshalb sollten diese Träume dich ausgerechnet jetzt heimsuchen, wenn weiter nichts an der Sache dran ist?«

»Glaubst du, Mardus könnte immer noch hinter uns her sein? Bei Bilairy, Seregil, wenn Rhal uns finden konnte, wieso sollte es ihm dann nicht gelingen?«

Seregil zuckte mit den Schultern. »Das ist ohne weiteres möglich. Ich hatte nicht den Eindruck, daß er jemand ist, der leicht das Handtuch wirft. Aber warum hat er sich noch nicht gezeigt? Mittlerweile sind Monate vergangen, und wenn er auch nur eine leise Ahnung hat, daß die Krone ebenfalls in unserem Besitz ist, wird er – oder jemand wie er – bestimmt früher oder später versuchen, sie wieder an sich zu reißen. Aber da ist noch etwas. Erinnerst du dich an Micums Beschreibung der rituellen Opfer, die er im Fen-Gebirge gefunden hat?«

»All diese aufgeschnittenen Leichen«, sagte Alec und schauderte ein wenig.

»Bei der Krone bin ich auf das gleiche gestoßen. Die Leichen dort waren zwar alt, aber sie wiesen die gleichen Verstümmelungen auf; die Brustkörbe waren gespalten, die Rippen wie Flügel zurückgeschlagen. Nysander behauptet zwar, es könnte sich alles im Sand verlaufen, und es hätte schon immer Hüter und Schäfte und so weiter gegeben, die nur für den Fall der Fälle auserwählt waren, aber er hörte sich alles andere als zuversichtlich an. Deshalb erzähle ich dir all das, und deshalb müssen wir auch Micum warnen. Ich will, daß du morgen rausreitest und ihm berichtest, was ich dir gerade gesagt habe.«

»Was ist mit dir?«

Seregil lächelte düster. »Ich möchte ein Wörtchen mit ein paar alten Kumpels von Tym reden. Wenn die Plenimaraner wirklich vorhaben, sich in Rhíminee einzuschleichen, dann muß irgend jemand etwas darüber wissen.«

»Bei der Sache mit der Kloake haben sie ihre Spuren ziemlich gut verwischt«, erinnerte ihn Alec.

»Ausgenommen Rythel. Bei fast jeder Verschwörung gibt es einen Rythel. Was ich dir gesagt habe, ist einzig und allein für Micums Ohren bestimmt, wenn du nach Watermead kommst. Sieh zu, daß du unter vier Augen mit ihm reden kannst, aber versuch, keinen Verdacht zu erregen. Kari spürt für gewöhnlich, wenn etwas im Busch ist. Und wenn du schon dort bist, frag ihn auch, was er träumt, obwohl er wahrscheinlich nur darüber lachen wird.

Ich weiß, das ist ganz schön viel auf einmal. Wie gesagt, Nysander behauptet, daß vielleicht gar nichts passieren wird, aber ich habe das Gefühl, er glaubt selbst nicht daran. Ich jedenfalls gewiß nicht.«

Verschwommene Bilder wirbelten durch Alecs Kopf, zu verworren, um sie zu erfassen. Dennoch stach hier und da ein Brocken aus dem allgemeinen Maelstrom hervor wie Zweige aus einem Strudel. »Also hat Nysander zumindest zwei Teile dieses Dings, um was auch immer es sich handelt: die Scheibe und die Krone. Aber er muß noch etwas haben, richtig?«

»Wie meinst du das?«

»Na ja, wenn er schon all die Jahre Hüter ist, was hat er dann gehütet?«

Seregils Augen weiteten sich vor Überraschung, als er begriff. »Das ist eine gute Frage. Aber irgendwie bezweifle ich, ob wir die Antwort je erfahren.«

Für den Rest des Tages schlüpften sie in ihre Rollen als Lord Seregil und Sir Alec. Gegen Mittag verließen sie die Villa in der Radstraße und ritten in die Unterstadt, um ein bestimmtes Freibeuterschiff in Augenschein zu nehmen, das hinter den Kais vor Anker lag. Rhals Untergebener wartete immer noch im Griffin. Obwohl er einen ganzen Tag und eine ganze Nacht in der Taverne zugebracht hatte, erwies er sich als nüchtern genug, um sie zum Schiff hinauszurudern.

»Das is' sie«, meinte er stolz und deutete mit dem Kopf über die Schulter, während sie auf ein schnittiges, zweimastiges Kaperschiff zufuhren. Die *Grüne Lady* wies vorne und achtern Kampfplattformen auf. Sogar Alecs laienhaftem Auge offenbarte sich der Hauptzweck des Zweimasters auf den ersten Blick.

»Bei Bilairy, was soll *das* denn sein?« fragte Seregil, als sie unter dem Bug hindurchtrieben. Unter dem Bugspriet war die bemalte Statue einer Frau befestigt.

»Eine Galionsfigur«, erwiderte Welken. »Viele neue Schiffe haben eine. Bringen angeblich Glück. Käpt'n Rhal hat den besten Holzschnitzer von Iolos für unsere Lady angeheuert; sie hat sogar einen echten goldenen Ring am Finger, in dem ein großer, roter Stein funkelt. Der Käpt'n meint, ihr runder Bauch wird für einen vollen Laderaum sorgen.«

Dunkles Haar wallte über die Schultern der Frau, und der geschnitzte Rock ihres smaragdgrünen Kleides floß unter einem runden, schwangeren Bauch nach hinten. Eine ausgestreckte Hand deutete voraus, die andere ruhte bescheiden auf dem Herzen.

Ein breites Grinsen trat in Alecs Züge, als er mit zusammengekniffenen Augen zu dem gemalten Gesicht emporschaute; es war zwar nicht besonders kunstvoll gearbeitet, doch die Ähnlichkeit zu Seregil war für jeden offensichtlich, der ihn als mycenischen Adeligen an Bord der *Pfeil* erlebt hatte. Seregil, der ebenfalls hinaufstarrte, stieß einen wüsten Fluch aus.

Alec verkniff sich einen Lachanfall und fragte unschuldig: »Hat sie auch einen Namen?«

»Oh, aye, der Käpt'n nennt sie Lady Gwethelyn.«

»Paßt zu ihr«, meinte Alec, immer noch bemüht, Haltung zu bewahren.

»Bezaubernd«, murmelte Seregil.

Sie erklommen eine Jacobsleiter und begrüßten Rhal, der sie bereits an Deck erwartete. Nach einem kurzen Rundgang führte er sie unter Deck nach achtern zu seiner Kammer. Obwohl man sie keineswegs prunkvoll nennen konnte, war sie doch weit besser als die enge

Unterkunft, in die er sie an Bord der *Pfeil* eingeladen hatte.

»Ich hoffe, Eure Galionsfigur bringt Euch Glück«, meinte Seregil trocken und setzte sich auf einen Stuhl.

»Aye, und das werden wir zweifellos bald brauchen«, erwiderte Rhal, während er Wein für sie einschenkte. »Das Wetter beruhigt sich dieses Jahr früh. Da der alte Hochkönig nun tot ist, gibt es wenig, was die Plenimaraner noch zurückhält. Natürlich ist sein Sohn Estmar noch nicht Hochkönig. Gemäß plenimaranischem Brauch gilt es, einen offiziellen Trauermonat abzuwarten, bevor er gekrönt werden kann. Dadurch sollten wir noch ein paar Wochen gewinnen.«

Stirnrunzelnd schüttelte Seregil den Kopf. »Darauf würde ich mich nicht verlassen. Gerüchten zufolge wurden plenimaranische Kundschafter schon ziemlich weit im Westen, am Folcwine gesehen.«

Alec erinnerte sich noch daran, wie sie diese besorgniserregende Neuigkeit erfahren hatten. Auch die mobilen Einheiten der Reiterei der Königin kundschafteten in dieser Gegend, aber sie hatten seit Wochen nichts mehr von Beka gehört.

»Nun, was auch immer geschehen mag, die *Lady* und ihre Besatzung sind bereit«, versicherte ihnen Rhal im Brustton der Überzeugung. »Mühelos wie ein Schwan ist sie von Macar heraufgesegelt, und wie Ihr gesehen habt, sind wir mit Enterhaken, Katapulten und Feuerkörben ausgestattet. Unter der Besatzung sind zwanzig Bogenschützen, und zehn weitere werden eigens angeheuert, wenn wir auf Beutezug gehen.«

»Beeindruckend. Wann geht Ihr in See?«

Rhal strich sich über den dunklen Bart. »Sobald wir den königlichen Freibrief haben.«

»Das einzige, was Freibeuter von Piraten unterscheidet«, ergänzte Seregil für Alec.

»Das und der Anteil an der Beute, der in das königliche Säckel wandert«, fügte Rhal hinzu. »Ich glaube, bis der Krieg richtig ausbricht, werden wir uns mit Küstenhandel über Wasser halten, Waren oder Soldaten befördern, all so was. Die Besatzung muß raus aufs Meer. Angeblich rührt sich ja rings um das Innere Meer und die Meerenge schon einiges – jede Menge plenimaranischer Handelsschiffe, die Vorräte und Gold nach Nanta hinaufbringen. Und natürlich stehe ich jederzeit bereit, um mich an unsere Vereinbarung zu halten, obwohl ich keine Ahnung habe, wie Ihr mich finden wollt, wenn Ihr mich braucht.«

»Daran haben wir gedacht«, sagte Alec und warf ihm ein silbernes Medaillon zu. »Es ist verzaubert. Hängt es einfach irgendwo auf, dann kann ein Freund von uns jederzeit feststellen, wo Ihr seid.«

Rhal betrachtete das Illior-Symbol, das auf die Scheibe geprägt war. »Fühlt sich an, als würde es Glück bringen, und davon brauchen wir, soviel wir kriegen können.«

»Dann wünschen wir Euch genau das«, sagte Seregil und erhob sich zum Gehen. »Ich hoffe, der Bauch Eures Schiffes ist binnen kürzester Zeit so voll wie der Eurer Galionsfigur.«

Verlegen kratzte sich Rhal am Kopf. »Oh, es ist Euch aufgefallen, wie? War 'ne hübsche Frau, diese Gwethelyn. Wenn ich so zurückdenke an die Nacht, in der ich Euch ertappt habe, weiß ich eigentlich nicht mehr, ob ich eher wütend oder enttäuscht war. Aber letzten Endes schätze ich, es hat mir Glück gebracht, Euch über den Weg zu laufen, und darum die Galionsfigur. Die *Grüne Lady* ist ein feines Schiff und wird uns alle stolz machen.«

Da sie schon entsprechend gekleidet waren, schoben Alec und Seregil einen kurzen Aufenthalt zum Abendessen in der Radstraße ein, dann schlichen sie nach Einbruch der Dunkelheit zurück in die Herberge zum Jungen Hahn. Sobald sie dort angekommen waren, ging Seregil schnurstracks in sein Zimmer und kramte seine zerlumpten Bettlergewänder hervor.

»Gehst du heute abend aus?« fragte Alec und lehnte sich an den Türstock, während sich Seregil umzog.

»Ich möchte mich mit ein paar Dieben und Nachtschattengewächsen unterhalten. Höchst unwahrscheinlich, daß ich sie bei Tageslicht finde. Vermutlich komme ich erst zurück, wenn du schon weg bist, also leg dich ruhig schlafen und brich in aller Frühe auf. Aber bevor ich losziehe, möchte ich noch einmal hören, was du Micum erzählen wirst. Heute war ein furchtbar hektischer Tag. Ich will sichergehen, daß du auch alles richtig behalten hast.«

Alec gab bestmöglich wieder, was Seregil ihm über die Prophezeiung und über Träume im allgemeinen gesagt hatte. Seregil brachte ein oder zwei Berichtigungen an, dann nickte er zufrieden.

»Genau. Ich habe zwar keine Ahnung, was Micum von alldem halten wird, aber zumindest weiß er dann, was uns bevorsteht.« Er setzte den alten Filzhut auf, schritt an Alec vorbei und begann, sich mit Asche aus dem Kamin zu beschmieren.

»Ich komme zurück, sobald ich mit ihm gesprochen habe. Bis zum Einbruch der Dunkelheit könnte ich wieder hier sein«, schlug Alec vor.

»Brauchst du nicht. Bleib über Nacht und komm morgen bei Tageslicht.«

Alec öffnete den Mund, um abermals zu widersprechen, aber Seregil gebot ihm mit erhobener Hand Einhalt. »Ich meine es ernst, Alec. Wenn wir wirklich in Gefahr schweben, dann sollten wir so vorsichtig wie möglich sein. Ich will nicht, daß du bei Nacht und Nebel an irgend einem abgeschiedenen Winkel von jemandem geschnappt wirst.«

Alec, der immer noch unglücklich an der Tür lungerte, starrte mit gerunzelter Stirn auf seine Stiefel hinab. In Wahrheit gefiel auch ihm der Gedanke plötzlich nicht mehr, Seregil hier allein zu lassen, obwohl er schlau genug war, dies nicht laut auszusprechen.

Seregil schien es trotzdem zu erraten. Er schmierte sich einen Rußfleck über ein Auge, dann kam er herüber und legte die Hand auf Alecs Schultern. »Ich komme schon zurecht. Und ich schließe dich auch bei nichts aus.«

Trotz des Rußflecks, des wirren Haares und des lächerlichen alten Hutes, der die Züge seines Freundes halb verbarg, erkannte Alec deutlich die inbrünstige Aufrichtigkeit in Seregils Stimme.

»Ich weiß«, seufzte er. »Du hast da ein Tüpfelchen übersehen.« Alec griff in den Kamin und schmierte Asche über eine winzige Stelle sauberer Haut unmittelbar unter Seregils rechtem Wangenknochen. Das unter dem Hut hervorlugende Auge seines Freundes weitete sich merklich. Zum wiederholten Male regten sich fremdartige Gefühle, und Alec spürte, wie er errötete.

Eine Weile schaute Seregil ihm fest in die Augen, dann räusperte er sich heiser. »Danke. Wir wollen doch nicht, daß ich durch verräterische Anzeichen von Reinlichkeit auffliege, oder? Bevor ich losziehe, husche ich noch schnell durch den Misthaufen im Stall, nur um sicher zu gehen, daß ich den richtigen Duft verströme. Paß auf dich auf.«

»Du auch.« Als Seregil zur Tür hinaus verschwand, durchzuckte den Jungen abermals Unbehagen. »Glück in den Schatten, Seregil!« rief er ihm nach.

Mit einem schiefen Grinsen im Gesicht drehte Seregil sich noch einmal um. »Dir auch.«

Als Alec allein war, machte er sich daran, sein kleines Bündel für die Reise zu packen. Doch schon bald ertappte er sich dabei, ständig dieselben paar Dinge ein- und wieder auszupacken, während er über die beunruhigenden Ereignisse des Tages und dieses eigenartige Unbehagen in Zusammenhang mit Seregils Aufbruch nachgrübelte.

In jener Nacht kehrte Alecs Alptraum wieder, doch diesmal ging er weiter.

Als er sich endlich umdreht, um nach seinem Verfolger Ausschau zu halten, bröckeln mächtige Steinklumpen aus der Wand neben ihm und poltern mit hohlem Krachen zu Boden. Krampfhaft umklammert er den Pfeil ohne Spitze, zwingt sich, auf die Öffnung in der Mauer zuzuschreiten und hindurchzu-

sehen. Dahinter erkennt er nur Dunkelheit, aber er hört ein neues Geräusch – ein Geräusch, so gewöhnlich und gleichzeitig so unerklärlich grauenerregend wie der Anblick eines einfachen Pfeilschaftes.

Es ist das dumpfe Grollen der See, die an ein felsiges Ufer tost.

29

Vorboten

Lange vor Sonnenaufgang schlug Alec die Augen auf. Da er sich zu aufgeregt zum Weiterschlafen fühlte, zog er sich rasch an und ging hinunter in den Stall, um Patch zu satteln.

Ein feuchtkalter, grauer Nebel hing über der Stadt und kündigte einen trüben Tag an, dennoch bereiteten sich auf dem Erntemarkt bereits die Fischhändler und Standbetreiber auf das Tagesgeschäft vor. Alec hielt kurz inne, um sich einen Happen zum Frühstück zu kaufen, dann ritt er zum Tor. Zu seiner Überraschung traten Lanzenstreiter der Stadtwache vor und versperrten ihm den Weg.

»Nenn deinen Namen und dein Begehr«, sagte einer von ihnen und unterdrückte ein Gähnen.

»Was soll das denn?«

»Befehl der Königin. Jeder, der die Stadt verläßt oder betritt, wird vermerkt. Nenn deinen Namen und dein Begehr.«

Nur ein Spion, der ausreitet, um einen alten Freund davor zu warnen, daß die Unsterblichen Pläne für seine Zukunft haben, dachte Alec sarkastisch.

»Wilim í Micum von Rhíminee«, sagte er laut. »Ich bin unterwegs zum Dorf Tovus, um dort einen Mann wegen eines Pferdes zu treffen.«

Ein Wachmann, der neben dem Tor an einem grob

gezimmerten Tisch saß, schrieb die Auskunft eifrig in ein Tagebuch.

»Wann erwartest du, zurück zu sein?« fragte die erste Wache.

»Mit ein wenig Glück noch spät heute nacht.« Während er dies sprach, wurde Alec bewußt, daß er irgendwann zwischen letzter Nacht und nun beschlossen hatte, doch heute zurückzukehren, ganz gleich, was Seregil dazu meinte. Er sah keinen Grund, weshalb er die Reise nicht binnen eines Tages schaffen sollte, sofern das Wetter einigermaßen mitspielte.

Während er die Hochstraße in nördlicher Richtung entlangritt, beobachtete er, wie träge ein freudloser, grauer Sonnenaufgang am östlichen Horizont aufzog. Die ersten Krokusse und Schneeglöckchen blühten in den Straßengräben, doch das fahle Licht raubte sowohl den Blumen als auch Alecs Laune jedwede Farbe.

Aufgrund der nächtlichen Alpträume fühlte er sich schläfrig und mißmutig. Je weiter er sich von Rhíminee entfernte, desto schwerer schien die Last einer gestaltlosen Bedrohung auf sein Herz zu sinken.

Es war Vormittag, als Alec die Brücke überquerte und den Hügel vor Watermead erklomm. Micums Jagdhunde stürmten herbei, um ihn zu empfangen, weitere Anzeichen einer Begrüßung blieben jedoch aus.

Während er sich fragte, wo Illia wohl stecken mochte, kam er auf den Hof, wo ihn ein Knecht erwartete.

»Guten Morgen, Sir Alec. Falls Ihr den Meister sucht, der ist nicht hier. Ist vorgestern mit Kind und Kegel rüber zu Lord Warnik í Thorgols Anwesen im Nachbarsdorf. Dort treffen sich Leute aus der ganzen Gegend, um die Verteidigung im bevorstehenden Krieg zu besprechen.«

Ungehalten schlug Alec sich mit den Handschuhen auf die Hüfte. »Wann erwartest du sie zurück?«

»Frühestens morgen, vielleicht auch später.«

»Ist das Meister Alec?« rief Karis alte Dienstmagd

Arna zur Eingangstür heraus. »Kommt rein, junger Herr. Dieses Haus steht Euch immer offen. Ihr könnt hierbleiben, bis sie zurück sind. Kommt Meister Seregil auch nach?«

»Nein, ich bin allein.« Alec verharrte im Sattel und ließ sich das Angebot durch den Kopf gehen. »Wie lange bräuchte ich zu Warniks Anwesen?«

Arna überlegte eine Weile. »Na ja, Ihr müßtet zurück hinunter zur Hochstraße und dann nach Norden zum nächsten Dorf. Was meinst du, Ranil, in etwa zwei Stunden könnte er dort sein, oder?«

»Zwei Stunden also, wie?« Zwei hin, zwei zurück, weitere zwei bis in die Stadt, und wer vermochte zu sagen, wie lange es dauern würde, Micum alles zu erklären. Nachdenklich legte Alec die Stirn in Falten. Bei diesem Wetter würde er somit im Dunklen nach Hause reiten.

»Oh, aye«, bestätigte Ranil. »Und Ihr solltet ein frisches Pferd nehmen, um dem jungen Patch hier eine Verschnaufpause zu gönnen. Aber wenn Ihr's besonders eilig habt, wollt Ihr vielleicht lieber den alten Hügelpfad versuchen.«

»Heute will er ganz bestimmt nicht über die Hügel reiten«, höhnte Arna und zog sich das Umhängetuch enger um die Schultern. »Bei all dem Regen und Tauwetter ist der Pfad gewiß eine einzige Schlammfurche.«

»Wie lange braucht man auf diesem Weg?« hakte Alec nach und versuchte tunlichst, seine Ungeduld zu verbergen.

»Keine Ahnung.« Ranil kratzte sich am Kopf, während er über die Frage nachdachte. »Vielleicht knapp eine Stunde, wenn man flott reitet und sich nicht verirrt. Myn weiß es am besten. Er stammt aus dem Tal dahinter.«

»Ja, das ist wahr«, pflichtete Arna ihm bei und hörte sich dabei an, als handle es sich bei dem nächsten Tal um ein ausgesprochen exotisches, fernes Land. »Myn kann es Euch ganz genau sagen, Meister Alec. Vielleicht kann er Euch ja sogar führen.«

»Wo ist er jetzt?« wollte Alec wissen.

»Myn? Mal sehen. Ranil, wo steckt Myn denn heute?«

»Ist mit dem Vogt nach Greywall rüber«, erwiderte Ranil. »Das liegt ungefähr fünf Meilen östlich von hier.«

Ein weiterer zeitaufwendiger Umweg. »Ranil, ist dieser Hügelpfad weit von hier entfernt?« fragte Alec.

»Nein, Ihr kennt ihn sogar, Herr. Reitet zurück hinunter zum Bach am Fuße des Hügels, und schon seht Ihr ihn rechterhand auf dem diesseitigen Ufer verlaufen.«

»Du meinst den Pfad, der zu dem Tümpel hinaufführt, in dem die Otter leben?« rief Alec erleichtert aus. Dorthin war er schon einmal mit Beka ausgeritten.

»Aye, das ist er«, bestätigte Arna. »Aber dahinter ist es ein recht rauher Pfad, zumindest habe ich das gehört.«

»Daran bin ich gewöhnt«, beruhigte Alec sie und stieg ab. »Trotzdem borge ich mir ein Pferd und lasse mein Bündel hier. Vor Einbruch der Dunkelheit komme ich zurück, um Patch abzuholen.«

Er ist unter Wasser. Als er emporschaut, sieht er die Oberfläche unmittelbar über sich schimmern, einen wabernden, silbrigen Spiegel, der kein Bild zurückwirft. Jenseits der Oberfläche bewegt sich etwas Dunkles, gleich einem Mann, der sich vor dem Himmel abzeichnet ...

Erschrockenen grunzend, streckte sich Seregil, als ihn irgend etwas grob zwischen die Schulterblätter stieß.

»Ich hab' euch doch gesagt, daß er lebt!« hörte er eine Frau sagen.

Zwei Blaumäntel auf Pferden musterten ihn; ihre Helme funkelten im Licht der frühen Morgensonne. Ein dritter Soldat stand mit einem Knüppel in beiden Händen über ihm.

»Komm schon, du da. Auf die Beine«, knurrte der Mann mit dem Knüppel; er sah aus, als wäre er durchaus geneigt, einem Bettler aus Spaß an der Freud' einen weiteren saftigen Hieb zu verpassen.

»Des Schöpfers Gnade und Segen mit dir«, jammerte Seregil.

»Behalt deinen Segen, du dalnischer Schmutzfink.«

Seregil zog die dreckigen Lumpen enger um sich und mühte sich steif auf die Beine. Dabei fragte er sich, wie, um alles in der Welt, er inmitten des Rotlichtviertels des östlichen Stadtteils hatte eindösen können.

Er hatte eine nahegelegene Kneipe beobachtet, in der Hoffnung, sich einen bestimmten Spitzel zu angeln, der sich dort des öfteren betrank. Mittlerweile war der schmuddelige Laden geschlossen, sein Mann längst über alle Berge.

Der Blaumantel packte Seregil grob am Arm und führte ihn an den Pferden vorbei zu einem Karren mit hohen Seitenwänden. »Rauf da, und zwar hurtig.«

Als Seregil über die Ladeklappe kletterte, sah er, daß sich darin bereits ein Dutzend verdrossener Bettler und Dirnen drängte.

Angewidert von sich selbst, hielt Seregil sich an der harten Bank fest, als der Karren rumpelnd losfuhr. Irgend etwas beschäftigte ihn im Hinterkopf, ein Traum, den er gehabt hatte, als die Blaumäntel ihn weckten. Doch er war verschwunden. Es war ohnehin an der Zeit, sich um die gegenwärtige Lage zu kümmern.

»Ich hab' doch nichts getan«, erhob er quengelnd Einspruch und drückte das Kinn auf die Brust. »Gar nix hab' ich getan. Was is' denn in die gefahren, daß sie so mit einem armen Krüppel umspringen?«

»Hast du es denn nicht gehört?« fragte ein zerlumptes Mädchen in weinerlichem Tonfall. »Es heißt, der Krieg sei ausgebrochen. Für uns gilt das Bettlergesetz!«

Stumm starrte Seregil sie an, während ihm die Ironie der Lage bewußt wurde. Gemäß dem uralten, vor einer Ewigkeit erlassenen Bettlergesetz wurden alle Stadtstreicher, Bettler und Verbrecher entweder zum Dienst in der Armee gezwungen oder aus der Stadt geworfen, auf daß sie sich allein durchschlugen. Im Falle einer Belagerung würden keine kostbaren Vorräte für Schmarotzer der Gesellschaft verschwendet.

Als Seregil seine unglücklichen Leidensgenossen betrachtete – die den Tränen nahe Dirne, zwei Diebe, deren Gesichter ihm bekannt erschienen, ein einarmiger

Hüne, der säuerlich nach Erbrochenem stank und ein halbverhungerter Junge –, mußte er an sich halten, um angesichts der denkbar ungünstigen Wahl seiner Verkleidung nicht in schallendes Gelächter auszubrechen.

Wenn ich bei diesem Haufen bleibe, darf ich mich bald nur mit einer Pike bewaffnet gegen einen Angriff der plenimaranischen Reiterei verteidigen, dachte er erbittert. *Also bei dem, was ich bisher geleistet habe, hätte ich mir ebensogut einen vergnüglichen Ritt mit Alec nach Watermead gönnen können.*

Alec sah keine Otter, als er an dem Tümpel vorbeipreschte, obwohl Fußabdrücke und Schleifspuren verrieten, daß sie nach wie vor hier lebten.

Nach dem Tümpel stieg der Pfad steiler an und wand sich stetig den Hügel hinauf, vorbei an dicken Fichtenstrünken und Felsblöcken, die größer waren als seine geliehene Stute. Unter Wurzeln und Felsvorsprüngen lagen immer noch Schneereste, die Luft aber war erfüllt vom süßlichen Duft frischer Gräser und feuchter Erde. Trotz des Regens, der bereits durch die Zweige auf ihn herabprasselte, fühlte es sich gut an, im Wald zu sein. Nach einem Winter, den er überwiegend in den schmalen, verworrenen Straßen von Rhíminee verbracht hatte, barg die schlichte Aufgabe, einem wenig benützen Waldweg zu folgen, eine angenehme Vertrautheit in sich.

Die Frühlingsschmelze und herabgefallene Nadeln hatten ganze Abschnitte des Pfades unkenntlich werden lassen. An anderen Stellen verlief der Weg über kahlen Felsboden, und nur die Überreste ein paar kleiner Steinhaufen wiesen die Richtung.

Je weiter er kam, desto dichter wurde der Wald. Über ihm bildeten die Zweige dicker Schierlinge und Fichten einen schier undurchdringlichen Baldachin und sperrten das ohnehin trübe Tageslicht aus. Winterstürme hatten mehrere Bäume entwurzelt, die nun kreuz und quer auf dem Pfad lagen, so daß Alec häufig absteigen und sein Pferd daran vorbei- oder darüber hinwegführen mußte.

Nach einer beschwerlichen Stunde war immer noch

kein Zeichen des Passes in Sicht, von dem Ranil gesprochen hatte. Plötzlich wurde der Wind stärker und peitschte einen Schwall eisigen Regens durch die Bäume. Fluchend zog Alec den Umhang enger um sich und stopfte ihn unter den Hintern, um so lange wie möglich einigermaßen trocken zu bleiben.

Endlich erreichte er den Kamm des Passes. Von hier an wirkte der Weg ein wenig breiter, doch bevor er die verlorene Zeit wettmachen konnte, bog er um eine Kurve und sah sich dem bislang mächtigsten Hindernis gegenüber.

Hier stieg der Pfad steil an und wand sich rechts an einer kleinen Felswand vorbei. Ein dicker Schierling war quer über den Weg bis an die Felswand gestürzt; das dichte Geäst bildete eine dunkelgrüne Palisade, die Alec überragte.

Er selbst hätte sich irgendwie zwischen den Ästen hindurchwinden können, das Pferd hingegen wohl kaum. Abermals verfluchte er Ranil – und sich selbst, weil er auf ihn gehört hatte. Dann stieg er zum wiederholten Male ab und suchte nach einer Ausweichmöglichkeit.

Die Bäume ächzten im Wind, während Alec das Pferdl vom Pfad weg und zum Fuß des Stammes hinführte. Ein verworrenes, gut zwanzig Fuß breites Netz aus Wurzeln, die ein vergangener Sturm aus dem losen, steinigen Boden gerissen hatte, ragte dort aus der Erde.

Das Pferd scheute, als er es daran vorbeiführte; vermutlich fürchtete es sich vor den klauengleichen Wurzeln oder dem Tosen des Sturmes. Er nahm die Zügel in eine Hand, zog den Kopf des Tieres zu sich herab und warf den Umhang darüber. Als er auf der anderen Seite zurück zum Pfad gelangte, war Alec naß bis auf die Knochen und über und über schlammverschmiert.

Mit einem Fuß stand er bereits im Steigbügel, als die Stute abermals scheute. Unbeholfen geriet Alec ins Wanken und zog den Fuß heraus, falls der Gaul durchgehen sollte.

Das rettete ihm wahrscheinlich das Leben. Kaum war er mit beiden Beinen auf dem Boden zu stehen gekommen, da nahm er aus dem Augenwinkel eine Bewegung wahr und zuckte unwillkürlich zurück.

Bevor er sich umdrehen konnte, traf ihn etwas so hart an der Schulter, daß er seitwärts gestoßen wurde. Erschrocken taumelte er zurück und zog gerade noch rechtzeitig das Schwert, um seinen Angreifer innehalten zu lassen.

Der zerlumpte Bandit umklammerte mit beiden Händen einen Knüppel und grinste wölfisch, während er Alec umkreiste und darauf lauerte, einen weiteren Schlag anzubringen. Der Mann wirkte ausgezehrt, aber sehnig und schien mit dem langen Prügel, den er vor sich her schwenkte, eine große Reichweite zu haben. Alec glaubte, daß der Mann sich ihm zwar überlegen fühlte, aber von dem Schwert überrascht worden war, das er nun mißtrauisch beäugte, ohne einen weiteren Angriff zu starten.

»Was willst du?« fragte Alec, nachdem er den ersten Schrecken überwunden hatte.

Der Bandit bedachte ihn mit einem Grinsen, wodurch er ein lückenhaftes Gebiß offenbarte. »Was haste denn noch?« höhnte er und deutete mit dem Daumen den Pfad hinab. »Deine Mähre haben wir ja schon.«

Rasch schaute Alec in die Richtung und sah, wie eine Frau mit zerfurchtem Gesicht sein Pferd fortzerrte.

»Ich habe Gold«, erwiderte Alec und verdrängte den dumpfen Schmerz, der seinen linken Arm hinabkroch, als er damit die Börse vom Gürtel löste und sie schüttelte, auf daß die Münzen darin klimperten. »Das könnt ihr gerne haben, aber ich brauche das Pferd.«

»Haste gehört, was uns der feine junge Pinkel anbietet, Liebste?« rief der Bandit schadenfroh. »Er will sein' Gaul zurückkaufen!«

Die Frau zuckte teilnahmslos mit den Schultern und schwieg.

»Dann gib uns den Beutel, und wir besiegeln den Handel mit einem Handschlag«, sagte der Bandit und näherte sich vorsichtig.

Alec senkte das Schwert und streckte dem Mann die

Börse entgegen, so als ließe er sich übertölpeln. Wie erwartet, schlug der Bandit sogleich nach ihm. Alec sprang zurück, wehrte den Schlag ab und brachte seinerseits einen schwungvollen Hieb an, der die Vorderseite des Wamses seines Gegners und einen Teil der Haut darunter aufschlitzte.

»Bei Bilairys Fett, der kleine Bastard hat mich erwischt!« knurrte der Bandit überrascht. »Willst wohl die Zähne zeigen, du Welpe, was? Die werd' ich dir gleich ausreißen!« Damit umfaßte er den Knüppel mit beiden Händen, stürzte auf Alec los und zielte neuerlich auf den Kopf des Jungen.

Der Bandit erwies sich als kräftig. Als Alec den Schlag mit einer beidhändigen Parade abfing, spürte er einen gräßlichen Schmerz durch beide Arme zucken. Er drückte den Mann von sich weg und ließ sich rücklings auf den umgekippten Baum zudrängen. Regen strömte ihm in die Augen, während er Hieb um Hieb abwehrte und hoffte, seinen Angreifer in den Glauben zu versetzen, er sei ein Grünschnabel im Umgang mit dem Schwert.

Immer noch wich er zurück und spürte plötzlich Zweige im Nacken. Es war an der Zeit, seinen einzigen Trumpf auszuspielen.

Er senkte das Schwert und drehte sich ein wenig, so als wollte er flüchten. Wie Alec gehofft hatte, schlug sein Gegner nach ihm und traf statt dessen die nachgiebigen Äste des Schierlings. Der eigene Schwung brachte den Banditen aus dem Gleichgewicht und ins Wanken.

Alec wirbelte herum und versetzte ihm einen mächtigen Hieb auf die Schulter. Die Klinge prallte vom Knochen ab und sauste von der Schulter bis zum Ellenbogen durch das Fleisch, so daß eine langer, blutender Schnitt zurückblieb.

Alec hatte erwartet, der Schlag würde dem Mann den Wind aus den Segeln nehmen, was jedoch nicht zutraf. Der Bandit heulte vor Schmerz auf, ließ den Knüppel fallen, packte Alec, schlang den heilen Arm um den Hals des Jungen, zog ihn zu Boden und würgte ihn.

Rohes, aufgeschlitztes Fleisch berührte Alecs Gesicht, und das heiße Blut, das aus der Wunde pulsierte, spritzte ihm in Mund und Augen. Auf so engem Raum war das Schwert nutzlos. Er ließ es fallen und zerrte an dem Arm um seine Kehle, doch der Mann ließ nicht locker und drückte ihn zu Boden, während er seine Hand um die Luftröhre des Jungen schloß.

Allein der Blutverlust müßte ihn doch schwächen, dachte Alec verzweifelt, als die Welt vor seinen Augen immer dunkler wurde. Durch einen roten Schleier sah er in dem wilden, kalkweißen Antlitz über sich eine ungebrochene, blinde Entschlossenheit, die sich auf die Hand übertrug, die seine Kehle zudrückte; womöglich überlebte der Mann gerade lange genug, um ihn zuerst zu töten.

Alec ließ den Arm des Banditen los und tastete statt dessen nach dem zierlichen Dolch mit dem schwarzen Griff, der in seinem rechten Stiefel steckte. Seine Finger fanden den runden Knauf, schlossen sich darum und zogen ihn heraus. Dann schloß er die Hand um das Messer und rammte es mit letzter Kraft in den Hals seines Gegners. Noch mehr Blut sprudelte hervor und ergoß sich dampfend über sein Gesicht, während die Welt rings um ihn verschwamm.

Der Klang in der Ferne verschwindender Hufe holte ihn gleich darauf zurück ins Bewußtsein. Nach dem Geräusch zu urteilen, hatte die Frau beschlossen, das Pferd sei Beute genug und hatte sich damit aus dem Staub gemacht, sobald ihr Gefährte zu Boden ging. Alec stieß den toten Mann von sich und setzte sich auf, doch es war zu spät. Sie war bereits außer Sicht.

Naß bis auf die Haut, völlig zerschunden und schlammverschmierter als je zuvor quälte sich Alec auf die Beine, stellte jedoch fest, daß diese noch nicht bereit waren, ihn zu tragen. Taumelnd schlurfte er von dem Leichnam weg, stützte sich auf den Baumstrunk und wartete, bis die Welt aufhörte, sich um ihn zu drehen. Er schmeckte Blut im Mund und spuckte mehrmals aus, um den übelkeiterregenden, metallischen Geschmack loszuwerden.

Vermutlich mußte er noch dankbar für die Feigheit der Frau sein. Zwar hatte sie sein Pferd gestohlen, dafür aber seine Geldbörse, seine Waffen und, was das anging, auch sein Leben verschont. Dabei hätte sie reichlich Gelegenheit gehabt, ihm ein Messer in den Leib zu rammen.

In der Hoffnung, wenigstens bereits die Hälfte der Strecke zu Warniks Dorf zurückgelegt zu haben, machte er sich zu Fuß wieder auf den Weg.

Der Pfad erwies sich auf dieser Seite des Passes als genauso miserabel wie auf der anderen, aber das Gefälle gestaltete den Marsch einigermaßen leicht. Als er an einen Bach kam, stapfte er hinein, um den ärgsten Schmutz abzuwaschen. Seine Kleider waren zwar rettungslos verdreckt, doch es war schon eine Erleichterung, wenigstens einen Teil des Blutes abzuspülen. Immer noch schmeckte er es am Gaumen, und als er sich daran erinnerte, wie es auf ihn herabgesprudelt war, mußte er plötzlich würgen.

Eine viel dringendere Sorge jedoch erschien ihm, ob die Frau des Banditen womöglich beschließen würde, umzukehren und einen neuerlichen Angriff zu wagen, sei es aus einem verspäteten Wunsch nach Rache oder aus Gier nach seiner Geldbörse. Alec watete aus dem Bach und ließ den Blick mit neuer Wachsamkeit über die Umgebung wandern. Dichtes Unterholz prangte zu beiden Seiten des Pfades und bot unzählige Gelegenheiten für einen Hinterhalt. Der Sturm wütete unvermindert und leistete der frühabendlichen Dämmerung Vorschub, indem er schwere Nebelschlieren herbeiblies, die sich unter dem verästelten Baldachin festsetzten.

Seregil sah sich gezwungen, seine Flucht hinauszuzögern. Kurz nachdem die Patrouille der Stadtwache ihn aufgegriffen hatte, kamen sie zum Ostring, um die dort befindlichen Baracken dem Erdboden gleichzumachen. Selbst wenn ihm die Flucht gelang, konnte er nirgendwohin.

Andere Blaumäntel waren bereits an der Arbeit, rissen

die Bruchbuden ein und stapelten den Holzschutt auf Karren, um den Ring zu säubern, so daß er seinem Kriegszweck als Kampfzone zwischen den inneren und den äußeren Mauern der Stadt dienen konnte. Auch die über die ganze Stadt verstreuten Marktplätze und Ringstraßen würden aus ähnlichen Gründen geräumt werden. Ungeachtet der Größe und Pracht der Stadt war Rhíminee in erster Linie als leicht verteidigbare Zitadelle errichtet worden. Die meisten Bewohner der Barackensiedlung, die der sechste Sinn jedes Stadtstreichers vor drohendem Unheil gewarnt hatte, hatten bereits das Weite gesucht. Diejenigen, die geblieben waren, wurden zusammengetrieben und sortiert. Krüppel und Mütter mit kleinen Kindern durften in der Stadt bleiben, ebenso jeder, der gesund und willens war, sich seinen Unterhalt durch ehrliche Arbeit zu verdienen oder zu kämpfen. Vaterlandsvergessene Tunichtgute würden sich allein auf dem Land durchschlagen müssen.

Gegen Mittag war der Karren voll, und die Patrouille machte sich durch den Ostbezirk auf den Rückweg. Seregil stand hinten an der Ladeklappe und gab sich weiterhin mißmutig und verwirrt, bis er eine vertraute Straßenecke erspähte.

Seregil überraschte die drei Blaumäntel, die hinter dem Karren herritten, indem er unvermittelt über die Seite sprang, hakenschlagend zwischen ihren Pferden hindurchpreschte und die Straße entlang davonhetzte. Seine Mitgefangenen hinter ihm jubelten und trieben ihn mit erfreutem Gejohle und Pfiffen an.

Zwei der Wachen wirbelten die Pferde herum und jagten ihm nach, doch Seregil hatte den Zeitpunkt sorgfältig gewählt. Er rannte zurück zu der ihm vertrauten Straße und raste um die Ecke.

Es war eher eine Gasse als eine Straße, die keine Seitenwege aufwies und an deren hinterem Ende eine hohe Holzbarrikade aufragte. Ohne langsamer zu werden, sprang Seregil daran hoch, fand mit Händen und Füßen Halt und kletterte in dem Augenblick darüber, als die wutentbrannten Wachen herandonnerten.

Auf der anderen Seite mündete eine weitere Seitengasse in eine breitere Straße. Die Blaumäntel kannten diesen Teil der Stadt fast genausogut wie Seregil; er hörte, wie sich von vorne Hufgeklapper näherte, während er rannte. Noch bevor sie ihn erblicken konnten, wich er in einen Seitenweg aus, zwängte sich in den schmalen Spalt zwischen zwei halb verfallenen Häusern und gelangte in einen winzigen, unkrautüberwucherten Hof.

Dort erklomm er hastig eine wackelige Außentreppe, die in eine leerstehende Dachkammer führte. Abgesehen von ein paar Käfern und ein wenig Mäusekot erwiesen sich die Ersatzkleider und die Messer, die er vor Monaten unter den verzogenen Dielen versteckt hatte, als unangetastet. Leise pfiff er vor sich hin, während er die Gewänder ausbeutelte, sich umzog und sich danach am Dachfenster niederließ, um zu warten, bis seine Verfolger die Geduld verloren. Es war nur ein Bettler, der ihnen durch die Lappen gegangen war. Sie würden nicht viel Zeit darauf verschwenden, ihn zu jagen.

Hungrig, naß bis auf die Knochen und mit brennenden Fußsohlen erreichte Alec am späten Nachmittag endlich den Waldrand. Durch die Bäume vor sich erblickte er ein welliges, ausgedehntes Tal.

Unweit der Straße befand sich eine kleine Blockhütte samt einem niedrigen Kuhstall und einem Ziegenpferch. Zu erschöpft, um sich den Kopf darüber zu zerbrechen, wie er aussehen mußte, steuerte er darauf zu und hoffte, er würde sich einen Happen zu essen und eine Wegbeschreibung erbetteln können.

Als er sich dem Ort näherte, stürmte eine riesige Promenadenmischung aus dem Stall und hielt bellend auf ihn zu.

»*Soora thasáli*«, sagte Alec rasch und machte mit der linken Hand das Beschwörungszeichen, das Seregil ihm beigebracht hatte. Es zeigte Wirkung, wenn auch nur teilweise: Der Hund verharrte ein paar Fuß entfernt, blieb jedoch auf der Hut und knurrte, sooft sich Alec bewegte.

»Wer ist da?« rief ein Mann, der mit einer Axt in den Händen aus dem Stall trat.

»Sir Alec von Ivywell«, antwortete Alec und streckte die Arme mit den Handflächen nach oben aus. »Mir ist oben auf dem Waldpfad ein Mißgeschick widerfahren. Banditen haben mein Pferd gestohlen. Könnt Ihr ...«

»Ach ja?« Der Mann trat näher und kniff die Augen zusammen, um den Jungen besser zu erkennen.

Es war Alec zwar gelungen, das meiste Blut abzuwaschen, doch die zerrissenen Kleider und das Schwert wirkten wenig vertrauenerweckend.

»Im Augenblick sind jede Menge Banditen unterwegs«, fuhr der alte Mann unvermindert mißtrauisch fort. »Erst gestern haben sie zwei meiner Milchziegen geklaut. Könnte ja sein, daß du einer von ihnen bist und zurückkommst, um mich noch mal zu berauben. Tugger!«

Der Hund duckte sich und fletschte die Zähne.

»Nein, bitte! *Soora thasáli.*« Alec wich einen Schritt zurück und verwendete abermals das Zeichen. »So hört doch, ich will nur nach ...«

»Halt mal, was machst du denn mit meinem Hund?« wollte der Mann wissen. »Tugger, faß!«

»Nein – *soora thasáli* – wenn Ihr mir nur zuhören würdet ...«

»Verdammt noch mal, Tugger, faß!«

»*Soora th ...* Scheiße!« Alec nahm die Beine in die Hand, während Tugger nach dem Umhangsaum schnappte, der hinter dem Jungen herwehte.

Der Hund jagte ihn, bis sie sich längst außer Sichtweite der Blockhütte befanden, dann verharrte er mitten auf dem Pfad und knurrte, sooft Alec einen Blick zurück wagte.

Völlig außer Atem und fuchsteufelswild rannte Alec weiter, bis er sicher war, daß der Hund die Verfolgung aufgegeben hatte, dann sank er nach Luft ringend auf einen Felsbrocken. Anscheinend wirkte Seregils Hundezauber am besten, wenn der Herr des Köters nicht in der Nähe war, um Gegenbefehle zu erteilen.

Weniger als eine halbe Meile weiter gelangte er an die Hauptstraße und stieß kurz danach auf eine Reihe schwerer Ochsengespanne, die unterwegs zu Warniks Anwesen waren. Als Alec dem Anführer der Fuhrleute und dessen Frau sein Gold zeigte, erklärten sie sich bereit, ihn mit sich reisen zu lassen.

Alec kletterte auf den Karren und streckte sich dankbar zwischen den Ballen und Körben aus.

»Der Schöpfer sei gnädig! Du hattest wohl eine beschwerliche Reise, was, Junge?« erkundigte sich die Frau, die sich umgedreht hatte, um ihn zu betrachten.

»Ich hatte ein wenig Ärger auf dem Weg über den Hügelpfad«, erklärte Alec.

»Der Hügelpfad«, schnaubte der Fuhrmann verächtlich. »Warum, in aller Welt, hast du denn diese Route gewählt, wenn es doch auf der Hochstraße schneller geht?«

»Schneller?« platzte Alec ungläubig hervor. »Ich dachte, der Hügelpfad wäre eine Abkürzung.«

»Welcher Dämlack hat dir denn das eingeredet? Ich verdiene mir den Lebensunterhalt damit, diese Straßen zu befahren, also glaube ich doch, mich einigermaßen auszukennen. Mit einem Karren braucht man von diesem Tal zum nächsten kaum zwei Stunden, noch weniger mit einem guten Pferd. Aber auf dem Hügelpfad um diese Jahreszeit? Bei Dalna, du kannst froh sein, daß du es überhaupt bis hierher geschafft hast.«

Das Licht der Spätnachmittagssonne begann bereits zu verblassen, als sie Lord Warniks befestigtes Anwesen erreichten. Ein Tor in der Außenmauer schwang weit auf, um die Karren hineinzulassen; rumpelnd kamen sie auf dem Lieferantenhof zum Stehen.

»Wir haben jemanden dabei, der mit einem der Gäste des Lords reden möchte«, sagte der Fuhrmann zum Vogt, der herauskam, um sich der Ladung anzunehmen.

»Ich suche nach Micum Cavish von Watermead«, erklärte Alec. »Ich muß sofort mit ihm sprechen.«

Der Vogt musterte ihn eingehend, dann winkte er einen Stallburschen herbei, der in der Nähe herumlungerte. »Portus, lauf los und such Sir Micum. Sag ihm, hier ist ein Botenjunge, der auf dem Lieferantenhof seiner Gnade harrt.«

Alec verkniff sich ein Lächeln, dann verabschiedete er sich vom Fuhrmann und dessen Frau. Auf dem Hof war ein großes Kohlenbecken aufgestellt worden, und er schlenderte hinüber, um sich zu den Wachen und Bediensteten zu gesellen, die sich darum scharten. Da ihn die Fahrt auf dem offenen Karren und in nassen Kleidern völlig durchfroren hatte, hockte er sich dicht ans Feuer und schenkte den neugierigen Blicken keine Beachtung, die sein Schwert und die dreckigen Lumpen anzogen.

Wenige Minuten später sah er Micum auf den Lieferantenhof schreiten. Er trug einen feinen Umhang und Pelze und wirkte ziemlich verärgert.

»Hier sucht jemand nach mir?« rief er aus.

»Ich, Herr«, erwiderte Alec und entfernte sich widerwillig vom Feuer.

»Was liegt denn an?« wollte Micum ungeduldig wissen. Als er näherkam und Alec erkannte, blieb er unvermittelt stehen. »Bei der Flamme ...!«

»Seid gegrüßt, Sir Micum«, sagte Alec und tarnte eine verstohlene, warnende Geste durch eine gezierte Verbeugung. »Können wir uns irgendwo ungestört unterhalten?«

Micum packte Alec am Arm und zog ihn in den Stall. Dort ergriff er aus einem Abteil eine Pferdedecke und reichte sie dem Jungen.

»Was ist denn mit dir passiert?« flüsterte er. »Und was tust du ausgerechnet hier?«

Dankbar wickelte sich Alec in die modrige Decke, setzte sich auf einen umgedrehten Eimer und lehnte sich mit dem Rücken an einen Pfosten. »Das ist eine lange Geschichte«, sagte er. »Auf dem Hügelpfad bin ich einem Banditen in die Hände gefallen, und ...«

»Der Hügelpfad? Was für ein Teufel hat dich denn

geritten, daß du um diese Jahreszeit den Hügelpfad nimmst?«

Erschöpft winkte Alec ab. »Glaub mir, diesen Fehler begehe ich nie wieder.«

»Und Banditen haben dich auch noch angegriffen. Warst du zu Fuß unterwegs?«

»Ursprünglich nicht. Ich habe mir auf Watermead ein frisches Pferd geborgt; das haben sie mir gestohlen. Das heißt, sie hat es gestohlen, diese Frau. Den Mann habe ich getötet ... Na, wie auch immer, ich bezahle dir das Pferd, und ich brauche noch eins, um von hier nach Hause zu gelangen. Aber ich bin nicht hergekommen, um dir das zu erzählen. Seregil und Nysander glauben, daß wir vier – die beiden, du und ich – irgendwie in eine Prophezeiung verstrickt sind, die etwas mit dem Verzehrer des Todes und mit der hölzernen Münze zu tun hat, die wir oben in Wolde gefunden haben.«

Micum wirkte weniger überrascht, als Alec erwartet hatte. »Nach allem, was ich im Fen-Gebirge gesehen habe, ergibt das durchaus einen Sinn. Aber was geht uns das an?«

Alec berichtete ihm, was Nysander Seregil offenbart hatte, außerdem von seinen eigenen Träumen und von der möglichen Verbindung zwischen der Münze und den Plenimaranern.

Wortlos lauschte Micum. Nachdem Alec geendet hatte, schüttelte er träge den Kopf. »Diese Illiorer und ihre Träume. Willst du damit sagen, er hat dich ganz allein bei diesem Wetter hier raufgeschickt, nur um mir zu sagen, daß etwas Schlimmes geschehen könnte, wobei er noch nicht einmal sicher ist, um was es sich handelt?«

»Na ja ... ja. Aber Seregil meint, daß Nysander uns nach wie vor etwas verschweigt und ernsthaft besorgt zu sein scheint.«

»Wenn Nysander tatsächlich besorgt ist, sollten wir besser auf der Hut sein. Aber jetzt müssen wir dir erst mal trockene Klamotten besorgen. Und ich wette, du hast auch den ganzen Tag noch nichts gegessen. Komm mit hinein.«

»Besser nicht«, widersprach Alec. »Seregil wollte nicht, daß Kari oder sonst jemand mich sieht, schon gar nicht in diesem Aufzug.«

»Na schön. Du wartest hier; ich bringe die Sachen heraus. Halt einstweilen die Ohren steif.«

Bald kehrte Micum mit einem Bündel Kleider und einer dampfenden Tasse Suppe zurück, auf der zudem ein dicker Kanten frisches Brot lag.

»Raus aus den nassen Fetzen«, befahl er.

Alec, der es kaum erwarten konnte, in warme Kleider zu schlüpfen, zog Umhang und Hemd aus. Als er gerade den dicken Kittel überstreifen wollte, den Micum ihm mitgebracht hatte, stieß sein Freund einen leisen Pfiff aus und legte den Finger auf einen langen, violetten Bluterguß, der Alecs linke Schulter verdunkelte.

»Der hat dir aber ein ganz schönes Ding verpaßt, was?«

»Ich hatte Glück; er hat auf den Kopf gezielt. Aber mein Arm ist schon wieder in Ordnung.« Er zog den Kittel und die Hose an, dann legte er die Hände um die heiße Tasse und trank einen Schluck von der dicken, dampfenden Brühe. »Der Schöpfer sei gnädig, schmeckt das gut! Also, was ist mit dem Pferd? Ich meine, damit ich heute nacht zurückreiten kann.«

Bedrohlich zogen sich Micums buschige, rote Augenbrauen zusammen. »Jetzt hör mir mal zu, Alec. Du bist verletzt, müde, völlig durchfroren, und außerdem wird es schon dunkel. Bleib über Nacht hier und brich morgen in aller Frühe auf.«

»Ich weiß, das sollte ich tun, aber ich kann nicht. Seregil versucht, plenimaranische Spitzel aufzuspüren, und vielleicht braucht er meine Hilfe.« *Wissentlich oder unwissentlich,* fügte er im Geiste hinzu. Eigentlich belog er Micum ja gar nicht.

Wenigstens nicht so richtig.

Zuerst wirkte Micum, als wollte er widersprechen, dann jedoch schüttelte er lediglich den Kopf und sagte barsch: »Na schön. Ich kann dich nicht zwingen. Ich habe ein Pferd, das du nehmen darfst, wenn du versprichst, auf der Straße zu bleiben und dich damit nicht in der Dunkelheit in den Wäldern herumzutreiben.«

Alec grinste, als er seinem Freund die Hand schüttelte. »Mein Wort darauf.«

Rasch sattelte Alec Micums Aurënfaie-Schwarzen, da er seinem Freund keine Zeit lassen wollte, es sich anders zu überlegen.

»Ich sollte noch vor Mitternacht zu Hause sein«, meinte er, als er aufstieg und das Schwert unter dem geborgten Mantel an der Hüfte zurechtrückte.

»Vielleicht«, erwiderte Micum, der nach wie vor zweifelnd wirkte. »Aber galoppier vor lauter Eile bloß nicht in einen Graben. Auf eine Stunde mehr oder weniger kommt's nicht an, hörst du?«

»Verstanden.«

Micum streckte die Hand zu Alec hinauf und reichte sie ihm abermals, wobei ein Schatten der Sorge über seine Züge huschte. »Gute Reise, Alec, und Glück in den Schatten.«

Alec erwiderte den Händedruck, dann lenkte er den Schwarzen auf das Tor zu. Gerade wollte er hinausreiten, als ihm einfiel, daß er etwas vergessen hatte. Er wendete und trabte zurück zum Scheunentor, wo Micum wartete und ihn beobachtete.

»Übrigens, Seregil wollte, daß ich dich fragte, ob du in letzter Zeit seltsame Träume hast.«

Grinsend zuckte Micum mit den Schultern. »Keinen einzigen. Sag ihm, daß ich so etwas euch überlasse. Ich kämpfe am besten, wenn ich wach bin.«

30

Nächtliche Besucher

Thryis und die anderen schoben in jener Nacht lustlos und schweigend ihr Abendessen auf den Tellern hin und her. Am Vormittag war der Krieg ausgerufen worden, und die Meldung von Plenimars Angriff auf Mycena am Vortag hatte in der ganzen Stadt für Aufregung gesorgt.

Unzählige Blaumäntelpatrouillen waren unterwegs, trieben Bettler zusammen und hielten die Ordnung aufrecht. Unten an der Küste setzten Kampfschiffe, die bislang gleich Winterenten auf ihren Anliegeplätzen vor Anker gelegen hatten, die Segel und fuhren durch den Hafendamm hinaus, um sich zu anderen zu gesellen, die aus Häfen aus dem ganzen Reich angereist waren. Auf dem Erntemarkt wurden die Verkaufsstände entfernt, um Platz für Ballisten und Katapulte zu schaffen.

Diomis hatte den Nachmittag auf den Straßen verbracht und versucht, ein Körnchen Wahrheit aus den wild durch die Stadt schwirrenden Gerüchten herauszufiltern; die plenimaranische Flotte war vor der Südspitze Skalas gesichtet worden; die Kampfhandlungen entwickelten sich rund um die Insel Kouros; es handelte sich um einen Landangriff – der Feind hatte den Folcwine überquert und marschierte in westlicher Richtung auf Skala; plenimaranische Marinesoldaten befanden sich am Kanal von Cirna.

Schließlich kam ein Herold der Königin mit zuverlässigen Neuigkeiten zum Markt; die Plenimaraner hatten irgendwo in Mycena einen Überraschungsangriff auf skalanische Truppen gestartet.

»Wenn ich so was höre, juckt es meine alten Finger sogar heute noch, eine Bogensehne zu spannen«, meinte Thryis wehmütig dazu, als ihre Familie und Rhiri sich abends in der Küche versammelten. »Ich erinnere mich noch an die Schlacht, die wir oberhalb von Ero gefochten haben. Ein klarer Sommermorgen, kein Lüftchen, das die Pfeile verwehen konnte und wir zu Hunderten mit unseren Langbögen in einer Reihe hinter der Infanterie. Als wir losschossen, fielen die Plenimaraner wie Getreideschwaden unter einer Sichel.«

»Diesmal werden sie in Schlamm und Regen kämpfen, wenn es schon so früh losgeht. Ich frage mich, wie Micum Cavishs Mädel zurechtkommt ...« Überrascht brach Diomis den Satz ab, als er eine Träne über die

Wange seiner Tochter kullern sah. »Aber Cilla, du weinst ja. Was ist denn los, Liebes?«

Cilla wischte sich über die Wange, drückte ihr Kind an sich und schwieg.

»Luthas Vater ist auch Soldat, nicht wahr, Liebes?« fragte ihre Großmutter sanft und tätschelte die Schulter des Mädchens.

Stumm nickte Cilla, dann eilte sie mit Luthas in den Armen die Hintertreppe hinauf.

Diomis erhob sich, um ihr zu folgen, doch Thryis hielt ihn zurück. »Laß sie, Sohn. Sie hat noch nie über den Mann gesprochen; und ich glaube kaum, daß sie jetzt dazu bereit ist.«

»Weißt du etwas über ihn?« erkundigte er sich und kratzte sich nachdenklich am Bart. »Man sollte meinen, sie würde uns mehr über den Burschen erzählen, wenn ihr soviel an ihm liegt, daß sie jetzt um ihn weint. Was glaubst du, wieso macht sie so ein verfluchtes Geheimnis daraus?«

»Wer weiß? Ich dachte immer, er hätte sie sitzenlassen, aber dann würde sie seinetwegen wohl kaum eine Träne vergießen. Na ja, Cilla war in derlei Dingen schon immer sehr eigen.«

Eine Weile saßen sie schweigend da und lauschten dem Knistern des Feuers. Dann klopfte Rhiri mit dem Löffel auf den Tisch und machte mit der Hand ein Zeichen.

»Nein, ich habe seit gestern nichts mehr von ihnen gehört«, antwortete Thryis. »Alecs Patch war heute morgen verschwunden, aber Seregils beide Pferde stehen noch im Stall, oder?«

Rhiri nickte.

»Ich würde mir wegen der beiden keine Sorgen machen«, meinte Diomis. »Geh du ruhig zu Bett, Mutter. Rhiri und ich kümmern uns hier unten um alles.«

»Vergewissert euch, daß die Türen verriegelt sind«, warnte ihn Thryis, als er ihr auf die Beine half. »Und Rhiri, vergiß nicht, das Öl in die Laternen draußen nachzufüllen. Bei all der Aufregung heute könnte dem einen oder anderen der Sinn nach Unfug stehen. Ich will, daß der Hof hell erleuchtet ist.«

»Aye, machen wir, Mutter«, seufzte Diomis. »Kümmern wir uns denn nicht schon seit zwanzig Jahren darum, daß nach Sperrstunde alles seine Ordnung hat? Rhiri, geh raus und sieh im Stall nach. Ich mache im Vorderzimmer Schluß.«

Rhiri salutierte kurz, dann trat er durch die Speisekammertür hinaus in den Hinterhof.

Im Vorderzimmer überprüfte Diomis den Riegel an der Tür und löschte die Lampe. Das Feuer im Kamin war verloschen; da nur zwei Gäste die Herberge bewohnten und diese bereits früh schlafen gegangen waren, hatte er sich nicht die Mühe gemacht, Holz nachzulegen. Er sah gerade nach den Haken der Fensterläden, als er das vertraute Klappern des Riegels der Eingangstür hörte.

Diomis spähte durch die Spalte zwischen den Lädenflügeln, erblickte jedoch keine Pferde auf dem Hof.

»Wer ist da?« rief er.

Keine Antwort, nur ein scharrendes Kratzen an der Tür.

Diomis hatte in dieser Nacht keine Geduld für dumme Spielchen. »Wir haben geschlossen! Versucht es zwei Straßen weiter im Rowan Tree.«

Abermals klopfte der ungesehene Besucher, diesmal nachdrücklicher.

»Also hört mal ...« begann Diomis, doch das Bersten der Küchentür, die aus den Angeln nach innen flog, schnitt ihm das Wort ab.

31

Der erste Schlag

Überrascht erblickte Alec, der sich auf einer Hügelkuppe nördlich von Watermead befand, in der Ferne eine lange Fackelreihe. Als der Troß näherkam, erkannte er, daß es sich um eine Reitereikolonne unter dem roten und goldenen Banner des Regiments der Roten Schlange handelte. Als er sich dem ersten Reiter der Vorhut näherte, zügelte er das Pferd und sprach den Soldaten an.

»Was ist denn los?« rief er ihm zu.

Der Soldat verlangsamte sein Roß. »Der Krieg, Sohn. Der Krieg hat begonnen. Sag's jedem weiter, den du triffst.«

»So früh schon? Um diese Jahreszeit?« entfuhr es Alec.

»Sieht so aus, als suchten die Bastarde nach Streit«, erwiderte der Mann grimmig. »Ein plenimaranisches Überfallkommando hat einen unserer Reitereitrupps oben im mycenischen Hügelland in einen Hinterhalt gelockt. Wir sind auf dem Weg nach Norden, um uns der Reiterei der Königin anzuschließen. Es heißt, die hätten wie immer das ärgste Fett abbekommen.«

»Die Reiterei der Königin? Ich kenne jemanden in diesem Regiment. Kannst du eine Nachricht für mich überbringen?«

»Keine Zeit, Sohn«, entgegnete der Soldat und gab dem Pferd die Sporen, als die Kolonne ihn einholte.

Die über hundert Reiter trugen rote und goldene Tapperts über den Kettenhemden, und an den riesigen, schwarzen Pferden klirrten das Geschirr und Brustpanzer. Dann verschwanden sie gleich einer geisterhaften Erscheinung in der zunehmenden Düsternis hinter der Hügelkuppe.

»Der Schöpfer sei gnädig, da seid Ihr ja endlich!« rief Arna aus und kam in den Hof, um ihn zu begrüßen. »Hattet Ihr unterwegs Ärger?«

Alec hatte es zu eilig, um die Frage ausführlich zu beantworten. »Sag diesem Ranil nur, daß er bloß niemanden mehr dort lang schicken soll«, erwiderte er und führte Micums Schwarzen in den Stall. »Aber auf dem Rückweg habe ich Neuigkeiten erfahren. Der Krieg ist ausgebrochen.«

Arna riß die Hände an die runzligen Wangen. »Oh,

meine arme Beka! Sie ist ja schon oben an der Grenze. Glaubt Ihr, sie wurde bereits in Kampfhandlungen verwickelt?«

Alec brachte es nicht übers Herz, die alte Frau zu belügen. Er drehte sich um und faßte sie an den Schultern. »Der Soldat, der es mir gesagt hat, meinte, die Reiterei der Königin wäre darin verstrickt worden, ja. Micum wußte noch nichts davon; die Nachricht war noch nicht bis zu Warniks Anwesen durchgedrungen. Wahrscheinlich erfährt er es ohnehin bald, aber falls er es noch nicht weiß, wenn er zurückkommt, erzählst du es zuerst Micum, damit er es Kari beibringen kann, ja?«

»Mach ich, mein lieber Junge, mach ich«, seufzte Arna und tupfte sich mit dem Zipfel des Umhängetuchs die Augen ab. »Hab' ich's denn nicht immer gesagt? Sie mußte sich ja unbedingt bei der Armee verpflichten, und jetzt ist sie mitten in den ersten Wirren gelandet. Und dabei ist sie noch nicht mal zwanzig.«

»Sie ist eine gute Soldatin«, sagte Alec, womit er sich selbst ebenso zu beruhigen versuchte wie sie. »Zuerst hatte sie jahrelang Micum und Seregil als Lehrer, und dann Myrhini – eine bessere Ausbildung kann man kaum erhalten.«

Arna drückte seinen Arm. »Der Schöpfer steh Euch bei, Herr. Ich hoffe, Ihr habt recht. Ich hole Euch etwas zu essen für unterwegs. Reitet bloß nicht los, bevor ich damit zurück bin, hört Ihr?«

Als er den geliehenen Sattel auf Patchs Rücken verzurrt hatte, kehrte sie mit einem in ein Leinentuch gewickelten Proviant und mehreren Fackeln zurück. Alec stieg auf und entzündete eine der Fackeln an einer Hoflaterne, dann nahm er unter einem bewölkten, mondlosen Himmel das letzte Stück nach Rhíminee in Angriff. Unterwegs stieß er auf weitere Reitereikolonnen und Fußsoldaten, hielt jedoch nicht inne, um sich nach Neuigkeiten zu erkundigen.

Kurz vor Mitternacht gelangte er in Sichtweite der Stadt. Die Hochstraße folgte den Felsen über dem Meer, und von hier aus hatte er einen guten Ausblick über den

Hafen, wo entlang der Kais eine Reihe von Wachfeuern brannte, die einen hellen, flackernden Schein auf das dunkle Wasser warfen. Weitere Leuchtfeuer loderten auf den Inseln an der Hafenmündung, und auf den Stadtmauern waren überall Fackeln angezündet worden.

Das schwer bewachte Nordtor stand offen, damit ungehindert Truppen passieren konnten. Auf dem Erntemarkt dahinter sah es aus, als wäre dort bereits eine Schlacht ausgetragen worden. Nur ein Haufen Holztrümmer und zerknüllte Fetzen bunten Segeltuchs erinnerten an die Stände und Buden, an denen Alec noch an diesem Morgen vorbeigeritten war. Trotz der späten Stunde arbeiteten überall Soldaten, errichteten Ballisten und verräumten Müll. Wie es schien, würden die Händler von nun an ihren Geschäften unter offenem Himmel oder von der Ladefläche ihrer Karren aus nachgehen müssen.

Alec lenkte Patch durch das Gewirr auf dem Marktplatz, dann ritt er durch den Irrgarten der dahinter befindlichen Seitengassen in die Blaufischstraße. Durch die vorderen Fensterläden schimmerte noch Licht, allerdings hatte Rhiri über all der Aufregung die Laternen am Haupttor der Herberge zum Jungen Hahn ausgehen lassen.

Dafür wird Thryis ihn ganz schön zur Schnecke machen, dachte Alec, als er um das Haus herum in den Hinterhof trabte.

Im Stall sattelte er Patch ab und legte eine Decke auf den dampfenden Rücken der Stute. Nachdem er sie mit Wasser und Futter versorgt hatte, ließ er sich durch die Speisekammertür ein und eilte die Hintertreppe hinauf. Bei all dem Tumult in der Stadt würde Seregil vielleicht vergessen, daß Alec seinen Befehl, die Nacht auf Watermead zu verbringen, mißachtet hatte.

Er kannte den Weg nach oben so gut, daß er sich die Mühe sparte, ein Licht zu entzünden. Im zweiten Stock warf er einen beiläufigen Blick in den Korridor, dann eilte er die geheime Treppe zu ihren Zimmern hinauf. Die Schlüsselworte für die Schutzglyphen waren ihm längst in Fleisch und Blut übergegangen; hastig und ohne nachzudenken sprach er sie aus, während er hinauflief. In seinem Übereifer, endlich Seregil zu finden, entging ihm, daß die Schutzsymbole nicht wie sonst kurz aufleuchteten, als er an ihnen vorbeischritt.

Weder ein letzter Traum noch eine Vision bereiteten ihn darauf vor.

Nysander döste über einem astrologischen Handbuch vor dem Schlafzimmerkamin, als ihn die magische Warnung aufspringen ließ; der Schutzwall der Orëska war durchbrochen worden. Dem Alarm folgte eine wahre Sturmflut von Botschaftsschimmern, die gleich Bienen durch das Haus schwirrten, als sämtliche Magier des Anwesens gleichzeitig nach Auskünften brüllten.

Oder um Hilfe.

Eindringlinge in der Vorhalle! erscholl Golarias Stimme wie ein roter Blitz. Ein Todesschrei von Ermintals jungem Lehrling bohrte sich gleich einer Glasscherbe in Nysanders Verstand, danach brüllte Ermintal selbst auf: *Das Kellergewölbe!* – doch eine jähe Schwärze brach den Satz unvermittelt ab.

Über das Stimmengewirr hinweg rief Nysander nach Thero, aber er erhielt keine Antwort.

Nysander stählte sich für den Kampf, von dem er gehofft hatte, ihn nie austragen zu müssen, bereitete einen Ortswechselzauber vor und trat durch die Öffnung in den Korridor des untersten Gewölbes, der sich unmittelbar neben der geheimen Kammer erstreckte. Dort erwarteten ihn bereits mehrere dunkle Gestalten. Er ging einen Schritt auf sie zu und stolperte. Als er hinabschaute, erblickte er die Überreste Ermintals und dessen Lehrlings, die er nur an den zerfetzten Roben erkannte. Dahinter stapelten sich weitere Leichen.

»Willkommen, alter Mann.« Es war die Stimme aus Nysanders Visionen. Magie knisterte auf, und er konnte gerade noch rechtzeitig einen Schutzwall vor sich aufziehen, bevor sie ihn als brüllender Flammenball traf; die

Leichen brutzelten und rauchten, als der Schwall über ihnen hinwegzischte.

Nachdem Nysander das Gleichgewicht wiedererlangt hatte, schlug er mit einem Blitz zurück, doch der kleinere der beiden Eindringlinge hob nur gelangweilt die Hand und wischte ihn beiseite, auf daß er sich an der Wand entlud. Im Licht der Explosion sah Nysander, daß es sich um einen Dyrmagnos handelte. Daneben stand ein Schemen, um den sich so dichte, wabernde Schattenschleier rankten, daß Nysander zunächst nicht sicher sein konnte, ob es ein Mensch oder ein übernatürliches Wesen war.

»Sei gegrüßt, alter Mann«, zischte der Dyrmagnos. »Wie müde du nach deiner langen Wache doch sein mußt.«

Nicht Tikárie Megraesh, sondern eine Frau, dachte Nysander, als er einen Schritt auf die Gestalt zuging. Sie glich einem zerbrechlichen, verhutzelten Gerippe, geschwärzt von den endlosen Jahren, ausgetrocknet durch das Böse, das sie am Leben erhielt. Dies stellte die höchste Weihe eines Totenbeschwörers dar – die Verkörperung des Lebens im Tod, umhüllt von den prunkvollen Gewändern einer Königin.

Sie hob die klauengleichen Hände, hielt zwei menschliche Herzen hoch und quetschte sie, bis in langen Fäden zähes Blut heraustroff und auf den Boden rings um ihre Füße spritzte.

»Das Fest hat begonnen, Hüter«, verkündete die Gestalt neben ihr, und abermals erkannte Nysander die Stimme als jene des goldhäutigen Dämons aus seinen Visionen. Doch es war eine Sinnestäuschung. Durch die Schleier der Dunkelheit sah er einen Mann – Mardus –, der mit der Stimme des Verzehrers des Todes sprach.

Hinter den beiden tauchten weitere Schemen in langen Roben auf.

Der erbärmliche Gestank von Totenbeschwörern wehte Nysander entgegen, begleitet von einem vertrauten Geruch, der ihm fast das Herz zerriß – der betörenden Süße von Ylinestras unverkennbarem Duft.

»Nach all den Jahren des Erwartens hast du gar keine Antwort bereit?« höhnte der Dyrmagnos.

»Für deinesgleichen gibt es nur eine Antwort, und zwar die.« Damit hob Nysander die Hände und schleuderte die Kugeln geballter Macht, die auf seinen Handflächen brannten.

32

Verlust

Der Mond hatte seinen Zenit bereits überschritten, als Seregil in die Blaufischstraße zurückkehrte. Es war ein völlig sinnloser Tag gewesen. Da das Bettlergesetz wieder in Kraft getreten war, hatten sich viele seiner wertvollen Kontaktleute aus dem Staub gemacht oder waren untergetaucht. Die wenigen, die er aufspüren konnte, wußten nichts Neues über eine plenimaranische Verschwörung in Rhíminee zu berichten. Sofern sich der Feind tatsächlich in der Stadt befand, verschleierte er es meisterhaft.

So erschöpft Seregil auch war, der Anblick der erloschenen Laternen vor der Herberge ließ ihn stutzig werden. Eine dunkle Ahnung sträubte ihm die Haare im Nacken und an den Armen. Flugs duckte er sich in den Schatten eines Tores auf der gegenüberliegenden Straßenseite und ließ den Blick eine Weile prüfend über den Hof wandern, dann zog er das Schwert und schlich vorsichtig zur Eingangstür hinüber.

Sie war nur angelehnt.

Ohne sie zu berühren lief er auf leisen Sohlen ums Haus und entdeckte, daß auch die Hintertür offenstand. Mit der Spitze der Schwertklinge stieß er sie weit auf und bereitete sich auf einen Angriff vor, doch drinnen schien alles ruhig.

Ein unheilverkündender Geruch stieg ihm in die Nase,

als er die Küche betrat: der schale, rußige Moder eines erkalteten Kamins und niedergebrannter Lampen. Nachdem er einen Lichtstein hervorgeholt hatte, stellte er fest, daß alles unverändert wirkte, ausgenommen Rhiris Pritsche, die nicht wie üblich neben dem Kamin stand.

Im zweiten Stock stieß er auf noch bedrohlichere Zeichen. Thryis und ihre Familie befanden sich nicht in ihren Zimmern, und anscheinend war nur in Cillas Bett geschlafen worden; die Bettwäsche wirkte hastig zurückgeschlagen, und die Tagesdecke hing schief über die Seite. Neben dem Bett lag ein umgeworfener Stuhl in den zerbrochenen Überresten einer Waschschüssel.

Eine drückende Schwere nistete sich in Seregils Magengrube ein, als er sich zu den Gästezimmern im vorderen Teil der Herberge begab. Nur ein Raum war bewohnt. Der unglückliche Fuhrmann und dessen Sohn lagen tot in den Betten; sie waren mit den Kissen erstickt worden.

Die in die Wandtäfelung eingebaute Geheimtür zu der Treppe, die hinauf zu Seregils Zimmer führte, wirkte äußerlich unangetastet, als er sie aber öffnete, stellte er fest, daß sich jemand an der Schutzglyphe am Fuße der Treppe zu schaffen gemacht hatte. Auf den untersten Stufen prangten Blutflecken; einige davon waren verschmiert, weil augenscheinlich mehrere Personen hineingetreten waren, bevor sie trocknen konnten. Die weiter oben befindlichen Glyphen waren schlicht und ergreifend verschwunden. Das Schwert immer noch in der rechten Hand, zog er mit der linken den Dolch und schlich die Treppe hinauf.

Die Türen am oberen Ende der Stufen standen offen, dahinter war es dunkel. Sollte jemand in dem unbenutzten Lagerraum lauern, war es am besten, dies jetzt herauszufinden, solange Seregil noch die Möglichkeit hatte, rasch den Rückzug anzutreten. Er fingerte einen Lichtstein aus einem am Gürtel befestigten Beutel und warf ihn hinein. Geräuschvoll polterte der Stein über den Boden und beleuchtete die wenigen Kisten und Truhen, die darin verstreut lagen. Niemand sprang aus der

Düsternis, um ihn anzugreifen, doch der Boden erzählte eine Geschichte, die zu deuten es keines Micum Cavishs bedurfte; Menschen, viele Menschen waren hier ein- und ausgegangen. Einige waren durch den Raum geschleift worden, einige hatten geblutet.

Auch die letzte Schutzglyphe an der Tür zum Wohnzimmer war verschwunden. Seregil holte tief Luft, preßte sich an die Wand neben dem Türstock und drehte langsam den Knauf.

Ein schauriger, unsteter Lichtstrahl fiel auf den Boden vor seinen Füßen, und ein entsetzlicher Schlachthausgestank drang aus dem Zimmer. Die Waffen im Anschlag stürmte er hinein. Trotz all der Vorwarnungen traf ihn der erste Anblick in der Kammer wie eine Kanonenkugel.

Mehrere Lampen brannten noch, und im leeren Kamin tänzelten fahle, widernatürliche Flammen. Irgend jemand hatte das Sofa der Tür zugekehrt, und darauf saßen vier kopflose Körper, so als warteten sie auf ihn.

Noch bevor er die auf dem verwüsteten Kaminsims aufgereihten Köpfe erspähte, wußte er, um wen es sich handelte. Das seltsame Licht ließ die Konturen der verzerrten Züge deutlich hervortreten: Thryis, Diomis, Cilla und Rhiri schienen völlig verständnislos auf die eigenen Körper zu starren, die ein kranker Verstand in entspannter Haltung auf dem Sofa angeordnet hatte. Diomis saß an seine Mutter gelehnt und hatte einen Arm um ihre blutigen Schultern geschlungen. Daneben hockte Cilla, zu Rhiris Überresten geneigt.

Überall war Blut. Es hing in geronnenen Fäden vom Kaminsims, auf den Kacheln darunter hatten sich breite Lachen gebildet. An den mitleiderregenden Leichen war es zu schorfigen Krusten getrocknet. An den Wänden prangten große, klebrige Schlieren und Handabdrücke.

Ein Kampf hatte stattgefunden. Jemand hatte den Ecktisch umgestoßen und dadurch einen Pergamentstapel über den bereits blutgetränkten Teppich verstreut. Der Schreibtisch lag verkehrt in einem Gewirr aus Federkielen und Papier, auch die Regale links davon waren umgeworfen worden. Als Seregil sich bückte, um das Durcheinander genauer zu betrachten, sprang ihm aus den Schatten hinter der Werkbank etwas ins Auge, das ihm den Atem stocken ließ.

Alecs Schwert.

Er zog es hervor und nahm es eingehend unter die Lupe. Dunkle Flecken entlang der Schneide verrieten, daß Alec sich heftig gewehrt hatte, ehe er den Kampf verlor. Seregil ergriff das Schwert am Heft und spürte überrascht, wie ihn ein kurzer, unerklärlicher Anflug von Wut übermannte.

Ich habe ihm doch gesagt, er soll auf Watermead bleiben!

Die Tür zu seinem Schlafzimmer war zwar geschlossen, aber blutige Fußabdrücke führten hinein. Er ergriff ein Gefäß voller Lichtsteine aus einem Regal, trat die Tür auf und schleuderte den Krug hinein.

Ein unheimlicher, kläglicher Laut ertönte; erschrocken riß Seregil das Schwert hoch. Abermals ertönte das Geräusch und ging in ein langgezogenes Knurren über. Als er dem Ton folgte, entdeckte er Ruetha, die oben auf einem Kleiderschrank hockte, mit gleich einem Sumpffeuer funkelnden Augen. Sie fauchte ihn an, dann sprang sie herunter und huschte zur Tür hinaus.

Hier schien alles unberührt, abgesehen von den grünen Samtvorhängen an seinem Bett. Er verwendete sie nie, aber jemand hatte sie rings um die Liegestatt zugezogen. Derselbe Jemand, der die blutigen Fußabdrücke auf dem Teppich hinterlassen hatte.

Laut hallten Seregils Atemzüge in seinen Ohren wider, als er sich zwang, den Raum zu durchschreiten; er ahnte bereits, wessen Leichnam er finden würde, sobald er die Vorhänge öffnete.

»Nein«, stieß er heiser hervor, ohne zu merken, daß er überhaupt sprach. »*Nein nein nein, o bitte nicht ...*«

Jäh biß er die Zähne zusammen und riß den Vorhang auf.

Aber auf dem Bett lag nur ein Dolch – ein Dolch, um dessen Heft ein Büschel langer, blonder Haare geknotet war. Mit zitternden Händen hob Seregil das Messer auf und erkannte den schwarzen, mit Silber eingelegten Griff; es war der Dolch, den er Alec in Wolde geschenkt hatte.

Einen schwindelerregenden Lidschlag lang vermeinte er, wieder Alecs Daumen im Gesicht zu spüren, der ihm Ruß auf die saubere Stelle an der Wange schmierte.

»Wo ist er?« zischte Seregil. Wutentbrannt ergriff er das Schwert und stürmte zurück hinaus ins Wohnzimmer. »Ihr Schweinehunde! Was habt ihr mit ihm gemacht?«

Ein boshaftes Kichern brach neben ihm los; Seregil erstarrte. Panisch ließ er den Blick durch den Raum wandern. Abermals ertönte das Lachen und sträubte ihm die Nackenhaare. Er kannte die Stimme.

Es war die Stimme der Erscheinung, die ihn durch die mycenische Landschaft verfolgt hatte; die Stimme, gegen die er in jener Nacht, als Alec ihm die Holzscheibe vom Hals riß, in einem Fiebertraum angekämpft hatte.

Doch diesmal stammte sie von keinem schwarzen, gestaltlosen Schemen; diesmal drang sie von den sich bewegenden Lippen an Cillas abgetrenntem Kopf.

»Seregil von Rhíminee und Aurënen!« Die glasigen Augen rollten in den Höhlen und hefteten sich auf ihn. »Endlich haben wir dich gefunden, du Dieb!«

Aus Diomis' offenem Mund hallte dieselbe gräßliche Stimme. »Hast du geglaubt, wir würden dich davonkommen lassen? Du hast das Heiligtum des Seriamaius entweiht und seine Reliquien besudelt.«

»Das Auge und die Krone.« Nun sprach Rhiri, der sein ganzes Leben lang keine Stimme gehabt hatte.

»Dieb! Grabschänder!« spie Thryis ihm entgegen, deren Lippen sich zu einem gehässigen Grinsen verzogen.

»Grabschänder! Dieb!« fielen die anderen Köpfe in den anklagenden, freudlosen Chor mit ein.

»*Aura Elustri málrei*«, keuchte Seregil und betrachtete das unwirklich anmutende Schauspiel mit einer Mischung aus Wut und Abscheu. »Was habt ihr mit Alec gemacht? Wo ist er?«

Antwort erhielt er keine, dafür polterte Rhiris Kopf zu Boden, rollte auf ihn zu, schnappte mit den Zähnen nach ihm und lachte; die anderen Schädel taten es ihm gleich.

»Vergebt mir, ihr alle.« Mit dem Gefühl, im schlimmsten aller Alpträume gefangen zu sein, hob Seregil das Schwert und hackte auf die Köpfe ein, bis nur noch ein Brei aus Haaren und Gehirnmasse übrig war. Mitten darin entdeckte er vier kleine Zauberbehelfe, verkohlte, in Tollkirschenblätter gewickelte menschliche Fingerknochen.

Während er eine Welle aufkeimender Übelkeit niederrang, beäugte er mißtrauisch die immer noch zusammengesunken auf dem Sofa hockenden Körper.

»Ihr habt etwas Besseres als das hier verdient«, flüsterte er mit belegter Stimme. »Irgendwie – irgendwie bringe ich das wieder in Ordnung.«

Seregil ging zurück ins Schlafzimmer, kramte seinen alten Lederrucksack hervor und warf die wichtigsten Dinge für unterwegs hinein. Dann wickelte er Alecs Dolch behutsam in ein großes Halstuch und steckte ihn in den Kittel.

Im Wohnzimmer nahm er Alec Bogen und Köcher vom Haken über dem Bett und stellte beides an der Tür ab; dabei verbot er sich, darüber nachzudenken, ob der Junge die Dinge je wieder brauchen würde. Alecs Schwert steckte er einstweilen in seine Scheide; er hatte keinesfalls vor, die eigene Klinge einzustecken, bevor er ein gutes Stück von hier entfernt war.

Er schritt um das Chaos am Kamin herum, löste die Schatulle mit den ungefaßten Juwelen aus einer Pfütze geronnenen Blutes und leerte sie in den Lederrucksack. Die Beute vieler Jahre gelegentlicher Diebstähle fiel heraus und glitzerte im widernatürlichen Feuerschein. Erst kürzlich hatte Alec sie im Zuge einer Lektion in Edelsteinkunde sortiert. Zuerst glitt ein Schwall glänzender Rubine in den Rucksack und füllte die Lücken zwischen Kleidungsstücken und kleinen Beuteln, dann folgten Smaragde, Opale, Amethysten und eine Handvoll Gold- und Diamantenknöpfe, die sie als Spielsteine verwendet hatten. Seine Hände begannen zu zittern. Das Lösegeld eines Lords purzelte an der Öffnung vorbei, doch er ließ die Steine liegen, wo sie hinfielen. Seregil zog den Riemen des Rucksacks fest und trug ihn zur Tür, dann drehte er sich um und warf einen letzten Blick auf das Zuhause, in dem er fast dreißig Jahre gelebt hatte. Er war hier glücklich gewesen, wahrscheinlich glücklicher als irgendwo sonst in seinem Leben. Nun stellte all das – die Bücher, Waffen, Wandteppiche und Statuen, die Regale voller Relikte und Kuriositäten, die sich im Lauf der Jahre angesammelt hatten – nur noch ein Beiwerk des grausigen Bildes dar, das die verstümmelten Leichen vor dem Kamin boten.

Seregil ergriff eine große Lampe vom Tisch, flüsterte ein kurzes Gebet und schüttete das Öl über die Leichen. Dann nahm er alle weiteren Lampen, die ihm unter die Finger gerieten, schleuderte sie nacheinander an die Wand und leerte einen Topf Feuersteine über das verschüttete Öl. Flammen züngelten auf und verwandelten sich rasch in eine hungrige, reinigende Feuersbrunst.

Seregil schlang sich den Rucksack und die Waffen über die Schultern und flüchtete die Treppe hinunter, ohne die Türen hinter sich zu schließen.

Als er auf dem Weg zur Küchenstiege an Cillas Zimmer vorbeihastete, gebot ihm ein gedämpfter Schrei jäh Einhalt.

Er ließ alles außer dem Schwert fallen, stürmte in den Raum und schleuderte den umgeworfenen Stuhl beiseite. Darunter, fest in dicke Laken gewickelt, damit er stillag, brüllte Luthas in seinem kleinen Rollbettchen aus Leibeskräften.

Offenbar hatte Cilla die Angreifer gehört. In der kurzen Zeit, die ihr geblieben sein mußte, hatte sie ihr Kind versteckt, indem sie den Stuhl umdrehte und die Decken über den Bettrand zog, so daß man Luthas nicht sehen konnte.

Er muß geschlafen haben, als ich vorher hier war, dachte Seregil und hob den tobenden Säugling aus dem Bettchen. *Und hätte er jetzt nicht geschrien ...*

Als Seregil sich zum Gehen wandte, erblickte er sich in Cillas Spiegel. Das Bild, das er darin sah – ein kalkweißes Gesicht, vor Wut schwarze Augen – erinnerte an einen haßerfüllten Racheengel.

Durch die Ritzen der Deckendielen drang bereits Rauch herab, als er sich den Rucksack und die Waffen wieder auflud und Luthas die Treppe hinuntertrug. Im ersten, fahlen Licht der Morgendämmerung erschien ihm der Hinterhof seltsam unwirklich, wie ein vertrauter Ort, den man in einem Traum sieht, bevor er sich in etwas Unheimliches verwandelt. Das Gewicht des Rucksacks, der Waffen und des Kindes zog ihn zu Boden und zehrte an seinen Kräften.

»Dem Lichtträger sei Dank, da seid Ihr ja!« rief eine vertraute Stimme.

Verwirrt wirbelte Seregil herum und erblickte Nysanders jungen Bediensteten Wethis, der auf einem Fuchs um die Ecke der Herberge ritt.

»Ich habe von weitem Rauch gesehen«, erklärte Wethis und zügelte das Pferd. Weitere schlimme Befürchtungen keimten in Seregil, als ihm auffiel, daß die Kluft des Bediensteten völlig zerrissen und um eine Hand des jungen Mannes ein Verband gewickelt war. »Vorne hat niemand geantwortet, deshalb ...«

»Sie sind alle tot«, unterbrach ihn Seregil mit dünner, brüchiger Stimme. »Was ist mit dir passiert? Und was tust du hier?«

»Die Orëska wurden letzte Nacht überfallen«, antwortete Wethis kläglich und stockend. »Es war grauenhaft. Nysander – man hat ihn im untersten Kellergewölbe gefunden ...«

»Ist er tot?« herrschte Seregil den Jungen an.

Wethis zuckte zusammen. »Ich weiß es nicht. Valerius und Hwerlu waren bei ihm, als ich losgeritten bin. Sie haben mich geschickt, um Euch zu holen. Ihr müßt sofort kommen!«

Seregil ließ sein Zeug fallen und reichte dem Jungen Luthas hinauf. »Nimm das Kind und laß den restlichen Kram zu den Orëska bringen. Und schaff die übrigen

Pferde aus dem Stall, bevor hier alles in Rauch und Flammen aufgeht.«

Damit überließ Seregil den Jungen sich selbst, rannte in den Stall und zäumte Cynril auf.

Aus dem Nebenabteil wieherte ihm Patch zu. Alec hatte sich letzte Nacht noch Zeit genommen, die Stute zu füttern und mit einer Decke zu versehen, bevor er ins Haus ging, bar jeder Ahnung, was ihn dort erwartete.

Seregil sparte sich die Mühe, Cynril einen Sattel aufzulegen, sprang auf und preschte an Wethis vorbei von der lodernden Herberge weg, ohne sich noch einmal umzudrehen.

Die Welt wirkte seltsam still, als er zu den Orëska galoppierte. Die Straßen, der fahle Morgenhimmel, das Geräusch von Cynrils Hufen – allem haftete etwas Unwirkliches, Verschwommenes an, als beobachtete er die Szene aus der Ferne durch eines von Nysanders Vergrößerungsgläsern. Doch irgendwo hinter dem schützenden Wall des Schocks begann sich tiefe Trauer auszubreiten.

Noch nicht. Noch nicht. Es gibt noch soviel zu tun.

Er preschte weiter durch die Straßen, dann durch das Tor der Orëska und die duftenden Gärten. Erst als er das Haus selbst erreichte, wurde er langsamer. Er zügelte das Pferd, sprang aus dem Sattel und hastete, zwei Stufen auf einmal nehmend, die Treppe hinauf.

In der Vorhalle stank es nach Rauch und Magie. Der Mosaikfußboden präsentierte sich verkohlt und gesprungen, das Drachensymbol war kaum noch zu erkennen. Wo sich einst die Bogentüren zum Museum befunden hatten, gähnte nun ein klaffendes, teilweise von Schutt verdecktes Loch.

Später sollte Seregil sich nicht mehr daran erinnern, wie er über die Treppe nach oben gelangte oder wer ihn in den Turm ließ, aber als er endlich innehielt, stand er vor Nysanders Schlafzimmertür, wo ihm Valerius den Weg versperrte.

»Lebt er noch?« keuchte Seregil, dessen Herz wild in der Brust hämmerte.

Stirnrunzelnd nickte der Drysier. »Ja. Noch jedenfalls.«

»Dann laß mich vorbei. Ich muß mit ihm reden!« Seregil versuchte, sich an Valerius vorbeizudrängen, doch der ergriff seinen Arm und hielt ihn mit Nachdruck zurück.

»Sachte, Seregil, sachte«, warnte er. »Nach meinen medizinischen Kenntnissen hätte er einen solchen Angriff gar nicht überleben dürfen. So manch anderer hatte weniger Glück. Trotzdem weigert er sich, uns seine Schmerzen lindern zu lassen, so gut wir können, bevor er mit dir gesprochen hat. Mach schnell und schone seine Kräfte. Er braucht sie dringendst.«

Damit trat Valerius beiseite, öffnete die Tür und folgte Seregil hinein.

Nysander lag zur Seite gedreht unter einem sauberen, weißen Laken. Seine Augen waren geschlossen, seine Züge eingefallen. Hwerlu kniete am Fußende des Bettes und spielte ein Heillied; Tränen quollen aus den eigenartigen Pferdeaugen. Daneben standen zwei Seregil unbekannte Drysier, eine Frau und ein Junge, und sangen leise. Valerius sprach kurz mit ihnen, woraufhin sie sich zurückzogen.

Seregil trat ans Bett und kauerte sich neben Nysander. Der Atem des Zauberers ging so flach, daß er ihn kaum zu hören vermochte.

»Was ist geschehen?« flüsterte er und berührte sanft die Wange des alten Mannes. Sie fühlte sich kalt und feucht wie Lehm an.

»Großer Lärm, wie Donner und Krieg, hallte durch die Nacht«, erklärte Hwerlu und spielte weiter, während er sprach. »Der Krach hat uns in unserem Wäldchen geweckt. Als ich zum Haus gerannt bin, sah ich eine dunkle, riesige Gestalt darüber aufsteigen. Sie verschwand in der Finsternis des Himmels. Ich lief weiter, und drinnen stieß ich auf die Folgen eines solchen Gemetzels ...« Die Finger des Zentauren glitten kurz von den Saiten der Harfe ab. »Die Eindringlinge hatten sowohl Schwertkämpfer als auch Zauberer dabei. So viele sind gestorben!«

»Aber wie?« fragte Seregil ungläubig. »Wie konnten sie so zahlreich hier eindringen? Bei Illiors Händen, das ist doch das Orëska-Haus!«

»Durch das Haupttor und anscheinend durch die Abwasserkanäle«, sagte Valerius hinter ihm.

»Durch die Abwasserkanäle? Aber ich dachte, darum hätte man sich gekümmert, nachdem Alec und ich Rythel auf die Schliche gekommen waren.«

»Offenbar haben die Behörden ihr Augenmerk überwiegend auf jene Bereiche gerichtet, über die man zum Palast gelangen kann. Es ist auch durchaus möglich, daß jemand bezahlt wurde, um an der einen oder anderen Stelle wegzusehen. Wie auch immer, jedenfalls ist kurz, nachdem der Alarm losging, eine andere Gruppe durch die Gärten hereingestürmt. Wie sie unbemerkt das Gelände betreten konnten, ist ein weiteres Rätsel, aber der Hauptangriff ging anscheinend von den Kellergewölben aus.«

Seregil ließ den Kopf in die Hände sinken. »All die toten Torläufer diesen Winter. Bei den Vieren, hätte ich Rythel früher geschnappt, hätten wir all das vielleicht verhindern können!«

Nysanders Augenlider zuckten schwach.

»Mardus«, flüsterte er kaum vernehmbar. »Es war Mardus; ich habe ihn gesehen, und einen Dyrmagnos, außerdem ...«

Die Stimme versagte ihm den Dienst, aber sein Mund bewegte sich weiter. Seregil beugte sich hinab und brachte das Ohr dicht an Nysanders Lippen, um die leisen Worte zu verstehen.

»Verzehrer des Todes.« Die Laute glichen kaum mehr als einem Atemhauch, dennoch waren sie unmißverständlich. Nysander schauderte und schloß die Augen, als eine Woge der Pein über ihn hinwegspülte. Verbissen kämpfte er dagegen an und preßte die Worte Atemzug für Atemzug hervor. »Wo – Alec?«

»Sie haben ihn mitgenommen und mir das hier zurückgelassen.« Seregil kramte den Dolch hervor und hielt ihn hoch, damit Nysander ihn sehen konnte.

Der Zauberer starrte auf die Haarsträhne, dann preßte er jäh die Augen zu, als ihn ein weiterer Schub Schmerzen durchzuckte.

»Es ist nicht deine Schuld.« Die Worte fühlten sich wie Asche in Seregils Mund an. Seine innere Schutzmauer begann zu zerbröckeln; dahinter traten die ersten scharfkantigen Splitter der Wut und des Kummers zutage.

»Es hat begonnen«, hauchte Nysander sichtlich erregt. Er mußte alle noch vorhandene Willenskraft aufwenden, um weiterzusprechen. »An einem bestimmten Ort, zu einer bestimmten Zeit – in Plenimar, unter der Säule des Himmels – Der Tempel – Tempel –«

»Ein Tempel in Plenimar. Wo, Nysander? Verflucht, du mußt mir sagen wo!«

»Synodisch ...«, murmelte Nysander bedauernd, bevor ihn wieder tiefe Schwärze umfing.

»Was? Nysander, was soll das heißen?« Seregil drehte sich zu Valerius um. »Kannst du denn gar nichts tun? Alecs Leben könnte davon abhängen!«

Valerius ergriff Seregils Arm und zog ihn vom Bett weg. »Laß ihm ein wenig Zeit. Er muß sich ausruhen, sonst erholt er sich vielleicht nie mehr. Du siehst selber aus, als könntest du ein wenig Fürsorge vertragen. Ich lasse Darbia rufen.«

»Ich brauche nichts«, preßte Seregil zwischen zusammengebissenen Zähnen hervor und streckte sich, um über die Schulter des Drysiers zu schielen, während ihn der größere Mann zur Tür zurückdrängte. »Ich muß wissen, was er gemeint hat! Es könnte ohnehin schon zu spät sein.«

»Wenn er sich jetzt nicht ausruht, kann er dir nie wieder etwas erzählen. Ein paar Stunden, vielleicht weniger. Bleib im Turm, ich komme zu dir, sobald ich hier fertig bin. Und jetzt raus!« Mit einem letzten, wenig freundlichen Stoß schubste der Drysier Seregil auf den Korridor hinaus und warf ihm die Tür vor der Nase zu.

Mit Alecs Dolch in der geballten Faust verharrte Seregil allein auf dem Gang.

Während er mit den Fingern über die Haarlocke strich,

sprach er halblaut die Worte aus, die er sich im Krankenzimmer verkniffen hatte.

»Sag, Nysander, kann deine Magie ihn jetzt noch beschützen?«

33
Nachwehen

Micum spürte Karis runden Bauch, als die beiden einander umarmten. Magyanas Botschaftsschimmer schwebte grünlich leuchtend in einer Ecke des Gästezimmers auf Lord Warniks Anwesen.

»Es tut mir leid, Liebling, aber irgend etwas ist passiert, und Magyana erwartet mich.« Sanft wischte Micum ihr eine Träne von der Wange. Wie oft hatte ihn schon jemand erwartet, ihn zu sich gerufen? Wie oft hatte sie ihn schon mit diesem gezwungenen, freudlosen Lächeln verabschiedet.

»Dann geh«, sagte sie knapp und verschränkte die Arme vor der Brust. »Möge Sakor dich heil zu mir zurückgeleiten.«

Micum schulterte sein Reisebündel und drehte sich zu dem Schimmer um. »Ich bin bereit.«

Sogleich erschien ein großer, runder, schwarzer Fleck anstelle des Schimmers. Ein letztes Mal winkte er Kari zu, dann schritt er hinein. Einen Lidschlag später stand er in Nysanders Zauberkammer. Ein paar Schritte entfernt saß Magyana auf einem niedrigen Stuhl; sie wirkte zu Tode erschöpft. Ihre Brokatrobe war schmutzig und blutbefleckt, das lange, silbrige Haar hing ihr wirr über die Schultern.

»Was ist denn passiert?« fragte Micum erschrocken. Hastig sank er vor ihr auf ein Knie, nahm ihre Hände in die seinen und stellte fest, daß sie eiskalt waren.

»Letzte Nacht wurde das Orëska-Haus überfallen«,

erklärte sie mit bebender Stimme. »Nysander ist schwer verletzt, viele andere sind tot. Ich hätte dich ja schon früher geholt, aber ich mußte mich erst ein wenig erholen. O Micum, es war schrecklich, so schrecklich.«

»Dann hatten sie also doch recht«, stöhnte er und schloß die alte Frau in die Arme. »Waren es die Plenimaraner?«

»Angeführt von Herzog Mardus persönlich. Er hatte Totenbeschwörer und einen Dyrmagnos dabei.«

»Wo ist Seregil? Und Alec?«

Magyana schüttelte den Kopf. »Wethis wurde losgeschickt, um sie zu holen. Vielleicht sind sie schon da. Komm mit, ich muß nach Nysander sehen.«

Unten stießen sie auf eine Drysierin, die mit einer Waschschüssel und blutbefleckten Lappen Nysanders Zimmer verließ.

»Wie geht es ihm?« erkundigte sich Magyana.

»Unverändert«, antwortete die Frau mitfühlend.

Valerius bedeckte gerade Nysanders Brust und Seite mit Kompressen, als sie eintraten. Rasch zog der Drysier die Decke wieder über den Zauberer, als Micum sich näherte, dennoch erhaschte er noch einen Blick auf die gräßlichen Verbrennungen. Nysander schien zu schlafen oder bewußtlos zu sein; das Antlitz des Magiers präsentierte sich kreidebleich. Magyana zog einen Stuhl an das Kopfteil des Bettes und legte die Hand auf Nysanders Stirn.

»Er hat die Natur eines Drachen«, meinte Valerius leise und strich sich gedankenverloren über den wildwuchernden, schwarzen Bart, während er auf den Zauberer hinabschaute. »Wie er kämpft! Wenn ich verhindern kann, daß die Wunden sich entzünden, wird er wieder gesund. Hast du Seregil schon gesehen?«

»Nein, ich bin gerade erst angekommen. Sind die beiden schon hier? Geht es ihnen gut?«

Micums Mut sank, als ihm der Drysier eine Hand auf den Arm legte. »Seregil ist vor einer halben Stunde hier hereingestürmt. Bislang hat er nur mit Nysander geredet, aber Alec war nicht bei ihm. Wethis sagt, er habe die Herberge zum Jungen Hahn in Brand gesteckt. So weit ich weiß, hat nur das Kind ...«

»Verdammt!« Micum stürzte auf die Tür zu. »Wo ist er?«

»Im Wohnzimmer. Wenn du ...«

Micum wartete nicht, um den Satz zu Ende zu hören. Er rannte das kurze Stück den Korridor entlang und fand die Wohnzimmertür offen vor. Seregil stand an den Kaminsims gelehnt; er trug eine Hose und ein Hemd, beides offenbar geliehen. Vor einem Lehnstuhl lagen zahlreiche Karten und Schriftrollen ausgebreitet, als hätte er zuvor dort gesessen und sie durchgesehen. Daneben stand ein Becher Wein auf dem Boden, aber als Seregil aufschaute, erkannte Micum mit einem Blick, daß sein Freund alles andere als betrunken war. Sein bleiches Antlitz wirkte fast ausdruckslos, abgesehen von den Augen.

Was Micum darin las, jagte ihm einen eiskalten Schauer der Vorahnung über den Rücken.

»Hat Alec dir alles erzählt?« fragte Seregil, für Micums Geschmack viel zu gefaßt.

»Von der Prophezeiung? Ja.« Langsam ging Micum auf seinen Freund zu, so behutsam, als näherte er sich einem scheuenden Pferd. »Wo ist er? Was ist im Jungen Hahn passiert?«

Seregil hielt etwas hoch, das er die ganze Zeit in der Hand gehabt hatte – einen Dolch, um den eine lange, blonde Haarsträhne geknüpft war.

»Ist er ...?«

»Ich weiß es nicht.«

Betroffen stöhnte Micum auf und ließ sich kraftlos auf einen Stuhl sinken. »Er hatte es so eilig, zurückzureiten. Ich glaube, er hat sich Sorgen um dich gemacht; trotzdem hätte ich ihn aufhalten müssen.«

»Vielleicht kann ich helfen«, meinte Valerius, der an der offenen Tür stand. Er ging zu Seregil, ergriff den Dolch, hielt ihn sich an die Stirn und murmelte ein Gebet oder einen Zauberspruch.

»Er lebt«, verkündete er und gab Seregil das Messer

zurück. »Mehr läßt sich daraus nicht ablesen, aber er lebt.«

»Nur wie lange noch, hm?« Schmale Furchen der Anspannung traten im Licht des Feuers rings um Seregils Augen und Mund zum Vorschein, als er den Dolch wieder an sich nahm und an sein Herz drückte. »Wir wissen, wozu diese Dreckskerle fähig sind. Micum, es war *tatsächlich* Mardus. Nysander hat ihn während des Angriffs gesehen. Und ich glaube, wir können davon ausgehen, daß auch im Jungen Hahn seine Männer gewütet haben.«

»Also haben sie euch doch gefunden.«

Seregils Lippen verzogen sich zu einem Abklatsch seines alten Grinsens, der Micum einen weiteren Schauder über den Rücken jagte. »Sozusagen«, erwiderte er mit nunmehr nahezu tonloser Stimme, während er ins Feuer starrte. »Alec ist in einen Hinterhalt geraten. Ich kam erst an, als schon alles vorbei war.« Jetzt zitterten seine Hände sichtlich, als er sich an den Kaminsims lehnte.

Valerius nickte Micum mitfühlend zu und schlich leise hinaus.

»Sie haben – Sie haben alle getötet«, flüsterte Seregil heiser. »In meinen Zimmern. Alle außer Luthas. Er ist bei Wethis. Jetzt brennt das ganze verfluchte Haus gerade nieder. Alles.«

Micum schüttelte den Kopf, als das Grauen in sein Bewußtsein sickerte. »Und Cilla, Thryis?«

»Alle.«

Seregils Züge schienen zu zerbröckeln wie ins Feuer geworfenes Pergament. »Ich bin schuld, Micum«, keuchte er stockend und vergrub das Gesicht in beiden Händen. »Ich habe sie da hineingezogen, habe diese Schweine zu ihnen geführt. Sie waren ...«

Micum erwiderte nichts; statt dessen schlang er schweigend die Arme um Seregil und hielt ihn fest, während ein rauhes, ersticktes Schluchzen seinen Freund beutelte. In all der Zeit, die Micum ihn schon kannte, hatte er ihn kaum weinen gesehen, und noch nie so herzzerreißend. Was auch immer er in der Herberge gesehen oder dort getan hatte, es hatte einen Teil seiner Seele getötet.

»Du konntest es doch nicht wissen«, sagte er schließlich.

»Natürlich hätte ich es wissen müssen!« schrie Seregil. Er riß sich von Micum los und starrte ihn mit wilden, verzweifelten Augen an. »All die Jahre haben sie mich beschützt, meine Geheimnisse gehütet. Abgeschlachtet! *Abgeschlachtet* wie Tiere, Micum! Dieser scheißefressende Abschaum hat ihnen ... Sie haben ihnen die Köpfe ...«

Kraftlos sank Seregil auf die Knie und vergrub abermals das Gesicht in den Händen, als ihn ein neuerlicher Weinkrampf schüttelte.

Micum hockte sich neben ihn, legte ihm die Hand auf die Schulter und lauschte mit wachsendem Entsetzen und anschwellender Wut, wie Seregil die Einzelheiten dessen herauswürgte, was er vorgefunden hatte; wie die Körper dieser braven Leute geschändet worden waren.

Nachdem Seregil geendet hatte, ließ er sich, diesmal widerstandslos, von Micum in die Arme nehmen und festhalten, bis er sich ausgeweint hatte und völlig erschlafft verstummte. Danach verharrte er noch eine Weile an Micum gelehnt, bevor er sich auf die Fersen hockte und mit dem Hemdzipfel das Gesicht abwischte. Seine Augen waren rotgerändert, aber er wirkte nun ruhiger.

Micums Beine schmerzten vom langen Knien. Er setzte sich zwischen die verstreuten Papiere und streckte erst ein Bein, dann das andere. »Erzähl mir mehr über Alec.«

Seregil hielt den schwarzen und silbernen Dolch hoch, den er die ganze Zeit über fest umklammert hatte. »Das ist seiner. Sie haben ihn dagelassen, damit ich sicher sein würde, daß sie ihn haben. So wie es im Zimmer aussah, dürften sie zuerst die anderen getötet und dann eine ganze Weile in der Hoffnung gewartet haben, wir würden auftauchen. Unter einem Tisch habe ich sein Schwert gefunden. Er muß ihnen einen beherzten Kampf geliefert haben, bevor sie ihn überwältigen konnten; an der Klinge hat Blut geklebt.« Scharf sog er die Luft ein und bemühte sich, ruhig zu bleiben. »Ich habe den Dolch Nysander gezeigt, als ich heute morgen herkam. Ich glaube, er weiß, wohin sie unterwegs sind. Er hat noch versucht, es mir zu sagen, als er plötzlich bewußtlos wurde, aber ich glaube, ich bin dahintergekommen.«

Seregil zog eine Landkarte aus dem unordentlichen Stapel neben dem Stuhl. Als er sie auf dem Boden zwischen ihnen ausbreitete, erkannte Micum den Umriß der plenimaranischen Halbinsel; die verschnörkelte Schrift auf der Karte vermochte er allerdings nicht zu entziffern.

»Was ist das? Ich kann gar nichts davon lesen.«

»Nysanders eigenes Schreibsystem«, erklärte Seregil. »Ich habe es damals in meinen Lehrlingstagen gelernt. Bevor Nysander ohnmächtig wurde, hat er von einem Tempel in Plenimar gesprochen, der sich unter ›der Säule des Himmels‹ befinden soll. Zunächst dachte ich, es müßte sich um irgendein Monument handeln und hatte wenig Hoffnung, es zu finden. Aber schau mal.« Er deutete auf eine Stelle an der Nordwestküste, unmittelbar oberhalb der Landenge. »Siehst du das kleine Kreuz da? Es kennzeichnet die Lage des Berges Kythes, nur ist er hier ›Yôthgash-horagh‹ benannt.«

Seregil blickte Micum an; allmählich erwachte der alte Feuereifer zu neuem Leben.

»In der alten Sprache Plenimars bedeutet das Himmelsäulenberg.«

»Unter der Säule des Himmels.« Neuerlich betrachtete Micum die Karte. »Dir ist aber schon bewußt, daß dieser Ort weit hinter den feindlichen Linien liegt, oder?«

»Ja, aber wenn ich richtig verstanden habe, was Nysander mir sagen wollte, ist es unumgänglich, daß wir Vier zu einer bestimmten Zeit dort sind. ›Ein bestimmter Ort, zu einer bestimmten Zeit‹, hat er gesagt, und ›synodisch‹.«

»Was soll das denn heißen?«

Stirnrunzelnd schüttelte Seregil den Kopf. »Keine Ahnung, aber es muß wichtig sein.«

»Und das alles hat mit eurer verfluchten Prophezeiung zu tun, nicht wahr?« fragte Micum mit finsterer Miene.

»Aber wozu in aller Welt haben die Plenimaraner die Orëska angegriffen?«

»Sie waren hinter der hölzernen Münze her, die ich Mardus damals in Wolde gestohlen habe. Die und mindestens ein weiterer für die Plenimaraner wichtiger Gegenstand waren in Nysanders Besitz. Er hatte beides im untersten Kellergewölbe versteckt. Dort hat auch der ärgste Kampf der Zauberer stattgefunden.«

Seregil erhob sich, strich die schlecht sitzenden Kleider glatt und ging auf die Tür zu. »Komm mit, ich will nachschauen, ob Nysander schon wieder bei Bewußtsein ist. Und dann will ich mir den Schaden unten ansehen.«

Micum folgte ihm, während er über Mardus nachgrübelte, und über den Umstand, daß sie Alec verschleppt hatten, anstatt ihn auf der Stelle zu töten. Er wußte, daß dies irgendwie mit dem in Zusammenhang stand, was er im Fen-Gebirge gefunden hatte, doch es schien weiser, solche Gedanken vorerst aus dem Kopf zu verbannen.

Valerius trat ihnen an der Schlafzimmertür entgegen.

»Na also, du siehst schon viel besser aus«, stellte er fest und musterte Seregil mit billigendem Blick. »Gerötete Augen, gerötete Wangen. Ordentlich ausweinen, genau das hat dir gefehlt. Die Sache mit der Herberge ist eine verfluchte Schande. Das Kind ist übrigens wohlauf. Ich habe es vorübergehend in den Tempel bringen lassen. Ich nehme an, von den anderen erzählst du mir, sobald du dazu bereit bist, oder?«

Seregil nickte. »Darf ich jetzt zu Nysander?«

»Er schläft noch. Magyana und Darbia beobachten ihn. Sie lassen uns rufen, sobald sein Zustand sich ändert.«

»Wann, glaubst du, wird er aufwachen?« erkundigte sich Micum.

»Schwer zu sagen. Diese alten Magier sind seltsame Wesen; er kämpft auf seine ganz eigene Weise um sein Leben.« Valerius zog die Augenbrauen hoch und wandte sich an Seregil. »Das von Thero hast du wohl noch nicht gehört, oder?«

»Was ist mit Thero?« fragte Seregil scharf.

»Er ist verschwunden«, schnaubte der Drysier. »Wir

haben jeden Stein umgedreht. Er ist weder unter den Toten, noch irgendwo im Haus oder in der Stadt. Meiner Meinung nach steckt er bei der Rotte, die uns letzte Nacht überfallen hat.«

»Dieser verräterische Hund!« knurrte Seregil. »Er kannte Nysanders Eigenheiten, seine Gewohnheiten, ganz zu schweigen von seinem Wissen um die Schutzmaßnahmen der Orëska. Die Abwasserkanäle unter diesem Ort sind durch mehr als bloß Eisengitter gesichert. Er hat sie hereingelassen! Bei Bilairys Eingeweiden, er hat sie *herein*gelassen!«

»Das ist noch nicht bewiesen«, schränkte Micum ein, doch Seregil schenkte ihm keinerlei Beachtung.

»Er wußte, wann ich in der Gegend war und wo ich gewohnt habe!« Bleich vor Zorn drosch Seregil mit der Faust gegen die Wand. »*Agrai methíri dös prakra*, er hat uns alle hinters Licht geführt. Dem stopfe ich die eigenen Nüsse ins Maul, wenn ich ihn finde. *Lasöt arma kriúnti . . .!*«

Micum nahm die Neuigkeit gelassener auf. »Wenn er die Hand im Spiel hatte, dann war Ylinestra auch daran beteiligt. Ich nehme an, sie ist ebenfalls verschwunden, richtig?«

Valerius schüttelte den Kopf. »Ihre Leiche lag in den Kellergewölben zwischen den Toten der Feinde.«

Seregil ließ einen weiteren Schwall leidenschaftlicher Aurënfaie-Flüche vom Stapel. »Wie viele Bewohner des Orëska-Hauses wurden getötet?«

»Nach letzter Zählung acht Magier, siebzehn Lehrlinge sowie dreiundzwanzig Wachen und Bedienstete. Und wir haben noch jede Menge Verwundete, die wahrscheinlich an ihren Verletzungen sterben werden.«

»Und der Feind?«

»Siebenundzwanzig Tote.«

Seregil warf dem Drysier einen fragenden Blick zu. »Und sonst? Verwundete, Gefangene?«

»Keinen einzigen«, erwiderte Valerius grimmig. Dafür hat dieser Dyrmagnos gesorgt. Augenzeugen des Kampfes haben berichtet, daß unmittelbar, nachdem Mardus und diese Kreatur aus dem Kellergewölbe verschwanden – und damit meine ich ›verschwunden‹ im thaumaturgischen Sinn des Wortes –, die überlebenden plenimaranischen Schwertkämpfer allesamt wie vom Blitz getroffen tot umkippten, sowohl unten als auch oben in der Vorhalle. Ich habe die Leichen gesehen; keine einzige weist tödliche Wunden auf.«

»Ich will sie mir auch ansehen.«

»Das dachte ich mir schon. Sie sind draußen im Westgarten aufgebahrt.«

»Gut. Aber zuerst möchte ich einen Blick in das Kellergewölbe werfen.«

Schutt und Mosaiksplitter knirschten unter ihren Stiefeln, als Seregil und Micum auf dem Weg zum Museumssaal die Vorhalle durchschritten. Die Magie, die beide Türhälften aus den Angeln gesprengt hatte, war weitergezischt und hatte gut die Hälfte der Schaukästen in dem Saal zerstört, darunter auch jenen, der die Hände des Totenbeschwörers enthielt; gleich riesigen, braunen Insekten lagen sie zwischen den Splittern und Scherben.

Mittlerweile wimmelte es in den Gewölben nur so von Menschen. Während sie ein Geschoß nach dem anderen hinabstiegen, liefen ihnen zahlreiche Bedienstete und Lehrlinge über den Weg, die gerettete Artefakte in Sicherheit brachten, außerdem einige Zauberer, die vor sich hin schluchzten oder betroffen schweigend an ihnen vorbeischlurften.

An der letzten Tür ließ ein Pförtner die beiden wortlos passieren. Fackeln und Zauberlichter erhellten das Gewirr der mit Kopfsteinen ausgelegten Verbindungsgänge. In ihrem Schein folgte Seregil den Spuren des Kampfes: einem blutigen, an einer Ecke eines Korridors fallengelassenem Dolch, dunklen Schlieren und Spritzern auf den fahlen Steinwänden, den verkohlten Überresten der Robe eines Magiers.

Micum stieß mit dem Fuß ein zerbrochenes Schwert beiseite, dann streckte er die Arme zu beiden Seiten von sich und stellte fest, daß er fast beide Wände zu berühren vermochte. »Bei Sakors Flamme, das muß wahrlich ein Gemetzel gewesen sein.«

Der Klang mehrerer Stimmen leitete sie das letzte Stück zu Nysanders geheimen Versteck, das sich hinter einer unauffälligen Wand etwa in der Mitte eines der innersten Gänge befand. Ein paar Fuß über dem Boden klaffte ein Loch mit verkohlten Rändern und führte in pechschwarze Dunkelheit. Daneben standen eine junge Hilfszauberin, die Seregil vom Sehen her kannte, und einige Bedienstete.

»Ihr seid Nysanders Freund, nicht wahr?« meinte sie. »Magyana hat mir gesagt, daß Ihr wahrscheinlich kommen werdet.«

»Hier ist es also?« fragte er und spähte in das Loch.

»Ja, es ist ein hervorragend geschützter Raum. Ich glaube, all die Jahre wußte niemand außer Nysander, daß es ihn überhaupt gab.«

»Offensichtlich hat es doch jemand gewußt«, gab Seregil freudlos zurück. »Von wo aus ist der Angriff erfolgt?«

Das Mädchen errötete empört und deutete weiter den Korridor hinab. »Am Ende dieses Ganges, wo wenige Ellen neben der Mauer ein Abwasserkanal verläuft, ist ein Durchbruch. Wie Ihr richtig sagt, scheinen sie genau gewußt zu haben, wo sie suchen mußten.«

Damit traten sie und die anderen zurück, damit Seregil und Micum ungestört mit ihrer Untersuchung beginnen konnten.

»Thero könnte tatsächlich von diesem Ort gewußt haben«, räumte Micum ein, während er beobachtete, wie Seregil seinen Werkzeugbeutel hervorholte und daraus einen Leuchtstock entnahm. »Vielleicht ist er zufällig dahintergekommen. Vielleicht hat Nysander ihm sogar davon erzählt.«

»Nein. Das hat er nicht.« Seregil bückte sich und betrachtete die gezackte Öffnung. »Bei Illiors Fingern, an dieser Stellte ist das Mauerwerk drei Fuß dick, trotzdem ist hier nirgends Schutt. Aber am anderen Ende sehe ich etwas Glänzendes.«

Das Loch war groß genug, daß sich Seregil hindurchwinden konnte. Er faßte hinein und strich mit den Fingerspitzen vorsichtig über etwas, das sich wie kleine Metallknötchen anfühlte und sich über einen Abschnitt des zerstörten Steinwerks erstreckte. »Das fühlt sich an wie ... Natürlich, das ist Silber. Und irgend etwas hat es geschmolzen; es muß wie Wachs zerflossen sein, ehe es abgekühlt ist. Ich gehe mal rein, um mir die Sache anzusehen.«

Micum runzelte die Stirn, als er mit zweifelndem Blick in den dunklen, engen Raum spähte. »Bist du sicher, daß es ungefährlich ist? Nysander muß eine höllische Menge Magie eingesetzt haben, um zu schützen, was er dort drinnen versteckt hatte.«

»Sämtliche Sicherheitsmaßnahmen sind ohne Frage zerstört worden«, hielt die Zauberin dem entgegen und legte die Handflächen auf den Stein oberhalb des Loches. »Ich spüre nur noch Rückstände.«

Mit dem Lichtstein in einer Hand zwängte sich Seregil mit dem Kopf voraus hinein. Es paßte gerade eben durch. Schartiger Stein kratzte über seine Hände und seinen Bauch, als er in den kleinen Raum kroch.

»Ich bin drin!« rief er zu den anderen zurück. »Es ist eine Art Kammer, aber zu niedrig, um aufzustehen.«

»Was enthält sie denn?« fragte Micum und spähte zu ihm hinein.

»Nichts. Sie ist leer. Aber sämtliche Flächen, vom Boden bis zur Decke, sind durchgehend schwarz und über und über mit magischen Zeichen bedeckt.«

Seregil berührte mit der Handfläche die Wand neben sich und erkannte die weiche, nachgerade samtene Beschaffenheit der Oberfläche auf Anhieb; er rieb eine kleine Stelle mit dem Ärmel sauber, so daß schimmerndes Metall zum Vorschein kam.

»Es ist Silber; der ganze Raum ist damit ausgekleidet.« Seregil war nicht überrascht; alles in allem handelte es sich lediglich um eine größere Ausgabe der silberbeschlagenen Schatulle, die Nysander ihm für die Kristallkrone mitgegeben hatte. »Und hier am hinteren Ende erstreckt sich ein Regal über die gesamte Wandbreite.«

Als er die Ablage näher untersuchte, fand er drei makellose Metallflächen, als hätten die Gegenstände, die darauf gestanden hatten, sie vor dem Verrußen bewahrt. Der mittlere Abdruck war annähernd rund und etwa so groß wie Seregils Handfläche. Links davon befand sich ein kleinerer, aber nahezu vollkommen runder Kreis, rechts davon ein großes Rechteck, das weniger hell schimmerte als die anderen beiden Stellen. Die letzten beiden Umrisse erkannte Seregil als die der Schatullen mit der Münze und der Krone, doch was war der mittlere Gegenstand gewesen? Nach dem Grad der Verdunkelung zu schließen, mußte er am längsten hier gestanden haben, was Alecs Annahme bestätigte, Nysander hätte schon lange, bevor sie ihm die Scheibe brachten, etwas gehütet.

Seregil beugte sich mit dem Licht über den Umriß und berührte ihn, fuhr ihn mit dem Finger nach ...

... kurz tanzt ein undurchdringliches Funkengewirr vor seinen Augen, dann folgt Finsternis.

Ein vereinzelter, klarer Ton durchbricht die Stille, die ihn umgibt, und solange der Ton anhält, füllt er sein Bewußtsein vollkommen aus. Der Ton durchdringt ihn, badet ihn, ständig an der Schwelle zwischen Wohlbehagen und Pein. Nach und nach gesellen sich weitere Töne zu dem ersten, und sie nehmen Gestalt an, werden zu langen, schweren Formen, die sich langsam zusammenschlingen wie die Fasern eines riesigen Seiles.

Und er ist eine dieser Fasern, wird festgezurrt und mit dem Rest in eine bestimmte Richtung gezogen. Nicht Furcht durchzuckt ihn jetzt, sondern ein entsetzliches Hochgefühl.

Allmählich sickern weitere Geräusche durch die ihn umgebende Nabelschnur, und sie klingen anders.

Entfernt.

Nicht zum Fluß gehörig.

Unzählige, schwarz gefiederte Kehlen stimmen einen ohrenbetäubenden, gemeinsamen Schrei an, der zu einem tosenden, wahnsinnigen Gelächter anschwillt und wieder verhallt, als der Fluß weiterzieht.

Menschliche Schreie, Stimmen, die in jeder Sprache der Welt aufbrüllen.

Der Lärm einer Schlacht.

Unmögliche Explosionen.

Er vergräbt sich tiefer in der Nabelschnur, aber die störenden Geräusche folgen ihm und schwellen zu einem furchtbaren Crescendo an, bevor sie ebenso rasch verstummen, wie sie aufgebraust waren.

Erwartungsschwangere Stille.

Schließlich kriecht ein weiteres Geräusch zwischen den Fasern hindurch; Seregil kennt dieses Geräusch, und unerklärlicherweise erfüllt es ihn mit größerem Entsetzen als alles andere.

Es ist das träge Rauschen einer Brandung …

»Seregil?«

Der Klang Micums besorgter Stimme durchbrach die Vision und holte ihn jäh zurück in die Wirklichkeit der engen Kammer.

»Alles in Ordnung da drin?« rief Micum abermals.

»Ja. Ja, sicher«, antwortete Seregil heiser, wenngleich er sich plötzlich miserabel fühlte, trunken wie zehn Leichtmatrosen auf Landurlaub.

Schwerfällig erhob er sich, taumelte zurück zu der Öffnung und zwängte sich hindurch. Micum half ihm auf die Beine, aber die schienen noch nicht bereit, ihn zu tragen. Mit dem Rücken an der Wand rutschte er zu Boden und stützte die Ellbogen auf die Knie.

»Was ist da drin passiert?« wollte Micum wissen und musterte ihn unverhohlen besorgt. »Du siehst alles andere als gut aus.«

»Keine Ahnung.« Da war etwas gewesen, ein kurzes Aufflackern von – was? Weg, nichts.

Seregil rieb sich mit den Fingern durch die Haare, um den Kopf klar zu bekommen. »Es muß wohl eine Restwirkung von Nysanders Magie gewesen sein, oder vielleicht die schlechte Luft. Mir ist nur ein bißchen schwindlig geworden. Jetzt geht's mir wieder besser.«

»Du hast irgend etwas von einem Regal da drinnen gesagt«, sagte Micum. »Hast du etwas gefunden?«

»Nur die Abdrücke. Von der Münze, der Krone und der Schale.«

»Welcher Schale?«

Blinzelnd schaute Seregil zu Micum auf. »Keine Ahnung. Ich – ich weiß es einfach.«

Zum ersten Mal, seit Seregil von Nysanders Prophezeiung erfahren hatte, spürte er einen leichten, eiskalten Hauch der Angst, doch ein plötzlicher Anflug grimmiger Entschlossenheit fegte sie hinweg.

34

Blitze aus heiterem Himmel

Das Geschmetter von Schlachthörnern riß Beka kurz nach der Morgendämmerung aus dem Schlaf. Hastig ergriff sie ihr Schwert und stürmte aus dem Zelt.

»Zu den Waffen! Zu den Waffen!« brüllte ein Kurier, der durch das Lager galoppierte. »Ein Angriff aus den Hügeln im Osten. Zu den Waffen!«

Schützend hielt Beka die Hand über die Augen und spähte über die Ebene, die sich zwischen dem Lager und einer etwa eine Meile östlich gelegenen Hügelreihe erstreckte. Obwohl sie gegen die Sonne schaute, erkannte sie in der Ferne dunkle Ränge aus Reitern und Fußsoldaten, vermutlich ein ganzes Regiment.

Die Reiterei der Königin verfügte nach wie vor nur über ihre halbe Truppenstärke; die Wolf-Schwadron patrouillierte entlang der Versorgungsroute, die sich zur zwanzig Meilen südlich gelegenen, mycenischen Küste hinabwand.

Feldwebel Braknil eilte voll bewaffnet und mit knisterndem Bart herbei. »Was ist denn los, Leutnant?«

»Seht da«, sagte Beka und deutete ihm die Richtung.

»Verflucht! Dabei haben die Kundschafter der Adler-Truppe gestern behauptet, diese Hügel wären feindfrei.« Die Grenze zu plenimaranischem Gebiet befand sich mehr als zwanzig Meilen weiter östlich.

Die restlichen Soldaten der Turma krabbelten aus den Zelten, einige bereits kampfbereit, andere weniger.

»Volle Rüstung!« gellte Beka und stürzte zurück hinein, um sich fertig anzuziehen. Draußen hörte sie, wie Portus, Braknil und Mercalle ihren Reitern zubrüllten. »Lanzen und Schwerter! Macht schon, jetzt geht's rund!«

Wenige Minuten später saßen alle dreißig Reiter auf ihren Pferden und waren bereit. Die Kettenhemden und die Insignien in Form eines weißen Rosses und eines Schwertes auf der Vorderseite der grünen Tapperts funkelten verwegen im Licht der frühen Morgensonne. Zufrieden ließ Beka den Blick über die Reihen schweifen, dann führte sie ihre Leute hinüber zu Hauptfrau Myrhini, die sie mit dem Standartenträger der Truppe erwartete. Leutnant Koris' Zweite Turma galoppierte herbei und schloß sich ihnen an.

Myrhini saß auf ihrem weißen Pferd und brüllte mit einer Stimme Befehle, die mühelos den allgemeinen Lärm im Lager übertönte.

»Kommandantin Klia will, daß unsere Truppe den äußersten rechten Rand der Front abdeckt. Kommandant Perris' Schwadron wird sich links neben uns halten. Leutnant Beka, Eure Turma übernimmt unsere rechte Seite. Koris, Ihr kümmert Euch um die linke. Wir zeigen diesen heimtückischen Schweinehunden, daß man früher aufstehen muß, um die Reiterei der Königin an einem so schönen Morgen im Bett zu überraschen. Formieren!«

Beka wandte sich an ihre Reiter. »Feldwebel Mercalle, ihr bleibt in der Mitte unseres Abschnitts. Feldwebel Braknil, nach rechts; Portus, nach links.«

Die drei Dekurien formierten sich, wobei die Lanzen wie die Stacheln eines Seeigels hin und her wogten. Als Beka die Gesichter musterte, erkannte sie darin eine Mischung aus Unbändigkeit und Begeisterung.

Und Furcht.

Es war eine junge Gruppe, eine der jüngsten des ganzen Regiments, und trotz der harten Ausbildung galt der Zusammenstoß mit den Banditen vor ein paar

Wochen als die schlimmste Kampfhandlung, die sie bislang erlebt hatten. Dieser Angriff kam genauso überraschend wie der Überfall damals, doch er war Hunderte Male gefährlicher. Dreiunddreißig Paar Augen beobachteten Beka, als sie den Helm mit dem weißen Kopfschmuck festzurrte. Und während sie ihre Leute betrachtete, wußte sie, daß einige von ihnen, so tapfer sie auch sein, so wacker sie sich auch schlagen mochten, den Sonnenuntergang nicht erleben würden.

»Heute zeigen wir es ihnen, richtig, Leutnant!« rief Unteroffizier Kallas zu ihr herüber und ließ ein beunruhigtes, großspuriges Grinsen aufblitzen.

Sie grinste zurück. »Verdammt richtig! Ehre, Stärke und Gnade, Erste Turma.«

Die Soldaten schwenkten ihre Bögen und Lanzen und erwiderten den Ruf.

Das Trompetensignal »Angriff im langsamen Galopp« hallte die Reihe herunter. Beka zog das Schwert aus der Scheide, schwang es empor und brüllte: »Blut und Stahl, Erste Turma!«

»Blut und Stahl!« brüllten ihre Leute zurück und schüttelten die Lanzen.

Das Donnern der Hufe und Klirren der Geschirre erfüllte die Morgenluft, als die Reihe losritt, um sich der feindlichen Reiterei zu stellen. Abermals ertönten die Trompeten, und die Reihe preschte im Galopp über die Ebene. Der Frühling hielt nur zögernd Einzug in Mycena, und die Pferde wirbelten halb gefrorene Schlammbrocken auf, als sie galoppierten.

Während die beiden Streitkräfte aufeinander zurasten, sich immer näher kamen, verspürte Beka lediglich eine tödliche Ruhe, als sie einen plenimaranischen Offizier anvisierte. Beide Seiten stimmten einen durch Mark und Bein gehenden Schlachtruf an, als sie zusammenstießen – Rufe, die alsbald im panischen Wiehern der Pferde und in den Schreien der Soldaten untergingen.

Myrhinis Truppe steckte vom ersten Augenblick an im dichtesten Gewimmel. Gegen Mitte des Vormittages hatten sie sich hinter die Flanken des Feindes durchgekämpft. Dort formierten sie sich neu und machten kehrt, um die Nachhut anzugreifen, doch die plenimaranische Reiterei verzog sich angesichts ihres Vormarsches wie Rauch vor einer Windbö und ließ statt dessen eine Reihe Bogenschützen und Lanzenstreiter zurück, die den skalanischen Vorstoß abfangen sollte.

Beka und ihre verbleibenden Reiter, deren Hände bereits bis zu den Ellbogen hinauf in Blut getränkt waren, hörten die Trompeten abermals zum Angriff blasen und preschten durch einen Pfeilhagel auf die feindlichen Ränge zu. Während Beka voranritt, erhaschte sie flüchtige Blicke auf fallende Soldaten und reiterlose Pferde, die panisch über das Feld davonstoben. Feldwebel Portus wurde unter dem eigenen Pferd begraben, aber niemand hatte Zeit, ihm zu Hilfe zu eilen.

Dann pflügte Bekas Turma hinein in die Ränge der Infanterie, schwärmte aus und hieb wie wild mit den Schwertern um sich, während sie ihren berittenen Vorstoß vorantrieben.

Beka hackte sich gerade einen Weg durch das Gewirr, als sie auf der gegenüberliegenden Seite des Getümmels voller Freude die Standarten ihres Regiments erblickte.

»Schaut!« brüllte sie den anderen zu. »Die Zweite Turma ist bei uns. Schließt die Lücke!«

Als sie das Pferd wendete, um einen neuerlichen Angriff zu starten, schwang ein feindlicher Soldat einen Speer nach ihr und traf sie vorn an der linken Hüfte knapp unterhalb des Kettenhemdes.

Abermals stieß er auf sie ein und zielte auf ihre Kehle. Ruckartig wippte Beka im Sattel zurück, ergriff den Schaft und nutzte den eigenen Schwung des Mannes, um ihn aus dem Gleichgewicht zu bringen. Als er vorwärts taumelte, hieb sie ihm mit dem Schwert auf den Kopf. Getroffen wankte er rücklings und verschwand in der wogenden Masse der Krieger rings um sie.

Als sie aufschaute, sah sie, wie die Standarte der Zweiten Turma in der Ferne zunächst zittrig kippte und schließlich unterging.

Fluchend brüllte Beka neue Befehle und gab dem Pferd die Sporen, um Unteroffizier Nikides zu Hilfe zu eilen, der drauf und dran war, von hinten aufgespießt zu werden.

Bis in den frühen Nachmittag hinein tobte der Kampf weiter; immer wieder stürzten die beiden Streitkräfte aufeinander los und verschmolzen zu einem metzelnden Knäuel. Toten und Sterbenden wurde keine Gnade gewährt; wer nicht unverzüglich vom Schlachtfeld getragen wurde, der wurde in den kalten, modrigen Schlamm getrampelt. Die Krieger beider Seiten waren so verdreckt, daß es schwierig war, Freund und Feind voneinander zu unterscheiden.

Obwohl die Skalaner zahlenmäßig unterlegen waren, wehrten sie sich beherzt, und letztlich gaben die Plenimaraner auf und verschwanden ebenso schnell und geheimnisvoll in den Hügeln, wie sie aufgetaucht waren.

Beka biß die Zähne zusammen und versuchte, an etwas anderes zu denken, während der Truppenarzt die letzten Stiche vernähte und die klaffende Wunde an ihrem Bein schloß.

Das Krankenzelt war hoffnungslos überfüllt, die Luft schal vom Gestank der Verwundeten. Von allen Seiten drang auf Beka das Stöhnen und Wehklagen der Schwerverletzten ein, die um Hilfe, Wasser oder den Tod flehten. Wenige Schritte entfernt kreischte ein Mann auf, als ein Pfeil aus seiner Brust gezogen wurde. Unheilverkündend quoll dunkles Blut aus der Wunde. Als er abermals aufschrie, diesmal wesentlich schwächer, pfiff durch das Loch Luft aus der durchbohrten Lunge.

Der Schnitt an Bekas Hüfte war tief und schmerzte mittlerweile höllisch, obwohl sie ihn während der Schlacht kaum bemerkt hatte. Niemand war überraschter als sie selbst gewesen, als sie nach dem Ende des Kampfes bewußtlos im Sattel vornüberkippte.

»So, das war's. Sofern sich kein Eiter bildet, sollte die Wunde schön verheilen«, versicherte ihr Tholes, legte die Nadel beiseite und schüttete ein paar Tropfen sauren Weines über die Naht. »Vinia wird Euch einen Verband anlegen, damit Ihr reiten könnt.«

Gemurmel erhob sich am Eingang des Krankenzeltes, als Kommandantin Klia in Begleitung ihrer drei verbliebenen Hauptleute Myrhini, Perris und Ustes eintrat. Alle vier Offiziere präsentierten sich von Kopf bis Fuß dreckig von der Schlacht, und Beka fiel auf, daß Myrhini hinkte und einen Verband am Fuß aufwies. Hauptmann Ustes, ein großer Adeliger mit schwarzem Bart, trug den Schwertarm in einer Schlinge und an Perris' Stirn prangte ein fleckiger Verband. Nur Klia selbst schien keinen Kratzer abbekommen zu haben, obwohl es hieß, sie hätte die ganze Zeit im dichtesten Gewimmel gefochten.

Magie, fragte sich Beka, *oder nur unglaubliches Können?* Klia galt gemeinhin als geschickte Strategin, doch ihre Beliebtheit bei der Schwadron verdankte sie dem Umstand, daß sie es vorzog, ihre Leute von der vordersten Front aus zu befehligen. Nachdem sie ein paar Worte mit einem der Ärzte gewechselt hatte, streifte sie zwischen den Verwundeten umher, lobte und ermutigte sie und erkundigte sich nach Einzelheiten der Schlacht aus der Sicht der Soldaten.

Myrhini erblickte Beka und humpelte zu ihr herüber. »Die Erste Turma hat sich heute abermals ausgezeichnet. Ich habe gesehen, wie Ihr die feindliche Linie durchbrochen habt. Wie geht's dem Bein?«

Beka verzog das Gesicht zu einer Grimasse, als Tholes Helferin mit dem Verband fertig wurde. Sie zog die aufgerissene Hose hoch und beugte das Bein. »Ganz gut, Hauptfrau. Jedenfalls kann ich reiten.«

»Gut. Klia will noch vor morgen früh einen Aufklärungstrupp losschicken. Wie ist der Zustand Eurer Turma?«

»Die letzte sichere Zählung ergab vier Tote, einschließlich Feldwebel Portus; dreizehn Soldaten sind noch abgängig. Sobald ich hier raus kann, suche ich den Rest zusammen und erstatte Euch Bericht.« In Wahrheit fürchtete sie die endgültige Zählung. Während sie hier gelegen hatte, war immer wieder das Bild des zertrampelten, in den Matsch gestampften Leichnams des jungen Rethus vor ihren Augen aufgetaucht. Er war der Erste gewesen, mit dem sie Seite an Seite gegen die Banditen gekämpft hatte.

Mit düsterer Miene schüttelte Myrhini den Kopf. »Tja, dann seid Ihr vermutlich besser davongekommen als die meisten. Hauptmann Ormonus wurde schon beim ersten Angriff getötet, ebenso ein Großteil seiner zweiten Turma. Alles in allem haben wir fast ein Drittel der Schwadron verloren.«

Klia kam herüber und hockte sich neben Myrhini. Linkisch salutierte Beka von der Pritsche aus vor ihrer Kommandantin. Klia wirkte heute wesentlich älter als ihre fünfundzwanzig Jahre. Furchen der Erschöpfung hatten sich um die Augen und den Mund gegraben, Runzeln prangten auf der sonst so glatten Stirn unter dem dunklen, spitzen Haaransatz.

»Eine derart große Streitmacht ...«, knurrte Klia leise und zupfte abwesend am Ende ihres langen, braunen Zopfes. »Ein ganzes Regiment plenimaranischer Reiterei und Infanterie schwirrt aus Hügeln herab, die wir seit einer Woche patrouillieren!«

Sie bedachte Beka mit einem abschätzenden Blick. »Wie, glaubt Ihr, ist ihnen das gelungen, Leutnant?«

Beka schaute durch die offene Zeltklappe hinaus auf die in der Ferne sichtbaren Hügel. »Dort droben gibt es hunderte winzige Weiler. Jeder, der die Gegend kennt, wäre in der Lage, in die Dörfer kleine Gruppen zu schmuggeln, die sich ruhig verhalten und keine Feuer anzünden. Zum rechten Zeitpunkt könnte man Kuriere mit dem Befehl ausschicken, sich an einer zentralen Stelle zu versammeln.«

Klia nickte. »Das entspricht der allgemeinen Meinung. Myrhini hat mir erzählt, Ihr wärt eine gute Fährtenleserin. Wenn Ihr bei Eurem Vater und Seregil gelernt habt, bin ich überzeugt davon, daß Ihr besser als die meisten seid. Ich will, daß Eure Turma morgen in diese Hügel reitet; seht zu, was Ihr herausfinden könnt.«

»Zu Befehl, Kommandantin!« Beka setzte sich auf und salutierte abermals.

»Gut. Ich kann noch ein paar Reiter für Euch abstellen, wenn Ihr glaubt, noch welche zu brauchen.«

Beka überdachte das Angebot kurz, dann schüttelte sie den Kopf. »Nein, wir kommen schneller und unauffälliger voran, wenn wir nicht allzu zahlreich sind.«

Klia klopfte ihr auf die Schulter. »Na schön. Ich weiß, ich schicke Euch auf die Suche nach Nadeln im Heuhafen. Findet heraus, so viel Ihr könnt und erstattet mir durch Boten Bericht. Laßt Euch auf keine Kampfhandlungen ein, sofern Ihr einen anderen Ausweg seht. Myrhini, wen sendet Ihr noch aus?«

»Leutnant Koris führt eine Dekurie nach Norden in die steileren Gebiete. Der Rest seiner Turma begleitet mich hinauf zum zentralen Paß.«

»Ich habe Phoria eine Depesche geschickt, daß wir hier Verstärkung brauchen«, erklärte Klia und erhob sich zum Gehen. »Mit ein wenig Glück kommt das übrige Regiment in ein, zwei Tagen von der Küste herauf. Viel Glück Euch beiden.«

»Paßt gut auf Euch auf, Kommandantin.« Grinsend klopfte Myrhini mit der Faust auf Klias Stiefelspitze. »Laßt Euch bloß nicht im Kampfe töten, während ich weg bin.«

»Damit warte ich, bis Ihr zurück seid«, schoß Klia sarkastisch zurück. »Ich möchte doch nicht, daß Euch das entgeht.«

»Sakor hilf!« murmelte Myrhini, während sie beobachtete, wie ihre Freundin davonmarschierte. »Viel Glück, Beka, und gebt acht auf Euch.«

»Danke, das werde ich«, versicherte ihr Beka.

Nachdem Myrhini gegangen war, stand sie auf und sah sich unter den Verwundeten nach bekannten Gesichtern um. Bald entdeckte sie einige – in Wahrheit viel zu viele. Ariani, eine Reiterin aus Braknils Dekurie, winkte sie in einer der hinteren Ecken des Zeltes zu sich.

Die Frau war zwar verwundet, doch sie schien durchaus in der Lage zu reiten. Einige ihrer Kameraden hatten weniger Glück gehabt. Mikal war eine Lanze in den Bauch gerammt worden, und Thela wies ein zerschmettertes Bein auf. Neben ihr saß Steb zusammengesunken an seinen Freund Mirn gelehnt und preßte die Hand auf einen blutigen Verband über dem linken Auge. Doch das waren längst nicht die schlimmsten Verletzungen.

Die kleine Gruppe scharte sich um einen weiteren Kameraden. Es handelte sich um Aulos, Kallas' Zwillingsbruder. Ein plenimaranischer Infanteriesoldat hatte ihn kurz vor dem Rückzug aus dem Sattel gehievt und ihm den Unterleib aufgeschlitzt. Sein Bruder hatte ihn vom Schlachtfeld getragen; nun lag Aulos' Kopf auf seinen Schoß gebettet.

Beka fühlte, wie sich ihr Magen zusammenkrampfte. Der Arzt hatte die Reste von Aulos' Uniform und Kettenhemd aufgeschnitten und entfernt, mußte aber feststellen, daß vom Unterleib des Verwundeten nicht genug übrig war, um ihn zusammenzuflicken. Kreidebleich und keuchend starrte der junge Mann stumm zu seinem Bruder empor; die Gesichter der beiden glichen Spiegelbildern der Pein. Traurig entsann sich Beka, daß die beiden stets unzertrennlich gewesen waren, ob beim Feiern oder im Kampf.

»Sie haben ihm einen Betäubungstrunk gegeben, aber er spürt es noch immer«, sagte Kallas leise, als sie sich neben ihn kniete. Tränen rollten ihm über die Wangen, doch seine Züge blieben ausdruckslos, wie versteinert. »Tholes sagt, er kann nichts mehr für ihn tun, außer ihn sterben zu lassen. Aber er stirbt einfach nicht! Er quält sich immer weiter.« Kallas setzte ab und schloß die Augen. »Als sein Blutsverwandter, Leutnant, erbitte ich Eure Erlaubnis – sein Leiden zu verkürzen.«

Beka blickte auf die Züge des Verwundeten und fragte sich, ob er überhaupt begriff, was um ihn herum vor sich ging. Aulos schaute ihr in die Augen und nickte schwach; seine Lippen formten ein stummes *Bitte*.

»Finde jemanden, Mirn. Schnell!« befahl Beka.

Mirn eilte davon und kam alsbald mit einem Offiziersburschen zurück, der rasch eine Arterie in Aulos Bein öffnete. Fast auf der Stelle verlangsamte sich der angestrengte Atem des verwundeten Mannes. Mit einem letzten, langen Seufzer drehte er das Gesicht der Brust seines Bruders zu und starb.

»Astellus trage dich sanft hinfort, und Sakor leuchte dir den Weg nach Hause«, sprach Beka das kurze Soldatengebet für die Toten. Die anderen wiederholten es in einem erstickten Chor.

»Wer von euch noch reiten kann, hilft Kallas, ihn zu begraben. Dann sucht ihr den Rest der Turma. Die übrigen bleiben hier und warten, bis sie zur Küste gebracht werden. Ihr habt tapfer gekämpft, ihr alle. Hauptfrau Myrhini ist stolz auf euch. Genau wie ich.«

Beka nahm den gemurmelten Dank der anderen entgegen, dann humpelte sie hinaus, so rasch ihr Bein es erlaubte; dort aber erwartete sie der Anblick von zig Leichen, die auf dem Boden ausgebreitet lagen wie Korngarben nach der Ernte. Syrtas befand sich darunter, ebenso Arna, Lineus und Feldwebel Portus. Mit blicklosen Augen starrten sie in den blauen Himmel empor, gleich schmutzigen, kaputten, ein für allemal weggeworfenen Puppen.

»Astellus trage euch sanft hinfort, und Sakor leuchte euch ...«

Bekas Stimme versagte ihr den Dienst. Wie oft würde sie diesen Abschiedssegen heute noch murmeln müssen? Zornig wischte sie sich mit der Hand über die Augen und flüsterte den Rest.

»Leutnant Beka?« Es war Zir, der ihr vom nächsten Krankenzelt her zurief. Er schien zwar unverletzt, sein Gesicht aber präsentierte sich leichenblaß. »Es geht um Feldwebel Mercalle – Sie ist hier drin.«

Beka straffte die Schultern und folgte ihm in die modrige Düsternis.

Die Ärzte mußten Mercalle etwas gegen die Schmerzen gegeben haben, denn sie lächelte schläfrig zu Beka empor. Beide Arme sowie ein Bein waren geschient. Über die Rippen spannte sich ein fester Verband, durch den unterhalb der linken Brust und an der linken Seite Blut gesickert war.

Beka kniete sich nieder und legte dem Feldwebel sanft die Hand auf die Schulter. »Bei der Flamme, was ist denn mit Euch passiert?«

»Dieses verfluchte Pferd ...«, preßte Mercalle heiser hervor und schüttelte matt den Kopf. »Sofern ich wieder gesund werde, wechsle ich zur Infanterie.«

»Sie wurde abgeworfen und über den Haufen getrampelt«, flüsterte Zir. »Corbin trug sie gerade vom Schlachtfeld, als beide von Pfeilen getroffen wurden. Er wurde getötet. Ich hab' sie mir aufs Pferd gehievt und hierher gebracht. Tholes glaubt, sie wird durchkommen.«

»Dem Schöpfer sei Dank. Wo sind Kaylah und die anderen?« fragte Beka.

»Sie ist unterwegs und sucht nach den Vermißten, Leutnant. Habt Ihr gesehen ...?« Zir deutete mit dem Kopf in Richtung der draußen liegenden Leichen; Beka sah Tränen in seinen Augen glitzern. »Wir hatten uns gerade aus dem Gewimmel freigekämpft und dachten, wir könnten uns kurz sammeln, aber da waren auch plenimaranische Bogenschützen. Bei der Flamme, Leutnant, sie haben uns ganz schön unter Beschuß genommen! Arna, Syrtas und die übrigen – sie waren an der Spitze und hatten keine Zeit mehr, die Pferde herumzureißen.«

Beka ergriff seine Hand. »Geh los. Such Kaylah und die anderen. Ich komme gleich nach.«

»Leutnant?« Mercalles glasige Augen blickten unverwandt in Bekas. »Ihr wart gut auf dem Schlachtfeld, Leutnant. Wirklich gut. Und Ihr geht auch abseits des Schlachtfeldes gut mit Euren Leuten um. Aber Ihr dürft sie Euch nicht zu sehr ans Herz wachsen lassen, hört Ihr? Natürlich muß Euch etwas an ihnen liegen, aber nicht zuviel. Das ist sehr schwer zu lernen, aber wenn Ihr es nicht tut, geht ihr zugrunde.«

»Ich weiß.« Beka blieb noch eine Weile bei ihr sitzen und ihr wurde bewußt, wie sehr sie die ältere Frau in der Turma vermissen würde. »Wenn Ihr zurück nach Skala kommt – falls Ihr irgend etwas braucht –, mein Vater ist Micum Cavish von Watermead nahe Rhíminee.«

Mercalle lächelte. »Danke für das Angebot, Leutnant, aber ich habe zu Hause ein paar Töchter. Trotzdem will ich versuchen, Eurer Familie eine Nachricht zukommen zu lassen.«

Danach schien es nicht mehr viel zu sagen zu geben. Beka bedankte sich ein letztes Mal, verließ das Zelt und humpelte an den Toten vorbei, um sich auf die Suche nach den Lebenden zu begeben.

Die Plenimaraner waren durch das Lager gepflügt und hatten Zelte, Karren und alles andere zerstört, was ihnen in den Weg kam. Nun arbeiteten überall Soldaten und versuchten, so viel wie möglich aus den wirren Trümmerhäufen zu bergen. Beka überlegte gerade, in welche Richtung sie sich zuerst wenden sollte, als sie abermals jemanden ihren Namen rufen hörte. Sie drehte sich um und erblickte Unteroffizier Rhylin, der auf einem umgeworfenen Pferdeknechtskarren stand und ihr zuwinkte.

»Die Flamme sei gepriesen!« rief er aus und sprang herunter. Er war fast einen Kopf größer als sie und wies zu Fuß einen linkischen, storchähnlichen Gang auf, der über seine Fähigkeiten als Reiter hinwegtäuschte.

»Wir wußten nicht, was wir glauben sollten, nachdem Ihr gegen Ende der Schlacht verschwunden seid«, erklärte er. »Alle möglichen Gerüchte haben sich verbreitet. Jemand hat behauptet, Hauptfrau Myrhini wäre gefallen.«

»Sie ist wohlauf, genau wie ich«, versicherte Beka ihm, wenngleich sich die Stiche der Naht wie brennende Klauen in ihrer Haut anfühlten. »Wo sind denn alle?«

»Gleich da drüben.« Rhylin deutete mit der Hand hinter die Reihe der Krankenzelte und fügte bedrückt hinzu: »Zumindest das, was noch von uns übrig ist. Ihr solltet besser mein Pferd nehmen.«

»Wir reiten zu zweit. Ich will alle auf einem Haufen haben.«

Rhylin schwang sich in den Sattel und streckte ihr die Hand herunter. Beka biß die Zähne zusammen, als sich abermals rasende Schmerzen gleich einem heißen Seil um ihr Bein schlossen, kletterte hinter ihm auf das Pferd und hielt sich an seinem Gürtel fest.

»Was kannst du mir erzählen?« fragte sie, als sie losritten.

»Etwa ein Dutzend von uns hat sich zusammengefunden, allesamt nicht gar zu schlimm verwundet. Feldwebel Braknil hat einstweilen die Befehlsgewalt übernommen. Mercalle ist schwer verletzt, und Feldwebel Portus ...«

»Ich habe gesehen, wie er gefallen ist«, unterbrach ihn Beka, als sie die plötzliche Anspannung in der Stimme des Mannes hörte. Rhylin war Portus' Unteroffizier gewesen.

»Wie auch immer, Feldwebel Braknil hat einige von uns losgeschickt, um nach Euch Ausschau zu halten. Die anderen versuchen, Essen und Ausrüstung aufzutreiben«, erklärte er.

Der Flamme sei Dank für diese kleine Gnade, dachte Beka dankbar, während sie sich vorstellte, wie der stämmige, unverblümte Feldwebel durch die Trümmer schritt und Ordnung in die Dinge brachte.

»Das ist gut. Mirn, Kallas und Ariani kommen später nach. Steb und Thela sind vorerst außer Gefecht gesetzt ...«

»Aulos?« fragte Rhylin, und Beka spürte, wie er sich abermals versteifte. Er war gemeinsam mit den Zwillingsbrüdern zum Regiment gestoßen. Sie stammten aus demselben Dorf.

»Tot«, antwortete sie schlicht. Es hatte keinen Sinn, die Tatsache irgendwie zu beschönigen, dachte sie und fühlte sich zum ersten Mal an diesem Tag grenzenlos erschöpft. Wie Mercalle gesagt hatte, der Tod war etwas, an das sie alle sich besser gewöhnen sollten, und zwar schnell.

Wie erwartet hatte Braknil die Lage unter Kontrolle. Irgendwo hatten sie etwas zu essen aufgetrieben, auch ein paar Zelte waren aufgebaut; das Beste von allem aber war, daß ganz in der Nähe ein gutes Dutzend Pferde angebunden stand; mehrere der Tiere wiesen plenimaranische Sättel auf.

Jubel erhob sich, als die anderen sie heranreiten sahen.

»Wie sieht's aus, Leutnant?« erkundigte sich Braknil, während sich die übrigen hastig um sie scharten. Um seinen Unterarm war ein blutiger Fetzen gebunden, doch die Verletzung schien ihn in keiner Weise zu behindern.

Einschließlich des Feldwebels zählte Beka fünfzehn Köpfe.

»Wie's scheint, haben wir uns mächtig überrumpeln lassen«, antwortete sie sarkastisch. »Kommandantin Klia ist alles andere als erfreut darüber, aber sie glaubt, die Erste Turma könnte ihr helfen, die Sache wieder geradezubiegen. Was meint ihr dazu?«

Abermals brauste Jubel auf, in den sich wütende Rufe mischten, wie »Diesen Schweinehunden zahlen wir's heim!«, »Blut und Stahl!« und »Führt uns an, wie Ihr es heute getan habt, Leutnant, wir folgen Euch!«

Beka ließ sich auf einer Kiste nieder und gebot ihnen mit einer Handbewegung Ruhe. »So wie's aussieht, müssen zwei Dekurien vorerst reichen. Rhylin, ich ernenne Euch hiermit zum Feldwebel der Zweiten Dekurie. Wen habt Ihr noch übrig?«

Rhylin blickte sich um. »Nikides, Syra, Kursin, Tealah, Jareel und Tare.«

»Braknil, wie steht's mit der Ersten Dekurie?«

Der Feldwebel deutete auf die beiden erschöpften jungen Männer neben sich. »Bislang nur Arbelus und Gilly.«

»Und wir!« rief Steb, der gerade mit Kallas, Ariani und Mirn ankam.

»Dir fehlt doch ein Auge!« entgegnete Braknil barsch.

»Ich hab' ja noch eins«, gab Steb zurück, obwohl er unverkennbar heftige Schmerzen litt. »Kommt schon, Feldwebel. Es sind zu wenige von uns übrig, als daß Ihr auf mich verzichten könntet. Ich kann immer noch kämpfen.«

»Na schön«, meinte der Feldwebel schulterzuckend. »Unteroffizier Kallas, seid Ihr unversehrt?«

Kallas, nach wie vor schwer erschüttert vom Tod seines Bruders, nickte grimmig.

»Also haben wir vorerst sieben in jeder Dekurie«, stellte Beka fest, nachdem sie nachgezählt hatte. »Alle, die bei Feldwebel Mercalle waren, treten jetzt mal vor. Tobin, Barius, ihr geht zu Braknils Dekurie. Marten, Kaylah und Zir, ihr bleibt bei Rhylin. Wir haben den Befehl, als Kundschafter in die Hügel zu reiten, sobald wir genügend Pferde und Ausrüstung aufgetrieben haben.«

»Schlechter als die Adler-Truppe können wir's ja kaum machen«, murmelte Kaylah. Knurrend stimmten ihr einige zu.

»Das ist jetzt egal. Stimmt, die Plenimaraner haben uns heute morgen ganz schön überrumpelt. Es liegt an uns, dafür zu sorgen, daß es ihnen nicht noch einmal gelingt. Wir werden die Nasen in jede Ritze und jedes Loch stecken, bis wir herausgefunden haben, wo sie sich verstecken. Lange können sie so viele Männer und Pferde jetzt nicht mehr verborgen halten, weil wir wissen, was sie im Schilde führen. Feldwebel, kümmert Euch darum, daß jeder ein gutes Pferd, eine Ausrüstung und eine Wochenration bekommt. Und packt auch die Tapperts wieder ein. Vielleicht können wir ja selbst für die eine oder andere Überraschung sorgen. Bei Einbruch der Dunkelheit reiten wir los.«

Beka blieb noch eine Weile sitzen und beobachtete, wie sich der Rest ihres Kommandos eifrig an die Arbeit machte. Die meisten wiesen leichte Verletzungen auf. Wahrscheinlich war es ein Fehler, Steb mitzunehmen, doch wie er gesagt hatte, sie konnten es sich nicht leisten, auf jemanden zu verzichten, der noch zu reiten vermochte.

An einem einzigen Kampftag haben wir zwölf Reiter und zwei Feldwebel verloren, dachte sie, *und die Hälfte davon ist tot.*

Es war gut, daß sie eine Aufgabe hatten, die sie heute nacht davon abhalten würde, zuviel nachzudenken.

35
Vorbereitungen

Für die Toten der Orëska war ein weißer Leinenpavillon errichtet worden. Als Seregil und Micum am nächsten Morgen daran vorbeigingen, hörten sie leise Gesänge und die Klagelaute derer, die sich bereit erklärt hatten, die Leichname für den Scheiterhaufen oder das Grab vorzubereiten.

Ein Stück weiter lagen die Kadaver der Feinde unter freiem Himmel.

Nach der Kleidung zu schließen, hätte es sich um Arbeiter oder Diebe handeln können, doch die meisten wiesen die Statur und Narben von Soldaten auf. In der Nähe stand ein Nachtmeister-Gespann bereit. Die Leichen würden unbetrauert und unangetastet fortgekarrt und ohne jegliches Zeremoniell verbrannt werden.

»Valerius hat gesagt, daß jeder einzelne von Mardus' noch lebenden Männern einfach tot umkippte, nachdem der Angriff vorüber war«, sagte Micum, während Seregil und er um die Leichen herumschritten und nach Gesichtern Ausschau hielten, die sie vor all den Monaten in Wolde bei Mardus gesehen hatten. »Glaubst du, der Dyrmagnos war dafür verantwortlich?«

»Wahrscheinlich«, antwortete Seregil. Er trug immer noch die geliehenen, viel zu großen Kleider und sah aus, als hätte er eine Woche lang nicht geschlafen. Micum wußte, daß er die ganze Nacht an Nysanders Bett gewacht hatte. Das hatten sie beide.

»Aber ich bezweifle, daß sie all ihre eigenen Leute getötet haben«, fuhr Seregil fort und nahm einen zerlumpten, einhändigen Bettler näher in Augenschein. »Ist dir aufgefallen, daß sich niemand daran erinnert, gesehen zu haben, wie Mardus und die Totenbeschwörer verschwunden sind? Außer Hwerlu vielleicht. Er hat irgend etwas von einer riesigen, dunklen Gestalt erzählt, die über dem Haus aufstieg, als er darauf zurannte. Als er hier ankam, war bereits alles vorbei, also könnte das Mardus' Abgang gewesen sein. Ein Dyrmagnos könnte durchaus über solche Macht verfügen.«

Micum spürte, wie ihm ein unangenehmer, kalter Schauder über den Rücken kroch. »Dann hoffen wir, daß wir diesem Wesen nie über den Weg laufen. Mit etwas, das Nysander umzuhauen vermag und danach wie eine Fledermaus davonfliegt, möchte ich mich lieber nicht anlegen.«

Ein dunkelhäutiger Mann mit einer Narbe in der Unterlippe sprang ihm ins Auge. »Den kenne ich. Das ist einer von Hauptmann Tildus' Leuten«, sagte Micum und zeigte ihn Seregil. »Ich hab' ein paarmal im Pony in Wolde mit ihm getrunken. Er ist einer von denen, die Alec angepöbelt haben.«

»Ich sehe da auch einen alten Freund.« Seregil schaute auf einen schlaksigen, knochigen Mann mit einem schmutzigen Lederwams hinunter. »Farin, der Fisch, ein Torläufer, der seit etwa einem Monat als vermißt gilt. Tym hat ihn mir gegenüber erwähnt, bevor er selbst verschwunden ist. Von den anderen kenne ich keinen. Wahrscheinlich allesamt plenimaranische Soldaten und eigens eingeschmuggelte Spione.« Während er mit gerunzelter Stirn auf die Toten starrte, klopfte er sich mit dem langen Zeigefinger ans Kinn. »Erinnerst du dich noch, daß ich damals, in der Nacht, als ich Alec zum ersten Mal traf, in Asengais Verlies mit einem Gaukler zusammengekracht bin?«

»Die plenimaranische Gilde der Meuchelmörder, meinst du?«

»Ja.« Seregil deutete mit dem Daumen auf die Leichen. »Was willst du wetten, daß der eine oder andere dieser Burschen ein Gildenzeichen trägt?«

Angewidert verzog Micum das Gesicht. »Schätze, es gibt nur einen Weg, das herauszufinden. Wie sieht diese Tätowierung aus?«

»Drei kleine, blaue Punkte, die ein Dreieck bilden. Für gewöhnlich haben sie es in den Achselhöhlen«, erklärte

Seregil und fügte mit einem süßsauren Lächeln hinzu, »Hier ist es zumindest besser als im Leichenhaus.«

Doch selbst in der duftenden Kühle der Orëska-Gärten stellte sich das Unterfangen als höchst unangenehme Aufgabe heraus.

Nachdem Micum an einigen Kleidern und kalten, steifen Armen gezerrt hatte, fand er zwar keine Tätowierungen, aber zwei Männer wiesen unter den Armen verdächtige Narben auf, deren Größe etwa der einer Mark-Münze entsprach. Das verheilte Gewebe war noch rosa und wirkte neu.

»Ich glaube, ich habe hier etwas«, sagte er.

Seregil kam herüber, um einen Blick darauf zu werfen und nickte. »Da drüben liegen noch drei mit genau den gleichen Malen. Diese Narben stammen weder von einer Verbrennung noch von einer Stichverletzung; die Haut wurde absichtlich abgeschabt. Und ich bin sicher, wenn es schon kein Gauklerzeichen war, das herausgeschnitten wurde, dann etwas Ähnliches.«

»Dieser Mardus ist ein gerissener Mistkerl«, stellte Micum mit widerwilliger Bewunderung fest. »Er wollte kein Wagnis eingehen. Obwohl wir das jetzt natürlich nicht beweisen können.«

Seregil betrachtete die Narbe eingehend. »Weißt du, ich habe gehört, daß diese Tätowierungen ziemlich tief reichen. Was meinst du?«

Micum seufzte. »Einen Versuch ist es wert, solange uns kein Drysier dabei erwischt.«

Seregil zauberte eine dünne, rasiermesserscharfe Klinge aus dem Gürtelsaum, spannte mit zwei Fingern die Haut zu beiden Seiten des Mals und schlitzte die oberste Schicht der Narbe weg. Nachdem er den Hautlappen zurückgeklappt hatte, betrachteten Micum und er das bläuliche Fleisch darunter.

»Erkennst du etwas?« fragte Micum.

»Nein, bei dem hier müssen sie tief geschnitten haben. Versuchen wir's mit einem anderen.«

Der zweite Anlauf erwies sich als erfolgreicher. Diesmal schabte Seregil die Haut behutsam ab und entdeckte darunter den blassen, dreieckförmigen Abdruck des Gildenzeichens der Gaukler.

Erfüllt von grimmiger Befriedigung, wippte Seregil zurück und hockte sich auf die Fersen. »Für mich ist das Beweis genug.«

»Der Schöpfer sei gnädig! Was, um alles in der Welt, tut ihr denn da?« Es war Darbia, die dunkelhaarige Drysierin, die geholfen hatte, Nysander zu versorgen. Vor Entrüstung knisternd, schritt sie herbei und schlug rasch ein Zeichen der Segnung über die Leiche.

»Ob Feind oder nicht, ein derart barbarisches Verhalten lasse ich nicht durchgehen«, herrschte sie die beiden an.

»Das ist keine Entweihung«, versicherte ihr Micum und stand auf. »Dieser Mann und mehrere andere tragen das Zeichen plenimaranischer Spione. Die Königin sollte in Kenntnis davon gesetzt werden, bevor man die Leichen fortschafft.«

Mit ungebrochen finsterer Miene verschränkte die Drysierin die Arme vor der Brust. »Na schön, ich kümmere mich darum.«

»Hat Valerius dich geschickt, um uns zu holen?« erkundigte sich Seregil.

»Ja, Nysander bewegt sich ein wenig.«

Ohne eine weitere Erklärung abzuwarten, stürmten Seregil und Micum auf den Turm zu.

Magyana saß immer noch in dem Lehnstuhl, in dem sie die Nacht an Nysanders Bett verbracht hatte, immer noch mit der Hand auf seiner Stirn.

Während Micum sie betrachtete, vermeinte er fast zu spüren, wie sie versuchte, die eigene Energie in den Körper ihrer alten Liebe strömen zu lassen, ihn mit ihrer Lebenskraft zu heilen und zu stärken.

Micum fand, daß Nysander schlechter als je zuvor aussah. Sein Antlitz glich einer ausdruckslosen, kalkgrauen Maske, die Augen unter den buschigen Brauen waren tief in die Höhlen gesunken. Beim Atmen vermochte die

Brust des alten Zauberers kaum, das Laken zu heben, das ihn bedeckte, aber Micum hörte die Luft leise durch seine Kehle rasseln, wie Laub, das über Stein schabt.

Der Anblick mußte auch Seregil schwer getroffen haben. Micum erkannte einen Hauch Verzweiflung in Seregils Zügen, als dieser sich Nysander näherte, und er wußte, diese Verzweiflung entsprang Seregils innerem Zwiespalt zwischen seiner hingebungsvollen Liebe für den alten Mann und dem drängenden Bedürfnis, soviel wie möglich von ihm zu erfahren, um Alec retten zu können. Seregil spülte nur hastig die Hände am Waschgestell ab, dann kniete er sich neben das Bett und ergriff Nysanders Hand.

Micum ging hinter Magyanas Stuhl vorbei, gerade noch rechtzeitig, um zu sehen, wie die Augen des Magiers sich langsam öffneten.

»Ich habe deine Karte gefunden«, sagte Seregil ohne Umschweife, um keine wertvolle Zeit zu vergeuden.

»Ja«, murmelte Nysander und nickte matt. »Gut.«

»Die Säule des Himmels. Yôthgash-horagh. Es ist der Berg Kythes, nicht wahr?«

Abermals ein schwaches Nicken.

»Dieser Tempel, den du erwähnt hast, befindet er sich auf dem Berg?«

»Nein«, erwiderte Nysander.

»Darunter, unterirdisch?«

Keine Antwort.

Seregil beobachtete, ob sich irgend etwas im Antlitz des Verwundeten regte, dann fragte er so ruhig er konnte: »Am Fuß des Berges?«

Angestrengt erbebte Nysanders Kehle, als er verzweifelt zu sprechen versuchte. Seregil beugte sich dicht hinunter, doch nach ein paar hoffnungslosen Versuchen schlossen sich die Augen des Zauberers.

Eine Weile stützte Seregil die Stirn auf die krampfhaft geballten Fäuste. Von seinem Standort aus konnte Micum Magyanas Gesicht nicht sehen, aber ihre Hand zitterte, als die Magierin sie ausstreckte und Seregils Schulter ergriff. »Er ist wieder tief in sein Innerstes versunken. Ich weiß, wie dringend du mit ihm sprechen mußt, aber er ist einfach noch zu schwach.«

»Hast du bei seinem letzten Versuch etwas verstanden?« fragte Micum, der sich weigerte, alle Hoffnung fahren zu lassen.

Seregil, der immer noch am Bett kniete, schüttelte zweifelnd den Kopf. »Er wollte mir irgend etwas sagen. Es klang wie ›gebt uns‹ oder ›legt uns‹, aber es war so leise, daß ich nicht sicher sein kann.«

Magyana beugte sich vor, ergriff abermals seine Schulter, diesmal fester, und drehte ihn herum, so daß er sie ansah. »Leitus? Könnte es der Name Leitus gewesen sein?«

Überrascht schaute Seregil zu ihr auf. »Ja! Ja, das könnte es geheißen haben. Und ich habe diesen Namen schon irgendwo gehört ...«

Magyana faltete die Hände über dem Herzen. »Leitus í Marineus ist Astrologe und ein Freund von Nysander! Sie fragen einander schon seit über einem Jahr wegen irgend eines Kometen um Rat.«

Seregil sprang auf die Beine und begann, den Fußboden rings um Nysanders Kamin abzusuchen. Schließlich bückte er sich und zog ein Buch unter einem Lehnstuhl hervor.

»Mir ist gestern aufgefallen, daß dieses Buch hier aufgeschlagen neben seinem Sessel lag«, erklärte er und reichte es Magyana.

Sie öffnete es, und Micum sah, daß es voller Tabellen und merkwürdiger Symbole war.

»Ja,« sagte sie, »das ist eines von Leitus' Büchern.«

»Hast du je das Wort ›synodisch‹ gehört?« fragte Seregil sie mit wachsender Erregung.

»Ich glaube, es bezieht sich auf die Bewegungen von Sternen und Planeten.«

Überrascht schaute Micum die Magierin an. »Du meinst, Nysander wollte uns wirklich zu diesem Astrologen schicken?«

»Anscheinend.«

»›An einem bestimmten Ort, zu einer bestimmten

Zeit.‹ Das hat er gestern gesagt«, erinnerte Seregil die beiden. »Ein synodisches Ereignis, wie die Ankunft dieses Kometen. Es muß irgend etwas damit zu tun haben, was Mardus im Schilde führt.«

Er beugte sich vor, um die Hand auf Nysanders fahle Wange zu legen. »Ich weiß nicht, ob du mich hören kannst«, sprach er sanft, »aber falls doch, ich gehe zu Leitus. Hörst du, Nysander? Ich werde mit Leitus reden.«

Nysander ließ keine Regung erkennen. Traurig strich Seregil eine zerzauste Strähne aus der Stirn des alten Mannes. »Schon gut. Ich bin der Führer. Überlaß es vorerst einfach mir.«

Draußen, vor den Mauern der Orëska, war ein verfrühter Frühlingssturm aufgezogen, fegte die Wolken vom Himmel und wirbelte Laub und Staubschwaden auf.

Sie ritten durch das Ernte-Tor hinaus in Richtung Norden, dann verließen sie die Hochstraße und schlugen einen kleineren Pfad ein, der sich die Klippen entlangwand.

Die bescheidene, ummauerte Villa des Astrologen befand sich auf einer über das Meer ragenden Landspitze. Darüber schwebten anmutig Möwen am morgendlichen Himmel.

Das Hoftor erwies sich als fest verschlossen, doch bald öffnete ein Bediensteter auf Micums beharrliches Klopfen hin.

»Mein Meister ist nicht daran gewöhnt, zu so früher Stunde Besucher zu empfangen«, teilte ihnen der Mann barsch mit und musterte Seregils ungekämmtes Erscheinungsbild und den schlecht sitzenden Mantel mit unverhohlenem Mißtrauen.

»Wir sind in einer Angelegenheit hier, die für deinen Meister von größter Bedeutung ist«, erwiderte Seregil, wobei er auf seinen überheblichsten Tonfall zurückgriff. »Sag ihm, daß Lord Seregil í Korit Solun Meringil Bôkthersa und Sir Micum von Cavish, Ritter von Watermead, ihn unverzüglich wegen etwas sprechen müssen, das seinen Freund Nysander, Hoher Thaumaturge des Orëska-Hauses, betrifft.«

Von diesem Titelschwall gehörig eingeschüchtert, willigte der Mann ein, sie in ein kleines Wohnzimmer zu führen, das auf das Meer hinauswies, während er losging, um mit seinem Meister zu reden.

»Prophezeiungen und Astrologen«, brummte Micum und ging in der winzigen Kammer auf und ab. »Alec wurde von wahnsinnigen, Menschen abschlachtenden Dreckskerlen entführt, und wir hocken hier herum und weben Segel aus Rauch!«

»Da ist mehr dran. Ich spüre es.« Seregil setzte sich auf eine Bank am Fenster, stützte einen Ellbogen auf das Fensterbrett und schaute hinaus.

Der Umstand, daß Seregil wieder einen Strohhalm hatte, an den er sich klammern konnte, selbst einen so dünnen wie diesen, schien seine innere Ruhe wiederhergestellt zu haben, die er brauchte, um seine volle Leistung zu entfalten. Nach all den Schrecken des Vortags fragte sich Micum allerdings, ob er nicht ein wenig zu ruhig wirkte.

Und was, wenn dieser Astrologe doch nicht alle Antworten kennt?

»Wie hat Kari aufgenommen, daß du einfach so davonmarschiert bist?«

Micum zuckte mit den Schultern. »Sie ist seit fast vier Monaten schwanger, Bekas steckt irgendwo in den schlimmsten Kriegswirren, und ich gehe wieder mit dir auf Achse. Ich habe ihr geschworen, zurück zu sein, bevor das Kind fällig ist.«

Ohne den Blick vom Fenster abzuwenden, sagte Seregil leise: »Du weißt, daß du nicht mitkommen mußt. Prophezeiung hin, Prophezeiung her, die Entscheidung liegt immer noch bei dir.«

»Red keinen Schwachsinn. Natürlich komme ich mit«, gab Micum unwirsch zurück.

»Ich habe meine Entscheidung getroffen, und zu der stehe ich«, fuhr er fort und setzte sich neben Seregil. »Obwohl ich gestehen muß, daß mir die Sache ganz und gar nicht gefällt. Nysander hat von einer Verergruppe gesprochen, und hier hocken wir nun, vermindert auf zwei, bevor wir überhaupt angefangen haben.«

»Wir sind immer noch vier, Micum.«

Micum starrte eine Weile auf das Mosaik unter seinen Füßen, dann legte er die Hand auf Seregils Schulter. »Ich weiß, was Valerius gestern gesagt hat. Ich will es ebensosehr glauben wie du, aber ...«

»Nein!« Zornig funkelte Seregil seinen Freund an. »Solange ich nicht seinen Leichnam in den Armen halte, lebt Alec, hörst du?«

Micum verstand die Seelenqual hinter Seregils Wutausbruch nur zu gut. Sollte Alec noch leben, würde Seregil Gevatter Tod höchstpersönlich niederringen, um ihn zu retten. Sollte Alec tot sein, würde er dasselbe tun, um seine Mörder in die Finger zu bekommen. So oder so, die Schuld gab er immer sich selbst.

»Du weißt, daß ich den Jungen genausosehr liebe wie du«, begann Micum sanft, »aber es hilft ihm kein bißchen, wenn wir unser Denken davon beeinträchtigen lassen. Wenn wir uns einen Plan zurechtlegen, müssen wir wenigstens in Erwägung ziehen, daß er tot sein könnte. Wenn dieser ›Schaft‹ tatsächlich ein Bogenschütze ist, dann sollten wir besser ...«

Unverändert starrte Seregil aus dem Fenster, doch nun bildeten seine Lippen eine schmale, störrische Linie. »Nein.«

Die Ankunft eines kleinen, wohlgenährten Mannes in einem gewaltigen Morgenmantel unterbrach die beiden.

»Ich bitte um Verzeihung, meine Herren«, entschuldigte er sich und gähnte, während er sie in ein geräumige Beratungszimmer führte. »Wie Ihr ohne Zweifel bereits vermutet habt, bedingt die Natur meiner Studien, daß ich vorwiegend nachts arbeite. Um diese Stunde bin ich selten wach. Ich habe starken Tee bestellt, also wenn Ihr vielleicht ...«

»Verzeiht, aber ich nehme an, Ihr habt noch nichts von dem Überfall auf das Orëska-Haus letzte Nacht gehört«, fiel Seregil ihm ins Wort, »oder davon, daß Nysander í Azusthra schwer verwundet wurde.«

»Nysander!« keuchte Leitus, dessen Mantel rings um ihn aufwallte, als er sich auf einen Stuhl plumpsen ließ. »Beim strahlenden Licht, warum sollte jemand diesem anständigen, alten Kerl etwas anhaben wollen?«

»Das kann ich nicht sagen«, antwortete Seregil, dessen Gebaren inzwischen nichts mehr von den Gefühlen verriet, die ihm noch Augenblicke zuvor ins Gesicht geschrieben standen. »Er hat uns zu Euch geschickt, obwohl er zu schwach war, um uns zu erzählen weshalb. Magyana sagt, er hätte euch in letzter Zeit wegen einer astrologischen Angelegenheit zu Rate gezogen. Vielleicht hat es damit zu tun.«

»Meint Ihr?« Leitus ergriff einen Stapel Tabellen von einem Regal und blätterte sie rasch durch. »Hätte er mir doch nur erlaubt, diese Weissagung für ihn zu bearbeiten. Natürlich hat er auf höchst liebenswürdige Weise abgelehnt, aber so ... Ah, da ist es!«

Er breitete ein großes Diagramm auf einem polierten Tisch aus und betrachtete es. »Er hat sich für die Bewegung von Rendels Speer interessiert, seht Ihr?«

»Ein Komet?« fragte Seregil.

»Ja.« Der Astrologe deutete auf eine Reihe winziger Symbole, die einen Bogen über das Diagramm beschrieben. »Er weist einen synodischen Zyklus von siebenundfünfzig Jahren auf. Dies ist das Jahr seiner Wiederkehr. Nysander hat mir geholfen, das Datum seiner Ankunft zu errechnen.«

Aufgeregt beugte sich Seregil vor. »Und habt Ihr es?«

Abermals zog der Astrologe seine Pergamente zu Rate. »Mal sehen, aufgrund der Beobachtungen, die in Yrindais Ephemeris aufgezeichnet sind, sowie unserer eigenen Berechnungen, müßte Rendels Speer in der fünfzehnten Nacht des Lithion zu sehen sein.«

»Das heißt, uns bleibt gerade etwas mehr als zwei Wochen Zeit«, murmelte Micum.

»Natürlich wird er sich fast eine Woche am Himmel halten«, fügte Leitus hinzu. »Es ist einer der größten

Kometen überhaupt, ein höchst beeindruckender Anblick. Von besonderem Interesse für Nysander und mich ist allerdings der Umstand, daß dieser Zyklus des Kometen mit einer Sonnenfinsternis zusammenfällt.«

Seregil warf Micum einen vielsagenden Blick zu, dann fragte er: »Würde man das auch als synodisches Ereignis betrachten?«

»Gewiß, und zwar als eines der selteneren Art«, antwortete der Astrologe. »Ich war der Meinung, Nysander wäre deshalb so interessiert daran.«

»Jede Sonnenfinsternis bringt Unglück«, stellte Micum fest. »Ich kannte mal einen Mann, der danach blind blieb.«

»Und durch den Kometen am Himmel wird es ein doppelt unheilvoller Tag«, fügte Seregil hinzu, obschon er dabei für Micums Ohren eher erfreut als erschrocken klang. »Ich habe schon gehört, daß man diese Kometen ›Peststerne‹ nennt, daß sie Unheil, Krieg und Seuchen mit sich bringen.«

»Das ist wahr, Lord Seregil«, pflichtete Leitus ihm bei. »Die Hochschule für Weissagungen hat der Königin bereits eine Nachricht übermittelt und rät ihr, an diesem Tag den gesamten Handel auszusetzen. Die Leute sollten in ihren Häusern bleiben, bis der böse Einfluß vorüber ist. Eine solche Konstellation hat es seit Jahrhunderten nicht mehr gegeben.«

»Und habt Ihr auch dafür ein Datum?« wollte Seregil wissen.

»Am zwanzigsten.«

»Gibt es sonst noch etwas, an dem Nysander interessiert zu sein schien?«

Der Astrologe strich sich über das Kinn. »Na ja, er hat mich gebeten nachzurechnen, ob eine solche Konstellation überhaupt schon einmal aufgetreten ist.«

»Und habt Ihr es getan?«

Leitus lächelte.

»Das brauchte ich gar nicht. Wie jeder skalanische Astrologe weiß, fiel die haargleiche Konstellation mit dem Beginn des Großen Krieges vor sechshundertachtundvierzig Jahren zusammen. Ihr seht also, Lord Seregil, das Gerede von einem unheilverheißenden ›Peststern‹ weist durchaus eine gewisse Grundlage auf.«

Nachdem Micum und Seregil dem Astrologen versprochen hatten, ihn über Nysanders Zustand auf dem laufenden zu halten, begaben sie sich auf den Rückweg in die Stadt.

»Ich gebe zu, das Ganze ergibt einen Sinn, wenn man davon ausgeht, daß Nysander recht hat und Mardus genau diese Konstellation im Auge hat«, meinte Micum während des Ritts.

»Er hat recht, davon bin ich überzeugt. Denk doch mal nach, Micum. Seit zwanzig Jahren gab es keine gröberen Vorfälle mehr zwischen Skala und Plenimar, und jetzt beschließt Plenimar urplötzlich, einen weiteren Angriffskrieg vom Zaun zu brechen, wie damals beim Großen Krieg. Und der alte Hochkönig, der gegen einen solchen Krieg war, stirbt gerade rechtzeitig, damit sein Sohn, dieser Aasgeier, den Thron übernehmen kann? Und das bei genau derselben Konstellation? Und der Überfall auf die Orëska? Und wenn diese ganze Angelegenheit sich tatsächlich um ein Ritual oder eine Zeremonie dreht, die mit dem Verzehrer des Todes zu tun hat, könnte es dann einen günstigeren Zeitpunkt dafür geben als während dieser Konstellation?«

»Aber wozu das alles?« knurrte Micum. »Dieser Krimskrams, den Nysander gehütet hat, was will Mardus damit? Wenn die Plenimaraner dieses Zeugs so dringend brauchen, und gerade jetzt, wo wieder Krieg ausbricht ...«

»Aber genau das ist doch der springende Punkt. Nysander hat gesagt, er sei nicht der erste Hüter. Sein Mentor, Arkoniel, war es davor, und vor ihm wiederum ein anderer Zauberer. Wer weiß, wie lange die Magier der Orëska dieses Versteck in den Kellergewölben schon bewachen? All das könnte ohne weiteres auf den Großen Krieg zurückgehen. Du kennst doch die Legenden aus dieser Zeit, von Geisterbeschwörern und wandelnden Toten; jeder weiß, daß es die Magier waren, die letztlich die Wende herbeiführten.«

»Soll das heißen, die Plenimaraner wollen diese Dinger verwenden, um die Macht dieses Gottes herbeizubeschwören?«

»Etwas in der Art.«

Eine lange Weile ritten sie schweigend weiter.

»Nun, wir sollten uns besser beeilen«, sagte Micum schließlich. »Wenn ihr recht habt, du und Nysander, dann bleiben uns nur zwei Wochen, um diesen geheimnisvollen Tempel zu finden, sofern er tatsächlich existiert. Und vor uns liegt ein langer Weg. Wir müssen ein Schiff anheuern.«

»Ich habe Magyana heute früh gebeten, Rhal eine Botschaft zu übermitteln. Morgen oder übermorgen sollten wir in See gehen können.«

Er trieb sein Roß an und preschte im Galopp auf das Stadttor zu. Mit grimmiger Miene hetzte Micum hinter ihm her.

Nachdem sie zu den Orëska zurückgekehrt waren, fanden sie Magyana und Valerius in Nysanders Arbeitszimmer. Mit knappen Worten faßte Seregil zusammen, was sie von Leitus erfahren hatten.

»Ihr seht also«, schloß er, »es ist unabdinglich, daß wir alle zur rechten Zeit an diesem Ort sind.«

»Ihr wollt Nysander auf einem Schiff über die stürmische Frühlingssee befördern? Seid ihr beide denn ganz und gar von Sinnen?« platzte Valerius heraus und funkelte Seregil und Micum finster an. »Das kommt überhaupt nicht in Frage. Ich verbiete es!«

Seregil ballte hinter dem Rücken die Hände zu Fäusten und bemühte sich, ruhig zu bleiben, während er hilfesuchend zu Magyana blickte. »Es muß doch eine Möglichkeit geben, die Reise erträglich für ihn zu gestalten.«

Magyana aber schüttelte vehement den Kopf. »Es tut mir leid, Seregil, aber Valerius hat völlig recht. Nysander braucht Ruhe und Frieden, um sich zu erholen. In seinem augenblicklichen Zustand würde ihn eine solche Reise zweifellos umbringen.«

»Mal abgesehen davon, daß ihr mitten in den Krieg hineinsegelt«, fügte der Drysier entrüstet hinzu. »Selbst wenn er die Beförderung überstehen sollte – und das würde er nicht –, was, wenn ihr geentert oder versenkt werdet? Bei Bilairy, Mann, er kommt kaum mehr als ein paar Minuten am Stück zu Bewußtsein!«

Verzweifelt fuhr sich Seregil mit der Hand durch die Haare. »Micum, rede du mit ihnen.«

»Beruhig dich«, sagte Micum. »Wenn Valerius meint, Nysander könnte die Reise nicht überleben, dann ist die Sache damit abgehakt. Aber was ist mit einem Ortswechselzauber?«

Abermals schüttelte Magyana den Kopf. »Auch dafür ist er zu schwach, und außerdem wäre es gar nicht möglich. Seit dem Überfall gibt es nur noch drei Magier, mich mit eingeschlossen, die diesen Zauber beherrschen. Und es dauert noch eine Weile, bis einer von uns kräftig genug ist, einen Versuch zu wagen.«

Seregil ließ ein hilfloses Stöhnen vernehmen, Micum aber dachte weiter nach. »Nun, wenn wir davon ausgehen, daß diese Illiorer auf der richtigen Fährte sind, was diese Prophezeiung und den Kometen angeht, dann hätten wir, bis wir ihn wirklich transportieren müssen, ja noch fast ...«

»Zwei Wochen!« rief Seregil. »Die Flamme sei gepriesen für diesen dickschädeligen sakoranischen Hausverstand! Damit hast du uns vielleicht gerade alle gerettet, Micum. Was meinst du dazu, Valerius? Wäre er in zwei Wochen kräftig genug?«

»Bei seiner Willensstärke wäre das schon möglich«, räumte der Drysier mürrisch ein. »Aber wie es bis dahin um seine Macht bestellt ist, vermag nur er selbst zu sagen.«

Hoffnungsvoll schaute Seregil die Magierin an. »Magyana?«

Eine lange Weile starrte sie nachdenklich auf ihre

gefalteten Hände, dann sprach sie leise: »Ja, bis dahin sollte ich in der Lage sein, ihm bei einem Ortswechsel von dieser Entfernung zu helfen. Aber die Entscheidung muß er selbst treffen.«

Micum ließ die Hand auf den Tisch sausen und erhob sich. »Dann ist ja alles geklärt. Wir segeln ohne ihn los, und er kann nachkommen, wenn die Zeit reif dafür ist.«

Seregil faßte in die Tasche und holte ein kleines Silberamulett hervor, das dem glich, das er Rhal gegeben hatte.

»Das hier wird dich zu unserem Schiff, der *Grünen Lady* führen«, erklärte er Magyana und reichte es ihr. »Es ist zwar nicht sicher, daß wir dann noch dort sind, trotzdem kann Rhal dir vielleicht sagen, wohin wir gegangen sind. Aber warte, es gibt noch eine Möglichkeit.«

Er ergriff einen sauberen Lappen von einem Haufen neben der Werkbank. Dann stach er sich mit dem Dolch in den Daumen, träufelte ein paar Tropfen Blut auf das Tuch und verknotete es.

»Damit findest du mich auf jeden Fall«, erklärte er. »Micum sollte dir auch so einen geben, nur zur Sicherheit. Wenn ihr mich jetzt bitte entschuldigt, ich möchte noch kurz zu Nysander.«

Angewidert betrachtete Magyana den blutbefleckten Lappen, nachdem Seregil die Treppe hinunter verschwunden war.

»Ich verabscheue Blutmagie«, erklärte sie. »Nysander auch. O Micum, glaubst du wirklich, daß Nysander das alles so wollte? Seregil mußte so viel Grausames durchmachen.«

»Ich weiß es nicht«, erwiderte Micum leise, stach sich ebenfalls in den Finger und beträufelte einen weiteren Lappen für sie. »Dafür weiß ich, daß ihn selbst der Tod schwerlich davon abhalten könnte weiterzukämpfen. Wenn er recht hat, besteht vielleicht tatsächlich die Möglichkeit, Alec zurückzuholen, vielleicht sogar zu verhindern, was auch immer die Plenimaraner im Schilde führen. Wenn er sich aber irrt …« Hilflos zuckte Micum mit den Schultern. »Ich kann ihn doch nicht einfach allein in sein Verderben rennen lassen, oder?«

»Und was ist mit deiner Familie?« fragte Valerius, als sich Micum zum Gehen erhob.

Zum ersten Mal an diesem Tag brachte Micum ein süßsaures Lächeln zustande. »Kari bleibt so lange auf Watermead, bis der Feind in Sicht gerät. Warnik hat mir sein Wort gegeben, auf sie aufzupassen, bis ich zurück bin.«

Der Drysier lächelte durch den ungezähmten Bart. »Eine willensstarke Frau, deine Gattin. Deine Älteste, Beka, ist ganz gleich.«

»Bei der Flamme, Beka!« stöhnte Micum. »Ich habe Kari versprochen, ich würde Nysander bitten, nach ihr zu sehen.«

»Ruh dich aus, Magyana«, sagte Valerius, als die Magierin sich erheben wollte. »Reich mir die Hand, Micum, und denk an deine älteste Tochter.«

Mit einer Hand ergriff Valerius seinen Stab, mit der anderen Micums Hand, dann schloß er die Augen. Nach einigen Minuten verkündete er: »Sie ist wohlauf. Ich sehe sie in Begleitung zuverlässiger Kameraden reiten.«

»Und Alec?« fragte Micum, ohne die Hand des Drysiers loszulassen. »Kannst du mir auch über ihn etwas sagen?«

Mit gerunzelter Stirn konzentrierte sich Valerius. »Nur, daß er nicht im Reich der Toten ist, das ist alles. Es tut mir leid.«

36

Dunkle Tage für Alec

Alecs Zähne verrotten in seinem Mund und fallen ihm aus. Heiß steigt ihm Galle in die Kehle, und das Gefühl der Schlangen, die sich in seinem Bauch winden, läßt die Flüssigkeit um so widerlicher schmecken. Verzweifelt will er sich krümmen, von den unsäglichen Qualen fortkriechen, doch die Eisenstifte, die man ihm durch Hände und Füße getrieben hat, halten ihn ausgestreckt liegend fest. Blind und hilflos, auf Erlösung hoffend, läßt er sich zurückfallen in die dunklen Träume, in denen nur der Wind säuselt und Wasser rauscht ...

Gelegentlich treiben Gesichter aus der Finsternis auf ihn zu, gerade lange genug, um ihn boshaft anzugrinsen, bevor sie wieder verblassen und er ihnen Namen zuweisen kann.

Ein Fieber packt ihn, flammt über seine Haut und verbrennt jede Erinnerung, bis nur noch das Branden der See übrigbleibt ...

Alec spürte die Kälte einer salzigen Brise auf der bloßen Haut, aber keine Schmerzen. Seine Glieder fühlten sich schwer an, viel zu schwer, um sich schon zu bewegen, aber er leckte mit der Zunge über die Zähne und stellte fest, daß sie heil waren. Wie konnte ein Alptraum so wirklich erscheinen oder jemanden so erschöpft und verwirrt zurücklassen, fragte er sich?

Der kalte Wind half ihm, den Kopf klar zu bekommen, aber die Welt schaukelte nach wie vor auf eine seltsam vertraute Weise unter ihm. Blinzelnd schlug er die Augen auf und schaute zu breiten, vollgetakelten Segeln hinauf, die sich vor einem mittäglichen Himmel bauschten.

Und zu zwei plenimaranischen Marinesoldaten.

Hastig rappelte er sich auf die Knie und griff unwillkürlich nach seinem Dolch, doch irgend jemand hatte ihn bis auf die Hose ausgezogen, so daß er völlig hilflos war. Die Marinesoldaten lachten, und Alec erkannte in ihnen zwei der Männer, die ihn damals in Wolde angepöbelt hatten.

»Fürchte dich nicht, Alec.«

Schwerfällig, zu verblüfft, um zu sprechen, mühte sich Alec auf die Beine. Kaum zehn Fuß entfernt lehnte Herzog Mardus gelassen an der Reling. Das eine Mal, als Alec ihn gesehen hatte, hatte er gesessen. Er hätte nie gedacht, daß Mardus so groß war. Doch an die gutaussehenden, ästhetischen Züge, den ordentlich gestutzten, schwarzen Bart und die zernarbte linke Wange erinnerte sich Alec nur allzugut. Und an das Lächeln, das die Augen nie ganz zu erreichen schien.

»Ich hoffe, du hast gut geschlafen.« Mardus, in tadellose Gewänder aus Leder und Samt gekleidet, betrachtete ihn mit der besorgten Miene eines beflissenen Gastgebers.

Wie bin ich nur hierhergeraten? fragte sich Alec, der immer noch kein Wort hervorbrachte. Ein paar Einzelheiten sickerten in sein Bewußtsein: der hektische Ritt nach Watermead, ein knurrender Köter, erloschene Laternen, die Hoffnung, Seregil zu Hause anzutreffen. Darüber hinaus jedoch verschleierte ein dichter, grauer, unheilvoller Nebel sein Gedächtnis.

»Du zitterst ja vor Kälte«, stellte Mardus fest und löste die goldene Brosche, die seinen Umhang am Kragen zusammenhielt. Dann gab er den Wachen ein Zeichen, woraufhin sie Alec grob vorwärtsstießen und ihn festhielten, während Mardus ihm den schweren Umhang um die nackten Schultern schlang.

Mit einer behandschuhten Hand setzte Mardus die Brosche an, mit der anderen schob er die lange Nadel durch eines der Löcher, bis die stumpfe Spitze gegen Alecs Luftröhre drückte.

Entsetzt starrte Alec auf die Knöpfe an Mardus' samtenem Oberkleid und erstarrte. Die Nadel drückte fester an seine Kehle, aber nicht fest genug, um die Haut zu durchstoßen.

»Sieh mich an, Alec von Kerry. Na los, nicht so schüchtern.«

Mardus sprach mit entwaffnend freundlicher Stimme. Ohne es zu wollen, hob Alec den Kopf und schaute in die schwarzen Augen des Mannes.

»So ist es besser.« Weiterhin lächelnd, befestigte Mardus die Brosche. »Du mußt mich nicht fürchten. In meiner Obhut bist du völlig sicher. Ich werde sogar über dich wachen wie ein Löwe über seine Jungen.«

Alec spürte, daß sich von hinten jemand näherte.

»Vielleicht ist er sich seiner Lage nicht ausreichend bewußt, um angemessene Dankbarkeit zu zeigen«, zischte eine Stimme mit schwerem Akzent nahe seinem Ohr.

Der Sprecher ging an ihm vorbei und stellte sich neben Mardus, und Alec erkannte ihn als den stillen »Diplomaten«, der Mardus in Wolde begleitet hatte.

»Wahrscheinlich nicht«, pflichtete Mardus ihm bei. »Du mußt wissen, Alec, Vargûl Ashnazai war sehr dafür, dich auszunehmen wie einen Fisch, als er dich in die Finger bekam. Eine verständliche Absicht, wenn man bedenkt, was für Ärger du und dein Freund uns im Laufe der letzten Monate bereitet habt. Ich war es, der Vargûl davon abgehalten hat. ›Ach, er ist doch nur ein leicht zu beeinflussender Junge‹, habe ich viele Male gesagt, während wir euch durch die Straßen von Rhíminee gefolgt sind.«

»Sehr viele Male«, bestätigte der Totenbeschwörer und lächelte gallig. »Mitunter fürchte ich, meinem Herrn könnte sein weiches Herz noch einmal zum Verhängnis werden.«

»Und dennoch, was sonst sollte ich empfinden, wenn ich einen so klugen und unternehmungsfreudigen jungen Mann sehe, der in solch schlechte Gesellschaft geraten ist.« Traurig schüttelte Mardus den Kopf. »Ein abtrünniger Spion aus Aurënen, den das eigene Volk verstoßen hat, auf daß er sich zur Hure der Königin eines dekadenten Landes macht; und ein Magier, den selbst seinesgleichen für einen verrückten Narren halten? ›Nein, Vargûl Ashnazai‹, habe ich gesagt, ›erst müssen wir sehen, ob dieser arme Bursche noch gerettet werden kann.‹«

Mardus faßte Alec an den Schultern und zog ihn langsam so dicht zu sich, daß Alec den Atem des Mannes im Gesicht spürte. Seine Augen schienen eine unglaubliche Schattierung dunkler zu werden, als er fragte: »Was meinst du, Alec? Kannst du noch gerettet werden?«

Gefangen von Mardus' fesselndem Blick, schwieg Alec. Trotz der unausgesprochenen Drohung, die sich hinter den honigsüßen Worten verbarg, strahlte der Mann etwas gefährlich Zwingendes aus, eine kraftvolle Persönlichkeit, angesichts derer sich Alec völlig machtlos fühlte.

»Der Junge ist eine störrische Natur«, murmelte der Kerl namens Vargûl Ashnazai. »Ich fürchte, er wird Euch enttäuschen.«

»Wir wollen keine voreiligen Schlüsse ziehen«, widersprach Mardus. »Es könnte ja sein, daß er sich diesem Seregil von Rhíminee zur Treue verpflichtet fühlt. Schließlich hast du doch selbst gesagt, daß du glaubst, in den Adern des jungen Alec fließe Aurënfaie-Blut.«

»Dessen bin ich mir sicher, Herr.«

»Vielleicht stellt das ja das Hindernis dar. In der Stadt kursierten so viele widersprüchliche Gerüchte. Sag, Alec, ist er vielleicht dein Vater? Oder ein Halbbruder? Es ist so schwer, das Alter dieser Aurënfaie zu schätzen, und sie sind von Natur aus hinterlistig.«

»Nein«, brachte Alec schließlich hervor, wobei seine Stimme sich selbst für ihn kläglich und kindgleich anhörte.

Mardus zog eine Augenbraue hoch. »Nein? Aber gewiß ist er ein Freund. Während dieser jämmerlichen Maskerade in Wolde mag er dich ja als seinen Lehrling bezeichnet haben, aber euer Umfeld in Rhíminee läßt auf etwas anderes schließen. Ein Freund also. Oder womöglich sogar ein Geliebter?«

Alec spürte, wie ihm heiß im Gesicht wurde, als die Soldaten kicherten.

»Ich erkenne Treue, wenn ich sie sehe«, meinte Mardus. »Ich muß zugeben, es beeindruckt mich, sie in einem derart jungen Burschen zu entdecken, auch wenn es eine blinde Treue zu einem Mann ist, der dich im Stich gelassen hat.«

»Das hat er nicht!« knurrte Alec.

Mit weit ausholender Geste deutete Mardus auf das Schiff und die leere See, die sich nach allen Seiten schier endlos erstreckte. »Ach nein? Aber egal. Was du glauben möchtest, hat wenig Bedeutung für mich. Trotzdem fragst du dich vielleicht, warum dein hochgeschätzter Freund dich deinem Schicksal überlassen hat, obwohl er dich hätte retten können.«

»Ihr lügt!« Inzwischen zitterte Alec heftig. Immer noch konnte er sich an nichts erinnern, was nach seiner Ankunft im Jungen Hahn geschehen war.

»Bist du da so sicher?« Mitleid mischte sich in Mardus' Lächeln. »Nun, wir sprechen uns wieder, wenn du weniger überreizt bist. Vargûl Ashnazai, wärst du so freundlich, Alec mit ein paar Entspannungsmeditationen zu helfen?«

»Selbstverständlich, Herr.«

Alec versuchte, zurückzuzucken, aber die Wachen hielten ihn fest, als der andere Mann ihm kalte, trockene Finger auf die Wange und den Kiefer preßte. Einen Augenblick fühlte Alec sich überwältigt von einem durchdringenden, fauligen Gestank, dann umhüllte ihn eine entsetzliche Dunkelheit und schleuderte ihn zurück in einen eitrigen Morast der Qualen, aus dem es kein Entrinnen gab und in dem unaufhörlich das höhnische Echo Seregils längst vergessener Warnung widerhallte – *Wenn du zurückbleibst, bist du auf dich allein gestellt, auf dich allein, auf dich allein –*

Alec erwachte in einer düsteren, winzigen Kabine. Immer noch keuchend von den Schrecken der Trance, in die ihn der Totenbeschwörer versetzt hatte, richtete er sich auf der schmalen Pritsche auf und versuchte, seine Umgebung zu ergründen. Zwar brannte keine Laterne, doch das schwache Licht, das durch ein Gitter in der Kabinentür schimmerte, reichte aus, um den Fuß einer weiteren Pritsche an der gegenüberliegenden Wand zu erhellen. Über das Rauschen des Wassers, das gegen den Rumpf schlug, vernahm er ein entferntes, ersticktes Geräusch, das sich anhörte, als weinte jemand bitterlich. Von irgendwoher stieg ihm der Duft einer kräftigen Fleischbrühe in die Nase, und er stellte fest, daß er trotz der Nachwehen der Magie des Totenbeschwörers Hunger verspürte. Er schüttelte die dünne Decke ab, kletterte aus der Pritsche – und erstarrte. Nun, da sich seine Augen an die Düsternis gewöhnt hatten, erkannte er, daß die andere Pritsche nicht leer war. Eine Gestalt lag ausgestreckt unter einer Decke, das Gesicht in den Schatten verborgen. Unbehaglich räusperte sich Alec, dann trat er vor, um die Gestalt an der Schulter zu berühren.

»Hallo. Bist du ...«

Eine Hand schoß unter der Decke hervor und umklammerte seinen Arm mit ehernem, eiskaltem Griff. Alec taumelte zurück, doch der Mann hielt ihn fest und rappelte sich wankend auf die Beine, als Alec sich loszureißen versuchte.

»Beim strahlenden Licht«, keuchte Alec. »Thero!«

Der junge Zauberer präsentierte sich ebenso nackt wie Alec. An seinem Kopf war eine Art Zaumzeug angebracht worden. Ein Eisenband, das sich um die untere Gesichtshälfte wand, drückte ihm einen ehernen Knebel in den Mund, während sich ein weiteres Band zwischen den Augen über den Schädel erstreckte und dahinter mit dem ersten verschmolz. In dem senkrechten Band befand sich eine Ausnehmung für die Nase, und eine Kette unter dem Kinn sicherte das Ganze. Als Thero versuchte, um den Knebel herum zu sprechen, war seine Stimme kaum verständlich. Speichel troff ihm von den Mundwinkeln und sammelte sich in dem lichten Bart. Aus dem Blick seiner Augen schloß Alec, daß er entweder wahnsinnig oder zu Tode verängstigt war.

»Ah'ek?« brachte Thero hervor. Während er mit einer Hand nach wie vor Alecs Arm umklammerte, hob er die andere und berührte das Gesicht des Jungen. Breite Eisenschellen, auf denen seltsame Symbole prangten, umschlossen seine Handgelenke.

»Was tust du denn hier?« flüsterte Alec ungläubig.

Sichtlich verzweifelt, schluchzte Thero eine Weile heftig vor sich hin. Dann ließ er Alec los und begann sich mit den Fäusten so wild auf den Schädel zu schlagen, daß Alec ihn zurückhalten mußte.

»Nein, Thero. Hör auf damit. Hör auf!« Unsanft schüttelte Alec ihn an den Schultern. Theros blasse, knochige Brust hob und senkte sich bebend, während er krampfhaft mit dem Kopf zuckte und sich freizuwinden versuchte.

»Du mußt dich beruhigen und mit mir reden«, zischte Alec, der sich selbst zwischen Wut und Entsetzen hin und her gerissen fühlte. »Wir stecken in einem furchtbaren Schlamassel und brauchen einander, um da wieder rauszukommen. Und jetzt laß mich probieren, ob ich dir diesen verdammten Apparat abnehmen kann.«

Doch der Zaum war unter dem Kinn fest verschlossen, und er hatte kein Werkzeug, um ihn zu öffnen. Er durchsuchte die Kabine in der kläglichen Hoffnung, irgend etwas zu finden – einen Nagel vielleicht, oder einen Holzsplitter –, das er als behelfsmäßigen Stocher verwenden konnte. Alles, was er fand, war eine Schüssel voll Kraftbrühe an der Tür. Obwohl er hungrig war, ließ er sie unberührt, für den Fall, daß sie vergiftet war. *Vielleicht ist das mit Thero geschehen*, dachte er, während sein Magen vor sich hin knurrte. Das sabbernde Geschöpf, das auf der Pritsche kauerte, wies wenig Ähnlichkeit mit Nysanders kühlem Gehilfen auf.

Schließlich gab er die Suche auf und hockte sich neben Thero auf die Pritsche. »Hier gibt es überhaupt nichts. Du mußt mir alles erzählen, was du weißt. Und sprich langsam, damit ich dich verstehe.«

Mit unverändert wirrem Blick nickte Thero und sagte stockend um den Knebel herum: »Y'ander is' 'ot.«

»Was?« stieß Alec hervor und betete, er möge sich verhört haben.

»Y'ander is' tot. Tot!« heulte Thero verzweifelt und wippte heftig vor und zurück. »Mei'e Schuld!«

»Hör auf damit«, befahl Alec und schüttelte ihn an den Schultern. »Thero, sprich mit mir. Was ist mit Nysander passiert? Hast du gesehen, wie er getötet wurde, oder hat es dir Mardus nur erzählt?«

»'ie haben mich hi'unterge'agen, 'arze Ge'alten – durch Wände, Böden –!« Schaudernd schlang Thero die Arme um sich. »'iele Orë'ka – Y'ander auf dem Boden, haben mich ge'ungen hin'uschau'n Mei'e Schuld, meine!«

»Warum ist es deine Schuld?« wollte Alec wissen und schüttelte ihn abermals. »Thero, was hast du getan?«

Thero stöhnte qualvoll auf, riß sich los und kauerte sich tiefer in die Ecke. Auf seinem Rücken und an seinen Seiten prangten lange, gewundene Kratzer, oben auf den Schultern kleine, sichelförmige Blutergüsse.

»Es war Ylinestra, nicht wahr?« fragte Alec, in dessen Hinterkopf sich eine verschwommene, unangenehme Erinnerung regte. »Hat sie etwas getan, oder hast du ihr etwas erzählt?«

Stumm nickte Thero und weigerte sich, den Jungen anzusehen.

Einen Augenblick starrte Alec ihn noch an, dann, gleich einem berstenden Feuerball, explodierte ein rasender Zorn in seiner Brust.

Er packte das Eisenband an Theros Hinterkopf, zerrte den jungen Magier daran aus der Ecke und schüttelte ihn wie eine Ratte.

»Hör mir jetzt zu, Thero, und hör mir gut zu. Sollte sich herausstellen, daß du uns verraten und dadurch Nysander getötet hast, dann, bei den Vieren, bringe ich dich eigenhändig um, und das ist ein Versprechen! Aber noch weiß ich nichts mit Bestimmtheit, und ich glaube, du auch nicht. Sie haben irgend etwas mit deinem Verstand angestellt, und du mußt dagegen ankämpfen. Widersteh ihrer Magie und erzähl mir, was du gesagt oder getan hast. Was sie getan hat!«

»Wei' nich'«, flüsterte Thero bar jeder Hoffnung, während ihm Speichel von den Mundwinkeln troff. »Ich 'ar 'ei ihr in jener Nacht. Al' die 'arzen Ge'alten kamen, 'at 'ie mich mit Magie gefe'elt. Dann hat 'ie mir gedankt und gelacht – 'ie hat *gelacht*!«

Angewidert ließ Alec den jungen Zauberer los und preßte die Fäuste auf die Augen, bis funkelnde Sternchen hinter den geschlossenen Lidern tanzten.

»Thero, was haben sie mit dir gemacht? Warum kannst du deine Magie nicht anwenden?«

Thero streckte einen Arm aus und zeigte ihm das seltsame Eisenband.

»Die halten dich davon ab, deinen Zauber einzusetzen?«

Alec berührte das Band und fühlte die widernatürliche Kälte des polierten Metalles. Dann strich er mit der Hand darüber, fand jedoch weder eine Naht noch eine Verbindung noch ein Scharnier.

»'aub schon ...« Unbehaglich rutschte Thero hin und her und wischte sich über den feuchten Bart. »Nicht 'icher. Bin 'o ve'wirrt, Alpträume, 'timmen! Trau mich nich', A'ek, trau mich nich'!«

»Willst du damit sagen, daß du es noch gar nicht versucht hast?« Alec ergriff Theros Arme und hob ihm die Bänder vors Gesicht. »Du mußt etwas versuchen, irgend etwas. Vielleicht sind diese Dinger ja nur ein Trick, etwas, das deinen Verstand benebeln soll.«

Thero wich zurück und schüttelte verzweifelt den Kopf.

»Du mußt«, beharrte Alec und fühlte, wie die eigene Verzweiflung wiederkehrte. »Wir müssen Mardus entkommen. Es gibt vieles, das du nicht weißt, aber glaub mir, Nysander würde wollen, daß du mir hilfst. Wenn du die Dinge wieder ins rechte Lot rücken willst, mußt du es wenigstens versuchen!«

»Y'ander?« Heftig hob und senkte sich Theros Brust, als er den Blick wirr durch die Kabine wandern ließ, als hoffte er, seinen Meister hier zu finden. »Y'ander?«

Alec, der einen Riß in dem Wahnsinn spürte, der Thero fesselte, nickte ermutigend. »Ja, Thero, Nysander. Denk ganz fest an ihn, seine Freundlichkeit, Thero, an all die Jahre, die du im Ostturm mit ihm verbracht hast. Um des Vertrauens Willen, das er in dich gesetzt hat, du mußt es wenigstens versuchen. Bitte.«

Thero drehte den Saum der Decke in den Fäusten, während Tränen aus den verwirrten Augen quollen. »Vi'eicht«, flüsterte er leise, »vi'eicht ...«

»Nur etwas ganz Kleines«, drängte ihn Alec. »Einen dieser kleinen Zauber. Wie nennt man die doch gleich?«

Träge nickte Thero und drehte die Decke weiter in den Händen. »Tricks.«

»Ja, genau. Tricks! Nur einen ganz einfachen, winzigkleinen Trick.«

Sichtbar zitternd, schloß Thero zur Vorbereitung für die Beschwörung halb die Augen, dann aber schaute er unvermittelt wieder auf.

»Du 'ast ge'agt, da ist et'as, da' ich noch nich' 'eiß«, erinnerte er Alec und ließ unvermittelt den gewohnt scharfen Verstand durchblitzen. »Was? Ich bin sein Lehr'ing; Wa'um 'at er mir nich' ge'agt?«

»Ich weiß es nicht«, gestand Alec, der sogleich den Kern von Theros Frage begriff. »Er hat uns – hat mir so wenig erzählt, daß ich nicht einmal sicher bin, um was es überhaupt geht. Aber ich mußte Verschwiegenheit schwören. Ich schätze, ich hätte es gar nicht erwähnen dürfen. Vielleicht später, wenn wir aus dieser Zelle ...«

Mit einem Schlag flammte Mißtrauen in Alec auf, und er verstummte. Thero musterte ihn eingehend und hing an jedem Wort. »Wir reden später darüber, in Ordnung? Bitte, versuch jetzt den Zauber.«

»'ag mir 'uerst! Könnte hel'en!« beharrte Thero, und diesmal war die Verschlagenheit eines wilden Tieres in seinen Augen unverkennbar.

»Nein«, erwiderte Alec und wich vorsichtig zurück, wenngleich er nirgendwohin konnte. »Ich darf es dir nicht sagen.«

In Erwartung eines Angriffs versteifte er sich, doch Thero sackte nur seitlings auf die Pritsche wie eine fallengelassene Marionette.

Die Kabinentür öffnete sich hinter Alec, und er fühlte einen Schwall entsetzlicher Kälte in den Raum strömen. Erschrocken wirbelte er herum und sah sich der Verkörperung des Grauens gegenüber.

Es dauerte einen Augenblick, bis er begriff, daß die verhutzelte Hülle einst eine Frau gewesen war. Lebhafte, blaue Augen betrachteten ihn hinterlistig aus dem maskenähnlichen Abklatsch eines Gesichtes.

»Das finde ich aber ausgesprochen undankbar von dir,

Junge«, schnarrte sie, wobei sich die gesprungenen Überreste ihrer Lippen zurückzogen und ungleichmäßige, gelbe Zähne entblößten, »aber ich glaube, *mir* wirst du es erzählen.«

37
Hinter den feindlichen Linien

Beka und Feldwebel Braknil lagen am Hügelkamm flach auf dem Bauch, hielten die Hände über die Augen, um sie gegen den Nieselregen zu schützen und beobachteten das kleine Dorf unten. Sie sahen große Kornspeicher und Lagerhäuser, deren Wände den fahlen Schimmer frischen Holzes aufwiesen. Neben einem ansehnlichen Pferch standen Karren unterschiedlichster Art. Zusammen mit dem Reitereitrupp, der unmittelbar außerhalb der Holzpalisade kampierte, ließ all das nur einen Schluß zu: ein Versorgungsdepot.

»Anscheinend hattet Ihr recht, Leutnant«, flüsterte Braknil und grinste wölfisch durch den Bart.

Zufrieden mit dem Ergebnis der Aufklärung, schlichen sie leise zurück zu dem Eichenhain, wo der Rest der Turma wartete.

»Wie sieht's aus?« wollte Rhylin wissen.

»Wir haben Kommandantin Klias heimtückische Nattern gefunden«, erwiderte Braknil.

»Und gleich ein ziemlich großes Nest«, fügte Beka hinzu. »Aber das ist bloß ein Nest, und wir haben vier Tage gebraucht, um es aufzustöbern. Dem äußeren Anschein nach schätze ich, daß es sich nur um ein Glied einer ganzen Versorgungskette handelt.«

»Sollten wir uns nicht noch ein wenig umschauen, bevor wir zurückreiten?« fragte Unteroffizier Kallas. Er trauerte immer noch um seinen Bruder und schien geradezu auf einen Kampf zu brennen.

Beka ließ den Blick über die schmutzigen, hoffnungsvollen Gesichter schweifen. Das Depot war eine wichtige militärische Stellung und somit eine Entdeckung, die durchaus bedeutsam genug schien, um damit zurückzureiten, zumal ihre Vorräte allmählich zur Neige gingen und schlechtes Wetter eingesetzt hatte.

Ein dumpfer Schmerz pochte in Bekas Bein, als sie das Gewicht verlagerte. Der Schnitt in ihrer Hüfte hatte gerade so sehr zu eitern begonnen, daß ein Fieber aufgeflammt war; ein Fieber, das ihr nachts zwar den Schlaf durch wirre Träume vergällte, untertags jedoch ihre Sinne zu schärfen schien, was Fieber gelegentlich bewirkte.

»Wir reiten einen großen Bogen und versuchen herauszufinden, woher die Karren kommen«, verkündete sie schließlich.

Zwei Tage lang folgten sie der Versorgungsroute, die sich südwärts in das steilere Gelände oberhalb der Spitze der Landenge von Plenimar wand. Beka hielt sich mit ihren Reitern oben in den bewaldeten Hügeln und schickte unterwegs Kundschafter voraus und zurück. Zweimal stießen sie auf einen Wagentroß, der nach Westen rollte, aber beide Male wurde er zu gut bewacht, um einen Angriff zu wagen.

Der siebte Tag ihrer Aufklärung erwies sich schon beim Morgengrauen als kalt und neblig. Beka zügelte das Pferd am Rand des steilen Pfades und beobachtete, wie die restliche Turma an ihr vorüberzog; der Nebel gestaltete es schwierig, weiter als dreißig Fuß zu sehen, und sie konnte es sich nicht leisten, Nachzügler zu verlieren. Das düstere Licht und die dämpfende Wirkung des Nebels verliehen den Reitern einen geisterhaften, unwirklichen Anschein.

Mittlerweile ritten sie alle mit knurrenden Mägen. Ihre Vorräte waren nahezu aufgebraucht, auf Wild stießen sie nur selten. Durch den Regen und die reichlich vorhandenen Gebirgsquellen stand ihnen genügend Wasser zur Verfügung, doch Hunger raubte einem Soldaten nur allzubald die Kraft. Wahrscheinlich war es am klügsten, heute umzukehren.

Doch gerade, als sie den Trupp innehalten lassen wollte, tauchte Braknil aus dem Nebel auf und trabte zu ihr herüber.

»Die Kundschafter haben vor uns eine Raststation entdeckt, Leutnant. Sie berichten von vier großen, ausgespannten Karren und nur einer Handvoll Wachen«, teilte er Beka leise mit. Dann zwinkerte er verheißungsvoll und fügte hinzu: »Das sollte zu schaffen sein, finde ich. Besonders bei diesem Wetter, wenn Ihr versteht, was ich meine.«

»Ich glaube schon.«

Beka übertrug Rhylin das Kommando und folgte Braknil zu einem Felsvorsprung, wo Mirn mit einigen Pferden wartete.

»Man sieht es gleich hinter der nächsten Biegung«, erklärte er den beiden Offizieren; das gerötete Antlitz unter dem hellen Schopf sprühte geradezu vor Tatendrang. Mirn hatte Beka schon immer ein wenig an Alec erinnert, wenngleich an eine größere, muskulösere Ausgabe des Jungen. Sie gingen zu Fuß weiter und stießen auf Steb, der hinter der Biegung Wache hielt.

»Jetzt sieht man's besser«, sagte er und deutete durch eine Felsspalte. »Dieser Wind, der gerade aufkommt, sollte den Nebel binnen kürzester Zeit lichten.«

Von ihrem Standort aus erblickte Beka eine Straße, die sich durch die schmale Kluft eines Passes hinabwand. Unten befand sich eine Raststation, eine alte, halb zerfallene Blockhütte, aber der Stall und der große Pferch daneben wirkten robust und neu. Zu beiden Seiten der Straße ragten steile Felswände auf, so daß sowohl ein Angriff als auch eine Flucht nur über diesen Weg möglich waren.

»Ich habe die Station beobachtet«, sagte Steb. »Ich schätze, da unten sind höchstens zwei Dutzend Soldaten und ein paar Fuhrleute. Seit wir den Ort vor einer Stunde entdeckt haben, ist niemand hinein- oder herausgeritten.«

Das Treiben auf dem Hof ließ Beka vermuten, daß sich die Fuhrleute zum Aufbruch vorbereiteten, wenngleich weder sie noch die Militäreskorte in besonderer Eile schienen. Viele lungerten noch mit Schneidbrettern und Bechern rings um den Eingang zur Blockhütte. Die über den Paß heraufwehende Brise trug den Duft eines Frühstücksfeuers zu ihnen.

Nachdenklich betrachtete sie den Nebel, der die Straße zur Station verhüllte. »Wenn wir schnell reiten, könnten wir bis auf zweihundert Meter an den Feind herankommen, ehe er uns richtig sieht.«

»Und wenn wir diesen Pfad umgehen und uns über die Straße von Osten her nähern, halten sie uns vielleicht ohnehin für eine freundlich gesinnte Truppe«, flüsterte Braknil.

»Guter Einfall. Die plenimaranischen Reitereikolonnen reiten immer im Trab und in Viererrängen. Wir bilden die gleiche Formation. Wer ein Pferd mit plenimaranischem Geschirr hat, soll vorne reiten, falls sie das Klirren erkennen.«

Beeindruckt zog Feldwebel Braknil die Augenbrauen hoch. »Wer hat Euch denn beigebracht, derart verschlagen zu denken, Leutnant?«

Beka zwinkerte ihm zu. »Ein Freund der Familie.«

Die List lohnte sich. Die Plenimaraner blickten kaum vom Frühstück auf, als die Turma aus dem Nebel heraus auf sie zutrabte. Als die Skalaner die Schwerter zogen und in Galopp verfielen, war es bereits zu spät.

Aus voller Kehle gellend und brüllend, preschten sie auf die Station zu. Ein paar plenimaranische Soldaten rührten sich nicht von der Stelle, die meisten aber nahmen die Beine in die Hand und suchten in der Blockhütte und den Nebengebäuden Deckung.

In vollem Galopp ritten die Skalaner die Männer über den Haufen, die sich ihnen in den Weg stellten. Die Plenimaraner lieferten ihnen einen kurzen, beherzten Kampf, waren jedoch machtlos gegen die wild schwingenden Schwerter und eisenbeschlagenen Hufe, die über sie hinwegfegten. Nachdem die einzige Verteidigung der Station zerschlagen war, brüllte Beka einen Befehl, und die Reiter teilten sich in Dekurien.

Braknil erblickte ein paar Männer, die auf den Stall zurannten, um dort Zuflucht zu suchen, und wählte diese als Ziel. Flugs wendeten er und seine Reiter die Pferde, galoppierten auf das niedrige Gebäude zu und trieben die Flüchtenden in den Stall. Dann warfen sie die Nachtlaternen der Plenimaraner in den Strohhaufen am Hintertor. Binnen wenigen Augenblicken drang das panische Wiehern der im Stall untergebrachten Pferde heraus. Hustend und fluchend stolperten die Männer, die sich darin verstecken wollten, wieder heraus und wurden mit Schwertern im Rücken in den Pferch gescheucht.

Rhylin und seine Dekurie fielen über die Blockhütte her. Der linkische Feldwebel preschte vor den Eingang, sprang aus dem Sattel, warf sich gegen die Tür und schleuderte sie gerade noch rechtzeitig auf, bevor die Männer drinnen den Riegel vorschieben konnten. Zwar erwies sich sein Angriff als erfolgreich, doch er wäre um ein Haar zertrampelt worden, als der Rest seiner Dekurie, allen voran Kallas und Ariani, ihm zu Hilfe eilte und die Hütte stürmte. Die Soldaten und Fuhrleute darin ergaben sich widerstandslos.

Beka und eine Handvoll Reiter nahmen die Verfolgung der Plenimaraner auf, die beim ersten Zeichen des Angriffs geflohen waren. Die meisten, die zu Fuß davonrannten, hatten sie bald eingeholt, einige aber hatten sich auf Pferde geschwungen und sich zur Straße nach Osten gewandt. Beka und ihre Gruppe hetzten hinterher, doch ihre Beute hatte den Vorteil, auf frischen Pferden zu sitzen und die Gegend zu kennen. Leise fluchend ließ sie ihre Leute umkehren.

Die restlichen Plenimaraner waren indes in der Blockhütte zusammengetrieben worden.

»Ich habe die Zählung, Leutnant«, teilte Braknil ihr mit, als sie abstieg. »Neunzehn Feinde getötet, fünfzehn gefangengenommen, einschließlich der Fuhrleute und des Raststationbetreibers. Feldwebel Rhylin läßt die Gefangenen bewachen.«

Beka ließ den Blick über die zwischen den Gebäuden und auf der Straße verstreuten Leichen wandern. »Irgend welche Verluste auf unserer Seite?«

»Keinen Kratzer«, erwiderte der Feldwebel vergnügt. »Eure kleinen Tricks haben sich bestens bewährt.«

»Gut.« Beka hoffte, daß sie ihre Erleichterung nicht allzu offensichtlich zeigte. »Wir wollen nicht denselben Fehler wie unsere Freunde da drin begehen, also laßt Wachen entlang der Straße aufstellen. Unteroffizier Nikides!«

»Hier, Leutnant!« Der junge Mann ritt zu ihr herüber.

»Schnappt Euch jemanden, der Euch hilft, die Karren zu überprüfen. Hoffen wir, daß wir uns all den Ärger nicht wegen einer Ladung Hufeisen und Schmutzwassereimer angetan haben.«

»Zu Befehl, Leutnant!« Grinsend salutierte er und ritt wieder davon.

Drinnen hockten die Plenimaraner unter den aufmerksamen Augen von Rhylins Wachen zusammengepfercht am hinteren Ende des einzigen, kleinen Zimmers der Hütte. Sechs der Gefangenen waren Fuhrleute, der Rest trug schwarze Militärwappenröcke, auf denen ein Emblem in Form einer weißen Burg prangte.

Zackig salutierte Rhylin vor Beka, als sie eintrat. »Wir haben die Gefangenen und die Gebäude durchsucht, Leutnant, aber nichts von Bedeutung gefunden. Sieht ganz nach einem gewöhnlichen Versorgungszug aus.«

»Sehr gut, Feldwebel.«

Bekas langer, roter Zopf fiel ihr über die Schulter, als sie den Helm abnahm. Die Gefangenen tauschten verstohlene Blicke und tuschelten untereinander, als sie dies sahen. Einige starrten sie unverblümt an, und einer spuckte seitwärts auf den Boden.

Gilly schickte sich an, diese Beleidigung zu vergelten, doch Beka gebot ihm durch einen strengen Blick Einhalt.

»Wer ist hier der ranghöchste Offizier?« fragte sie,

ohne sich die Mühe zu machen, das Schwert in die Scheide zu stecken. Die Gefangenen starrten sie nur schweigend und frech an.

»Spricht irgend jemand von euch Skalanisch?«

Abermals Schweigen. Die Verachtung der Plenimaraner für weibliche Soldaten galt als legendär, doch dies war das erste Mal, daß Beka ihr unmittelbar ausgesetzt war. Ein Schweißtropfen kroch ihr den Rücken hinab, als sich alle Blicke auf sie hefteten.

Reiter Tare, junger, rothaariger Sohn eines Gutsherren mit dem Körperbau eines Ringers, trat vor und salutierte respektvoll. »Mit Verlaub, Leutnant, ich spreche ein wenig Plenimaranisch.«

»Dann los.«

Tare drehte sich um und wandte sich stockend an die Gefangenen. Ein paar kicherten. Keiner antwortete.

Tja, jetzt stecke ich ganz schön in der Zwickmühle, wie es so schön heißt. Was, zur Hölle, soll ich jetzt mit ihnen tun? dachte Beka und zermarterte sich das Hirn. Bei dem Gedanken an Seregils listiges, schiefes Grinsen kam ihr eine Idee.

Sie zuckte achtlos mit den Schultern und sagte laut: »Also gut, sie hatten ihre Gelegenheit. Feldwebel Rhylin, sorgt dafür, daß sie ordentlich gefesselt werden. Feldwebel Braknil, Eure Dekurie hat die Aufgabe, den ganzen Ort niederzubrennen.«

Ein paar ihrer eigenen Leute tauschten besorgte Blicke, aber die Feldwebel gehorchten widerspruchslos.

Einer der Fuhrleute flüsterte aufgeregt einem grauhaarigen Soldaten neben sich etwas zu. Der Mann lief vor Zorn rot an und zischte etwas zurück. Dann rappelte der Fuhrmann sich auf ein Knie und verbeugte sich linkisch vor Beka. »Einen Augenblick, Leutnant, ich spreche Eure Sprache«, erklärte er in recht gutem Skalanisch. »Hauptmann Teratos sagt, er wird mit Eurem befehlshabenden Offizier verhandeln, sobald er kommt.«

Beka bedachte den plenimaranischen Hauptmann mit einem eisigen Blick. »Fuhrmann, sag diesem Mann erstens, daß *ich* hier der befehlshabende Offizier bin, bis der Rest unserer Truppe eintrifft. Wenn mein Hauptmann ankommt, wird *sie* weniger Geduld mit ihm zeigen als ich. Zweitens teilst du ihm mit, daß skalanische Offiziere mit niemandem verhandeln, den sie besiegt haben. Ich werde Fragen stellen. Er wird sie beantworten.«

Rasch übersetzte der Fuhrmann dem Hauptmann, was Beka gesagt hatte. Einen Augenblick starrte der plenimaranische Offizier sie an, dann spuckte er genüßlich zwischen seine Füße. Diesmal hielt Beka Gilly nicht auf, als er dem Mann mit der Flachseite der Schwertklinge auf den Kopf hieb.

»Meinen Männern mißfällt seine Unhöflichkeit, Fuhrmann«, sprach Beka gelassen weiter. »Sag ihm, daß wir hungrig sind, und daß wir das geröstete Fleisch unserer Feinde saftiger finden als Schweinefleisch. Feldwebel Braknil, laßt die Fackeln anzünden.« Damit machte sie auf dem Absatz kehrt und verließ die Hütte.

Braknil folgte ihr hinaus. »Ihr wollt diese Männer doch nicht wirklich verbrennen, oder?«

»Natürlich nicht, aber das brauchen sie ja nicht zu wissen, oder? Geben wir ihnen ein paar Minuten Zeit, um über ihre Lage nachzudenken.«

Just in diesem Augenblick eilte Syra mit einem Streifen Pökelfisch und einem Krug Bier auf sie zu. »Leutnant, Unteroffizier Nikides schickt Euch Frühstück und seine besten Empfehlungen«, sagte sie und reichte Beka beides. »Gerstenschrot haben wir auch gefunden, aber er sagte, ich sollte Euch bestellen ›keine Schmutzwassereimer‹.«

Beka trank einen Schluck von dem warmen Bier. »Herrlich. Sag den anderen, daß jeder Reiter so viel Fisch und Schrot aufladen soll, wie er tragen kann. Das Bier müssen wir zurücklassen. Sobald jeder hat, was er braucht, verbrennt ihr den Rest. Feldwebel Braknil, sorgt dafür, daß Rhylins Männer abgelöst werden, sobald Eure Leute sich eingedeckt haben ...«

Das Geräusch eines Pferdes, das aus westlicher Richtung herangaloppierte, unterbrach sie. Es war Mirn, der als Wache losgeschickt worden war.

»Feind im Anmarsch!« brüllte er ihr zu. »Eine Reitereikolonne, mindestens vierzig Reiter.«

»Verflucht!« Sie bedeutete den anderen zu schweigen und lauschte eine Weile angespannt; noch waren die herannahenden Reiter nicht zu hören. Zwar herrschte immer noch dichter Nebel, doch den Gestank des lodernden Stalles nahm man gewiß schon eine Meile entfernt wahr. »Mirn, sag den anderen, daß sich jeder ein zusätzliches Pferd und Essen schnappen und nach Osten losreiten soll. Wer von der Truppe getrennt wird, soll in weitem Bogen umkehren, sich zum Regiment durchschlagen und berichten, was wir gefunden haben. Lauf!«

Rhylin kam mit seinen Leuten aus der Hütte gerannt. »Was ist mit den Gefangenen?«

»Laßt sie zurück. Und jetzt raus hier!« Mittlerweile war das donnernde Hufgeklapper der herannahenden Kolonne deutlich zu vernehmen.

Beka sprang aufs Pferd, galoppierte auf einen Karren zu und riß den erstbesten Sack von der Ladefläche, den sie zu fassen bekam.

Ein Pfeil schwirrte über ihren Kopf hinweg, als sie den Sack über den Sattelknauf wuchtete. Ein weiterer Schaft schlug mit dumpfem Pochen an der Seite des Karrens ein.

Hektisch wendete Beka das Pferd und preschte die Straße nach Osten hinunter, als auch schon die ersten plenimaranischen Reiter aus dem sich lichtenden Nebel hervorbrachen.

In der Hoffnung, das Feuer in der Station würde zumindest ein paar der Feinde aufhalten, führte Beka ihre Reiter noch tiefer in plenimaranisches Gebiet hinein.

38
Die Grüne Lady

Es ist still und dunkel unter Wasser. Seregil kann die silbrig funkelnde Oberfläche über sich wabern sehen, während er verzweifelt strampelt, doch etwas in der Tiefe unter ihm hat seinen Knöchel gepackt und hält ihn zurück.

Eine große, dunkle Gestalt thront über ihm, verzerrt durch die Brechung der Wasseroberfläche. Sie sieht Seregil hilflos unter sich treiben und winkt ihm zu.

Mit einem letzten, verzweifelten Tritt gelingt es Seregil, das Gesicht kurz über Wasser zu bekommen, um die berstenden Lungen mit Luft zu füllen. Dabei schaut er in das Gesicht des Mannes über ihm. Die Lippen bewegen sich, als er Seregil sagt, was zu tun ist.

Er versteht die Worte nicht, dennoch erfüllen sie ihn mit so blankem Entsetzen, daß er aufschreit und ihm Wasser in den Mund dringt, als ihn die unsichtbare Kraft unter sich wieder hinabzerrt ...

»Seregil! Seregil, verdammt noch mal, wach auf!«

Seregil rang nach Luft und erkannte allmählich Micums müdes, sommersprossiges Gesicht, das Schiff, das offene Meer rings um sie.

Das Schiff. Das offene Meer.

»O Scheiße, nicht schon wieder«, stöhnte Seregil und preßte die Finger auf die pochenden Schläfen. Über die breite Schulter seines Freundes hinweg erblickte er ein paar Matrosen, die sich in der Nähe versammelt hatten und die Hälse reckten, um einen Blick auf ihn zu erhaschen.

»Habe ich ...«

Micum nickte. »Diesmal hat man dich bis nach hinten ins Heck deutlich gehört. Das ist schon das dritte Mal.«

»Das vierte Mal.« In der Woche, seit sie in See gegangen waren, kehrte der Traum – wovon auch immer er handeln mochte, denn Seregil konnte sich nach dem

Erwachen nicht mehr daran erinnern – immer öfter wieder. Noch schlimmer aber war, daß er zu den merkwürdigsten Zeiten tagsüber einnickte und davon heimgesucht wurde, diesmal bei hellem Tageslicht am Fuße der Bugplattform.

»Wer zu wenig zu tun hat, kann sich bei mir gern zusätzliche Arbeit holen!« bellte Kapitän Rhal, als er an Deck stapfte, wodurch er das gaffende Knäuel zersprengte.

Als er Micum und Seregil erreichte, senkte er die Stimme zu einem tiefen Grollen. »Nach dem letzten Mal habt Ihr mir doch versprochen, Ihr würdet in Eurer Kabine bleiben. Die Männer fangen schon zu tuscheln an. Was soll ich Ihnen denn erzählen?«

»Was immer Euch einfällt«, erwiderte Micum und half Seregil auf die Beine.

»Die beiden, die mit Euch auf der *Pfeil* waren, kann man ihnen noch trauen?« fragte Seregil.

»Ich habe ihnen gesagt, sie sollen darüber die Schnauze halten, und das werden sie auch.« Mit unverändert gerunzelter Stirn setzte Rhal ab. »Aber Skywake munkelt, Ihr wärt ein Unglücksbringer, eine Sturmkrähe. Er ist schlau genug, es nicht offen auszusprechen, aber die anderen fangen an, es zu spüren.«

Einsichtig nickte Seregil. »Ich bleibe unter Deck.«

Micum folgte ihm, als er auf den Niedergang zuschritt. »Bei der Flamme, deinetwegen werden wir noch über Bord geschmissen, wenn du nicht aufpaßt«, murmelte er. »Diese Seeleute sind schlimmer als Soldaten, wenn es um etwas geht, das man als Omen deuten könnte.«

Seregil fuhr sich mit der Hand durch die strähnigen Haare. »Was hab' ich denn diesmal gesagt?«

»Dasselbe wie immer, nur ›Nein, ich kann nicht‹, immer und immer wieder, bis ich bei dir war. Ich schätze, ich hätte dich nicht allein lassen sollen, nachdem ich gesehen hatte, daß du eingedöst warst.« In ihrer Kabine angekommen, ließ sich Micum auf seine Pritsche sinken. »Erinnerst du dich diesmal an irgend etwas?«

»An genausowenig wie zuvor«, erwiderte Seregil und

streckte sich mit einem Flachmann voll Bier auf der eigenen Pritsche aus. »Ich ertrinke, und ich sehe jemanden, der durch das Wasser auf mich herabschaut. An mehr kann ich mich nie erinnern, trotzdem habe ich jedesmal höllische Angst. Je näher wir Plenimar kommen, desto schlimmer fühlt es sich an.«

»Mir gefällt das Ganze auch nicht besonders«, meinte Micum mit einem süßsauren Grinsen auf den Lippen.

Seit sie die Südspitze Skalas vor zwei Tagen umrundet hatten, sichteten sie in der Ferne ein halbes Dutzend feindlicher Schiffe, von denen sie zweien davongesegelt waren. Dies war ein weiterer Punkt, der den Unmut der Besatzung schürte; solange sie kein Schiff angriffen, würde es auch keine Beute aufzuteilen geben.

»Glaubst du, Nysander könnte auf diese Weise versuchen, dich zu erreichen?« fragte Micum ohne große Hoffnung.

»Ich wünschte, es wäre so, aber ich denke, das würde ich merken.« Er trank einen Schluck Bier und starrte verkniffen an die Kabinendecke. »Bei Illiors Licht, Micum, es fühlt sich so *falsch* an, daß er nicht hier ist. Und Alec.«

Seregil faßte in die Jackentasche und betastete darin den Griff des Dolches und die weiche Locke. Wenn sie zu spät kämen, wenn Alec sterben würde oder schon tot war ...

»Du hast ihm nie etwas gesagt, oder?« wollte Micum wissen. »Von deinen Gefühlen für ihn, meine ich.«

»Nein, niemals.«

Langsam schüttelte sein Freund den Kopf. »Das ist schade.«

Aura Elustri málreis, betete Seregil stumm und umklammerte den Griff, bis seine Knöchel schmerzten. *Aura Elustri, wach über ihn und hüte ihn, bis ich dieses Messer in die Herzen seiner Feinde rammen kann.*

Das Getrampel von Füßen, das vom Deck herabdrang, weckte sie am nächsten Morgen kurz nach Sonnenaufgang.

»Feindsegel vor dem Steuerbordbug!« brüllte der Ausguck.

Seregil und Micum ergriffen die Schwerter und rannten hinauf.

Rhal, der am Ruder stand, deutete an den nordöstlichen Horizont, wo gerade ein schwarz und weiß gestreiftes Segel in Sicht geriet. »Diese Mistkerle müssen uns letzte Nacht gesichtet und verfolgt haben.«

»Können wir sie abschütteln?« fragte Micum, der schützend die Hand über die Augen hielt. Die Entfernung war bereits so gering, daß er das Schiff selbst erkennen konnte, das tief im Wasser lag und flott durch die Wellen schnitt.

»Nach der Form der Segel zu schließen, muß ich das verneinen. Sieht so aus, als müßten wir diesmal kämpfen«, antwortete Rhal mit einer gewissen grimmigen Befriedigung. »Ich weiß, wie Ihr darüber denkt, Seregil, aber es wäre am besten, wenn wir den Angriff starten.«

Seregil schwieg eine Weile und schien den herannahenden Segler eingehend zu betrachten.

»Die Segel dieses Schiffes unterscheiden sich kaum von unseren, richtig?«

»Ja, wir haben in etwa die gleiche Takelung.«

»Also könnte dieses Schiff mit dem Tuch des anderen segeln?«

Rhal grinste, als er begriff, worauf Seregil hinauswollte. »Bei der ordentlichen Marine würde man das als unehrenhaften Kniff bezeichnen.«

»Deshalb halte ich mich auch lieber an Freibeuter«, erwiderte Seregil und grinste zurück. »Je näher wir Plenimar kommen, desto weniger Aufmerksamkeit sollten wir auf uns ziehen, zumindest aus der Ferne.«

»Beim Alten Seebären, Lord Seregil, in Euch schlummert ein großartiger Pirat. Das einzig Dumme ist, daß wir unsere Feuerkörbe nicht einsetzen können, wenn die Segel unversehrt bleiben sollen.«

»Dann hebt sie für die äußerste Not auf und schleudert erst alles andere auf sie.«

»Alle Mann fertig machen zum Kampf«, verkündete

Rhal, und der Ruf wurde über die gesamte Länge des Decks weitergeplärrt.

Bereitwillig eilte die Besatzung der *Lady* an die Arbeit. Der Rudergänger wendete das Schiff, um den plenimaranischen Herausforderern entgegenzusegeln. Luken wurden geschlossen, Katapulte in die Haltesockel entlang des Decks und auf den Kampfplattformen vorn und achtern geschoben, Körbe voll Steine, Ketten und Bleikugeln aus dem Laderaum herbeigeschafft. Rhals Bogenschützen nahmen ihre Stationen ein, und die Klinge jedes Schwertes und jedes Entermessers wurde noch ein letztes Mal mit dem Daumen überprüft.

»Sie haben die Kriegsflagge aufgezogen, Käpt'n«, brüllte der Ausguck, während sie auf das feindliche Schiff zuhielten.

»Zieht die gleiche Flagge auf!« antwortete Rhal.

Micum verlor Seregil im allgemeinen Getümmel aus den Augen, doch wenig später kehrte sein Freund mit Alecs Bogen zurück.

»Hier«, sagte er und reichte ihn Micum, ohne ihm dabei in die Augen zu sehen. »Du kannst besser damit umgehen als ich.«

Bevor Micum eine Antwort einfiel, hastete Seregil davon und gesellte sich zu einer der Katapultmannschaften.

Das plenimaranische Schiff brauste gleich einem Seeadler über die Wellen auf sie zu und verringerte rasch die Entfernung.

»Ein Kriegsschiff, Käpt'n, und sie haben Feuerkörbe angezündet!« gellte der mit Adleraugen gesegnete Ausguck zu ihnen herunter.

»Wie sind sie bewaffnet?« brüllte Rhal zurück.

»Zwei Katapulte auf jeder Seite, vorne und achtern! Feuerkörbe im Bug.«

»Halt auf ihren Bug zu, Steuermann!«

Als die Schiffe sich nur noch ein paar hundert Meter voneinander entfernt befanden, legten die Bogenschützen auf beiden Seiten an.

Micum, der sich bei Rhals Schützen entlang der Steuerbordreling aufgestellt hatte, lauschte dem Summen der Bogensehne von Alecs Schwarzem Radly, während er Schaft um Schaft auf den Feind abfeuerte. Bald wurde die Salve erwidert. Gleich zornigen Libellen schwirrten und surrten plenimaranische Pfeile über das Wasser hinweg auf ihn zu. Welken, der zuverlässige Ausguck, stürzte krachend mit einem Pfeil in der Brust auf das Deck. Nettles wurde ins Bein getroffen, schoß aber weiter. Immer mehr Männer fielen, und das Brüllen und Schreien auf beiden Seiten hallte über das Wasser zwischen den beiden Schiffen.

Wenigstens gibt's genug Pfeile, dachte Micum, der die Schäfte des Feindes vom Deck und der Reling ergriff und dorthin zurücksandte, wo sie hergekommen waren.

Das dumpfe Klatschen der Katapulte ertönte, als die mächtigen Waffen vorne und achtern auf beiden Seiten abgefeuert wurden. Flammenbälle, die aus einer pechähnlichen Masse bestanden und als Sakors Feuer bekannt waren, segelten über den Bug der *Lady* und verfehlten nur knapp das Focksegel. Die *Lady* antwortete mit einer doppelten Kettenladung, die sich wie Klauen in die Vertäuung des Feindschiffes grub und das Großsegel gleich einer gebrochenen Schwinge einknicken ließ.

Panische Schreie ertönten auf dem Feindschiff, das unvermittelt langsamer wurde.

»Hart Ruder und dann nachsetzen!« befahl Rhal. Skywake zwang das Ruder nach Steuerbord, und die *Lady* krängte gefährlich in die Wellen, als sie auswichen, um den Vorteil auszunutzen. Ächzend schleuderten die Steuerbordkatapulte eine weitere Salve ab, die den plenimaranischen Fockmast in Stücke riß, so daß das feindliche Schiff gierte und träge in der Dünung rollte.

Wie ein verwundeter Drache spie das plenimaranische Schiff ein zweites Mal Sakors Feuer auf die vorbeiziehende *Lady*. Diesmal trafen die Geschosse die vordere Plattform.

Ein öliger Flammenteppich breitete sich über einem Katapult und der Mannschaft aus. Brennende Männer stürzten sich krümmend auf das Deck oder sprangen über Bord. Die Matrosen rissen Abdeckplanen von an den Relings verzurrten Sandfässern und erstickten die Flammen, bevor sie um sich greifen konnten.

Seregil hustete, als ihm der Gestank verbrannten Fleisches in die Nase drang, ließ die Kettenladung fallen und stürmte die Plattformleiter hinauf, um dabei zu helfen, die Verwundeten aus den Flammen zu bergen.

»Was nun?« rief er, als er Rhal auf dem Deck unten erblickte.

»Hart beidrehen, Segel einholen und entern!« brüllte Rhal. »Makewell, Coryis, sagt eurer Gruppe, sie soll sich mit den Enterhaken bereit halten.«

Eine letzte Steinsalve von einem plenimaranischen Katapult zertrümmerte den Großmast der *Lady*, die unbeirrt auf das feindliche Schiff zuhielt. Behende wich die Entermannschaft den herabgestürzten Spieren aus, schleuderte die Haken und hievte die beiden Schiffe aneinander, bevor die Plenimaraner die Taue kappen konnten. Sobald das Schanzkleid nah genug war, um zu springen, enterten Rhals Männer das andere Schiff und stürzten sich auf die schwarz uniformierten Marinesoldaten, die zusammengelaufen waren, um die Angreifer zurückzuschlagen.

Von seinem Aussichtspunkt auf der Plattform suchte Seregil in dem Getümmel nach Micums roter Mähne. Wie erwartet, befand sich sein Gefährte bereits im dichtesten Kampfgewirr.

Die Götter haben wahrlich eine weise Wahl für die Vorhut getroffen, dachte er, als er die Leiter hinabsauste und sich unter Ellenbogeneinsatz zur Reling vorkämpfte. Als er sie erreichte, versuchte er tunlichst, der schäumenden Kluft keine Beachtung zu schenken, die sich vor ihm auftat, während die beiden Schiffe auf den Wellen dümpelten. Er sprang, zog das Schwert und sah sich sogleich einem plenimaranischen Seemann mit einem Entermesser gegenüber.

Bald griff der Kampf auf beide Schiffe über. Irgendwie

fanden Micum und Seregil einander in dem Getümmel und fochten Schulter an Schulter, Rücken an Rücken, während der gefährlich ausgeglichene Kampf unvermindert weitertobte.

Eine Weile schien sich kein Ende abzuzeichnen, dann aber tötete einer von Rhals Matrosen in dem Durcheinander den Kapitän des plenimaranischen Schiffes. Fast im selben Augenblick streckte Micum den Kommandanten der Marinesoldaten nieder. Verwirrung breitete sich unter den verbleibenden Feinden aus, und schließlich ergaben sie sich.

Jubel erhob sich von der Besatzung der *Lady*, als die überlebenden feindlichen Seeleute und Soldaten mißmutig die Waffen niederwarfen. Unter lautem Triumphgebrüll machten Rhals Männer sich daran, das besiegte Schiff zu plündern.

Zu Tode erschöpft, ließen Seregil und Micum ihnen ihren Spaß und sprangen zurück an Bord der *Lady*.

»Bei der Flamme, das war ein ziemlich harter Kampf«, keuchte Micum, stieß mit dem Fuß eine abgetrennte Hand aus dem Weg und ließ sich auf eine Luke plumpsen.

Seregil ließ den Blick über seinen Freund wandern und stellte fest, daß Micum lediglich einen Schnitt über einem Auge abbekommen hatte. Auch er selbst mußte einen oberflächlichen Schnitt an der Schulter hinnehmen. Er zog Oberkleid und Hemd aus und betrachtete die Wunde, dann preßte er einen Stoffetzen darauf, um die Blutung zu stillen.

»Für meinen Geschmack war das ein wenig zu knapp«, meinte er und sank mit dem Rücken zum Schott auf das Deck.

Rhal tauchte aus den Wirren rings um sie auf und kam zu ihnen. »Tja, wir haben das Schiff für Euch eingenommen, aber von der Besatzung sind noch gut und gern zwanzig Mann übrig«, teilte er Seregil mit. »Ich weiß, daß wir keine Gefangenen als Ballast brauchen können, aber ich sage Euch gleich, daß ich nichts damit zu tun haben will, besiegte Männer hinzurichten.«

»Das möchte ich auch nicht«, erwiderte Seregil matt. »Ich schlage vor, wir nehmen uns, was wir brauchen, einschließlich der Segel, und setzen die Besatzung mit Essen und Wasser auf dem Schiff aus. Wie lange werden die Reparaturarbeiten an der *Lady* dauern?«

Rhal rieb sich das Kinn, schaute sich um und begutachtete den Schaden. »Wir müssen einen neuen Mast setzen und die neuen Segel takeln. Mindestens bis morgen früh.«

»Wie viele Tage sind es noch bis Plenimar?«

Rhal betrachtete den Himmel. »Sofern uns das gute Wetter hold bleibt, drei, vielleicht vier Tage. Wenn wir die plenimaranischen Segel aufziehen, könnten wir uns die eine oder andere Schlacht ersparen.«

Fragend schaute Seregil zu Micum, doch der große Mann zuckte nur mit den Schultern.

»Dann tut es«, befahl Seregil dem Kapitän. »Und laßt die Plenimaraner dabei helfen.«

39
Folter

Hände. Hände auf ihm, die ihn berühren, betasten, quälen.

Alec schlang die Arme um die Knie und kuschelte sich in der Dunkelheit der winzigen Kabine eng zusammen, während er versuchte, die Erinnerung an die Berührungen zu verdrängen, und wünschte, er hätte Thero noch als Gesellschaft. Seit jener ersten Nacht an Bord der *Kormados* hatte er den jungen Magier nicht mehr zu Gesicht bekommen.

Mardus und seine Leute bedienten sich höchst raffinierter Mittel. In all der entsetzlichen Zeit seit seiner Gefangennahme hatten sie ihm keinen Kratzer beigebracht, keinen einzigen Tropfen Blut vergossen. Innerlich aber litt er Schmerzen.

O ja. Innerlich litt er gräßliche Schmerzen.

Der Dyrmagnos Irtuk Beshar, ein wandelnder Alptraum, hatte sich rittlings mit den verhutzelten Beinen auf ihn gehockt und die schuppigen Finger in einer bizarren Parodie der Lust über seinen Körper kriechen lassen, als sie sich gewaltsam einen Weg in seinen Verstand bahnte, um seine Erinnerungen zu vergewaltigen. Danach hatte sie ihn geküßt und eine Zunge, die sich wie ein schimmliger Lederlappen anfühlte, gegen seine zusammengebissenen Zähne gepreßt.

Der Totenbeschwörer, Vargûl Ashnazai, half ihr bei diesen Verhören, und Alec lernte bald, ihn noch schlimmer zu fürchten als den Dyrmagnos oder Mardus.

Irtuk Beshar führte ihre Folter der Sinnestäuschungen zwar mit Inbrunst aus, aber sobald sie damit fertig war, schien sie Alec völlig zu vergessen. Mardus war schwieriger einzuschätzen. Er war es, der die Folter leitete und Alec mit ausdruckslosen, unbarmherzigen Augen Fragen stellte, wobei seine Stimme stets sanft wie die eines Vaters blieb, während er eine Grausamkeit nach der anderen anordnete. Ansonsten jedoch legte er Alec gegenüber eine eigenartige Mischung aus Unnahbarkeit und Besorgtheit an den Tag, die nachgerade an Höflichkeit grenzte. In den schlimmsten Augenblicken der Folter ertappte sich Alec unerklärlicherweise dabei, daß er mitunter hilfesuchend zu Mardus schaute.

Mit Ashnazai verhielt es sich völlig anders. In der Gegenwart anderer zeigte er sich durchweg teilnahmslos. Ließ man ihn jedoch mit Alec allein, sprudelte der Haß wie siedende Säure aus ihm heraus.

»Du und dein niederträchtiger Gefährte, ihr habt mein Ansehen in jener Nacht in Wolde schändlich besudelt«, zischte er Alec ins Ohr, als der Junge nach einer seelischen Vergewaltigung durch den Dyrmagnos zitternd in der Dunkelheit lag. »Zunächst hatte ich nur im Sinn, euch zu töten, jetzt aber vergönnt es mir der Wundersame, meine Rache richtig auszukosten.«

Und das tat er mit Hingabe, bis Alec so weit war, daß er seinen Anblick mehr als den der anderen fürchtete.

Ashnazais Mißhandlungen hinterließen keine Spuren, vergossen kein Blut. Statt dessen würzte er seine magische Folter mit schauerlichen Beschreibungen des Gemetzels im Jungen Hahn, an dem er maßgeblich beteiligt gewesen war.

»Schade, daß du in jener Nacht nicht früher dort angekommen bist«, sagte er zu Alec. »Die alte Frau hat beharrlich geschwiegen, aber wie ihr vertrottelter Sohn gewinselt hat! Und das Mädchen! Zuerst zeigte sie sich stolz, bis wir der alten Schlampe den Kopf abgehackt haben, dann begann sie zu kreischen, daß ihr großer Busen neckisch auf und ab hüpfte. Die Männer wollten gleich dort auf dem blutverschmierten Boden über sie herfallen ...«

Durch Ashnazais Magie zu Schweigen und Reglosigkeit verdammt, konnte Alec nur erschaudern, als der Totenbeschwörer mit einer feuchtkalten Hand über seine Brust strich und danach mit dem Finger den harten Steg seines Brustbeines nachfuhr. »Hast du sie je auf diesem Boden genommen, Junge? Nein? Nun, ich nehme an, dort haben sich ganz andere Dinge abgespielt, was? Aber dann, *zack, zack, zack,* schon waren die Köpfe ab, und wir konnten damit den Kaminsims verzieren. Ich muß sagen, dein Verhalten bei dem Anblick hat meine Hoffnungen ganz und gar erfüllt. Um ein Haar hätte ich deinen Kopf der Sammlung hinzugefügt, aber dann fiel mir eine – wie sagt man?«

Mit geradezu verträumter Miene fuhr der Totenbeschwörer die Linie über Alecs Brust ein zweites Mal nach. »Mir fiel eine *befriedigendere* Rache ein. Du wirst gleichzeitig von großem Nutzen für uns sein *und* für die Schwierigkeiten büßen, die du uns bereitet hast.«

Die Andeutung war unmißverständlich. Als Alec an die Leichen dachte, die Micum und Seregil gesehen hatten, die gespaltenen Brustkörbe, die wie Flügel zurückgeschlagenen Rippen, wünschte er, sie hätten ihn in jener ersten Nacht getötet.

Die Folterungen dauerten noch einige Tage an, und nachdem sie endlich fertig mit ihm waren, verstand Alec, weshalb Nysander ihm und Seregil so wenig erzählt hatte. Alles, selbst das letzte Quentchen, wrangen sie aus ihm heraus, obwohl sein Wissen sich ohnehin nur auf den Splitter einer Prophezeiung beschränkte.

»Na also. Gut gemacht, Alec«, lobte Mardus und lächelte auf ihn herab, nachdem der Dyrmagnos die Arbeit abgeschlossen hatte. »Aber euer Hüter ist tot und somit ist diese geheimnisvolle Vierergruppe, von der er gesprochen hat, zerschlagen, zersprengt. Armer Seregil. Auch wenn er dich am Ende im Stich gelassen hat, er muß sich ein wenig schuldig fühlen, weil er soviel Elend über so viele seiner Freunde gebracht hat.«

Des letzten Funkens Hoffnung und Stolz beraubt, konnte Alec nur das Gesicht abwenden und weinen.

Nachdem die Verhöre beendet waren, wurden die Soldaten zum Hauptquell Alecs täglicher Not. Unter ihnen befanden sich Mardus' Hauptmann, Tildus sowie die Soldaten, die ihn in Wolde angepöbelt hatten. Er hielt sich an das, was Seregil ihm beigebracht hatte, und suchte nach einem schwachen Glied unter ihnen, nach einem Mann mit einem verhängnisvollen Hauch Mitgefühl, aber Mardus hatte seine Leibgarde sorgfältig ausgewählt.

Während der Folterungen hatte sich das rauhe, brutale Gesindel am Gitter versammelt, um dabei zuzuhören, wie Alec gefoltert wurde. Nun waren sie diejenigen, die ihn zum täglichen Frischluftschnappen – worauf Mardus bestand – an Deck zerrten. Während er aß, standen sie über ihm, wenn er um einen Eimer bat, um sich zu erleichtern, kicherten sie. So gut wie keiner der Soldaten sprach ein Wort Skalanisch, dennoch gelang es ihnen, Alec ihre derben Späße und Beleidigungen verständlich zu machen. Ein paar von ihnen nahmen sich sogar die Freiheit, Alec lüstern zu begrapschen und lachten, wenn er nach ihnen schlug.

Der schlimmste unter ihnen war ein haariges, muskelbepacktes Scheusal namens Gossol. Alec hatte dem Mann in der Nacht seiner Gefangennahme, im Zuge des kurzen, verzweifelten Kampfes im Jungen Hahn, das Schwertheft in den Mund gerammt und ihm die Vorderzähne ausgeschlagen. Deshalb hegte Gossol einen beträchtlichen Groll gegen Alec und quälte ihn bei jeder Gelegenheit.

Am Morgen von Alecs sechstem Tag an Bord kam Gossol allein, um ihn an Deck zu begleiten. Alec erkannte mit einem Blick, daß ihm Ärger bevorstand.

»Kommen, du Mannkind«, befahl Gossol in gebrochenem Skalanisch. Die Stümpfe der zerschmetterten Zähne zeigten sich, als er boshaft grinste und einen Umhang hochhielt, das einzige Kleidungsstück, das man Alec neben seiner Unterhose gestattete.

Alec begriff. Er sollte sich den Umhang holen.

»Kommen schnell, nicht machen *seshka* Mardus warten«, drängte ihn Gossol.

»Wirf ihn her«, sagte Alec und streckte die Hand aus.

Gossols Grinsen wurde breiter. Er lehnte sich an den Türstock und schüttelte den Umhang herausfordernd. »Nein. Du kommen, Mannkind. Jetzt.«

Alec rappelte sich auf die Beine und griff vorsichtig nach dem Umhang. Jäh riß Gossol ihn zurück und lachte auf, als Alec erschrocken zurücksprang.

»Was? Kleine Mannkind haben Angst vor Gossol?« Er hielt ihm den Umhang hin und zog ihn abermals grinsend zurück, dann stapfte er auf Alec zu und drängte ihn in den schmalen Winkel zwischen der Pritsche und der Wand. »Du haben Angst gut. Du schlagen kaputt Mund von Gossol. Du denken, Huren diesen Mund jetzt mögen? Hä? Gossol glauben, du kennen Huren.« Gossol machte eine anzügliche Geste. »Huren nicht mögen so kaputte Mund. Vielleicht du mögen, hä?«

Damit stieß er Alec so heftig an die Wand, daß der Junge nach Luft japste, preßte ihn mit seinem Körpergewicht dagegen und küßte ihn ungestüm auf den Mund. Alec wehrte sich aus Leibeskräften, aber Gossol hielt ihn mit einer Hand fest, während er die andere über Alecs Bauch zur Brustwarze hinaufwandern ließ und diese schmerzhaft zusammenkniff.

Knurrend gab Alec den Versuch auf, den schwergewichtigen Mann von sich zu stoßen und biß ihm statt dessen in die Lippe.

Gossol wich zurück und holte mit der Faust aus, doch Alec kam ihm zuvor. Sobald seine Arme frei waren, rammte er dem völlig überraschten Mann die Faust ins Gesicht und vernahm zutiefst befriedigt das Knirschen eines Knochens, als Gossols Nase brach.

Außer sich vor Zorn packte er Alec wieder, schleuderte ihn auf die harte Pritsche und schloß die Hand um seine Kehle. Während Alec nach Luft rang, hörte er, wie jemand unter wüsten plenimaranischen Flüchen in die Zelle stürmte.

Tildus zerrte den wutentbrannten Soldaten von dem Jungen weg und versetzte ihm einen Schlag über den Kiefer, bevor er ihn in die Arme der an der Tür wartenden Wachen stieß.

»Verfluchter kleiner Mistkerl!« brüllte Tildus, als er Blut auf Alecs Gesicht und Brust sah. Er bellte einem anderen Soldaten im Niedergang einen Befehl zu, dann drehte er sich wieder zu Alec um. »Wenn das dein Blut, du so tot wie Gossol. Nutzlos, wenn beschädigt. Mardus schneiden dich auf wie Aal und speisen deine *rezhari* zum Abendessen!«

Jemand holte einen Eimer Wasser und einen Lappen, und Tildus begann, das Blut von Alec abzuwaschen und nach Wunden zu suchen.

Während ihn die Soldaten hin und her drehten, ließ Alec sich durch den Kopf gehen, was Tildus zuvor herausgerutscht war: Mardus wollte ihn mit unversehrter Haut; kein Tropfen Blut durfte vergossen werden. Das erklärte, weshalb man ihn auf jene besondere Weise gefoltert hatte, nicht jedoch, warum es notwendig war.

Nachdem Tildus fertig war, stieß er Alec zurück auf die Pritsche und warf ihm den Umhang zu. »Du heute glücklicher Mistkerl. Keine Wunde.«

»Das ist in der Tat ein Glück«, sagte eine andere Stimme.

Alec schaute an Tildus und den Wachen vorbei und erblickte an der Tür Mardus und Vargûl Ashnazai.

»Ich habe gehört, es gab Unannehmlichkeiten«, fuhr Mardus fort und warf Tildus einen bedrohlichen Blick zu.

Der Hauptmann ratterte in seiner Muttersprache einen knappen Bericht herunter. Mardus antwortete kurz angebunden, ebenfalls auf Plenimaranisch, und gab dem Totenbeschwörer einen Wink.

Mit einem gezwungenen Lächeln auf den Lippen untersuchte Vargûl Ashnazai den Jungen noch einmal. »Er ist nach wie vor unbefleckt, Herr.«

»Ich bin froh, das zu hören. Es wäre eine Schande gewesen, ihn so kurz vor dem Ziel noch zu verschwenden. Komm, Alec, spazier ein paar Schritte mit mir. Ich möchte dir etwas zeigen, das dir sicher gefallen wird.«

Alec bezweifelte es, hatte aber keine andere Wahl als zu gehorchen. Unter strenger Bewachung folgte er Mardus hinauf an Deck.

Es war ein atemberaubend schöner Tag. Das Himmelsgewölbe erstreckte sich gleich einer tiefblauen Schüssel über der sanft wogenden See. Das Schiff schnitt durch die schaumgekrönten Wellen, die gestreiften Segel bauschten sich in einem lauen Wind von achtern, der durch die Rahen pfiff und einen Teil des Moders der Gefangenschaft von Alecs Haut zu blasen schien.

Ein großes, rechteckiges Stück Segeltuch war unterhalb der vorderen Kampfplattform auf das Deck genagelt worden. Mitten darauf hockte Irtuk Beshar in Meditationshaltung, die angewinkelten Hände auf den Knien.

Zum ersten Mal fiel Alec auf, daß die meisten Seeleute und Marinesoldaten einen weiten Bogen um sie machten. Wer an ihr vorbeigehen mußte, hielt einen Sicherheitsabstand ein und wandte die Augen von dem Dyrmagnos ab.

Dies war auch das erste Mal, daß er sie einigermaßen

in Ruhe betrachten konnte. Wie immer trug sie prunkvolle, kunstvoll gearbeitete Gewänder, die einen abscheulichen Kontrast zum schorfigen Kopf und den schuppigen Händen bildeten. Ein paar lange, dunkle Haarbüschel hingen noch an der Kopfhaut; darüber lag eine Art Schleier aus feinen Goldkettchen und Perlen. Wie sie so im hellen Sonnenschein kauerte, wirkte sie zerbrechlich wie die getrocknete Hülle einer Heuschrecke, doch Alec wußte nur allzugut, daß der Schein trog. Im Museum der Orëska hatte er die Hände eines anderen Dyrmagnos gesehen, der in Stücke gehackt und zerstampft worden war. Selbst nach einem Jahrhundert bewegten sich die Hände immer noch. Während Alec zu der kleinen Gestalt hinabschaute, die noch immer meditierte, fragte er sich schaudernd, wie groß wohl das wahre Ausmaß ihrer Macht sein mochte.

Hauptmann Tildus brüllte etwas auf Plenimaranisch, woraufhin sich ein Kontingent Marinesoldaten in zwei Rängen seitlich des rechteckigen Segeltuches aufstellte. Ein paar Seeleute kamen herüber, aber nicht viele. Mardus nickte Alecs Wachen zu, und sie zerrten ihn vor die Soldaten an der linken Seite.

Vargûl Ashnazai verschwand durch eine andere Luke unter Deck. Während er weg war, brachten einige Wachen einen weiteren Gefangenen herauf und blieben mit ihm gegenüber von Alec stehen.

Es war Thero.

Alecs Erleichterung darüber, ihn zu sehen, währte jedoch nur kurz. Das Antlitz des jungen Zauberers unter den Eisenbändern des Zaums präsentierte sich ebenso ausdruckslos wie zuvor, in den großen, blicklos starrenden Augen glomm Wahnsinn. Unmittelbar hinter ihm stand ein grauhaariger Mann in unscheinbaren Roben; ein weiterer Totenbeschwörer, vermutete Alec.

Ashnazai kehrte zurück, gefolgt von zwei Marinesoldaten, die auf Tragestangen eine große Truhe herbeischleppten. Sowohl die Kiste als auch die Stangen waren mit Gold und fremdartigen Symbolen überzogen und wurden vor dem Dyrmagnos abgestellt. Während die anderen zu singen begannen, öffnete Ashnazai die Truhe und hob ein Kristalldiadem heraus, das im Sonnenlicht funkelte.

»Siehe die Krone«, stimmte der Totenbeschwörer ehrfürchtig an und legte sie vor Irtuk Beshar auf das Segeltuch.

Der Anblick versetzte Alecs Herz einen heftigen Stich. Dies war zweifellos der geheimnisvolle Gegenstand, den zu finden Seregil für Nysander sein Leben aufs Spiel gesetzt hatte.

Als nächstes holte Ashnazai eine Schale aus grob gebranntem Lehm heraus und stellte sie in die Krone. »Siehe die Schale!«

Als letztes folgte eine Schleife aus goldenem Draht, auf die mehrere Holzscheiben gefädelt waren. »Siehe die Augen des Seriamaius!«

Unwillkürlich stöhnte Alec auf, als der Dyrmagnos begann, die Scheiben nacheinander in die Schüssel zu legen.

Mardus wandte sich an Alec. »Gewiß hast du die Scheiben erkannt. Bedenke, hättet ihr nicht eine davon gestohlen, stünden weder der arme Thero noch du jetzt hier. All die vergeudeten Leben, all die Zerstörung, Alec, nur wegen dieser einen, unbedachten Tat. Ah, jetzt hätte ich fast vergessen, daß es ja *Seregil* war, der den eigentlichen Diebstahl beging. Das hast du Irtuk Beshar doch erzählt – daß du nur geholfen hast. Aber letzten Endes läuft es auf dasselbe hinaus, nicht wahr? Du bist hier bei mir, er ist wohlbehalten in Rhíminee und schätzt sich zweifellos ausgesprochen glücklich. Kannst du deinem treulosen Freund immer noch die Treue halten?«

»Ja.« Unbeirrt hielt Alec Mardus' Blick stand und stellte gespielte Tapferkeit zur Schau, die er in keiner Weise verspürte. Hinter Mardus, jenseits der Reling und der schier unendlichen See erblickte er am Horizont den winzigen Punkt einer Insel, zu weit entfernt, um ihm von Nutzen zu sein.

Genau wie Seregil.

Eine Welle der Sehnsucht spülte über Alec hinweg und

trieb ihm heiße, salzige Tränen in die Augen. All die Tage mit Seregil, die so selbstverständlich für ihn geworden waren – die Erinnerung daran erfüllte ihn mit Schmerz, während er mutterseelenallein unter all diesen Feinden stand.

Der Dyrmagnos legte die verschrumpelten Hände einen Augenblick auf die Krone, dann stieß Irtuk in ihrer Sprache einen Ruf aus. Von unter Deck ertönten die Geräusche eines Handgemenges, gefolgt von einem entsetzten Schrei. Einen Lidschlag später wurde Gossol von mehreren Soldaten an Deck geschleift. Mit nackten Füßen, bloßer Brust und wirren Augen starrte er auf die Versammlung vor sich. Als er jedoch den Dyrmagnos erblickte, wurde er aschfahl; von namenlosem Grauen erfüllt, begann die faßähnliche Brust, sich heftig zu heben und zu senken.

»Wir haben uns schon den Kopf darüber zerbrochen, wen wir als Opfer auswählen sollten, aber du hast uns die lästige Notwendigkeit einer Auslosung erspart«, teilte Mardus dem Jungen vergnügt mit. »Selbstverständlich handelt es sich nur um ein Voropfer. Das Blut dieses ahnungslosen Idioten ist weder so mächtig noch so rein wie beispielsweise das eines Halb-Aurënfaie oder eines Zauberers der Orëska, heute aber genügt es unseren Zwecken.«

»Deshalb lebe ich also noch?« brachte Alec mit einer Stimme hervor, die kaum mehr als einem heiseren Krächzen glich.

»Gewiß«, versicherte Mardus ihm, als verspreche er ihm ein Geschenk. »Du und Thero, ihr beide werdet für den bedeutsamsten Augenblick aufgehoben. Die Macht eures Blutes, Alec! Die langen Jahre der Vorbereitung. Ihr beide geht in höchsten Ehren in den Tod. Ihr solltet diese Zeremonie aufmerksam verfolgen. Eure wird ziemlich ähnlich aussehen.«

Gossol wurde auf den Rücken geschleudert und von vier Marinesoldaten am Boden festgehalten, die sich durch weiße Kopfbänder von ihren Kameraden unterschieden. Ein fünfter Mann kniete sich nieder und stopfte dem zum Tode Verurteilten einen Knebel in den Mund.

Ungeachtet aller Furcht schaute Gossol Alec plötzlich in die Augen und schleuderte ihm einen Blick blanken Hasses entgegen. Die Inbrunst darin schnürte Alec förmlich die Kehle zu. Rasch wandte er den Kopf ab und verfluchte die Schuldgefühle, die sich in ihm ausbreiteten.

Während der unverständliche Gesang andauerte, musterte er statt dessen Thero und versuchte zu erraten, was im benebelten Verstand des Zauberers vor sich gehen mochte. Thero stand nur reglos da, hilflos in den magischen Fesseln gefangen, die ihm die Totenbeschwörer angelegt hatten. Nur das krampfhafte Zucken der Finger, die ohne Unterlaß den Mantelsaum drehten, ließ darauf schließen, daß er überhaupt etwas von dem begriff, was um ihn herum geschah.

Abermals erhob Irtuk die Stimme, woraufhin der zweite Totenbeschwörer etwas von der Stelle aufhob, wo sie hockte. Als er Ashnazai den Gegenstand reichte, erkannte Alec, daß es sich um eine seltsame, axtähnliche Waffe handelte. Das schwere, geschwungene Oberteil war aus schwarzem Obsidian gemeißelt und an einem Holzgriff befestigt. Trotz des augenscheinlichen Gewichts der Waffe holte Vargûl Ashnazai mühelos mit geübtem Schwung über dem Kopf damit aus. Nur Gossols erstickter Schrei war zu vernehmen, als der Totenbeschwörer zuhieb und die schwarze Klinge die Brust des Verdammten so sauber spaltete wie eine Holzaxt einen Eichenscheit.

Panisch wandte Alec die Augen ab und preßte sie zu, bis pochende Schmerzen durch seinen Kopf fluteten. Dennoch gab es kein Entrinnen vor den Geräuschen, die folgten. Gossols Schreie steigerten sich in ein Kreischen, bevor sie gurgelnd, würgend erstarben. Danach ertönte das trockene Knacken von brechenden Knochen, unmittelbar darauf das feuchte Schmatzen eines Leibes, der geöffnet wird. Die Augen nach wie vor geschlossen, erinnerte sich Alec daran, wie Vargûl Ashnazais kalte Finger eine Linie über seine nackte Brust gezogen hatten.

Mit einem Mal fühlte er sich unendlich leicht. Als er die Augen aufschlug, sah er nur noch die sandbestreuten Planken des Decks auf sich zurasen.

40
Urgazhi

Bekas Kundschafter entdeckten den Troß aus Pferdegespannen an jenem Morgen und folgten ihm in südlicher Richtung durch die küstennahen Vorgebirge. Insgesamt bestand der Zug aus zehn Karren, berichtete Gilly, und nur eine Reitereidekurie bewachte ihn – ein Umstand, der Bekas Vermutung bestätigte, daß sie sich mittlerweile tief im Norden plenimaranischen Gebietes befanden.

Die Gegend, in die sie geraten waren, erwies sich als steil und dicht bewaldet. Beka befahl den Kundschaftern, die Karren im Auge zu behalten und übte sich in Geduld, bis der Troß anhielt, um sich für die Nacht einzurichten.

Kurz vor Sonnenuntergang schlugen die Fuhrleute auf einer kleinen Lichtung an einem Bach ihr Lager auf. Beka ließ die Hauptgruppe ihrer Reiter eine Viertelmeile die Straße hinunter warten, wählte ihre schnellsten Läufer, Zir, Tobin und Jareel als Begleiter aus und erteilte Rhylin den Befehl, über das Lager herzufallen, sobald ihre Gruppe ihre Mission erfüllt hatte.

Die Dunkelheit brach herein, und die Fuhrleute entfachten Feuer, um ihr Abendmahl zu kochen. Die Eskorte stellte ein paar Wachen in beiden Richtungen entlang der Straße auf.

Beka und ihre Reiter schlichen durch die Finsternis auf die Proviantkarren zu; jeder ihrer Leute war mit einem Behältnis voll Feuersteinen bewaffnet, die sie bei einem ähnlichen Überfall vor zwei Tagen erbeutet hatten. Als sie die Karren erreichten, spähte Beka unter dem ihr am nächsten stehenden Fuhrwerk hindurch und erblickte in weniger als zwanzig Fuß Entfernung arglose Fuhrleute, die ihr Abendessen zubereiteten.

Während Zir Wache hielt, teilten sich Beka und die übrigen und verstreuten Feuersteine über den Kisten und Ballen auf den Ladeflächen der Karren. Bald kräuselten sich Rauchschwaden empor, der Wind aber meinte es gut mit ihnen und blies sie vom Lager weg.

Rhylin jedoch hatte nach genau diesem Zeichen Ausschau gehalten. Bekas Gruppe hatte ihre Aufgabe kaum vollendet, als die in der Nähe angebundenen, plenimaranischen Pferde panisch aufwieherten.

Brüllend und fackelschwingend scheuchten Rhylin und seine Dekurie die Zugtiere in das Lager, auf daß sie die erschrockenen Soldaten und Fuhrleute über den Haufen trampelten. Gleichzeitig züngelten in den Karren Flammen auf und trugen zur allgemeinen Verwirrung bei.

Bevor die plenimaranischen Wachen zur Gegenwehr schreiten konnten, stürmte Braknils Dekurie mit Bögen bewaffnet heran und deckte den Rückzug der anderen mit einem wahren Pfeilhagel. Beka und ihre Gruppe liefen außen um das Lager herum zu Tealah, die ein Stück die Straße hinab mit Pferden für sie bereitstand.

Als Zir sich in den Sattel schwang, traf ihn ein Pfeil in die Schulter. Ein weiterer Schaft durchbohrte Tobins Herz, bevor er sein Pferd überhaupt erreichte.

Beka sah ihn fallen, doch alles, was sie tun konnte, war, sich um die Lebenden zu kümmern.

»Rückzug! Schnell, bevor sie ihre Pferde wieder einfangen«, gellte sie. Ein plenimaranischer Schwertkämpfer griff sie an, sackte jedoch sogleich mit einem skalanischen Pfeil im Rücken zu Boden.

Unter Siegesjubel und Freudenrufen preschten ihre Reiter die dunkle Straße hinab und ließen das in Flammen stehende Lager hinter sich zurück. Zutiefst befriedigt lauschte Beka, die als eine der letzten aufbrach, dem wütendem Gebrüll der Plenimaraner.

»Wißt ihr, wie sie uns genannt haben?« rief Tare lauthals lachend aus, während sie davongaloppierten. »*Urgazhi!* Wolfsdämonen.«

Sogleich stimmten die anderen einen schaurigen Chor aus Schreien und wolfsähnlichem Geheul an.

»Gut gemacht, *Urgazhi*-Turma!« Beka lachte, von derselben Hochstimmung wie die anderen erfaßt.

»Ich behaupte, diese Ehre haben wir uns verdient«, fügte Feldwebel Braknil hinzu.

Mittlerweile verhielten sie sich auch wie Wölfe – sie reisten bei Nacht und setzten List und Schnelligkeit ein, um über jede Beute herzufallen, die ihnen schwach genug erschien, danach verschwanden sie wieder in der Dunkelheit, bevor der Feind sich ein Bild davon machen konnte, wie klein ihre Gruppe eigentlich war.

Im Laufe der vergangenen zwei Wochen hatten sie neun Überfälle begangen und dabei kleinere Wagenzüge geplündert, Scheunen und Raststationen in Brand gesteckt und Brunnen vergiftet, während sie sich durch die Hügel immer weiter nach Süden zum Meer vorkämpften.

Der Plan bestand darin, bis zur Küste vorzudringen, dieser in nördlicher Richtung zu folgen und darauf zu hoffen, einer freundlich gesinnten Streitmacht zu begegnen.

Beka war nicht sicher, wie weit in den Süden ihre Raubzüge sie verschlagen hatten oder wo sich die skalanischen Linien gegenwärtig befanden. Auf jeden Fall würden sie wie wahre *urgazhi* kämpfen müssen, um zurück in die Heimat zu gelangen.

»Ich bin's nur, Leutnant!«

Beka schlug die Augen auf; nur wenige Zoll über ihr schwebte Rhylins langes, unscheinbares Antlitz.

»Die Sonne geht bald unter. Ihr habt gesagt, ich soll Euch wecken«, sagte er und kauerte sich neben sie.

Beka setzte sich auf und rieb sich mit der Hand über das Gesicht. »Danke. Ich habe ohnehin nicht gut geschlafen.«

Rhylin reichte ihr seinen Trinkbeutel, dann strich er mit der Hand über den braunen Stoppelbart. »Hat Euch etwa wieder das Fieber gepackt?«

»Nein, dem Bein geht's gut.« Beka trank einen Schluck und gab ihm den Beutel zurück.

Sie hatten ihr Lager in einem Buchenhain aufgeschlagen. Auf den Ästen über ihnen zeigten sich die ersten Blüten, und dazwischen erspähte sie den goldenen Schimmer der Abenddämmerung.

»Aber Ihr habt immer noch diese Träume, wie?« fragte er, dann zuckte er mit den Schultern, als Beka jäh aufschaute. »Ihr habt Euch im Schlaf herumgeworfen und irgend etwas gemurmelt.«

»Ich wünschte, Ihr könntet mir sagen, was ich murmle«, erwiderte Beka und hoffte, daß es bereits dunkel genug war, um die Röte zu verbergen, die ihr in die Wangen stieg. »Wenn ich aufwache, erinnere ich mich an rein gar nichts. Haben wir schon etwas von Mirn oder Gilly gehört?«

»Das wollte ich Euch soeben berichten. Kallas und Ariani sind gerade von der Suche zurückgekommen. Sieht so aus, als wären die beiden in Gefangenschaft geraten.«

»Verflucht.« Nach dem zu schließen, was sie bisher gesehen hatten, ließen die Plenimaraner keine Gefangenen am Leben, und ihre *urgazhi* mußten ohnehin schon genügend Verluste hinnehmen.

Sie stand auf und schaute sich auf der Lichtung um. In Braknils Dekurie waren nur Kallas, Ariani, Arbelus und der einäugige Steb übrig. Rhylin hatte noch Nikides, Syra, Tealah, Jareel, Tare, Marten, Kaylah und Zir. Tealah hatte beim dritten Überfall eine Schwertverletzung erlitten und vermochte seither kaum, den linken Arm zu bewegen.

Zir und Jareel wiesen eiternde Wunden auf, und Steb, der sich immer noch vom Verlust seines Auges erholte, plagte ein schlimmer Durchfall.

Nun waren auch noch Mirn und Gilly verschwunden.

»Wer ist gerade draußen?« erkundigte sie sich.

»Syra hält Wache. Arbelus und Steb sind vor etwa einer Stunde zum Kundschaften aufgebrochen.«

»Weck die anderen und sag ihnen, sie sollen schnell etwas essen. Sobald es völlig dunkel ist, reiten wir los.«

Rhylin salutierte knapp und begann seine Runde durch das Lager. Beka stieß einen langen, zornigen Seufzer aus. Sie hoffte, daß der Rest der Truppe nichts von ihrer nächtlichen Unruhe bemerkt hatte. Wenigstens war es Rhylin gewesen, der sie darauf aufmerksam gemacht hatte. Ungeachtet seiner linkischen Erscheinung, hatte er sich als gute Wahl für den Rang des Feldwebels erwiesen. Er strahlte eine gelassene Ruhe aus, die sich in Notlagen nur noch zu steigern schien.

Dennoch, das letzte, was sie im Augenblick brauchen konnten, war ein Offizier, den hinter den feindlichen Linien Alpträume plagten; im Schlaf aufzukreischen, galt als hervorragende Möglichkeit, den Feind auf sich aufmerksam zu machen. Abermals rieb sie sich die Augen und versuchte, sich zu erinnern, wovon der Traum gehandelt hatte, doch sie besann sich lediglich eines verschwommenen Gefühls der Furcht.

Schließlich gab sie auf und lenkte die Gedanken auf praktischere Dinge. Sie griff nach dem Proviantsack, schöpfte einen Becher voll feuchtem Schrotmehl heraus und schlang es hastig hinunter. Der grobkörnige, sandige Gerstenschrot, den sie beim letzten Überfall erbeutet hatten, stellte für Zähne und Magen eine harte Prüfung dar. Meist war das Wagnis zu groß, ein Feuer anzuzünden, um daraus einen Brei zu kochen. Statt dessen füllten sie das Getreide in einen Lederbeutel, mischten Wasser und getrocknete Fischbrocken dazu und warteten ein paar Stunden, bis das Ganze zu einer klebrigen Masse quoll, der Nikides den Spitznamen »Zahnbrecherpudding« verliehen hatte.

Sie sattelten gerade die Pferde für den nächtlichen Ritt, als Steb zurückgaloppiert kam.

»Wir haben Mirn und Gilly gefunden, Leutnant!« berichtete er Beka.

»Sakor sei gepriesen! Wo?« wollte Beka wissen,

während sich die anderen betreten schweigend um sie scharten.

»Etwa zwei Meilen voraus habe ich eine plenimaranische Kolonne entdeckt. Der Troß hat gerade angehalten, um das Nachtlager zu errichten. Er ist ganz schön groß, Leutnant, mindestens fünfzig Soldaten. Und etwa doppelt so viele Gefangene, die zu Fuß und in Ketten marschieren.«

»Gefangene?« Überrascht zog Beka die Augenbrauen hoch. »Das höre ich über die Plenimaraner zum ersten Mal. Und du bist sicher, daß du Gilly und Mirn gesehen hast?«

Steb nickte; dabei funkelte sein heiles Auge vor Kummer und Zorn. »Diese verfluchten Schweinehunde haben sie geplankt.«

Braknil fluchte und spuckte wütend über die linke Schulter aus.

»Was soll das heißen, geplankt?« fragte Beka.

»Das ist ein alter, plenimaranischer Soldatendreh, Leutnant«, erklärte der Feldwebel mit finsterer Miene. »Man nimmt einen Mann, bindet ihm eine Planke über die Schultern und nagelt die Hände daran fest.«

Eine Weile verharrte Beka stumm und spürte, wie sich in ihrem Herzen eine schwarze, leere Kluft auftat. Bislang hatten sie Glück gehabt und mußten es höchstens mit einer oder zwei Soldatendekurien und schreckhaften Fuhrleuten aufnehmen. Und bislang hatten sie, abgesehen von den Toten, keinen ihrer Leute zurückgelassen. Diesmal sah sie sich einer völlig anderen Lage gegenüber.

Sie umfaßte den Schwertgriff und knurrte: »Sehen wir uns die Sache mal an.«

Beka nahm Braknil und Kallas mit und folgte Steb. *Wie muß er sich wohl fühlen?* überlegte sie und warf einen verstohlenen Blick auf Stebs ausgezehrtes Antlitz; die Bindung zwischen ihm und Mirn war stark. Die beiden waren stets zusammen, ob sie nachts am Feuer hockten oder Seite an Seite gleich tollwütigen Racheengeln kämpften. Für gewöhnlich übernahmen sie auch gemeinsam den Kundschafterdienst. Was war heute bloß geschehen? Grimmig und schweigend führte der junge Reiter sie zu der kleinen Schlucht in den Hügeln, an der Arbelus Wache hielt. Weniger als eine Meile unter ihnen flackerten die verstreuten Lagerfeuer der plenimaranischen Kolonne in der Dunkelheit. Jenseits des Lagers widerspiegelten die schwarzen Weiten des Inneren Meeres das Licht der ersten Sterne. Der Wind blies in jener Nacht vom Meer herein und trug ein leises, beunruhigendes Geräusch an Bekas Ohr. Bald erkannte sie, daß es sich lediglich um das entfernte Rauschen der Brandung handelte, die gleich einem im Schlaf grollenden Hund gegen die felsigen Klippen toste.

»Oberhalb der Küste verläuft eine alte Straße«, teilte Arbelus ihr mit. »Sie haben das Lager auf der landwärtigen Seite davon aufgeschlagen.«

»Bist du sicher, daß unsere Leute noch am Leben sind?« fragte Beka und spähte mit zusammengekniffenen Augen auf die vereinzelten Lagerfeuer hinab.

»Bei Sonnenuntergang waren sie es noch. Ich habe gesehen, wie die Wachen sie und die anderen Gefangenen für die Nacht zusammengetrieben haben.«

Ohne das feindliche Lager aus den Augen zu lassen, kaute Beka auf der Unterlippe. Schließlich drehte sie sich zu Braknil um. »Das ist die erste wirkliche Streitmacht, auf die wir treffen. Was meint Ihr? Besteht irgend eine Möglichkeit, die beiden heute nacht herauszuholen?«

Braknil kratzte sich eine Weile unter dem bärtigen Kinn und starrte auf die Feuer hinunter. »Kaum, Leutnant. Die werden das Lager mit einem Ring von Wachen umgeben, so eng wie das Korsett einer Jungfrau. Selbst wenn es uns gelingt, irgendwie hineinzuschlüpfen, könnten wir uns nie und nimmer wieder hinauskämpfen, sobald sie uns auf die Schliche gekommen sind.«

Beka stieß einen aufgebrachten Seufzer aus. »Bei Sakors Faust, zuerst machen sie gar keine Gefangenen, dann ziehen sie plötzlich mit mehreren hundert durch die Gegend. Und wo haben sie so weit hinter den eigenen Grenzen überhaupt so viele aufgegabelt?«

Braknil zuckte mit den Schultern. »Das ist eine gute Frage.«

Überrascht schaute Arbelus auf. »Daran habe ich gar nicht gedacht. Aber ich verrate Euch etwas noch Seltsameres.«

»Und zwar?«

»Bevor sie für die Nacht angehalten haben, waren sie nach Norden unterwegs.«

»Nach Norden!« rief Beka leise aus. »Die mycenische Grenze kann nicht mehr als fünfzig Meilen von hier entfernt liegen, und dazwischen befindet sich keine einzige plenimaranische Stadt. Wenn sie sich schon die Mühe antun, so viele Gefangene zu machen, wieso, um alles in der Welt, bringen sie die dann nicht nach Süden, wo man sie brauchen könnte?«

Sie legte Steb die Hand auf die angespannte Schulter. »Aber egal, es gestaltet unsere Aufgabe leichter. Wir wollten ohnehin entlang der Küste nach Norden reiten. Wir verfolgen sie, *jagen* sie, bei allen Göttern, und lauern auf eine Gelegenheit, Mirn und Gilly zu befreien!«

41

Eigenartige Gastfreundschaft

Nach Gossols Opferung behandelten die Wachen Alec mit nachgerade abergläubischer Behutsamkeit, doch sie ließen unmißverständlich erkennen, daß sie ihm die Schuld am Tod ihres »Soldatenbruders« gaben.

Auch Ashnazai suchte ihn seltener heim, obwohl er immer noch gelegentlich mitten in der Nacht auftauchte. Dann schreckte Alec jedesmal aus einem Alptraum hoch, roch in der Finsternis den schmutzigen Gestank des Mannes und spürte kalte Finger auf der Haut, bevor ihn Ashnazai in einen weiteren Vergeltungsstrudel der Qualen stieß.

Mit jedem Tag, den er allein in der winzigen, dunklen Kabine verbrachte, sank Alecs Mut ein wenig tiefer. Vergeblich hatte er nach irgend etwas gesucht, womit er fliehen konnte, selbst wenn dies bedingte, daß er über Bord sprang. Zur Untätigkeit verdammt, schlief er viel, doch seine Träume quollen stets über vor Gewalt und Omen. Der Traum von dem Pfeil ohne Spitze kehrte inzwischen immer häufiger wieder, bisweilen zweimal an einem Tag. Unter solch bedrückenden Bedingungen freute er sich zunehmend auf den täglichen Deckspaziergang mit Mardus. Trotz der äußerst unerquicklichen Offenbarung anläßlich des Rituals behandelte Mardus ihn weiterhin seltsam zuvorkommend, so als genieße er Alecs Gesellschaft.

Jeden Vormittag bekam Alec einen Mantel und wurde streng bewacht an Deck geführt. Ob bei gutem oder schlechtem Wetter, stets wartete Mardus bereits auf ihn, um sich in weiterer Folge über ein Thema zu ergehen, das ihm gerade behagte. Zu Alecs großer Überraschung erwies sich Mardus als bemerkenswert kluger, gebildeter Mann mit ebenso manigfaltigen Interessen wie Seregil. Er konnte sich genauso fachmännisch über plenimaranische Kriegstaktiken wie über die feinen Unterschiede zwischen plenimaranischer und skalanischer Volksmusik unterhalten, wenngleich seinen Ergüssen zumeist eine dunklere Färbung anhaftete.

»Die Folter ist eine unterbewertete Form der Kunst«, stellte er fest, während sie eines frischen Morgens mit Vargûl Ashnazai auf und abschlenderten. »Die meisten Menschen glauben, man müsse lediglich genug Schmerz verursachen, um ans Ziel zu gelangen. In manchen Fällen mag das wohl zutreffen, ich aber war schon immer der Meinung, daß man mit brutaler Gewalt häufig nur das Gegenteil erreicht. Denk nur an deine eigene jüngste Erfahrung, Alec. Ohne einen einzigen Tropfen Blut zu vergießen, ist es uns gelungen, dir selbst das letzte Quentchen Wissen abzuringen.«

»Die Totenbeschwörung ist eine hehre Kunst«, warf Ashnazai selbstgefällig ein.

»Sie kann es sein«, berichtigte Mardus trocken, »obwohl ich viele der Riten, deren Zeuge ich wurde, kaum als ›hehre‹ Angelegenheit beschreiben würde. Aber um auf das eigentliche Thema zurückzukommen: Sei versichert, Alec, wäre es nicht unabdingbar gewesen, kein Blut zu vergießen, hätte ich dasselbe Ergebnis auch ohne derart außergewöhnlichen magischen Aufwand erzielt.«

Ashnazai bedachte Alec mit einem giftigen Lächeln und sagte:« Ich bin neugierig, Herr: Welcher Mittel hättet Ihr Euch denn bedient?«

Mardus verschränkte die Hände hinter dem Rücken und ließ sich die Frage so ungerührt durch den Kopf gehen, als hätte Ashnazai ihn um seine Meinung hinsichtlich der Getreidepreise nächstes Jahr gefragt. »Häufig beginne ich mit den Genitalien. Während der Blutverlust vernachlässigbar ist, entstehen erlesene Schmerzen und seelische Qualen. Hat man diese Ebene der Pein erst erreicht, ist der Gefangene für gewöhnlich recht einfach zu bearbeiten. In Alecs Fall hätte ich es so eingerichtet, daß er danach noch tauglich für die Sklavenmärkte gewesen wäre. Nur ein Narr würde ein so hübsches Geschöpf unnötigerweise zerstören.«

Auf hoher See in solcher Gesellschaft gefangen, stand Alec kurz davor, sich der Verzweiflung zu ergeben. Bei Tag war er das Spielzeug seiner Peiniger. Bei Nacht steigerten die gedämpften Schreie, die aus dem Laderaum zu ihm heraufdrangen, das Gefühl völliger Hilflosigkeit. Die wenigen Male, die er von schöneren Zeiten mit Seregil oder seinem Vater träumte, ließen alles nur noch schlimmer erscheinen, wenn er erwachte. Sooft er wach in der Dunkelheit lag, versuchte er, sich den Geruch ihrer Zimmer im Jungen Hahn oder die Farbe von Bekas Augen ins Gedächtnis zu rufen. Meistens jedoch dachte er an Seregil und verfluchte Mardus für die Saat der Zweifel, die er in ihm gestreut hatte.

»Er hat mich nicht aufgegeben. Das hat er nicht!« flüsterte er eines Nachts in die Finsternis, als seine Hoffnung einen Tiefpunkt erreicht hatte. Er zwang sich, an das Grinsen seines Freundes zu denken, wenn Alec eine neue Fähigkeit erlernt hatte; an das Vergnügen, das es Seregil bereitete, Thero zu hänseln; an den Griff von Seregils Hand, als er ihn nach dem Hinterhalt bei Cirna vom Klippenrand zurückgezogen hatte.

Und daran, wie er in jener Nacht in der Lichterstraße ausgesehen hatte. Plötzlich erinnerte Alec sich an das schuldbewußte Behagen, das er an jenem Abend und auch später wieder verspürt hatte, wenn Seregil ihm beiläufig die Hand auf die Schulter oder den Nacken legte ...

Unwillkürlich ließ ihm die Erinnerung an jene Berührungen Hitze ins Gesicht schießen. Es war zu schmerzvoll, darüber nachzugrübeln, nun, da er sie nie wieder spüren würde.

»Hör auf damit!« schalt er sich laut. »Er kann immer noch kommen. Vielleicht ist er in diesem Augenblick hinter uns her!«

Aber nicht einmal Micum vermochte der Fährte eines Schiffes über das Wasser zu folgen.

Schließlich ergab sich Alec seinem Elend, wickelte sich in die dünne Decke und versuchte, sich Bruchteilen von Unterhaltungen zu entsinnen, die Seregil und er geführt hatten, einfach, um eine freundliche Stimme im Kopf zu haben. In jener Nacht träumte er von seinem Freund, obschon er sich an keine Einzelheiten erinnern konnte, als er erwachte. Am nächsten Morgen, während er auf der Pritsche hockte und nachdenklich sein Frühstück kaute, rief er sich die zahlreichen Lektionen ins Gedächtnis, die Seregil ihm im Verlauf der langen Monate ihrer Bekanntschaft eingetrichtert hatte.

Alle an Bord betrachteten ihn als machtlos; abgesehen von dem besonderen Schicksal, das Mardus ihm zugedacht hatte, galt er als unbedeutender Gefangener. Es war an der Zeit, die Furcht zu verdrängen und dem, was um ihn herum geschah, Aufmerksamkeit zu schenken – richtige Aufmerksamkeit. Danach mußte er anfangen, Fragen zu stellen, unscheinbare, belanglose Fragen zunächst, um die Lage auszuloten. Schließlich würde er auch nicht schneller sterben, wenn er es zumindest versuchte.

Leben und lernen, flüsterte Seregils Stimme anerkennend in seinem Hinterkopf.

Die neue Vorsicht der Soldaten gegenüber Alec gestaltete es ein wenig einfacher, mit ihnen zu reden, doch bald mußte der Junge feststellen, daß für sie einzig ihre unerschütterliche Treue zu Mardus zählte, wodurch jeder Versuch, sich mit ihnen anzufreunden, sinnlos wurde. Zumindest aber erfuhr er, daß sie zu einem Ort an der nordwestlichen Küste Plenimars unterwegs waren.

Später am selben Morgen bemühte er sich, während des täglichen Spaziergangs mit Mardus ins Gespräch zu kommen und ließ sich auf eine angeregte Unterhaltung über das Bogenschießen ein. Am nächsten Tag sprachen sie über Wein und Gifte. Mardus schien angenehm überrascht und befahl ihn zunehmend öfter zu sich.

Am fünften Tag nach Gossols Opferung kam Tildus bei Sonnenuntergang, um ihn zu holen. Der bärtige Hauptmann schwieg, doch Alec mißfiel das selbstgefällige, geheimnisvolle Lächeln, mit dem Tildus ihn auf dem Weg nach oben bedachte.

An Deck stellte Alec erschrocken fest, daß neuerlich alles für das Ritual vorbereitet worden war. Eine Reihe Soldaten hielten Fackeln, um das frisch ausgebreitete Segeltuch zu erhellen, auf dem Irtuk Beshar sich bereits über die Schale und die Krone beugte. Neben ihr stand Vargûl Ashnazai mit der Steinaxt bereit.

Auch Thero war da; mit unverändert leerem Blick stand er neben Mardus. Alle Augen schienen sich auf Alec zu heften, als er sich dem Geschehen näherte.

»O Illior«, flüsterte er heiser und fühlte, wie seine Beine weich wurden. Mardus hatte es sich anders überlegt, sein Gott hatte ihm neue Anweisungen gesandt,

Alec war bei seiner Fragerei ein verhängnisvoller Fehltritt unterlaufen ...

Tildus umfaßte seinen Arm fester und murmelte: »Ruhig, Mannkind. Noch bist du nicht dran!«

»Guten Abend, Alec!« begrüßte ihn Mardus und deutete mit ausholender Bewegung auf den östlichen Horizont. »Schau, erkennst du in der Ferne die Küste?«

»Ja«, erwiderte Alec; bei dem Anblick kroch ihm der kalte Schauder einer weiteren, dunklen Ahnung über den Rücken.

»Das ist Plenimar, unser Ziel. Seriamaius hat es gut mit uns gemeint, daß er uns so sanft über das Meer geleitet hat. Und jetzt ist es an der Zeit für den zweiten Akt der Vorbereitung.«

Mit wachsendem Schrecken beobachtete Alec, wie die schwarz uniformierten Marinesoldaten zehn Männer und Frauen an Deck schleiften. Sie mußten der Quell des Wehklagens sein, das er nachts gehört hatte. All das war von langer Hand geplant gewesen; die Opfer waren sorgfältig im Laderaum untergebracht worden, wie der Wein, das Öl und das Mehl.

Es waren keine Soldaten, sondern dürre, blasse, gewöhnlich wirkende Seelen, die verwirrt blinzelten und weinten, während man sie nahe der Reling zusammentrieb. Die meisten waren zerlumpt oder wie Arbeiter gekleidet; unschuldige Opfer, nahm er an, allesamt in den dunklen Gassen der Häfen aufgegriffen, die das Schiff vor Rhíminee angelaufen hatte.

»O Illior«, flüsterte Alec, als Mardus sich neben ihn stellte; dabei war ihm kaum bewußt, daß er laut sprach. »Bitte nicht. Bitte nicht das.«

Mardus legte ihm einen Arm auf die Schulter und schloß die Hand um seinen Nacken. Dann schüttelte er ihn freundschaftlich und sagte schwelgerisch: »Aber, aber, du solltest es genießen. Hast du denn immer noch nicht begriffen, was für eine bedeutende Rolle du dabei gespielt hast, dies hier zu ermöglichen?«

Halb schwindlig vor Abscheu beging Alec den Fehler, zu Mardus aufzuschauen. Zum ersten Mal sah er in den

Augen das ganze Ausmaß der blanken Grausamkeit des Mannes, und da wußte Alec so sicher, wie er je etwas gewußt hatte, daß Mardus ihm absichtlich gestattete, hinter die Maske zu blicken, und sich an Alecs Furcht und Verwirrung ergötzte, sie genoß wie ein anderer Mann die erste Liebkosung einer seit langem begehrten Geliebten genießt. Und wohl noch schlimmer war die Erkenntnis, daß Mardus ungeachtet dessen keineswegs wahnsinnig war.

Einige der Gefangenen starrten Alec an und hielten offenbar ihn fälschlicherweise für einen ihrer Mörder.

Er konnte dieses Ritual nicht noch einmal ertragen. Tildus hatte sich entfernt, als sein Meister herüberkam, und der Rest der Soldaten beobachtete die Zeremonie. Alec wand sich aus Mardus' Griff und preschte auf die Reling hinter sich zu, in der unwillkürlichen, halb bewußten Absicht, über Bord zu springen, so weit wie möglich auf das Ufer zuzuschwimmen und zu ertrinken, wenn es sein mußte ...

Er hatte kaum zwei Schritte geschafft, als ihn eine tödliche Kälte erfaßte, seine Gelenke erstarren ließ und ihn schmerzlich auf die Knie zwang. Eine unsichtbare Kraft drehte ihm den Kopf, so daß er Vargûl Ashnazai erblickte, der eine Art Fläschchen hochhielt, das an einer Kette um den dürren Hals hing.

»Gut gemacht, Vargûl Ashnazai«, lobte Mardus. »Bring ihn ein wenig dichter heran, damit er alles gut sieht.«

Unfähig, den Kopf abzuwenden oder zu blinzeln, mußte Alec mitansehen, wie die zehn Opfer zu Ashnazais Füßen auf das Deck geworfen wurden. Zehnmal holte die Axt aus und sauste mit verheerender Genauigkeit herab; der Dyrmagnos nahm die Herzen nacheinander entgegen und wrang sie über der modernden Schale aus.

Thero stand unmittelbar hinter ihr, und durch den eigenen, salzigen Schleier der Wut und Hilflosigkeit sah Alec, daß auch über Theros Wangen langsam Tränen kullerten. Es war ein schauriger Anblick, als beobachte man eine weinende Statue, aber zugleich ließ er inmitten des vor ihm ablaufenden Alptraumes einen plötzlichen Hoffnungsschimmer in Alec aufkeimen.

Nachdem der Totenbeschwörer fertig war, präsentierte sich das vormals weiße Segeltuch scharlachrot. Ashnazai und der Dyrmagnos waren bis zu den Ellenbogen voller Blut, ihre Gewänder durchtränkt, die Haare naß. Das Blut breitete sich über das Deck bis zu der Stelle aus, an der Alec kniete, und benetzte seine nackten Knie.

Mardus befahl den Soldaten, die Leichen über Bord zu werfen und brachte Thero wieder unter Deck.

Vargûl Ashnazai schlenderte zu Alec hinüber und legte ihm eine blutige Hand auf die Stirn, wodurch er den Bann aufhob.

Würgend klappte Alec vornüber zusammen. Ashnazai grunzte angewidert und riß den Saum seines bluttriefenden Mantels aus der Gefahrenzone, dann versetzte er Alec mit dem Fuß einen Stoß, daß der Junge ausgestreckt in klebrigem Blut und Erbrochenem landete.

»Ich freue mich schon darauf, dich aufzuhacken«, knurrte er.

Alec rappelte sich wieder auf Hände und Knie und funkelte den Totenbeschwörer trotzig an. Unwillkürlich wich Ashnazai einen Schritt zurück und hob die Hand. Alec stählte sich gegen neue Schmerzen, aber Ashnazai machte nur auf dem Absatz kehrt, stapfte davon und brummte Hauptmann Tildus im Vorbeigehen etwas zu.

Als zwei Soldaten Alec auszogen und ihn mit mehreren Eimern kalten Meerwassers abspülten, kehrte die Furcht zurück. Nachdem er sauber war, stecken sie ihn in eine weiche Robe und übergaben ihn wieder Tildus, der ihn nach unten in eine geräumige Kabine im Achterschiff führte.

Zu seinem Erstaunen fand er darin Mardus, Ashnazai, Thero, Irtuk Beshar und den schweigsamen, graubärtigen Totenbeschwörer Harid vor, die sich rings um einen niedrigen Tisch auf Kissen zurücklehnten. Ein junger Diener stellte einen weiteren Becher auf den Tisch und bedeutete Alec, es sich gemütlich zu machen.

»Komm, Alec, gesell dich zu uns«, forderte Mardus ihn auf und klopfte auf ein freies Kissen zwischen sich und dem Dyrmagnos. Auch er und die anderen hatten sich umgezogen und sämtliche Spuren der Greuel beseitigt, deren Zeuge Alec vor kurzem geworden war.

Es ist, als wäre nichts davon je geschehen, dachte er wie betäubt, zu verblüfft, um Einspruch zu erheben, als Tildus ihn zu seinem Platz geleitete und ihn niederdrückte.

Thero saß zu Irtuk Beshars Linken. Auf ihr Nicken hin hob er willenlos den Becher an die Lippen. Als er trank, troff Wein durch seinen Bart, während die leeren Augen auf einen Punkt in unendlicher Ferne starrten.

Der Anblick erfüllte Alec mit einem seltsamen Gefühl der Schuld, so als hätte er heimlich etwas Ungehöriges beobachtet. Rasch schaute er weg und wandte die Aufmerksamkeit dem Becher zu, in den der Diener fahlen gelben Wein einschenkte.

»Nur zu, mein lieber Junge, warum so schüchtern?« drängte ihn Mardus, der die Maske zuvorkommender Beflissenheit wieder aufgesetzt hatte. »Das ist ein hervorragender Wein. Vielleicht bringt er ja wieder ein wenig Farbe in deine blassen Wangen.«

»Starke Gefühlsausbrüche beeinträchtigen die Schönheit eines jungen Mannes wirklich sehr«, fügte Irtuk Beshar hinzu, deren koketter Tonfall ebensowenig zu dem verdorrten, geschwärzten Antlitz paßte wie die Roben und der Schleier.

Der ganzen Szene haftete etwas derart Unwirkliches an, daß Alec tatsächlich antwortete: »Ich möchte keinen Wein, vielen Dank«, als wohnte er mit Seregil dem Bankett eines Adeligen bei und spielte Sir Alec von Ivywell.

»Und was für feine Manieren er hat«, bemerkte Ashnazai. »Allmählich begreife ich Euren Standpunkt, Herr. Es ist wirklich schade, ihn zu töten. Er wäre eine Zierde für den Haushalt jedes Edelmannes.«

Die traumähnliche Losgelöstheit, die Alec empfand, steigerte sich noch, als die gräßliche Unterhaltung rings um ihn in höflichem Salonton weiterging. Wenn dies bedeutete, daß ihn nunmehr der Wahnsinn packte, betrachtete er es als Gnade Illiors. Wie dem auch sein mochte, jedenfalls spürte er, wie ihn plötzlich eine verschwommene Gelassenheit durchströmte. Diese Erfahrung hatte ihn schon des öfteren ereilt, obschon noch nie so heftig. Wenn der Tod die einzige Aussicht darstellte, fühlte man sich in der Tat ausgesprochen frei.

»Herr«, begann er. »Worum dreht sich das alles? Die Holzscheibe, die Krone? Ich weiß, daß mein Tod ein Teil davon sein wird, deshalb möchte ich es verstehen.«

Mardus lächelte breit. »Etwas anderes hätte ich von jemanden mit deinem Verstand auch nicht erwartet. Wie ich schon sagte, du und deine fehlgeleiteten Freunde, ihr alle seid Wegweiser in einer hehren und heiligen Suche gewesen, deren Bedeutung zunächst auch mir verborgen blieb. Mittlerweile aber hat mir Seriamaius offenbart, daß ihr alle nur Werkzeuge seines göttlichen Willens wart.«

Mardus hob den Becher und prostete Alec höhnisch zu. »Du kannst dir gar nicht vorstellen, wieviel Mühe ihr uns erspart habt, indem ihr so viele Teile des Helms zusammengetragen habt, auf daß wir sie uns mit einem einzigen kurzen Schlag zurückholen konnten. Ganz zu schweigen von dem Schaden, den wir den Orëska im Zuge dessen zufügen konnten. In einer Nacht ist uns gelungen, was andernfalls womöglich Monate, vielleicht sogar Jahre gedauert hätte. Und wir haben keine Jahre, nicht einmal mehr Wochen Zeit.«

»Ein Helm?« hinterfragte Alec den neuen Begriff.

Kopfschüttelnd wandte sich Mardus an seine Gefährten. »Stellt euch das bloß mal vor! Dieser Nysander, dieser ach so große und mitfühlende Magier, spannte seine engsten Freunde für seine Diebstähle ein, ohne ihnen auch nur den geringsten Hinweis darauf zu geben, in was sie dadurch verstrickt wurden. Und dabei hat er Seregil, den armen, jungen Alec und Thero doch fast als Söhne betrachtet.

Ja, Alec, der Helm. Der Große Helm des Seriamaius. Die Münze, wie du es so belustigend bezeichnest, die Schale und die Krone sind allesamt Bestandteile eines größeren Ganzen. Bringt man diese Teile zur rechten Zeit mit den übrigen zusammen, verschmelzen sie wieder zu dem Helm, den Seriamaius unseren Ahnen vor mehr als sechs Jahrhunderten offenbarte.«

»Er stellt das höchste Artefakt der Macht des Totenbeschwörertums dar«, ergänzte Irtuk Beshar. »Wer ihn trägt, wird zum *Vatharna*, der lebenden Verkörperung von Seriamaius.«

»Die Legenden aus dem Großen Krieg. Armeen wandelnder Toter«, murmelte Alec leise und dachte an das uralte Tagebuch, das Seregil und er in der Bibliothek der Orëska entdeckt hatten.

»Vielleicht haben wir dieses Kind unterschätzt«, meinte der Dyrmagnos und legte den Kopf schief, um Alec eingehender zu mustern. »Womöglich verbergen sich in ihm noch immer Tiefen, die wir erst ergründen müssen.«

Innerlich erschauderte Alec unter ihrem gierigen Blick.

»Und in diesen Geschichten wird der Helm nie erwähnt?« fuhr Mardus fort. »Das überrascht mich nicht. Gegen Ende des Krieges wurden wir betrogen. Mit Hilfe einiger Verräter, kriecherischer Aurënfaie-Zauberer und einer Rotte zerlumpter Drysier gelang es den Magiern der Zweiten Orëska, den Helm an sich zu reißen und zu zerlegen, bevor seine ganze Macht heraufbeschworen werden konnte. Zum Glück waren sie außerstande, die einzelnen Teile zu zerstören. Ein paar davon konnten unsere Totenbeschwörer zurückerobern; der Rest wurde fortgeschafft und versteckt. Sechs Jahrhunderte lang haben meine Vorgänger danach gesucht und ein Stück nach dem anderen wieder zusammengetragen.«

»Deshalb wart Ihr also in Wolde«, sprach Alec bedächtig. »Ihr wart im Fen-Gebirge, in jenem Dorf, das Micu ...«

»Micum Cavish?« Ashnazai lächelte, als Alec jäh verstummte »Sei unbesorgt. Du hast uns den Namen schon längst preisgegeben, so wie alles andere auch.«

Mardus hielt inne, als der Diener Tabletts mit gebratenen Tauben und Gemüse auftrug.

»Versuch, etwas zu essen«, sagte er und richtete Alec höchstpersönlich einen Teller an.

Alec, den der eigene Hunger überraschte, tat Mardus den Gefallen. »Nun, wo war ich?« fragte der Herzog und pickte sich selbst eine Taube heraus. »Ah ja. Die drei Teile, die Nysander gehütet hat, waren die letzten; die Schale stellte eine ausgesprochen angenehme Entdeckung dar. Von den anderen Stücken wußten wir, da uns beide vor der Nase weggestohlen wurden – wie sich herausstellte von deinem Freund Seregil. Aber die Spur der Schale galt als verloren, bis ihr uns durch den Raub des Auges zu ihr hingeführt habt. Und zwar gerade noch rechtzeitig. Tatsächlich reicht die Zeit hauchdünn aus, um die rituellen Vorbereitungen abzuschließen.«

»Die – Opferungen, meint Ihr?« erkundigte sich Alec.

»Ja.« Mardus beugte sich vor, während der Diener einen Gang gebratenes Schweinefleisch servierte. »Jede geraubte Seele, jeder Tropfen Herzensblut bringt uns Seriamaius, seiner gewaltigen Macht näher. Kein Mensch könnte je eine derartige Macht in sich beherbergen, aber durch den Helm ist es möglich, einen geringen Teil davon in sich aufzunehmen. Selbstverständlich ist ›gering‹ in diesem Fall als verhältnismäßiger Begriff zu betrachten. Ist der Helm erst wieder zusammengesetzt, wächst seine Macht mit jedem Leben, das ihm geopfert wird, bis ein einziger Gedanke des Trägers ganze Städte dem Erdboden gleichzumachen, Tausende Menschen zu beherrschen vermag. Und dich Alec, dich und Thero hebe ich für die letzte Opferung anläßlich des Wiederherstellungsrituals auf. Vor euch werden noch Hunderte sterben, wodurch euch die besondere Ehre zuteil wird, jeden einzelnen Tod zu beobachten, bis ihr selbst an der Reihe seid, zwei letzte, vollkommene Opfer. Das Blut ist größtenteils nur ein Symbol für die Lebenskraft, die dem Gott dargebracht wird. Je jünger der Betroffene ist, je mehr Jahre ihm geraubt werden, desto wertvoller ist das Opfer.«

Irtuk Beshar klopfte Alec und Thero auf die Schulter. »Ein junger Magier der Orëska und ein junger Halb-Faie – die Jugend unserer größten Feinde! Was könnte unseren Gott mehr erfreuen als das?«

Sprachlos, schweigend, betrachtete Alec die Runde eine Weile und versuchte, all das zu verdauen.

Nein, dachte er wie betäubt. *Nein, ich werde kein Teil davon sein.*

»Danke«, sagte er schließlich. »Ich glaube, allmählich beginne ich zu begreifen.«

Im Augenblick befanden sich keine Wachen im Raum. Weder Magie noch Ketten fesselten ihn. Ohne Vorwarnung hechtete Alec jäh über den Tisch und ergriff ein Messer, das neben der Geflügelplatte lag. Hastig umklammerte er es mit beiden Händen, richtete es auf die eigene Brust und betete um einen raschen Tod.

Doch zu seinem Entsetzen und Erstaunen wirbelte er statt dessen herum und jagte die Klinge in die Brust des Dieners. Der Junge stieß einen einzigen, gellenden Schrei aus und brach tot zusammen.

»Also wirklich, Alec, wo sind heute abend deine Manieren geblieben?« rief Mardus bedauernd aus. »Der Junge ist schon in meinem Besitz, seit er ein Kind war.«

Angesichts seiner Tat von Grauen gepackt, starrte Alec auf den Leichnam.

»Hast du tatsächlich gedacht, wir wären so einfallslos, daß wir einen solch edlen Zug deinerseits nicht erahnen würden?« schalt ihn Irtuk. »Du vergißt, wie innig ich dich kenne, Alec. Unter den ersten Zaubern, mit denen ich dich belegt habe, war einer, der dich vor derlei lächerlichen Heldentaten bewahrt. Sooft du versuchst, dich selbst zu verletzen, wirst du nur jemand anderen verletzen – wie diesen armen Unschuldigen.«

»O Illior!« stöhnte Alec und vergrub das Gesicht in den Händen.

»Vielleicht liegt die Schuld auch teilweise bei mir«, seufzte Mardus. »Meine Erklärung könnte dem Jungen den Eindruck vermittelt haben, daß Thero und er für die Verwirklichung unserer Pläne unerläßlich wären.«

Mardus' Hände schlossen sich um die des Jungen und drückten sie schmerzhaft, als er sie beiseite zog, um Alec voller boshafter Freude in die Augen zu blicken.

»Du mußt wissen, für den Gott macht es nicht den

geringsten Unterschied, ob ihr beide ihm dargebracht werdet oder nicht. Es bereitet mir lediglich unsägliches Vergnügen, daß ihr die letzten Opfer sein werdet, und für Vargûl Ashnazai gilt gewiß dasselbe. Stell dir nur vor, mein lieber Alec – du wirst all die anderen sterben sehen, unfähig, sie zu retten. Und dann, nachdem deine Brust gespalten und dein Herz herausgerissen sind, wird dein letzter Gedanke der sein, daß nach all dem Ärger, den du uns bereitet, nach all den zusätzlichen Mühen, die du uns gekostet hast, ausgerechnet *dein* Tod dem Helm zu neuem Leben verhilft! Ich bedauere bloß, daß deine Freunde nicht da sein werden, um deinen Lohn zu teilen. Und jetzt versuch noch ein wenig zu essen. Du wirst schon wieder ziemlich blaß.«

42

Landfall

Seregil erwachte schweißgebadet und befand sich immer noch im Würgegriff des Alptraums. Er preßte die Augen zu und versuchte, die Bilder des Traumes festzuhalten, doch wie gewöhnlich blieb lediglich die verschwommene Erinnerung an eine große, über ihm thronende Gestalt und an das entsetzliche Gefühl zu ertrinken.

Micum war bereits hinaufgegangen. Halb dösend, verharrte Seregil noch eine Weile im Bett, während das erste schwache Licht der Morgendämmerung durch das einzige Fenster der Kabine fiel. War Alec wach und sah dasselbe Licht? fragte er sich wie an jedem Morgen der Reise. Lebte Alec überhaupt noch? Würde er noch leben, wenn die Sonne unterging?

Er rieb sich die Augenlider und fühlte, wie Feuchtigkeit durch die Wimpern sickerte. Am frühen Morgen war es am schlimmsten. Untertags konnte er sich irgendwie beschäftigen und seine Furcht begraben, indem er versuchte, etwas einigermaßen Nützliches zu tun. Nachts schloß er einfach die Augen und flüchtete sich in Träume und Alpträume.

Aber hier, in der Halbwelt der Morgendämmerung, hatte er keine Mittel zur Verteidigung, keine Ablenkung. Die Sehnsucht nach Alecs Gesellschaft, die Gewissensbisse und die Reue darüber, den Jungen in die Sache hineingezogen zu haben, das Bedauern, ihm nie gesagt zu haben, wieviel er ihm wirklich bedeutete – all das schwärte gleich einer Wunde, die nicht verheilen wollte.

Und alles, was er tun konnte, war, bis zum Ende weiterzumachen. Er rollte sich von der Pritsche, zog ein Oberkleid über das Hemd und ging hinauf, ohne sich die Mühe zu machen, es zuzuknöpfen.

An Deck drehte er das Gesicht in den Wind und breitete die Arme aus. Die kalte, salzige Brise wehte ihm die Haare aus dem Nacken und blies die Jacke auf, so daß ihm das Hemd gegen die Rippen flatterte. Seregil legte den Kopf zurück und atmete tief ein, versuchte, sich vom Gefühl der Niedergeschlagenheit zu befreien. Dabei bemerkte er einen neuen Duft im Wind – den Geruch von Land.

Rasch trat er an die Steuerbordreling und erblickte den dunklen, ungleichmäßigen Umriß eines Gebirges, das wie ein just außer Reichweite befindliches Versprechen durch den morgendlichen Nebel schimmerte. Seine List mit den Segeln hatte sich bewährt. Sie waren ohne Zwischenfall in Sichtweite der nordwestlichen Küste Plenimars gelangt.

Rhal brüllte irgendwo achtern etwas, und Skywark bellte einen Befehl. Seregil sah sich auf dem Deck nach Micum um und fand ihn auf der vorderen Luke sitzend. Auf einem Knie balancierte er einen kleinen Spiegel und rasierte sich mit Hilfe eines Messers und eines Bechers Wasser das Kinn.

Als Seregil näher kam, schaute Micum auf, dann runzelte er die Stirn. »Wieder eine schlimme Nacht, was?«

»Die schlimmste bis jetzt.« Seregil fuhr sich mit den Fingern durch das windzerzauste Haar. »Es ist, als versuchte jemand, mir die wichtigste Sache der Welt in einer Sprache mitzuteilen, die ich einfach nicht verstehe.«

»Vielleicht kann Nysander etwas damit anfangen, wenn er herkommt.«

»*Sofern* er herkommt«, verbesserte ihn Seregil freudlos. Er hatte das Gefühl, sie befänden sich schon Jahre statt Wochen auf dem Schiff; Rhíminee, Nysander, Alec, die Toten, die sie zurückgelassen hatten, vielleicht war all das nur ein Teil desselben bösen Traums.

Micum deutete mit dem Messer auf einen einsam aufragenden Gipfel im Norden. »Rhal sagt, das dort ist der Berg Kythes. Er glaubt, wir können heute nacht an Land gehen. Es gibt da eine – Bei Bilairy, du blutest ja!«

Micum legte Messer und Becher beiseite, erhob sich und zog die losen Bänder von Seregils Hemd auf.

»Verflucht, es ist die Narbe. Sie ist wieder aufgebrochen«, flüsterte er, berührte mit dem Finger Seregils Brust und zeigte ihm das Blut.

Mit Hilfe von Micums Rasierspiegel nahm Seregil das dünne Rinnsal in Augenschein, das aus dem aufgebrochenen Rand der Narbe quoll. Er erkannte sogar die blassen Kringel, die von der Scheibe zurückgeblieben waren, und den kleinen, rechteckigen Abdruck des Loches in der Mitte. Zudem erhaschte er einen Blick seines Gesichtes, das im Licht der frühen Morgensonne ungesund gelblich und eingefallen wirkte. Rasch zog er die Jacke zu und schloß die obersten Knöpfe.

»Was bedeutet das?« fragte Micum.

»Weißt du noch, was heute für ein Tag ist?« entgegnete Seregil grimmig.

Micums Mund klappte auf. »Bei der Flamme, nach all der Zeit auf dem Schiff habe ich das völlig aus den Augen verloren.«

»Der fünfzehnte Lithion«, bestätigte Seregil und nickte. »Wenn Leitus' und Nysanders Berechnungen stimmen, sollte Rendels Speer heute nacht am Himmel auftauchen.«

Seregil erblickte eine Mischung aus Furcht und Sorge in Micums Augen, als dieser einen letzten Blick auf das

Blut an seinen Fingern warf, ehe er sie am Mantel abwischte.

»Du weißt doch, daß ich hauptsächlich mitgekommen bin, um auf dich aufzupassen, oder?« sagte Micum leise.

»Ja.«

»Tja, ich wollte dir nur sagen, daß ich allmählich beginne, die ganze Geschichte zu glauben. Was auch immer dich da gebrandmarkt hat, es wirkt nun auf uns ein. Ich hoffe nur, Nysander hatte recht damit, daß Illior der Unsterbliche ist, der uns leitet.«

Seregil legte seinem Freund die Hand auf die Schulter. »Vielleicht gelingt es mir nach all den Jahren doch noch, aus dir einen Illiorer zu machen.«

»Nicht wenn das bedeutet, daß man nach dem Aufwachen so aussieht wie du heute morgen«, gab Micum zurück.

»Hast du immer noch keine Träume?« fragte Seregil, den der Umstand verwirrte, daß Micum der einzige ihrer Vierergruppe war, der noch keine wie auch immer geartete Vorahnung erfahren hatte.

Micum zuckte mit den Schultern. »Keinen einzigen. Ich hab' dir ja immer gesagt, ich kämpfe am besten, wenn ich wach bin.«

Immer höher ragte der Berg vor ihnen auf, während sie im Lauf des Tages der Küste in nördlicher Richtung folgten. Aus der Ferne schien er unmittelbar aus der See aufzusteigen; sein Gipfel verlor sich in einem Wolkenschleier.

»Säule des Himmels, wie?« meinte Rhal, als er an jenem Nachmittag mit Seregil und Micum an der Reling stand. »Tja, der Name paßt zweifellos. Wie, um alles in der Welt, wollt ihr diesen Tempel auf so etwas Großem finden?«

»Er befindet sich irgendwo in der Nähe des Wassers«, erwiderte Seregil leise und rieb sich unbewußt vorne über die Jacke; Micum hatte einen Leinenbausch über der wunden Stelle angebracht. Ziemlich seltsam erschien den beiden Freunden, daß die Verletzung kaum schmerzte.

»Tja, es wird nicht ganz einfach sein, Euch an Land zu bringen.« Schützend legte Rhal die Hand über die Augen und spähte landwärts. Der Himmel war unverändert klar geblieben, aber aus dem Westen war ein Wind aufgekommen, der die Wellen hochtrieb und den Schaum von den weißen Kronen peitschte. »Ich sehe überall Brecher an den Felsen. Die Küste besteht hauptsächlich aus Klippen und Riffs. Ihr müßt einfach auf und ab kreuzen, bis Ihr einen geeigneten Landeplatz entdeckt.«

»Ist das Boot bereit?« wollte Seregil wissen.

Rhal nickte, ohne den Blick von der fernen Küste abzuwenden. »Wasser, Essen, alles, was Ihr verlangt habt. Ich habe mich persönlich darum gekümmert. Wir können Euch zu Wasser lassen, sobald Ihr Eure Sachen gepackt habt.«

»Dann sollten wir uns besser sputen«, meinte Micum. »Es ist schon eine Weile her, daß einer von uns beiden gesegelt ist. Ich will auf jeden Fall noch genug Tageslicht haben, wenn wir uns da hinauswagen.«

Nachdem das letzte Bündel und das letzte Faß im Steuerbordbeiboot der *Lady* verstaut waren, verabschiedeten sich Seregil und Micum von Rhal.

»Viel Glück Euch beiden«, sagte der Kapitän feierlich und schüttelte ihnen die Hände. »Was auch immer Ihr dort drüben vorhabt, macht diesen plenimaranischen Dreckskerlen für mich die Hölle heiß.«

»Ich wüßte nicht, was ich lieber täte«, versicherte ihm Micum.

»Kreuzt, so lange Ihr könnt, vor der Küste«, sagte Seregil. »Wenn wir in vier oder fünf Tagen nicht zurück sind, oder wenn Ihr verschwinden müßt, segelt nach Norden und lauft den ersten uns freundlich gesinnten Hafen an, den Ihr findet.«

Rhal hielt Seregils Hand noch einen Augenblick fest.

»Beim alten Seebären, wenn das alles vorüber ist, möchte ich die Geschichte gerne hören. Paßt auf Euch auf – und findet den Jungen.«

»Machen wir«, versprach Seregil und kletterte ins Boot. Er hockte sich neben Micum und schlang die Hände um eine der Wanten, die den kleinen Mast sicherten.

»Festhalten!« rief Rhal, als seine Männer sich daran machten, das Boot über die Seite zu Wasser zu lassen. »Wartet, bis wir ein gutes Stück weg sind, ehe Ihr das Segel setzt. Viel Glück, Freunde!«

Das kleine Boot schwang gefährlich an dem Tau hin und her, als es an der Seite des stampfenden Schiffes hinabgelassen wurde. Wellen schlugen danach, als es sich dem Wasser näherte, danach schwappten sie über den Rand herein. Seregil und Micum hielten sich so gut wie möglich fest und warteten, bis die *Lady* ein gutes Stück entfernt war, dann setzten sie das dreieckige Segel.

Jäh gierte das kleine Boot und faßte eine weitere Wellenladung Wasser. Micum übernahm das Steuer und brachte das Boot an den Wind, während Seregil am Spierentau zog. Sobald sie den Kahn ordentlich auf Kurs gebracht hatten, schlang er das Spierentau um eine Klampe und begann, das Wasser über Bord zu schöpfen.

»Du bist der Führer«, sagte Micum, schüttelte den triefnassen Umhang von den Schultern und machte es sich am Steuer ein wenig bequemer. »Was tun wir jetzt?«

Seregil schaute zum fernen Ufer. »Wie Rhal gesagt hat, wir fahren näher ran und kreuzen auf und ab, bis wir einen Landeplatz entdecken.«

»Da drüben ist aber jede Menge Küste, Seregil. Womöglich stranden wir Meilen entfernt von diesem Tempel.«

Seregil schöpfte weiter. »Wenn ich tatsächlich der Führer aus Nysanders Prophezeiung bin, erkenne ich den richtigen Ort vielleicht, wenn ich ihn sehe.«

Selbst in seinen Ohren klangen die Worte matt und wenig überzeugt, doch er wußte nicht, was er sonst sagen sollte. Dies war zweifellos kein geeigneter Augenblick, um zu gestehen, daß er, abgesehen von ein paar bruchstückhaften Träumen und der blutenden Narbe auf seiner Brust, leider ganz und gar keine Anzeichen göttlichen Geleits verspürte.

Wie Rhal richtig beobachtet hatte, bestand der Großteil der Küste aus Riffs oder Klippen. Das Tosen der Brandung hallte über die Wellen zu ihnen heraus, und sie sahen Gischt von den Brechern aufspritzen. Riesige Blöcke rötlichen, mit schwarzen Basaltstreifen durchzogenen Granits lagen wirr zwischen dem Ufer und den Bäumen darüber verstreut.

So weit das Auge reichte, wirkte das Land trostlos und unbewohnt. Dunkle Wälder erstreckten sich über die Hügel. Weiter oben ragte der kahle, felsige Gipfel des Berges unheilverkündend in den abendlichen Himmel empor. Die untergehende Sonne hinter ihnen tauchte das Bild in sanftes, goldenes Licht und unterstrich kurzzeitig die Farben des Wassers, des Himmels und der Felsen. Unmittelbar hinter der Reihe der Brecher schwammen ganze Enten- und Gänseschwärme in der Dünung. Über ihnen stießen Möwen ihre krächzenden Schreie aus, während sie anmutig durch die Lüfte schwebten und gelegentlich auf das Wasser niederstießen.

»Ich hätte nie gedacht, daß ich je einen Fuß auf plenimaranischen Boden setzen würde«, meinte Micum, während er sie näher ans Ufer steuerte. »Ich muß zugeben, das Land sieht wirklich recht einladend aus.«

Die Sonne sank tiefer. Seregil kniete im Bug und schaute mit zusammengekniffenen Augen aufmerksam zu der rauhen Küstenlandschaft.

»Ich glaube, wir müssen die Nacht hier draußen verbringen«, sagte Micum, als sie an einer weiteren felsigen Stelle vorübersegelten.

»Da könntest du ... Warte!«

Der Wald präsentierte sich an der Stelle ausgesprochen dicht, dennoch erspähte er im Schatten einer kleinen Bucht das unverkennbare, gelbe Flackern eines Feuers. »Siehst du das?«

»Könnte ein Lagerfeuer sein. Was meinst du?«

»Sehen wir uns die Sache mal an.«

Sie hielten auf die Bucht zu und entdeckten an ihrer Spitze einen winzigen, geschützten Strand. Oberhalb der Gezeitenlinie knisterte einladend ein Feuer und erhellte das dichte Gewirr immergrüner Gewächse am Rand des Kieselstrands.

»Sieht eher wie ein Signalfeuer aus«, flüsterte Micum und steuerte dicht vor die Küste. »Könnten Fischer oder Piraten sein.«

»Es gibt nur eine Möglichkeit, das herauszufinden. Du bleibst im Boot.«

Seregil glitt über die Seite in das hüfttiefe Wasser, zog das Schwert und watete an Land.

Der Strand befand sich an der Schmalstelle einer tiefen Kluft in dem umgebenden Riff, wodurch es unmöglich war, sich seitlich anzuschleichen. Zudem erhellte ihn das schräg einfallende Licht wie eine Bühne. Der Kieselstrand bestand aus kleinen, von den Wellen rundgescheuerten Steinen, die unter Seregils Stiefeln knirschten und knackten, während er weiter auf das Feuer zustapfte.

Ebensogut könnte ich mir eine Glocke um den Hals hängen, dachte er unbehaglich und sah vor seinem geistigen Auge Bogenschützen, die ihn von den Riffs aus im Visier hatten, und Schwertkämpfer, die im Dickicht lauerten.

Doch die Bucht erwies sich als friedvoll. Er hielt inne und lauschte aufmerksam. Über das Seufzen des Windes hinweg hörte er aus dem Wald die traurigen Gesänge von Tauben und Weißmücken sowie das abgehackte Krächzen eines Reihers, der irgendwo in der Nähe durch die Untiefen stakste. Nichts und niemand beunruhigte die Tiere.

Solchermaßen ermutigt, aber nach wie vor wachsam, schritt er knirschend über den Kieselstrand auf das Feuer zu. Er fand keinerlei Anzeichen eines Lagers, weder Rucksäcke noch Abfall. Als er sich den Flammen näherte, stellte er erschrocken fest, daß sie keine Hitze abstrahlten. Das Feuer war eine Sinnestäuschung.

Ein Zweig knackte im Wald; jäh duckte er sich und machte sich auf einen Hinterhalt gefaßt. Eine große, hagere Gestalt trat aus den Bäumen hervor.

»Da bist du ja endlich, mein lieber Junge«, begrüßte ihn eine vertraute Stimme auf Skalanisch.

»Nysander?« Nach wie vor mißtrauisch, verharrte Seregil, als der Magier die Kapuze zurückschob. Nysander präsentierte sich in Reisekleidung und trug ein altes Oberkleid und eine weite Hose. Der verblaßte Umhang war am Kragen mit der Bronzebrosche befestigt, die er stets verwendete.

Als er ins Licht trat, entfuhr Seregil ein erschüttertes Stöhnen. Selbst im rötlichen Schein des Sonnenuntergangs wirkte Nysander geisterhaft. Sein Antlitz war knochenbleich und tiefer zerfurcht denn je zuvor. Schlimmer noch, er wirkte eingesunken, geschrumpft, wie die verhutzelte, aus frischem Elfenbein geschnitzte Karikatur eines Greises. Nur die wachen Augen und die vertraute Wärme seiner Stimme schienen unverändert.

Das überraschende Element ihres unerwarteten Treffens jedoch ließ Seregil befürchten, es könnte sich um eine Sinnestäuschung handeln. Er unterdrückte das Verlangen, seinen alten Freund zu umarmen, hielt statt dessen einen Sicherheitsabstand ein und fragte: »Wie hast du uns gefunden?«

Nysander verzog das Gesicht zu einer säuerlichen Grimasse. »Na, mit Hilfe des Blutzauberbehelfs, den du bei Magyana gelassen hast. Es bedurfte einiger Vorkehrungen und Magie, aber hier bin ich.«

Seregil steckte das Schwert in die Scheide und fiel dem alten Mann freudig um den Hals. »Ich wußte, du würdest es schaffen, aber beim strahlenden Licht, du siehst furchtbar aus!«

»Genau wie du, mein lieber Junge«, kicherte Nysander.

Micum zog das Boot an Land und rannte über den Kieselstrand, um sich zu ihnen zu gesellen.

»Soll das heißen, du hast hier auf uns gewartet?« rief er aus und betrachtete Nysander voller Verwunderung von oben bis unten. »Woher wußtest du? Und wieso hast du uns keine magische Botschaft geschickt?«

»Alles zu seiner Zeit«, sagte der greise Zauberer, sank auf ein Stück Treibholz und knipste mit einer beiläufigen Handbewegung das Trugfeuer aus. »Ich muß gestehen, ich bin genauso erleichtert, euch zu sehen. Ich habe schon befürchtet, ich könnte euch doch noch verpaßt haben.«

»Weißt du irgend etwas über Alec?« fragte Seregil hoffnungsvoll und setzte sich neben ihn.

»Nein, aber du darfst nicht verzweifeln«, erwiderte Nysander und tätschelte ihm ermutigend die Schulter. »Wäre er tot, wüßte ich es. Die Kraft der Prophezeiung verbindet uns mit jedem verstreichenden Tag enger.«

Micum schob mit dem Fuß ein paar Treibholztrümmer zu einem Haufen zusammen und kramte einen Feuerstein aus der Gürteltasche. »Nun, ich hatte bislang keine großartigen Visionen oder Träume, aber je mehr ich von der ganzen Sache mitbekomme, desto mehr glaube ich daran. Bei der Flamme, Nysander, sieh dich nur an. Wie hast du es in dem Zustand überhaupt geschafft, hierherzugelangen?«

»Ich weiß, ich weiß«, antwortete Nysander bedrückt. »Niemand kehrt von einer Reise wieder zurück, auf die ihn der Dyrmagnos geschickt hat, ohne davon gezeichnet zu werden. Aber das Ganze hatte auch etwas Gutes. Während mein Körper heilte, trieb mein Geist schwerelos zwischen Träumen und Visionen. Ich glaube, ich weiß jetzt, wie wir den Tempel finden. Ein weißer Stein, der von mehreren schwarzen umgeben ist, kennzeichnet ihn. Und er befindet sich in der Nähe des Meeres.«

Enttäuschung breitete sich gleich einem schlechten Essen in Seregils Magen aus. »Das ist alles? Soll das heißen, wir müssen in den hunderten Quadratmeilen rings um den Berg *einen einzigen* Felsen finden?«

»Das ist wahrhaftig ein bißchen dürftig«, pflichtete Micum seinem Freund gleichermaßen zweifelnd bei.

Dennoch wirkte Nysander rundum zufrieden. »Wir werden ihn finden«, versicherte er den beiden. »Das ist zwar noch keine Gewähr dafür, daß unsere Mission erfolgreich endet, aber wir werden ihn finden.«

»Inzwischen habe ich auch Träume«, erklärte Seregil dem Magier.

»Du hast mehr als bloß Träume«, schnaubte Micum. »Zeig ihm deine Brust.«

Seregil löste den Verband und offenbarte Nysander den verkrusteten, gelben Schorf, der sich rings um die Narbe gebildet hatte. »Es muß eine Art Zeichen sein. Leitus behauptet, heute nacht würde der Komet erstmals zu sehen sein.«

»Zweifellos«, pflichtete Nysander ihm bei. »Ob es ein gutes oder schlechtes Omen ist, bleibt abzuwarten. Wie sieht dein Traum aus?«

Seregil hob einen messerförmigen Stein auf und drehte ihn zwischen den Händen. »Ich kann mich nie an viel erinnern, nur an das Bild einer Gestalt mit einem unförmigen Schädel, die durch Wasser auf mich herabstarrt, während ich ertrinke. Kannst du nicht auf irgendeine Weise mehr aus mir herausholen?«

Nysander schüttelte den Kopf. »Ich muß sowohl mit meiner Kraft als auch mit meiner Magie streng haushalten. Das Bißchen, das ich besitze, war schwer zu erlangen, und wir brauchen es für die vor uns liegende Aufgabe. Sogar das Feuer, das ich als Signal für euch verwendet habe, entstammt einem Zauber, den Magyana für mich vorbereitet hat. Was den Traum angeht, er muß wohl eine Art Hinweis auf unsere Mission sein.«

Micum fuhr sich mit den Fingern durch die dichte, rote Mähne und seufzte. »Könntest du dich ein wenig genauer ausdrücken?«

Nysander nickte. »Vor dem Überfall auf das Orëska-Haus hatte ich gehofft, ich müßte euch von alldem nie erzählen. Danach war ich nicht in der Lage, es zu tun.

Wie Seregil dir schon gesagt hat, gibt es eine Prophezeiung, in der vier Personen vorkommen, der Hüter, der Schaft, die Vorhut und der Führer. Ich bin der Hüter, und zwar schon seit den Tagen meiner Lehrzeit bei Arkoniel. Was wir dort unter dem Orëska-Haus gehütet haben, war ein Teil eines Totenbeschwörungsartefakts, das man den Helm des Seriamaius nennt.«

»Die Schale«, warf Seregil ein.

Überrascht blickte Nysander ihn an. »Woher, um alles in der Welt, weißt du das?«

»Aus weiteren Visionen«, antwortete Micum für ihn und warf Holz in das Feuer. Im Westen versank die Sonne hinter dem Meer und überließ das Himmelszelt den Sternen, die sich gleich einem Diamantschleier darüber ausbreiteten.

»Ja, es war eine Schale«, fuhr Nysander fort. »Und dann haben mir Seregil und Alec die Holzscheibe gebracht. Kurz vor dem Sakorfest habe ich Seregil losgeschickt, um einen dritten Gegenstand zu beschaffen, eine Krone, die tief in den Ashek-Bergen versteckt worden war. Er erkannte sofort, daß sie in irgendeinem Zusammenhang mit der Scheibe stand, einerseits durch den Zustand der Opferleichen, die er dort fand, andererseits durch die böse Magie, die von der Krone ausging. Trotzdem habe ich ihm nichts darüber erzählt und ihn zur Verschwiegenheit verpflichtet. Nicht einmal Alec wußte davon.«

»Ich verstehe immer noch nicht, wie aus dem Zeugs ein Helm werden soll«, sagte Micum.

»Das Erscheinungsbild der Teile verschleiert ihre wahre Gestalt. Die Totenbeschwörer, die sie geschaffen haben, versahen sie mit einem mächtigen Blendzauber. Wer würde schon erraten, selbst mit allen Teilen vor sich, daß eine verzogene Tonschale, eine Kristallkrone und eine Handvoll Holzscheiben Bruchstücke eines größeren Ganzen sein könnten?«

»Was tut der Helm, wenn er zusammengesetzt ist?«

»Er wurde geschaffen, um als Leiter für die Macht des dunklen Gottes zu dienen. Niemand weiß, wie lange es gedauert hat, die einzelnen Teile zu schmieden oder welche Beschwörungen dafür verwendet wurden. Der Helm tauchte erstmals gegen Ende des Großen Krieges auf, als er zusammengesetzt und einem Mann aufgesetzt wurde, den die Plenimaraner *Vatharna* oder Auserwählten nannten. Zum Glück gelang es den Magiern von Skala und Aurënen, den ersten *Vatharna* zu überwältigen, bevor die ganze Macht des Helmes auf ihn überfließen konnte.«

»Willst du damit sagen, daß dieser *Vatharna* letzten Endes die gesamte Macht dieses Totengottes besitzen würde?« fragte Micum.

»Niemand weiß, welches Ausmaß seine Fähigkeiten erreicht hätten, aber es gibt Beweise dafür, daß der Helm seinem Träger selbst in der kurzen Zeit seines Bestehens verheerende Totenbeschwörerkräfte beschert hat. Ich bezweifle, daß überhaupt jemand den *Vatharna* aufzuhalten vermocht hätte, wäre der Helm nicht so schnell zerlegt worden.«

Bedrückt schüttelte Seregil den Kopf. »Dann sind diese uralten Geschichten von ganzen Armeen wandelnder Toter also wahr?«

»Höchstwahrscheinlich steckt zumindest ein Körnchen Wahrheit in ihnen.«

»Du sagtest zerlegt, nicht zerstört«, fiel Micum auf.

»So ist es, sehr zum Leidwesen nachfolgender Generationen. Es gelang den Zauberern zwar, den Helm in seine Einzelteile zu zerlegen, aber bevor sie erforschen konnten, wie man sie zerstört, griffen die plenimaranischen Streitkräfte an, um sie zurückzuerobern. Nachdem offensichtlich wurde, daß die skalanische Verteidigung überrannt werden würde, wählte man sechs Magier aus, die mit den Teilen fliehen und sie verstecken sollten. Nur einer von ihnen wurde je wieder lebend gesehen.«

»Der mit der Schale«, sagte Seregil.

»Reynes í Maril Syrmanis Dormon Alen Wyvernus. Er war es, der schließlich jene Kammer im untersten Kellergewölbe des Orëska-Hauses schuf und die Last der Hüterpflicht seinem Nachfolger Hyradin übertrug, der sie danach an Arkoniel weitergab, der wiederum an mich. Weder die Königin noch der Rat der Orëska haben je von der Kammer gewußt. Jeder, der versuchte, hinter das Geheimnis der Hüter zu kommen, wurde getötet.«

»Diese Hüter haben nicht einmal den anderen Zauberern vertraut?« fragte Micum.

»Wem könnte man ein solches Wissen anvertrauen? Es gibt nichts, das der Leere Gott besser kennt als die dunklen Winkel der Seele eines Sterblichen. Furcht, Mitleid, Reue, Gier, Machthunger – das sind die mächtigsten Waffen des Verzehrers des Todes.«

»Wußte Thero Bescheid?« erkundigte sich Seregil.

»Nein, er war noch nicht reif für ein solches Wissen.« Nysander legte Seregil die Hand auf die Schulter. »Ich war nicht zuletzt deshalb so bekümmert, dich als Lehrling zu verlieren, weil ich erkannt hatte, daß du ein würdiger Nachfolger geworden wärst. Von dem Tag an, als ich dich bei mir aufnahm, fühlte ich in meinem Innersten, daß du der Last der Bürde gewachsen sein würdest. Als sich herausstellte, daß du die Zauberei nicht erlernen konntest, war ich am Boden zerstört. Jetzt aber sehe ich, daß ich mich nicht geirrt habe, was deinen Wert angeht, sondern lediglich in bezug auf die Rolle, die dir das Schicksal vorherbestimmt hat. Was du gelernt hast, nachdem du mich verlassen hattest, das Leben, das du seither geführt hast – all das hat dich darauf vorbereitet, der Ungesehene zu sein.«

Seregil setzte eine finstere Miene auf. »Du meinst, die Götter haben nur deshalb einen Dieb und Spion aus mir gemacht, damit ich Mardus die Scheibe stehlen konnte? Mein ganzes Leben soll nur aus dieser einen Aufgabe bestehen? Ich weigere mich, das zu glauben!«

»Nein, nicht ganz«, widersprach Nysander. »Erinnerst du dich, daß ich dir erzählt habe, es gäbe immer irgendwo einen Führer und all die anderen Gestalten der Prophezeiung? Vielleicht wäre dein Leben auch ohne den Helm völlig gleich verlaufen, aber indem du wurdest, was du jetzt bist, wurdest du gleichzeitig zum Führer. Im Lauf der Jahre habe ich unzählige Male Vermutungen darüber angestellt, aber es wirklich zu glauben habe ich erst begonnen, nachdem du mir die Scheibe gebracht hattest. Als es dir gelang, den Plenimaranern auch noch die Krone vor der Nase wegzuschnappen, habe ich gebetet, es möge sich bloß um eine glückliche Fügung handeln; ich habe gebetet, ich möge in der Lage sein, die Teile vor Mardus zu beschützen und die Wiederherstellung des Helmes zu verhindern, indem ich auf der Hut sein würde.«

»Dann wußtest du also bereits über Mardus Bescheid?«

»Nur, daß er ein unehelicher Verwandter des alten Hochkönigs war, ein Adeliger mit außergewöhnlichen Fähigkeiten und unvorstellbarem Ehrgeiz, zudem einer von Plenimars hervorragendsten Spionen. Jetzt hege ich den Verdacht, daß er sich zum *Vatharna* machen will.«

»Klingt, als wäre er der rechte Mann dafür«, meinte Micum mit düsterer Miene. »Aber du hast uns immer noch nicht verraten, woher diese Prophezeiung überhaupt stammt oder was sie besagt.«

»Nur die Hüter haben sie je gehört, und nur für sie war sie bestimmt«, erwiderte Nysander ernst. »Als der zweite Hüter noch ein junger Mann war, hatte er eine Traumvision, die seither als größter Quell unserer Hoffnung von einem Hüter zum nächsten weitergegeben wird. ›Der Traum Hyradins lautet folgendermaßen: Und so kam der Wundersame, der Verzehrer des Todes, um die Welt bis auf die Knochen zu häuten. Gewandet in menschliche Hülle kam er, mit einem gar gräßlichem Helm großer Dunkelheit auf dem Haupte, und niemand denn eine Gruppe geheiligter Zahl vermochte, ihm Einhalt zu gebieten.

Der erste wird sein der Hüter, ein Lichtschein in der Finsternis. Dann der Schaft und die Vorhut, die da werden versagen und doch nicht versagen, so der Führer, der Ungesehene, voranschreitet.‹ In derselben Prophezeiung kommt auch die Säule des Himmels vor, die darin als Tempel bezeichnet wird.«

»Das hilft uns etwa so sehr weiter wie dein Traum von den Felsen«, brummte Micum.

Seregil hingegen spürte, wie ihn eine übelkeiterregende Kälte durchströmte, als er sich an die Visionen erinnerte, die er selbst erfahren hatte, als er mit jenen Teilen in Berührung kam – die Bilder des Todes, die Chöre der Pein. »Dann dient also alles, was Mardus getan hat, seit Alec und ich ihm droben in Wolde über den Weg gelaufen sind – die Scheibe, Rythel und die Sache mit der Kloake, der Überfall auf euch –, all das dient ausschließlich dazu, die Teile wieder zusammenzubringen?«

»Natürlich, und zwar zur rechten Zeit am rechten Ort. Die rechte Zeit ist während der Sonnenfinsternis in fünf Tagen von heute an.«

»Das haben wir uns schon gedacht, nachdem wir uns mit deinem Astrologenfreund unterhalten hatten«, erklärte Seregil.

»Gut gemacht. Da wir drei jetzt wieder vereint sind, müssen wir den Tempel finden und abwarten, wohin uns die Götter von dort aus führen. Diesmal *muß* der Helm vollständig zerstört werden, und um das zu erreichen, müssen wir zulassen, daß er wieder zusammengebaut wird ...«

»*Was?*« platzte Seregil heraus.

»Das ist die einzige Möglichkeit, um sicherzustellen, daß alle Teile vorhanden sind«, fuhr Nysander fort. »Arkoniel glaubte, dies wäre der einzig gangbare Weg, und ich glaube, daß er recht hatte. Wenn das, was Reynes í Maril weitergab, den Tatsachen entspricht, dann dauert es eine gewisse Zeit, bis die Macht des Helmes zur Geltung kommt, und noch länger, bis sie sich ganz und gar entfaltet. Deshalb haben wir eine kurze Weile Gelegenheit zuzuschlagen, nachdem er wieder zusammengesetzt ist. Als der Hüter verpflichte ich euch bei eurem Leben und eurer Ehre, alles zu tun, was nötig ist, um die Macht des Helmes zu vernichten. Schwört ihr mir das?«

»Du hast meinen Eid darauf.« Micum streckte die Hand aus. Nysander ergriff sie, und die beiden schauten zu Seregil. Der zögerte und spielte immer noch mit dem Kieselstein, als ihn ein unerklärliches Gefühl des Zweifels überkam.

»Seregil?« Nysander musterte ihn mit hochgezogenen Augenbrauen.

Seregil schüttelte seine Besorgnis ab, warf den Stein beiseite und legte die Hände auf die ihren. »Du hast mein Wort . . .«

Sobald die Hände sich berührten, zuckte ein stechender Schmerz gleich einem Pfeilschaft durch seine Brust. Keuchend preßte er eine Hand auf die Narbe.

Micum schob Seregils Arm beiseite, öffnete die Jacke und entfernte behutsam den Verband. »Du blutest wieder«, sagte er und zeigte Seregil und Nysander das frische Blut auf dem Leinenlappen.

»Alles in Ordnung«, beruhigte ihn Seregil heiser. »Die Wunde muß aufgebrochen sein, als ich mich bewegt habe.«

»Schaut!« rief Nysander aus und deutete auf den nächtlichen Himmel.

In der Ferne zeichnete sich ein roter Feuerschweif vor dem hellen Hintergrund der Sterne im Osten ab.

»Rendels Speer!« keuchte Micum.

Eine Weile blickten sie schweigend zu dem Kometen empor, dann sagte Nysander leise: »Die Totenbeschwörer nennen ihn anders.«

»Ja? Wie?«

»*Met'ar Seriami*«, antwortete der Magier. »Der Arm des Seriamaius.«

43

Nach Norden

»*Met'ar Seriami!*«

Mardus, der auf der vorderen Kampfplattform stand, zeichnete sich als dunkle Silhouette vor dem letzten Licht der untergehenden Sonne ab, als er mit der Hand auf einen feurigen Punkt am Horizont deutete. Siegesjubel erhob sich von seinen Männern.

Die am nahen Ufer versammelte Menschenmenge wiederholte den Ruf, schwenkte Fackeln und schoß brennende Pfeile in die Luft über der Bucht. Trommeln ertönten in der Dunkelheit.

Noch bevor Alec an Deck gebracht wurde, war ihm unangenehm aufgefallen, daß sich der gewöhnliche Lauf der Dinge an Bord verändert hatte. Zum einen hatte Mardus an jenem Vormittag ihren Spaziergang ausfallen lassen. Zum anderen hatten die Wachen Alec einen langen Kittel gebracht, das erste Kleidungsstück, das ihm seit seiner Gefangennahme gewährt wurde. Während der Tag sich schier unendlich hinzog, fühlte er, daß auch die Bewegung des Schiffes sich änderte, und nahm an, sie näherten sich der plenimaranischen Küste. Wie sich an jenem Abend herausstellte, hatte er recht. Als Thero und er schließlich an Deck gestoßen wurden, lag die *Kormados* vor einem trostlosen Ufer vor Anker. Trostlos, aber nicht unbewohnt. Er erblickte eine Art Lager und schwarz uniformierte Männer, die das Schiff aufgeregt anriefen.

Auf dem Schiff selbst knisterte Erwartung in der Luft. Jeder schien den östlichen Horizont zu beobachten, als die Sonne unterging. Endlich zeigte sich der Komet zusammen mit den Sternen, ein roter Lichtpunkt, der sich unter dem zunehmenden Mond deutlich abzeichnete, und das große Jubelgeschrei brach los.

Alec, der streng bewacht an Deck stand, beugte sich dichter zu Thero und flüsterte: »Schau dort. Ein Unglücksstern. Siehst du ihn?«

»Unglücksstern für euch vielleicht!« höhnte Hauptmann Tildus verächtlich. »Für uns großes Zeichen. Lord Mardus und *voron* haben sagen, heute nacht soll solches Zeichen sein.«

»Was hat Mardus zuvor gerufen – ›Medeseri‹?« fragte Alec.

»*Met'ar Seriami.*« Tildus suchte nach den skalanischen Worten, um es Alec zu erklären. »Das heißt ›Der Arm von Seriami.‹ Ein sehr großes Zeichen, ich schon sagen.«

»Seriami? Was ich Seriamaius nenne?« Ein undeutliches Gefühl der Vorahnung überkam Alec, als Tildus nickte. »*Aura Elustri malr …*«

»Hör auf das«, knurrte Tildus und packte Alec grob am Arm. »Deine irren Götter nicht sein hier. Seriami ißt Herzen der Ungläubigen.«

Es waren keine weiteren Gefangenen übrig. Alec und Thero hatten ordentliche Kleidung erhalten, bevor sie an Deck gebracht wurden, die Hände hatte man ihnen hinter dem Rücken gefesselt.

Thero benahm sich wie ein Schlafwandler, gehorchte einfachen Befehlen und bewegte sich, wenn man es ihm sagte. Ansonsten verharrte er reglos; seine Züge verrieten in keiner Weise, ob und welche Gedanken ihm durch den Kopf gingen. Die nahtlosen Eisenbänder um seine Handgelenke funkelten sanft im Fackellicht, wenn er sich regte, die unlesbaren Symbole, die in die polierte Oberfläche geritzt waren, warfen winzige schwarze Schatten.

Das ist das Geheimnis, dachte Alec. Er war überzeugt davon, daß diese Symbole, nicht der Zaum die Quelle der Herrschaft ihrer Feinde über Thero darstellten. Wenn er sie nur irgendwie abbekommen könnte ...

An Deck setzte reges Treiben ein. Irtuk Beshar und die übrigen Totenbeschwörer standen gemeinsam am Fuß der Plattform und unterhielten sich leise, während ihre Reisetruhen heraufgeschleppt und an der Reling gestapelt wurden.

Hauptmann Tildus und ein paar seiner Männer fuhren mit einem Beiboot an Land und kehrten bald mit einigen Neuigkeiten zurück. Obwohl Alec nicht verstand, was sie erzählten, zeigte sich Mardus unverkennbar erfreut über Tildus' Bericht. Nachdem er geendet hatte, brüllte der Hauptmann einen Befehl, und die Seeleute begannen hastig, den Rest der Beiboote für den Landfall vorzubereiten.

Mardus ging über das Deck zu Alec und Thero hinüber, die immer noch streng bewacht wurden. »Von hier aus reisen wir über Land weiter«, teilte er Alec mit. »Thero ist ausreichend behandelt, also erwarte ich keine Schwierigkeiten von ihm. Mit dir hingegen verhält es sich ein wenig anders.« Er setzte ab, und die Narbe unter dem linken Auge verzerrte sich, als er lächelte. »Du hast dich bereits als schlüpfriger Geselle erwiesen, und an Land wirst du zweifellos die Versuchung verspüren zu fliehen. Aber ich versichere dir, es wäre ein fruchtloses Unterfangen, und die Folgen wären höchst unangenehm, jedoch nicht tödlich.«

»Unangenehmer, als die Brust mit einer Axt gespalten zu bekommen?« murmelte Alec und funkelte ihn zornig an.

»Unvorstellbar unangenehmer.« Mardus' Augen wirkten unergründlich wie der nächtliche Himmel und ebenso rätselhaft. Er machte auf dem Absatz kehrt und schritt davon, um seine Männer zu beaufsichtigen.

Ungeachtet der warmen Kleidung fröstelte Alec, als er abermals den Kometen betrachtete, der am Rand der Welt schimmerte. Dies war vielleicht noch nicht die Nacht des abschließenden Rituals, doch nun mußte sie bereits sehr nah sein. Welchem Zeitplan Mardus auch folgte, der Komet stellte eindeutig ein bedeutsames Zeichen dar.

Irgendwo an jener dunklen Küste erwartete sie ihr Bestimmungsort und Alec der Tod.

Bis zur Reling war es nur ein kurzes Stück, dachte er. Wenn er schnell genug handelte, konnte er die Wachen überraschen, an ihnen vorbeistürmen und über Bord springen.

Und was dann? Alec vermeinte fast zu sehen, wie Seregil ihn aus den Schatten mit unzufrieden gerunzelter Stirn musterte. *Selbst wenn du mit gefesselten Händen schwimmen könntest, da drüben lauern wahrscheinlich an die zweihundert Soldaten, ganz zu schweigen von mindestens einem Totenbeschwörer. Oder hattest du eher vor, in die dunklen Tiefen hinabzutauchen und dort unten kräftig einzuatmen?*

Und übrigens, was würde bei alldem aus Thero?

Alec ballte die Hände zu Fäusten, als die Verzweiflung abermals drohte, ihn zu überwältigen. Noch war er nicht bereit zu sterben, und er wußte, daß er Thero nicht im Stich lassen konnte. Er hatte keine Ahnung, ob und wieviel Schuld an dem Schlamassel der junge Zauberer trug; Theros wirres Geständnis war zu sehr unter Irtuks Einfluß erfolgt, als daß Alec ihm völlig Glauben schenkte, wenngleich die Zweifel, die sich in seinem Kopf festgesetzt hatten, nur allzu nagend waren. Aber ob schuldig oder nicht, er würde ihn nicht einfach zurücklassen.

»Du jetzt gehen«, befahl eine der Wachen und stieß ihn auf das letzte Beiboot zu.

Es war zu spät, um etwas anderes zu tun als zu gehorchen. *Illior und Dalna, ihr Götter meiner Eltern, ich erflehe eure Hilfe,* betete er stumm, während er voranstapfte.

Als er sich der Reling näherte, sah er halb im Schatten eines Schotts verborgen etwas liegen, das zu finden er längst alle Hoffnung hatte fahren lassen.

Einen Nagel.

Zwei Zoll lang, rechteckig geschmiedet und leicht verbogen, lag er deutlich sichtbar kaum fünf Fuß von ihm entfernt.

Einen schrecklichen Augenblick war Alec überzeugt, die Wachen hätten ihn ebenfalls erblickt und jemand würde ihm diesen Hoffnungsschimmer wegschnappen, sollte er noch einmal hinschauen. Vielleicht hatte Mardus selbst ihn dort hingelegt, als letzte, grausame Prüfung.

Es gab nur eine Möglichkeit, das herauszufinden.

Wieder stieß ihn die Wache, diesmal gröber. Alec gab vor zu stolpern und stürzte mit dem Gesicht voraus zu Boden.

Der Junge landete hart, aber als er die Augen aufschlug, befand der Nagel sich kaum einen Zoll von seiner Nase entfernt. Er wand sich, als bemühte er sich, auf die Beine zu kommen, rollte sich rasch über den Nagel, packte ihn mit Lippen und Zähnen und hatte ihn sicher in der Wange versteckt, als die Wachen ihn auf die Füße stellten.

So einfach war das.

»Was ist denn da unten für ein Wirbel«, fragte Beka und gesellte sich zu den Kundschaftern auf der Hügelkuppe, von der aus man das Lager der Plenimaraner überblicken konnte.

Seit Beka und ihre Reiter der plenimaranischen Kolonne folgten, war sie unbeirrt nach Norden gezogen. Nach drei Tagen hatte der Troß an diesem trostlosen Landstrich vor dem Inneren Meer Halt gemacht. Beka und ihre Leute blieben in sicherer Entfernung und verwendeten für nähere Aufklärungsritte ihre plenimaranischen Pferde, um ihre Anwesenheit nicht durch skalanische Hufabdrücke zu verraten.

Zwei Tage hatten sich die Plenimaraner ohne ersichtlichen Grund hier aufgehalten. Kurz vor Sonnenuntergang jedoch war ein plenimaranisches Kriegsschiff aus westlicher Richtung herangesegelt und hatte Anker geworfen.

»Sieht aus, als käme jemand vom Schiff an Land«, meinte Rhylin und spähte mit zusammengekniffenen Augen in das letzte Licht der untergehenden Sonne. »Aber was das Jubelgeschrei soll, weiß ich auch nicht. Die brüllen alle und schwenken Fackeln.«

»Vielleicht ist es das«, flüsterte Kallas plötzlich und deutete zum Himmel.

Als die anderen emporblickten, sahen sie am östlichen Horizont langsam einen feurigen Lichtschweif über den Himmel ziehen.

»Der Schöpfer sei gnädig, ein Unglücksstern!« murmelte Jareel und schlug ein Schutzzeichen.

»Also, wenn das kein Omen ist, weiß ich auch nicht«, brummte Rhylin und tat es Jareel gleich. »Wenn die da unten deswegen jubeln, dann gefällt mir das ganz und gar nicht.«

Beka hatte noch nie einen Kometen gesehen, dennoch vermittelte ihr der Anblick ein seltsames Gefühl des Erkennens, ähnlich dem, das sie ein paar Nächte zuvor erfahren hatte, als sie zum ersten Mal das Rauschen der Brandung hörte.

Diesmal schien das Gefühl stärker, beunruhigender

und begleitet von dem verschwommenen Eindruck – daß alles seine Richtigkeit hatte.

»Leutnant?« Beka wandte sich um und stellte fest, daß die anderen sie im schwindenden Licht mit ernsten Mienen musterten.

»Konntet ihr an dem Schiff irgendwelche Insignien erkennen?« erkundigte sie sich.

»Es ist ohne Flaggen gesegelt«, antwortete Rhylin. »Außerdem wurde keine Fracht an Land befördert, nur Leute. Was tun wir jetzt?«

»Wir könnten ja runtergehen und uns die Sache näher ansehen, sobald es dunkel wird«, schlug Steb hoffnungsvoll vor.

»Nach Art der *Urgazhi*, schnell rein, schnell wieder raus«, ergänzte Rhylin und leistete Steb Schützenhilfe.

Beka überdachte sorgfältig ihre begrenzten Möglichkeiten, ehe sie antwortete. Sie teilte die allgemeine Niedergeschlagenheit ihrer Reiter und wußte nur allzugut, wie sehr sie sich danach sehnten, irgend etwas zu unternehmen. In den Tagen, seit sie der Kolonne folgten, hatten sie in der Horde der Gefangenen des öfteren Gilly und Mirn erspäht, die sich unter dem Gewicht der über ihre Schulter genagelten Planken voranschleppten. Letzten Endes aber lief es immer noch darauf hinaus, daß sie zu vierzehnt einer hundert oder mehr Mann starken Truppe gegenüberstanden.

Langsam schüttelte sie den Kopf. »Noch nicht. Wenn sie morgen nicht weiterziehen, denke ich noch einmal darüber nach; ich kann es mir einfach nicht leisten, noch mehr von euch zu verlieren. Vorerst üben wir uns in Geduld, und falls sie morgen nach Norden weitermarschieren, folgen wir ihnen.«

Steb wandte sich wütend ab, einige andere stöhnten auf.

»Mit dem Schiff wird wohl keiner weiterfahren!« rief Rhylin aus und deutete abermals auf das Meer hinaus.

Das vor Anker liegende Schiff brannte. Verblüfft beobachteten sie, wie die Takelung Feuer fing und die Flammen sich auf die Segel ausbreiteten.

»Bei Bilairy, sie versenken es!« keuchte Jareel. »Kein Feuer greift so schnell um sich, es sei denn, jemand will es so. Was, um alles in der Welt, haben die bloß vor?«

Beka setzte sich mit überkreuzten Beinen ins Gras und betrachtete den auf dem Wasser flackernden Widerschein der Flammen. »Ich schätze, wir müssen ihnen auf den Fersen bleiben, bis wir es herausfinden.«

Am folgenden Morgen weckten die Wachen Alec im Morgengrauen und führten ihn zu einem Eisenkäfig, der auf der Ladefläche eines kleinen Karrens angebracht war, wie ihn Wanderschausteller für ihre gezähmten Tiere verwendeten. Eine dicke Matratze bedeckte den Boden des Käfigs, eine Segeltuchplane den Oberteil, aber er roch noch leicht nach den früheren Insassen.

Thero befand sich bereits darin und hockte mit untergeschlagenen Beinen in der hintersten Ecke. Ebenso wie Alec hatte man ihm die Fesseln abgenommen und ihm den Kittel und den Umhang gelassen.

»Was für ein räudiges Paar Bärenjungen«, spottete Ashnazai, der hinter Alec an den Gitterstäben auftauchte.

Hastig krabbelte der Junge von ihm weg, wenngleich er eigentlich nirgends hin konnte; der Käfig maß höchstens zehn Fuß in jede Richtung.

»Nun, da wir gelandet sind, ist Lord Mardus sehr beschäftigt, deshalb werde ich mich von jetzt an um euch kümmern«, fuhr der Totenbeschwörer fort.

Er legte die Hände um zwei der Stäbe, und Alec sah blaue Funken über das Eisen tänzeln, als hätte ein Blitz in den Käfig eingeschlagen. Erschrocken sprang er auf, woraufhin Ashnazai sein dünnes, widerliches Lächeln zur Schau stellte. Im hellen Licht der Morgensonne wirkte seine Haut feucht und ungesund, wie das Fleisch eines Giftpilzes.

»Hab keine Angst, Alec. Meine Magie wird dich nicht verletzen. Nicht, solange du nicht zu fliehen versuchst. Und natürlich bist du viel zu klug, um so etwas Närrisches zu wagen.« Nach wie vor lächelnd, stapfte er davon. Der seewärtige Wind zerrte an seiner staubigen, braunen Robe und ließ ihn wie eine Vogelscheuche im Winter aussehen.

Lodernder Haß pulsierte durch Alecs Adern. Nie zuvor in seinem Leben hatte er sich so inbrünstig gewünscht, einen Mann zu töten. Nachdem Ashnazai hinter einer Zeltreihe außer Sicht geraten war, wandte Alec die Aufmerksamkeit dem Lager rings um sich zu.

Die Ladefläche des Karrens bot eine gute Aussicht. Von hier oben aus konnte er die kleinen, weißen Zelte der Soldaten und die dahinter angebundenen Pferde sehen. Die Kolonne, die sie an der Küste erwartet hatte, bestand aus mindestens fünfzig Reitern und einem Haufen Menschen, die keine Uniformen trugen und nach Gefangenen aussahen, obschon sie sich zu weit entfernt befanden, um ganz sicher zu sein. Sie hatten unter freiem Himmel und den wachsamen Augen mehrerer Schwertkämpfer und Bogenschützen geschlafen. Mardus selbst hatte wenigstens zwanzig Mann dabei, wodurch sich zusammen eine beachtliche Streitmacht ergab, allesamt in den schwarzen Uniformen der Marinesoldaten. Von der anderen Seite des Käfigs aus erblickte er die rauchenden Überreste der *Kormados*, die gleich dem Gerippe eines scheußlichen Meeresungeheuers in den Untiefen lagen. *Was ist nur aus der Besatzung geworden?* fragte er sich. Sogar die Beiboote hatten sie verbrannt.

Die beiden Soldaten, die ihm wenig später Frühstück brachten, erkannte er nicht. Er sprach sie an, in der Hoffnung, sie verstünden ein wenig Skalanisch. Sofern dem so war, ließen sie es sich nicht anmerken. Statt dessen warfen sie ihm einen verächtlichen Blick zu, sagten etwas zueinander, spuckten auf den Boden und schlenderten ein paar Schritte davon, um sich zu den anderen Soldaten zu gesellen, die für Alecs Bewachung abgestellt waren. Eigentlich hatte Alec nichts anderes erwartet. Er setzte sich neben Thero und drückte dem jungen Zauberer ein Stück Brot in die Hand. Als Thero reglos verharrte, sagte der Junge: »Iß.«

Sogleich hob Thero das Brot an den Mund und biß hinein. Krumen bröckelten in seinen Bart, während er langsam kaute und schluckte. Alec wischte sie weg und reichte ihm einen Becher Wasser.

»Trink«, befahl er niedergeschlagen.

Gegen Mittag formierte sich die Kolonne und brach auf, um entlang der Küste gen Norden zu ziehen. Die nordwestliche Küste Plenimars erwies sich als wilde, zerklüftete Gegend. Der Pfad, dem sie folgten, wand sich durch Sümpfe, über Weiden und durch Kiefern- und Eichenwälder, ständig im Schatten der Berge, die rechterhand aufragten, und mit Sicht auf die See, die sich linkerhand erstreckte. Je weiter sie in den Norden gelangten, desto unwirtlicher wirkte die Küste. Steinige Kieselstrände wichen roten Granitriffs und -klippen. Fortwährend seufzte ein frostiger Wind durch die Bäume, ließ die verästelten Zweige der Kiefern erzittern und wehte Alec den süßen Duft des Waldes zu. Zwar war es hier kälter als in Skala, dennoch glaubte er, daß sie inzwischen Mitte Lithion haben mußten.

Der Nagel war sein Talisman, das einzige Geheimnis, das einzige Symbol der Hoffnung, das ihm blieb. Er war zu groß, um ihn im Mund zu behalten, ohne Aufmerksamkeit zu erregen, dennoch wagte er nicht, ihn aus der Hand zu geben. Selbst der Matratzenbezug erschien ihm kein ausreichend sicheres Versteck. Statt dessen bohrte er ihn in die Falten seiner Kleider, so daß er unmöglich zu sehen war. Da er sich nur allzugut an den Zwischenfall auf dem Schiff erinnerte, verbarg er ihn sorgsam vor Thero, für den Fall, daß die Totenbeschwörer oder der Dyrmagnos beschlossen, sich wieder des jungen Zauberers zu bedienen, um Alec zu beobachten.

Deshalb also hielt er den Nagel so gut wie möglich versteckt, übte sich in Geduld und wartete auf die rechte Gelegenheit, ihn hervorzuholen. Tag und Nacht strichen Wachen um den Karren, aber selbst ohne Wachen hätte Alec wohl keinen Versuch gewagt, das Schloß zu knacken; Ashnazais warnende Machtveranschaulichung mit den Gitterstäben ließ erahnen, daß ein solcher Versuch fruchtlos und wahrscheinlich gefährlich sein würde. Es war eine entnervende Lage. Alec kannte die Art des Schlosses an dem Gatter und wußte, daß der Nagel mehr als ausreichte, es zu öffnen.

Vargûl Ashnazai ließ von Anfang an keine Zweifel aufkommen, daß er seine neue Aufgabe genoß. Von Mardus' trügerischer Freundlichkeit haftete ihm rein gar nichts an; statt dessen begnügte er sich damit, gleich einem strengen Schreckgespenst neben dem Karren herzureiten. Alec bemühte sich tunlichst, ihm keine Beachtung zu schenken, während der Bärenkarren nordwärts über die zerfurchte Küstenstraße rollte und rumpelte. Dennoch spürte er nur allzu deutlich den hämischen Blick des Totenbschwörers im Nacken.

Die erste Nacht unterwegs verbrachte die Kolonne im Schutze eines uralten Kieferngehölzes. Das Tosen der Brandung war laut. Wenn Alec in westlicher Richtung an den riesigen, geraden Strünken vorbeischaute, konnte er die weiße Gischt der Wellen sehen, die donnernd gegen die Riffs peitschten. Das Geräusch erinnerte ihn an das Meeresrauschen aus seinen Träumen, doch es war nicht ganz dasselbe.

Als die Dunkelheit hereinbrach, erhob sich abermals Jubelgeschrei, und er nahm an, daß sich der Komet wieder zeigte, obwohl er ihn durch die Zweige über sich nicht zu erkennen vermochte. Viel später hörte er qualvolle Schreie durch die Dunkelheit dringen, und er wußte, daß irgendwo in der Nähe wieder das Opferritual stattfand. Sogar die Wachen rings um den Karren traten beunruhigt von einem Bein aufs andere, einige schlugen Schutzzeichen.

Diesmal dauerte das Gebrüll länger an. Alec war kalt und übel; erschöpft kauerte er sich dichter an Theros schlafende Gestalt und zog sich den Umhang über den Kopf.

Vor weniger als einem Jahr hatte ein jüngerer, unschuldigerer Alec in Asengais Verlies die ganze Nacht wachgelegen und schluchzend bei jedem neuen Schrei gezittert, der aus der Folterkammer hallte.

Die Wochen voller Tod und Qualen in Mardus' Gesellschaft hatten ihn für derlei Empfindungen nahezu völlig ertauben lassen.

Er preßte die Hände auf die Ohren und versank in einen unruhigen Schlummer, mit dem düsteren Gebet des Überlebenden auf den Lippen: *Diesmal zumindest war noch nicht ich an der Reihe.*

Diesmal gibt es in seinem Alptraum keinen sichtbaren Verfolger, nur die heiseren Schreie, die ihn schneller und schneller vorantreiben. Tränen der Verzweiflung strömen ihm über die Wangen; krampfhaft umklammert er den nutzlosen Pfeilschaft und rennt, bis seine Brust schmerzt. Hinter einer Biegung kommt er taumelnd zum Stehen; eine eingestürzte Mauer versperrt ihm den Weg.

Ein Hoffnungsfunke flammt in ihm auf, als er den Lichtstrahl erblickt, der durch eine schartige Spalte hereindringt. Von draußen hört er das vertraute Rauschen und Tosen einer Brandung.

Er erklimmt den Geröllhaufen, quetscht sich durch das Loch –

– und steht ganz allein auf einem Granitriff, umgeben von dichtem Nebel, der ihm nach allen Seiten die Sicht verhüllt. Über ihm brennen sich die Strahlen der blassen Mittagssonne durch den Nebel.

Inzwischen ist das Tosen der Brandung laut, so laut, daß er nicht zu sagen vermag, aus welcher Richtung es kommt. Wagt er sich zu weit, schlägt er im Nebel den falschen Weg ein, so stürzt er zweifellos vom Riff. Er hockt sich nieder und bewegt sich langsam auf allen vieren voran, bis seine Hände Wasser ertasten. Plötzlich umspülen ihn Wellen, stoßen ihn auf den Rücken und schleudern ihn quer über die Felsen. Als das schäumende Wasser wieder zurückweicht, sieht er, daß die Riffs, soweit das Auge reicht, mit den Leichen ertrunkener

Männer und Frauen übersät sind, deren bläulich-fahle Haut im schattenlosen Licht schimmert.

Jetzt wird das Geräusch des Meeres leiser, und darüber hört Alec ein rauhes Grunzen und ein schweres, feuchtes Schmatzen im Nebel auf sich zukommen. Von Entsetzen gepackt, nackt, unbewaffnet kauert er sich zwischen die Leichen. Sogar der Pfeil ohne Spitze ist verschwunden, hinfortgeschwemmt von der See.

Bald erblickt er seltsame, bucklige Gestalten, die zwischen den Toten umherschleichen. Das Grunzen und Schmatzen ertönt lauter, näher.

Plötzlich packt ihn von hinten etwas mit eisigem Griff und zerrt ihn auf die Beine. Alec kann den Kopf nicht weit genug drehen, um zu erkennen, was es ist, aber der faulige Gestank, den das Ding verströmt, läßt ihn würgen.

»Hab teil an dem Fest, Junge«, flüstert eine hämische, dumpfe Stimme dicht an seinem Ohr.

Alec windet sich aus dem abscheulichen Griff und wirbelt herum, um zu sehen, was für eine Kreatur da ist, aber er starrt ins Leere.

»Hab teil an dem Fest!« wiederholt dieselbe Stimme, immer wieder hinter ihm, egal, wie schnell er sich dreht.

Er taumelt rücklings und stolpert in einen Haufen aufgedunsener Leichen. Sosehr er sich auch plagt, er kommt nicht mehr auf die Beine; mit jeder Bewegung verfängt er sich mehr in einem Gewirr schlaffer Gliedmaßen.

»Aura Elustri málrei!« *kreischt er und fuchtelt wild mit den Armen.*

»Hab teil an dem Fest!« brüllt die Stimme triumphierend.

Dann verfinstert sich die Sonne.

Ruckartig erwachte Alec; der entsetzliche Gestank des Todes aus seinem Traum hing ihm noch in der Nase. Ein rundlicher Ausschnitt des Mondes, der durch die Zweige schimmerte, verriet ihm, daß der Morgen noch weit entfernt lag. Gleich einem Häufchen Elend umklammerte Alec die Knie und holte tief Luft, doch mit jedem Atemzug schmeckte die Luft fauliger.

»O Alec, ich habe solche Angst!«

Verblüfft schaute Alec auf und sah Cilla ein paar Fuß entfernt kauern. Von einem gespenstischen inneren Licht erhellt, blickte sie ihn flehentlich an. Ob Geist oder nicht, er war zu erleichtert, sie wieder in einem Stück zu sehen, um sich zu fürchten.

»Was tust du denn hier?« fragte er sanft und betete, sie möge nicht ebenso plötzlich verschwinden, wie sie aufgetaucht war.

»Ich weiß es nicht.« Langsam floß ihr eine Träne über die Wange. »Ich irre schon so lange umher! Nirgends finde ich Vater oder Großmutter. Was ist nur geschehen, Alec? Wo sind wir?«

Sie wirkte so echt, daß er den Umhang abnahm und ihn ihr um die Schultern legte. Dankbar zog sie ihn um sich und kuschelte sich an Alec; sie fühlte sich fest und ausgesprochen wirklich an. Eine Weile kniete er einfach nur neben ihr und verbiß es sich, ihre Anwesenheit in Frage zu stellen. Schließlich aber lehnte er sich ein Stück zurück und blickte auf ihre Hand hinab, die auf seiner Brust ruhte.

»Warum bist du gekommen?« fragte er abermals.

»Ich mußte«, flüsterte sie traurig. »Ich mußte dir sagen ...«

»Was mußtest du mir sagen?«

»Wie sehr ich dich hasse.«

Ihre Stimme klang so sanft, so zärtlich, daß es einen Augenblick dauerte, bis die Bedeutung der Worte in sein Bewußtsein sickerte.

Während sich das Herz des Jungen in seiner Brust in Blei verwandelte, sagte sie: »Ich hasse dich, Alec. Du warst schuld daran, mehr noch als Seregil. Sie haben dich gesehen und sind dir gefolgt. Du hast sie zu uns geführt. Ich bin froh, daß du sterben wirst.«

»Nein! Oh, nein, nein, nein, *nein*!« Panisch krabbelte Alec von ihr weg und warf sich in den hintersten Winkel. »Das ist nicht wahr!« brüllte er. »Es kann nicht wahr sein!«

Langsam hob Cilla den Kopf; ihre Augen glichen im

fahlen Mondlicht zwei schwarzen Höhlen. Sie lächelte, und der Verwesungsgestank flutete wieder durch den Käfig. Ihr Lächeln verzerrte sich zu einer Grimasse, zu einem Knurren, einem stummen Schrei, dann schoß ein schwarzer Arm aus ihrem Mund und streckte sich auf unmögliche Weise, griff nach Alec. Schwarze Klauen schlossen sich um seinen Arm und schleiften ihn über Theros reglosen Leib zurück zu ihr. Einen Lidschlag lang befand sich sein Gesicht nur wenige Zoll von dem ihren entfernt, und ihre wilden Augen bohrten sich in die seinen, während der Mund sich widernatürlich um den Arm dehnte, der daraus hervorragte. Dann verquoll ihr gesamter Körper zu einer schwarzen, menschenähnlichen Masse.

»Bist du da sicher?« fragte das Ding mit der Stimme aus Alecs Alptraum. »Bist du da so sicher?«

Dann ließ ihn das Ungetüm los, verschwamm und strömte wie Rauch durch die Gitterstäbe ins Freie.

»Verflucht sollst du sein!« gellte Alec, der wußte, daß Vargûl Ashnazai in der Nähe alles beobachtete. »Verflucht sollst du sein, du blutsaufender Sohn einer Hure! Du lügst! Du *lügst*!«

Als Antwort ertönte ein rauhes, höhnisches Lachen aus der Dunkelheit unter den Bäumen.

44

Ein weißer Stein und viele schwarze

Der Wind peitschte Seregil den Umhang um die Knie und zerrte an dem Bogenkasten und dem Köcher, die an seinem alten Rucksack verzurrt waren, während er innehielt, um auf Micum und Nysander zu warten. Als er über die Riffs nach Norden zurückschaute, kamen sie gerade in Sicht. Auf Micum und einen dicken Stock gestützt, bahnte sich Nysander einen Weg über ein ausgedehntes Geröllfeld. Über ihnen ragte der Berg Kythes auf, dessen schartiger Gipfel aus dem Wald an seinem Fuße aufragte wie ein Ellbogen aus einem abgetragenen, grünen Ärmel.

Verwundert schüttelte Seregil den Kopf. Ungeachtet Nysanders gebrechlichem Erscheinungsbild war es dem Zauberer in den letzten zwei Tagen hartnäckig gelungen, mit ihnen Schritt zu halten. Seregil und Micum stützten ihn abwechselnd, während der jeweils andere als Kundschafter vorausmarschierte. Mittlerweile befanden sie sich am Fuß des riesigen Berges und quälten sich am Rand des Waldes entlang, der die Küste säumte, so weit das Auge reichte. Die Gegend wirkte zwar rauh und unbewohnt, aber sie hatten die undeutliche Spur einer überwucherten Straße entdeckt, die durch die Wälder entlang der Riffs führte.

Seregil schaute voraus, schützte die Augen mit der Hand vor der Nachmittagssonne und ließ den Blick über das mächtige Gehölz und die Felsen schweifen.

Ob weiß oder anders, wie in Illiors Namen sollten sie in dieser Wildnis einen einzelnen Stein finden? Ihrem Wissen zufolge konnten sie bereits gestern irgendwo daran vorbeigezogen sein. Dennoch beharrte Nysander darauf, daß sie weiterhasteten, und je weiter sie nach Süden vordrangen, desto heller leuchtete das Licht der Hoffnung in seinen Augen. Micum sprach wenig, aber Seregil nahm an, daß ihn die Aussichtslosigkeit ihrer Suche ebenso entmutigte wie ihn selbst.

Was, wenn Nysander sich irrt?

Seregil focht einen täglichen Kampf mit dieser und anderen Fragen. Was, wenn Nysander als Hüter versagt hatte, indem er die Schlacht im Orëska-Haus verlor? Was, wenn die Wunden, die er in jenem Kampf erlitten hatte, seinen Verstand benebelten und er sie in die Irre führte, während Alec in einen ganz anderen Teil Plenimars verschleppt wurde?

Und doch loderte der Komet immer näher über den nächtlichen Himmel, und das Mal auf Seregils Brust trat immer deutlicher zutage, je mehr die Haut verheilte, daher wagte er nicht, seine Zweifel auszusprechen. Vernunft hin, Vernunft her, in seinem Herzen glaubte er, daß Nysander recht hatte. Daran klammerte er sich, während er jeden Tag verbissen weiterkämpfte, den Blick suchend über den Küstenstreifen entlang des Waldrands wandern ließ, bis seine Augen brannten und sein Kopf schmerzte und ihm jedesmal das Herz aus der Brust zu springen drohte, wenn ein verirrter Sonnenstrahl oder der Widerschein einer Gezeitenpfütze seiner Wahrnehmung einen Streich spielte.

Mittlerweile hatten Nysander und Micum ihn fast eingeholt. Seregil setzte sich auf einen flachen Stein aus rotem Granit und beobachtete die Wildentenschwärme, die auf den Wellen jenseits der Brecher auf und abwogten. Langsam wanderte sein Blick zu den grünlich-braunen Blasentangbärten, die den Steinen weiter unten am Ufer wuchsen. Vereinzelte Büschel davon ließen erkennen, bis wohin die Flut reichte.

Noch weiter unten, am untersten Rand des Gezeitenbereichs, überzog der Tang die Steine gleich einem dichten, glitschigen Teppich. Der Unterschied war ihm bereits am Tag zuvor aufgefallen und hatte sich in seinem Hinterkopf festgesetzt, wenngleich er nicht sicher war weshalb.

Schwerfällig quälten sich Micum und Nysander zu ihm herauf. Der Zauberer sank auf einen Felsvorsprung und wischte sich mit dem Ärmel über die Stirn.

»Meine Güte«, keuchte er, »ich glaube, ich muß mich eine Weile ausruhen.«

Seregil entkorkte den Wasserbeutel und reichte ihn dem Magier. »Uns bleiben nur noch ein paar Stunden Tageslicht«, sagte er, von einer plötzlichen Unruhe erfaßt. »Ich gehe ein Stück weiter. Entfacht ein Feuer, an dem ich mich orientieren kann, falls ich bei Einbruch der Dunkelheit noch nicht zurück bin.«

Micum runzelte die Stirn und hob die Hand. »Jetzt warte mal. Mir gefällt der Gedanke ganz und gar nicht, daß wir uns wieder trennen sollen.«

»Keine Sorge«, beschwichtigte Nysander. »Ich brauche

nur eine kurze Pause, dann können wir ihm folgen. Seregil hat recht; wir haben keine Zeit zu verlieren.«

»Dann ist ja alles klar«, meinte Seregil und marschierte los, bevor Micum Gelegenheit hatte, abermals Einwände zu erheben.

Eine Viertelmeile weiter war die Uferlandschaft von einer Bucht unterbrochen, deren Form einem Biß in einer Scheibe Brot ähnelte. Ein mehrere hundert Fuß breiter Kieselstrand stieg sanft zum Fuß einer steileren, von der See zerkarsteten Granitschicht an, die sich wie eine Reihe zerfallener Zinnen um die Bucht herumwand. Möwen tapsten zwischen den Pfützen und dem Seetang nahe des Wasserrands umher und hielten Ausschau nach einer Mahlzeit, die ihnen die Ebbe womöglich beschert hatte. Ein recht hübscher Ort, dachte Seregil, während er die Felsen erklomm, um sich dicht am Waldrand zu halten.

Als er durch die Bäume spähte, sah er, daß die einstige Straße eine Kurve beschrieb und sich entlang der oberen Riffs erstreckte. Er überlegte gerade, ob er ihr eine Weile folgen sollte, als ihm vom Rand des Unterholzes auf der gegenüberliegenden Seite der Bucht etwas Weißes ins Auge sprang.

Hastig kletterte er über Felsen und umgestürzte Bäume und machte sich auf eine weitere Enttäuschung gefaßt. An jenem Vormittag hatte sich ein ähnlich vielversprechendes Aufleuchten als Schulterblatt eines Elchs herausgestellt. Ein anderes Mal hatte es sich bloß als eine Pfütze erwiesen. Als er jedoch näher kam, sah er, daß es sich um einen fast vier Fuß hohen, milchig-weißen Felsbrocken handelte.

Er ließ den Rucksack fallen und schob das Gewirr blätterloser Büsche und abgestorbenen Farns beiseite, das den Felsbrocken teilweise verhüllte.

Er war echt – ein großer, weißer Quarzblock, der in dieser Landschaft eigentlich nichts verloren hatte. Zunächst umkreiste er ihn und suchte nach eingemeißelten Symbolen oder Zeichen, dann bückte er sich und tastete sich durch den trockenen Adlerfarn, bis seine Finger auf einen kleinen, glatten Stein stießen. Als er ihn herauszog, sah er, daß es ein schwarzer, polierter Basaltbrocken war, dessen Größe und Form an ein Gänseei erinnerte. Er grub weiter und fand weitere schwarze Steine sowie eine winzige Frauenfigur aus Ton und ein Schmuckstück in Form einer geschnitzten Muschel.

Seine Funde an sich gepreßt, preschte Seregil den Weg zurück, den er gekommen war und erblickte Micum und Nysander, die in seine Richtung unterwegs waren.

»Ich habe ihn gefunden!« brüllte er. »Ich haben deinen weißen Stein gefunden, Nysander. Es gibt ihn wirklich!«

Micum stieß einen Jubelschrei aus, den Seregil mit einem eben solchen beantwortete.

»Was hältst du jetzt von illiorischer Mystik, Micum?« fragte Seregil atemlos, als er die beiden erreichte.

Grinsend schüttelte Micum den Kopf. »Verstehen werde ich sie wohl nie, aber bislang waren wir damit zweifellos gut beraten.«

»Unten um den Felsblock herum lagen schwarze Steine, und das hier habe ich auch gefunden«, berichtete Seregil Nysander aufgeregt und zeigte ihm die Tonfigur und das geschnitzte Muschelstück.

»Bei Illiors Licht!« murmelte der Magier, als er beides in Augenschein nahm. »Kommt«, drängte er und packte sie beide am Arm. »Tragt mich, wenn es sein muß, aber bringt mich zu diesem Stein, bevor die Sonne untergeht.«

Doch sie mußten ihn nicht tragen. Den Stock vor sich herschwingend, stapfte Nysander fast wie in früheren Zeiten voran. Es war, als hätte der Fund dem Zauberer neues Leben eingehaucht, dachte Seregil. Vielleicht hatte Nysander diese greifbare Bestätigung seiner Visionen ebenso sehr gebraucht wie sie.

»O ja, das ist er«, sagte Nysander, als sie den Felsblock erreichten. Dann legte er beide Hände darauf und schloß die Augen.

»Er ist alt, unvorstellbar alt«, erklärte er geradezu ehrfürchtig. »Er wurde hier aufgestellt, lange bevor der erste Priesterkönig plenimaranischen Boden betrat, aber der

Widerhall uralter Kulthandlungen ist immer noch stark zu spüren.«

»Du meinst, das ist eine Art vorzeitlicher Schrein?« fragte Micum und betrachtete den Stein eingehender.

»So etwas Ähnliches. Die Gegenstände, die Seregil gefunden hat, sind seit mehr als tausend Jahren hier. Sie sollten wieder an ihren Platz.«

Gehorsam legte Seregil die Tonfigur und die Muschel zurück. »Ich habe den großen Stein von allen Seiten angeschaut, aber keinerlei Symbole entdeckt. Aber wenn es ein Schrein war, ist es vielleicht trotzdem der Tempel aus der Prophezeiung.«

Nysander schüttelte den Kopf. »Nein, das ist nur ein Kennzeichen. Dessen bin ich sicher. Bevor der Wald darum gewachsen ist, konnte man ihn vom Meer aus erkennen. Auch von dem Pfad aus, sofern es den überhaupt schon gab, als der Stein hier aufgestellt wurde.«

»Dann muß der Tempel irgendwo da hinten in den Wäldern sein«, sagte Micum. »Du bleibst hier und ruhst dich aus, Nysander. Seregil und ich sehen uns mal um.«

Mit einer gewissen Erleichterung stellte Micum fest, daß sich der Wald in dieser Gegend unberührt präsentierte. Die riesigen, durch den ständigen Wind schief gewachsenen Kiefern standen weit auseinander, dazwischen befand sich wenig Unterholz. Doch ungeachtet der guten Sicht hatten Seregil und er nach einer Stunde Suche noch immer nichts gefunden, das nur im entferntesten einem Tempel oder einem sonstigen Bauwerk ähnelte.

Als sie ans Ufer zurückkehrten, fanden sie Nysander unten auf den Riffs. Mittlerweile war es später Nachmittag, und die Tide hatte fast ihren Tiefstand erreicht.

»Nichts, wie? Höchst eigenartig.« Nysander lehnte sich auf seinen Stock und starrte mit gerunzelter Stirn auf die See hinaus. »Also, wenn wir nicht finden, wonach wir suchen, dann suchen wir vielleicht nach etwas Falschem.«

Entmutigt grunzend, sank Micum auf einen Stein. »Wonach sollen wir dann suchen? Wir haben nur noch drei Tage Zeit, bis diese Sonnenfinsternis einsetzt.«

Nachdenklich ließ Seregil den Blick durch die Bucht schweifen, dann ging er auf das Wasser zu. »Das kann nur bedeuten, daß es sich um kein Bauwerk handelt.«

»Ich kenne diesen Blick«, sagte Micum, während er beobachtete, wie Seregil gleich einem Fährtenhund entlang der Riffs vor- und zurücklief.

Gedankenverloren nickte der Zauberer. »Ich auch.«

»Wonach suchst du?« rief Micum.

»Ich weiß es noch nicht«, antwortete Seregil abwesend und stocherte in dem Tang herum, der in einer der größeren Gezeitenpfützen trieb.

»Seht ihr, daß die Anordnung der Steine ein natürliches Amphitheater bildet?« machte Nysander die beiden aufmerksam. »Ihr versucht es auf den höheren Riffs. Ich nehme das rechte.«

Micum kletterte die Felsen auf und ab und schaute sich aufmerksam um, fand jedoch nur von der Sonne gebleichte Muscheln und Vogelmist.

Gerade, als er sich fragte, ob Nysander nicht doch ein wenig Magie opfern sollte, stimmte Seregil weiter unten Triumphgeheul an.

»Was ist denn?« wollte Micum wissen.

Seregil lag ausgestreckt auf dem Bauch und hatte die Arme bis zu den Schultern in eine der langen, schmalen Ritzen gesteckt, die zuhauf in dem unteren Riff entlang der See verliefen.

»Kommt her und seht selbst.«

Micum und Nysander kletterten zu ihm hinunter und spähten in die Rille im Gestein.

»Schaut mal«, sagte Seregil und schob ein Büschel Tang beiseite. Darunter erblickten sie lange Reihen grob in den Stein gemeißelter Symbole, sechs Zoll unterhalb der Oberkante der Spalte. Sie krochen auf Händen und Knien weiter und stellten fest, daß die Symbolreihen auf beiden Seiten der Ritze ein durchgehendes Band bildeten, das sich bis zum Meer hinunter erstreckte. Eine weitere Spalte auf der gegenüberliegenden Seite der Bucht wies dieselben Zeichen auf.

»Was ist das?« fragte Micum.

Nysanders fahles Antlitz hellte sich vor Erregung auf, während er die Kringel, Kreise und Kreuzschraffuren betrachtete, aus denen sich die Muster zusammensetzten. »Solche Inschriften findet man überall entlang den inneren Meeren, aber niemand hat sie je entziffert. Sie sind lange, bevor unsere Rasse hier ankam, entstanden, genau wie der Stein oben im Wald.«

»Ein weiterer heiliger Ort«, meinte Seregil und richtete sich auf. »Ich habe die Krone in einer Kammer gefunden, die von den Dravniern als Geisthort bezeichnet wurde. Nachdem ich die Krone hatte, konnte ich den Geist spüren. Micum, erinnerst du dich noch an die unterirdische Höhle, auf die du im Fen-Gebirge gestoßen bist?«

»Sicher.« Micum verzog das Gesicht, als er sich den gräßlichen Anblick der Opferleichen ins Gedächtnis rief.

»Du hast doch gesagt, darin hätte sich eine Art Steinaltar befunden«, sagte Nysander und tauschte einen aufgeregten Blick mit Seregil. »Auch diese Höhle könnte so etwas wie eine heilige Stätte gewesen sein, bevor die Holzscheiben darin versteckt wurden.« Er deutete mit der Hand auf die Inschriften, die sie gefunden hatten. »Und nun dieser Platz, dieser uralte Tempel. All das läßt darauf schließen, daß sich die Totenbeschwörer der Macht solcher Orte bedienen, um die eigene Magie zu verstärken. Wenn wir davon ausgehen, daß dies zutrifft, dann muß sich eine bestimmte Bedeutung dahinter verbergen, daß Mardus ausgerechnet diesen ziemlich versteckten Ort gewählt hat.«

»Dasselbe habe ich auch gerade gedacht«, pflichtete Seregil ihm bei und spähte in die Rille zu seiner Rechten. Die sanften Wellen der Tide krochen darin herauf, spritzten weiße Gischt auf und hoben den Tang an. Nach einer kurzen Weile begann Seregil, die Stiefel auszuziehen.

»Hol doch bitte ein Seil, Micum«, bat er seinen Freund und streifte auch das Oberkleid und das Hemd ab.

»Was hast du vor?«

»Ich will mir nur ansehen, wohin diese Felsspalten führen.«

Seregil knotete sich ein Ende des Seils um die Hüfte, den Rest reichte er Micum, dann watete er in das eisige Wasser.

Als er hüfttief darin stand, riß ihm die Strömung die Beine weg. Micum straffte das Seil, aber Seregil tauchte auf und bedeutete ihm, es wieder lockerzulassen. Tapfer kämpfte er gegen die Wellen an, schwamm weiter hinaus und tauchte abermals unter.

»Wonach sucht er denn bloß?« murmelte Micum beunruhigt, während er mehr Seil nachgab.

»Ich habe keine Ahnung«, antwortete Nysander und schüttelte den Kopf.

Seregil tauchte noch zweimal unter, bevor er Micum zurief, er möge ihn zurückziehen.

Vor Kälte bleich und blaulippig wankte Seregil über das Riff herauf und legte sich auf die von der Sonne aufgeheizte Oberfläche. Nysander löste seinen Umhang und deckte ihn damit zu.

Micum hockte sich neben ihn. »Hast du etwas gefunden?«

»Nichts. Ich dachte, daß nun, da die Gabentide bevorsteht ...« Jäh verstummte Seregil. Dann setzte er sich auf und schlug sich mit der Hand auf die Stirn. »Bei Illiors Fingern, es ist genau umgekehrt!«

»Ah, ich glaube, ich verstehe!« Zum ersten Mal seit Tagen kroch ein wenig Farbe in Nysanders bleiche Wangen. »Wie konnte ich etwas so Offensichtliches nur übersehen?«

»Eine Gabentide?« hakte Micum nach, der sich fragte, ob er richtig gehört hatte.

Seregils Zähne klapperten wie Bakshi-Steine in einem Lederbecher, als er meinte: »Das ist das letzte Mosaiksteinchen. Jetzt fügt sich auch der Rest zusammen.«

»Wovon, um alles in der Welt ...«

»Zweimal jeden Monat bewirkt der Mond, daß die Tide außergewöhnliche Extremstände erreicht«, erklärte Nysander. »Die Fischer nennen das eine Gabentide. Am

Tag der Sonnenfinsternis wird eine solche Tide stattfinden.«

»Es war der Seetang«, fuhr Seregil fort, als beantwortete dies alle Fragen. »An der unteren Gezeitenlinie wächst er am dichtesten. Letzte Nacht ist mir aufgefallen, daß bei Ebbe ein ungewöhnlich dickes Band freilag.«

»Aber du hast doch gerade gesagt, daß da draußen nichts ist«, warf Micum ein.

»Stimmt.« Seregil sprang auf die Beine und kletterte das Riff hinauf. »Und ich hätte mir das kalte Bad ersparen können, wäre ich früher darauf gekommen. Leitus hat gesagt, die Sonnenfinsternis würde mittags eintreten. Zu der Zeit erreicht die Tide einen extremen *Höchst*stand! Das ist die andere Hälfte des Kreislaufes!« Wasser troff ihm von der Nasenspitze, während er die Spalte abermals in Augenschein nahm und ihr hinauf ins höhergelegene Gelände folgte. Plötzlich bückte er sich über einem Steinhaufen nahe einer der parallel verlaufenden Rillen und begann, die Steine auseinanderzuklauben.

»Schaut mal, ein Loch«, sagte er und zeigte ihnen ein etwa handbreites, rundes Loch, das tief in den Stein gebohrt worden war. Auf Händen und Knien kroch er weiter und fand bald ein zweites, dann ein drittes.

Mit Hilfe seiner beiden Gefährten legte er insgesamt vierzehn Löcher frei, die einen gleichmäßigen Abstand aufwiesen und dicht oberhalb der Flutgrenze einen Halbkreis um eine breite, flache Senke in der Felsoberfläche bildeten. Die Stelle wirkte unauffällig und war übersät mit Treibholz, Muschelschalen, getrocknetem Seetang und anderem Unrat, aber die beiden geheimnisvollen Felsspalten verliefen quer darüber.

»Da habt ihr euren Tempel!« verkündete Seregil.

»Ich glaube, du hast recht«, bestätigte Nysander und sah sich erstaunt um.

»Im Augenblick befindet sich die Stelle über der normalen Gezeitenlinie, aber der Unrat läßt darauf schließen, daß die höchste Flut sie erreicht. Es ist eine Art natürliches Becken.«

»Es muß von den Menschen verwendet worden sein,

die diese Inschriften geschaffen haben«, mutmaßte Nysander. »Ich frage mich, wofür wohl die Löcher sind.«

»Also setzen die Sonnenfinsternis und die Flut, die dieses Ding da füllt, zur selben Zeit ein«, stellte Micum fest und half Seregil, die Löcher wieder so zu bedecken, wie er sie vorgefunden hatte.

»Der Höchststand der Tide tritt ein paar Minuten nach Vollendung der Sonnenfinsternis ein«, berichtigte der Magier. »Was bedeutet, daß Mardus nur eine kurze Weile bleibt, um sein Ritual durchzuführen, bevor die Sonne sich wieder zeigt. Je seltener die Konstellation, desto mächtiger ihre Wirkung, wird gemeinhin angenommen. Da in diesem Fall auch noch der Komet hinzukommt, wage ich zu behaupten, daß es sich um eine außerordentlich machtvolle und gefährliche Konstellation handelt. Und daß sich alles auf einen bestimmten Ort konzentriert, verstärkt das Ganze noch.«

»Bei der Flamme!« murmelte Micum. »Und wir drei sollen es mit alldem und wer weiß wie vielen Plenimaranern aufnehmen?«

»Vier«, verbesserte Seregil düster und warf Nysander einen jähen Blick zu. »Wenn die Zeit reif ist, sollten *vier* von uns zur Stelle sein.«

45

Vergeltung

Für Alec verstrich die Zeit wie ein zäher Alptraum. Tagsüber rumpelte und polterte der Karren über die rauhe Küstenstraße, der die Kolonne folgte. Die berittene Eskorte schenkte ihm so gut wie keine Beachtung. Statt dessen unterhielten sich die Soldaten untereinander in ihrer eigenen Sprache. Da er nur Thero als Gesellschaft hatte, verbrachte Alec die Tage damit zu dösen und die vorüberziehende Gebirgslandschaft zu betrachten.

Und sich vor dem Einbruch der Dunkelheit zu fürchten.

Nachts wurde der Bärenkarren ein wenig abseits des Lagers abgestellt. Alec entwickelte bald ein Grauen vor dem Augenblick, in dem die Wachen in den Schatten verschwanden, denn dies war das Zeichen, daß Vargûl Ashnazais Fest der Alpträume begann. Später, nachdem die letzten Schrecken vorüber waren und Alec nur noch einem verängstigten, haßerfüllten Häufchen Elend glich, kehrten die Wachen stets wieder, und der Rest der Nacht verstrich vergleichsweise friedlich.

In der zweiten Nacht erschienen Diomis und seine Mutter mit den Schädeln unter den Armen im Karren und schleuderten ihm Flüche und Anschuldigungen an den Kopf. Alec wußte, daß es sich nur um Trugbilder handelte, doch ihre Anklagen wiegelten seine eigenen Zweifel so sehr auf, daß sie dennoch wirklichen Schmerz verursachten. Er wandte ihnen den Rücken zu, stopfte die Finger in die Ohren und versuchte, den Knüffen und Stößen ihrer kalten, geisterhaften Hände keine Beachtung zu schenken.

Es hatte keinen Sinn, sich zu wehren – sie waren masselos wie Luft. Statt dessen rollte er sich in seiner Not noch enger zusammen und wartete, bis Ashnazai des Spielchens überdrüssig wurde.

Nachdem es vorüber war, lag Alec ganz still und lauschte den leisen Geräuschen der Nacht – dem Jagdruf einer Eule, dem fernen Schnauben von Pferden, dem kaum vernehmbaren Gemurmel der Wachen, die zurückgekommen waren, sobald Ashnazai von dannen zog.

Wohin waren sie bloß unterwegs? überlegte er und ließ seine Gedanken ziellos wandern.

Eine bessere Frage: Weshalb waren sie überhaupt unterwegs?

Seine Augen weiteten sich, während er in den nächtlichen Himmel emporstarrte. Sooft Ashnazai ihn gequält hatte, sowohl auf dem Schiff als auch hier, hatte er es ohne Zeugen getan. Dies schien eine Vermutung zu bestätigen, die Alec bereits seit längerem hegte. Vargûl Ashnazai wollte nicht, daß irgend jemand von seinem Treiben erfuhr, ganz besonders nicht Mardus.

In der nächsten Nacht zeigte sich Ashnazai nicht. Dicht an Theros schlafende Gestalt gekuschelt, starrte Alec in die Schatten hinaus und stählte sich gegen neue Schrecken, welche auch immer ihm bevorstehen mochten.

Der Mond ging auf. Die Sterne funkelten träge hinter den Zweigen, doch nichts störte die Stille ringsum. Eine laue Frühlingsbrise blies durch das Geäst und trug ihm den Geruch von Harz, feuchtem Moos und zarter, grüner Kräuter zu, die aus dem lehmigen Waldboden sprossen. Alec schloß die Augen und stellte sich vor, mit dem Bogen in der Hand durch die bewaldeten Hügel zu streifen, wie er es oft mit seinem Vater getan hatte. Ungeachtet seiner Furcht schlummerte er ein und träumte vom Jagen, von Waldpfaden und von Freiheit.

Der geflüsterte Klang seines Namens weckte ihn. Eine dunkle Gestalt stand am Karren und winkte ihn an die Gitter.

Mißtrauisch duckte sich Alec. »Was willst du?«

»Alec, ich bin's«, erwiderte der Mann leise. Er schob die Kapuze zurück, woraufhin der Mondschein sein Antlitz erhellte.

»Seregil!« stieß Alec heiser aus. Er kroch hinüber und streckte seinem Freund die Hand entgegen. Seregil ergriff sie und drückte sie an die Lippen. Er fühlte sich echt, greifbar, warm an. Ohne auf die Tränen der Erleichterung zu achten, die ihm über die Wangen rollten, umklammerte Alec seinen Freund. »Ich hätte nie gedacht ... Wie hast du uns gefunden?«

Seregil griff durch die Stäbe und nahm das Gesicht des Jungen in beide Hände. »Keine Zeit für Erklärungen, *talí*. Ich muß dich da raus holen.« Zögernd ließ er Alec los und ging zur Hinterseite des Karrens, um das Schloß zu überprüfen.

»Sei vorsichtig. Vargûl Ashnazai hat es mit irgendeinem Bann belegt.«

Seregil schaute auf. »Wer?«

»Der Totenbeschwörer, der in Wolde bei Mardus war. Und er ist nicht der einzige Totenbeschwörer hier. Sie haben sogar einen Dyrmagnos dabei.«

»Bei Bilairy! Aber es muß eine Möglichkeit geben. Ich lasse dich auf keinen Fall hier zurück!«

Alecs Herz hämmerte wild in der Brust, während er beobachtete, wie Seregil das Schloß untersuchte. Es war eine Qual, ihm so nah und doch von ihm getrennt zu sein.

»Ah, da ist etwas ...«, setzte Seregil an, doch just in diesem Augenblick flammte Fackellicht hinter ihm auf.

»Seregil, paß auf!«

Als er sich umwandte, erblickte er Vargûl Ashnazai, der sie in Begleitung eines halben Dutzends bewaffneter Soldaten boshaft angrinste.

»Wie überaus schlau von dir, daß du uns gefunden hast«, meinte der Totenbeschwörer verzückt. »Diese Leistung verdient wahrlich Anerkennung. Und dein Junge hat seine Rolle sehr überzeugend gespielt, oder?«

Seregil warf Alec einen verdutzten Blick zu.

Dieser anklagende Blick stellte bislang den schwersten Schlag für Alec dar; er schnürte ihm die Kehle zu, so daß er nur ein flehentliches Kopfschütteln zustande brachte.

Seregil zog das Schwert und sprang vom Karren und Ashnazais Männern weg. Doch in den Schatten lauerten ihm bereits weitere Soldaten auf.

Alec warf sich gegen die Gitterstäbe und beobachtete voller Entsetzen, wie Seregil um sein Leben kämpfte. Er durchbohrte eine Wache und schlitzte einer anderen den Hals auf, ehe die übrigen ihn von hinten überwältigten, zu Boden schleuderten und niederdrückten.

Der Totenbeschwörer bellte einen Befehl, woraufhin die Soldaten Seregil auf die Beine zerrten. Sein Antlitz präsentierte sich blutverschmiert, dennoch hatte er das Haupt stolz erhoben und spuckte Ashnazai mit haßerfüllt funkelnden Augen an.

Ashnazai erteilte einen weiteren Befehl. Diesmal schleiften die Wachen Seregil zum Bärenkarren und banden ihn mit dem Gesicht zu Alec an den Händen und Füßen am Käfig fest.

»Ich schwöre, ich hab' ihnen nicht geholfen«, flüsterte Alec heiser. »O Seregil, ich ...«

»Es spielt keine große Rolle – jetzt nicht mehr«, knurrte Seregil und wandte den Kopf ab.

»Nicht die geringste«, pflichtete der Totenbeschwörer ihm bei und stieg mit Seregils Schwert in der Hand hinter ihm auf den Karren. »Schade, daß du verletzt worden bist, aber andererseits hätte ich ohnehin kaum gewagt, euch beide wieder zusammenzustecken.« Er packte Seregil an den Haaren und riß seinen Kopf zurück. »Wer weiß, was für Unfug ihr angestellt hättet.«

Damit trat er einen Schritt zurück, setzte die Spitze des Schwertes in Seregils Kreuz an und begann, langsam zu drücken und die Klinge herumzudrehen.

Seregil stieß einen erstickten Schrei aus und umklammerte krampfhaft die Gitterstäbe. Alec griff hindurch und versuchte, das Schwert zu fassen zu bekommen, doch einer von Ashnazais Männern zog ihn zurück und hielt ihn fest, während der Totenbeschwörer die Klinge durch Seregils Bauch trieb und sie mit einem Ruck wieder herausriß.

Seregil preßte ein rauhes Krächzen hervor und sank auf die Knie. Alec wand sich frei und fing ihn auf, versuchte, ihn durch die Stäbe zu halten. Er spürte heißes Blut an den Händen. Auch aus Seregils Mundwinkel troff Blut.

Alec wollte etwas sagen, doch die Stimme versagte ihm den Dienst. Seregil blickte ihn an, und aus den großen, grauen Augen sprachen Kummer und Anklage.

Abermals riß Ashnazai den Kopf des Sterbenden zurück und schlitzte ihm die Kehle auf. Aus den durchtrennten Arterien pulsierte noch mehr Blut und spritzte auf Alecs Gesicht und Brust.

Einen Lidschlag lang bäumte sich Seregil kraftlos auf, während sein letzter Atemzug gurgelnd durch die klaffende Halswunde rasselte. Nach einem letzten Zucken erschlaffte er mit weit aufgerissenen, toten Augen.

Schluchzend umklammerte Alec den Leichnam seines Freundes, bis die Soldaten Seregil von den Gitterstäben losschnitten und dem Griff des Jungen entrissen.

Verächtlich blickte Ashnazai auf ihn hinab. »Das war höchst vergnüglich. Dein Ende kommt auch bald, nur wird es nicht so gnadenvoll sein. Aber ich glaube, daß weißt du ja schon.«

Es war eine Sinnestäuschung gewesen, nur ein weiterer von Ashnazais Tricks.

Immer und immer wieder redete Alec sich dies ein, während der Karren am nächsten Tag gen Norden rumpelte.

Doch das getrocknete Blut an seinen Händen und Kleidern wirkte ziemlich echt. Das gleiche galt für die Flecken auf dem Segeltuchüberzug der Matratze und dem Holz am hinteren Ende des Karrens, wo Seregil zusammengesackt war.

Seregil ist tot.

Es war eine Sinnestäuschung.

Seregil ist tot.

Es war ...

Seine Trauer saß zu tief für Tränen. Sie war so allumfassend, daß sie alles andere verdrängte. Alec konnte weder essen noch schlafen, noch nahm er seine Umgebung wahr. Mit um die Knie geschlungenen Armen und herabhängendem Kopf hockte er in einem Winkel des Käfigs und sperrte die Welt aus.

Seregil ist tot.

Im Laufe des trostlosen, öden Tages spürte Alec häufig Ashnazais hämischen Blick im Nacken; der Totenbeschwörer labte sich an seinen Qualen wie an einem vorzüglichen Wein. Doch er hielt die Augen abgewandt, da er dieses selbstgefällige, zufriedene Lächeln einfach nicht mehr ertragen konnte. Ashnazai übte sich in Geduld und blieb ihm bis zum Nachmittag fern.

»Die Wachen haben mir erzählt, daß du den ganzen Tag weder gegessen noch getrunken hast«, meinte er, während er neben ihm herritt.

»Schade, daß du deine Kraft so verkommen läßt«, fuhr er fröhlich fort. »Vielleicht kann dich ja ein wenig Ablenkung aufmuntern. Die Kundschafter haben eine Höhle gefunden, an der wir das Lager aufschlagen werden. Nach so vielen Tagen in diesem Käfig – ständig dem Zug und unzähligen Blicken ausgesetzt – dürfte eine behagliche Höhle eine angenehme Abwechslung darstellen, oder? Das wird höchst – wie sagt man doch gleich?« Er kicherte. »Höchst gemütlich.«

Das gräßliche Lachen, mit dem er sich verabschiedete, ließ keine Zweifel daran aufkommen, daß Alec etwas besonders Unerfreuliches bevorstand. Er erzitterte, teils aus Furcht, teils vor plötzlich aufflammender Erregung. Dies konnte seine letzte Gelegenheit zur Flucht sein.

Er schaute über das Meer und versuchte, sich auszumalen, wie viele Meilen sich zwischen ihm und Rhíminee erstreckten.

Nysander war tot.

Seregil war tot.

Cilla. Diomis. Thryis. Rhiri.

Die Namen prasselten wie Steine auf sein Herz ein. Sollte ihm die Flucht heute nacht nicht gelingen, wollte er wenigstens bei dem Versuch sterben.

Manchmal war völlige Verzweiflung der beste Ersatz für Hoffnung.

Der Troß wählte für das Nachtlager einen kleinen, vom Wald umgebenen Felsvorsprung. Unterhalb der Straße fiel das Gelände steil zu Riffs ab, gegen die das Meer toste.

Zu diesem Zeitpunkt war Alec seine beschränkten Möglichkeiten bereits samt und sonders durchgegangen. Irgendwo im Norden befand sich die mycenische

Grenze. Sofern es ihm heute nacht gelänge, sich zu befreien, stellte dies die einzig sinnvolle Richtung dar. Indem er der Küste folgte, verbesserte er die Aussichten, auf eine freundlich gesinnte Truppe zu treffen. Natürlich bedeutete eine Flucht mit Thero als Ballast und Mardus dicht auf den Fersen kein einfaches Unterfangen, doch Alec glaubte, eine Chance zu haben, wenn er sich geschickt anstellte, ständig in Deckung blieb und einen Vorsprung zu halten vermochte. Wenn nicht, würde er es auf einen Kampf ankommen lassen.

Bei den ersten Anzeichen, daß die Kolonne für die Nacht anhielt, entfernte Alec rasch den unschätzbaren Nagel aus dem Saum seines Kittels, steckte ihn in den Mund und bezog an den Gitterstäben Position, um das Treiben draußen zu beobachten. Wie üblich lenkte der Kutscher den Karren ein Stück vom Hauptlager weg und brachte ihn an den Riffs auf der seewärtigen Seite des Pfades zum Stehen. Mit wachsender Hoffnung bemerkte Alec den zusätzlichen Vorteil, daß sie sich nördlich des Hauptlagers befanden, wodurch ihn ein paar Hindernisse weniger von der Freiheit trennten.

Ashnazai ging kein Wagnis ein. Ein halbes Dutzend bewaffneter Soldaten eilte herbei, um die Gefangenen in ihre neue Unterkunft zu begleiten.

Die Höhle erwies sich als grobe, tiefe Spalte unterhalb einer Felsnase, die auf das Meer hinauswies. Sie war feucht, aber groß genug, daß man aufrecht darin stehen konnte. Eine dicke Eisenkrampe, von der zwei schwere Ketten hingen, war in eine Ritze in der hinteren Wand getrieben worden.

Eine der Wachen stellte auf Plenimaranisch eine Frage. Der Totenbeschwörer antwortete recht ausführlich; seine Männer lachten, dann schlangen sie das Ende einer Kette um Alecs Hals und sicherten es mit einem Vorhängeschloß.

»Er hat gefragt, ob ich will, daß er dich am Bein ankettet«, erklärte Ashnazai dem Jungen. »Ich habe ihm geantwortet: ›Ein wildes Tier beißt sich ein Glied ab, um aus einer Falle zu entkommen, aber ich glaube, selbst dieser gerissene junge Dieb kann sich nicht den Kopf abbeißen.‹«

Die Wachen, die immer noch über den Witz des *vorons* kicherten, ketteten Thero in selber Weise an, während Ashnazai sie offenkundig zufrieden dabei beobachtete.

»Das sollte reichen«, meinte er und rüttelte zur Sicherheit noch prüfend an der Krampe. »Ich würde dir raten, keine Mühe auf den Versuch zu verschwenden, dich aus diesen Fesseln zu befreien. Selbst wenn es dir irgendwie gelänge, du würdest feststellen, daß dir etwas wesentlich Gefährlicheres als Wachen oder Ketten den Weg versperrt. Und jetzt ruh dich aus, solange du noch kannst.« Er bedachte Alec mit einem weiteren verschlagenen, widerwärtigen Lächeln und fügte hinzu: »Unsere gemeinsame Zeit neigt sich dem Ende zu. Ich freue mich schon darauf, diese Nacht zu einer höchst erinnerungswerten für uns alle zu machen.«

Haß stieg Alec gleich bitterer Galle in die Kehle. Ashnazai stand nur ein paar Schritte entfernt, durchaus in Reichweite der Kette – Alec ballte die Hände an der Seite zu Fäusten und murmelte: »Ich werde dich so bald nicht vergessen.«

Ashnazai folgte den Wachen durch die niedrige Höhlenöffnung hinaus, dann drehte er sich um und wob eine Reihe Symbole in die Luft davor. Er selbst spazierte außer Sicht davon, aber Alec sah draußen mindestens zwei Soldaten. Sie unterhielten sich mit leisen, tuschelnden Stimmen, und ihre Schatten zogen am Eingang vorüber, als sie ein Feuer anzündeten und sich zum nächtlichen Wachdienst niederließen.

Ein Auge ständig auf den Eingang gerichtet, spuckte Alec den Nagel in die Hand und machte sich an die Arbeit. Zunächst untersuchte er das Schloß, das sie an Theros Kette angebracht hatten. Es war zwar groß und robust, die Konstruktion an sich jedoch erkannte er als einen lediglich mittelschwer zu knackenden Mechanismus.

Mit dem richtigen Werkzeug, fügte er in Gedanken hinzu. Der Nagel stellte kein sonderlich geeignetes Hilfsmittel für ein solches Unterfangen dar, doch er paßte in das Schlüsselloch. Alec schloß die Augen und bearbeitete damit einige Minuten lang die Ausnehmungen, bis er spürte, wie sie nachgaben. Alles in allem gab es vier davon; es dauerte eine spannungsgeladene Weile, bis er sie geknackt hatte, aber schließlich öffnete sich das Schloß. Er ließ das gebogene Ende hängen, das Theros Kette zusammenhielt. Solange es hinter seinem Kopf hing, würde niemand, der einen flüchtigen Blick hereinwarf, Verdacht schöpfen. Als nächstes beschäftigte er sich mit seinem eigenen Schloß, danach wandte er die Aufmerksamkeit Theros anderen Fesseln zu.

Das Schloß an der Hinterseite des Zaums war zu klein für den groben Stocher. Alec drehte Thero ins schwache Licht des Wachfeuers und untersuchte die Eisenschellen um die Handgelenke des jungen Zauberers.

Sie wiesen keine Nahtstellen auf und waren vermutlich auf magische Weise angelegt worden. Zwar lagen sie zu dicht an, um sie über Theros Hände zu streifen, aber sie ließen sich ohne weiteres an den knochigen Handgelenken drehen. Alec konnte mühelos einen Finger in den Abstand zwischen Arm und Schelle stecken.

Wahrscheinlich, dachte er grimmig bei sich, hatten die Schellen dichter angelegen, bevor zwei Wochen voll Mißhandlungen und kärglichen Mahlzeiten ihren Tribut forderten. Anscheinend hatte dies niemand berücksichtigt, nicht einmal Mardus.

Als er aufschaute, sah er, daß Thero ihn anstarrte; eine eisige Hand schien Alecs Herz zu umschließen. Irtuk Beshar hatte den jungen Magier schon einmal in eine sprechende Marionette verwandelt; wer war es nun, der ihn mit diesen benebelten Augen musterte?

»Thero«, flüsterte er und ergriff eine der kalten Hände seines Gefährten. »Erkennst du mich? Verstehst du, was ich sage?«

Thero zeigte keine Anzeichen von Begreifen, doch sein starrender Blick blieb unverändert.

Alec schüttelte den Kopf und fühlte sich in seinem Entschluß bestärkt. Sie hatten nichts zu verlieren und alles zu gewinnen. Sollte der Dyrmagnos ihn tatsächlich durch Theros Augen beobachten und Mardus alarmieren, würde er einfach ein paar Tropfen seines eigenen Blutes vergießen und sie zwingen, ihn heute nacht zu töten.

»Ich habe die Schnauze voll, Thero. Ich habe es satt, mich wie ein Schaf zur Schlachtbank führen zu lassen«, fuhr er leise fort, riß einen Streifen von seinem Kittel ab und stopfte ihn rings um das Mundstück des Zaums. Thero leistete keinen Widerstand, als Alec den groben Knebel anbrachte.

»Du mußt jetzt leise sein, egal, was als nächstes passiert, in Ordnung? Hörst du? Egal was passiert, keinen Mucks.«

Alec stand auf und packte Theros Daumen mit festem Griff. Dann setzte er den Fuß an der Brust des jungen Magiers an, holte tief Luft, riß mit aller Kraft an den Daumen und drehte sie dabei. Er hatte Seregil einmal bei diesem Trick beobachtet, selbst aber nie den Mumm oder die Gelegenheit gehabt, ihn zu versuchen.

Zu seiner Erleichterung und seinem Erstaunen sprangen beide Gelenke auf Anhieb sauber heraus, und Theros dünne Hände falteten sich auf grausige Weise in sich zusammen, so daß Alec die Schellen abstreifen konnte. Für Rücksicht war keine Zeit; zum Glück hielten die für Theros Benommenheit verantwortlichen Zauber an, bis die zweite Schelle ab war. Als sie über das Handgelenk schlüpfte, gab Thero ein ersticktes Stöhnen von sich, klappte vornüber gegen Alecs Knie und hob die schlaffen Hände an die Brust.

Das Wiedereinrenken der Gelenke erwies sich als weniger einfach. Alec konnte fühlen, wie die Knochen unter der Haut hin und herrutschten, während er zog und zerrte und versuchte, sie zurück in die Pfannen zu drücken. Er hörte, wie Theros Atem rauh um den Knebel herumpfiff, während der junge Magier sich bemühte, nicht laut aufzuschreien. Bis endlich wieder alles in Ordnung gebracht war, präsentierten sich beide schweißgebadet.

»Verflucht!« wimmerte Thero, der immer noch auf die Mundplatte biß.

»Nicht so laut«, zischte Alec und drückte Theros Kopf an die Brust, um etwaige Schreie zu ersticken. Auch sein Magen drehte sich unwillkürlich und langsam herum. »Tut mir leid, aber es war die einzige Möglichkeit. Bist du jetzt wieder frei?«

Thero nickte. »'ab alles ge'ehen un' ge'ört. Konnte nich' be'egen – alles ge'ehen –«

»Ich auch«, unterbrach ihn Alec und klopfte ihm auf die Schulter. »Wir müssen diese Bilder vorerst verdrängen und uns überlegen, wie wir hier wegkommen. Aber was ist nun mit den Dingern da?« Er deutete auf die Handschellen, nicht gewillt, sie noch einmal zu berühren. »Merken die Totenbeschwörer, daß du sie nicht mehr trägst?«

Thero setzte sich auf. »'eiß nich'. 'yrmagnos 'at 'ie ge'acht.«

»Was ist mit deiner Magie?«

Bevor Thero antworten konnte, hörten sie, daß die Wachen sich draußen bewegten. Alecs Mut sank, als er lauschte, wie ihre Schritte in der Ferne verhallten.

Thero versteckte die Handschellen in den Schatten hinter sich. Alec rückte ein paar Fuß weg, aus dem Licht.

Das war's, dachte er voll kalter Entschlossenheit und stand auf. *Was immer jetzt auch geschieht, das war's.*

Einen Lidschlag später trat Ashnazai mit einer kleinen Laterne in der Hand ein. Das plötzliche Licht brannte in Alecs Augen, so daß er rasch den Blick abwandte. Im Zuge dessen fiel ihm auf, daß Thero halb der Wand zugedreht hockte und die Handgelenke im Schoß verbarg.

Vargûl Ashnazai schenkte dem jungen Magier keinerlei Beachtung und schritt ohne Umschweife auf Alec zu. »Ich hoffe, du bist für die heutige Abendeinlage bereit?«

Sein Gebaren verriet eine von Wahnsinn beseelte Besitzgier; nicht einmal die Furcht vor Mardus würde ihm bei dem düsteren Vergnügen in die Quere kommen, das er sich heute nacht zu gönnen gedachte. In der Enge der Höhle fühlte sich der blanke Haß des Mannes nachgerade greifbar an. Als das hungrige Starren dieser schwarzen Augen Alec erfaßte, zerfielen seine Fluchtpläne jäh zu Staub.

»Was ist mit den Wachen?« brachte Alec mit einer Stimme hervor, die lediglich einem heiseren Flüstern glich. Er klammerte sich an Strohhalme, und sie beide wußten es.

Ashnazai stellte die Lampe auf den Boden neben sich und zog die Handschuhe aus. »Die bereiten mir keine Sorgen. So lange ich es nicht will, verläßt kein Geräusch diese Wände. Und selbst wenn ich es zuließe, wer würde dir schon zu Hilfe eilen? Herzog Mardus vielleicht? Wie sehr er dich doch mag! Fast so sehr wie ich, aber leider beschäftigen ihn derzeit praktischere Dinge. Zum Glück habe ich im Augenblick keine andere Aufgabe als dich.

Ah, wie sehr ich mich doch gedulden mußte«, seufzte er schwelgerisch und hob eine fahle Hand, um ein Beschwörungsmuster in die Luft zu weben. »Was habe ich auf diesen Augenblick gewartet.«

»Genau wie ich, Totenbeschwörer!«

Alec blieb kaum Zeit zu begreifen, daß die rauhe, heisere Stimme Thero gehörte, bevor ihn eine grelle Lichtexplosion blendete. Ein zorniges oder wutenbranntes Kreischen ertönte, doch Alec vermochte nicht zu sagen, von wem es stammte.

Nachdem er die schwarzen Pünktchen weggeblinzelt hatte, die vor seinen Augen tanzten, sah er die verzogenen Überreste des Zaums am Boden zu Theros Füßen liegen. Außerdem erkannte er erschrocken, daß Theros Zauber den Totenbeschwörer lediglich verwundet hatte, und nicht annähernd schwer genug. Blutüberströmt, aber immer noch auf den Beinen, umkreiste Ashnazai den jungen Magier und hob die Hände, um einen Angriff zu starten.

Alec löste das offene Schloß und streifte sich die Kette vom Hals. Dann ergriff er mit beiden Händen ein Stück davon, stürzte sich auf Ashnazai, schlang die Kette um die Kehle des Totenbeschwörers und zog sie mit einem kräftigen Ruck fest.

Vargûl Ashnazai wand sich wie eine riesige Schlange und zerrte an der Kette. Alec zog sie noch fester und riß ihn zu Boden. Er hatte noch nie jemanden erwürgt, doch Wut erwies sich als ausgezeichneter Lehrer. Ein Gefühl der Macht durchströmte seinen Körper und verdrängte alles andere, als er ein Knie in den Rücken des Totenbeschwörers stemmte und die Kette so fest zog, daß sie in seine Hände und in Ashnazais Kehle schnitt.

»Das ist für Seregil, du Sohn eines räudigen Köters!« knurrte er. »Und dafür, was du Cilla und Thryis und Rhiri und Diomis und Luthas und Thero angetan hast. Und *mir*!«

Er riß die Kette zurück und hörte, wie Knochen brachen. Mit kraftlos baumelndem Kopf erschlaffte Ashnazai unter ihm.

Alec drehte ihn auf den Rücken und starrte in die verhaßte Visage. Die Zunge des Totenbeschwörers ragte zwischen schaumgesäumten Lippen hervor. Die vorquellenden Augen waren vor Schmerz und Überraschung weit aufgerissen.

Zutiefst befriedigt nahm Alec ihm das Elfenbeinfläschchen ab, das um seinen Hals hing und legte es selbst an. Worum es sich auch handeln mochte, niemand würde es je wieder gegen ihn verwenden.

»Jetzt müssen wir aber schleunigst hier raus«, warnte ihn Thero immer noch schwach und atemlos. »Dieser Zauber, der Angriff – Wir müssen weg, bevor die Wachen zurückkommen!«

»Was ist mit den Schutzbeschwörungen, mit denen er den Eingang versehen hat?« fragte Alec und half dem Magier auf die Beine.

Thero zeigte sich zittrig, aber entschlossen. »Die haben sich aufgelöst, als du ihn getötet hast.«

»Gut.« Vargûl Ashnazai war für ihn nur noch ein vergessener Kadaver. Er drehte der Leiche den Rücken zu, löschte die Lampe und kroch auf den Höhleneingang zu.

Die Wachen waren noch fort und kümmerten sich irgendwo um ihre eigenen Angelegenheiten, um ihren Meister nicht bei seinem Freizeitvergnügen zu stören, aber das Feuer, das sie angezündet hatten, brannte immer noch lichterloh. Sobald Thero und er hinaustraten, würden sie für jedermann sichtbar sein, der sich in der Nähe aufhielt. »Kannst du uns nicht fortzaubern oder so?« flüsterte Alec, während er die Lage draußen einzuschätzen versuchte.

»Wenn ich das könnte, hätte ich es bereits getan!« erwiderte Thero, in dessen Stimme ein willkommener Ansatz des ihm eigenen, barschen Tonfalls mitschwang. »Aber wenn du mich hier wegbringst, gelingt mir vielleicht etwas anderes.«

»Dann sollten wir besser um Illiors Glück beten.« Alec deutete in nördlicher Richtung in die Dunkelheit. »Wir gehen da lang, verstanden? Wir müssen versuchen, unentdeckt dem Riff unterhalb der Straße zu folgen, bis wir das Hauptlager hinter uns gelassen haben.«

Den Umstand, daß in einem Umkreis von fünfzig Fuß unzählige Wachen lauern konnten, die sie erst bemerken würden, wenn es bereits zu spät war, ließ Alec unausgesprochen; er bemühte sich tunlichst, selbst nicht daran zu denken. Mit Thero an der Seite sandte er ein letztes Stoßgebet gen Himmel und huschte am Feuer vorbei in die Finsternis.

Es schien niemand in der Nähe zu sein, aber als sie über die Riffkante spähten, sahen sie, daß weniger als hundert Fuß entfernt Männer um ein Lagerfeuer hockten.

Alecs und Theros nackte Füße verursachten kein Geräusch, als sie sich entlang des felsigen Ufers zum Wald unmittelbar nördlich des Lagers stahlen. Freiliegende Wurzeln ragten gefährlich aus dem dünnen Erdreich zwischen den verkümmerten Bäumen. Alec ergriff Theros Arm und zog ihn mit sich, während er voranstolperte.

Bald erblickten sie vor sich mehrere Wachposten. Da die Soldaten jedoch nach Gefahren Ausschau hielten, die sich dem Lager von außen näherten, konnte sich Alec mühelos an ihnen vorbeischleichen. Zielsicher führte er Thero nach Norden, indem er sich am Mond orientierte.

Sie waren kaum eine halbe Stunde unterwegs, als der junge Magier Alec in einer kleinen, vom Mond erleuchteten Schlucht unvermittelt am Arm packte und innehielt.

»Hör mal, ich bin auch müde, aber wir können uns jetzt nicht ausruhen«, drängte ihn Alec.

»Das ist es nicht«, flüsterte Thero. »Sie wissen, daß wir verschwunden sind. Ich habe gerade etwas gefühlt; einen Suchzauber, glaube ich. Irtuk Beshar wird uns in Nullkommanichts finden.«

»O ihr Götter!« keuchte Alec und schaute in die Richtung zurück, aus der sie gekommen waren. »Wir dürfen uns nicht schnappen lassen, Thero. Sie werden dich opfern, und nun, da ich geblutet habe, hält Mardus nichts mehr davon ab, mich ...«

»Halt die Klappe«, unterbrach ihn Thero und schüttelte ihn. »Knie dich nieder.«

»Du hast deine Magie zurück!« platzte Alec hervor und spürte, wie eine Woge der Erleichterung über ihn hinwegspülte. »Kannst du uns jetzt fortzaubern?«

»Nein, über solche Macht verfüge ich nicht.« Theros hageres, bärtiges Antlitz lag in den Schatten verborgen, als er Alec die kalten Hände auf die Schultern legte. »Mach deinen Kopf frei und entspann dich. Dieser Zauber wird nur bis zum Sonnenaufgang anhalten; erinnere dich daran, wenn du kannst. Bis zum Sonnenaufgang. Du mußt rennen, was das Zeug hält und versuchen, so weit wie möglich zu kommen, bevor ...«

Die beiden erstarrten, als ein unheimliches, übernatürliches Heulen aus der Richtung des Lagers ertönte. Es schwoll zu einem wahnsinnigen, abgehackten Schluchzen an, verhallte, und erklang abermals, diesmal näher.

»Zu spät!« zischte Alec und zuckte zusammen, als Thero ihn an beiden Armen packte und auf die Knie zurückzwang.

»Nein, es ist nicht zu spät!« Thero drückte ihn nieder und sprach hastig weiter. »Mach deinen Kopf frei, Alec, entspann dich. Es dauert nur einen Augenblick.«

Ein weiteres schnarrendes Heulen drang durch die Nacht zu ihnen. Alec neigte den Kopf und fragte sich, was Thero vorhatte und weshalb es sich plötzlich so vertraut anfühlte.

»Das ist gut, sehr gut«, flüsterte Thero. »Alec í Amas Kerry, *untir maligista ...*«

Es war der ungewohnte Klang seines vollen Namens, der Alecs Erinnerung auslöste. Er öffnete den Mund, um Einwände zu erheben, doch der Zauber hatte ihn bereits erfaßt.

»*Untir maligista kewat*, Alec í Amasa Kerry«, fuhr Thero fort und setzte seine gesamte, verbliebene Macht ein, während er Alecs Schultern kräftig niederdrückte. Welches Grauen auch immer Irtuk Beshar entfesselt hatte, es preschte durch die Bäume auf sie zu und stieß unablässig sein irres Jagdgeheul aus.

Thero warf den Kopf zurück und rief: »Offenbare dein inneres Symbol!«

Die Veränderung vollzog sich nahezu ansatzlos. Im einen Augenblick kniete noch Alec vor dem Magier, im nächsten schüttelte ein junger Hirsch die Überreste eines zerlumpten Kittels vom Geweih. Mit bebenden Nüstern sprang er von Thero weg, dann schaute er verwirrt zurück. Rings um das Tier schimmerten noch geisterhaft die Rückstände von Magie, doch sie würden bald verblassen. Behutsam trat Thero einen Schritt auf den Hirsch zu, obwohl er wußte, daß Alec die menschliche Sprache vermutlich schon nicht mehr verstand.

»Ich habe die Orëska nicht absichtlich verraten«, sagte er. »Dies soll die Buße für meine Blindheit sein. Geh jetzt. Lauf!«

Der Hirsch neigte das Haupt und schüttelte das Geweih von Seite zu Seite, als wollte er sich weigern, den Magier zurückzulassen.

»Nein, Alec, geh.«

Ein gieriges Knurren aus den Schatten beendete das Hadern; der Hirsch drehte sich um und preschte davon.

Das letzte, was Thero sah, war der weiße Schwanz des Tieres.

46
Die Wege kreuzen sich

Mittlerweile hatten sie Zeit gehabt, das Verhaltensmuster des plenimaranischen Lagers zu studieren. Auf der landwärtigen Seite wurden im Umkreis von einer Viertelmeile Wachen postiert, dahinter, dichter am Lager, wurde eine zweite Linie aufgestellt. Somit ergab sich ein dichtes Netz, doch wie jedes Netz war auch dieses eine Anordnung von Löchern.

Lautlos und tödlich wie wahre *urgazhi* beförderten Beka und ihre Leute vier Wachen ins Jenseits, nahmen ihnen die Wappenröcke und Waffen ab und bewegten sich auf die Horde der schlafenden Gefangenen zu.

Daß die Nacht so klar war, erwies sich als Nachteil für sie. Der Mond präsentierte sich beinahe voll, und sein Licht war so hell, daß sie die Züge ihrer Gefährten erkennen konnten, als sie sich für den Überfall sammelten. Im selben verräterischen Licht sahen sie, daß es Gilly und Mirn wiederum gelungen war, sich ziemlich nah am äußersten Rand der Gruppe zu halten. Mit nacktem Oberkörper, die Köpfe auf die Planken gebettet, lagen sie auf dem Rücken.

Just in diesem Augenblick ertönten irgendwo auf der gegenüberliegenden Seite des Lagers wütende Schreie. Was auch immer geschehen war, es zog die Aufmerksamkeit der gesamten Lagermannschaft auf sich. Einige der unter den Gefangenen postierten Wachen liefen in die Richtung des Tumults los. Irgendwo in der Nähe schnaubte und grollte ein Stier.

»Bei Sakor, eine bessere Gelegenheit bietet sich bestimmt nicht mehr«, flüsterte Beka.

Ihr Plan war simpel, zielstrebig und konnte sie alle durchaus ins Verderben reißen. Den anderen war dies bewußt, dennoch hatten sie sich einstimmig für die Rettung ihrer Kameraden entschieden.

Mit gespannten Bögen beobachteten Beka und die übrigen aus der Deckung der Bäume, wie Steb, Rhylin, Nikides und Kallas die den Feinden entwendeten Wappenröcke überstreiften und unbeschwert auf die Gefangenen zuschritten.

Keine der Wachen, die immer noch wie gebannt in die Richtung des Lärmes starrten, stellte sich den vier Eindringlingen in den Weg, als sie den beiden geplankten Gefangenen rasch auf die Beine halfen und sie in den Schutz der Bäume scheuchten. Binnen weniger Lidschläge war die Mission erfüllt.

Geräuschlos schlich das Überfallkommando den Weg zurück, den es gekommen war, bis es Jareel und Ariani erreichte, die ein gutes Stück außerhalb des plenimaranischen Wachbereiches zurückgeblieben waren, um auf die Pferde aufzupassen.

»Wir haben gewußt, daß ihr kommen würdet«, hauchte Gilly heiser, als Kallas und Nikides ihn behutsam neben Mirn zu Boden ließen.

Wo die langen Nägel durch die Handflächen getrieben worden waren, präsentierte sich das Fleisch geschwollen und purpurfarben. Die rauhen Planken hatten ihre Schultern wundgescheuert. Nun, da Beka sie eingehender betrachtete, erkannte sie aus den zahlreichen weiteren Blutergüssen und Schürfwunden, mit denen beide Männer übersät waren, daß sie unter ihrer schrecklichen Last des öfteren gestolpert und gestürzt sein mußten.

»Ganz ruhig, Reiter«, sagte sie, als sie sich neben den beiden niederkniete. Auf ihr Nicken hin hielten einige der anderen die Beine und Schultern der Gequälten fest. Nikides beugte sich hinab, um die Seile durchzuschneiden, die ihre Arme an die Planken fesselten, doch Feldwebel Braknil gebot ihm Einhalt.

»Wir lassen sie besser dran, bis wir fertig sind«, meinte er. »Gebt den beiden einen Gürtel zum Reinbeißen, und dann bringen wir's hinter uns.« Damit stemmte er den Fuß gegen die Planke und zerrte den ersten Nagel mit einer Hufschmiedzange aus Gillys Hand.

Es erwies sich als qualvolles Unterfangen. Das Fleisch

um den Nagel war so geschwollen und eitrig, daß Braknil die Zange tief in die Haut pressen mußte, um ordentlich Halt zu finden. Gilly verlor das Bewußtsein, als der erste Nagel sich löste. Mirn biß krampfhaft auf den Gürtel zwischen den Zähnen, während ihm vor Schmerz Tränen über die Wangen in die Ohren liefen.

»Ganz ruhig«, murmelte Beka und bemühte sich, die in ihr aufflammende Wut und den Abscheu zu verhehlen, während sie mit beiden Händen seine Schultern niederdrückte. »Gleich ist es vorbei.«

Nachdem die Tortur vorüber war, wusch Braknil die Wunden mit Meerwasser aus und verband sie mit verschwitzten Leinen- und Wollstreifen, die jeder Reiter aus seinen Gewändern geschnitten hatte.

»Keiner der beiden ist in der Lage, allein zu reiten«, stellte Beka fest. »Rhylin, Ihr und Kallas seid die Kräftigsten, also ladet ihr sie euch auf. Nikides, die Planken und Nägel nehmen wir mit. Wir hinterlassen diesen Dreckskerlen auf keinen Fall vermeidbare Spuren.«

Als der Rest der Turma aufstieg, um den Rückzug anzutreten, erhob sich aus der Richtung des Lagers ein weiterer schreckenserregender Schrei.

Das wahnsinnige, widernatürliche Geheul schwoll an und verhallte, dann brach es abermals zittrig los, als drohte eine gewaltige Kehle vor Anstrengung zu bersten. Die Pferde warfen erschrocken die Köpfe hin und her und sogen schnuppernd die Luft ein.

»Bei Bilairy! Was ist das, Leutnant?« keuchte Tealah.

»Hoffen wir, daß wir es nie herausfinden«, murmelte Beka. Wieder ertönte der entsetzliche Schrei. »Nein, es bewegt sich von uns weg. Verschwinden wir, bevor es seine Meinung ändert.«

»Welche Richtung?« fragte Rhylin und verlagerte den Griff um Mirn, der mittlerweile ebenfalls das Bewußtsein verloren hatte.

»Ins Landesinnere, von ihnen weg«, antwortete Beka, als neuerlich Geheul durch die Bäume zu ihnen drang.

»Und weg von *dem* da, was auch immer es sein mag!« brummte jemand, als sie den Pferden die Sporen gaben.

Alec?

Nysanders Stirn runzelte sich, während er blind in die Dunkelheit starrte. Zuerst war es Theros Macht gewesen, die er gespürt hatte; nun fühlte er nur noch Alecs Aura, die gleich einem fernen Leuchtfeuer in seinem Verstand schimmerte.

Er mußte keinerlei Magie anwenden, um sie zu empfangen – die Aura erstrahlte unverfälscht und klar, vermutlich aufgrund des mächtigen Zaubers, mit dem sie verschmolzen war. Nysander erkannte das vertraute Muster des Bannes.

Gut gemacht, Thero! Aber warum war die Aura des jungen Magiers so plötzlich verschwunden?

Abermals spürte er Alecs flüchtiges Zittern, richtete einen Hauch Magie darauf und murmelte lautlos, *Komm zu uns, Alec. Wir brauchen dich.*

Sie hatten unter einer alten Kiefer in dem Wald oberhalb des Tempels Zuflucht gesucht. Die Spitzen der untersten Äste des Baumes berührten fast den Boden, so daß sie einen niedrigen, zeltähnlichen Unterschlupf bildeten.

Micum lag ausgestreckt auf einem weichen, duftenden Bett abgefallener Nadeln und schnarchte leise vor sich hin. Neben ihm warf Seregil sich rastlos hin und her und murmelte etwas auf Aurënfaieisch.

Seit Nysander in Plenimar angekommen war, hatte er kaum das Bedürfnis nach Schlaf verspürt. Die stillen Stunden der Nacht waren zu kostbar, um sie zu vergeuden. Statt dessen hielt er Wache, meditierte und hegte seine wiederkehrende Kraft.

Er konnte nur hoffen, daß sie stark genug sein würde, wenn die Zeit kam.

Abermals regte sich Seregil und ließ ein leises Stöhnen vernehmen. Kurz spielte Nysander mit dem Gedanken, ihn zu wecken und seinen ersten Hoffnungsschimmer mit ihm zu teilen, doch es war zu früh; wenn Seregil glaubte, Alec wäre in der Nähe, würde er allein aufbrechen, um ihn zu suchen, aber dafür war der Junge noch zu weit entfernt.

Der Magier lehnte sich an den knorrigen Stamm der Kiefer zurück und setzte seine einsame Wache fort.

Die Vier würden bald wieder vereint sein; sie würden einander finden.

Bekas Gruppe ritt geradewegs nach Osten, bis der Mond unterging. Als der Morgen graute, befanden sie sich auf einem felsigen Hochland, von dem aus sie in der Ferne die nebelverhangene, blaue See erblickten.

Mirns und Gillys Hände sahen aus wie aufgeblasene Handschuhe, gesprenkelt mit grellen Schattierungen von Purpur, Rot und Gelb. Nachdem Braknil mit dem Wechseln der Verbände fertig war, zog Beka ihn ein Stück von den anderen weg.

»Ihr habt so etwas doch schon mal gesehen. Was meint Ihr?« fragte sie ihn mit leiser Stimme.

»Ich gäbe jetzt einen Jahressold für einen Drysier.« Der Feldwebel achtete sorgfältig darauf, den anderen den Rücken zuzuwenden. »Aber selbst dann schiene mir ungewiß, ob die Hände gerettet werden könnten. So, wie es derzeit um uns bestellt ist, kann ich ihnen lediglich behelfsmäßige Verbände anlegen, und ich habe nur Salzwasser, um die Wunden zu reinigen. Das mag vielleicht reichen, um den Eiter auszuspülen, aber wenn sie eine Blutvergiftung bekommen ...« Hilflos zuckte er mit den Schultern. »Na ja, auf jeden Fall wäre es besser, so rasch wie möglich weiterzureiten.«

Beka schaute zurück zu den anderen und beobachtete, wie Tare versuchte, die beiden Verwundeten zum Trinken zu bewegen.

»Vierunddreißig von uns haben gemeinsam Rhíminee verlassen, ein frischgebackener Neuling und ebenso unerfahrene Truppen, abgesehen von Euch«, meinte Beka grimmig. »Und schaut uns jetzt an.«

»Es war der Angriff auf das Regiment, der uns so übel zugerichtet hat«, erinnerte Braknil sie. »Ihr habt uns dabei hervorragend angeführt. Was geschehen ist, war nicht Eure Schuld. Jeder einzelne Gefallene von uns ist einen ehrenvollen Tod gestorben. Wir haben uns bei den Überfällen, die wir seither begangen haben, verflucht gut geschlagen, und *dafür* seid Ihr sehr wohl verantwortlich. Jetzt zählt nur noch, daß wir uns mit dem, was wir erfahren haben, zurück zu unseren Linien durchkämpfen.«

Beka schenkte ihrem Feldwebel ein mattes, halbherziges Lächeln. »Das sagt Ihr mir andauernd. Mal sehen, ob Gilly und Mirn dem etwas hinzuzufügen haben.«

»Einige der anderen Gefangenen konnten ein wenig Skalanisch«, erzählte Mirn ihnen kraftlos, während sein Kopf auf Stebs Bein ruhte. »Einer von ihnen sagte, der Name des Generals wäre Mardus, irgendein Lord. Totenbeschwörer hat er auch dabei.«

»Totenbeschwörer«, schnaubte Gilly und starrte auf seine nutzlosen Hände. »Einer davon glich eher einem Dämon als einem Magier. Verkohlt wie etwas, das man aus dem Feuer fischt, aber lebendig wie du und ich! Niemand wußte, wohin wir unterwegs waren, aber alle wußten, was nachts vor sich ging, und es war diese Frau, die es getan hat!«

»Es war eine Art Opferritual«, erklärte Mirn. »Jeden Abend bei Sonnenuntergang kamen die Wachen, und wir konnten beobachten, wie jeder versuchte, sich irgendwie ganz klein zu machen, in der Hoffnung, vielleicht übersehen und nicht ausgewählt zu werden. In den meisten Nächten waren wir auf der gegenüberliegenden Seite des Lagers, am weitesten entfernt von dem Ritual, trotzdem konnten wir nur allzugut hören, daß sie die armen Teufel bei lebendigem Leibe aufgeschnitten haben ...« Schaudernd brach er ab. »Danach beschwor der andere Zauberer – der Mann – einen schwarzen Schemen herbei, der die Leichen fortgeschafft hat. Am nächsten Tag marschierten wir immer genau über die Stelle, an der es passiert sein mußte, und ich schwöre, daß nirgends auch nur ein einziger Tropfen Blut zu sehen war.«

»Ein schwarzer Schemen?« murmelten einige Reiter unbehaglich.

»Bei der Flamme! Glaubst du, es war das, was wir

letzte Nacht in den Wäldern heulen gehört haben?« fragte Tare.

»Erzähl weiter«, drängte Beka, ohne den anderen Beachtung zu schenken.

»Was ich wohl nie verstehen werde, ist, warum sie uns nicht genommen haben«, stöhnte Gilly mit brüchiger Stimme. »Bei der Flamme, Leutnant, wir waren doch feindliche Gefangene. Sicher, sie haben uns geplankt, aber mehr haben sie uns nicht angetan. Der Rest von dem Haufen bestand durchweg aus gewöhnlichen Leuten: von Preßpatrouillen einkassierte Matrosen, Skalaner, Mycener, auch Frauen und Kinder. Aber die meisten davon waren Plenimaraner. Ihr eigenes Volk!«

Beide Männer verstummten, dann sagte Mirn seufzend: »Tut uns leid, Leutnant, das ist so ziemlich alles, was es zu erzählen gibt.«

Beka schüttelte den Kopf. »Entschuldigt euch doch nicht. Und jetzt ruht euch aus.«

Sie stand auf und musterte die anderen. »Ich denke, wir können nicht mehr als vier oder fünf Tagesritte von Mycena entfernt sein. Wenn wir Glück haben, ist unserer Seite inzwischen ein Vormarsch in südlicher Richtung gelungen. Ariani, ich schicke dich mit einer mündlichen Botschaft zurück zum Regiment. Nimm die zwei besten Pferde, reite, so schnell du kannst und erstatte Kommandantin Klia Bericht darüber, was wir gesehen haben.«

Stolz und zackig salutierte Ariani. »Zu Befehl, Leutnant.«

»Unteroffizier Nikides, Ihr seid für die Rückbeförderung der Verwundeten verantwortlich. Wir bauen Schleppbahren für Mirn und Gilly. Steb, du begleitest die beiden. Der Rest von uns verfolgt die Kolonne noch ein paar Tage.«

Sichtlich hin und her gerissen, schaute Steb auf Mirn hinunter. »Bei allem gehörigen Respekt, Leutnant, dadurch seid Ihr nur zu zwölft. Und ich kann mit einem Auge ebensogut kämpfen und schießen, wie ich es je mit zweien konnte.«

»Deshalb brauche ich dich ja, um die Verwundeten zu

beschützen«, erwiderte sie und erblickte sogleich Erleichterung in seinen Zügen. »Das gleiche gilt für Euch, Nikides«, fügte sie hinzu, als sie erkannte, daß der Unteroffizier drauf und dran war, ebenfalls Einwände zu erheben. »Zieht so schnell ihr könnt nach Norden. Ihr seid meine Zweitkuriere, falls Ariani es nicht schafft. Der Rest von uns bleibt nur zum Kundschaften, nicht zum Kämpfen.«

Nachdem sie Braknil die Verantwortung übertragen hatte, unternahm Beka einen ausgedehnten Rundgang durch das Lager und blieb schließlich an einem westwärts gerichteten, unterhalb der anderen befindlichen Felsvorsprung stehen. Sie hörte, wie die anderen vor sich hinbrummten. Diejenigen, die sie wegschickte, schienen alles andere als glücklich darüber, die anderen zurückzulassen; diejenigen, die bleiben sollten, fragten sich, was es denn noch zu erfahren geben konnte.

Beka seufzte schwer. Ihr war die Entscheidung, den spärlichen Rest ihrer Turma noch weiter zu zerteilen, wahrlich nicht leichtgefallen. Keiner ihrer Vorgesetzten würde ihr einen Vorwurf machen, wenn sie nun umkehrte.

Was hingegen würden sie zu den Gründen sagen, weshalb sie blieb? Als sie die Augen nordwärts die Küste entlangwandern ließ, überkam sie abermals jenes seltsame Gefühl der Vertrautheit und Richtigkeit, das sie in der Nacht verspürt hatte, als sie zum ersten Mal den Kometen sah.

Wer auch immer dieser Lord Mardus sein, was auch immer er mit seinen Totenbeschwörern und sinnlosen Märschen ins Niemandsland bezwecken mochte, ein frisch erwachter Instinkt verriet Beka, daß sie zu dicht davorstand, seine Geheimnisse zu ergründen, um jetzt noch aufzugeben.

47
Nur ein Hirsch in der Dunkelheit

Schreie ertönten hinter Alec, als er von der kleinen Lichtung flüchtete. Einen Augenblick vermischten sich die Stimmen des Mannes und des anderen, dann setzte unvermittelt Stille ein. Abermals regte sich ein unbestimmtes Gefühl der Verwirrung, doch sein Tierbewußtsein trieb ihn weiter, immer tiefer in den Wald und weg von dem Leichengestank. Er spürte weitere Männer zwischen den Bäumen, die ihn umgaben, doch er wich ihnen mühelos aus.

Als Nysander ihn zum ersten Mal mit dem Bann der Inneren Natur belegt hatte, vor scheinbar endlosen Monaten in der Sicherheit der Orëska-Gärten, war Alecs Bewußtsein so vollkommen von dem seiner tierischen Gestalt überwältigt worden, daß Nysander ihn schleunigst zurückverwandelt hatte, bevor er sich selbst oder andere vor lauter Verwirrung verletzen konnte.

Diesmal verhielt es sich genauso, und es war eben jener tierische Fluchtinstinkt gewesen, der ihm zweifellos das Leben gerettet hatte.

Der Wind strotzte nur so vor Gerüchen, als er verwegen durch die Dunkelheit preschte. Indem er auf die Warnungen achtete, die in seine Nüstern fluteten, vermochte er mühelos, ganz ohne nachzudenken, den plenimaranischen Wachen auszuweichen und durch Dickichte, über Schluchten und umgestürzte Bäume zu springen. Während er flüchtete, erholte sich sein Verstand allmählich von der ersten Bestürzung der Verwandlung und verschmolz mit dem des Hirschs, so daß sich Alec in einen Zustand erhöhter Wachsamkeit versetzt fühlte, der weder menschlich noch tierisch war.

Als er durch die Bäume auf eine felsige Meeresklippe hervorbrach, hielt er einen Augenblick mit von dunklem Schaum verschmierter Schnauze inne. Unter ihm brandete die Flut gegen die Felsen und ließ riesige Gischtfontänen aufspritzen.

Der Komet loderte am nächtlichen Himmel, und der Anblick jagte ihm einen frischen Schauder der Furcht über den Rücken. Jeder Muskel zuckte, jeder Instinkt brüllte Flucht. Doch er verharrte reglos, die empfindlichen Ohren angelegt, mit bebenden Nüstern. Als sein seltsames Blut sich allmählich abkühlte, erfaßten seine Sinne etwas Neues. Kurz scharrte er mit dem gespaltenen Huf über den Felsboden, dann stieß er ein klagendes Röhren aus, verstummte und lauschte.

Die Antwort bestand aus einem leisen Flüstern in der Stille seines Verstandes. Weder eine Stimme, noch ein Geruch oder Bild, nur ein Appell an seinen Instinkt.

Nach Norden, immer weiter nach Norden. Folg und vertrau mir.

Wie ein Vogel, der sich beim ersten Frosteinbruch plötzlich an den Weg nach Süden erinnert, gab Alec dem Drängen jenes matten Schimmers nach; sein Verstand war noch zu sehr von dem des Hirschs umwölkt, um Fragen zu stellen oder Zweifel zu hegen.

Nach einem weiteren, kehligen Röhren drehte er das Gesicht in den Wind und preschte weiter.

Vom Mondlicht geworfene Schatten huschten über seinen breiten Rücken, während sein menschlicher Verstand allmählich zu bewundern begann, wie der neue Körper sich anfühlte.

Er spürte, wie sich die Muskeln des Hirschs beim Springen anspannten, spürte das Schlagen des mächtigen Herzens in der Brust und das schwere Geweih, das er so mühelos trug wie in seiner früheren Gestalt einen Hut.

Den vertrauten Gerüchen der See und des Waldes haftete eine üppige Fülle an, die jede menschliche Wahrnehmungskraft überstieg. Als er an einem Bach innehielt, um daraus zu trinken, konnte er dem Duft der jungen Malventriebe nicht widerstehen, die am Ufer wuchsen. Der feuchte, grüne Geschmack erfüllte seinen Mund so süß wie der einer Honigwabe. Dann flog unter leisem

Federrascheln eine graue Eule an ihm vorbei, woraufhin er wieder losrannte.

Je weiter er nach Norden gelangte, desto trostloser wirkte der Küstenstreifen. In der Ferne sah er einen einzelnen Berggipfel zu den Sternen emporragen. Hier waren die Riffs breiter, erstreckten sich ins Meer hinaus und wiesen Spalten sowie Schichten dunkleren Gesteins auf. Weiter oben, wo Grasland an den Felsboden grenzte, stieg von einem Teppich aus Krähenbeeren und Flechten ein süßlicher Duft auf, als er darüber hinweggaloppierte.

Langsam zog die See sich hinter die Riffs zurück und näherte sich ihrem Tiefstand, wobei sie funkelnde Gezeitenpfützen hinterließ, die in der Dunkelheit wie schwarze Spiegel glänzten. Der Mond versank im Meer, die Sterne blinzelten sich allmählich aus. Als der Wind sich drehte und die Gerüche der Nacht zu verblassen begannen, witterte Alec Menschen und Pferde. Rasch rannte er in eine kleine Schlucht, verharrte reglos, schnupperte in der lauen Brise und wartete, bis sie an ihm vorüber und gen Norden verschwunden waren.

Alec spürte das bevorstehende Morgengrauen schon lange, bevor sich am Himmel die ersten Zeichen zeigten. Der klare Schein des Tierkreislichtes zog hinter den Bergen auf und weckte ganze Schwärme von Möwen und Enten, die schlafend auf der Dünung jenseits der Reihe der Brecher getrieben hatten. Der Lichtwechsel zupfte an irgend etwas in seiner Erinnerung, doch unter dem übermächtigen Einfluß des Tierinstinktes und des Rufes, dem er folgte, vermochte er sich nicht zu entsinnen, um was es sich handelte.

Der erste Strahl echter Morgenröte berührte ihn, als er gerade über einen schäumenden Gebirgsstrom sprang. Mitten in der Luft verschwamm der Hirsch, und an seiner Stellte tauchte ein schlanker, nackter Junge auf.

Der Schwung beförderte Alec über den Strom. Er landete linkisch und schürfte sich Knie und Ellbogen auf. Noch völlig benommen von der Verwandlung, streckte er sich auf dem Rücken aus, blinzelte in den marmorähnlichen, goldenen Himmel empor und überlegte schwerfällig, wo er sich befand und wie er hierhergelangt war.

Kleine Wellen gurgelten in dem Strom, über den er soeben gesprungen war und spritzten funkelnd weiße Tröpfchen auf seine nackte Haut. Als Alec sich mühevoll auf die Knie rappelte, stellte er fest, daß er immer noch das Elfenbeinfläschchen trug, das er Vargûl Ashnazai abgenommen hatte. Er öffnete es und leerte den Inhalt, ein paar dunkle Holzsplitter, auf seine Handfläche.

Ein greller Blitz voller Erinnerungen blendete ihn – Ashnazai, der mit dem Fläschchen spielt, während er an Bord der *Kormados* seiner Folter frönt; der Ausdruck der Zufriedenheit auf der Fratze des Totenbeschwörers, als er Seregils Kehle durchschneidet; Theros letzter, verzweifelter Schrei, der sich mit dem Geheul des Ungetüms vermischt, das man ihnen nach ihrer Flucht auf die Fersen hetzt. Mit einem erstickten Schluchzen schleuderte er Späne und Fläschchen ins Wasser und brüllte seinen Kummer hinterher.

Doch sogar während er trauerte, spürte er den Ruf, schwächer zwar, aber immer noch deutlich genug.

Nach Norden.

Die ersten plenimaranischen Kundschafter erreichten das Tempelgelände kurz nach Sonnenaufgang. Micum stand Wache und hörte noch rechtzeitig ihre Pferde, um sich im Unterholz neben dem Pfad zu verstecken. Er wartete, bis sie in Richtung des weißen Steines an ihm vorbeigezogen waren, dann eilte er zurück zu ihrer Zuflucht unter der Kiefer, um die anderen zu warnen.

»Sie sind unterwegs«, flüsterte er und kroch unter das Dach aus Zweigen. »Gerade haben zwei plenimaranische Kundschafter die Straße in nördlicher Richtung passiert.«

»Ein Glück, daß sie auf der Straße bleiben«, murmelte Nysander und strich sich abwesend über das Kinn.

»Wieso das?« fragte Seregil.

Nysander seufzte schwer, dann schaute er zu seinen

beiden Gefährten auf. »Alec ist unterwegs zu uns. Er hält sich entlang der Küste, deshalb ist es ein Glück, daß die Plenimaraner die Straße nehmen.«

»Er ist unterwegs?« keuchte Micum ungläubig. »Woher weißt du das? *Seit wann* weißt du es?«

Seregil schwieg, doch Micum merkte ihm die plötzliche Spannung an und sah, wie Farbflecken der Erregung auf den eingesunkenen Wangen aufzogen.

»Ich habe ihn heute kurz nach Mitternacht gespürt«, erwiderte Nysander.

»Du hast *gewußt*, daß er da draußen ist, und hast es uns nicht gesagt?« zischte Seregil. »Bei Illiors Licht, Nysander, warum nicht?«

»Du wärst ja doch nur in die Finsternis davongestürmt und hättest höchstens erreicht, dich zu allem Überfluß auch noch zu verletzen. Er war zu weit entfernt, als daß du ihn zu Fuß hättest erreichen können. Thero scheint bei Alecs Flucht die Hand im Spiel gehabt zu haben ...«

»Dieser verräterische Hundesohn?« Gefährlich verengte Seregil die Augen.

»Hör auf damit, Seregil!« befahl Nysander und gebot zugleich dem eigenen Zorn Einhalt. Kurz huschte er über sein Gesicht, erschreckend wie ein Blitz aus heiterem Himmel. »Was auch immer Thero in der Vergangenheit getan haben mag, allem Anschein nach hat er seine Magie eingesetzt, um Alecs Flucht zu ermöglichen, wahrscheinlich auf Kosten des eigenen Lebens. Alec ist allein. Das hat ihn näher zu uns gebracht, als es einer von euch beiden vermocht hätte. Wenn Mardus' Kundschafter uns bereits erreicht haben, kann der Herzog selbst auch nicht mehr weit sein.«

Seregil öffnete den Mund, um zu widersprechen, doch Micum ergriff vor ihm das Wort.

»Mir gefällt das auch nicht, aber er hat recht, und wir beide wissen es«, stärkte er Nysander widerwillig den Rücken.

»Na schön, aber wie sieht's jetzt aus?« wollte Seregil wissen, der immer noch vor Wut schäumte. »Wir können doch nicht einfach hier herumhocken und hoffen, daß er uns durch bloßes Glück findet! Bei Bilairy, Nysander, wenn du so sicher weißt, wo er sich aufhält, dann zauber ihn doch her!«

»Du weißt ganz genau, daß ich im Augenblick nicht so viel Kraft aufwenden darf. Aber ich konnte ihm einen Ruf senden und ihn mit einigen Schutzbeschwörungen versehen. Mit magischen Mitteln wird Mardus ihn nicht finden.«

Seregil griff nach seinen Stiefeln und seinem Schwertgurt.

»Aber du hast ihn doch letzte Nacht entdeckt«, sagte Micum mit gerunzelter Stirn. »Wie hast du das gemacht, wenn nicht mit Magie?«

»Ich habe gar nichts gemacht. Das Wissen ist mir einfach zugeströmt.«

»Und warum spüren Micum und ich ihn nicht?« fragte Seregil.

»Wer weiß? Such ihn jetzt; hilf ihm. Er kommt aus südlicher Richtung.«

»Ah, das ist einer meiner Titel, richtig? Der Führer, wie?« knurrte Seregil, ergriff einen Wasserbeutel und schritt durch die Zweige hinaus.

Micum wollte ihm folgen, doch Nysander legte ihm die Hand auf den Arm.

»Laß ihn gehen.«

Bald wich Seregils Zorn verhaltener Freude, während er mit großen Sätzen über die Riffs sprang. Im Verlauf der langen Tage an Bord der *Lady* war seine Hoffnung auf die hartnäckige Weigerung zusammengeschrumpft, sich das Schlimmste auszumalen. Nun schien Nysanders Vertrauen in die Prophezeiung bewiesen. Entgegen allen düsteren Vorzeichen wurden die Vier an dieser feindseligen Küste wieder vereint.

Die Tide hatte vor kurzem ihren Tiefstand erreicht und Gezeitenpfützen sowie gefährlich glitschige Blasentangflecken hinterlassen, die im Licht der Morgensonne schimmerten. Riesige, grüne Wellen rollten von der offenen See herein und zerschellten in Fontänen funkelnder Gischt an den Felsen. Eine frische Brise, die vom Meer hereinblies, trug den Tropfenregen an die Küste; Seregil drehte im Laufen das Gesicht in den Wind und schmeckte Salz auf den Lippen.

Alec war am Leben. Nur das zählte.

Während er sich voran kämpfte, behielt er ständig die Bäume im Auge. Eine Patrouille hatte sich bereits gezeigt; andere würden folgen. Noch zur selben Stunde erspähte er in der Nähe das Gleißen von Sonnenlicht auf Metall.

Rasch tauchte er in einer Felsspalte unter und lauschte, wie eine Gruppe Reiter vorbeigaloppierte. Dem Klang nach handelte es sich um mindestens ein Dutzend Mann. Er wartete, bis das Geräusch der Pferde im Norden verhallte, dann setzte er sich wieder in Bewegung.

Eine weitere Stunde verstrich; allmählich keimte in ihm die Sorge auf, sie könnten aneinander irgendwie verpaßt haben. Womöglich war Alec genau wie er hinter einem Felsvorsprung oder im Wald in Deckung gegangen oder verunglückt oder wieder gefaßt worden. Seregil verdrängte diese düsteren Gedanken und hockte sich auf einen feuchten Felsblock, um zu verschnaufen.

Dabei stieß er eine kleine Gruppe gestreifter Strandschnecken an, die gleich einem Murmelregen in die Gezeitenpfütze zu seinen Füßen kullerten und rollten. Eine Möwe schwebte herab und ließ sich an der gegenüberliegenden Seite der Lache nieder, um zu trinken.

»Ich werde ihn finden«, sagte Seregil und stützte den Kopf auf die Hände. »Er ist hier, und ich werde ihn finden.«

Die Möwe betrachtete ihn mit einem mißtrauischen, gelben Auge, dann flatterte sie höhnisch krächzend davon. Als Seregil den Kopf drehte, um ihren Abflug zu beobachten, erstarrte er vor Verblüffung. Von einem Felsplateau kaum zwanzig Fuß entfernt starrte eine bleiche, zerschundene Gestalt zu ihm herab.

»Alec!«

Der ausgezehrte, mit Blutergüssen übersäte und nackte Junge schwankte sichtlich, als ihn ein Windstoß erfaßte. Doch trotz seiner offensichtlichen Erschöpfung verharrte er in fluchtbereiter Haltung.

»Alec, ich bin's«, sagte Seregil, diesmal mit sanfterer Stimme, und beobachtete, wie Hoffnung und Furcht einander in Alecs dunklen, zusammengekniffenen Augen einen erbitterten Kampf lieferten. Was hatte nur solches Mißtrauen in ihm gesät? »Was ist denn los, *tali*?«

»Was tust du hier?« krächzte Alec, und der Argwohn in der Stimme des Jungen versetzte Seregil einen Stich ins Herz.

»Ich suche nach dir. Nysander ist auch hier, und Micum. Die beiden warten dort hinten.«

»Nysander ist tot«, widersprach Alec und wich einen Schritt zurück.

»Nein, er ist fast gestorben, aber er lebt, glaub mir. Jetzt wissen wir auch, was Mardus vorhat. Wir hatten recht, Alec. Wir sind die Vier – du, ich, Nysander und Micum. Wir alle sind hier, um Mardus aufzuhalten.«

Kläglich erzitterte Alec, als der Wind ihm die Haare in das bleiche Antlitz wehte. »Woher soll ich wissen, daß du es wirklich bist?« murmelte er schwach.

»Wovon redest du denn?« fragte Seregil zunehmend verwirrt. »Was haben sie mit dir gemacht, *tali*? Ich bin's! Ich komme jetzt zu dir rauf, ja? Hab keine Angst.«

Zu seinem Erstaunen wandte sich Alec um und ergriff die Flucht.

Seregil hastete die Felsen hinauf, jagte hinter ihm her, schlang die Arme um ihn und hielt den Jungen fest, der sich heftig zur Wehr setzte.

»Beruhig dich doch! Was ist denn los?« Er spürte, wie Alecs Herz unter den Rippen hämmerte.

Keuchend wirbelte Alec herum und legte die Hand auf Seregils Wange. Mühevoll rang Seregil die eigene, plötzliche Angst nieder und lockerte den Griff um seinen Freund.

Behutsam berührte Alec sein Haar, seine Schultern und Arme; dabei sprach aus den Zügen des Jungen solche Anspannung und Furcht, daß er fast wie ein wildes Tier wirkte. Nach einer Weile jedoch verblaßte die Angst; an ihre Stelle trat die wundersamste Erleichterung, die Seregil je gesehen hatte.

»O Illior, du bist es *tatsächlich*. Du lebst«, keuchte Alec, dem Tränen aus den Augen quollen. »Dieser Hundesohn! Ich hätte es ahnen müssen, aber das Blut, deine Stimme und alles ... Aber du lebst!« Schaudernd zog er Seregil in eine inbrünstige Umarmung.

»Soweit ich weiß schon«, erwiderte Seregil mit vor Bewegung belegter Stimme, als Alec ihn an sich drückte. Inzwischen zitterte der Junge heftig. Seregil ließ ihn kurz los, um den Umhang abzunehmen und ihn Alec um die Schultern zu legen, dann führte er seinen hemmungslos bebenden und weinenden Freund in den Windschatten eines großen Felsblocks und hielt ihn wieder fest.

»Ich dachte, du wärst tot«, stieß Alec heiser hervor und klammerte sich an Seregil, als fürchte er, sein Freund würde verschwinden, wenn er ihn losließe. »Es war Vargûl Ashnazai. Er hat mir vorgegaukelt, du wärst gekommen, um mich zu retten, und ...« Alecs Kehle entrang sich ein heiserer Laut, eine Mischung aus Schluchzen und Lachen. »Aber ich habe diesen Dreckskerl getötet!«

Die Geschichte, die aus dem Jungen sprudelte, war lückenhaft und verworren, trotzdem konnte sich Seregil genug zusammenreimen, um zu erahnen, welcher Art Folter Alec unterzogen worden war. Tränen hilfloser Wut brannten ihm in den Augen, während er Alecs Haar streichelte und ihm auf Aurënfaieisch beruhigend ins Ohr murmelte.

Gegen Ende des Berichts bettete Alec erschöpft den Kopf an Seregils Schulter und holte rasselnd Luft. »Das Schlimmste daran – als Ashnazai dich getötet hat – es mir vorgegaukelt hat – da hat er Dinge gesagt –« Alec preßte die Augen zu. »Ich dachte, du wärst in dem Glauben gestorben, ich hätte dich verraten.«

Seregil wischte Alec eine Strähne aus der Stirn und küßte ihn darauf. »Schon gut, *talí*. Wäre es wirklich ich gewesen, hätte ich ihm nicht geglaubt. Dafür kenne ich dich zu gut.«

»Und ich habe dir nie gesagt ...« Schamesröte schoß in Alecs bleiche Züge. »Ich verstehe es nicht, aber ich ...«

Die Stimme versagte ihm den Dienst, und Seregil zog ihn dichter an sich. »Ich weiß, *talí*, ich weiß.«

Es war Alec, der die Lippen auf Seregils Mund preßte. Zuallererst war Seregil völlig verblüfft. Doch Alec zeigte sich beharrlich; ungeschickt zwar, aber entschlossen. Er dauerte einen Lidschlag, eine Ewigkeit, dieser eine, unbeholfene Kuß, und aus ihm sprachen stumme Bände verwirrter Aufrichtigkeit. Der folgende Augenblick erwies sich als zu zerbrechlich für Worte.

Er ist völlig erschöpft und durcheinander. Er hat Qualen jenseits des Erträglichen erlitten, versuchte Seregil falschen Hoffnungen vorzubeugen, doch diesmal wollten sich die Zweifel nicht festsetzen.

Vater, Bruder, Freund.

Geliebter.

Er schloß die Augen und wußte, was auch immer zwischen ihnen entstand, es würde genügen.

Es war Alec, der die Stille durchbrach. Er wischte sich mit einem Zipfel des Umhangs das Gesicht ab und sagte: »Wir sollten besser weitergehen. Ich glaube, wenn ich jetzt einschlafe, schaffst du es nicht mehr, mich zu wecken. Mardus ist unterwegs.«

»Zieh dir lieber erst was an.« Seregil stand auf und streifte den Kittel ab. Dabei spürte er das Gewicht des schwarzen Dolches, den er darin trug.

»Das hätte ich ja fast vergessen. Den hier habe ich für dich aufgehoben.«

Er holte das Messer hervor und wickelte es aus dem Tuch, das er darum geschlungen hatte. Eine kurze Weile hielt er es, jenes Symbol der Niederlage, aber auch der Hoffnung, das er all die langen Tage ihrer Trennung bei sich gehabt hatte. Schließlich löste er die um den Griff geknotete Locke und ließ den Wind die goldenen Strähnen von seinen Fingern wehen und sie über die Felsen und das Meer verstreuen.

48
Immer näher

Irtuk Beshar ritt an die Spitze der Kolonne und reihte sich neben Mardus ein. Mit einem kaum verhohlenen Schaudern gab Hauptmann Denarii, Befehlshaber der Landstreitmacht, die an der Küste gewartet hatte, den Platz frei.

Mardus begrüßte sie mit einem wohlwollenden Nicken.

»Guten Morgen, Verehrteste.«

»Gleichfalls, Lord Mardus. Sind die Kundschafter schon zurück?«

»Ja. Sie berichten keine Hindernisse. Wir werden heute am späten Nachmittag das Lager aufschlagen und können uns ohne Eile auf das Abschlußritual morgen vorbereiten.«

»Wie immer ist Seriamaius' Wille mit Euch, Herr.« Irtuk musterte das hübsche Profil des dunkelhaarigen Herzogs. »Ich muß schon sagen, angesichts Vargûl Ashnazais Tod und der Flucht der Gefangenen letzte Nacht erscheint Ihr mir bemerkenswert guter Dinge.«

Unbekümmert zuckte Mardus mit den Schultern. »Ashnazai hat all meine Warnungen in den Wind geschlagen und sich somit seinen Tod selbst zuzuschreiben. Aber daß wir Alec verloren haben, finde ich schon bedauerlich. Was für ein außergewöhnlicher junger Mann.«

»Und die Gefangenen?«

»Meine Fährtenleser sagen, das skalanische Überfallkommando bestand aus weniger als einem Dutzend Reiter und ist nach Osten geflohen. Nein, der Helm wird wiederhergestellt, und ich werde Seriamaius als *Vatharna* dienen.« Mardus' kaltes Lächeln wurde sichtlich breiter. »Keine schlechte Errungenschaft für den verleugneten Bastard eines Hochkönigs, wie?«

»Ich habe diesen Tag vorhergesehen, seit Ihr als Kind auf meinem Knie gesessen habt«, sagte der Dyrmagnos liebevoll. »Selbst jetzt ahnt der junge Hochkönig noch nichts. Wenn die Zeit reif ist, wird er seinen Platz für Euch, seinen getreuen Bruder, räumen müssen. Mit dem Helm auf dem Haupt und Seriamaius' Hand über Euch kann Euch niemand den Anspruch auf den Thron streitig machen.«

»Und wie geht's dem jungen Thero heute morgen?«

Irtuk Beshar ließ ein trockenes, raspelndes Lachen vernehmen.

»Er ist niedergeschlagen. Ziemlich niedergeschlagen.«

Der zweite Kundschaftertrupp war größer. Micum hockte im Schutz einiger Felsblöcke und zählte ein Dutzend plenimaranischer Reiter, die über den Pfad auf das Tempelgelände zugaloppierten.

Leise schlich er zu ihrer Zuflucht unter der Kiefer zurück, wo Nysander schweigend horchte, was die Späher einander zuriefen, während sie im Wald hinter dem Tempelbecken ausschwärmten.

»Was sagen sie denn?« flüsterte Micum.

»So wie es sich anhört, suchen sie nach einem geeigneten Ort für ein Lager.«

Bald zogen sich die Plenimaraner etwa eine Viertelmeile den Weg zurück, den sie gekommen waren, wo sich eine leicht abfallende Wiese befand. Micum und der Magier folgten ihnen vorsichtig.

»Sieht so aus, als wollten sie sich da niederlassen«, meinte Micum, während er beobachtete, wie mehrere Soldaten begannen, am Rand der Lichtung Bäume zu fällen. »Und genau in Seregils Weg. Von dort drüben aus kann man die Riffs sehen.«

»Bestimmt hat er sie schon früher bemerkt«, erwiderte Nysander und ging zurück zu ihrer Kiefer.

»Hoffen wir's«, murmelte Micum. »Wie er hier rausgestürmt ist, hat mir ganz und gar nicht gefallen. Weißt du, eigentlich gibt es im Augenblick nichts zu tun. Vielleicht sollte ich nach ihm suchen. Bist du hier in Sicherheit?«

Nysander lächelte. »Vor diesem Pack? O ja. Geh ruhig.«

Micum hielt sich hinter dem Unterholz entlang des Pfades und schlich unbemerkt am plenimaranischen Lager vorbei. Hinter einem umgestürzten Baum hervor zählte er auf der Lichtung zehn Soldaten. Folglich mußten sich zwei irgendwo anders herumtreiben.

Nachdem er das Lager ein gutes Stück hinter sich gelassen hatte, wagte er sich auf das Riff hinaus und hielt in südlicher Richtung nach Anzeichen einer Bewegung Ausschau. Nysander hatte Seregil und ihm nicht genau gesagt, wie weit Alec sich noch entfernt befand. Aufgrund des Sonnenstandes schätzte er, daß Seregil vor wenig mehr als einer Stunde losgezogen war.

Die anschwellende Flut toste gegen die Felsen, während er weiter nach Süden ging. Eine weitere Stunde verstrich, bevor er in der Ferne zwei Gestalten erblickte, die auf ihn zugingen. Obwohl die beiden noch zu weit weg waren, um Einzelheiten zu erkennen, sah er, daß Seregil Alec stützte, während sie sich unsteten Schrittes über einen steinigen Uferabschnitt kämpften.

Zuerst zog Seregil das Schwert, doch als ihm klar wurde, daß es sich um Micum handelte, steckte er es wieder in die Scheide.

»Bei der Flamme, haben wir dich doch noch gefunden!« rief Micum freudig aus, als er die beiden erreichte. Er schlang einen Arm um Alec, drückte ihn zur Begrüßung an sich und half ihm, sich auf ein Stück Treibholz zu setzen. Der Junge präsentierte sich hohläugig vor Erschöpfung und trug Seregils Stiefel, Kittel und Umhang. »Bist du in Ordnung? Wo ist Thero?«

»Tot oder gefangen«, antwortete Alec, und Micum hörte deutlich die Anspannung in seiner Stimme.

Seregil warf Micum einen warnenden Blick zu. »Thero hat ihm geholfen zu entkommen. Alec hat in den letzten

Wochen Schlimmes durchgemacht. Ein Stückchen müssen wir noch, Alec. Willst du kurz verschnaufen, bevor wir weitergehen?«

»Nein, bringen wir's einfach hinter uns«, entgegnete der Junge. »Wo ist Nysander?«

»Mach dir um ihn keine Sorgen. Er ist in Sicherheit. Und bei der Flamme, das bist du jetzt auch!« rief Micum herzlich aus und ergriff Alecs Schulter. »Bei Bilairy, Alec, ich habe schon befürchtet, wir hätten dich verloren.«

»Ist der zweite Kundschaftertrupp schon angekommen?« wollte Seregil wissen.

»Vor etwa zwei Stunden, schätze ich. Sie haben das Lager ein Stück unterhalb des Tempels abgesteckt. Ich wollte nicht, daß ihr ihnen zufällig in die Hände stolpert, deshalb bin ich euch entgegengegangen.«

»Danke. Du mußt mir helfen, ihn den Rest des Weges zu stützen.« Besorgt schaute Seregil zu Alec hinab. »Er hat kaum noch Kraft. Mich wundert, daß wir überhaupt so weit gekommen sind.«

»Ich schaff' das schon«, widersprach Alec und mühte sich wankend auf die Beine.

»Wir gehen besser im Schutz der Bäume zurück«, meinte Micum und schlang einen Arm unter Alecs Achsel. »Hier draußen gibt es zu wenig Deckung, und ich weiß nicht, wo sie überall Wachen aufgestellt haben. Was schätzt du, wie weit Mardus zurück ist?«

»Ich habe letzte Nacht jeden Sinn für Entfernungen verloren«, gestand Alec. »Aber wenn die Kundschafter schon angekommen sind, kann er nicht viel mehr als einen halben Tag hinter ihnen sein.«

»Wie viele Leute hat er dabei?«

»Ich bin nicht sicher, aber ich glaube mindestens vierzig Soldaten und eine Gruppe Gefangener – vielleicht an die hundert. Und dann sind da noch der Totenbeschwörer und ein Dyrmagnos.«

Erschrocken weiteten sich Micums Augen. »Verflucht! Er hat eine dieser Kreaturen dabei? Und Gefangene?«

»Ich nehme an, sie brauchen eine Menge Blut, um ihren Helm wiederherzustellen«, sagte Seregil erbittert.

»Alec hat mir erzählt, daß schon unterwegs auf dem Schiff Opferrituale abgehalten wurden, und weitere seit sie gelandet und zu einer zweiten Gruppe gestoßen sind. Bei der waren auch die ganzen Gefangenen.«

»Und wir vier sind hier, um sie aufzuhalten?« Zweifelnd schüttelte Micum den Kopf, als sie zum Wald hinaufkletterten und den Rückweg antraten.

Mit Micums und Seregils Hilfe schaffte es Alec bis zu der großen Kiefer.

»Da bist du ja endlich, mein lieber Junge!« flüsterte Nysander und umarmte Alec, der auf den Teppich getrockneter Nadeln sank. »Ich wußte, daß du zu uns zurückkehren würdest. Und gerade noch rechtzeitig.«

»Seregil hat mir von der Sonnenfinsternis morgen erzählt«, sagte Alec, gähnte und lehnte sich mit dem Rücken an den Baumstamm.

»Ich kann mir vorstellen, wie erschöpft du bist, aber du mußt mir alles mitteilen, was du erfahren hast. Danach kannst du dich ausruhen, das verspreche ich dir. Und du mußt etwas essen!«

Seregil reichte ihm ein Brötchen, Käse und einen Beutel voll frischem Wasser. Bevor Alec begann, trank er einen langen Schluck.

»Ihr hattet beide recht«, sagte er und schaute reumütig zu Seregil und Micum auf. »Ich hätte in jener Nacht auf Watermead bleiben sollen, aber ich habe mir Sorgen um Seregil gemacht. Als ich zurück in den Jungen Hahn ...«

Er verstummte und rang mit neuen Tränen.

»Die beiden wissen darüber Bescheid«, erklärte Seregil und rutschte dichter zu ihm hin. »Ich bin im Morgengrauen dort angekommen und habe alles gesehen. Was ist danach passiert?«

»Sobald ich reinging, sind Ashnazai und seine Männer über mich hergefallen. Ein paar konnte ich verletzen, bevor sie mich überwältigt haben.«

»Vargûl Ashnazai?« fragte Nysander. »Ah ja, von dem habe ich schon gehört.«

Alec lächelte grimmig. »Du wirst nie wieder von ihm hören. Ich habe den Hundesohn gestern nacht getötet. So sind Thero und ich entkommen. Na ja, ich zumindest.«

Mit ernster Miene ließ er den Blick über die anderen schweifen. »Er hat mir das Leben gerettet. Was auch immer er zuvor getan haben mag, er hat mir das Leben gerettet und dafür wahrscheinlich mit dem seinen bezahlt. Mit Hilfe seiner Magie konnten wir entkommen, danach hat er mich in einen Hirsch verwandelt, so wie du es mal gemacht hast, Nysander.« Alecs Kinn bebte, dennoch sprach er weiter. »Ich – ich bin fortgerannt. Er hat mich weggescheucht, und ich bin gerannt. Ich höre immer noch, wie . . .«

Der Zauberer ergriff Alecs Hände. »Du kannst ruhig trauern, Alec, aber du darfst dir keine Vorwürfe machen. Bitte, erzähl weiter. Du hast von der Herberge gesprochen.«

Alec wischte sich mit dem dreckigen Ärmel die Nase ab. »Danach erinnere ich mich erst wieder daran, daß ich auf dem Schiff aufgewacht bin. Mardus war da, außerdem Ashnazai, ein weiterer Totenbeschwörer, den ich selten zu Gesicht bekam und ein weiblicher Dyrmagnos namens Irtuk Beshar.« Kurz stählte er sich, dann berichtete er, wie es ihm an Bord der *Kormados* ergangen war.

Nysander lauschte schweigend, bis der Junge auf das alptraumhafte Abendmahl mit Mardus zu sprechen kam. »Mardus selbst hat dir gesagt, daß Leben geopfert werden müssen, um die Macht des Helmes heraufzubeschwören? Bist du ganz sicher?«

Alec nickte grimmig.

»Er meinte, je jünger das Opfer, desto größer die Macht, die der Tod verheißt. Es war Mardus' Vorstellung von Rache, Thero und mich als letzte Opfer für das Abschlußritual aufzuheben.«

An dieser Stelle schaute Seregil unvermittelt auf. »Das ist der Schlüssel! Wenn wir schnell zuschlagen, bevor sie die Opferungen abgeschlossen haben, können wir gegen dieses Ding vielleicht etwas ausrichten.«

»Vielleicht, aber wir dürfen auch die erste Macht des Helmes nicht unterschätzen«, mahnte Nysander zur Vorsicht. »Es ist durchaus möglich, daß er schon im Augenblick seiner Vollendung über eine gewisse Kraft verfügt. Aber gut. Erzähl weiter, Alec.«

Der Junge war so erschöpft, daß er die nächtlichen Schrecken, die Vargûl Ashnazai ihm und Thero bereitet hatte, nur noch sachlich und mit tonloser Stimme wiedergeben konnte, dann umriß er in knappen Sätzen die Einzelheiten der Reise an Land.

Als er Cillas Besuch und die Beschimpfungen beschrieb, die sie ihm entgegengeschleudert hatte, wurde Seregil aschfahl.

»Phantasmen, nur Trugbilder, die dieser entsetzliche Mann heraufbeschworen hat«, versicherte ihm Nysander. »Solche Zauber verwenden deine eigenen Ängste und Vorstellungen gegen dich.«

»Aber was war, als ich Seregil gesehen habe?« fragte Alec. »Das war echt. Ich habe ihn doch berührt, und gefühlt, wie er geblutet hat. Noch am nächsten Tag klebte Blut an meinen Händen.«

»Eine weitere Sinnestäuschung«, entgegnete Nysander. »Er hat Seregils Bild erschaffen und sich irgendeines armen Teufels bedient, um seinen Tod überzeugend wirken zu lassen. Irgend jemand ist in der Nacht damals auf jeden Fall gestorben. Ich vermute, Ashnazai wollte deinen Willen dadurch endgültig brechen.«

Schuldbewußt blickte Alec in Micums Richtung. »Ich habe es genossen, ihn zu töten. Ich weiß, das ist falsch, aber so war es.«

»Deshalb brauchst du keine Gewissensbisse zu haben«, beruhigte ihn Micum und lächelte verkniffen. »An deiner Stelle hätte ich das gleiche empfunden. Eine derart wahnsinnige Bestie zu töten ist keineswegs unehrenhaft.«

Seregil kicherte mit finsterer Miene. »Ich habe vor, es genausosehr zu genießen, diesen Mardus zu töten.«

»Rache ist nicht unser Ziel«, erinnerte Nysander sie streng. »Vergeßt nie, daß ihr Gott unsere Gefühle und Schwächen gegen uns zu verwenden vermag. Und jetzt laßt Alec seine Geschichte zu Ende erzählen, damit er sich endlich ausruhen kann.«

»Es gibt nicht mehr viel zu berichten. Nachdem wir aus dem Lager entwischt waren, hat Thero denselben Zauber eingesetzt wie du an dem Tag, als du uns in Tiere verwandelt hast. Als ich erkannte, was er tat, war es bereits zu spät, um ihn aufzuhalten. Sobald er mich in einen Hirsch verwandelt hatte, bin ich einfach losgerannt. Hätte er mir die Möglichkeit gelassen, hätte ich ihm vielleicht helfen können, aber irgend etwas ist mit meinem Verstand passiert, genau wie beim letzten Mal.«

»Gegen etwas, das jemand vom Schlag einer Irtuk Beshar heraufbeschwört, hättest du gar nichts auszurichten vermocht«, widersprach Nysander. »Theros Entscheidung war weise und ehrenhaft.«

»So wie ich das sehe, ist die eigentliche Frage, wie wir überhaupt an den Helm herankommen«, warf Micum ein. »Laut Alec hat Mardus mindestens vierzig Soldaten dabei. Die werden nicht einfach tatenlos herumstehen, wenn wir antanzen.«

»Wir müssen abwarten, wie sie sich morgen auf dem Tempelgelände verteilen«, sagte Seregil und begab sich zu seinem Rucksack. »Wenn wir davon ausgehen, daß Mardus Alec nicht belogen hat, dann müssen sich die Gefangenen während des Rituals in unmittelbarer Nähe aufhalten. Wenn es uns gelingt, sie zu befreien, könnten sie für Ablenkung sorgen.« Er drehte sich um und reichte Alec seinen Bogenkasten und sein Schwert.

»Du hast ihn mitgebracht!« rief Alec aus, nahm die Teile des Radly aus dem Kasten und setzte sie zusammen.

»Und deinen Köcher«, sagte Seregil. »Wenn Nysander mit seiner Prophezeiung recht hat, wirst du beides brauchen.«

»Rings um das Tempelgelände gibt es genügend Erhebungen«, stellte Micum fest. »Alec könnte einige der

Wachen um die Gefangenen niederstrecken und dadurch eine Panik auslösen. Sofern die Gefangenen auch nur einen letzten Willensrest besitzen, werden sie kämpfen oder wegrennen. So oder so würde sich dem Rest von uns die Möglichkeit eröffnen, die allgemeine Verwirrung auszunutzen und blitzschnell zuzuschlagen.«

»Ich habe aber nur zwanzig Pfeile«, gab Alec zu bedenken und öffnete den Köcher, um die Befiederung zu überprüfen. »Selbst wenn ich mit jedem Schuß treffe, bleiben noch eine Menge bewaffneter Männer übrig. Wir reden hier immerhin von plenimaranischen Marinesoldaten.«

»Sicher, wir werden alle Hände voll zu tun haben, aber ich glaube kaum, daß wir es mit allen gleichzeitig aufnehmen müssen«, entgegnete Micum. »Ich schätze, Mardus wird Wachen aufstellen und ein paar weitere Männer im Lager postieren. Die meisten Sorgen bereitet mir der Dyrmagnos. Erzähl mir mehr über dieses Weib.«

»Sie ist die Verkörperung des Bösen«, antwortete Alec voller Abscheu. »Was sie mir und Thero angetan hat – ich weiß nicht einmal, wie ich euch das beschreiben soll. Als sie mit mir fertig war, hatte ich jede verfluchte Einzelheit preisgegeben, die sie wissen wollte. Nysander lag goldrichtig damit, uns so wenig zu verraten. Als sie erst mit mir angefangen hatte, konnte ich nichts mehr tun, um sie aufzuhalten.«

»Das hatte ich befürchtet«, murmelte der Magier.

»Nachdem wir endlich entwischt waren, hat sie uns irgend etwas hinterhergehetzt. Ich habe es zwar nicht gesehen, aber allein die Geräusche haben gereicht, um mir das Blut in den Adern gerinnen zu lassen.«

»Das alles sind hervorragende Neuigkeiten!« rief Nysander aus und rieb sich zufrieden die weißen Hände. »Die Opferungen, die Beschwörungen, die Beshar an Alec und Thero angewandt hat, und ihr Geschöpf. So wie sich das anhört, hat sie sich seit ihrem Angriff auf mich im Orëska-Haus kaum Erholung gegönnt. Niemand, nicht einmal ein Dyrmagnos, kann binnen so kurzer Zeit soviel Macht aufwenden, ohne dafür Tribut zu zollen. Sobald sie den Helm vollendet hat, sollte sie zumindest ein wenig geschwächt sein. Wenn wir sie dann angreifen, können wir sie vielleicht lange genug außer Gefecht setzen, um unsere Aufgabe zu erfüllen. Und jetzt, Alec, solltest du schlafen, so gut du kannst. Die größte Herausforderung von allen liegt noch vor uns.«

»Soviel steht fest«, murmelte Micum. »Vier gegen vierzig. Ich gehe zurück hinunter zur Straße und halte nach Mardus Ausschau.«

Alec aber verspürte keine Furcht, als er sich unter Seregils Umhang ausstreckte. Egal was geschehen würde, es konnte unmöglich schlimmer sein als das, was er bereits durchgemacht hatte.

Micum fand einen Felsvorsprung, von dem aus er die Küstenstraße einsehen konnte und ließ sich nieder, um zu warten.

Das Wetter hatte sich gehalten; warm schien ihm die Sonne auf den Rücken, als er sich in seinem Versteck hinlegte und den Lauten der Vögel im Wald rings um ihn lauschte. Wenn er durch die Bäume auf der westlichen Straßenseite spähte, sah er grüne Wellen über das Innere Meer rollen, auf denen Entenschwärme trieben.

Das bißchen, das er von diesem Land gesehen hatte, unterschied sich kaum von Skala. Alles in allem schien es sich sogar um ein ziemlich schönes Land zu handeln – abgesehen von den Plenimaranern.

Es war später Nachmittag, als er hörte, wie die ersten Pferde sich näherten. Zunächst galoppierte eine Vorhut vorbei. Bald darauf erblickte er weitere Reiter, die im Schritt an der Spitze einer Kolonne Marinesoldaten ritten.

Micum hatte vorigen Herbst in Wolde genug von Mardus gesehen, um ihn nun wiederzuerkennen. Er trabte an vorderster Stelle und trug Militärgewänder. Die Art, wie er im Sattel saß, verriet Micum, daß dieser Mann daran gewöhnt war zu befehlen.

Eine Frau in prunkvoller Reisekleidung befand sich an seiner Seite. Ihre Anwesenheit verwirrte Micum, bis er ihr Gesicht erspähte und begriff, was sie war. Er duckte sich noch tiefer und wagte kaum zu atmen, bis der Dyrmagnos vorübergeritten war.

Dahinter folgten weitere Reiter und Marinesoldaten. Micum sah ein paar vertraute Gesichter darunter – Hauptmann Tildus und einige der Soldaten, die in Wolde bei ihm gewesen waren. Die leidenschaftslose Gelassenheit, die Micum so viele Schlachten lebend hatten überstehen lassen, durchströmte ihn, als er schweigend Männer auswählte, die er zu töten gedachte.

Ein Wagentroß folgte, einschließlich des Bärenkarrens, den Alec beschrieben hatte. Als das Gefährt in Höhe von Micums Versteck vorbeirollte, sah er darin einen dürren, halbnackten Mann ausgestreckt mit dem Gesicht am Boden liegen. Die Züge vermochte er nicht zu erkennen, doch der Körperbau ließ erahnen, daß es sich um Thero handelte. Auf einem weiteren Wagen, an den auch ein schwarzer Stier gekettet war, befanden sich kleine Holzkäfige.

Als nächstes stolperte eine lange Reihe in Ketten gelegter Gefangener vorüber. Frauen, Männer und Kinder, einige kaum älter als Illia, marschierten mutlos schweigend unter den wachsamen Augen ihrer berittenen Wachen voran. Hinter ihnen folgten wiederum Karren, Bedienstete und Vieh.

Während Micum beobachtete, wie der Rest der Kolonne vorbeizog, sank sein Mut beträchtlich. Alec hatte sich schwer verschätzt; es handelte sich eher um an die hundert Soldaten.

Bei der Flamme, dachte er. *Diesmal steht uns aber wirklich ganz schön was bevor.*

Während Micum weg war, verbrachte Seregil einige Zeit damit, das plenimaranische Lager auszukundschaften, dann ging er zurück, um nach Alec zu sehen.

Der Junge schlief noch und lag unter dem Umhang

eingerollt auf der Seite. Schmerzliche Runzeln zerfurchten seine Stirn, und seine Finger zuckten rastlos, während er sich durch die Alpträume kämpfte, die ihn nach wie vor plagten. Seregil setzte sich neben ihn und streichelte sanft Alecs zerzaustes Haar, bis der Schatten des Kummers aus seinem Gesicht verschwand.

Nysander hockte mit einigen Pfeilen auf dem Schoß am Boden. Von irgendwo hatte er eine kleine Farbdose herbeigezaubert und malte mit einem feinen Pinsel Symbole auf einen der Schäfte.

Während Seregil beobachtete, wie Alec schlief, schüttelte er besorgt den Kopf. »Glaubst du wirklich, er ist morgen in der Lage zu kämpfen?«

»Er ist jung und nicht allzu schwer verletzt«, beruhigte ihn der Magier, ohne von der Arbeit aufzuschauen. »Alles, was er braucht, ist Ruhe.«

Seregil rieb sich abwesend die Brust. Der letzte Schorf löste sich, und das Mal juckte wie verrückt. Als seine Finger über die Narbe strichen, fühlte er die winzigen Erhebungen der Wirbel, die der Abdruck der Scheibe hinterlassen hatte.

Es fühlte sich verändert an.

Er griff nach Micums Bündel, kramte den Rasierspiegel hervor und hielt ihn hoch, um die Narbe zu betrachten. Die runde Form der Scheibe und das kleine Rechteck, das von dem Loch in ihrer Mitte stammte, waren auf der hellen, frischen Haut immer noch deutlich zu sehen, aber der Abdruck der Zeichnung hatte sich verändert. Was ursprünglich ein unergründliches Muster aus Linien und Wirbeln gewesen war, hatte sich irgendwie in eine kreisrunde Anordnung stilisierter Messer, Augen und Totenbeschwörungsrunen verwandelt.

»Nysander, sieh dir das an!« Seregil zog den Kragen des Kittels weiter auseinander.

Überrascht schossen Nysanders Augenbrauen hoch. »Erinnerst du dich noch daran, wie ich dir gesagt habe, daß die Zeichnung auf der Holzscheibe etwas anderes verbirgt? Das ist eines der Sinnbilder des Leeren Gottes.«

Seregil betrachtete das Mal neuerlich. »Ich kann sie

lesen. Die Runen, meine ich. Im Spiegel sind sie genau richtig herum. Ich habe früher nicht daran gedacht, aber da es sich um einen Abdruck handelt, ist das Ganze verkehrt.«

Abwesend zupfte Nysander an seinem Bart. »Wenn dieses Sinnbild magischer und nicht bloß symbolischer Natur ist, könnte eine solche Umkehrung bedeutende Auswirkungen auf seine Macht haben. Es könnte sogar geholfen haben, dich vor dem Zauber der Krone zu schützen.« Er lächelte reumütig. »Ich schätze, das hätte mir schon eher einfallen müssen, aber ich habe dein Überleben mit deinem magischen Gebrechen in Verbindung gebracht. Was im übrigen ebenfalls entscheidend dazu beigetragen haben könnte.«

In der Hoffnung, selbst ein wenig schlafen zu können, streckte sich Seregil neben Alec aus. »Ich würde das ein zweifelhaftes Glück nennen, aber im Augenblick bin ich für jede Art Glück dankbar, die sich mir bietet. Ich hoffe nur, es läßt uns morgen nicht im Stich.«

Nysander griff wieder zum Pinsel. »Ich auch, mein lieber Junge.«

49

Unter der schwarzen Sonne

Alec schlief die Nacht durch, während Nysander und die anderen lauschten, wie die Plenimaraner das Tempelgelände vorbereiteten. Auch die Gesänge hörten sie, und später die Schreie und Klagelaute, die der Wind vom Lager zu ihnen herübertrug. Micum wollte losziehen, um den Geräuschen auf den Grund zu gehen, doch der Magier verbot es ihm.

»Wir wissen ganz genau, was sie da drüben treiben. Während solcher Rituale ist der Dyrmagnos gefährlicher denn je. Ohne die Schutzbeschwörungen, mit denen ich uns umgeben habe, hätte sie uns längst gewittert. Im Augenblick sind wir in Sicherheit, aber wir müssen bis morgen warten, bevor wir etwas unternehmen. Ihr solltet euch ausruhen, solange ihr noch könnt. Ich fürchte, morgen werdet ihr dazu kaum Gelegenheit bekommen.«

Damit zeichnete er rings um die Kiefer einen Kreis, hockte sich auf der gegenüberliegenden Seite des Stammes hin und schloß die Augen.

Am nächsten Morgen erwachte Alec kurz vor Sonnenaufgang und war überrascht, wie gut erholt er sich fühlte. Von der Reise des vergangenen Tages waren ihm zwar ein paar Kratzer und Schrammen geblieben, doch er nahm sie kaum wahr.

Seregil schlief dicht neben ihm, einen Arm unter den Kopf geschoben, den anderen nach Alec ausgestreckt. Sein Antlitz präsentierte sich windgegerbt, in dem langen, dunklen Haar hatten sich Kiefernnadeln verfangen, doch das schien die eigenartige Schönheit seines Freundes nur noch zu fördern.

Ich habe ihn geküßt! dachte Alec in einem plötzlichen Anflug quälender Scham. Inmitten all der Schrecken, die sie bereits hinter sich hatten und die ihnen heute bevorstanden, hatte er Seregil geküßt. Seinen Lehrer. Seinen Freund. Seinen – was? Schlimmer noch, säße Nysander nicht ein paar Schritte entfernt, wäre er versucht gewesen, es neuerlich zu tun.

Darüber darf ich mir jetzt nicht den Kopf zerbrechen, stöhnte er innerlich, während seine Wangen flammendrot anliefen. Es war nicht so, daß er es bedauerte. Er wußte nur noch nicht, was es bedeutete, oder was er wollte, daß es bedeutete.

Er setzte sich auf und sah, daß Micum bereits aufgebrochen war. Nysander hockte auf der anderen Seite des Baumes und rührte sich nicht, als Alec zu dem Stapel Rucksäcke hinüberging. In Seregils Bündel fand er eine Ersatzhose und ein Paar niedriger Stiefel, dann wandte er die Aufmerksamkeit seinem Bogen zu.

Er spannte ihn und tastete auf der Suche nach ausgefransten oder durchgescheuerten Stellen behutsam die Sehne ab. Nach so vielen Wochen, in denen sie nicht benutzt worden war, mußte sie wieder einmal gewachst werden.

In seinem Köcher hatte sich ein Beutel mit Klammern befunden, doch er sah ihn nirgends bei der übrigen Ausrüstung. Er schaute sich um und erblickte ihn am Boden neben Nysander. Neben den rot befiederten Pfeilen enthielt der Köcher nunmehr vier frisch mit weißen Schwanenfedern versehene. Alec ergriff den Köcher, berührte eines der steifen, weißen Blätter und spürte das heftige Kribbeln von Magie am Finger. Hastig riß er die Hand zurück, dann zog er den Pfeil behutsam aus dem Köcher, um ihn eingehender zu betrachten. Der Schaft war von der Spitze bis zum Ansatz mit winzigen, verschlungenen, mit blauer Tinte gemalten Symbolen übersät.

»Kein Zauber vermag das Können deiner Hand und deines Auges zu verbessern«, murmelte Nysander mit nach wie vor geschlossenen Augen, »aber diese vier Pfeile sind mit einem Bann versehen, der die Haut des Dyrmagnos durchdringt. Sobald der Helm vollständig zusammengesetzt ist, muß Irtuk Beshar dein erstes Ziel sein. Schau und ziel auf niemand anders, bis einer der Pfeile sie getroffen hat. Selbst meine Magie kann sie nicht töten, aber sie wird sie schwächen, während wir angreifen. Schieß ihr wenn möglich ins Herz.«

»Darauf kannst du dich verlassen«, erwiderte Alec mit entschlossener Miene. Den Jungen von einst, der gezögert hatte, als er das erste Mal auf einen Menschen zielte, gab es längst nicht mehr. Er berührte den Pfeilansatz und stellte sich vor, wie er sich vor dem Abfeuern an der gespannten Sehne anfühlen würde.

Ich hoffe, ich sehe ihr Gesicht, wenn er sie trifft.

Seregil richtete sich auf und kämmte sich mit den Fingern Kiefernnadeln aus dem Haar. »Haben wir irgend etwas von unseren Nachbarn gehört?«

»Schon eine ganze Weile nicht mehr«, antwortete Nysander, schlug die Augen auf und streckte sich.

»Micum ist vor kurzem aufgebrochen, um ihr Lager zu erkunden.«

Seregil spähte durch die Kiefernzweige. »Ich glaube, ich sehe mir noch mal den Tempel an, bevor zu viele Leute in der Gegend herumschwirren. Was ist, Alec, hast du vor dem Frühstück Lust auf einen kleinen Spaziergang?«

Die beiden hielten aufmerksam nach Wachposten Ausschau, als sie sich einen Weg zur Nordseite der Bucht bahnten.

»Dafür waren diese Löcher also«, murmelte Seregil, während er durch das Unterholz das Tempelgelände betrachtete.

In die geheimnisvollen Löcher, die das trockene Becken oberhalb der Riffs säumten, waren dicke Holzpfähle gestellt worden. Ein paar Männer waren immer noch damit beschäftigt, das Gebiet von Geröll zu säubern.

»In den Felsen da oben gibt es sicher haufenweise gute Aussichtspunkte, aber ich möchte wetten, daß sie dort Wachen postieren«, flüsterte Alec.

»Uns fällt schon noch etwas ein. Beshar wird sich aller Wahrscheinlichkeit nach da oben aufhalten, hinter den Pfosten. Such nach einer Stelle, von der aus du sie gut ins Visier nehmen kannst.«

»Sei unbesorgt, ich treffe diese Schlampe.«

Verblüfft sah Seregil seinen Freund an und erblickte in den Zügen des Jungen eine bislang nie gekannte Härte.

Bald kamen weitere Männer vom Lager herauf. Seregil und Alec liefen zurück zu der Kiefer und stellten fest, daß Micum bereits vor ihnen zurückgekehrt war. Als sie ankamen, hob er den Finger an die Lippen und deutete auf Nysander, der in der Mitte eines Kreises weißer, sprühender Funken kniete. Innerhalb des Runds hatte er die Kiefernnadeln entfernt und ein verschlungenes Muster mannigfaltiger Symbole in die feste Erde darunter geritzt.

Mit halb geschlossenen Augen wob Nysander geräuschlos leuchtende Zeichen in die Luft. Er hatte sich bis auf die Hose ausgezogen und Arme, Brust und Antlitz mit blauer Tinte bemalt. Ein waagerechter Streifen schwarzer Farbe quer über die Augen verlieh ihm ein ungewohnt barbarisches Aussehen. Vor ihm lagen in einem Gewirr aus Schalen, Stäben und Schriftrollen Alecs Bogen und Köcher.

Alec und Seregil zögerten am Rand des Lichtkreises, doch Nysander bedeutete ihnen allen einzutreten. Als sie sich darin befanden, stieg ihnen der Geruch von Magie in die Nasen, der sich mit dem Duft der Kiefer vermischte, gleich dem schwachen, dennoch unverkennbaren Aroma, das in einem Schrank zurückbleibt, in dem einst Gewürze gelagert hatten.

»Die Sonnenfinsternis steht kurz bevor«, erklärte Nysander und ergriff einen Pinsel sowie eine Schale schwarzer Farbe. »Dieser Streifen über die Augen wird ihre Blendwirkung verhindern, auch wenn sie voll einsetzt. Sofern die Plenimaraner nicht dieselben Vorsichtsmaßnahmen treffen, könnte sich das als Vorteil für uns erweisen.«

Nysander malte jedem einen dicken Streifen ins Gesicht, dann stellte er die Schale beiseite. »Und jetzt reicht mir bitte eure Waffen.«

Mit einigen Pigmentfarben pinselte Nysander auf jede Klinge ein paar kleine, magische Zeichen. Die längste Beschwörungsformel erhielt Seregils Schwert, das er vom Heft bis zur Spitze mit einer Reihe winziger Symbole versah, die aufleuchteten und verschwanden, sobald sie fertig waren.

»Was ist denn all das?« fragte Micum.

»Nur ein wenig notwendige Zauberei. Der Dyrmagnos ist nicht der einzige mit Schutzmagie. Kniet euch dicht zu mir und streckt die Hände aus.«

Nysander versammelte sie zu einem kleinen Rund, dann bemalte er ihre Handflächen mit konzentrischen Kreisen aus schwarzer, roter, brauner und blauer Farbe und wies sie an, die erhobenen Handflächen auf jene ihrer beiden Sitznachbarn zu pressen. Seregil hockte zur Rechten des Magiers, Alec zur Linken, Micum schloß die Kette.

In dem Augenblick, als der Kreis der Hände vervollständigt wurde, erfaßte sie ein plötzliche, kribbelnde Wärme, die ihnen die Härchen an den Armen aufrichtete und ihnen Tränen in die Augen trieb. Ein gemeinsamer Schauder durchlief sie, als das Gefühl anschwoll und wieder verebbte.

Nysander war der erste, der die Hände wieder sinken ließ. »Es ist vollbracht.«

Die Farbe war verschwunden. Statt dessen prangte auf jeder Handfläche ein verschlungenes Muster aus Rot und Gold.

»Das große Sinnbild von Aura«, murmelte Seregil und berührte seine linke Handfläche.

»Was ist das, eine Art Schutz?« wollte Alec wissen.

»Es wird euch nicht davor bewahren, verwundet zu werden. Es beschützt eure Seele«, erklärte Nysander. »Sollte einer von uns heute getötet werden, wird uns der Verzehrer des Todes nicht bekommen. Das Zeichen selbst wird bald zur Unkenntlichkeit verblassen, der Schutz aber ist von Dauer.«

Seregil betrachtete seine Hände mit einem freudlosen, schiefen Grinsen. »Na, dann haben wir ja schon eine Sorge weniger.«

Im selben Augenblick, weniger als zwei Meilen nördlich, erschauderte Beka Cavish plötzlich, als ein jähes Kribbeln sie durchzuckte, während sie mit den anderen ihr Pferd anband.

»Alles in Ordnung, Leutnant?« fragte Rhylin, der mit ihr unterwegs gewesen war, um das plenimaranische Lager auszukundschaften.

»Da muß wohl eine Schlange über meinen Schatten gekrochen sein.« Das seltsame Gefühl verpuffte so schnell, wie es gekommen war, abgesehen von einem leichten Jucken an den behandschuhten Händen. Sie beugte und streckte sie und ging hinüber zu Braknil, der mit dem Rest der Truppe im Schatten einer Schlucht wartete.

Sie hatten Vorbereitungen zu treffen.

Eine Stunde vor Mittag verdunkelte sich ein winziger, sichelförmiger Abschnitt am unteren Rand der Sonne.

»Es geht los«, flüsterte Seregil, der mit Micum in einem Dickicht oberhalb des Tempels kauerte.

Das trockene Becken nahe der Spitze der Bucht war von sämtlichem Schmutz befreit und mit weißen Symbolen bemalt worden, die weder Micum noch er je zuvor gesehen hatten. Weitere Zeichen prangten zwischen jedem der vierzehn Pfähle, die im Felsboden aufgestellt worden waren, und ein großes Rechteck begrenzte das Gelände.

Die Ritualopfer hockten unter strenger Bewachung auf den Steinen oberhalb des Beckens. Ein wenig abseits stand Thero zwischen zwei von Tildus' Männern. Er trug die Roben eines Zauberers, doch unter den weiten Ärmeln erhaschte Seregil an Theros Handgelenken einen Blick auf Metall.

»Tja, er lebt also noch, aber sie haben ihn wieder unter Kontrolle.«

»Schade«, murmelte Micum. »Schätze, wir könnten seine Hilfe brauchen, bevor das alles vorbei ist.«

Zwanzig Soldaten hatten sich vor den Gefangenen zu Rängen formiert; vor ihren Füßen stapelten sich unangezündete Fackeln. In der Nähe stand ein glimmendes Kohlenbecken und erfüllte die Luft mit duftendem Rauch.

Mardus saß auf dem weißen Markierungsstein und betrachtete ein Pergament. Er hatte für den Anlaß zeremonielle Prachtgewänder angelegt; unter dem wallenden schwarzen Umhang funkelten auf dem polierten Brustharnisch und Halskragen Goldverzierungen.

Seregil und Micum beobachteten, wie der Dyrmagnos aus den Bäumen hervortrat, und das schwindende Licht der Sonne brachte die Juwelen am Schleier und am Kleid der Frau zum Glitzern.

»Was für ein hübsches Paar.« Abermals schaute Micum zur Sonne empor. »Nysander meinte, die Sonnenfinsternis würde etwa eine Stunde dauern. Sieht so aus, als hättest du recht damit, daß sie mit der Flut zusammenfällt. Das Wasser ist bereits so hoch wie gestern und steigt immer noch an.«

»Dann mal los, es ist an der Zeit zuzuschlagen.«

Irtuk Beshar legte Mardus eine verhutzelte Hand auf den Arm. »Die Konjunktion hat begonnen, Herr.«

Mardus schaute von dem Dokument auf, das er gelesen hatte. »Ah ja. Tildus!«

»Ja, Herr?« Der bärtige Hauptmann, der sich stets in der Nähe seines Meisters aufhielt, trat vor.

»Laßt herumgeben, daß die Sonnenfinsternis eingesetzt hat, Tildus. Erinnert die Männer daran, nicht hinzusehen, besonders nicht, nachdem sie vollständig ist.«

Zackig salutierte Tildus und stapfte davon.

Die Flut stieg beständig zu dem Becken an, und mit ihr kam eine warme Brise auf, die den Geruch von Tang und Salz herbeitrug.

Schon bald wird sie nach Blut riechen, dachte Mardus zufrieden.

Nachdem all seine Männer auf Position waren, schritt er mit hinter ihm herwallendem Umhang in den Tempel hinab. Mittlerweile hatten die hereinrollenden Wellen das trockene Becken fast erreicht, und erste Schaumschwälle rannen in die schmalen Felsrillen, in denen sich die Inschriften befanden. Mardus machte einen gemächlichen Rundgang über das leicht abschüssige Becken, dann stellte er sich auf der landwärtigen Seite auf und hob die Hand. Auf den Riffs stimmten Trompeter lautes Fanfarengeschmetter an.

Irtuk Beshar trat aus den Bäumen oberhalb des Beckens hervor. Sie ging an der Spitze eines kleinen Gefolges. Nach ihr kam der schweigsame Harid Yordun, der die geschnitzte Truhe trug, in der sich die Einzelteile des Helmes befanden. Hinter ihm führten Soldaten vier makellos weiße Färsen, denen das Symbol Dalnas auf die Stirn gemalt worden war, und vier junge, schwarze Stiere mit dem Zeichen Sakors. Als nächstes folgten große Weidenkäfige mit vier Möwen und vier braunen Eulen, die Sinnbilder Astellus' und Illiors.

Ehrfürchtig stellte Harid die Truhe am landwärtigen Rand des Beckens ab, danach wurden die Tiere verteilt, eines von jeder Sorte an die vier Ecken des großen Platzes.

Bedächtig schritt Irtuk Beshar von einer Gruppe zur anderen und legte die Hände auf die Tiere, die unter ihrer Berührung tot zusammensackten und sogleich ausgenommen und zu stinkenden Haufen gestapelt wurden.

Dann hob sie die Arme gen Himmel, warf den Kopf zurück und brüllte in der uralten Sprache der Totenbeschwörer: »*Agrosh marg venu Kui gri bara kon Seriami. Y'ka Vatharna prak'ot!*«

Ein schimmerndes, unnatürliches Feuer züngelte über die Kadaverhaufen. Die versammelten Soldaten brachen bei dem Anblick in Jubel aus.

Mittlerweile glich die Sonne nur noch einer schmalen Sichel am bleigrauen und purpurnen Himmel. Darunter prangte der lange Schweif des Kometen wie ein böses, zusammengekniffenes Auge. Schatten verschwammen und verblaßten in dem düsteren Licht und verliehen der Umgebung eine merkwürdige Plattheit. Die Vögel, die seit dem Morgengrauen munter gezwitschert hatten, verstummten allmählich, abgesehen von ein paar Tauben, die gelegentlich verwirrt gurrten und einem einsamen Raben, der sein heiseres Krächzen vernehmen ließ.

Wasser spülte in die Rillen und ergoß sich in das Felsbecken. Mardus gab den Wachen ein Zeichen, die bei den Gefangenen ausharrten. Zehn völlig verängstigte Männer wurden herbeigeschleift, ausgezogen und an die Pfähle gefesselt. Während Irtuk Beshar hinter Mardus einen tonlosen Sprechgesang anstimmte, schlitzte er ihnen in rascher Folge die Kehlen auf. Diese ersten Opfer starben schnell; ihr Blut strömte an ihnen hinab und befleckte das in das Becken flutende Wasser.

Als die Sonne nur noch einem schmalen Rand glich, ertönte plötzlich von allen Seiten ein rauhes Kreischen. Ein gewaltiger Rabenschwarm tauchte aus der Düsternis ringsum auf; unter mißtönendem Krächzen ließen sich die Vögel gleich einer Wolke schwarzer Schwingen auf den Bäumen, den Riffs und den Pfählen nieder. Im selben Augenblick schwärmten Krabben jeder Größe und Farbe aus dem Wasser hervor. Sie krochen über die Felsen hinauf, verteilten sich hastig über die Tierkadaver und die Leichen und begannen, sich gierig daran zu laben.

Schreie des Entsetzens gellten von den verbliebenen Gefangenen. Tildus brüllte Befehle, woraufhin die Lichterträger ihre Fackeln an dem Kohlenbecken anzündeten. Unvermittelt nahm die gräßliche Szene einen schärferen Kontrast an.

Niemand, nicht einmal der Dyrmagnos, bemerkte, wie die drei am nördlichen Vorhügel postierten Wachen rückwärts außer Sicht gerissen wurden. Jedwedes Geräusch, daß sie verursachten, ging im allgemeinen Tumult unter.

Aasfresser. Verzehrer der Toten, dachte Seregil, als Alec, Micum und er die Männer, die sie soeben getötet hatten, in das Unterholz hinter ihnen schleiften. Die schwarzen Streifen in den Gesichtern verliehen ihnen ein tödliches, wildes Aussehen, als sie flach auf dem Bauch zurück zum Rand des Aussichtspunktes robbten, an dem Nysander Wache hielt.

Der Mond verdunkelte den letzten noch sichtbaren Rest der Sonne, und ein wabernder Feuerkranz erstrahlte um ihn herum. Von Licht umrahmt, gleich einem bösen, funkelnden Auge, hing die schwarze Scheibe am Himmel. Unmittelbar darunter zeichnete sich der lodernde Schweif des Unglückssternes ab.

Mit jedem Wogen der Brandung strömte mehr Wasser in das Steinbecken zu Irtuk Beshars Füßen.

Die toten Männer wurden von den Pfählen abgeschnitten und auf den Haufen dampfender Gedärme geworfen. An ihrer Stelle wurden zehn Frauen festgebunden; abermals blitzte Mardus' Messer auf und ließ ihre Schreie verstummen.

Seregil zuckte zusammen. Es war gräßlich, nur zu beobachten und nichts zu unternehmen. Neben ihm umklammerte Alec mit schreckensgeweiteten Augen krampfhaft seinen Bogen.

»Wie können wir nur hier herumliegen und dabei zuschauen, wie sie sterben?« zischte er.

Nysander kauerte an Alecs anderer Seite, und Seregil sah, wie er die Hand auf den Arm des Jungen legte. »Denk daran, wie viele sterben werden, wenn wir versagen«, mahnte ihn der Zauberer. »Sei stark, mein lieber Junge. Laß dich nicht ablenken.«

Irtuk Beshar streckte die Arme gen Himmel und setzte neuerlich zu ihrem Sprechgesang an; laut übertönte ihre brüchige Stimme das Tosen der See. Weitere Opfer wurden zum Beckenrand geschleift und von Soldaten mit Schwertern enthauptet. Danach hielten sie die Körper vornübergebeugt, damit das aus den durchtrennten Hälsen pulsierende Blut ins Wasser strömen konnte.

Mardus öffnete die Truhe und nahm die Kristallkrone heraus. Er reichte sie Beshar, die sie einen Augenblick gen Himmel hob und dann in das wirbelnde Wasser des Beckens warf. Als nächstes folgte ein schlichter Eisenreif, anschließend die grobe Tonschale.

»Es ist fast soweit«, flüsterte Nysander.

Seregil berührte Alecs Arm. »Ziel gut, *talí*.«

Alec hob einen weiß befiederten Pfeil an die Lippen. »Mach ich, *talí*«, tuschelte er zurück, wobei die blauen Augen unter der schwarzen Farbe wild funkelten.

Mit diesem Bild im Herzen hastete Seregil hinter den anderen her.

Alec umfaßte den Pfeil mit der Faust und spürte die Macht, die er barg. Das Geräusch des Meeres glich mittlerweile dem Geräusch aus seinen Alpträumen, doch diesmal hatte der Pfeil eine Spitze.

Als er hinabschaute, sah er, wie der Dyrmagnos eine Handvoll Holzscheiben ins Wasser schleuderte. Sobald die letzte Scheibe versank, wurde die Oberfläche des Beckens still und glasig. Immer noch spülte die Flut an den Rand, aber die Macht des Dyrmagnos verhinderte, daß weiteres Wasser in das Becken floß, das inzwischen voll war. Gleich einem dunklen Spiegel warf die Oberfläche das schwarze Auge der Sonne zurück.

Irtuk Beshar hob die Hände und stimmte einen neuen Gesang an. Ein Mann wurde herbeigezerrt und vor ihren Füßen auf den Rücken geworfen. Soldaten hielten ihn an Händen und Füßen fest, während Harid Yordun sich mit der Axt näherte.

Verzweifelt wünschte sich Alec, nicht mitansehen zu müssen, wie er die Brust des Mannes spaltete, doch er wußte, daß er den Blick keinen Lidschlag lang abwenden durfte.

Harid schnitt das Herz heraus und warf es ins Wasser. Kurz und plätschernd kräuselte sich die glasige Oberfläche und beruhigte sich wieder, als wäre ein Schwalbenschwarm darüber hinweggeflogen. Ein weiteres Herz landete im Wasser, und abermals kräuselte sich die Oberfläche, diesmal heftiger.

Alec spürte, wie ein lautloses Zittern den Stein durchlief, auf dem er kauerte. Als die Axt sich abermals hob und niedersauste, setzte es neuerlich ein und schwoll zu einem gleichmäßigen Rhythmus an, der dem Pochen eines rasenden Herzes ähnelte.

Das Wasser in dem Becken wurde schwarz und zäh wie Teer. Nebelschwaden stiegen daraus auf, und mit ihnen erhob sich ein gestaltloses Stöhnen, das von allen Seiten leise widerhallte.

Seregil erkannte diese geisterhaften Stimmen und erinnerte sich daran, wie sie leise rings um ihn geflüstert hatten, während er über der Krone stand und sein Blut auf Eis und Kristall tropfte. Nun lag er in Ufernähe mit den anderen hinter einem umgestürzten Baum auf der Lauer und beobachtete, wie sich wabernde, verschwommene Schemen aus der Düsternis jenseits der Fackeln lösten und sich jäh mit den aus dem Becken aufkräuselnden Dampfschwaden vermengten. Das schwarze Wasser begann zu strudeln, als rührte ein Färber es mit einem Paddel um. Die Geisterstimmen wurden lauter, seufzten und kreischten. Gespensterhafte Erscheinungen fielen über Micum, Seregil und Nysander her, zerrten an ihren Kleidern und Waffen und zupften an Haarsträhnen. Die Luft verdichtete sich merklich und dämpfte das ohnehin spärliche Licht. Rasch zeichnete Nysander ein Beschwörungssymbol in die Luft, woraufhin die Erscheinungen sich zurückzogen.

Ungesehen von den Wachen, bahnten sie sich einen Weg in den Wald und folgten dem Pfad zur Spitze der Bucht.

»Macht euch bereit«, flüsterte Nysander. »Gleich ist es soweit.«

Etwas Kaltes huschte Alec unter dem Kittel über den Rücken. Die verrückten Luftwirbel wurden allmählich schlimmer; sie waren zwar immer noch zart, aber zu beharrlich, um sie zu verleugnen. Geisterhafte, halb aus dem Augenwinkel erspähte Schemen strichen sanft wie Spinnweben über sein Gesicht und verschwanden außer Sicht, sooft er versuchte, sie unmittelbar anzusehen.

Die Fackeln der Soldaten loderten grün und spuckten Flammenbrocken aus, die gleich Ratten am Beckenrand umhertänzelten, bevor sie von der gespenstischen Nebelsäule aufgesogen wurden, die sich über dem aufgewühlten Wasser bildete. Höher und immer höher stieg sie empor und wuchs zu einem grauen, flammengesprenkelten Pfeiler an, der sich in den verbrannten Himmel erstreckte. Einen langen Augenblick verharrte die Säule über dem Becken, während Geistgestalten rings um sie und durch sie hindurchschwirrten, dann, von ohrenbetäubendem, apokalyptischen Donner begleitet, zuckte ein einziger, gewaltiger blau-weißer Blitz durch ihre Mitte herab und schlug mit einer Explosion aus Dampf und Steinbrocken in das Becken ein.

Soldaten sanken auf die Knie und verbargen voller Entsetzen die Gesichter. Gleich einer kreischenden Wolke stoben die Raben auf und fügten ihre heiseren Stimmen dem übrigen Getöse hinzu. Aus der Richtung der Straße ertönte das panische Wiehern der dort angebundenen Pferde, gefolgt vom Klappern rumpelnder Karren, die mitgeschleift wurden, als die völlig verstörten Tiere sich losrissen und davonpreschten. Langsam lichtete sich der Nebel und enthüllte anstelle des Beckens ein klaffendes, dampfendes Loch.

Mit lautem Siegesgebrüll kletterte Irtuk Beshar hinab und holte etwas aus dem Wasser und dem Geröll hervor. Dann richtete sie sich wieder auf, hob mit beiden Händen einen Helm über den Kopf und stieß einen Schrei unbändigen Triumphes aus.

Der bauchige, spitz zulaufende Oberteil und der Nasenteil des Helmes bestanden aus glanzlosem Eisen, an der Stirn aber prangte ein breiter Reif aus Rotgold. In dieses Band waren acht matte, blaue Edelsteine eingelassen, darüber thronte eine schartige Krone, die sich aus acht gebogenen, schwarzen Hörnern zusammensetzte. Von der Hinterseite des Helmes hing ein schwarzer Kettenschleier, als Wangenschutz dienten zwei skelettartige Hände mit langen Klauen.

Beshar kletterte aus dem Loch, streckte Mardus den Helm entgegen und stimmte eine Art Beschwörung an. Obwohl Alec die Sprache nicht verstand, erkannte er zwei Worte: »Seriamaius« und »Vatharna«.

Alec spannte die Bogensehne an sein Ohr.

Bevor er den Pfeil jedoch abfeuern konnte, brach im südlich gelegenen Wald Geschrei los.

Alle Augen wirbelten in Richtung des Lagers herum

und erblickten über den Baumwipfeln den hellen Schein eines Feuers.

Mardus zog das Schwert und brüllte einen Befehl, woraufhin die Hälfte der Wachen losstürmte, um sich des Zwischenfalls anzunehmen. Irtuk Beshar, die immer noch den Helm hielt, schnatterte aufgeregt auf den Herzog ein.

Das Geschehen nahm eine traumähnliche, unwirkliche Langsamkeit an, als Alec aufstand und neuerlich auf den Dyrmagnos anlegte. Geisterhafte Gestalten tauchten zwischen ihm und seinem Opfer auf, umschwirrten ihn, zerrten an ihm, doch er schenkte ihnen keine Beachtung und konzentrierte sich auf den Schuß.

Ziel gut, talí.

»*Aura Elustri málreil*«, flüsterte er.

Der schwarze Bogen erzitterte wie ein lebendiges Wesen in seinen Händen, als er ihn spannte und dem Radly alle Kraft abrang, die ihm innewohnte. Als der Pfeilansatz sich auf Höhe seines Ohres befand, ließ er die Sehne los. Im Flug ritzte die Befiederung Alecs Wange auf und trug einen Tropfen seines Blutes mit sich davon.

Der Pfeil sauste zielsicherer und gerader davon, als jeder andere, den Alec je abgefeuert hatte und verursachte ein Geräusch, das an das plötzliche Krachen eines sommerlichen Donnerschlages erinnerte, als er Irtuk Beshar knapp unterhalb der Kehle in die Brust traf. Die Wucht des Einschlags wirbelte sie gleich einer zerbrochenen Puppe herum. Der Helm fiel ihr aus den Händen und kullerte zurück in das zersprengte Becken.

»Und jetzt bist du dran, du Mistkerl!« gellte Alec und zielte auf den völlig überraschten Mardus.

Doch just in diesem Augenblick schwirrte ein Pfeil an seinem Kopf vorbei und verdarb den Schuß. Ein weiterer Schaft zischte an ihm vorüber, und er sprang in Deckung, als unten ein Chaos ausbrach. Den Bogen fest umklammert, kroch er an den Rand des Felsvorsprungs, um nachzusehen, was vor sich ging.

Aus allen Richtungen hagelte es Pfeile, die meisten aber trafen Plenimaraner. Im unsteten Licht der zu

Boden gefallenen Fackeln konnte Alec auf der Anhöhe gegenüber seiner Deckung eine kleine Gruppe Bogenschützen sehen, die auf die deckungslosen Männer auf dem Tempelgelände hinabfeuerten. Inmitten des Gewimmels erblickte er Seregil und Micum, die mit gezogenen Schwertern über die Felsen hinabstürmten und auf den verwundeten Dyrmagnos zupreschten.

Mardus war nirgends zu sehen, deshalb wandte Alec die Aufmerksamkeit den Soldaten zu und erschoß zwei in rascher Folge, bevor ihn kurzzeitig ein greller Lichtblitz blendete, der zwischen den Gefangenen aufloderte.

Als sein Sehvermögen wiederkehrte, sah er über den rauchenden Leichen einiger Soldaten Thero stehen, der jedoch anscheinend die bewaffneten Männer nicht bemerkte, die von hinten auf ihn zurannten.

Irtuk Beshars Verletzung mußte ihre Macht über den jungen Magier geschwächt haben, vermutete Alec. »Paß auf«, flüsterte er und feuerte einen rot befiederten Pfeil auf die Wache hinter ihm ab. Der Mann fiel, und Thero ging im Gewirr der Gefangenen unter, die aufsprangen, um zu flüchten oder zu kämpfen.

»Er hat sie mit dem ersten Schuß erwischt!« rief Seregil leise aus, während er von den Riffs aus beobachtete, wie Irtuk Beshar jäh herumwirbelte und den Schaft umklammerte, der aus ihrer Brust ragte. Der Helm fiel ihr aus den Händen und rollte zurück in das Loch, aus dem er stammte. Mardus hechtete hinterher.

Ohne auf den plötzlichen Pfeilhagel zu achten, der rings um sie losbrach, ließen Micum und Seregil Nysander im Schutz der Felsen zurück und rannten hinab. Irtuk Beshars Bann über das Becken löste sich bereits auf. Wasser strömte wieder hinein, spülte Leichen und Eingeweide in das Loch hinab und schwemmte den Helm aus Mardus' Reichweite, als er sich hinabbeugte, um ihn aufzuheben.

Micum betete, Nysander möge recht damit haben, daß die Kraft des verwundeten Dyrmagnos erschöpft wäre, und stürzte auf Beshar los. Sie erblickte ihn und hob eine knorrige Hand. Er holte aus und hieb ihr den Arm ab, dann schlug er abermals zu und traf sie zwischen dem Hals und der Schulter. Ihr Körper teilte sich unter der Klinge wie ein vertrockneter Kürbis. Sie schleuderte ihm Flüche entgegen, als ihr Kopf und der unversehrte Arm vom übrigen Leib wegkullerten.

Trotz Seregils und Nysanders Warnungen zögerte Micum kurz und starrte entsetzt auf die abgetrennten Körperteile, die sich zu seinen Füßen auf dem Boden wanden. Dann erspähte er aus dem Augenwinkel eine Bewegung und wirbelte gerade noch rechtzeitig herum, um Tildus' Schwert abzuwehren.

Sakor ist mir heute wohlgesonnen, dachte er bei sich, als er einem weiteren Hieb auswich und seinerseits den plenimaranischen Hauptmann mit einem mächtigen Schwung am Hals traf.

Weitere Marinesoldaten stürmten herbei, um den Tod ihres Hauptmannes zu rächen. Micum verstümmelte zwei und tötete einen dritten. Ein vierter griff ihn von der linken Seite her an, doch der Mann sackte mit einem Pfeil im Rücken zusammen, bevor Micum einen Hieb anbringen konnte. Micum hatte kaum Zeit zu erkennen, daß die Befiederung nicht die Farbe von Alecs Pfeilen aufwies, bevor noch mehr Plenimaraner auf ihn losstürzten. Verbissen setzte er sich zur Wehr und bemerkte, daß auch hinter ihm Schwerter aufeinanderprallten, doch er war in zu großer Bedrängnis, um einen Blick zu wagen.

Wie erhofft hatten der Gefangenenaufstand und das geheimnisvolle Feuer im Lager viele Soldaten abgelenkt. Mit den wenigen, die übrigblieben, machte Micum kurzen Prozeß.

Er schaute sich gerade nach Seregil um, als ein brennender Schmerz von hinten durch seinen Oberschenkel schoß. Taumelnd wirbelte er herum und sah, daß Irtuk Beshar an ihm hing. Ihre Augen funkelten wie die einer Wildkatze, während sie die Fingernägel und Zähne in sein Bein bohrte. Viel zu spät erkannte er seinen Fehler; ihr Leib war wieder eins.

Der untere Teil ihres Kleides war abgefallen, und Micum erblickte sowohl die bläuliche, geschwollene Trennlinie als auch das gesplitterte Ende des Pfeiles, der immer noch zwischen ihren verschrumpelten Brüsten hervorragte. Ihre Beine, schwarz und verdorrt wie die einer verbrannten Leiche, traten zuckend um sich, während sie den Griff um Micums Bein verstärkte und die Zähne tiefer ins Fleisch grub. Langsam breitete sich von den Wunden her eine tödliche Kälte in seinem Körper aus.

Linkisch drosch Micum auf sie ein. Eines der schrumpeligen Beine flog davon, dann gelang es ihm, sie in der Mitte entzweizuhacken. Fest entschlossen, denselben Fehler nicht noch einmal zu begehen, packte er die untere Leibeshälfte am verbliebenen Bein und schleuderte sie mit aller Kraft ins Meer hinaus, dann trat er das andere Bein in die Schatten jenseits der Fackeln.

Doch Irtuk Beshar war immer noch entsetzlich lebendig und klebte an ihm wie ein Fluch. Die Kälte, die von ihrem Biß ausging, kroch in Micums lebenswichtige Organe, ließ seine Ohren taub werden, verdunkelte ihm die Sicht, raubte ihm jegliches Gefühl in den Fingern. Das Schwert fiel ihm aus der Hand; unbeholfen zerrte er an dem Dyrmagnos. Vertrocknete Knochen brachen in seinen Fäusten, staubige Haarbüschel lösten sich wie verrottete Fetzen, aber immer noch umklammerte ihn Irtuk Beshar und jagte ihm mit letzter Kraft ihr Gift in die Venen.

Kraftlos knickte Micums Bein unter ihm ein, und er fühlte, wie ihr Griff sich veränderte, als sie sich langsam seinen Körper hinaufhangelte. Irgendwo in der Nähe brüllte Seregil. Angestrengt zuckte Micums Kehle, doch sie war verstopft vom rachsüchtigen Haß des Dyrmagnos.

Alec hatte nur noch die drei weißen Pfeile übrig, als er Micum erblickte, der sich auf dem Boden knapp oberhalb des Beckens wild hin und herwarf. Bleischwere Kälte nistete sich in seinem Magen ein, als er erkannte, was das unförmige Ding sein mußte, das an ihm hing. Es hatte keinen Sinn, von hier aus zu schießen, da keine Möglichkeit bestand, den Dyrmagnos zu treffen, ohne Micum gleichzeitig zu töten. Alec umfaßte den Pfeil wie einen Dolch, raste über die Felsen hinunter und betete, es möge noch nicht zu spät sein.

Beka schaute über die Schulter zurück und sah, daß es Braknils Dekurie gelungen war, das Lager der Plenimaraner in Brand zu stecken. Auf diese Zeichen hin eröffneten sie und Rhylins Dekurie das Feuer auf die plenimaranischen Soldaten, die in dem natürlichen Amphitheater unter ihnen umherschwirrten. Von der Anhöhe aus, auf der sie standen, war es, als schössen sie auf Schweine in einem Pferch.

Aber sie waren nicht die ersten gewesen, die geschossen hatten. Noch während Beka Pfeil um Pfeil abfeuerte, fragte sie sich, wie Braknil so schnell zurückkommen konnte und was seine Gruppe auf der gegenüberliegenden Seite der Bucht verloren hatte. Irgend jemandem war es gelungen, die Hexerin zu treffen, bevor Beka ihren Leuten den Befehl zum Anlegen geben konnte. Wie auch immer es sich abgespielt haben mochte, jedenfalls veranstalteten die Gefangenen unten einen mächtigen Aufruhr, genau wie sie gehofft hatte.

»Das sollte sie eine Weile beschäftigen«, knurrte sie und wandte sich den anderen zu. »Kommt, *urgazhi*, verschwinden wir.«

»Wartet, Leutnant«, flüsterte Rhylin. »Mir scheint, wir sind nicht die einzigen, die hinter ihnen her waren!«

Die aufgestachelten Gefangenen drängten ihre Häscher zu den Riffs zurück, in Ufernähe jedoch tobte ein weiteres, kleines Gefecht. In den Schatten des natürlichen Beckens, das zwischen den beiden Anhöhen lag, funkelte Stahl im flackernden Licht von Fackeln. General Mardus war nirgends zu sehen, aber die Hexerin war immer noch am Leben und rang mit einem großen Schwertkämpfer.

Bekas Herzschlag setzte aus.

»Das kann nicht sein!« keuchte sie. Dann preschte Alec hinter einer Felsreihe hervor und rannte, nur mit einem Pfeil in der Hand, durch das seichte, wild aufspritzende Wasser auf das verbissen kämpfende Paar zu.

Beka ließ den Bogen fallen und kletterte die steile Felswand hinab.

»Was habt Ihr vor?« rief Rhylin und packte sie am Handgelenk.

Beka riß sich so heftig los, daß sie den überraschten Mann um ein Haar über den Felsrand zog.

»Mein Vater ist da unten!« herrschte sie ihn über die Schulter hinweg an und rutschte weiter hinab.

»Reiter!« brüllte Rhylin hinter ihr. »Folgt dem Leutnant! Zum Angriff!«

Micum setzte sich unter dem Dyrmagnos immer noch schwach zur Wehr, als Alec ihn erreichte. Der Junge riß Beshars Schädel an den spärlichen Haarbüscheln zurück und rammte ihr den Pfeil in den Hals. Der darauf folgende Blitz schleuderte ihn mit summenden Ohren auf den Rücken.

Wild kreischend ließ Irtuk Beshar von Micum ab, schleppte ihre Reste auf Alec zu und schloß die Hand um seinen Knöchel.

»Jetzt kriege ich dich doch noch«, krächzte sie und hangelte sich mit beiden Händen wie eine alptraumhafte Eidechse sein Bein hoch.

Alec sah seinen Tod in ihren Augen. In seiner Hast, Micum zu Hilfe zu eilen, hatte er die letzten beiden weißen Pfeile bei seinem Bogen zurückgelassen.

»*Aura Elustri!*« keuchte er und versuchte verzweifelt, das Schwert aus der Scheide zu zerren, die unter dem Bein begraben lag. Bevor er das Gewicht verlagern konnte, sauste eine andere Klinge herab und schleuderte den Schädel des Dyrmagnos in die Brandung.

Alec schüttelte die an ihm haftenden Hände ab, rappelte sich auf die Beine und starrte ungläubig auf Beka Cavish, die wie besessen auf die um sich fuchtelnden Arme und den Rumpf des Ungetüms einhackte.

»Weg von dem Zeug«, warnte er sie. »Du kannst es nicht töten.«

»Was tust du hier?« fragte sie und wich vor den zuckenden Überresten zurück.

»Keine Zeit für Erklärungen. Wo ist Micum? Geh und kümmere dich um ihn.«

Beka fand ihren Vater reglos dort liegen, wo er gefallen war; mit geschlossenen Augen rang er nach Luft. Schweiß strömte ihm in dünnen Rinnsalen über das Gesicht und grub Rillen in den schwarzen, über die Augen gemalten Farbstreifen.

»Vater, du bist es ja *wirklich*!« stieß Beka hervor und kniete nieder, um die gräßliche Wunde am Bein zu untersuchen. In ihrer Wut hatte Irtuk Beshar Haut und Muskeln zerfetzt, und das rohe Fleisch begann bereits, sich gefährlich dunkel zu verfärben.

»Beka?« stöhnte er und schlug die Augen auf. »Verstreu die Teile, verstreu sie – dieses Ding stirbt einfach nicht.«

»Alec kümmert sich gerade darum«, versicherte sie ihm. Sie zog die Handschuhe aus, um seine Hand in die ihre zu nehmen und erblickte zum ersten Mal die seltsamen Symbole, die irgendwie auf ihren Handflächen erschienen waren. Die ihres Vaters wiesen dieselben Muster auf.

»Zuerst finde ich dich an diesem höchst unwahrscheinlichen Ort und dann auch noch das«, sagte sie verwirrt. »Was, in Sakors Namen, geht hier vor?«

Micum hielt die Hand neben die ihre. »Also bist du auch die Vorhut. Die Dinge haben sich auf merkwürdige Weise zusammengefügt, Beka. Du kennst nicht einmal die Hälfte der Geschichte.« Damit schloß er die Augen wieder und holte rasselnd Luft.

Beka riß den Kittel auf und legte das Ohr auf seine Brust. Sein Herz hämmerte zu heftig, seine Haut fühlte sich zu kalt an. Als sie sich um Hilfe umschaute, erblickte sie Alec und Rhylin, die auf sie zueilten und zwischen sich einen weiteren Mann stützten. Dieser hagere Bursche mit dem verfilzten, schwarzen Haar und dem flaumigen Bart wirkte entfernt vertraut. Auch er war verwundet; eine Seite seines Gesichts war blutig, quer über den Rippen prangte ein Schwertschnitt. Dennoch wirkten die fahlen, grünen Augen wach und bei vollem Verstand, als er neben Micum niedersank.

»Hilf ihm, Thero. Es muß doch etwas geben, das du tun kannst«, bettelte Alec. »Ich muß Seregil suchen! Hat ihn irgend jemand gesehen? Ihn oder Nysander?«

»Ich bin hier, mein lieber Junge«, antwortete eine tonlose Stimme aus den schattengetünchten Riffs über ihnen.

50

Vatharna

Mardus stand Seregil in dem unebenen Becken geduckt gegenüber, während ihnen die Flut um die Knöchel spülte. Sie wateten durch eisiges Wasser und umkreisten einander, wetteiferten um den Besitz des Helmes, der zwischen ihnen teilweise unter Wasser lag; das Schimmern der zu neuem Leben erwachten, blauen Augensteine zeichnete sich durch das trübe Naß als fahles Leuchten ab. Der Blitz, durch den der Helm entstanden war, hatte das flache Becken in eine breite Grube verwandelt, deren Seiten an manchen Stellen höher aufragten als die beiden Männer, die darin kämpften. Einzig von der leblosen Glut der nach wie vor andauernden

Sonnenfinsternis erhellt, mit Leichen übersät, glich die Grube einem Ort aus einem fiebrigen Alptraum.

»Ich hätte deinen Jungspund töten sollen, als ich die Gelegenheit dazu hatte«, knurrte Mardus.

»Ja, das hättest du«, erwiderte Seregil zwischen zusammengebissenen Zähnen und schätzte seinen Gegner ein. Mardus verkörperte keinen unbedingt muskelbepackten Rivalen, aber er hatte den Brustharnisch als Schutz. »Weißt du, bei Nysander hast du es auch nicht geschafft. Er ist am Leben, und der Ring der Vier bleibt ungebrochen.«

»Und dennoch habt ihr versagt«, entgegnete Mardus hämisch und deutete mit der Spitze des Dolchs, den er in der linken Hand hielt, auf den Helm. »Ich bin der *Vatharna*, der von Seriamaius Auserwählte. Glaubst du tatsächlich, daß du mich jetzt noch aufhalten kannst?«

»Ich wurde auch auserwählt, du vaterloser Sohn einer billigen Hure.« Mit einer Hand zog Seregil den Kittelkragen auseinander, um Mardus das verkehrte Symbol zu zeigen, das auf seiner Brust prangte. »Töten aber werde ich dich für meine Leute im Jungen Hahn, und für das, was du Alec angetan hast. Für die Torläufer und Schnüffler, die du benutzt und betrogen hast, für die Unschuldigen, die durch deinen Befehl gestorben sind. Teufel auch, ich werde dich einfach aus lauter Spaß töten. Komm schon, Herr Verzehrer von Scheiße. Bringen wir's hinter uns.«

Er stürzte sich auf Mardus, und ihre Schwerter verkeilten sich in einer klirrenden Parade, die beiden einen dumpfen Schmerz durch den Arm jagte. Seregil duckte sich unter Mardus' Deckung und versuchte, einen Treffer unterhalb des Brustharnisches zu landen. Dabei verlor er beinahe das Gleichgewicht, und die Klinge prallte von Metall ab, doch die Spitze riß den linken Arm des Mannes auf; frisches Blut troff in das bereits fleckige Wasser im Becken. Keiner der beiden Streiter bemerkte, daß der trübe Schimmer des im Sog der Flut hin und her rollenden Helmes heller wurde.

Während Seregil auf dem losen Untergrund um Halt

kämpfte, erkannte er bald, daß er unterlegen war. Auf besserem Boden hätte seine Flinkheit das ungleiche Kräfteverhältnis ausgewogen, doch hier, gefangen in dieser unter Wasser stehenden Grube, konnte er sich nur so gut wie möglich verteidigen und die knochenerschütternden Schwinger des größeren Mannes abwehren. Mardus zog die Klinge zurück und ritzte dabei Seregils linke Schulter auf. Seregil riß die Deckung wieder hoch, tat einen glücklichen Schritt zur Seite und zahlte es ihm mit einem Hieb über den rechten Unterarm heim.

Zum ersten Mal kam Seregil der Gedanke, daß er seine Rolle aus der Prophezeiung erfüllt hatte und nunmehr entbehrlich war; daß er verlieren konnte.

Mardus spürte seine Zweifel, nutzte den Vorteil und brachte ihm einen oberflächlichen Schnitt über die Hüfte bei. Noch mehr Blut tropfte ins Wasser, und der Helm, der sich daraus und aus jedem Tod nährte, den das nach wie vor über ihnen tobenden Gefecht forderte, erstrahlte immer heller.

Es war Mardus, der das Leuchten schließlich bemerkte und seine Bedeutung erkannte. Er verstärkte seine Angriffsbemühungen und drängte Seregil an die Felsen zurück. Seregil, der sich plötzlich haltlos in einer unverteidigbaren Lage befand, entschied sich für eine Verzweiflungstat. Er stürzte an Mardus vorbei und hechtete auf den Helm zu. Er hatte kaum zwei Schritt zurückgelegt, als sich sein Fuß in einer verborgenen Spalte verfing und er schmerzlich stolperte.

Mardus schlug nach seinem Rücken und fügte ihm einen Schnitt über den Rippen zu. Als er jedoch gerade zum Todesstoß ausholte, spülte eine Woge über den Grubenrand herein, warf sie beide von den Beinen und begrub sie unter einer einstürzenden Gischtwand, die sie gegen die Felsmauer schleuderte.

Mardus erholte sich als erster, nachdem sich die Woge zurückzog. Das Schwert immer noch fest umklammert, blickte er sich um und sah Seregil benommen, unbewaffnet und alle viere von sich gestreckt an den seewärtigen Felsen liegen. Aus einer Schnittwunde an der Stirn träufelte Blut über ein geschlossenes Auge.

Düsterer Triumph breitete sich auf Mardus' Zügen aus, als er durch das knietiefe Wasser auf seinen Feind zuwatete. Aus langer Erfahrung wußte er, wo er zustoßen mußte, um einen Menschen zu lähmen und einen langsamen, qualvollen Tod zu gewährleisten.

Es war das Schimmern der Augen des Helmes, das ihn ablenkte. Als der schäumende Wellenwirbel sich einen Augenblick lichtete, sah Mardus den Helm zu seinen Füßen durch das Wasser leuchten.

»Scheint so, als wäre mir doch noch der Spaß vergönnt, dich dem Wundersamen darzureichen«, knurrte er hämisch. »Verwundet oder nicht, du bist immer noch ein herausragendes Opfer.«

Damit ergriff er den Helm an einem der gebogenen Hörner und hob ihn über den Kopf. »*Adrat Vatharna, thromuth ...*«

Seregil lauerte auf den rechten Zeitpunkt. Er schlug die Augen auf, griff ins Wasser, zog den Dolch aus dem Stiefel und schleuderte ihn.

Den Helm immer noch über den Kopf erhoben, erstarrte Mardus und glotzte verblüfft auf das Messer hinunter, das sich an der Stelle zwischen die Rippen gebohrt hatte, wo der Rand des Brustharnisches die linke Seite ungeschützt ließ.

»Du hättest *mich* töten sollen, als du die Gelegenheit hattest«, grollte Seregil und zog eine Blutspur hinter sich her, als er unbewaffnet auf seinen Gegner zuwatete. »Bis jetzt hast du dein Spiel hervorragend gespielt, aber man sollte immer erst dem Feind töten, bevor man nach der Beute greift. Überheblichkeit, Lord Kellerassel. Überheblichkeit ist eine tödliche Untugend. Sie macht einen Mann berechenbar.«

Mardus verzog die Lippen zur Parodie eines Lächelns. »Tricks. Immer wieder diese Tricks«, flüsterte er heiser.

Den Helm in der einen Hand, das Schwert in der anderen, wandte er sich steif um und begann, auf den Rand des Beckens zuzuwanken.

Seregil überholte ihn und versperrte ihm den Weg. Mardus war im Sterben begriffen, dennoch starrte er mit ungebrochen lodernder Verachtung auf Seregil hinunter.

»Der Verzehrer des Todes ...« setzte er gurgelnd an, wobei ihm zähe Blutschwaden aus dem Mund über das Kinn quollen.

»... wird heute *dein* Herz fressen, nicht meines«, beendete Seregil den Satz und funkelte in die dunklen Augen seines Feindes empor.

Dann umfaßte er den Griff des Dolches, drehte die lange Klinge herum und grub sie durch Muskeln und Sehnen, bis sie in einem Knochen steckenblieb. Ein heißer Schwall hellen Blutes ergoß sich über seine Faust.

Mardus ließ den Helm fallen und fiel rücklings ins Wasser. Ein Band roter Blasen blubberte aus Nase und Mund, dann verebbte es. Seine bereits glasigen Augen widerspiegelten den ersten, hellen Rand der Sonne, die allmählich aus dem Herrschaftsschatten des Mondes trat.

Seregil spuckte ins Wasser. Eine kleinere Woge spülte über den Beckenrand und verbarg Mardus einen Augenblick unter einer rauschenden Schaumdecke. Als sie sich wieder zurückzog, waberte vor Seregil das Spiegelbild eines anderen Mannes auf der Wasseroberfläche. Seregil schaute auf und erblickte Nysander, der über ihm am Rand des Beckens stand. Hinter ihm waren immer noch die Geräusche vereinzelter Kampfhandlungen zu hören.

»Gut gemacht«, sagte der Magier ernst. »Jetzt muß der Helm ein für allemal zerstört werden. Gib ihn mir – und dann such dein Schwert.«

Seregil beugte sich vor und ergriff den Helm an zweien der schwarzen Hörner, so wie vor Monaten die Kristallspitzen der Krone. Und wie damals umringten ihn unsichtbare Stimmen und gestaltlose Geister und versuchten, seiner Hand Einhalt zu gebieten, als er den Helm berührte.

Die blauen, in das breite Band eingelassenen Edelsteine hatten mittlerweile das Aussehen echter Augen angenommen und zuckten anklagend in den lidlosen Höhlen hin und her, als er den Helm zu Nysander hinaufreichte.

Der Magier bedeckte ihn mit einem Zipfel seines Umhangs. »Dein Schwert«, wiederholte er mit freundlicher, aber fester Stimme. »Ich brauche hierbei deine Hilfe, Seregil. Du bist der einzige, der mir helfen kann.«

Seregil spürte seine Verletzungen kaum, als er durch das Becken zurückwatete, um seine Waffe zu suchen.

»Da ist es«, rief er. »Aber was ist mit ...«

Die Worte blieben ihm in der Kehle stecken. Während ihm der Schaum einer weiteren Woge um die Beine spülte, schaute er zu der großen Gestalt aus seinen Alpträumen hinauf, die über ihm thronte. Doch diesmal erkannte er die Züge unter dem schartigen Rand des unförmigen Helmes.

Es war Nysanders Antlitz.

Die skelettähnlichen Hände, die den Wangenschutz darstellten, krümmten sich nach innen auf Nysanders Gesicht zu, so daß sich die Klauen in die Wangen gruben. Aus den widernatürlich funkelnden blauen Augen schossen Lichtstrahlen. Nysander stand reglos da und wartete.

»Nysander, warum?« krächzte Seregil. Die Haut um das Mal auf seiner Brust kribbelte und juckte, dann verstärkte sich die Empfindung und kroch durch seinen rechten Arm hinab. Funken tänzelten über den Korb des Schwertes und weiter über die glänzende Klinge.

Seregil aber nahm nur die kummervolle Entschlossenheit wahr, die er in Nysanders Augen las.

Nysander – sein ältester Freund, weisester Lehrer, zweiter Vater.

Ein gesunder Teil seines Verstandes brüllte ihm zu, das Schwert in die See zu schleudern, doch er konnte sich weder bewegen noch den Blick abwenden.

»Nysander, ich kann nicht!« rief er kläglich und gab die vergessenen Worte aus seinen Träumen wieder.

»Du mußt.« Die Stimme des Magiers klang bereits dünn und brüchig. »Ich habe mir diese Bürde freiwillig aufgeladen. ›Der erste wird sein der Hüter, ein Lichtschein in der Finsternis. Dann der Schaft und die Vorhut, die da werden versagen und doch nicht versagen, so der Führer, der Ungesehene, voranschreitet. Und zuletzt wird abermals sein der Hüter, dessen Rolle bitter ist, bitter wie Galle.‹

Du mußt jetzt zuschlagen, mein lieber Junge. Zuviel Blut wurde vergossen; ich kann die Macht nicht mehr lange zurückhalten. Wenn du versagst, werde ich ihr *Vatharna*, die Verkörperung dessen, was ich mein Leben lang zu bannen versucht habe. Schlag jetzt zu, ich bitte dich. Es gibt und gab nie einen anderen Weg.«

Seregils Körper fühlte sich schwerelos an, als er mit dem blanken Schwert in der Hand über die rissigen Felsen hinaufkletterte.

Sperr den Kummer aus, flüsterte eine Stimme tief in seinem Herzen. *Sperr das Entsetzen aus, die Angst, die Wut, das Mitleid ...*

Ich verstehe. O ja!

Die Augen des Helmes rollten in den Höhlen herum und richteten sich auf ihn, als er sich Nysander von Angesicht zu Angesicht gegenüberstellte; dies war ein Hieb, der nicht von hinten ausgeführt werden konnte. Ein schrecklich anzuhörendes Stöhnen erfüllte die Luft rings um sie und vermischte sich mit den Schreien aus sterbenden Kehlen, als Seregil den Arm hob, um auszuholen. Ein Teil von ihm erkannte Alecs Stimme unter den anderen, aber er drehte sich nicht um.

Nysander taumelte, sank auf die Knie und streckte die Arme zu beiden Seiten von sich. Lichtkugeln brannten auf jeder Handfläche und erhellten die immer noch auf der Haut sichtbaren Symbole.

... um deine Seele zu beschützen ...

Die Kugeln loderten auf und verblaßten, wohingegen der Helm immer heller erstrahlte. Selbst da hätte Seregil vielleicht noch gezögert, hätte Nysander nicht den Kopf gehoben und mit Augen zu ihm aufgeschaut, die bereits im selben gräßlichen Licht glühten wie der Helm. Beim Anblick dieser fremdartigen Augen, die ihn aus diesem vertrauten, geliebten Gesicht anstarrten, zerbrach etwas in Seregil.

Er hob das Schwert mit beiden Händen über den Kopf und schlug mit aller Kraft zu.

Die Symbole, die Nysander auf die Klinge gemalt hatte, loderten wie Blitze auf, als der Stahl durch Eisen, Horn und Gold schnitt und den großen Helm des Seriamaius in Tausende gezackte Bruchteile zerschmetterte, die sich im milchigen Licht der wiederkehrenden Sonne in winzige Schattenfetzen auflösten.

Ein plötzlicher Sturm unzähliger, gequälter Stimmen brauste aus dem Nichts auf und peitschte die Wellen gegen die Felsen. Seregil schleuderte das verbogene, verkohlte Schwert beiseite, fiel auf die Knie, bettete Nysanders gespaltenen Schädel auf seinen Schoß und nahm den toten Mann in die Arme. Eine weitere Woge toste gegen die Riffs, spülte schäumend um seine Knie und zerrte an den Beinen des Verblichenen.

Du hast es gewußt, dachte Seregil, als er in Nysanders Züge hinunterstarrte, die im Tod wieder entspannt und freundlich wirkten.

Du hast es gewußt.

Die ganze Zeit hast du es gewußt.

Du hast es gewußtgewußtgewußtgewußtgewußt ...

»Du hast es gewußt!« brüllte er in den tobenden Sturm, blind für die Freunde, die sich um ihn scharten und aus deren Zügen entsetztes Begreifen sprach.

Seregil beugte sich über Nysanders schlaffen Leib und wartete darauf, daß die nächste Welle sie von den Felsen spülte und in die unergründlichen Tiefen des Meeres riß.

51
Abschiede

Seregil beobachtete, wie Rauch von Nysanders Scheiterhaufen in den prächtigen rotgoldenen Himmel des Sonnenunterganges emporwallte, und fragte sich, weshalb ausgerechnet er nicht weinen konnte.

Alec weinte leise neben ihm, auch Micum, der von Beka gestützt dalag und mit der großen Hand die Augen bedeckte. Thero stand ein wenig abseits; ungehemmt strömten Tränen über die fahlen Wangen, während die Flammen knisternd den sorgsam aufgeschichteten Stapel aus Zunder und Treibholz verzehrten.

Seregil sehnte sich danach, sich ihnen anzuschließen. Sein Gram hatte sich gleich einem trockenen, schartigen Stein, der jeden Atemzug schmerzlich gestaltete, in der Brust festgesetzt.

Rhals Seeleute und Bekas Soldaten standen ehrfürchtig schweigend auf der gegenüberliegenden Seite des Scheiterhaufens. Rhal hatte das Feuer im Lager erspäht und es als Signal aufgefaßt. Tapfer hatte er der tosenden Brandung getrotzt und war mit zwanzig seiner Männer gerade rechtzeitig an Land gekommen, um Bekas Reitern zu helfen, die letzten Plenimaraner zu vertreiben. Als sich jedoch die Kunde von Mardus' Tod verbreitete, verschwand der Großteil der noch lebenden Soldaten in den Hügeln, um sich allein durchzuschlagen.

Danach hatten Beka und Rhal ihre Leute zusammengetrommelt, um die Toten und alle Spuren des Rituals zu beseitigen. Nachdem das Gelände gesäubert war, schichteten sie auf den Riffs unterhalb des Beckens einen Scheiterhaufen auf und wichen zurück, als Seregil und Thero Nysander auf die oberste Schicht aus ölgetränktem Anmachholz und süßen Kräutern betteten.

Nun stand Seregil davor, beobachtete reglos, wie die Flammen Nysanders Haut und Kleider schwärzten und zwang sich, daran zu denken, wie der alte Zauberer zwischen seinen Malereien und Symbolen gehockt und beruhigende Worte der Ermutigung zu ihnen gesprochen hatte.

Aber immer noch weigerten sich die Tränen zu fließen.

Sterne tauchten am sich verdunkelnden Himmel auf, und mit ihnen der mittlerweile seiner unheilverkündenden Bedeutung beraubte Komet. Der Scheiterhaufen begann einzusinken, und Nysanders Leichnam verschwand in einer Wolke wirbelnder Funken. Einige von Rhals Männern traten vor, nährten das Feuer mit weiterem Holz und Öl und schürten es, bis die Hitze die Umstehenden zwang, sich in die Schatten ringsum zurückzuziehen.

Nachdem die Feierlichkeit der Totenverbrennung somit beendet war, begannen die Leute davonzutrotten. Das Feuer würde noch bis tief in die Nacht hinein lodern und Haut, Knochen und Holz in feine Asche verwandeln, die der Wind und die Gezeiten in alle Windrichtungen verstreuen würden.

Seregil wandte sich ab, schlurfte schwerfällig zu dem weißen Stein, kauerte sich dort nieder und wartete auf Erleichterung.

Doch die Erleichterung blieb aus; die Leere, in die er in dem Augenblick gestürzt war, als er Nysanders letzten Befehl ausführte, umgab ihn nach wie vor und ließ ihn sich abgekapselt, innerlich tot fühlen. Er sah Alec und die anderen, die sich um Micum scharten, um einander in der bevorstehenden Nacht Trost zu spenden.

Seregil wußte, daß er bei ihnen sein sollte, doch aus unerfindlichem Grund war er außerstande, sich zu bewegen. Er ließ den Kopf in die Hände sinken und verharrte allein in den Schatten, wo Nysander wenige Stunden zuvor auf seinen letzten Auftritt gewartet hatte.

Einige Zeit später hörte er, daß jemand über die Felsen zu ihm heraufkletterte. Als er aufschaute, stellte er überrascht fest, daß es Thero war.

Ausgezehrt und geschunden, in geliehenen Kleidern, wies er wenig Ähnlichkeit zu dem überheblichen jungen

Magier auf, mit dem sich Seregil so viele Jahre in den Haaren gelegen hatte. Bevor Thero das Wort ergriff, starrte er eine Weile auf den Scheiterhaufen.

»Ich habe zu viele Jahre damit verschwendet, auf dich eifersüchtig zu sein«, sagte er schließlich, ohne Seregil anzusehen. »Das hat ihn verletzt, und ich würde es rückgängig machen, wenn ich könnte.«

Langsam nickte Seregil; er spürte, daß es mehr zwischen ihnen zu sagen gab, doch er wußte nicht, wie er beginnen sollte. Also fragte er statt dessen: »Wird Micum wieder gesund?«

»Ich glaube, ich habe den Großteil des Giftes aufgehalten«, antwortete Thero, der erleichtert darüber schien, über praktische Dinge sprechen zu dürfen. »Aber auch wenn er das Bein nicht verliert, bezweifle ich, daß es ihm je wieder von großem Nutzen sein wird.«

»Er kann von Glück reden, daß er überhaupt noch lebt. Und der Dyrmagnos?«

»Ist am Ende. Alec hat sich darum gekümmert.«

»Gut.« Abermals breitete sich betretenes Schweigen zwischen ihnen aus, und Thero wandte sich zum Gehen.

»Danke«, brachte Seregil mit dünner, brüchiger Stimme hervor. »Dafür, daß du Alec geholfen hast und für alles andere.«

Thero nickte kurz, dann trottete er durch die Schatten entlang der Straße davon.

Micum sah, wie Thero davonstapfte.

»Geh du zu ihm rauf«, krächzte er und schaute mit fiebrigen Augen zu Alec auf.

»Er hat recht«, pflichtete Beka ihm bei und führte einen Becher voll Wein und Medizin an die Lippen ihres Vaters. »Er sollte jetzt nicht allein sein.«

»Ich weiß. Ich zerbreche mir schon den ganzen Nachmittag den Kopf darüber«, flüsterte Alec kläglich. »Aber ich weiß einfach nicht, wie ich ihm helfen kann, was ich sagen soll. Wir alle haben Nysander geliebt, aber nicht so wie er. Und dann mußte auch noch ausgerechnet er ...«

Micum streckte den Arm aus und legte eine heiße, trockene Hand auf die des Jungen. »Sein Herz ist gebrochen, Alec. Hör auf das deine.«

Alec stieß einen schweren Seufzer aus und nickte. Dann erklomm er die Felsen und ging zu Seregil hinüber, der immer noch mit in den Schatten verborgenem Gesicht auf dem Stein hockte.

»Es wird allmählich kalt. Ich dachte, vielleicht kannst du den hier brauchen«, sagte Alec, nahm seinen Umhang ab und legte ihn um die Schultern seines Freundes. Seregil murmelte ein leises Danke, rührte sich aber nicht.

Mit einem Gefühl entsetzlicher Hilflosigkeit legte Alec die Hand auf Seregils Schulter, dann schlang er den Arm um ihn. Er hätte erwartet, daß Seregil ihn abschütteln oder endlich weinen würde, aber er war nicht auf die schwarze Leere gefaßt, die er statt dessen spürte. Irgend etwas in Seregils Innerem war geflohen oder gestorben; es war, als berührte man eine Statue, eine Vogelscheuche.

Frische Tränen kullerten über Alecs Wangen, aber er rührte sich nicht, sondern verharrte einfach und hoffte, seine Nähe würde Seregil ein wenig Trost spenden. Seine Zunge fühlte sich wie ein toter Aal im Mund an, Worte steckten wie brüchiges Laub in seiner Kehle fest. Was gab es in einem solchen Augenblick zu sagen?

Eine Brise erhob sich und blies seufzend durch den Wald hinter ihnen; das Geräusch vermischte sich mit dem gleichmäßigen Rauschen der Brandung. Eine Eule segelte so nah vorbei, daß Alec hören konnte, wie ihre Schwingen durch die Luft schnitten. Schrill drang ihr Ruf durch die Dunkelheit zu ihnen.

Eine Weile verharrten sie so, bevor Seregil endlich mit kaum vernehmbarer Stimme das Wort ergriff.

»Es tut mir leid, Alec. Alles tut mir leid.«

»Niemand gibt dir für irgend etwas die Schuld. Du hast getan, was du tun mußtest, genau wie wir alle.«

Nach der langen Stille wirkte Seregils kurzes, zorniges Lachen erschreckend. »Was hatte ich denn für eine Wahl?«

Am folgenden Morgen stachen sie in See und kreuzten in nördlicher Richtung die Küste entlang. Abermals durchquerte die immer noch mit den gestohlenen Segeln getakelte *Grüne Lady* die feindlichen Gewässer, ohne angegriffen zu werden. Erst in Nanta sorgte sie für ein wenig Aufsehen, bis Rhal seinen Freibeuterbrief vorzeigte.

Zwei Tage lagen sie im Hafen vor Anker. In dieser Zeit ließ Rhal die Segel wechseln und die Vorräte auffüllen. Beka fand einen Drysier, der sich um Micums und Seregils Wunden kümmerte, dann begann sie mit den Vorbereitungen für ihren eigenen Aufbruch. Sie und ihre Reiter waren verpflichtet, ihr Regiment wiederzufinden. Am zweiten Tag hatten Braknil und Rhylin genügend Pferde und Proviant aufgetrieben und in Erfahrung gebracht, daß sich ihr Regiment ein paar Tagesritte nördlich aufhielt.

Rhal hatte seine Kabine den Überlebenden von Nysanders Vierergruppe zur Verfügung gestellt, und Micum lag auf der schmalen Pritsche. Sein Bein war in Leinenverbände gewickelt. Beka setzte sich neben ihn und schob den langen Zopf über die Schulter zurück.

»In der Stadt heißt es, die Plenimaraner wären vorerst hinter die eigenen Grenzen zurückgedrängt worden«, teilte sie ihm mit. »Wir reiten nach Nordosten, bis wir auf skalanische Truppen stoßen, dann fragen wir uns von dort aus weiter durch.«

Micum ergriff ihre Hand. »Paß auf dich auf, mein Mädchen. Dieser Krieg ist längst noch nicht ausgestanden.«

Beka nickte und spürte einen Kloß im Hals. »Bei der Flamme, Vater. Es gefällt mir ganz und gar nicht, dich zu verlassen, aber ich muß zurück. Ich habe ein paar meiner Leute vorausgeschickt, bevor wir euch getroffen haben, und ich muß mich vergewissern, ob sie es geschafft haben.«

Micum zerstreute ihre Sorge mit einem Lächeln. »Ich habe mit Feldwebel Braknil und einigen anderen gesprochen. Laut denen bist du ein guter Offizier und eine tapfere Kriegerin. Ich bin stolz auf dich.«

Beka umarmte ihn innig und fühlte die vertraute, rauhe Wange ihres Vaters an der ihren. »Ich hatte ja auch die besten Lehrer, oder? Ich wünschte nur ...«

»Was?«

Beka richtete sich wieder auf und wischte sich mit der Hand über die Augen. »Ich dachte immer, wenn ich erst einige Erfahrung gesammelt hätte, könnte Nysander mich vielleicht brauchen, du weißt schon, so wie dich und Seregil.«

»Mach dir darüber keine Gedanken. Es wird immer genug Ärger auf der Welt geben, um unseresgleichen zu beschäftigen. Nichts davon ist mit Nysander gestorben. Aber ich sage dir ganz ehrlich, ich mach' mir große Sorgen um Seregil.«

Beka nickte. »Und um Alec. Es ist ununübersehbar, wie sehr er darunter leidet, daß Seregil so still und traurig ist. Was ist nur mit den beiden geschehen?«

Seufzend legte sich Micum auf die Kissen zurück. »Der arme Alec. Ihm liegt so viel an Seregil, daß er ohnehin nicht weiß, wie er damit umgehen soll, und jetzt das. Und Seregils Trauer sitzt so tief, daß ich nicht sicher bin, ob wir ihm überhaupt irgendwie helfen können.«

»Vielleicht muß er sich selbst helfen.« Zögernd erhob sich Beka. »Laß das Bein von Valerius behandeln, wenn du wieder daheim bist. Und richte Mutter und den Mädchen aus, daß ich sie liebe. Schick mir eine Nachricht über meinen neuen Bruder, wenn er geboren ist.«

»Und du sieh zu, daß du in einem Stück bleibst, hörst du?«

Beka küßte ihn ein letztes Mal, dann eilte sie hinauf an Deck. Seregil stand allein an der Reling.

Nachdem sie einander die Hände geschüttelt hatten, drehte er ihre Handflächen nach oben und betrachtete die verblaßten Spuren der Symbole darauf.

»Du hast nicht nur das Haar deines Vaters, sondern auch sein Herz«, sagte er mit einem Abklatsch seines alten Lächelns auf den Lippen. »Man kann sich immer darauf verlassen, daß einer von euch beiden auftaucht, wenn man es am wenigsten erwartet und am meisten braucht. Glück in den Schatten, Beka Cavish, und im Licht.«

»Auch dir viel Glück, Seregil, und das Heil des Schöpfers«, gab Beka herzlich zurück, die selbst über diesen winzigen Riß in Seregils Kummer Erleichterung verspürte. Seit sie ins See gegangen waren, hatte er kaum ein Wort gesprochen. »Bring Vater wohlbehalten nach Hause.«

Alec erwartete sie am Beiboot. Beka schlang die Arme um ihn, drückte ihn an sich und spürte, wie er die Umarmung erwiderte.

»Bring sie nach Watermead, alle beide«, flüsterte sie ihm ins Ohr. »Und bleibt so lange wie nötig dort. Der arme Nysander; ich kann mir nicht vorstellen, daß er je wollte, daß sich die Dinge so entwickeln.«

»Ich auch nicht«, erwiderte Alec, der ihre Arme festhielt, als sie zurücktrat.

Er wirkt so viel älter, dachte Beka, als sie die tiefsitzende Traurigkeit in seinen Augen sah.

Nachdem Nanta hinter der Kimm verschwunden war, begab sich Alec unter Deck. Seregil saß am Fußende von Micums Pritsche.

»Ich habe in Nanta etwas für dich gefunden, bevor wir losgesegelt sind«, sagte Alec und reichte Seregil ein in Stoff gehülltes Bündel. Darin befand sich eine kleine Harfe gleich der, die er in Wolde bei sich gehabt hatte.

»Ich weiß, sie ist nicht annähernd so gut wie deine«, fuhr Alec rasch fort, als Seregil das Tuch auseinanderfaltete und die Saiten berührte. »Aber ich dachte, sie könnte vielleicht ... Na ja, Micum hat immer noch Schmerzen, und ich dachte, es würde ihm vielleicht Freude bereiten, wenn du für ihn spielst.«

Das mochte wohl eine kleine Notlüge sein, aber sie erfüllte ihren Zweck. Wissend zwinkerte Micum dem Jungen zu, als Seregil sich das Instrument auf die Knie stellte und versuchsweise ein paar Saiten anschlug.

Thero kam herein, um nach Micums Bein zu sehen,

und blieb eine Weile, um zu lauschen. Seregil sang zwar nicht, aber er spielte Melodie um Melodie, durchweg traurige und beruhigende Klänge.

Micum sank in einen friedvollen Schlummer, und Alec saß still in der Ecke und beobachtete Seregils Züge, während sein Freund den ganzen Nachmittag hindurch spielte. Seine Miene verriet wenig. Die Mauer des Schweigens blieb bestehen.

Während der Rückreise nach Rhíminee schien Seregils Lebensmut zögernd wiederzukehren. Er sprach ein wenig offenherziger, wenngleich nie über Nysander oder den Helm. Darüber verlor er nie auch nur ein Wort. Er spazierte mit Alec und Thero über das Deck, aß spärliche Happen, ohne sie zu genießen oder sich zu beschweren und spielte stundenlang Harfe, wodurch er die eigenen Qualen ein wenig verbarg, indem er Micums Schmerz linderte.

Micum und Thero richteten sich an diesen kleinen Verbesserungen auf, aber Alec, der auf dem Boden in Rhals Kabine eine Pritsche mit Seregil teilte, wußte, wie sich sein Freund jede Nacht im Schlaf herumwarf und stöhnte. Eine unangenehme Ahnung, ähnlich der, die ihn in jener verhängnisvollen Nacht zurück in den Jungen Hahn gezogen hatte, ließ ihn soviel Zeit wie möglich an Seregils Seite verbringen. Der Mann, den er so lange gekannt hatte, war verschwunden; statt dessen war ein stiller Fremder mit abwesendem Blick zurückgeblieben.

Am Nachmittag des fünften Tages seit der Abreise aus Nanta saß Alec allein bei Micum. Das fahle, ausgemergelte Antlitz hob sich von den hellen Kissen ab, während er döste. Die Harfe lag neben seinen Füßen, wo Seregil sie abgestellt hatte, nachdem er ihn in den Schlaf gespielt hatte. Theros wiederholte Behandlungen hatten verhindert, daß sich Fäulnis in Micums Bein einnistete, dennoch war die Kabine vom stickigen, drückenden Geruch kranken Fleisches erfüllt. Leise, um Micum nicht aufzuwecken, öffnete Alec das Kabinenfenster und stellte einen Rucksack vor die offene Tür, damit sie nicht zufallen konnte. Gerade wollte er sich wieder aus der Kabine stehlen, als Micum die Augen aufschlug.

»Du machst ja ein ziemlich langes Gesicht«, brummte er heiser und bedeutete Alec, neben ihm Platz zu nehmen. »Raus mit der Sprache. Was ist los?«

Unglücklich zuckte Alec mit den Schultern. »Es geht um Seregil. Er verhält sich wie ein Schatten. Er redet nicht, er lächelt nicht. Es ist, als wäre er gar nicht richtig hier. Ich weiß nicht, was ich für ihn tun kann.«

»Ich glaube, du machst genau das richtige, indem du vorerst einfach in seiner Nähe bleibst, genau wie damals, als ihm die Holzscheibe beinahe den Verstand geraubt hätte. Damals war das für ihn ungemein wichtig, ja entscheidend. Das hat er mir selbst gesagt.«

»Das war Magie, außerdem hat er dagegen angekämpft. Aber Nysander zu töten ...« Alec fummelte am Deckenzipfel herum und suchte nach den rechten Worten. »Es ist, als hätte er einen Teil von sich selbst getötet.«

»Das hat er auch. Wir müssen ihm Zeit lassen herauszufinden, was noch übrig ist.«

»Vielleicht.« In seinem Herzen aber fürchtete Alec, daß Seregil um so weiter forttreiben würde, je länger sie darauf warteten, daß er sich erholte.

An dem Tag, als sie in den Hafen von Rhíminee segelten, erwartete Magyana sie am Kai. Mutterseelenallein und unbeachtet stand sie da, mit einem dunklen Trauerschleier über dem silbrigen Haar.

Seregil reichte ihr ein Bündel mit Nysanders wenigen Habseligkeiten; die Stimme versagte ihm den Dienst, als er zu sprechen versuchte.

»Ich weiß, mein lieber Junge«, murmelte sie und umarmte ihn. »Nysander und ich haben einander an dem Tag Lebewohl gesagt, als ich ihn losgeschickt habe, um euch zu finden. Er nahm schon damals an, daß er nicht zurückkehren würde und hat mich gebeten, euch allen zu sagen, daß ihr nicht um ihn trauern, sondern ihm verzeihen sollt, wenn ihr könnt.«

»Ihm verzeihen?« keuchte Thero, der stocksteif neben Micums Trage stand. »Was sollen wir ihm denn verzeihen?«

Magyana antwortete nicht; statt dessen schaute sie flüchtig zurück zu Seregil, der sich abgewandt hatte. Kurz verkeilten sich ihre Blicke ineinander, und in diesem Augenblick entfaltete sich ein tiefes Verständnis zwischen den beiden.

»Außerdem war es Nysanders Wunsch, Thero, daß du deine Ausbildung bei mir beendest«, fuhr sie fort.

Alle Farbe wich aus den eingefallenen Wangen des jungen Zauberers, als er vor ihr auf die Knie sank. »Ich kann nicht zurück zu den Orëska, nicht nach all dem, was in jener Nacht geschehen ist. Der Überfall und daß die Plenimaraner überhaupt hineinkonnten, das war meine Schuld. Hätte ich Ylinestra nichts von Nysanders Spaziergängen und seinen Studien erzählt ... Im Nachhinein betrachtet erscheint mir klar, worauf all ihre Fragen abgezielt haben, aber damals – damals wußte ich es einfach nicht! Trotzdem würde mich der Rat nie und nimmer zurückkehren lassen.«

Magyana legte ihm die Hand auf das geneigte Haupt. »Du vergißt, daß auch ich Mitglied des Hohen Rates bin, ebenso wie Nysander Mitglied war. Bevor er aufbrach, hat er ein letztes Mal mit den anderen gesprochen. Deiner Rückkehr steht nichts im Wege. Zuletzt hat er diesbezüglich zu mir gemeint, er hoffte, ich würde dafür sorgen, daß du zu Ende brächtest, was du so hervorragend begonnen hast.«

Sie legte die Hand unter sein Kinn und hob behutsam das schmerzerfüllte Gesicht an. »Ich würde mich geehrt fühlen, wenn du mich als deine Lehrerin annehmen könntest, Thero. In Wahrheit wäre es ein großer Trost, dich bei mir zu haben und mich darum zu kümmern, daß die Ausbildung des letzten Schülers meines Freundes abgeschlossen wird. Es wäre die größte Ehre für sein Andenken.«

Thero erhob und verbeugte sich. »Befiehl über mich.«

Magyana lächelte freundlich. »Du wirst bald feststellen, daß ich, so wie Nysander, selten etwas befehle. Ich hoffe doch, der Rest von euch wird heute nacht meine Gastfreundschaft in Anspruch nehmen?«

»Danke, Magyana, aber ich glaube nicht ...« Seregil verstummte, unfähig, ihr in die Augen zu blicken.

»Ich verstehe.« Sie berührte seine Wange. »Vielleicht später. Sag mir, wo ihr bleiben wollt, dann schicke ich Valerius, damit er sich Micum ansieht.«

»Heute nacht in der Radstraße, danach draußen auf Watermead.«

»Ich sorge dafür, daß er sofort zu euch kommt. *Aura Elustri málreis, Seregil talí.*«

Sie ergriff Alecs Hände und verabschiedete sich von ihm, dann beugte sie sich über Micum. »Soll ich Kari eine Nachricht schicken?«

Mit bedeutungsvollem Blick nahm Micum ihre Hand in die seine und sprach leise: »Vielleicht warten wir damit noch, bis mich Valerius untersucht hat, ja?«

Magyana drückte seine Hand. »Gut. Möge Dalna deine Heilung beschleunigen, Micum, und euch allen wünsche ich friedvolle Herzen.« Mit Thero an der Seite marschierte sie durch die Menschenscharen im Hafen zu einer wartenden Kutsche.

»Falls Ihr das Schiff nicht mehr braucht, möchten die Männer gern wieder ablegen«, sagte Rhal und kam herüber, um sich von ihnen zu verabschieden. »Wir haben zwei Fahrten mit leerem Laderaum hinter uns, und da draußen gibt es haufenweise Schiffe zu plündern.«

»Das Schiff gehört Euch, Kapitän«, erwiderte Seregil. »Möge Astellus' Glück mit Euch sein. Ich hoffe, die *Grüne Lady* wird zur Geißel beider Meere.«

Alec und Seregil trugen Micum in einen gemieteten Wagen und brachen zur Radstraße auf. Sie fanden das Haus so vor, wie sie es verlassen hatten. Anscheinend hatte Mardus so gut über ihr Treiben Bescheid gewußt, daß er keine Zeit mit unnötiger Zerstörung zu verschwenden brauchte.

Der alter Runcer begrüßte sie mit dem üblichen Mangel an Überraschung, als wären sie bloß ein, zwei Tage statt mehreren Monaten fort gewesen. Seregils weiße Hunde, Zir und Mârag, zeigten sich ähnlich gleichmütig angesichts der Rückkehr ihres Herrn und trotteten leise von dannen, als Seregil und Alec dem verletzten Micum über die Treppe in Seregils Zimmer hinaufhalfen.

Bald darauf traf Valerius ein, griesgrämig wie immer, aber unverkennbar bedrückt. Seine finstere Miene wurde noch finsterer, als er Micums Wunde untersuchte.

»Du hast Glück, überhaupt noch hier zu sein«, rief er aus und rümpfte die Nase. »Wer hat sich um dich gekümmert?«

»Hauptsächlich Thero«, erklärte Alec dem Drysier. »Er war da, nachdem ihn der Dyrmagnos angegriffen hatte, und er hat ihn auf der ganzen Heimreise betreut.«

»Wahrscheinlich hat er dir das Bein gerettet, Micum. Auf jeden Fall das Leben. Trotzdem steht uns noch jede Menge Heilarbeit bevor.« Er wandte sich an Seregil und Alec. »Runcer kann mir helfen. Ich schlage vor, ihr beide verschwindet eine Weile.«

»Ich gehe nicht«, begehrte Seregil mit einem Anflug seines alten Feuers auf.

»Du hast ihn doch gehört, Seregil. Du wärst bloß im Weg. Raus hier«, sagte Micum vom Bett aus und schaffte es, dabei einigermaßen fröhlich zu klingen. »Komm mich morgen früh besuchen.«

»Los doch«, bekräftigte Alec die Aufforderung und ergriff Seregils Arm. »Nach der langen Zeit auf See könnte ich einen Spaziergang brauchen.«

Valerius schloß hinter ihnen die Tür. Einen Augenblick starrte Seregil mit grimmigem Blick und zusammengepreßten Lippen darauf, dann folgte er Alec wortlos hinunter.

Seit dem Tag, an dem Nysander gestorben war, trug Seregil kein Schwert mehr, Alec aber gurtete sich rasch das seine um, bevor sie hinaus in den kühlen Frühlingsabend traten. Seit seiner Entführung war der Lithion in den Nythin übergegangen, und der Duft blühender Bäume erfüllte die Luft.

Die beiden trugen immer noch ihre groben Reisegewänder, und da das Schwert ohne den Schutz eines Umhangs an Alecs Bein hing, fürchtete er kurz, die Stadtwache könnte sie aufhalten, um zu fragen, weshalb zwei derart merkwürdig gekleidete Fremde durch die Straßen des Adelsviertels eilten.

Doch bald übernahm Seregil die Führung und schlenderte durch ärmlichere Hinterhöfe und Seitengassen. Er hinkte noch ein wenig, schien es aber nicht zu bemerken, während er schweigend voranging. Unterwegs kamen sie an Lazardas Freudenhaus zur Schwarzen Feder vorbei. Die Tür stand offen, und als Alec hineinspähte, sah er, daß der geschnitzte Kahn auf dem Kaminsims nach Westen zeigte – ein Zeichen, daß für die Katze von Rhíminee eine Botschaft hinterlassen worden war. Sofern es auch Seregil auffiel, schenkte er dem keine Beachtung, und sie zogen weiter wie Gespenster durch die vertrauten Schatten ihrer Stadt.

Erst als die schmale Sichel des Mondes hoch über den Häusern stand, brach Seregil sein Schweigen. Unvermittelt hielt er in einem unkrautüberwucherten Hinterhof inne und wandte sich Alec so ansatzlos zu, als steckten sie mitten in einer angeregten Unterhaltung.

»Weißt du, er glaubt, daß er sterben könnte«, meinte er, das Gesicht halb in den Schatten verborgen. Der Teil, den Alec sehen konnte, glich einer Maske des Elends.

»Micum? Das kann ich mir nicht vorstellen«, entgegnete Alec und fügte wenig überzeugt hinzu: »Valerius hätte uns gewiß nicht weggeschickt, wenn es so schlecht um ihn stünde.«

»Ich glaube nicht, daß ich es ertragen könnte, auch noch ihn zu verlieren«, murmelte Seregil und verriet dabei mehr Gefühle als seit Tagen. Doch bevor Alec etwas erwidern konnte, war er bereits wieder in westlicher Richtung losmarschiert.

Einige Blöcke gingen sie schweigend weiter, bevor Alec erkannte, wohin sie schon die ganze Zeit unterwegs waren.

Ein versengter Messinghahn war noch übrig und bewachte das Hoftor; die erhobene Klaue war leer. Jenseits der niedrigen Mauer befand sich lediglich ein klaffendes Fundamentloch voll verkohltem Holz. Alles war verbrannt – die Herberge, die Stallungen, das Holztor zum Hinterhof. Der schale Gestank regengetränkter Asche hing in der Luft.

»O Illior!« flüsterte Alec voller Bestürzung. »Ich wußte, daß es in Flammen aufgegangen war, aber ...«

Seregil schien gleichermaßen betroffen. »Als ich aufbrach, hat es gerade zu brennen begonnen. Cilla war erst zwei Jahre alt, als ich es gekauft habe.«

Alec schauderte und haßte Vargûl Ashnazai um so mehr für die Erinnerungen an Cilla und die anderen, für die der Totenbeschwörer verantwortlich zeichnete. »Glaubst du, ihre Geister sind hier irgendwo?«

Seregil trat einen gesprungenen Stein beiseite. »Wenn sie tatsächlich hier herumgeschwebt sind, dann hast du ihnen in dem Augenblick Frieden beschert, als du dieses Schwein getötet hast.«

»Was ist mit Luthas?«

»Ich nehme an, die Drysier im Tempel werden ihn bei sich aufnehmen und einen Priester aus ihm machen ...«

Seregil verstummte, als eine kleine Gestalt mit einem lauten, vertrauten Miauen aus dem Kellerloch hervorsprang. Unüberhörbar schnurrend, tapste Ruetha zwischen ihnen hin und her, schmiegte sich an ihre Knöchel und reckte den Kopf, um zwischen den Ohren gekrault zu werden.

Eine Weile starrten die beiden verblüfft auf die Katze hinunter, dann hob Seregil sie mit zitternden Händen auf. Freudig stieß sie mit dem Kopf unter sein Kinn.

»Bei allen Göttern! Thryis hat sich oft darüber beklagt, daß sie immer verschwand, bis ich zurückkam.« Er grub die Finger in das rußige Fell an ihrem Hals und murmelte heiser: »Tja, altes Mädchen, diesmal kommst du besser mit uns. Wir kehren nicht mehr zurück.«

»Nie mehr.« Alec legte eine Hand auf Seregils Schulter, mit der anderen griff er nach Ruetha, um sie zu streicheln. »Nie mehr.«

Als sie ein paar Stunden später in die Radstraße zurückkehrten, wurde Valerius im Eßzimmer gerade mit einem üppigen Abendmahl fertig.

»Freut euch, ihr beiden. Micum wird wieder gesund«, teilte der Drysier ihnen mit und wischte sich Krumen aus dem Bart.

»Was ist mit seinem Bein?« fragte Seregil.

»Seht es euch selbst an.«

Elsbet saß neben dem Bett und hielt die Hand ihres schlafenden Vaters. Erschöpfung ließ sie älter als ihre fünfzehn Jahre wirken; mit dem glatten dunklen Haar, das in einem dicken Zopf über die Schulter des schlichten blauen Kleides hing, war sie ein Ebenbild Karis, wie Seregil sie zum ersten Mal gesehen hatte.

»Er wird wieder gesund«, flüsterte sie.

Das Zimmer roch nach Heilkräutern und frischer Luft. Als sich Seregil über Micum beugte, stellte er erleichtert fest, daß ein Hauch Farbe in die Wangen des Schlafenden zurückgekehrt war. Frisches Blut war durch die um den Oberschenkel gewickelten Leinen gedrungen, aber das Bein war immer noch in einem Stück.

»Valerius sagt, er wird zu gegebener Zeit sogar wieder reiten können«, erklärte Elsbet. »Ich habe schon eine Kutsche bestellt, die ihn morgen nach Hause bringt. Mutter macht sich solche Sorgen!«

»Wir kommen mit dir raus«, erwiderte Seregil und fragte sich, was für einen Empfang ihre Mutter ihm wohl bereiten würde.

52
Letzte Worte

»Mutter, Mutter! Da kommen eine Kutsche und Reiter!« rief Illia vom Haupttor herüber. »Das muß Vater sein!«

Kari hielt die Hand an die Stirn, um die Augen gegen die schräg einfallende Nachmittagssonne zu schützen, gesellte sich am Tor zu ihrer Tochter und beobachtete, wie die geschlossene Kutsche langsam über den Hügel herauf auf sie zurollte. Die Reiter erkannte sie als Seregil und Alec. Micum war nicht dabei. Unbewußt preßte sie eine Hand auf den Bauch, als sie ihnen die Straße hinunter entgegenmarschierte. Illia, die ihrer Mutter Stimmung spürte, eilte mit ernster Miene hinter ihr her.

Seregil galoppierte ihr seinerseits langsam entgegen, und Karis dunkle Vorahnung verstärkte sich, als er sich näherte. Noch nie hatte sie ihn so bleich und ausgezehrt gesehen. Irgend etwas, ein Schatten, verdunkelte sein Gesicht.

»Wo ist Vater, Onkel Seregil?« wollte Illia wissen.

»In der Kutsche«, antwortete er, zügelte neben ihr das Pferd und stieg ab. »Er ist verwundet, aber er wird wieder gesund. Elsbet ist bei ihm, und Alec ist auch da.«

»Dem Schöpfer sei Dank!« rief Kari aus und umarmte ihn. »O Seregil, ich habe gehört, was im Jungen Hahn passiert ist. Es tut mir so leid. Diese armen, braven Menschen.«

Steif erwiderte er die Umarmung, und sie trat einen Schritt zurück, um abermals sein Gesicht zu mustern. »Was ist los? Da ist noch etwas anders, nicht wahr?«

»Also hast du noch keine Neuigkeiten erfahren?«

»Magyana hat heute morgen eine Nachricht geschickt, daß ihr zurückkommen würdet, das ist alles.«

Seregil wandte sich ab und schaute mit besorgniserregend ausdruckslosem Blick auf das frische Grün der Weide. »Nysander ist tot.«

Zu erschüttert und vor den Kopf gestoßen, um etwas hervorzubringen, hob Kari die Hand an den Mund.

»Dieser nette alte Mann, der am Sakortag Zauberkunststücke für mich vorgeführt hat?« fragte Illia. Ungeduldig hüpfte sie um die beiden herum und verzog das Gesicht, als würde sie gleich weinen. »Warum ist er tot? Hat ihn ein böser Mann tot gemacht?«

Mit ungebrochen düsterer Miene schluckte Seregil schwer.

»Er hat etwas sehr Tapferes getan. Etwas sehr Schwieriges und Tapferes. Und dabei ist er gestorben.«

Die anderen kamen herbei, und Seregil straffte die Schultern; seine Züge verrieten lediglich so etwas wie angespannte Gelassenheit.

Zu viel Gelassenheit, fand Kari, die zur Kutschentür eilte. Dann aber galt all ihre Aufmerksamkeit Micum.

So ausgemergelt er sich auch präsentierte, er begrüßte sie mit einem verwegenen Lächeln, als sie in seine ausgestreckten Arme sprang.

»Diesmal bleibe ich wahrscheinlich für immer zu Hause, Geliebte«, sagte er reumütig und klopfte auf das verbundene Bein, das er vor sich auf dem Sitz ausgestreckt hatte.

»Mach bloß keine leeren Versprechungen, du herumstreunender Schuft!« keuchte Kari und wischte sich Tränen der Erleichterung aus dem Gesicht. »Wo ist Alec?«

Sie beugte sich aus dem Fenster und ergriff Alecs Hand, der neben der Kutsche auf dem Pferd saß. »Geht's dir gut, mein lieber Junge?«

»Mir? Ich hab' kaum einen Kratzer abbekommen«, versicherte ihr Alec, obwohl er ebenso ausgezehrt und von Kummer gezeichnet wie die anderen wirkte. Kari hielt seine Hand noch einen Augenblick fest und sah, was auch Beka gesehen hatte; er war nicht mehr der Junge, der er gewesen war, als er Watermead zum ersten Mal besuchte. Was immer er in den letzten Wochen durchgemacht haben mochte, es hatte ihn seiner Unschuld beraubt, und wer vermochte zu sagen, welcher Tugenden noch?

Die Hunde des Hauses sprangen rings um die Kutsche und die Pferde, als sie den Hof erreichten. Irgendwo zu Karis Füßen ertönte als Antwort ein lautes Fauchen. Sie blickte hinab und sah ein Paar grüner Augen aus einer Spalte in einem Weidenkorb hervorleuchten.

»Was, um alles in der Welt ...«

»Seregils Katze«, erklärte Micum. »Möchte wetten, für die Hunde gibt es ein paar blutige Schnauzen ab, bevor sie sich durchgesetzt hat. Das arme Ding ist die letzte Überlebende aus der Herberge.«

Kari lächelte bei sich, schwieg jedoch, bis Alec und Seregil Micum in die Wohnstube geholfen hatten. Nachdem ihr Gatte gemütlich vor dem Kamin saß, zog sie Elsbet beiseite, dann flüsterte sie Illia etwas ins Ohr. Das kleine Mädchen verschwand in der Küche und kehrte einen Lidschlag später mit einem pummeligen, krausköpfigen Säugling in den Armen zurück.

»Vater, schau mal, was Valerius uns gebracht hat. Ist er nicht lieb?«

Alec war der erste, der sich rührte. Er sprang wieder auf, nahm das Kind aus Illias unsicherem Griff, hob es hoch und betrachtete es mit einer Mischung aus Freude und Verwunderung.

»Cillas kleiner Sohnemann?« fragte Micum.

Kari ergriff seine Hand. »Valerius hat ihn ein paar Tage, nachdem du weg warst, herausgebracht und mich gebeten, ihn bei uns aufzunehmen. Ich war sicher, daß Cilla ihn lieber hier gewußt hätte als bei irgendwelchen Fremden, die ihre Leute nicht kannten. Ich dachte, du hättest nichts dagegen.«

»Natürlich nicht«, erwiderte Micum und beobachtete belustigt, wie Luthas an Alecs Haaren zog und fröhlich gackerte, als er ihn erkannte. »Aber jetzt, wo unser eigenes unterwegs ist, kommst du da auch mit allem zurecht?«

»Ob ich damit zurechtkomme, das verwaiste Kind einer Freundin aufzuziehen? Also, da kannst du aber ganz sicher sein!« antwortete Kari entrüstet. »Da unsere älteren Mädchen aus dem Haus sind, habe ich ohnehin zuviel freie Zeit. Und Illia ist ganz vernarrt in den Kleinen.«

Sie schaute zu Seregil, der allein am Kamin stand. »Wenn er alt genug ist, werde ich ihm erzählen, wie du ihm das Leben gerettet hast«, fügte sie hinzu.

»Vielleicht ist es besser, wenn er es nie erfährt«, entgegnete Seregil, während er beobachtete, wie sich Alec und Illia um das Kind zankten.

»Dann überlasse ich es dir«, meinte Kari und spürte abermals, wie schon zuvor auf der Straße, jenen Anflug von Verzweiflung und Traurigkeit in ihm.

In jener Nacht lag Kari dicht an Micum gekuschelt und lauschte ihm, während er die Umstände von Nysanders Opfer und Tod beschrieb.

»Kein Wunder, daß Seregil so völlig niedergeschmettert wirkt«, flüsterte sie und streichelte den starken, sommersprossigen Arm ihres Mannes. »Wie konnte Nysander nur so etwas von ihm verlangen?«

»Ich verstehe das alles selbst nicht ganz«, gestand Micum traurig. »Aber ich glaube, Nysander hatte recht damit, daß niemand außer Seregil den Mumm gehabt hätte, ihn niederzustrecken, als die Zeit reif war. Ich hätte es nicht gekonnt, und ich denke, Alec auch nicht.«

»Manchmal vergessen wir, wie grausam die Götter sein können«, sagte Kari verbittert. »Liebe in Mord zu verwandeln, einfach so.«

»Du hättest dabei sein müssen«, entgegnete Micum und starrte zu den flackernden Schatten an der Decke hinauf, die das Kaminfeuer warf. »Wenn du Nysanders Gesicht gesehen hättest ... Es war kein Mord. Es war ein Akt der Gnade – und der Liebe.«

In den folgenden Wochen langten unterschiedliche Berichte über den Krieg ein; die plenimaranische Armee war vorerst nach Ost-Mycena zurückgedrängt worden, aber ihre schwarzen Schiffe beherrschten das Meer und suchten die Ostküste Skalas bis Cirna hinauf heim, hatten aber den Kanal selbst bislang noch nicht erobert.

Abgesehen von der Abwesenheit der jungen Männer, die in den Krieg gezogen waren, nahm das Leben auf Watermead im großen und ganzen den gewohnten Lauf. Auf den Gorathin folgte der Nythin, dann der Shemin, und mit ihm die ganze Pracht des Hochsommers. Sanfte Morgenregen nährten die Felder, und auf den Weiden sprangen kräftige Frühlingslämmer und -fohlen ausgelassen hinter den Muttertieren her.

Kari blühte im Einklang mit dem Land auf und trug ihren dicken Bauch stolz vor sich her, während sie munter der täglichen Arbeit und den willkommenen Aufgaben des Sommers nachging. Seregil aber bereitete ihr weiterhin Kummer, obwohl seine Stille das einzige äußerliche Zeichen darstellte, daß mit ihm etwas nicht in Ordnung war. Sie wußte, daß Micum und Alec ihre Sorge teilten, doch keiner der beiden hatte auch nur die leiseste Ahnung, wie sie ihm helfen konnten.

Seregil suchte bei keinem der beiden Trost, sondern lenkte sich ab, indem er eifrig auf dem Anwesen mithalf Micum hatte ihm unmißverständlich gesagt, daß er und Alec auf Watermead willkommen wären, solange sie wollten, und Seregil schien zufrieden damit, das Angebot zu nutzen. Von Alec erfuhr Kari, daß er geschworen hatte, nie wieder einen Fuß nach Rhíminee zu setzen.

Wäre er in Griesgrämigkeit oder Selbstmitleid versumpft, hätte Kari vielleicht versucht, ihn aus seinem Elend herauszureden, doch das tat er nicht. Wenn man ihn darum bat, erzählte er Geschichten und spielte Harfe. Er arbeitete mit den Pferden, half dabei, einen neuen Stall zu errichten und verbrachte die Abende damit, ausgeklügelte Vorrichtungen zu entwickeln, die Micum den Umgang mit dem verkrüppelten Bein erleichterten, einschließlich eines besonderen Steigbügels, der es ihm ermöglichte, trotz seiner Behinderung zu reiten.

Seit kurzem konnte Seregil sich sogar dazu durchringen, Luthas wieder zu halten, doch sooft er allein war, versank er wieder in jener inneren Stille.

Alec, der die schlimmsten Mißhandlungen von allen erlitten hatte, erholte sich am schnellsten. Die Arbeit auf dem Bauernhof tat ihm gut, und er wurde rasch wieder braun und fröhlich. Dennoch sah Kari oft, wie er Seregil beobachtete und versuchte, den inneren Aufruhr zu begreifen, der den Quell der Schweigsamkeit und des abwesenden Blickes seines Freundes darstellte.

Nachts teilten die beiden im Gästezimmer ein Bett, doch Kari wußte, daß für Seregil auch dort kein Trost zu finden war.

Eines Morgens Mitte Shemin erwachte Kari kurz vor Sonnenaufgang und fühlte sich zu unwohl, um wieder einzuschlafen. Egal, wie sie sich auch bettete, ihr Rücken schmerzte. Da sie Micum nicht wecken wollte, schlang sie sich ein Umhängetuch über das Nachthemd, sah nach Luthas, der in der Wiege neben dem Bett schlummerte und ging in die Küche, um Tee zu machen. Zu ihrer Überraschung hing der Kessel bereits an dem Haken über dem Feuer. Einen Augenblick später kam Alec mit einem Korb voll Birnen vom Baum im Hinterhof herein.

»Du bist aber früh auf«, stellte er fest und bot ihr das Obst an.

»Es ist dieser elende Balg.« Verkniffen lächelnd, runzelte sie die Stirn und massierte sich das Kreuz. »Er tritt nach seiner Mutter und schiebt die Knie und Ellbogen überall dort hin, wo er nicht soll. Was hat dich so früh geweckt?«

»Seregil hat sich wieder im Schlaf herumgewälzt. Ich habe mir gedacht, ich gehe vielleicht auf die Jagd.«

»Setz dich eine Weile zu mir, ja? Um diese Zeit ist es so friedlich.« Kari nahm auf der Bank am Kamin Platz, um den Rücken zu wärmen, während Alec den Tee zubereitete. »Seregil geht es immer noch nicht besser, oder?«

»Micum und dir fällt es auch auf, nicht wahr?« meinte der Junge matt, zog einen Stuhl neben sie und setzte sich.

Er streckte ihr eine sonnengebräunte, schwielige Hand entgegen. »Kein einziges Mal hat er mich aufgefordert, Handschuhe anzuziehen. Sonst hat er mich immer damit genervt. Früher.«

Er schaute zu ihr auf, und Kari sah die tiefsitzende Traurigkeit in dem jungen Gesicht. »Jetzt geht er nachts hinaus oder hockt da und schreibt. Er schläft so gut wie gar nicht.«

»Was schreibt er denn?«

Alec zuckte mit den Schultern. »Darüber redet er nicht. Ich wollte sogar schon mal einen Blick auf seine Unterlagen werfen, aber er versteckt sie irgendwo. Kari, es ist, als verblaßt er innerlich und verläßt uns, ohne wirklich fortzugehen. Und ich muß immerzu daran denken, was er mal zu mir über seine Verbannung aus Aurënen gesagt hat.«

Darüber hat er mit dir gesprochen? dachte Kari. Selbst Micum wußte kaum etwas über jenen Abschnitt in Seregils Leben.

»Damals wurde ein weiterer Junge mit ihm weggeschickt, aber der sprang über Bord und ertrank«, fuhr Alec fort. »Seregil sagte, die meisten verbannten Aurënfaie begingen früher oder später Selbstmord, weil sie daran verzweifeln, unter Tírfai leben zu müssen. Er meinte, ihm wäre das nicht passiert. Aber so wie die Dinge jetzt stehen, fürchte ich, daß es vielleicht doch so ist.«

Kari beobachtete, wie seine Hände sich fester um die Tasse schlossen, die er hielt. Hinter jenen blauen Augen ging ihm noch etwas anderes durch den Kopf, etwas, das zu schmerzlich war, um es zu teilen. Sie streckte den Arm aus und streichelte seine Wange.

»Dann paß gut auf ihn auf, Alec. In euren Adern fließt dasselbe Blut. Wahrscheinlich hat er das in seiner Trauer vergessen.«

Alec seufzte schwer. »Er hat mehr als bloß das vergessen! An dem Tag, an dem wir einander in Plenimar wiedergefunden haben, ist etwas geschehen, aber jetzt . . .«

Plötzlich zuckte Kari zusammen, als ein scharfer Schmerz ihr Bein hinabschoß.

»Was ist los?« fragte Alec besorgt.

Angestrengt keuchte Kari durch die zusammengebissenen Zähne, dann stützte sie sich auf den Arm des Jungen, um aufzustehen. »Es sind nur diese Schmerzen, die einen im achten Monat heimsuchen. Ein Spaziergang über die Weide wird sie lindern, und wir können uns dabei weiterunterhalten.« Der Krampf verflog, und sie schenkte Alec ein zuversichtliches Lächeln. »Schau nicht so bekümmert. So bereitet mich der Schöpfer eben auf die Geburt vor. Weißt du, ich hätte Appetit auf den frischen Käse. Sei doch bitte so gut und hol uns ein Stück aus der Milchkammer, ja?«

»Bist du sicher? Es gefällt mir ganz und gar nicht, dich allein zu lassen.«

»Der Schöpfer sei gnädig! Alec, ich habe schon Kinder ausgetragen, bevor überhaupt jemand daran gedacht hat, dich zu zeugen. Geh nur.« Damit stemmte sie die Fäuste ins Kreuz und trat vor die Küchentür, um die Bediensteten nicht zu wecken, die im Vorzimmer noch schliefen.

Alec befand sich auf halbem Wege zur Milchkammer, da fiel ihm plötzlich ein, daß er vergessen hatte, Geschirr für den frischen Quark mitzunehmen. Als er schließlich eine Schale fand, war Kari bereits um die Hausecke verschwunden. Alec ging um das Gebäude herum zum Hof, stellte jedoch fest, daß die Seitentür noch verriegelt war.

Ein tiefes Stöhnen erklang hinter ihm; als er sich umdrehte, sah er, wie Kari an dem steinernen Wassertrog neben dem Stall zusammensackte. Ihr Gesicht präsentierte sich kalkweiß, die Vorderseite des Nachthemds bis zum Saum hinab durchnäßt.

»O Dalna!« keuchte er, ließ den Käse fallen und rannte zu ihr. »Ist es das Kind? Kommt es jetzt?«

»Zu früh und zu schnell! Ich hätte es bemerken müssen –« Kari ergriff seinen Arm und grub die Finger schmerzlich in sein Handgelenk, als ein weiterer Krampf sie packte.

Sie war eine stämmige Frau und mit dem Kind zu schwer, als daß Alec vermochte hätte, sie zu tragen. Also schlang er ihr einen Arm um die Hüfte und half ihr, so gut er konnte, zur noch verriegelten Vordertür, trat dagegen und brüllte um Hilfe.

Endlich öffnete sich die Tür. Elsbet und einige Bedienstete faßten mit an, um Kari hineinzubringen.

Hinter ihnen hinkte Micum aus dem Schlafzimmer. »Was ist denn los?« fragte er aufgeregt, als er Kari inmitten des Trubels erblickte.

»Es ist das Kind!« rief Alec zurück.

»Ich hole eine Hebamme!« erbot sich Seregil bereits auf halbem Weg zur Tür.

»Keine Zeit«, keuchte Kari. »Meine Frauen können mir helfen. Wir haben schon ein ganzes Haus voll Kinder zur Welt gebracht. Du und Alec, ihr kümmert euch um Micum. Ich will, daß ihr bei ihm bleibt! Elsbet, Illia, her zu mir!«

Arna und die anderen Frauen halfen ihrer Herrin in ihre Kammer und warfen die Tür hinter sich zu. Die Männer blieben allein im Vorzimmer zurück.

»Sie ist nicht mehr die Jüngste«, meinte Micum und ließ sich zittrig auf einen Stuhl am Kamin sinken. Kari stieß im angrenzenden Zimmer einen Schrei aus; Micum erbleichte.

»Sie schafft das schon«, beruhigte ihn Seregil, obwohl er selbst ein wenig blaß wirkte. »Und so viel zu früh kommt das Kind gar nicht. Es wäre ohnehin in den nächsten paar Wochen fällig gewesen.«

Schweigend hockten sie da und tauschten unbehagliche Blicke, während Karis Schreie durch das Haus hallten. Bedienstete kamen und gingen und lauschten angespannt. Sogar die Hunde ließen sich nicht hinausscheuchen, sondern kauerten winselnd zu ihren Füßen. Schließlich holte Seregil seine Harfe und spielte, um sie alle zu beruhigen.

Kurz vor Mittag ertönte ein letztes, gequältes Stöhnen, gefolgt von einen leisem Weinen und Jubelrufen der Frauen. Micum stemmte sich aus dem Stuhl, als die alte

Arna freudestrahlend aus der Kammer der Niederkunft trat.

»O Meister Micum!« rief sie und wischte sich die Hände an einem Tuch ab. »Es ist das süßeste rothaarige Würmchen, das man sich vorstellen kann. Und er ist ziemlich kräftig für eine Frühgeburt. Er nuckelt auch schon, wie's sich gehört. Es war eine Gnade Dalnas, daß er so früh gekommen ist, sonst hätte die arme Mutter noch mehr gelitten als jetzt. Laßt uns noch einen Augenblick Zeit, das Bett in Ordnung zu bringen, und kommt dann rein, ihr alle. Sie will euch alle sehen!«

»Ein Sohn!« rief Micum aus und schlang die Arme um die Schultern seiner Freunde. »Bei den Vieren, ein Sohn!«

»Er ist ganz schrumplig und rot und schmutzig!« quietschte Illia, die herausstürmte, um ihren Vater zu umarmen. »Und er hat rote Haare wie du und Beka. Komm mit und schau ihn dir an. Mutter ist so glücklich!«

Kari lag zugedeckt mit einem winzigen Bündel an der Brust in dem breiten Bett. Für Alec, der am wenigsten Erfahrung in derlei Dingen aufzuweisen hatte, sah sie schrecklich aus, als wäre sie krank gewesen, doch das freudige Lächeln, mit dem sie die drei Männer begrüßte, strafte diese Einschätzung Lügen.

Micum küßte sie, dann nahm er das Kind in die Arme.

»Er ist genauso schön und stark wie die anderen«, flüsterte er heiser und betrachtete das runzlige Gesichtchen unter dem feuchten, kupferfarbenen Schopf. »Kommt her, ihr zwei, und sagt Hallo zu meinem Sohn.«

»Ich bin so froh, daß du heute morgen da warst, Alec.« Kari griff nach der Hand des Jungen und lachte. »Aber du hättest dein Gesicht sehen sollen!«

Seregil spähte über Micums Schulter, um einen besseren Blick auf das Kind zu erhaschen, und Alec sah, wie zum ersten Mal seit Monaten ein Lächeln tief empfundener Freude die angespannten Züge seines Freundes lockerte.

»Wie soll er denn heißen?« fragte Seregil.

»Ursprünglich wollten wir ihn Bornil nennen, nach meinem Vater«, antwortete Kari, »aber wenn ich ihn mir jetzt so ansehe, scheint das nicht recht zu passen. Was meinst du, Micum?«

Lachend schüttelte er den Kopf. »Ich bin viel zu durcheinander, um zu denken.«

Kari schaute zu Seregil, der immer noch auf das Kind hinablächelte. »Dann kannst du uns vielleicht wieder beraten, so wie bei Illia. Hilf uns als ältester und treuester Freund dieser Familie, einen Namen für unseren Sohn zu finden.«

Micum reichte Seregil den Säugling. Seregil betrachtete ihn eine Weile nachdenklich, dann sagte er: »Ich würde Gherin vorschlagen, sofern ihr noch einen Aurënfaie-Namen in der Familie wollt.«

»Gherin?« Kurz ließ Kari den Klang des Namens auf sich einwirken, dann meinte sie. »Gefällt mir. Was bedeutet es?«

»›Früher Segen‹« erwiderte Seregil leise.

Dem Schöpfer sei Dank, dachte Alec erleichtert, während er Seregil mit dem Kind beobachtete. *So friedvoll habe ich ihn nicht mehr erlebt, seit wir zurückgekehrt sind. Vielleicht beginnt seine Seele endlich doch zu heilen.*

Eine laue Nachtbrise seufzte durch das offene Fenster herein. Das Geräusch schien Seregils innere Einsamkeit wiederzugeben.

Eigentlich war es geradezu ironisch. Als Alec und er zum ersten Mal in diesem Zimmer geschlafen hatten, war Alec stur auf seiner Seite des Bettes geblieben; in den letzten Wochen wachte Seregil oft auf und stellte fest, daß der Junge dicht neben ihm lag, so wie jetzt. Einen Arm hatte Alec um die Brust seines Freundes geschlungen; an der nackten Schulter spürte Seregil den warmen Atem des Jungen.

Warum empfinde ich nichts?

Während Seregil im Mondlicht wachlag, streichelte er Alecs helles Haar und rief sich jenen Kuß in Plenimar ins Gedächtnis.

Doch selbst diese Erinnerung wirkte fahl und verblaßt.

Seit Nysanders Tod schienen all seine Gefühle in weite Ferne geflüchtet zu sein und wirkten verschwommen, als trennte sie eine dicke Glasscheibe von ihm.

Nun war es zu spät, zu spät für alles. Er war zu leer. Seregil legte die Hand auf die des Jungen, beobachtete, wie der Sternenhimmel allmählich in Morgenröte überging und dachte an Gherin.

In den letzten Wochen hatte sein Verstand weite Wanderungen zurückgelegt und sich immer und immer wieder im Kreis gedreht, während er versuchte, zu einer Entscheidung zu gelangen, die ihm Frieden bescheren würde. Als er heute in das Gesicht von Micums winzigem, neuem Sohn geblickt hatte, spürte er plötzlich, daß endlich das Zeichen gesetzt worden war, auf das er so lange gewartet hatte. Nun, da dieser letzte Verbindungsknoten zur Vergangenheit gelöst war, konnte er gehen.

Eine Stunde vor Sonnenaufgang schlüpfte er aus dem Bett und zog sich an. Dann schlang er sich den alten Rucksack um eine Schulter, holte ein kleines Bündel aus dem Versteck hinter dem Kleiderschrank und schloß die Fensterläden, um das Licht der Morgensonne auszusperren. Alec durfte erst erwachen, wenn er ein gutes Stück entfernt war.

Mit der ihm angeborenen Lautlosigkeit schlich er an den im Vorzimmer schlafenden Bediensteten vorbei in Micums Kammer. Im Schein einer noch brennenden Nachttischlampe, betrachtete er seinen Freund, der unendlich friedvoll in den Armen seiner Frau schlummerte. Micum war zu Hause.

Seregil legte eine Schriftrolle ans Fußende des Bettes, außerdem kleine Bündel mit Juwelen für jedes der Kinder. Auf dem Weg nach draußen hielt er an Gherins Wiege inne.

Der Säugling lag mit über den Kopf ausgestreckten Armen auf dem Rücken. Behutsam berührte Seregil mit der Fingerspitze eine der winzigen Fäuste und bewunderte die Zartheit der seidigen Haut. Gherin regte sich und nuckelte zufrieden im Schlaf.

In zwanzig Jahren wirst du dem jungen Mann gleichen, der

dein Vater war, als ich ihn zum ersten Mal getroffen habe, erzählte Seregil ihm lautlos und streichelte über das krause, rote Haar des Knaben. *Wie würde es sich wohl anfühlen, dich dann zu sehen?*

Seregil verdrängte den Gedanken und stahl sich hastig hinaus. Er würde nicht zurückkehren, nicht in zwanzig Jahren, nie wieder. Das schuldete er ihnen.

Alec zu verlassen, erwies sich als noch schwerer, als er befürchtet hatte.

Gegen alle Vernunft ging er zurück zu der offenen Tür des Zimmers, das sie so keusch geteilt hatten, obschon er wußte, daß er verloren wäre, schlüge Alec auch nur ein Auge auf.

Nun lag der Junge zusammengerollt auf der Seite, das blonde Haar über das Kissen verteilt. Ein dumpfer Schmerz umklammerte Seregils Herz; all die Nächte, die er sich von jenem sanften Atem hatte einlullen lassen, all die Dinge, die sich hätten entwickeln können, schienen sich in Form eines gewaltigen Kloßes in seiner Kehle einzunisten.

Hätte Nysander doch nur nicht ...

Seregil legte eine dicke Rolle Pergamente auf die Schwelle: den so schmerzvollen, daher kurz gehaltenen Brief; die Dokumente, mit denen Lord Seregil all seine Besitztümer in der Stadt Alec von Ivywell übertrug; die Liste der Namen, Geheimnisse und Geldverwahrer. Alles war sorgfältig verzeichnet. Nach Durchsicht der Liste würde Alec feststellen, daß er auch abzüglich dessen, was Seregil Micum und ein paar anderen geschenkt hatte, einer der wohlhabendsten jungen Männer von Skala sein würde.

Leb wohl, talí.

Die Sterne verblaßten allmählich, während er Cynril zur Straße unterhalb von Watermead hinabführte. Als er der Meinung war, er befände sich weit genug entfernt um loszureiten, ohne das ganze Haus aufzuwecken, schwang er sich in den Sattel und trat das Pferd in einen flotten Trab. Das erste Licht des Morgens und die bereits warme Luft, die nach auf der Weide blühenden Wildrosen duftete, gestalteten den Aufbruch ein wenig leichter.

Ein Schwarm Wildgänse stieg vom Fluß auf. Fast vermeinte er, Alec am Ufer zu sehen, wie er versuchte, Patch mit einem Lederfetzen aus dem Bach herauszulocken. Damals war der Junge noch ein Inbegriff der Unschuld und guter Absichten gewesen; wieso nur hatte er so hart gearbeitet, um diese Eigenschaften zu besudeln?

Er ritt zur Brücke und zügelte Cynril. Nebel kräuselte sich von der Wasseroberfläche empor und leuchtete golden im ersten Licht des Sonnenaufgangs. Für Seregil sah er aus wie ein magischer Pfad, der in unerforschte Reiche führte.

Er zog den Dolch aus dem Stiefel, überprüfte die scharf geschliffene Schneide, dann schaute er abermals auf den glitzernden Fluß.

Diese Richtung schien so gut wie jede andere.

Irgend etwas berührte Alecs Hand; in der Erwartung, Illia oder einen der Hunde zu erblicken, öffnete der Junge ein Auge.

Nysander stand neben dem Bett.

»Geh ihm nach«, flüsterte der Magier mit so leiser Stimme, als käme sie aus großer Ferne.

Mit pochendem Herzen rappelte sich Alec auf. Nysander war verschwunden, sofern er überhaupt je hier gewesen war. Schlimmer noch, Seregil war verschwunden. Alec fuhr mit der Hand über das Bettuch, wo Seregil geschlafen hatte. Die Stelle fühlte sich kalt an.

Ob Traum oder Vision, die Dringlichkeit von Nysanders Warnung wurde mit jedem Atemhauch stärker.

Genau wie in jener Nacht, als ich zurück zur Herberge geritten bin …

Alec kletterte aus dem Bett, schlüpfte in eine Hose und ein Hemd und rannte zur Tür. Als er über die Schwelle lief, blieb sein nackter Fuß an etwas hängen. Es handelte sich um eine dicke, mit einem schlichten Faden verschnürte Rolle Pergamente. Rasch knotete er die Schnur auf und überflog die vertrauten Schriftzüge auf der ersten Seite.

»*Alec talí, behalt mich in lieber Erinnerung und versuch ...*«

»Verflucht!« Die Bögen stoben in alle Richtungen, als Alec zum Stall preschte.

Die Hoffnung, Seregil könnte sich zu Fuß auf den Weg gemacht haben, wurde enttäuscht; Cynril fehlte aus ihrem Abteil. Hastig sprang Alec auf den ungesattelten Patch und suchte nach Cynrils Spuren, die er alsbald fand; deutlich sah er die unverkennbaren Abdrücke des leicht gespaltenen rechten Hinterhufs im Staub der Straße vor dem Hoftor.

Er trat Patch in einen Galopp, ritt den Hügel hinab und über die Brücke, dann zügelte er das Pferd, wo die beiden Straßen aufeinander trafen, um festzustellen, welche Richtung Seregil eingeschlagen hatte.

Doch er entdeckte keine weitere Fährte von Cynril. Fluchend stieg Alec ab, um den Boden eingehender zu betrachten, dann ging er zurück zur Brücke, ließ den Blick über den Hang schweifen und hielt Ausschau nach verräterischen Spuren auf der taufrischen Wiese. Doch auch dort erspähte er nichts, ebensowenig auf dem Hügelpfad. Gerade wollte er zurückreiten, um Micum zu holen, als ihm oberhalb der Brücke am Ufer des Bachs eine Stelle mit frisch aufgewühltem Kiesel ins Auge sprang.

Du bist ins Bachbett geritten, du verschlagener Mistkerl! dachte Alec voll widerwilliger Bewunderung. Die Brücke war zu niedrig, um darunter hindurchzureiten, und stromabwärts erblickte er sonst keine Spuren. Stromaufwärts befanden sich Bekas Otterteich und der verhängnisvolle Paß, den Alec auf dem Weg zu Warniks Tal überquert hatte.

Und dahinter erstreckte sich die ganze, verfluchte Welt!

Alec stieg wieder auf und trabte den Hügelweg hinauf. Das Bachbett wurde zunehmend tiefer, und bald fand er die Stelle, an der Seregil gezwungen gewesen war, auf den Pfad herauf auszuweichen. Die Spuren ließen darauf schließen, daß er von hier an ziemlich schnell weitergeritten war.

Ohne auf die Zweige zu achten, die ihm ins Gesicht und über die Schultern peitschten, trat Alec Patch wieder in den Galopp. Als die Lichtung rings um den Tümpel vor ihm in Sicht geriet, war er gleichermaßen erleichtert und überrascht, neben dem Teich Seregil zu erblickten, der reglos im Sattel saß, als bewundere er den Morgen.

Alecs erste Empfindung, als er Seregils Brief überflogen hatte, war der verzweifelte Wunsch gewesen, seinen Freund zu finden. Erst jetzt wurde ihm bewußt, daß er gleichzeitig eine gehörige Portion Wut verspürt hatte. Als Seregil nun den Kopf hob und erschrocken, wachsam zu ihm herüberschaute, nahm der Zorn überhand. Es war ein Blick, mit dem man einen Feind bedachte.

Oder einen Fremden.

»Warte . . .!« rief Seregil, doch Alec schenkte ihm keine Beachtung. Er grub die Fersen in Patchs Flanken, preschte auf Seregil zu und stürzte sich auf ihn, bevor er das eigene Pferd aus dem Weg lenken konnte. Die Tiere stießen zusammen; Cynril bäumte sich auf und schleuderte Seregil ins Wasser. Alec sprang aus dem Sattel und watete ebenfalls hinein. Dann packte er Seregil vorne am Kittel, zerrte ihn auf die Knie und schüttelte seinen zerknirschten Freund.

»Was sollte *das* denn werden?« gellte er. »›Alles, was ich in Rhíminee besitze, gehört jetzt dir‹? Was soll das?«

Seregil rappelte sich auf die Beine und riß sich los, ohne Alec in die Augen zu schauen. »Nach allem, was geschehen ist . . .« Er brach ab und holte tief Luft. »Nach alldem habe ich beschlossen, daß es für alle besser ist, wenn ich einfach fortgehe.«

»Du hast beschlossen? *Du* hast beschlossen?« Fuchsteufelswild packte er Seregil mit beiden Händen und schüttelte ihn abermals. Das zerknitterte Pergament trieb über den Teich und blieb kurz an einem Stein hängen, dann wurde es von der Strömung erfaßt und unbeachtet davongetragen. »*Ich* bin dir über die halbe Welt nach Rhíminee gefolgt, und zwar nur deshalb, weil du mich darum gebeten hast! *Ich* habe dir *zweimal* das verdammte Leben gerettet, bevor wir überhaupt dort ankamen, und wie oft seither? *Ich* habe mit dir gegen Mardus und die ganze verfluchte Bande gekämpft. Aber jetzt, nachdem du den ganzen Sommer mit einer Jammermiene herumgerannt bist, beschließt *du*, daß du ohne mich besser dran wärst?«

Farbe flammte in Seregils ausgemergelten Zügen auf. »Ich habe nie gewollt, daß du es so auffaßt. Bei Bilairy, Alec, du hast doch gesehen, was im Jungen Hahn passiert ist. Das war meine Schuld. Meine! Und es ist ausschließlich Ashnazais verschrobener Eitelkeit zu verdanken, daß du nicht auch dann und dort gestorben bist. Micum, falls du es nicht bemerkt hast, ist für den Rest seines Lebens ein Krüppel und kann von Glück reden, überhaupt noch am Leben zu sein. Hast du eine Ahnung, wie oft ich ihn vorher schon fast in den Tod gerissen hätte? Und Nysander – vergessen wir bloß nicht, was ich ihm angetan habe!«

»Nysander hat mich *geschickt*!«

Seregil wurde aschfahl. »Was sagst du da?«

»Nysander hat mich dir nachgeschickt«, wiederholte Alec. »Ich weiß nicht, ob es ein Traum oder ein Geist oder sonstwas war, aber er hat mich geweckt und gesagt, ich soll dir nachgehen. Bei Illiors Händen, Seregil, wann wirst du dir endlich verzeihen, daß du nur das getan hast, worum er dich gebeten hat?« Er verstummte, als ihm ein weiterer Gedanke einfiel. »Wann wirst du *Nysander* endlich verzeihen?«

Wortlos funkelte Seregil ihn an, dann stieß er die Hände des Jungen weg. Er watete zum Ufer und sank auf einen Holzklotz, der auf den Teich hinaus wies. Alec folgte ihm und setzte sich neben ihm auf einen Stein.

Seregil ließ den Kopf hängen und stieß zittrig die Luft aus. Nach einer Weile erklärte er: »Er hat es gewußt. Er hätte es mir sagen müssen.«

»Dann hättest du versucht, ihn davon abzuhalten.«

»Verdammt richtig, das hätte ich!« brauste Seregil auf und ballte die Hände auf den Knien zu Fäusten. Tränen der Wut, die ersten, die Alec ihn vergießen sah, strömten über seine Wangen.

»Hättest du das getan, hätten wir versagt«, gab Alec zu bedenken und rutschte neben ihn auf den Holzklotz. »Alles, wofür Nysander gearbeitet hatte, wäre umsonst gewesen. Der Helm hätte von ihm Besitz ergriffen und ihn zum *Vatharna* gemacht.« Einen Lidschlag lang vermeinte Alec, abermals die Berührung des alten Magiers an den Fingern zu spüren. »Ich glaube, er ist dir dankbar.«

Seregil vergrub das Gesicht in den Händen und ergab sich schließlich einem leisen Schluchzen. Alec schlang den Arm um ihn und hielt ihn fest. »Du warst der einzige, der ihn genug geliebt hat, um nicht zu zögern, als die Zeit reif war. Das wußte er. Letzten Endes hast du ihn auf die einzig mögliche Art gerettet. Warum willst du das nicht endlich begreifen?«

»All die Wochen ...« Hilflos zuckte Seregil mit den Schultern. »Du hast recht, mit allem. Aber warum fühle ich es einfach nicht? Ich fühle *überhaupt nichts* mehr. Ich stolpere in einem schwarzen Nebel umher. Wenn ich den Rest von euch anschaue, dann sehe ich, wie eure Wunden heilen, wie ihr weiterlebt. Das will ich auch, aber ich kann nicht!«

»Genau wie ich mich damals in Kassaries Bergfried einfach nicht überwinden konnte zu springen?«

Seregil ließ ein dünnes, ersticktes Lachen vernehmen. »Ich glaube schon.«

»Dann laß mich dir helfen, so wie du mir damals geholfen hast«, beharrte Alec.

Seregil wischte sich an seinem triefnassen Ärmel die Nase ab. »Soweit ich mich erinnern kann, habe ich dich damals vom Dach in die Schlucht gestoßen.«

»Ist mir auch recht, wenn es das ist, was du brauchst, um zu erkennen, daß ich dich nicht davonschleichen lasse wie einen alten Hund, der sich zum Sterben verkriecht.«

Der schuldbewußte Ausdruck, der über die Züge seines Freundes huschte, verriet Alec, daß seine schlimmsten Befürchtungen richtig gewesen waren. »Ich lasse dich nicht gehen«, wiederholte er und ergriff Seregils Arm, um seinen Worten Nachdruck zu verleihen.

Verzweifelt schüttelte Seregil den Kopf. »Ich kann nicht hierbleiben.«

»Na schön, aber du gehst nicht ohne mich.«

»Ich dachte, du wärst glücklich auf Watermead?«

»Ich liebe alle dort wie meine eigene Familie, aber nicht ...« Alec verstummte und fühlte, wie ihm Hitze in die Wangen schoß.

»Aber nicht was?« Seregil drehte sich Alec zu, wischte ihm eine feuchte Haarsträhne aus dem Gesicht und musterte seine Züge.

Alec zwang sich, unverwandt in Seregils fragende Augen zu blicken. »Nicht so sehr, wie ich dich liebe.«

Seregil betrachtete ihn eine Weile; aus den grauen Augen sprach immer noch Traurigkeit. »Ich liebe dich auch. Mehr als ich seit langer Zeit jemanden geliebt habe. Aber du bist so jung und ...« Hilflos breitete er die Arme aus und seufzte. »Es scheint mir einfach falsch.«

»*So* jung bin ich auch wieder nicht«, widersprach Alec mit süßsaurer Miene und dachte daran, was sie gemeinsam bereits alles durchgemacht hatten. »Aber ich bin ein halber 'Faie, also habe ich noch viele Jahre vor mir. Außerdem fange ich gerade erst an, Aurënfaieisch zu verstehen, kann immer noch keine gewöhnliche Gabel von einer Schneckengabel unterscheiden und kein Dreikammschloß knacken. Wer außer dir soll mir denn all das beibringen?«

Seregil schaute wieder auf den Teich hinaus. »Vater, Bruder, Freund und Geliebter.«

»Was?« Kälte umschlang Alecs Herz; beinah dieselben Worte hatte Mardus gesprochen, als er sich nach Alecs Beziehung zu Seregil erkundigte.

»Auch etwas, das mir das Illior-Orakel in jener Nacht gesagt hat, als ich es über dich befragt habe«, antwortete Seregil und beobachtete, wie ein Otter ins Wasser glitt. »Ich dachte immer, ich wäre mir über alles klar geworden, aber das stimmt nicht. Ich war die ersten drei Personen für dich und habe mir geschworen, das würde reichen, aber wenn du bei mir bleibst ...«

»Ich weiß.«

Alec überraschte Seregil in einem unwachsamen Augenblick, beugte sich vor und preßte die Lippen mit derselben Mischung aus Unbeholfenheit und Entschlossenheit auf jene Seregils wie beim ersten Mal. Aber als der Junge spürte, wie Seregil die Arme um ihn schlang und ihn innig an sich drückte, lichtete sich die Verwirrung, die ihn den ganzen Winter hindurch gequält hatte, wie ein Nebel in einem drehenden Wind. *Nimm an, was die Götter dir bescheren,* hatte Seregil ihm oft geraten.

Genau das würde er tun, und zwar voller Dankbarkeit.

Seregil wich ein Stück zurück, und als er zärtlich Alecs Wange berührte, lag in seinen grauen Augen etwas, das Verwunderung ähnelte. »Was wir auch tun, *talí,* es ist ehrenvoll. Vor allem anderen bin ich dein Freund, und das werde ich immer sein, auch wenn du vielleicht später hunderte Frauen oder Geliebte hast.«

Alec wollte widersprechen, doch Seregil lächelte und legte ihm einen Finger auf die Lippen. »Solange ich einen Platz in deinem Herzen habe, bin ich zufrieden.«

»Du mußt wohl immer das letzte Wort haben, was?« knurrte Alec, dann küßte er ihn abermals. Das Gefühl von Seregils schlankem Körper an dem seinen fühlte sich mit einem Schlag so natürlich und selbstverständlich an wie ein Bach, der in einen anderen fließt. Alecs letzte verbleibende Sorge bestand darin, daß er keine Ahnung hatte, wie er von hier an weiter vorgehen sollte.

Das Geräusch eines Pferdes, das den Hügelpfad heraufgaloppierte, fegte das Problem vorerst vom Tisch.

»Ich kann mir denken, wer das ist«, brummte Seregil und stand auf.

Micum preschte auf die Lichtung. »Hier steckt ihr also!« rief er aus und funkelte mit finsterer Miene auf Seregil hinab. »Bei der Flamme, das ganze Haus ist wegen dir in Aufruhr!«

Er zog einen zusammengerollten Brief aus der Jackentasche und hielt ihn wütend hoch. »Damit hast du uns ganz schön Angst eingejagt, du Volltrottel. Und jetzt weiß ich nicht recht, ob ich dich küssen oder deinen Hintern von hier nach Cirna treten soll!«

Zum ersten Mal seit Monaten ließ Seregil ein schelmisches, schiefes Grinsen aufblitzen. »Du kannst dein Bein ruhig schonen. Alec hat bereits beides getan.«

Micum betrachtete die beiden eingehender, begriff und erwiderte das Grinsen. »Na, das war aber auch höchste Zeit!«

Zwei Tage später versammelten sich Micum und seine Familie auf dem Hof, um sich von Alec und Seregil zu verabschieden.

»Reitet ihr von hier aus nach Mycena?« fragte Micum, während die beiden ein letztes Mal die Pferde und die Ausrüstung überprüften. »Ich könnte mir vorstellen, daß die Königin durchaus Verwendung für ein paar vertrauenswürdige Spione hat.«

Unverbindlich zuckte Seregil mit den Schultern. »Der Winter ist nicht mehr allzuweit. Mittlerweile müßte Idrilain sich irgendwo oberhalb von Keston aufhalten. Sobald der erste Schnee fällt, gibt es nicht mehr viel zu tun. Vielleicht im Frühling.«

Kari verlagerte Gherin auf dem Arm und drückte erst Seregil, dann Alec innig an sich. Dann blinzelte sie ein paar Tränen fort und flüsterte: »Paßt auf euch auf, ihr beiden.«

Micum legte Seregil die Hand auf die Schulter und musterte ihn mit einem Blick, als erwartete er, ihn nie wiederzusehen. »Bei der Flamme, es fällt mir schwer, euch allein losziehen zu lassen. Ich wünschte, du würdest mein Schwert mitnehmen.«

Seregil schüttelte den Kopf. »Diese Klinge gehört zu dir. Ich finde schon ein Schwert, falls ich je wieder eines brauche. In der Zwischenzeit wird Alec mich beschützen.«

»Mach das bloß, Alec, andernfalls wirst du uns Rede und Antwort stehen müssen«, sagte Micum voll schroffer Zuneigung und tauschte einen raschen Blick mit Kari. Beiden war das neue Leuchten in Seregils Augen aufgefallen, sooft er Alec anschaute, und nun erwiderte der Junge dieselbe Wärme.

Nachdem sich alle von Seregil und Alec verabschiedet hatten, schwangen die beiden sich auf ihre Aurënfaie-Rösser und ritten zum Tor hinaus.

»Was ist, wenn die Königin uns im Frühling nicht als Spione haben will?« fragte Alec, als sie zur Brücke hinuntertrabten.

Abermals zuckte Seregil mit den Schultern. »Tja, dann sind wir immer noch zwei der besten Diebe, die ich kenne. Und für Diebe gibt es jederzeit reichlich Arbeit.«

Sie traten die Pferde in einen Galopp, preschten Seite an Seite den Hügel hinab und hielten auf die offene Straße dahinter zu.

ENDE

Band 20 348
Jonathan Wylie
Die Insel Zalys
Das steinerne Auge
Deutsche Erstveröffentlichung

Die Insel Zalys leidet unter dem Joch der Tyrannei des korrupten Xantischen Königreiches. Statthalter Farrag, ein Marschall ohne Gewissen, aber mit unüberwindlichen magischen Kräften, beutet die Inselbewohner rücksichtslos aus. Dsordas, Fen und ihre Verbündeten nehmen den Kampf auf. Sie haben nur dann eine Chance, wenn sie Magie mit Magie bekämpfen. Doch gibt es auf der Insel noch einen Platz, an dem eine solche Magie zu finden ist? Und wenn ja, wer kann sie nutzbar machen?

Jonathan Wylie gehört zu den führenden Fantasy-Autoren Englands. Mit diesem Roman beginnt er eine neue Trilogie um die Insel Zalys, ganz im Stil seines Bestsellers DIE STADT IM SALZ.

BASTEI LÜBBE